W9-CEV-141

COLLECTION FOLIO

Gilbert Sinoué

Le Livre
de saphir

Denoël

© Éditions Denoël, 1996.

Gilbert Sinoué est né le 18 février 1947, au Caire. Après des études chez les jésuites, il entre à l'École normale de musique à Paris et étudie la guitare classique, instrument qu'il enseignera par la suite. Il publie son premier roman en 1987, *La pourpre et l'olivier* (prix Jean-d'heurs du roman historique), biographie romancée de Calixte, seizième pape En 1989, il publie *Avicenne ou la route d'Ispahan* qui retrace la vie du médecin persan Avicenne. Son troisième roman, *L'Égyptienne*, paru en avril 1991, a obtenu le prix littéraire du Quartier latin. Cet ouvrage est le premier tome d'une vaste fresque décrivant une Égypte mal connue : celle des XVIIIe et XIXe siècles. *La fille du Nil* est le second tome de cette saga égyptienne. Parallèlement à sa carrière de romancier, Gilbert Sinoué est aussi scénariste et dialoguiste.

Chapitre 1

> J'entends des plaintes qui montent
> de la terre.
>
> *El llanto de España.*

Tolède, 28 avril 1487.

Le soleil venait de se hisser au-dessus de la cathédrale. Il inonda la plaza Zocodover de filets de lumière rouge sang.

Fray Hernando de Talavera, confesseur de Sa Majesté Isabel, reine de Castille, fit glisser ses doigts le long de sa barbe grisonnante taillée en pointe et se pencha discrètement vers la jeune femme assise à ses côtés.

— Je suppose que ce n'est pas votre premier autodafé, doña Vivero ?

— Détrompez-vous. Je fus plus d'une fois invitée à assister à ce type de cérémonie. Jamais je n'y ai consenti. Et si Sa Majesté n'avait pas tant insisté pour que je la représente aujourd'hui, je crois bien que...

Le fracas des cloches de la cathédrale et des églises environnantes couvrit la fin de sa phrase.

La procession entrait sur la place.

La première chose qui frappait le regard était la

9

croix. Une grande croix voilée de crêpe noir, trône et carrosse des armées de Dieu, portée à dos d'homme par les dominicains du Couvent royal. Les habitués savaient sa couleur : un vert foncé qui ne serait dévoilé qu'au moment de l'absolution solennelle. Dans son ombre suivaient des soldats casqués portant hallebarde, des moines encapuchonnés et des prêtres chantant les louanges de Dieu.

Dans un alignement rigoureux, les autorités civiles et ecclésiastiques avançaient en deux cortèges parallèles et par ordre décroissant d'importance : le corregidor derrière les échevins, le doyen derrière les chanoines qui précédaient à leur tour les membres du tribunal dont le procureur général portait la bannière, un rectangle de taffetas de couleur cramoisie, garni de dentelles et de houppes d'argent, frappé aux armes de l'Inquisition : l'Étendard de la Foi.

Les pénitents ouvraient la marche ils étaient une centaine environ, engoncés dans leurs surtouts en drap de laine jaune safrané, cierges à la main et bonnets pointus sur le crâne.

Alentour, la foule se pressait, jouant des coudes pour se faufiler dans l'enceinte réservée où était rassemblé tout ce que Tolède comptait de nobles et de notables.

À mi-chemin entre la tribune et l'estrade on avait érigé un podium cerclé de barreaux. C'est là que l'on installerait les condamnés, encagés, bien en vue, afin que rien n'échappât au public de leurs éventuelles réactions : honte, douleur ou repentir.

Des pages posèrent sur l'un des pupitres le coffret contenant les sentences et, sur l'autre, deux grands plateaux d'orfèvrerie où reposaient l'étole et le surplis.

Une voix s'éleva, celle d'un chapelain tenant d'une main un missel et de l'autre la croix.

— Nous, le corregidor, maires, alguazils, chevaliers, échevins et notables, habitants de cette noble ville de Tolède, vrais et fidèles chrétiens obéissant à la Sainte Mère Église, nous jurons sur les quatre Évangiles qui sont devant nous, de garder et de faire garder la Sainte Foi de Jésus-Christ. De même, nous poursuivrons, prendrons et ferons prendre, jusqu'à la limite de nos forces, ceux qui sont soupçonnés d'hérésie ou d'apostasie. Dieu, les Saints Évangiles, nous protègent en retour si nous agissons ainsi, et que Notre Seigneur Dieu, dont c'est ici la Cause, sauve nos corps en ce monde et notre âme dans l'autre. Si nous faisions le contraire, qu'il nous en demande durement compte et nous le fasse chèrement payer, comme aux mauvais chrétiens qui, sciemment, parjurent son Saint Nom en vain !

Dans un roulement remonté des entrailles de la ville, la foule s'écria comme un seul homme : « Amen ! »

Tout le temps qu'avait duré l'allocution du chapelain, Hernando de Talavera était resté impassible, presque indifférent, comme si son esprit était ailleurs, à mille lieues de la cérémonie. Une attitude absente qui se remarquait d'autant plus qu'elle était en opposition avec la physionomie captivée de sa voisine : elle ne quittait pas la scène des yeux.

Un nouveau personnage se dirigea d'un pas lent et solennel vers l'inquisiteur de service. Arrivé devant lui, il mit un genou à terre et attendit

Dans un geste ample, fray Francisco de Parraga traça un signe de croix au-dessus de la tête du prélat.

Manuela s'informa à voix basse :

— Quel est cet homme agenouillé ?

— Le Révérendissime Père et Maître frère Tomas Ribera, de l'ordre des prêcheurs, qualificateur de la Suprême.

Le prêtre s'était relevé. Il gagna l'un des pupitres. Son œil se porta un bref instant sur les pénitents encagés. Il prit une courte inspiration et déclama :

— Quels pécheurs plus ennemis de Dieu, plus dignes de châtiment que ceux qui observent la loi de Moïse : ces marranes perfides ? Chez eux, l'espérance est aveuglement, la patience est opiniâtreté. Gens dont la vie est tellement infâme, haïs de tous les hommes et de Dieu, il est donc juste que le saint tribunal vous châtie et défende aujourd'hui la cause de Dieu ! *Exurge Domine, judica causam tuam !* Lève-toi, ô Dieu, plaide ta cause !

Le Révérendissime reprit son souffle, pointa un index accusateur en direction des pénitents et répéta avec force :

— *Exurge Domine !*

Manuela réprima un frisson. Pourtant le soleil d'avril était haut dans un ciel immaculé, et il faisait anormalement chaud à Tolède depuis une semaine.

Elle s'étonna de s'entendre demander avec une certaine naïveté :

— Vont-ils les brûler, ici ? Sur-le-champ ?

— Non. En aucun cas la Sainte Église ne peut condamner à mort ; elle peut encore moins la donner. Une fois la lecture des sentences achevée, les condamnés seront confiés au bras séculier et emmenés hors les murs où sont dressés les bûchers. Vous pourrez vous en rendre compte par vous-même, tout à l'heure.

— Je suppose que la foule assiste aussi à la crémation ?

— Oui.

— Nombreuse ?

Un sourire amer déforma les lèvres de Talavera.

— Doña Manuela... Vous qui avez la réputation d'une femme qui a beaucoup lu, n'avez-vous donc pas appris que la vue de la souffrance provoque chez l'homme un indicible plaisir ? J'ai même vu certains assister au ramassage des ossements calcinés et accompagner les bourreaux jusqu'au cloaque urbain comme pour s'assurer que l'on renvoyait bien les hérétiques dans un lieu qu'ils n'auraient jamais dû quitter.

Un moine dominicain venait d'entamer la lecture des meritos, condensé des fautes imputées et des sentences. Bientôt un autre prêtre lui succéda. Puis un troisième. Chacun s'appliquant à s'exprimer sur un même ton, un même rythme. Tour à tour pathétique et grave, ils s'efforçaient de tenir l'auditoire en haleine avec un art consommé de la diatribe.

Combien de temps cette lecture se prolongea-t-elle ? Six heures ? Huit heures ? Quand elle s'acheva, le soleil avait disparu derrière la cathédrale. Des odeurs âcres s'étaient mêlées aux lourds parfums de cire et d'encens, aux relents de graillon et de torréfaction des marchands ambulants.

Manuela avait l'impression qu'un immense vide

avait pris possession de son esprit et annihilé en elle toutes ses facultés de perception. L'émotion des premiers instants avait disparu. La tension s'était évanouie. Elle se sentait brisée, sans force ; ce qui n'était pas le cas de la foule. Tout au long de la cérémonie on l'avait perçue agitée de sentiments contraires : haine et pitié, peur et fascination. Et maintenant cette multitude qui avait patienté depuis l'aurore dans les rues, massée autour de la place, vibrait littéralement.

Machinalement, la jeune femme porta son attention sur le podium où étaient regroupés les pénitents prêts à partir pour le bûcher. Des femmes, des hommes, des éclopés et, parmi eux, mannequins lugubres, des effigies grandeur nature qui représentaient les condamnés par contumace.

Pourquoi un homme éveilla-t-il plus particulièrement son intérêt ? Elle n'aurait su le dire. Peut-être fut-elle impressionnée par le calme qui émanait du personnage — un vieillard. Ou alors essayait-elle de lire sur ses lèvres les mots qu'il était en train d'articuler. L'œil était serein, l'homme se tenait aussi droit que le lui permettait son grand âge. Qui était-il ? De quoi était-il accusé ? Avait-il une famille ? Un juif sans doute. Un relaps ? D'où lui venait cette étonnante quiétude ? Soudain, le regard du pénitent croisa le sien. Ce qu'elle y découvrit lui arracha un tremblement intérieur, irraisonné. Elle faillit se lever, mais quelque chose la retint qu'elle fut incapable de définir. Curiosité morbide ? Pitié ? Elle demeura clouée à son siège jusqu'au moment où Talavera annonça :

— Doña Manuela. Il est l'heure. Suivez-moi.

Dans un état second, elle emboîta le pas au prêtre et le suivit tandis qu'il se frayait un chemin jusqu'au carrosse qui les attendait derrière la tribune. Une demi-heure plus tard, sans trop savoir comment, elle se retrouva hors les murs, dans la tribune réservée aux nobles, à quelques toises du quemadero.

Ici nul représentant du tribunal inquisitorial, mais uniquement les qualificateurs chargés d'assister les condamnés et — responsabilité majeure — de décider d'accorder ou non le soulagement de la strangulation.

Les bûchers, dressés depuis la veille, se découpaient sous la toile rougeoyante du ciel. Les bourreaux attendaient, impavides. Les défunts affichaient leur macabre présence dans des caisses bitumées qui contenaient leurs restes.

Il fallut attendre un long moment avant que les condamnés — ils n'étaient plus qu'une vingtaine — ne surgissent à leur tour. Si la foule des curieux était aussi compacte que tout à l'heure, on la sentait nettement plus vindicative. Il y eut un premier jet de pierre, un second. Des injures fusèrent. Il est probable que sans la protection des soldats, la fureur populaire aurait transformé la condamnation en lapidation.

Manuela chercha des yeux le vieillard aperçu plus tôt sur le podium. Il était bien là. Tête haute. Son calme ne l'avait pas quitté. Elle crut même déceler un sourire lointain sur ses lèvres.

Une fois encore, la jeune femme se sentit gagnée par l'émotion. Une fois encore elle se refusa à céder à l'impulsion qui lui criait de quitter ce lieu.

Elle ferma les paupières, comme si elle voulait

tendre un voile entre elle et l'horreur. Quand elle rouvrit les yeux, deux condamnés étaient déjà la proie des flammes. Le premier agonisait sans un cri. Le second hurlait, suppliait et se débattait, tant et si bien que ses liens, déjà consumés, se détachèrent. Il se jeta du haut du quemadero, torche vivante. Immédiatement les bourreaux se précipitèrent sur lui. On réussit à lui entraver les pieds, on le replongea dans le feu. Il y demeura l'espace d'un credo et se précipita à nouveau hors du bûcher. Cette fois, un des soldats l'assomma du canon de son arme avant de le rejeter définitivement dans le brasier.

Une odeur âcre avait submergé l'air du couchant. Une odeur de suint, de sueur, fondue dans la pestilence des chairs brûlées.

Une effigie venait de remplacer les humains. Un cercueil était fixé entre les bras du pantin sur lequel on pouvait lire un nom inscrit en grands caractères : Ana Carrillo. Vraisemblablement elle avait dû décéder la veille en prison.

À peine l'effigie et le cercueil embrasés, l'on poussa en avant une femme d'une soixantaine d'années, garrottée à un madrier. À la différence de ceux qui l'avaient précédée, on ne la jeta pas immédiatement dans les flammes. Dans sa très haute miséricorde et parce qu'elle avait reconnu ses fautes, le qualificateur lui avait accordé de mourir étranglée. L'un des bourreaux se pencha sur elle. Ses doigts se refermèrent sur son cou. Les yeux exorbités, elle voulut dire quelque chose, mais les mots restèrent enfouis dans sa gorge. Tout son corps fut secoué de spasmes. Elle se vida de son urine sous les rires de la foule. On la souleva du sol avec dégoût et on la hissa jusqu'au brasier. Son crâne heurta avec violence une caisse d'ossements en bois raboté, que les bourreaux avaient déposée, presque simultanément, dans les flammes.

Manuela entendit des voix derrière elle qui chuchotaient :

— Ce sont, paraît-il, les ossements d'une marrane de dix-sept ans déterrés hier par le geôlier de la prison secrète.

— Hier ? Pourquoi si tôt ? gloussa quelqu'un. Aurait-on craint que Moïse ne la ressuscite ?

— Non, ma chère, c'était dans le cas où il eût fallu faire sécher les os et les ventiler pour en ôter la puanteur...

— La puanteur ? De toute façon, même vivants, ces gens-là puent.

Manuela sentit la nausée lui remonter à la gorge. La phrase de Talavera lui revint à l'esprit : « N'avez-vous donc pas appris que la vue de la souffrance provoque chez l'homme un indicible plaisir ? » Elle se mordit les lèvres pour ne pas hurler.

À présent, la scène frisait le comique. Un condamné, impotent, avait été installé sur une chaise, et tandis qu'on le portait vers le bûcher, il en profitait pour injurier la foule, les bourreaux, l'assemblée des notables, lançant ses anathèmes à la volée.

Il y eut un léger répit, ponctué par le crépitement des flammes et les invectives des spectateurs. Puis l'un des qualificateurs annonça le nom de la nouvelle victime :

— Aben Baruel ! Aben Baruel, né à Burgos, marchand de toiles et domicilié à Tolède.

Manuela sursauta. Le tour du vieillard était venu.

Le front levé, il n'attendit pas que les bourreaux l'entraînent vers le bûcher et s'y dirigea de lui-même, le pas sûr.

Une pierre lancée par une main anonyme le frappa à la tempe. Il n'eut pas la moindre réaction.

Au moment où il allait se hisser vers les flammes, il se retourna. Son regard retrouva, comme s'il ne l'avait jamais quitté, celui de Manuela. Ses yeux s'enfoncèrent en elle avec une extraordinaire acuité. Il serait resté là, immobile, à la fixer si une bourrade décochée par l'un des bourreaux ne l'avait forcé à repartir en avant.

La jeune femme se dressa d'un seul coup, prise d'étouffements.

— Pardonnez-moi, fray Talavera. Je me retire.

Le prêtre n'eut pas le temps de s'enquérir de la raison de ce départ impromptu. Elle dévalait déjà les marches de l'estrade...

*

De la fenêtre de la salle à manger royale, entrouverte sur le crépuscule, résonnaient, lancinants, les cantiques et les psaumes dédiés à la gloire de Dieu.

Le sommelier prit la coupe de vin sur un dressoir, la découvrit et la présenta au médecin qui assistait au repas. Celui-ci huma longuement le breuvage. Il y trempa les lèvres avec solennité, attendit un instant et fit un signe d'assentiment. Le sommelier se dirigea alors vers la reine, mit un genou à terre et lui présenta le nectar. Isabel reine de Castille, épouse de Fernando d'Aragon, repoussa l'offre d'un mouvement sec de la tête.

— Servez doña Vivero, ordonna-t-elle en désignant la jeune femme assise à sa droite.

Elle fit observer d'un air un peu las :

— L'un des inconvénients de la Reconquête... La cour se déplace. Elle est toujours en mouvement, et les habitudes de la reine — en l'occurrence son désintérêt pour le vin — sont sans cesse à redéfinir. En réalité, ce genre de manquement ne m'agacerait pas tant s'il n'était le reflet d'un problème plus profond. L'administration ! Les fonctionnaires, l'État. Tout est si lent...

Manuela Vivero esquissa un sourire.

— Vous savez ce que l'on a coutume de dire : Quel dommage que la mort ne recrute pas ses *ministres* parmi ceux de Leurs Majestés, nous vivrions mille ans au moins !

Isabel manifesta une surprise amusée.

— J'ignorais ce mot. Je reconnais qu'il est parfait.

Elle se pencha en avant, le visage brusquement fermé.

— Pourquoi ?

— Je vous demande pardon, Majesté ?

— Pourquoi t'es-tu dérobée tout à l'heure, alors que la cérémonie n'était pas achevée ? Fray Talavera m'a confié son désarroi devant ton attitude Pourquoi ?

Manuela Vivero croisa les mains, partagée entre une réplique sans détour et une explication plus atténuée. Inspirée plus par son désir de ne point heurter l'amie que par la fonction qu'elle représentait, elle opta pour la seconde.

— J'étais épuisée par sept heures d'autodafé. Et surtout, j'ai toujours eu du mal à supporter la souffrance physique ; celle des autres en particulier. La vision de ces hommes en proie aux flammes... la cruauté...

— Non !

La voix de la reine avait retenti, froide, impérieuse.

— Non ! Vois plus loin que tes états d'âme. Tu es espagnole et enfant de l'Église. Le jugement de foi est la manière la plus efficace de stimuler le sentiment national et les convictions religieuses. À la différence de ceux qui nous critiquent, il ne faut y voir ni acte de vengeance ni répression, mais une occasion de réconcilier les âmes égarées. Il s'agit du destin de l'Espagne. Notre pays ne peut survivre qu'uni dans une même foi. Une seule, la vraie, celle en Notre Seigneur Jésus-Christ. J'ai tendu la main aux hérésiarques, ils ne m'ont pas écoutée. J'ai patienté longtemps — deux ans — avant de mettre en place le premier tribunal de l'Inquisition, alors même que j'en avais obtenu l'autorisation du Saint-Père. Alors, lorsqu'on évoque la cruauté...

Elle émit une exclamation agacée et reprit :

— Je te le dis en toute sincérité : ta dérobade m'a peinée, d'autant que c'est un peu la reine que tu représentais ce matin.

Elle se tut. C'est l'instant que choisit l'écuyer tranchant pour s'approcher de la table et ôter respectueusement les miettes qui auraient pu tomber sur la robe de la souveraine.

La reine attendit patiemment qu'il achevât sa besogne puis, opérant une volte-face aussi rapide qu'inattendue, elle gratifia la main de Manuela d'une petite tape affectueuse.

— Oublions tout cela. Je suis heureuse que tu sois venue. Tu m'as manqué.

— Vous aussi, Majesté, vous m'avez manqué. Tous les jours, depuis trois semaines, on annonce votre arrivée à Tolède. Un moment j'ai cru que jamais vous ne viendriez.

— Je serais venue, ne fût-ce que pour te retrouver.

Elle s'empressa de demander :

— Dis-moi, Manuela. Quand nous sommes-nous vues pour la dernière fois ? Seize ans ? Dix-sept ?

— Dix-huit, très précisément. C'était l'époque où les lettres que vous m'écriviez commençaient par : « Isabel par la grâce de Dieu, princesse des Asturies et héritière légitime des royaumes de Castille et de León. » Et vous signiez : « Moi, la princesse », ajoutant plus bas : « Ton amie. » Vous vous souvenez ?

— Je me souviens surtout des circonstances de nos ultimes retrouvailles.

— Je m'en souviens aussi. C'était dans la demeure de mes parents à Valladolid. Vous veniez d'avoir dix-huit ans, et j'entrais dans ma seizième année.

Une lueur sombre traversa les prunelles de la reine.

— Des temps difficiles...

— En effet. Vous tentiez alors de vous libérer du joug de votre demi-frère Enrique et de ses partisans, bien décidée à échapper aux prétendants que l'on cherchait à vous imposer à tout prix.

— Alors que moi j'avais porté mon dévolu sur un homme, un seul : le prince Fernando d'Aragon.

Manuela porta la coupe à ses lèvres et but une gorgée de vin.

— Majesté. Puis-je vous faire une confidence ? Une question m'a toujours brûlé les lèvres que je n'ai jamais osé vous poser. Pourquoi ce choix ? Sa Majesté Fernando était votre cousin, vous n'étiez pas amoureuse de lui et vous ne l'aviez jamais vu.

Le visage de la reine afficha un air morose :

— Je fus le témoin de trop de drames durant mon enfance. À travers mon demi-frère, j'ai assisté au spectacle d'un pouvoir royal bafoué, d'un souverain incapable de se faire respecter, d'un État livré aux factions et réduit à l'impuissance. Je m'étais juré que le jour où je deviendrais reine, jamais on n'aurait barre sur moi. C'est pourquoi, envers et contre tout, j'ai choisi d'épouser le prince d'Aragon. Je l'ai choisi car je savais — à dix-sept ans déjà — que par ce mariage je ferais de la Castille une grande puissance, celle qu'elle est aujourd'hui. Je savais que cette union donnerait naissance à l'unité politique de toute la Péninsule, que nous formerions un couple invincible, capable un jour de libérer définitivement l'Espagne de la présence arabe, achevant ainsi l'œuvre de reconquête entreprise par nos pères.

Elle marqua une pause, puis :

— En quoi, là aussi je n'ai point eu tort. À ce jour, notre terre est presque libérée. Il ne reste plus qu'un seul royaume arabe en sursis : Grenade. Et son tour viendra...

À son insu, la voix de la souveraine s'était mise à vibrer, portée par une émotion vraie dont on devinait qu'elle prenait sa source dans les entrailles mêmes du personnage. Son ton se fit plus doux tandis qu'elle reprenait :

— Lorsque je repense à cette époque, je me dis que j'ai dû bénéficier d'une protection divine.

Mais il y eut aussi celle d'un homme que je n'oublie pas : Juan Vivero. Ton père. Je l'aimais profondément. À la différence de beaucoup, il faisait partie de ces êtres qui, à la noblesse du sang, rallient celle du cœur.

Manuela baissa les yeux, émue.

— Vous avez raison. Aujourd'hui encore, alors que plus de trois ans se sont écoulés, j'ai l'impression d'entendre son pas, de le voir, convaincue que la porte de ma chambre va s'ouvrir et qu'il va apparaître sur le seuil.

Se ressaisissant, elle adopta un sourire enjoué.

– Revenons à des événements plus heureux ! Nous évoquions votre rencontre avec Sa Majesté...

— Non sans raison, puisque c'est dans la demeure de tes parents qu'elle s'est déroulée. J'avais quitté Ocaña sous la protection des soldats de l'archevêque Carrillo et trouvé refuge auprès de vous. Cinq mois plus tard, Fernando vint me retrouver. Te rappelles-tu cette nuit ?

— Comment aurais-je pu l'oublier ? Vous m'avez tirée de mon lit tant vous aviez hâte de me montrer votre futur époux. Tant peut-être, aussi, vous aviez...

Elle hésita. Ce fut Isabel qui prononça le mot :

— Peur ? Oui. Mais une peur qui n'avait rien de ces peurs qui donnent envie de fuir. Non. Je dirais que ce que je ressentais c'était plutôt une fièvre. Un état de tension, un peu comme celui que l'on éprouve à la veille de briser ses chaînes après des années de captivité, ou comme à bord d'un navire à l'instant de larguer les amarres. Je partais vers une nouvelle vie. J'entrais en religion.

— Jamais expression ne m'est apparue si pleine d'à-propos.

Elle ajouta, l'air lointain :

— Nous nous sommes quittées adolescentes, nous nous retrouvons femmes.

— Et toujours si proches. Il est des amitiés, comme celle que me jurait pourtant cette chère Béatrice de Bobadilla, qui n'ont pas résisté à la durée. Toi, tu fus toujours là. Même absente.

Le silence reprit possession de la salle à manger. Les écuyers attendaient, en retrait à l'ombre des tapisseries. Le majordome de semaine, raide comme un pic, fixait un point invisible droit devant lui, et l'aumônier de service, mains croisées sur le ventre, donnait l'impression de somnoler.

Au-dehors, le *Te Deum laudamus* avait succédé au *Veni creator spiritus*. Et le chant enflait dans la nuit avec la vigueur d'un orage. Tout à coup, dans le clair-obscur, éclairées par la lumière pâle des candélabres que des serviteurs venaient d'allumer, les deux femmes offrirent un contraste saisissant.

La reine de Castille était de taille moyenne, très blanche et très blonde ; en chair, le teint clair, les yeux entre vert et bleu, le nez un peu épaté, les cheveux relevés en chignon. Calme, impassible, ses traits reflétaient ce qui dominait en elle : l'opiniâtreté.

Manuela Vivero était à l'opposé. Grande, brune, sa chevelure bleutée, d'une densité de miel, était lissée et ramassée en arrière en une natte entourée de rubans de soie entrelacés. Sur son teint doré se détachait à la hauteur de la pommette droite un grain de beauté d'un noir de jais. D'une pureté émouvante, son visage de femme-enfant contrastait avec l'œil où brillait une ardeur exultante et sauvage. Elle se tenait très droite, presque cambrée, ne perdant pas un pouce de sa taille, ce qui lui donnait une majesté naturelle.

Le physique les différenciait, mais leur enfance les rapprochait. Grâce à l'affection que se portaient leurs familles, les deux femmes avaient presque grandi ensemble. Toutes deux étaient nées dans la même bourgade de Vieille-Castille, à Madrigal de las Altas Torres, où avaient déjà été célébrées les noces des parents d'Isabel. Toutes deux étaient nées le même jour, un 22 avril, mais à deux ans d'écart. À l'aube de sa onzième année, Isabel avait été appelée à la cour de Castille. Mais aussitôt après le décès de son frère, l'enfant Alfonso, elle était revenue s'installer à Madrigal, retrouvant Manuela et les souvenirs du passé. Plus tard, la vie devait les séparer une nouvelle fois.

— C'est vrai, fit Isabel, le temps passe si vite. Il me semble qu'hier j'épousais Fernando. Et toi. Tu n'es toujours pas mariée ?

Un rire cristallin secoua Manuela.

— Il n'est pas d'homme qui soit à ma taille.

— Allons, sois sérieuse. Pourquoi ? À trente-trois ans, ne crois-tu pas qu'il serait temps de fonder une famille ? Je me suis laissé dire que les prétendants ne manquaient pas. À peine m'arrive-t-il de prononcer ton nom que les regards de ces hidalgos étincellent d'admiration. Alors pourquoi ?

La jeune femme mit quelques instants avant de répondre.

— Sans doute parce que je me méfie de l'imaginaire. Rien n'est plus terrible que d'être prisonnier de l'imaginaire d'un homme ou... d'une femme.

— Je crains de ne pas comprendre. Je sais que tu passes pour la femme la plus savante de la Péninsule, mais ne pourrais-tu être plus claire ?

— L'amour n'est-il pas issu de l'esprit ? N'est-il pas une émotion, un reflet de nous-même que l'on saisit dans le regard de l'autre ? N'est-il pas idéalisme, sublimation, adulation ? En vérité, si l'on pouvait aimer sans imaginer l'autre autrement qu'il n'est vraiment, j'aurais peut-être moins peur de l'amour.

— Passe encore pour l'amour. Mais la raison ?

Manuela effleura son grain de beauté. Un sourcil relevé, elle s'étonna :

— La raison ?

— Évidemment ! La sécurité, le confort, les enfants, la famille ! Il existe mille et un prétextes pour aller au mariage à trente-trois ans, qui n'ont rien de commun avec... *l'imaginaire.*

— Bien sûr... Mais grâce à Dieu et à mon père, je possède assez de fortune pour ne pas avoir à me préoccuper des choses du quotidien, et je trouve assez chagrin qu'une femme sacrifie son destin pour des babioles qui scintillent, quatre murs ou quelques marmots, si adorables fussent-ils, mais qu'elle seule aura portés, enfantés, élevés sous l'œil condescendant d'un mari. En réalité, l'unique mobile qui aurait pu me décider à prendre époux, hors l'amour, eût été, comme pour vous, la raison d'État. N'ayant aucune ambition politique...

— Tu préfères te consacrer à la lecture, encore et toujours la lecture ! La gloire intellectuelle ? Ce serait donc ta seule préoccupation ?

— En supposant que ce soit le cas, je n'aurais guère plus de mérite que certaines femmes arabes qui brillèrent dans un univers d'hommes autrement plus difficile. Saviez-vous que la figure la plus attachante de la littérature andalouse fut une certaine Hafssa el Rukuniyya, fille d'un personnage important de Grenade, dont les élégies sont encore sur les lèvres des poètes ? Je pourrais vous citer aussi Om el Hassan, fille d'un médecin de Loja, qui s'adonna à la médecine aussi bien qu'à la littérature. Ou encore cette épouse de cadi, si versée dans la science juridique qu'elle apportait un précieux concours à son mari, non sans exciter l'ironie de son entourage masculin.

Elle conclut en souriant :

— Vous voyez... Il me reste tant à apprendre de la réalité avant d'affronter l'imaginaire.

La souveraine leva son index, feignant la réprobation.

— Toutefois, pour défendre ta cause, j'eusse préféré que tu me citasses nos sœurs espagnoles.

Manuela reconnut avec un air d'enfant pris en faute :

— Vous avez raison, Majesté.

— Rassure-toi. Je ne t'en tiendrai pas rigueur. Je n'ignore pas qu'en ce domaine un grand effort reste à faire, et que la majorité des femmes de ce pays n'ont pas d'autre moyen d'accéder à la culture que par l'intermédiaire de lectures faites à la veillée.

Elle caressa machinalement la large fraise plissée qui entourait son visage et fit un signe à l'aumônier. Aussitôt celui-ci s'avança, rendit grâce au Seigneur pour le repas qui venait de s'achever et regagna sa place à reculons.

Mains jointes, la reine demeura recueillie un instant et se leva.

— Viens. Allons faire quelques pas.

Les deux femmes remontèrent côte à côte l'immense corridor qui débouchait au sommet d'un escalier de marbre. Elles descendirent les marches et, à l'instigation de la reine, traversèrent le vestibule décoré de stucs et d'azulejos au bleu flamboyant. Une porte-fenêtre se détachait sur la droite, qui ouvrait sur un jardin. Isabel en écarta les battants et passa le seuil, suivie par Manuela.

À peine à l'extérieur, la souveraine inspira l'air à pleins poumons.

— Sens-tu cette odeur de jasmin ? Les Maures racontent que, respirée trop assidûment, elle a le pouvoir d'enivrer.

— N'est-ce pas le propre de tous les excès, Majesté ?

Isabel approuva sans réserve et s'engagea le long d'une allée sablée qui circulait parmi les aloès et les citronniers.

— Ainsi, observa Manuela, fray Talavera s'est empressé de vous rapporter ma « dérobade ».

— Sache qu'il ne l'a pas fait dans un désir de nuire ou par médisance. Si tu connaissais le personnage, tu saurais qu'il est bien au-dessus de ces petitesses. Non. S'il s'est livré à cette confidence, c'est uniquement parce que la soudaineté de ton départ a éveillé en lui des inquiétudes sur ta santé. Il a réellement cru que tu avais été victime d'un malaise.

Elle se retourna légèrement avec un sourire entendu.

— Et ce fut bien le cas, n'est-ce pas ?

Manuela haussa les sourcils, ne sachant que répondre.

La reine poursuivit sur sa lancée.

— Oui, disais-je, fray Talavera est un homme remarquable. De surcroît, il excelle dans sa fonction de ministre des Finances. Le moins qu'on puisse dire, c'est qu'il fait preuve d'une extraordinaire objectivité, dès lors qu'il s'agit de servir une cause à laquelle il croit. Peux-tu imaginer qu'il y a quelques années, il a poussé le sens du devoir jusqu'à saisir les vases sacrés des églises pour payer la campagne contre le Portugal ? En réalité, tout chez Talavera est inspiré par le désir d'impartialité et d'absolu. Et il parvient à lui donner corps.

— Admirable personnage en effet. Tant de gens rêvent à un idéal, bien rares sont ceux qui tentent de l'atteindre. Moi-même, par exemple, combien de fois n'ai-je pas imaginé que j'accomplissais de grandes choses, belles et nobles, que je prenais mon envol, que je me hissais vers des cimes superbes. Et me voilà toujours ne voyageant qu'au travers de mes lectures et vivant au ras du sol.

— Je te trouve tout à coup bien sévère à ton endroit. N'est-ce pas toi qui, il y a un instant, chantais les louanges de la lecture et des plaisirs de l'esprit ?

L'ironie du ton arracha un soupir à Manuela.

— Vous avez raison. Que faire ? Peut-être ne suis-je que contradictions ?

— Rassure-toi. L'âge et les embuscades de l'existence t'apporteront un jour la solution. Pour revenir à Talavera... si je devais citer son défaut majeur, ce serait un certain manque de réalisme.

Elle ferma un instant les paupières comme pour mieux se souvenir.

— C'était il y a onze ans. Le 2 février, très précisément, à Tolède. Je me rendais en cortège de l'Alcázar à la cathédrale. Je portais alors une robe de brocart blanc émaillée de châteaux et de lions d'or, une parure de rubis, la couronne, un manteau d'hermine soutenu à l'arrière par deux pages. Des années plus tard, évoquant ce jour-là, Talavera me reprocha « ces débauches et cet étalage stérile ». Si brillant soit l'homme, il se trompait. Cette richesse des apparences, le faste des cérémonies, l'éclat que je m'efforce de donner à la cour, le soin que j'apporte à mes toilettes, sont autant de détails qui se veulent marquer la distance qui sépare la royauté des autres pouvoirs. Ils sont l'expression de ma volonté et celle de mon époux, à savoir le rétablissement dans *tous* les domaines de l'autorité de l'État. D'ailleurs, ma décision d'abolir certains des privilèges accordés à la noblesse, et d'écarter les *grandes* et les *títulos* des hautes fonctions administratives, est indirectement liée au but que je poursuis.

À mesure que la reine parlait, une certaine gêne s'était insinuée sur le visage de Manuela.

— Majesté, s'empressa-t-elle de déclarer, un peu gauche je ne vous ai jamais remerciée pour la générosité dont vous avez fait preuve. Sans votre intervention, jamais mon frère — après qu'on lui eut retiré les avantages inhérents à sa présence au Conseil royal — n'aurait obtenu ce poste d'ambassade à Rome. Merci, de tout cœur.

— Il ne s'agit pas de générosité, mais d'un tribut rendu à des liens sacrés. Je veux parler de ceux qui, depuis notre enfance, se sont tissés entre toi et moi.

Elle s'arrêta et plongea ses yeux émeraude dans ceux de Manuela.

— L'amitié. Tu sais la profondeur de ce mot, n'est-ce pas ?

— Majesté, y a-t-il rien de plus doux au monde que d'être sûr de l'amitié de quelqu'un ? Si j'osais, je vous dirais que le sentiment que j'éprouve pour vous est de ceux qui font que les âmes se mêlent, se confondent l'une en l'autre d'un mélange si universel qu'elles ne retrouvent plus la couture qui les a jointes. J'exprimais tout à l'heure mes critiques vis-à-vis de l'amour. Je pourrais en ajouter une de plus : au regard des années et des séparations — nous sommes là pour en témoigner — le temps qui passe affaiblit l'amour, mais fortifie l'amitié.

Elle marqua une pause avant de conclure :

— Il n'en demeure pas moins que, pour ce qui est de mon frère Juan, je demeure votre obligée. J'espère qu'un jour j'aurai l'occasion de vous témoigner toute ma reconnaissance.

La reine répliqua avec une assurance sans faille :

— Je sais. Nul doute que tu le feras. Et quand ce jour viendra, il n'y aura plus de dérobade.

— Majesté !

Une voix résonna entre les arbres. Un laquais accourait vers elles. Arrivé devant la souveraine, il se courba cérémonieusement.

— Votre Majesté, un éclaireur vient de nous avertir. L'époux de Sa Majesté vient de franchir le Tage. Il sera ici dans moins d'une heure.

La reine ne cilla pas.

— Très bien. Que l'on prévienne ma duègne et mes dames d'honneur. Que l'on dresse la table.

— Ce sera fait, Majesté.

Le laquais salua et repartit le long de l'allée.

— Fernando, ici, à Tolède ? Je ne l'attendais pas avant la fin de la semaine. Aux dernières nouvelles, il livrait bataille aux environs de Loja.

Elle changea brusquement de ton.

— Je te quitte... Nous nous reverrons plus tard.

Elle s'éclipsa, le pas rapide et nerveux.

Chapitre 2

3 février 1487.

Samuel mon ami, chalom lekha,

Il pleut sur Tolède et, j'ignore pourquoi, ce ciel lourd pendu au-dessus du Tage me fait penser au ventre d'une énorme Mauresque engrossée.

Pardonne mon écriture tremblée et les ratures de cette lettre. À l'heure où je t'écris, ma main, jadis si ferme, se dérobe, et mes yeux, usés par trop de veille, se voilent à mon insu. C'est que, depuis ces derniers mois, j'ai noirci tant de pages, posé et effacé tant de mots...

Il s'en est passé des choses depuis ton départ. Cinq ans ? Dix ? Qu'importe. Lorsque l'on aborde nos vieux âges et que les rides recouvrent les souvenirs, on ne s'attache plus au temps écoulé. Seul compte, n'est-ce pas, le temps à venir. En ce qui me concerne, jamais cette notion ne m'est apparue aussi évidente. La raison en est simple : je vais mourir.

Ne tressaille pas, ami Samuel. Autorise-toi la nostalgie, mais pas la tristesse. Si elle devait survenir, ce que j'ai à te révéler éveillera en toi une émotion si forte, si démesurée, que mon absence te semblera tout à coup bien relative.

Si je ne savais quelle sorte d'homme tu es, l'intensité de nos liens, la fraternité de nos pensées ; si je n'étais convaincu de l'estime dans laquelle tu m'as toujours tenu, du respect — oui, je dis bien du respect — affirmé plus d'une fois à mon égard, je n'aurais jamais osé te confier ces lignes. Nul doute que tout autre que toi, prenant connaissance de ce qui va suivre, l'attribuerait sans complaisance aux divagations d'un vieux fou. Pour toi je sais qu'il n'en sera rien. Il me souvient que ta foi en moi fut à l'image du wadi el Kébir, la grande rivière. Coulant à pleins bords, sans jamais tarir. Je suis convaincu que ni l'âge ni la séparation ne l'auront altérée.

Certes, je n'ignore rien du chagrin, ou je devrais dire de la déception, que tu éprouvas ce matin d'automne où je décidai de renier la religion d'Abraham pour celle du Nazaréen, rejoignant du même coup le troupeau des cochons ; ceux qu'ici l'on surnomme les marranes.

Aucun être ne réagit pareillement aux bouleversements qui l'assaillent.

Tu as opté pour le soleil de Grenade, j'ai choisi l'ombre d'un crucifié. Nombre de nos frères ont fait de même. Pourquoi ? Pourquoi ces milliers de conversions, ici, en Espagne, alors que partout ailleurs, et quelles que fussent les époques, notre peuple a préféré l'exil, parfois même la mort, au reniement ?

Je possède une réponse. Tu la rejetteras peut-être, mais je te la livre. La persécution des juifs ibériques remonte à ces jours lointains où les rois wisigoths régnaient en maîtres sur la Péninsule. Depuis, ce harcèlement s'est poursuivi et s'est amplifié.

Vois-tu, Samuel mon ami, il arrive un moment dans la vie de l'homme oppressé où son pouvoir de résistance l'abandonne. On souffle tant sur la flamme que le vacillement des premières heures débouche sur la nuit.

Quant à moi, sache que je vais payer le prix de mon abjuration. Mais était-ce vraiment une abjuration, alors que toutes ces années durant, tandis que je m'agenouillais dans les églises, une voix criait dans le secret de ma chair : *Chema Israël, Adonaï Elohénou, Adonaï Ehad.* « Écoute Israël, l'Éternel est notre Dieu, l'Éternel est Un. »

De toute façon cette discussion n'est plus de mise. J'ignore même pourquoi j'ai abordé ce sujet alors que la raison de cette lettre en est si éloignée.

Maintenant, j'attends de toi que se raidisse ta pensée, qu'elle se fasse féline, toutes griffes tendues à la préhension de ce qui suit.

Ce que je vais te livrer est le plus troublant, le plus prodigieux de tous les secrets.

Libère ton esprit de toute entrave.

Bois chacune de mes phrases.

Que ni le parfum mourant des jasmins, ni le chant des muezzins, ni le babillage des femmes voilées puisant l'eau aux aljibes, qu'aucune de ces choses terrestres ne puisse te distraire de ta lecture.

C'est l'histoire d'un livre.

Un livre né dans la nuit des temps, bien après le tohu-bohu initial, bien après que fut prononcé le premier mot : Béréchit. Cela se passait à l'époque d'Adam et de Havvah.

C'est l'histoire d'un livre.

Un livre qui n'est mentionné dans aucun des trois livres sacrés. Ni dans la Torah, ni dans les Évangiles, ni dans le Coran. Aucun verset, aucune prière ne l'évoque.

Avant d'aller plus loin, il faut que je précise que j'use du mot *livre* pour des raisons de commodité ; car il s'agit en réalité d'une tablette. Une tablette, chose curieuse, conçue dans du saphir. Ses dimensions sont d'environ un coude et demi sur sa longueur, un sur sa largeur.

Tout commença par la Faute originelle, le bannissement du jardin d'Éden, la jalousie de Caïn et enfin l'acte monstrueux, irréversible : le premier meurtre. C'est sans doute après ce fratricide que l'Éternel comprit la fragilité de ses créatures. Une alternative s'offrit alors à lui : ou il gommait sa création à jamais, ou il la soutenait tout au long de son évolution, en lui soufflant la juste ligne à suivre. Dans son infinie miséricorde, il adopta — tu t'en doutes — cette dernière option.

L'Éternel imagina alors un Livre. Un Livre dont Il serait l'Auteur. Un ouvrage sacré dans lequel seraient divulguées — au siècle, au jour et à l'heure de son choix — les réponses aux questions fondamentales que les hommes viendraient à se poser Ainsi ces hommes seraient en mesure de retrouver la lumière dans les instants de ténèbres, le réconfort aux heures du doute, la sagesse quand régnerait la folie, la vérité quand dominerait le mensonge.

Ami Samuel, es-tu conscient de ce que cet acte représente de sublime ? Nous ayant créés libres, s'interdisant de s'ingérer dans le quotidien de nos existences, mais tout de même conscient de nos pauvres faiblesses, le Créateur nous a légué une carte de l'âme. Réfléchis à cette donnée. Médite. La grandeur de ce don est infinie.

De la descendance d'Adam naquirent les patriarches : Seth, Enosh, Qenan, Mahalaleel, Yered, et enfin celui dont il est dit dans la Torah qu'il « marcha 365 années au côté du Seigneur » Tu sais déjà son nom : Hénoch. Tu le sais, mais conserve-le plus près encore de ton cœur, car en lui repose la clé, l'origine du grand secret.

Ce Livre de saphir, le Seigneur le destina à certains élus, des guides qui, au fil des générations, auraient pour mission de conduire ou de ramener le monde sur le chemin de la Vérité.

Tu vas comprendre pourquoi j'ai évoqué Hénoch. Il fut le premier de ces élus. Le Livre lui fut remis par un ange, celui-là même qui est mentionné dans le targum sur l'Ecclésiaste, chapitre X, verset 20 : « Chaque jour, l'ange Raziel se tient sur le mont Horeb et proclame les secrets des hommes pour toute l'humanité, et sa voix se répercute dans le monde entier. »

Après qu'il eut vécu 365 ans, Hénoch fut enlevé au ciel. Nous avons acquis toi et moi qu'il n'est pas un seul mot de la Torah qui ne soit porteur d'un ou de plusieurs sens cachés, que la sève repose sous l'écorce. Ainsi, là où certains se contentent de voir le sens premier du nombre « 365 » et du verbe « enlevé », d'autres s'intéressent à décrypter l'information codée.

L'enlèvement d'Hénoch ne signifie pas qu'il mourut, mais que le Seigneur récompensa ce Juste en l'enlevant à la vie terrestre avant qu'il ne fût confronté aux affres de la mort.

Quant au chiffre « 365 », c'est bien évidemment le nombre de jours d'une année solaire. Là aussi se cache un message, mais il me paraît vain de le développer : ce serait faire offense au prestigieux kabbaliste que tu es.

Revenons donc à l'essentiel.

Hénoch disparu, qu'advint-il du Livre ? À qui fut-il transmis ?

Pour connaître la réponse il te suffirait de te pencher quelques instants sur les personnages phares qui jalonnèrent d'éclats d'étoiles l'Histoire humaine ; tout naturellement les noms des successeurs du patriarche t'apparaîtront : Noé, Abraham, Jacob, Lévi, Moïse, Josué et enfin Salomon.

Salomon le monarque bâtisseur, Salomon le sage entre tous les sages, Salomon l'édificateur du Temple. Celui que les légendes islamiques ont baptisé « Soliman, le prince des djinns ».

S'il est un homme dont nous pouvons être certains qu'il fut détenteur du message divin, c'est bien lui. Je pourrais même révéler à quel moment il lui fut confié. N'est-il pas écrit dans la Torah que *sa sagesse légendaire émanait d'une promesse divine reçue en rêve la veille de son couronnement* ? Ce fut cette nuit-là, je pense, que tout se passa.

Nul n'ignore combien prodigieux fut son règne, ni de quelle manière, hélas, il agonisa. Lui qui faisait partie des élus s'en exila de lui-même. Pourquoi transgressa-t-il tout à coup les lois bibliques ? Pourquoi amassa-t-il or et argent, et plus de chevaux qu'il n'aurait dû ? Quelle folie le poussa à épouser plus des dix-huit épouses autorisées à un monarque, introduisant par ces femelles d'autres dieux dans l'enceinte où reposait l'Arche d'alliance ? Quelque temps auparavant, j'en suis convaincu, le Livre lui avait été confisqué.

Quel fut alors le destin de la « carte de l'âme » ? À force de ténacité et de recherches ardues, j'en ai reconstitué le cheminement.

Yahvé avait mis en garde Salomon : « Parce que tu t'es comporté ainsi et que tu n'as pas observé mon alliance et les prescriptions que je t'avais faites, je vais t'arracher le royaume et le donner à l'un de tes serviteurs. »

Ami, tu connais la suite...

Le schisme, la fracture du royaume fomentée par Jéroboam, le maître de corvée du souverain. La première déportation.

Puis vint 586 avant l'ère commune.

Au cinquième mois du règne de Sédécias, le sept du mois — c'était en la dix-neuvième année de Nabuchodonosor —, Nebuzaradân, commandant de la garde, officier du roi de Babylone, fit son entrée dans la Cité de David, incendia le sanctuaire de Yahvé, le palais royal et toutes les maisons. Et ce fut l'arrachement. La seconde déportation.

L'Éternel avait-il décidé d'abandonner définitivement ses enfants à leur funeste sort ? Après tout, ce « peuple à la nuque raide » ne méritait-il pas qu'on le châtiât une fois pour toutes, lui qui, si souvent au cours de son existence, avait trahi les préceptes divins ?

Pourtant, non. La Bonté d'Adonaï est infinie. Au terme de soixante-dix années, Cyrus le Perse envahit Babylone et les fils d'Israël furent autorisés à rentrer dans leur patrie. Certains d'entre eux décidèrent de rester et formèrent ainsi la première communauté juive de la diaspora ; d'autres retrouvèrent la terre de leurs ancêtres, d'autres enfin — ce sont ceux-là qui nous intéressent — optèrent pour une autre forme d'exil. Ils partirent pour Sefarade. Non point la Sefarade mentionnée en Obadiah, XX, où il est prédit : « Les exilés de cette armée, les enfants d'Israël occuperont Canaan jusqu'à Sarepta et les exilés de Jérusalem qui sont à *Sefarade* occuperont les villes du Négeb. » Non point cette Sefarade-là, l'autre... Celle que le targum de Jonathan traduit par *Ispamia*, ou *Spamia*, et que nous appelons communément aujourd'hui l'Espagne.

C'est à la veille du retour sur la terre d'Abraham que le Livre sacré refit surface. Étrangement cette fois, celui à qui il fut destiné n'était ni de la race de Noé ni de celle de Moïse. Il n'était ni prince ni rabbin. Il était simplement l'un de ces descendants d'exilés sur les rives de l'Euphrate, un anonyme. Rien de plus.

Son nom : Itzhak Baruel. Il faisait partie du troisième groupe, celui qui s'apprêtait à émigrer pour l'Espagne.

Pourquoi lui ? Pourquoi ce personnage sans doute insignifiant ? Je crois connaître la réponse. Plus tard, si ta quête te conduit là où elle devrait le faire, tu rejoindras ma conclusion.

Au soir du départ d'Itzhak Baruel, à l'heure où tremble le couchant entre bleu et gris, le Livre sacré lui apparut. Sur la surface de la tablette de saphir, quatre lettres surgirent :

יהוה

Elles devaient flamboyer sous ses yeux que j'imagine pleins d'effroi, diffusant une lueur mille fois plus dense que celle des étoiles au-dessus de Babylone.

Ami Samuel. Je te sens frissonner, toi qui sais le symbole de ce tétragramme. Je devine ton cœur qui s'emballe et la sueur qui perle à ton front. Tu me relis, t'interrogeant sur l'authenticité de mes écrits. Au nom de notre vieille amitié, je peux t'assurer qu'il n'est ni mensonge, ni délire onirique, ni exagération dans mes propos.

יהוה

Nous voici devant le nom imprononçable : Yod, hé, vav, hé, celui que choisit Elohim pour se révéler à Moïse dans le buisson ardent. Ce Nom qui suscitera une relation d'un genre nouveau entre Israël et son Seigneur et dont l'essence est contenue dans la formule *Ehyeh, acher, ahyeh*. « Je suis qui je suis. »

Dois-je souligner la portée de cette révélation ?

Si inculte qu'ait été cet Itzhak Baruel, le juif en lui ne pouvait ignorer le symbole du tétragramme. Bien qu'impuissant à expliquer le sens de cette manifestation, il n'en conclut pas moins que la tablette devait être chargée d'une vibration divine.

À des siècles d'écart, je l'imagine, apeuré, se précipitant sur son talith, s'en recouvrant les épaules d'une main tremblotante et, ainsi que l'exige la tradition, demeurant immobile le temps qu'il faut pour parcourir la distance de quatre coudées. Peut-être même trouva-t-il la force de prier.

Ensuite, il enveloppa le Livre de saphir dans

une toile, le serra avec précaution contre sa poitrine. Et, le pas rendu plus lourd par le poids de sa découverte, il entama la longue route qui le mènerait jusqu'en Espagne.

J'ai longtemps perdu la trace d'Itzhak. Je l'ai cherché en Castille, en Aragon, à Cordoue. Sur les rives du Douro, au pied de la sierra de Gredos. Je l'ai cru à Coïmbre, il devait être à Grenade. J'ai cru l'entrevoir à Cadix, il vivait à Logrono. En réalité, lorsque je dis que j'ai perdu sa trace, c'est le périple de l'homme qu'il me fut impossible de reconstituer. En revanche, je n'ai jamais quitté du cœur le Livre de saphir. Et pour cause ! Il était demeuré au fil des siècles au sein de la même famille : la mienne. Je suppose que, dès l'instant où j'ai prononcé le nom de Baruel, tu l'as aussitôt rapproché du mien : Aben Baruel.

Entrevois-tu mieux à présent ce qui s'est passé ?

Je suis le descendant indirect de l'exilé de Babylone. C'est un peu de son sang qui coule dans mes veines.

Quant au Livre, j'ai découvert, ou devrais-je dire plutôt, j'ai déduit ce qu'il en advint.

Une fois installé en Espagne, mon lointain ancêtre fonda un foyer. Il eut des enfants. À ceux-ci, il fit le récit de l'événement extraordinaire dont il avait été le témoin la veille de son départ pour la Péninsule. Il leur montra la tablette. Il les adjura de la protéger, s'il le fallait aux dépens de leur vie, et de la transmettre à leur tour à leur progéniture. S'il est probable, voire certain, que personne n'accorda un réel crédit aux propos du vieil homme, sa volonté fut tout de même respectée. On conserva l'objet de génération en génération, ne le considérant, je suppose, que pour sa valeur sentimentale.

À présent, je fais un bond dans le temps pour nous transporter vers un passé plus récent.

Le 7 janvier 1433, le jour de mes treize ans (nous vivions alors à Burgos), Haïm Baruel, mon père, me conta à son tour l'histoire — ou plutôt ce qui était devenu au fil des siècles la légende du Livre de saphir. Il me tint le même discours que son père avait dû lui tenir jadis. Je me souviens parfaitement de l'instant où il délivra la tablette de son emballage de toile écrue. Je m'empresse de t'avouer que ma déception fut grande. Quoi ? C'était donc cela ? Une surface bleuâtre ; d'un bleu certes assez plaisant, mais qui n'avait rien d'original ni d'unique. De surcroît, détail qui ne fit qu'accentuer mon désenchantement, cette surface était désespérément nue, désespérément lisse, dépourvue du moindre signe. Où donc étaient passées ces lettres dont on disait qu'elles étaient apparues, flamboyantes, sous l'œil de mon aïeul, le fameux tétragramme.

יהוה

Il n'y eut pas d'écho, encore moins de réponse à mon étonnement. Aux questions que je lui posais, mon père se contenta de renouveler les recommandations ancestrales.

Ce fut tout. L'objet fut rangé, on ne l'évoqua jamais plus.

Mon père mourut alors que j'entrais dans ma vingt-cinquième année.

C'est à cette époque que je commençai à m'intéresser à la kabbale. De cet intérêt naquirent notre rencontre et notre amitié. Si je n'ai jamais jugé utile de te parler du Livre de saphir c'est pour une raison simple : il m'était sorti de l'esprit. Et nous vivions des temps bien difficiles.

Souviens-toi, nous étions en 1445. La reconquête battait son plein. Les royaumes arabes continuaient de tomber les uns après les autres.

Les années passèrent. Je me mariai. À quelques mois d'intervalle, tu en fis autant.

Survint la date fatidique du 1er novembre 1478. Une bulle du pape Sixte IV, la tristement célèbre *Exigit sincerae devotionis*, donna pouvoir à Isabel et Fernando de nommer des inquisiteurs de la foi.

C'est à ce moment que nos destins divergèrent. Comme des milliers d'entre nous j'ai opté pour la conversion au christianisme, cependant que toi et les tiens vous émigriez à Grenade, dans cette dernière cité arabe où nos frères trouvaient encore un certain répit.

Et maintenant, ami Samuel, dans le cas où ton intérêt se serait émoussé au rappel de ces quelques dates historiques, je souhaiterais qu'il s'éveille à nouveau ; car voici venu l'instant où ma confidence réclame de toi la plus grande vigilance.

Il y a environ six mois j'étais installé comme à l'accoutumée à ma table de travail Depuis plusieurs semaines je travaillais à la rédaction d'un essai analytique du *Tanna de-vé Eliyyahou*, ce midrash éthique qui... mais ce n'est à toi que j'apprendrai ce qu'est l'enseignement de l'école d'Elie.

J'enchaîne donc.

Sans raison apparente, je fus saisi d'une vive pulsion. Mon attention échappait à ma maîtrise Irrésistiblement, elle se trouvait tout entière captivée par un coffre aux panneaux de noyer aligné contre le mur.

Dans un premier temps, j'éprouvai un véritable agacement. Je tentai de me concentrer à nouveau, mais en vain. Pourquoi ce meuble, de tout temps en cet endroit, m'attirait-il tout à coup avec autant d'insistance ? C'est alors que je me souvins... C'est là qu'était rangé le Livre de saphir.

Depuis plus de quarante ans je ne m'étais pas intéressé à l'objet. Néanmoins, j'avais respecté le serment fait à mon père et transmis mot à mot la légende à Dan, mon fils unique. Mais alors, pourquoi ? Pourquoi cette nuit cette affaire revenait-elle à ma mémoire ?

À mon corps défendant, je quittai ma table de travail et me dirigeai vers le coffre. J'ignore pourquoi, je marquai un temps d'arrêt, puis, lentement, je soulevai l'abattant. La tablette était toujours à la même place. Je la saisis et, ainsi que mon père l'avait fait près d'un demi-siècle plus tôt, je l'extirpai de sa protection. C'est alors que. me croiras-tu, Samuel mon ami ? Le tétra gramme réapparut :

$$\text{יהוה}$$

Yod, hé, vav, hé. L'indicible nom du Seigneur.

J'eus un mouvement de recul. J'oserai dire de terreur.

Le pouls battant à rompre, le cœur remonté à la gorge, je tentai de reprendre mon souffle, raccroché au vide de la pièce comme un funambule en déséquilibre.

Ce n'était pas un rêve, ni une illusion née d'un esprit vieillissant qui s'égare. Non. Je l'affirme ! J'ai vu les lettres ! Le Nom que l'on écrit mais que l'on ne prononce pas. Je les ai vues telles que mon lointain ancêtre Itzhak avait dû les voir sur les berges de l'Euphrate.

Me crois-tu, Samuel mon ami ?

Il le faut pourtant. Il le faut d'autant plus que ce qui suit est encore plus bouleversant.

Au bout de quelques minutes, pareil à un mouvement de flamme qui lentement vacille puis meurt, le tétragramme disparut. Je demeurai là, statufié, m'interrogeant sur la réalité de ma vision. Pas pour longtemps. Rédigé par une main invisible, un texte commença de s'inscrire sur la surface bleuâtre.

Au fur et à mesure qu'il se déroulait, j'avais la sensation que les phrases se détachaient de leur moule, s'élevaient vers le ciel avant de s'engouffrer dans mes yeux. Je les sentais qui pénétraient mon âme avec la violence d'un torrent dévalant un pertuis.

Les lignes succédèrent aux lignes. D'une absolue clarté.

Il n'y avait plus de place pour l'incrédulité. Adonaï me parlait. Elohim me parlait. Pour des raisons qui m'échappent encore, l'Éternel m'avait choisi, moi, Aben Baruel, pour être réceptacle de Son message.

J'ai lu tant de livres, Samuel. Mon existence tout entière je l'ai consacrée à vouloir saisir l'inaccessible, décrypter l'indéchiffrable, cerner l'invisible. J'ai cru plus d'une fois toucher le fond de la Vérité, ou était-ce celui du Mensonge ?

J'ai bu jusqu'à plus soif aux lèvres de la Torah. J'ai serré contre mon âme Talmud et Zohar. Emporté par mon avidité de connaître, je me suis tourné vers d'autres livres sacrés. D'abord, j'ai approché celui que les musulmans nomment « La Récitation », je veux parler du Coran. J'y ai retrouvé Abraham et Moïse en bonne place. Ensuite, je me suis intéressé à démêler le vrai du faux dans le mythe de Yeshoua, Jésus le Christ. Pour ce faire, les quatre évangélistes me furent d'une aide précieuse.

Tu vois, Samuel, j'ai lu. Haletant, j'ai arpenté les déserts, les vallées fertiles, je me suis hissé vers les nuits constellées, cherchant désespérément à dénombrer les étoiles. J'ai connu des aubes de déraison et des couchants de sagesse. Mais rien — tu m'entends, Samuel ? —, rien ne ressemblait, de près ou de loin, au sens du message qui venait de m'être confié.

Je ne sais combien de temps je restai là à contempler la surface bleutée. La tablette de saphir avait recouvré son silence. Elle était à nouveau nue, et malgré tous mes efforts je ne parvenais pas à me détacher de cette nudité.

L'aurore pointait au-dessus des méandres du Tage lorsque je me décidai enfin à me ressaisir. Je n'avais perdu que trop de temps.

S'il m'a été formellement interdit de confier à qui que ce fût la teneur de la Révélation, je suis autorisé en revanche à t'en dévoiler la conclusion. Elle a trait à mon destin personnel.

Si je t'annonçais ma mort prochaine au début de ma lettre, c'est qu'elle me fut aussi annoncée. Nous sommes le 3 février. Il m'a été prédit que les familiers du Saint-Office, probablement assistés d'un alcade et d'alguazils, viendraient m'arrêter le

9, dans six jours. Je sais déjà l'acte d'accusation qui me sera signifié : « A changé de linge le jour du shabbat et a refusé de manger du lard un samedi. » Le délateur m'est inconnu. Mais nous savons que ce pourrait être n'importe qui ; un fils peut déposer contre son père, une femme contre son époux, un frère contre son frère ; jusqu'à l'accusé lui-même à qui l'on impose de deviner et d'avouer le crime qu'on lui suppose, et que bien souvent il ignore.

Ainsi, lorsque tu recevras ces lignes, je ne serai plus.

La sensation est curieuse, n'est-ce pas ? Tu tiens entre tes mains cette feuille maculée, encore tiède de ma fièvre, alors que mon être n'est plus que cendres.

Je suppose que ta première réaction sera de t'interroger sur les raisons de ce courrier tardif. Après tout, l'événement miraculeux dont je fus le témoin ne s'est-il pas déroulé six mois plus tôt ? En effet. Mais je ne pouvais t'écrire avant cette heure. Je ne le pouvais, car j'avais une mission à accomplir. Informé de ma disparition prochaine, je devais mettre le Livre sacré en lieu sûr.

C'est à cette tâche que j'ai consacré tout le temps qui me restait encore à vivre. Oui, Samuel. C'est ce que j'ai fait. J'ai caché le Livre.

Je vois d'ici ton indignation. J'entends tes interrogations chargées de colère ou de rancœur. Tu dois t'écrier : « Comment donc ? Mon ami Aben Baruel a eu en sa possession un écrin céleste présumé contenir la réponse aux énigmes qui se posent aux hommes de toute éternité, et voilà qu'au lieu de partager la clé de ces mystères, il se l'approprie. Il la dissimule. Absurde ! Sacrilège ! »

Non, Samuel, ni absurde ni sacrilège. Il m'est impossible d'entrer dans les détails. La teneur même du message que j'ai reçu m'a imposé d'agir de la sorte. Pour des motifs que je ne peux t'expliquer, il fallait que le Livre fût hors de portée. Il fallait qu'il devînt un objet de quête. Désormais il était indispensable qu'il se métamorphosât en une sorte de Graal que des hommes, toi en l'occurrence, seraient tenus de conquérir ; de conquérir, et par conséquent de mériter. J'ouvre une parenthèse afin de te préciser que je n'emploie pas le mot « Graal » au hasard. La légende chrétienne ne dit-elle pas que le Graal serait la coupe dans laquelle fut recueilli le sang de Yeshoua, du Christ ? Le sang n'est-il pas principe de vie et, par conséquent, l'homologue du cœur, du centre ? Tu l'ignores peut-être, mais le hiéroglyphe égyptien du cœur est à la fois un vase et... un *livre*. Oui, un livre.

Me comprends-tu ? Probablement pas, car j'imagine que la frustration t'aveugle. Mais accorde-moi ta confiance. Prends du recul. Laisse retomber tes humeurs. Avec le temps, mon attitude t'apparaîtra comme étant la seule, l'unique que j'aurais pu adopter. Lorsque à ton tour tu seras en possession de l'objet divin, ton incompréhension s'évanouira d'un seul coup. Oui, j'ai bien dit : « À ton tour. » Car vois-tu, en dépit des apparences je n'ai pas agi à la légère. Je ne quitte pas le monde en emportant mon secret. Non. J'ai joint à ma lettre un plan détaillé élaboré sous forme d'indices. J'y ai enfoui des parcelles de mon âme. Si tu parviens à les déchiffrer, sois convaincu qu'elles te mèneront vers le lieu où j'ai abrité le Livre.

Pour réussir il ne fait pas de doute que tu devras puiser en toi cette patience, cette sagacité, et toute cette science dont je te sais capable. Il n'existe pas à ma connaissance un seul juif dans toute la Péninsule qui possède cette faculté unique : connaître le moindre verset de la Torah entièrement de mémoire. Toutefois, je te préviens : le théologien et le kabbaliste que tu es seront soumis à rude épreuve car, par respect pour l'homme, par déférence pour l'érudit, je n'ai pas recherché la simplicité.

Je t'ai tout dit désormais.

Il va de soi que rien ne t'oblige a entreprendre cette quête. Tu peux déchirer cette lettre, le plan qui l'accompagne, les jeter au feu. Le feu même d'un bûcher. Tu peux conclure que tout ce qui a précédé est pur délire ; tous les choix t'appartiennent. Je n'exige rien ; rien sinon que la décision que tu prendras soit en harmonie avec le tréfonds de ton être. C'est tout.

Cependant, avant de te quitter, j'aimerais que tu médites ces propos de notre maître, Moshe Maimonide :

« Le principe des principes et le pilier des sciences, c'est de connaître qu'il y a un Être premier et que c'est lui qui impartit l'existence à tout ce qui existe. En effet, toutes les créatures du ciel, de la terre et de l'espace qui est entre eux ne tirent leur être que de la vérité de son être à lui. »

Tu vas me manquer, Samuel mon ami. Si l'amitié est une forme d'amour, jamais je n'en fus plus proche qu'en cet instant.

Lekh le-chalom.

Aben Baruel

Chapitre 3

> Donne-lui l'aumône, femme, car dans la
> vie il n'est pire malheur que d'être aveugle
> à Grenade...

Grenade, 6 mai 1487.

La main droite de Samuel Ezra triturait nerveusement la pointe effilée de sa barbe. Il grimaça. Aujourd'hui plus que jamais, ses doigts
gourds, rongés par l'arthrite, le faisaient horrible-
ment souffrir.

Il relut une fois encore le dernier paragraphe de
la lettre d'Aben Baruel et s'entendit déclarer au
jeune homme qui attendait, silencieux, assis dans
le fond de la pièce.

— Ton père était mon ami le plus cher.

Il répéta avec insistance :

— Mon ami le plus cher...

— Je sais, rabbi Ezra. Et ce sentiment était
partagé. Bien avant de vous rencontrer, je
connaissais tout de vous. D'aussi loin que je me
souvienne, deux noms revenaient sans cesse dans
la bouche de père : le vôtre et celui de Sarah, ma
défunte mère

Le rabbin hocha silencieusement la tête. Un

chandelier éclairait son visage anguleux, presque hâve. La lumière marquait un temps d'arrêt sur le front accablé de rides, repartait comme par à-coups le long du nez, se fixait un bref instant au creux des cernes gris avant de se diluer dans le bleu clair des yeux : seule éclaircie dans cet ensemble torturé et sombre. Quel contraste avec l'éclatante jeunesse de Dan Baruel ! Une vingtaine d'années opposées aux soixante-dix ans d'Ezra. Deux existences : l'une à l'aube, l'autre au couchant.

Comme elle était pénible, cette émotion roulée en boule qui s'était insinuée en lui et dont il savait parfaitement l'origine ! Elle n'avait rien à voir avec l'information — si extraordinaire fût-elle — contenue dans la lettre de son ami ; c'était seulement du chagrin. Un immense chagrin et, peut-être aussi, la soudaine perception d'un nouveau pan de vie écroulé.

Il y eut tout à coup quelques détonations étouffées par l'éloignement, puis des coups de canon. Des cris. Une nouvelle salve.

Dan tressaillit, affolé.

— Que se passe-t-il donc ?

— Ce sont ces fous d'Arabes qui recommencent à se déchirer.

Entre eux ? Je les croyais en guerre contre les Castillans.

— Ce serait trop long à expliquer. Disons que depuis plusieurs mois une guerre civile succède à une autre guerre, et qu'au train où vont les choses il ne restera plus un seul guerrier grenadin vivant pour affronter les Castillans. Isabel et Fernando pourront conquérir la ville les mains nues. Revenons à ce courrier Il est daté du 3 février. Nous sommes le 6 mai. Pourquoi avoir attendu tout ce temps avant de te manifester ?

— Je n'ai fait que respecter les consignes que mon père m'avait données. En me confiant ces documents, il m'a bien précisé qu'il ne fallait en aucun cas vous les remettre avant que je n'aie l'assurance formelle de sa mort. Or, son emprisonnement a duré près de deux mois. L'autodafé a eu lieu le 28 avril.

Ezra réprima un haut-le-cœur.

Autodafé. *El auto publico de Fe*. La folie des hommes résumée en ces quelques mots. Dans l'esprit du rabbin une série d'images se mit à défiler par saccades. Malgré lui il songea : « Le reniement de la foi conduit au châtiment. » Il s'en voulut aussitôt pour cette réflexion dont il savait en son for intérieur qu'elle était aussi simpliste qu'injuste.

— Te voilà seul au monde désormais.

— Orphelin, rabbi, mais pas seul. Je suis marié.

— Marié ? À vingt ans ?

— J'en ai vingt-six.

— Tu ne vivais donc plus avec ton père. Mais alors, ces documents... ?

— Ma femme et moi résidons à Cuenca. C'est là que mon père est venu me trouver.

Il s'empressa de préciser :

— Il faudra d'ailleurs que je rentre au plus vite. J'ai un enfant de deux ans et mon travail m'attend.

— Que fais-tu ?

— J'occupe une place chez un tanneur.

— Il est hors de question que tu repartes en pleine nuit. As-tu mangé ?

Le jeune homme repoussa la question d'un geste timide.

— Si, si. Tu dois manger quelque chose. Cuenca n'est pas la porte à côté. Il faut que tu te reposes aussi. Teresa !

Il y eut un bruit de pas. Une servante apparut dans l'encadrement, formes rondes, tablier autour des reins, cheveux de jais noués en chignon, visage plein. Une quarantaine d'années.

— Teresa, occupe-toi de nourrir ce garçon. Il a fait un long voyage. Et tu apprêteras un lit. Il couchera ici ce soir.

La femme acquiesça et d'un mouvement affable invita Dan à la suivre.

Demeuré seul, Ezra fixa d'un œil hésitant ce « plan détaillé, élaboré sous forme d'indices » légué par son ami défunt. D'où lui venait cette sensation de malaise, ce sentiment de curiosité aiguë mêlé d'appréhension ?

Il prit une profonde inspiration et se plongea dans l'étude du document.

Combien de temps dura sa lecture ? Il n'aurait su le dire. Quand il se redressa, les bougies expiraient. La cire liquéfiée, puis saisie, avait entièrement couvert de stalactites les branches du chandelier. Les mèches s'étaient recroquevillées. On pouvait prévoir qu'elles allaient s'éteindre. L'aube pointait à travers les volets mi-clos.

Ezra demeura immobile, défait par la fatigue et la confusion. C'est à peine s'il entendit la voix ensommeillée de Dan Baruel qui l'interrogeait.

— Rabbi... vous avez veillé toute la nuit ? Vous n'allez pas bien ?

La réponse fusa :

— Non ! Non, je ne vais pas bien !

— Vous voulez parler de la lettre de mon père ?

— La lettre n'est pas en cause.

Il frappa les pages de son index déformé.

— Le manuscrit est incomplet...

Le jeune garçon s'approcha, un peu désarçonné.

— Que voulez-vous dire ?

— Je veux dire, mon petit, que pour des raisons que je ne m'explique pas, ton père s'est livré à une farce à mes dépens.

Sans laisser à l'autre le temps de répliquer, Ezra développa :

— Écoute-moi attentivement. Voici le texte. Il s'agit d'une sorte de livret découpé en huit parties inégales. Chacune de ces parties a pour en-tête le mot « Palais ». Ne me demande pas de t'expliquer le sens de cette appellation, ni les raisons pour lesquelles ton père a jugé utile de l'employer. Il te suffit de savoir que l'on pourrait remplacer « Palais » par « Chapitres ». Tu me suis ?

Le jeune homme acquiesça.

— À première vue, ce langage est incohérent, touffu ; il échappe à la compréhension. Imagine un paysage dont les couleurs et les formes auraient éclaté. Un décor inversé. Ou, mieux encore, songe à un portrait d'homme où chacun des traits aurait été remplacé par un symbole qui n'aurait rien d'humain. Néanmoins, je le maintiens, ce texte est d'une extraordinaire rigueur.

— En fait, mon père a conçu ce que l'on appelle un cryptogramme.

— Exactement. Cependant — et c'est ce qui me désarme — la plupart des phrases qui le composent sont inachevées. Regarde.

Dan se pencha par-dessus l'épaule du rabbin et lut :

PREMIER PALAIS MAJEUR

BÉNIE EST LA GLOIRE DE Y.H.W.H. DEPUIS SON LIEU.

LE NOM EST EN 6.

À CE MOMENT J'AI INTERROGÉ LE PRINCE DE LA FACE. JE LUI DIS : QUEL EST TON NOM ? IL ME RÉPONDIT... FAISAIT-IL PARTIE... ? MOI QUI L'AI CROISÉ, J'AI SONGÉ UN TEMPS LE NOMMER DU NOM D'AZAZEL. JE ME TROMPAIS. SON ERREUR FUT SEULEMENT DE CÔTOYER... ET ACHMEDAÏ, ET DE VIVRE À L'HEURE OÙ J'ÉCRIS AU HAUT DE LA COLLINE EN PENTE DOUCE, SUR LES RUINES DE L'HADÈS.

AU PIED DE CETTE COLLINE DORT LE FILS DE YAVÂN, ET SON RÊVE MURMURE EN SE DÉVERSANT DANS LA MER : JE CROIS QUE N'EXISTE... CROIENT LES FILS D'ISRAËL. JE SUIS PARMI...

Le jeune homme dut s'y reprendre à deux fois avant de s'autoriser une conclusion :

— C'est un véritable charabia !

— Je t'avais prévenu. Mais j'insiste : la rigueur est présente. Codée, mais présente. Bien sûr, il n'est pas donné à n'importe qui de pouvoir décrypter cet amalgame de symboles, et tel n'était pas d'ailleurs le désir de ton père. Seul un kabbaliste doublé d'un érudit hors du commun aurait une chance d'en venir à bout. Ce kabbaliste, Aben ne doutait pas que ce pût être moi.

— Pourtant, il y a un instant à peine vous parliez d'une farce !

— Exact. Mais je t'ai dit aussi que la farce n'était pas dans le contenu, mais dans son inachèvement. Regarde... Lis à voix haute ce passage.

Dan allait s'exécuter lorsque le fracas des armes retentit à nouveau. Malgré lui, le jeune homme lança des coups d'œil angoissés vers la rue.

— N'aie crainte. Ils se battent vers la Qasba. C'est à l'autre bout de la ville. Vas-y, lis.

— À CE MOMENT, J'AI INTERROGÉ LE PRINCE DE LA FACE. JE LUI DIS : QUEL EST TON NOM ? IL ME RÉPONDIT... ?

— Comprends-tu à présent ?

— Je suis désolé, rabbi Ezra. C'est tellement confus.

— Répète lentement la première phrase.

— JE LUI DIS : QUEL EST TON NOM ? IL ME RÉPONDIT... ?

— Il me répondit... quoi ? Ne vois-tu pas qu'il manque une suite ? Et plus loin : FAISAIT-IL PARTIE... ? de quoi ? Il y a trois points de suspension et une reprise qui ne tient pas debout. Et les hiatus se répètent.

Ezra pointa à nouveau son index sur un second passage :

— SON ERREUR FUT SEULEMENT DE CÔTOYER... CÔTOYER QUI ? et là encore : JE CROIS QUE N'EXISTE... Et enfin : CROIENT LES FILS D'ISRAËL JE SUIS PARMI... parmi qui ?

La voix du rabbin était montée d'un cran.

— S'il ne s'était agi que d'une phrase tronquée, on aurait pu l'imputer à un moment de distraction ! Or ce n'est pas le cas puisqu'il y a récidive ! Alors pourquoi ? Pourquoi Aben se serait-il livré à cette mystification ? La lettre qui accompagne ce document n'aurait aucune raison d'être.

— Il y a peut-être une explication.

— Je t'écoute.

Le jeune homme eut tout à coup l'air gêné.

— Il se peut que les mots manquants soient ailleurs.

— Ailleurs ?

— Oui. Ils font peut-être partie du pli que j'ai déposé hier soir, juste avant de vous rencontrer.

— Tu veux dire qu'il y avait une autre lettre ?

— Oui. Presque identique à celle-ci.

Le rabbin s'affola.

— Ton père aurait rédigé un double ? À qui l'as-tu remis ?

— Un certain — il fit un effort pour retrouver le nom — cheikh Ibn Sarrag. Chahir ibn Sarrag.

Ezra faillit s'étrangler.

— Un gentil ? !

— Un musulman, sans aucun doute.

— Mais qui donc est cet individu ?

Dan secoua la tête avec embarras.

— Ne m'en veuillez pas, rabbi. J'ignore tout du personnage. Je sais que père voulait impérativement que je me rende chez lui en priorité.

Décidément c'en était trop. Il y avait eu le choc provoqué par le décès de son ami, cette histoire hallucinante de dialogue avec l'Éternel, et maintenant cet Arabe... Il se prit le visage entre les mains et grommela une série de mots qui, s'ils n'avaient été si confus, auraient pu laisser croire à une réflexion à voix haute.

— Quelque chose m'échappe et je supporte mal ce sentiment.

— J'aurais bien aimé vous aider, mais...

Ezra bondit de son siège avec une vigueur inattendue. C'est à ce moment seulement que Dan prit conscience de sa taille. Le rabbin était grand, beaucoup plus que la moyenne, et son extrême maigreur, au lieu de le desservir, lui conférait une certaine élégance.

— Tu vas me conduire immédiatement chez cet homme.

— Impossible, rabbi ! Je dois rentrer à Cuenca ! Sans compter que ce serait pure folie de sortir dans la rue en ce moment.

D'un geste nerveux le rabbin récupéra les documents qu'il glissa dans une besace et se précipita vers la porte.

— Maintenant ! ordonna-t-il sur un ton qui ne supportait aucune contradiction. Maintenant !

À peine eurent-ils franchi le seuil de la maison qu'un froid sec saisit les deux hommes. Autour d'eux, une aube fine progressait sur la ville dans un ciel rose pâle tramé par les reflets neigeux de la sierra Nevada.

Vers le quartier sud résonnait le bruit de la canonnade.

— Où ? questionna Ezra. Où habite-t-il ?

— Ici même.

— Tu veux dire dans l'Albaicín ?

— Oui. Mais au sommet de la colline. La pente est rude, et il faut compter une heure de marche environ.

— Il est hors de question de faire ce chemin à pied.

— Mais alors ?

— Mais alors quoi ? Je possède un cheval et suis encore parfaitement apte à le monter.

Dans une arrière-cour, un cheval était là, en effet. Dan s'était attendu à une sorte de haridelle épuisée, pourtant, non, c'était une superbe monture, noire avec deux balzanes aux pieds qui faisaient des taches opalines.

— Ne reste pas là planté ! Aide-moi à le seller !

Sans trop savoir comment, le jeune homme se retrouva trottant en croupe à travers le lacis des ruelles. Contre toute attente, en dépit de l'âge, Ezra montait droit comme un i, avec un port décidé qui lui donnait fière allure.

Bientôt, sur leur droite, au sommet d'un éperon boisé se dressa l'ombre de la Rouge, l'Alhambra, ce palais maure dont on disait — tant il respirait la splendeur — qu'il avait été érigé des propres mains d'Allah. Ils contournèrent un aljibes, l'un des innombrables réservoirs publics qui abreuvaient la cité, longèrent les jardins du Généralife, plantés de cyprès et de lauriers-roses. À hauteur du Darro, ils franchirent le pont du Cadi et bifurquèrent sur la droite. Des hommes en armes couraient vers on ne sait où, en sueur, l'air échevelé.

Lorsqu'ils atteignirent le sommet de la colline, un gros soleil cuivré commençait à poindre au-dessus des Torres Bermejas.

Devant la mosquée d'Abdel Rahman, Dan désigna une maison isolée, d'un blanc immaculé, dans laquelle se découpaient deux petites fenêtres cintrées à meneaux.

— C'est ici.

— Parfait. Je ne serai pas long.

Le vieux rabbin mit pied à terre.

— Un instant, rabbi Ezra ! Je ne peux pas vous attendre. Je dois absolument rentrer à Cuenca. Je vous l'ai dit, j'ai une femme, un enfant.

Ezra opéra une volte-face. Une expression coupable avait éclos sur son visage.

— Je comprends. Pardonne-moi si je t'ai bous-
culé. Conserve le cheval.

— Je vous remercie. Mais je n'en ai pas l'utilité.

Le rabbin l'examina un moment, silencieux.

— Tsétekha le-chalom. Fais bonne route, mon
fils.

Spontanément, il attira le jeune homme et le
serra contre sa poitrine.

— Tsétekha le-chalom..., répéta-t-il.

Il se détacha, glissa sous son aisselle la besace
qui contenait le manuscrit d'Aben Baruel, et franchit les quelques pas qui le séparaient de la
demeure de l'Arabe.

Une fois devant la porte, il saisit le heurtoir de
fer et frappa un coup sec à plein poing.

— Entrez. Je vous attendais.

Était-ce son imagination, ou y avait-il une
pointe d'ironie dans l'expression du personnage
qui l'accueillait ?

— Vous m'attendiez ?

— Oui. Enfin, disons plus justement que
j'attendais quelqu'un, sans trop savoir qui. Si
vous m'avez trouvé c'est que vous connaissez mon
nom ; auriez-vous la courtoisie de me révéler le
vôtre ?

— Samuel. Samuel Ezra.

— Salam aleïkom, mais vous préférez sans
doute, chalom lekha ?

La pointe d'ironie que le rabbin avait perçue
chez son interlocuteur était en train de se préciser. Maîtrisant mal l'irritation qui sourdait en lui,
Ezra répondit par un haussement d'épaules.

— Voulez-vous me suivre ? Nous serons plus
tranquilles dans mon cabinet de travail. Les
enfants ne vont pas tarder à se réveiller.

Comme toutes les habitations arabes de Grenade, celle-ci se distinguait par son exiguïté. À l'instar des demeures agrippées à une pente elle ne possédait pas de patio. Ils traversèrent le vestibule, un étroit couloir coudé et gagnèrent le seuil d'une pièce de taille modeste, lumineuse. Un bureau de chêne massif posé sur un grand tapis de soie rectangulaire se détachait dans le contrejour. Les murs ornés d'étagères, noires de livres, conféraient à l'ensemble une atmosphère studieuse. Une petite porte qui se découpait dans le fond, sur la droite, ouvrait sur une terrasse.

L'Arabe désigna un divan recouvert de coussins de brocart.

— Je vous en prie, prenez place.

Ezra profita de ce que l'autre se dirigeait vers son bureau pour le détailler.

L'homme était de taille moyenne. Le cou large. Ramassé sur lui-même à la manière d'un taureau, il dégageait une impression de robustesse. Il aurait pu avoir cinquante-cinq ans ou soixante. Le bas de son visage était caché sous une barbe épaisse, poivre et sel, amincie vers les oreilles. Des sourcils broussailleux surplombaient un regard sombre.

Au-dehors, le bruit des canons avait redoublé d'intensité.

— Vous deviez être très impatient d'arriver jusqu'ici. En ce moment, il ne fait pas bon se promener dans les rues de Grenade.

Ezra ne répondit pas.

— Vous semblez contrarié, ou je fais erreur ?

Pas de doute possible : l'homme se moquait de lui. Le souvenir d'Aben Baruel le traversa : mais à quelle sorte de logogriphe s'était-il amusé ? Il faillit se lever et partir.

— Cheikh Ibn Sarrag, si je suis contrarié, vous avez, je crois, autant de raisons de l'être.

— Il se peut. Tout dépendra des conclusions auxquelles vous et moi aboutirons. Enfin... si vous le désirez.

Avant qu'Ezra ait eu le temps de répliquer, il demanda :

— Croyez-vous à cette histoire de Livre de saphir ?

— Si je vous retournais la question ?

— Mon cher, nous sommes trop subtils pour perdre notre temps à ce jeu. Répondez-moi. Y croyez-vous ?

— Si je vous disais oui ?

Ibn Sarrag renversa légèrement la tête en arrière et resta un moment dans cette position, rêveur.

— Reconnaissez que ce serait extraordinaire, tout de même.

Il s'enquit sans transition :

— Vous connaissiez bien Aben Baruel ?

— C'était mon ami le plus cher. Mais vous ? Quels étaient vos liens ?

— C'était *aussi* mon ami le plus cher.

— Vous plaisantez !

Un sourire contristé éclaira la barbe épaisse d'Ibn Sarrag.

— Votre réaction ne me surprend guère. Vous vous demandez comment il est possible qu'Aben le juif ait pu accorder son amitié à un Arabe, un fils de l'islam. Un goy comme vous dites. Est-ce exact ?

Ezra essaya de masquer sa gêne.

— Pour dissiper tout malentendu, sachez que je n'aime pas beaucoup les juifs. Je n'éprouve guère de sympathie pour votre race. Ce que j'aimais chez Aben Baruel c'était l'homme.

Au moins les choses étaient claires.

— C'est toute la différence qu'il y a entre vous et moi. Moi ce que j'aimais chez Aben c'était aussi le juif.

— Le juif... converti ? Ou l'autre ?

— Vous me décevez beaucoup, Ibn Sarrag. Quand je pense qu'il y a un instant vous suggériez la subtilité. J'oubliais : vous êtes arabe.

Ce fut au tour du cheikh de se sentir mal à l'aise.

— Si nous parlions de vos compétences ? Car j'imagine que si Baruel vous a choisi, ce n'est pas uniquement en raison de son amitié.

— Sans doute. Je présume que les qualités intellectuelles qu'il a trouvées en vous se retrouvent chez moi. Vous devez être capable de réciter de mémoire les 114 sourates.

— Et vous feriez partie des rares êtres qui peuvent se vanter de connaître par cœur les cinq livres qui composent la Torah.

Ezra se contenta d'acquiescer d'une inclinaison de la tête.

— Revenons à ce Livre de saphir.

Samuel allait répondre lorsqu'il fut interrompu par trois coups secs frappés contre la porte.

— Entrez ! lança Ibn Sarrag.

Un jeune serviteur, vingt-cinq ans environ, le trait fin, l'allure fière, s'avança en portant un minuscule plateau sur lequel était disposé un verre fumant.

— Votre thé, seigneur.

Le cheikh proposa à Ezra :

— Vous en boirez aussi peut-être ?

— Volontiers.

— Sers notre hôte, Soliman. Tu m'en apporteras un autre.

Le serviteur repartit en louchant sur Samuel.

— Un esclave ? persifla Ezra.

— Esclave ou servant, où est la nuance ?

— Elle est de taille. Dans l'un des deux cas l'individu est libre.

— Mon cher, tout dépend de l'idée que l'on se fait de la liberté. Mais nous n'allons pas nous lancer dans ce débat. Il y a plus essentiel, me semble-t-il. Le Livre de saphir. Vous laissiez entendre qu'il pouvait réellement exister.

Ezra but une gorgée de thé avant d'affirmer :

— J'en suis convaincu.

— Si c'était le cas, vous avez conscience, j'imagine, que nous serions devant le plus fantastique, le plus formidable des acquis de toute l'histoire de l'humanité. Un trésor infini. La preuve de l'existence de Dieu !

— Vous oubliez d'ajouter un détail plus terre à terre : ce serait à plus ou moins brève échéance l'annihilation de tout le système politique et religieux qui gouverne l'Espagne depuis l'instauration de l'Inquisition.

Sarrag haussa les sourcils.

— Je ne vois pas très bien le rapport.

— Il vous apparaîtra le jour — si ce jour vient — où vous découvrirez le contenu du message.

— Dites-moi si je me trompe, mais j'ai l'impression que vous pressentez déjà de quoi ce contenu sera fait. Ce pourrait être, par exemple, un verset qui affirmerait la prééminence du judaïsme sur les deux autres religions. Suis-je dans le vrai ?

Un léger sourire retroussa ses lèvres tandis qu'il ajoutait :

— Pour moi, nous n'y trouverons que le mode d'emploi d'Allah.

— Sans vouloir vous offenser, *Elohim* ou *Adonaï* me paraît beaucoup plus approprié.

— Pour quelle raison, je vous prie ? Le terme d'*Allah* vous choque donc ?

— Il ne me choque pas. Cependant il est inévitablement rattaché à votre religion. Si vous possédez un double de la lettre d'Aben, il n'a pas pu vous échapper que l'élément majeur de cette affaire est le tétragramme : Yod, hé, vav, hé. Je ne vois pas en quoi ce texte concerne l'islam.

Pour la seconde fois, l'arrivée du jeune serviteur interrompit la discussion. Après avoir servi son maître, il quitta le bureau, jetant un nouveau coup d'œil scrutateur en direction du rabbin.

— Je vous trouve bien pontifiant, reprit Ibn Sarrag. Si effectivement le tétragramme est au cœur de la lettre d'Aben, il n'en est pas de même pour le reste ; je veux parler du plan.

Le cheikh s'empara d'une feuille manuscrite posée sur son bureau et désigna la besace qu'Ezra avait posée sur ses cuisses.

— Je présume que tout est là ?

— Non, hélas, puisque c'est vous qui possédez l'autre partie.

— Dites-vous que nous sommes logés à la même enseigne. Je propose que nous comparions le premier Palais. Vous verrez que vous faites erreur lorsque vous rejetez l'islam.

— Très bien.

Ezra commença à lire lentement :

— PREMIER PALAIS MAJEUR : BÉNIE EST LA

GLOIRE DE Y.H.W.H DEPUIS SON LIEU. LE NOM EST
EN 6. À CE MOMENT J'AI INTERROGÉ LE PRINCE DE
LA FACE. JE LUI DIS QUEL EST TON NOM ? IL ME
RÉPONDIT...

Il se tut.

— J'imagine que vous avez la suite ?

Ibn Sarrag confirma :

— JE M'APPELLE JOUVENCEAU.

— FAISAIT-IL PARTIE...

— DES DORMANTS D'AI RAQUIM...

— Voulez-vous répéter ?

— Les dormants d'Al Raquim. Ce terme ne
vous dit rien, bien sûr ?

Ezra fut forcé de reconnaître que non.

— Cette expression fait partie de la dix-huitième sourate dite « de la Caverne ». Dans
nombre de versets on retrouve cette allusion aux
« dormants ». Prenez le verset 9, par exemple :
*Comprends-tu que les hommes de la Caverne et d'Al
Raquim constituent une merveille parmi nos
signes ?* Ou le verset 18 : *Tu les aurais crus éveillés,
alors qu'ils dormaient.*

Le cheikh marqua une pause volontaire avant
de conclure avec un sourire en coin :

— Vous voyez bien qu'Allah est concerné.
D'ailleurs, il n'y a pas que ce passage sur les « dormants ». Si vous voulez bien aller plus avant ?

Ezra se cala dans le divan et enchaîna :

— MOI QUI L'AI CROISÉ, J'AI SONGÉ UN TEMPS LE
NOMMER DU NOM D'AZAZEL. JE ME TROMPAIS. SON
ERREUR FUT SEULEMENT DE CÔTOYER...

— FUT SEULEMENT DE CÔTOYER MÂLIK...

Le rabbin gronda :

— Si je comprends bien, tous les mots qui sont
hors de la mystique juive m'ont été retirés !

— Je ne vous le fais pas dire. Mâlik est en quelque sorte l'équivalent du nom qui suit, c'est-à-dire : Azazel...

— Et d'*Achmedaï*, anticipa Ezra.

Il désigna un mot du paragraphe.

— Car la suite dit : *Et Achmedaï*. Or dans *notre* mystique, Achmedaï est le démon. Plus précisément le démon de l'union conjugale. Tandis que dans la littérature midrachique et kabbalistique, Azazel est considéré comme combinant les noms de deux anges déchus : Ouza et Azaël. Descendus sur terre à l'époque de Caïn, ils s'étaient moralement corrompus. En fait, Azazel pourrait être l'équivalent du diable.

— J'imagine que vous savez ce que sont les hadiths ?

— Quelle question ! Ce sont des recueils réunissant les actes et les paroles de votre prophète.

— Eh bien, sachez que Mâlik y est mentionné. Muhammad — que son Saint Nom soit béni — l'évoque comme étant le gardien des enfers : *Je vis aussi Mâlik, le gardien de l'Enfer, et l'Antéchrist*. À quelque chose près, nos trois personnages sont frères.

Ibn Sarrag écarta les bras.

— Vous ne voulez toujours pas d'Allah ?

Pour toute réponse, Ezra quitta le divan et rejoignit le cheikh.

— Je reprends ! ET ACHMEDAÏ, ET DE VIVRE À L'HEURE OÙ J'ÉCRIS AU HAUT DE LA COLLINE EN PENTE DOUCE, SUR LES CENDRES DE L'HADÈS. AU PIED DE CETTE...

— AU PIED DE CETTE COLLINE DORT LE FILS DE YAVÂN, ET SON RÊVE MURMURE EN SE DÉVERSANT DANS LA MER : JE CROIS QUE N'EXISTE...

— JE CROIS QUE N'EXISTE NUL DIEU HORS CELUI EN QUI CROIENT LES FILS D'ISRAËL. JE SUIS PARMI LES...

— JE SUIS PARMI LES... SOUMIS !

Sarrag lança le dernier mot sur un ton triomphant :

— Tout ce passage rédigé par Aben est inspiré mot pour mot de la sourate X, verset 90. *Pharaon dit : Je crois que n'existe nul Dieu hors Celui en qui croient les fils d'Israël. Je suis parmi les soumis.* Ce dernier mot fait clairement allusion à l'islam. Vous n'êtes pas sans savoir qu'en arabe le mot « islam » vient du verbe *aslama* qui signifie « soumission ». Soumission à Dieu, bien évidemment. Par définition, les musulmans sont donc les « soumis ».

Les deux hommes s'observaient tels deux lutteurs dans une arène.

Ibn Sarrag reprit la parole le premier. Sa voix avait perdu un peu de son assurance.

— Puis-je vous faire une confidence ? Je me sens perdu.

— Je le suis également. Surtout lorsque je pense que nous n'avons fait que survoler le premier Palais et qu'il en existe sept autres.

De nouvelles détonations, plus rapprochées que les précédentes, firent trembler la pièce. Le cheikh frappa le bureau du plat de la main.

— Peste soit des princes et des intrigants qui les soutiennent ! Que Satan les culbute dans la géhenne et qu'il nous en débarrasse à jamais !

Un sourire amusé anima les lèvres du rabbin.

— C'est ainsi que vous parlez de vos frères ?

— Mes frères ? Si ces musulmans qui s'entretuent sont mes frères, alors je renie mes frères !

Ces malades sont en train de commettre un crime contre Allah, contre la nature elle-même !

Il se leva d'un seul coup.

— Venez ! Je vais vous montrer quelque chose.

Le cheikh se précipita vers la petite porte découpée dans le mur, écarta le battant et invita son visiteur à le précéder sur la terrasse.

— Voyez ! Admirez ces splendeurs !

D'un coup d'œil circulaire, on embrassait tout Grenade et le paysage environnant. Déjà la ville haletait sous la canicule. La Vega craquelée dansait dans la vapeur et les souffles légers de la sierra Nevada. Juste en face, on apercevait l'Alhambra, les cours, les jardins gonflés de roses et de citronniers. En contrebas d'un ravin étroit qui allait s'élargissant au sortir de la montagne, s'étirait la vallée du Darro. S'il n'y avait eu le grondement des canons venu de la Qasba, on aurait pu entendre le murmure de la rivière. Vers le sud, ce n'était qu'une immense étendue de bois et de vergers, parmi lesquels le Genil en méandres d'argent alimentait les innombrables canaux d'irrigation.

— Vous comprenez... C'est le jardin d'Allah qu'on est en train de détruire. Le dernier rêve arabe en Andalus. Comme si de résister aux rois chrétiens n'était pas assez désespéré, fallait-il en plus que nos propres chefs se lacèrent !

— Plus aberrant encore, c'est se dire qu'un jour Grenade sera tombée pour une rivalité de femmes...

L'Arabe lui lança un coup d'œil sceptique.

— Je crois que vous exagérez beaucoup.

— Vous trouvez ? Depuis qu'une captive chrétienne — cette Isabel de Solis, devenue Zoraya

70

après sa conversion à l'islam — est entrée dans la vie du sultan Abou el Hassan, l'homme a perdu la tête. Lui qui avait commencé son règne avec grandeur et sagesse, il l'achève dans la déraison et le despotisme ! Il en est arrivé à délaisser son épouse légitime — Aïcha — préférant les enfants de la chrétienne à Abou Abd Allah Muhammad, que les chrétiens surnomment Boabdil, et son frère Yusuf. C'est bien parce qu'elle a senti que le trône risquait d'échapper à sa descendance qu'Aïcha a fomenté un complot contre son époux, avec les conséquences que l'on sait...

Sarrag eut un mouvement d'humeur.

— Je me moque de ces coteries ! Qu'ils meurent tous, que Grenade survive. Car si les Arabes perdent la dernière terre andalouse, ils perdront à jamais le droit au bonheur.

Pendant que les deux hommes discutaient, le calme était retombé sur la cité. On arrivait à percevoir le murmure du Darro ; les parfums s'étaient tout à coup réveillés, sortis d'un refuge où les avait repoussés la folie meurtrière des hommes.

— Si nous reprenions notre conversation à l'intérieur, suggéra Ezra.

Le cheikh approuva.

À peine assis à son bureau, il s'informa :

— Vous êtes-vous demandé pourquoi Aben a opté pour le terme « Palais » ? N'eût-il pas été plus simple d'employer celui d'« énigme » ?

— Souvenez-vous : dans les écrits qu'il nous a laissés, il met en valeur le personnage d'Hénoch, soulignant qu'il fut le premier détenteur du message divin. Comment ne pas faire le rapprochement avec ces ouvrages mystérieux baptisés

« livres d'Hénoch » ? Car figurez-vous qu'ils existent et sont au nombre de trois : *le livre d'Hénoch éthiopien, le livre d'Hénoch slavon,* et *le livre hébreu d'Hénoch.* Savez-vous comment on a surnommé l'ensemble ?

Sarrag répondit par la négative.

— « La littérature des Palais. » Sans oublier que le Livre hébreu d'Hénoch est lui-même divisé en Palais.

— Vous n'avez pas répondu à ma question. Pourquoi le terme de « Palais » ?

— Parce que — je le suppose du moins — dans le langage hermétique, « Palais » évoque le secret. C'est la demeure du souverain. À ce titre il est le centre d'un univers, d'un pays. J'en déduis qu'en découpant son plan en « Palais », notre ami a voulu attirer notre attention sur l'importance de la symbolique dans notre recherche. C'est peut-être un avertissement déguisé.

— Et cette indication accolée ? Je veux parler du terme « majeur ».

Le rabbin leva les bras au ciel.

— J'ai remarqué. Certains Palais sont qualifiés de « mineurs » et d'autres de « majeurs ». Là, j'avoue que je n'en sais rien.

— De plus, en quoi le fait de décrypter le sens caché de ces Palais — si tant est que nous y parvenions — nous conduirait au Livre ?

Samuel Ezra alla se rasseoir sur le divan.

— J'imagine que si nous réussissions à percer les symboles contenus dans le texte, nous trouverions du même coup des indications précises sur le lieu où est caché le Livre.

Il exhala un soupir.

— Vous savez, j'ai passé toute la nuit à méditer sur le problème.

72

— Consolez-vous, j'en ai fait autant. Dans cet imbroglio nous avons tout de même une certitude. Elle se résume en deux points. Les huit Palais sont tronqués. Vous en possédez une partie, j'en possède une autre.

— Ce qui veut dire... ?

Le vieux rabbin avait posé la question pour la forme. En réalité, il connaissait parfaitement la réponse. Le cheikh était arrivé à la même conclusion que lui.

— Pour des raisons qui nous échappent, notre ami Aben Baruel a voulu nous lier.

— Vous voulez dire : nous garrotter !

— Vous n'arriverez à rien sans moi. Et inversement.

— C'est complètement grotesque, reconnaissez-le !

— Grotesque, peut-être. Mais nous n'y pouvons rien, Ezra. C'est ainsi.

— Ibn Sarrag, dites-moi en quoi ce Livre vous intéresse ? Toute sa tradition est juive. Depuis l'aube de l'humanité il n'a jamais été confié qu'à des juifs. Vous avez lu comme moi : Abraham, Jacob, Lévi, Moïse, Josué, Salomon, Itzhak Baruel et les autres anonymes. L'âme de ce livre est chargée de l'Histoire de mon peuple. Alors... ?

— Votre question me sidère ! Quel homme, savant, poète, amoureux des Sciences ou des Lettres, prince ou mendiant, n'a rêvé un jour d'entrevoir, ne fût-ce que le temps d'un battement de paupières, la preuve indiscutable de l'existence de Dieu ? Répondez-moi. Montrez-moi cet homme. De surcroît, si j'ai bien compris l'explication d'Aben, ce livre répondrait aux questions fondamentales que se posent les hommes. Il a bien dit les *hommes*. Il n'a pas précisé les *juifs*. Croyez-vous qu'il n'y ait pas de place dans cet ensemble pour les descendants de celui qui s'est baptisé lui-même « le Sceau des Prophètes » ? Je veux parler de Muhammad, le Tout-Puissant bénisse son saint nom !

Ezra n'eut pas l'ombre d'une hésitation.

— Aucune. Pas dans ce contexte. Je vous le redis : le Livre est destiné à mon peuple, le peuple élu.

L'Arabe leva les bras au ciel avec dépit.

— Enfin l'expression que j'attendais ! Le peuple élu. La sempiternelle revendication. Auriez-vous oublié que vous n'y avez plus droit, si tant est que ç'ait été jamais le cas ! Vous avez trahi les préceptes transmis par Moïse. Pas une fois, mille ! Dois-je vous rappeler ce que le Prophète a dit de vous ? *Ceux qui étaient chargés de la Torah, et qui ensuite ne l'ont plus acceptée, ressemblent à l'âne chargé de livres.*

Ezra se dressa, blanc comme un linge.

— L'âne vous salue, cheikh Ibn Sarrag.

— Comme vous voudrez.

Il rassembla précipitamment les feuillets et se rua vers la porte.

— Partez donc, Samuel Ezra, partez !

Au moment où le battant se refermait il cria :

— Mais dites-vous que ce n'est pas moi que vous fuyez ! C'est votre ami Aben Baruel ! C'est sa mémoire que vous trahissez ! Sa mémoire !

D'un geste rageur, Ibn Sarrag balaya les pages dispersées sur son bureau.

— Damnés soient les incrédules !

— Il y a une sourate que vous avez oublié de mentionner, cheikh Ibn Sarrag...

L'Arabe sursauta. Il n'avait pas entendu revenir Ezra.

— Oui, enchaînait celui-ci. Si ma mémoire est bonne il s'agit du verset 47 de la sourate II : *Ô fils d'Israël ! Souvenez-vous des bienfaits dont je vous ai comblés. Je vous ai préférés à tous les mondes.*

L'Arabe se détendit légèrement.

— Vous venez de me donner une raison supplémentaire de mettre la main sur ce Livre ; de loin la plus excitante. Je cite les propos de Baruel : *Ainsi, ces hommes seraient en mesure de retrouver la lumière dans les instants de ténèbres, le réconfort aux heures du doute, la sagesse quand régnerait la folie, la vérité quand dominerait le mensonge.* Nous saurons enfin qui, de Muhammad ou de Moïse, était dans le vrai. Lequel détenait la religion légitime. L'unique.

— Dans ce cas, abandonner la quête serait effectivement un sacrilège. Je m'en voudrais de manquer la révélation finale : l'islam confronté à son égarement.

— Mon cher Ezra, une erreur de huit cents ans, soit. Mais une bourde qui remonte à Adam et Ève ! Avouez que ce serait l'apothéose !

Le rabbin eut un geste de dédain.

— C'est ce que nous verrons. J'attire tout de même votre attention sur le fait qu'Aben n'a pas soufflé mot du contenu du message qui lui a été révélé. Il se peut que nous trouvions la tablette, et qu'elle soit retombée dans le silence.

— Vous ne croyez pas que le jeu en vaut la chandelle ?

Samuel approuva.

— Je déplore une seule chose : c'est d'avoir à jouer ce jeu avec vous.

Ibn Sarrag dodelina de la tête.

— Pour vous consoler, rabbi Ezra, dites-vous que vous auriez pu tomber sur pire.

— Pire qu'un musulman ?

— Oui. Vous auriez pu tomber sur un chrétien.

Chapitre 4

Rien n'est tout à fait vrai, et même cela n'est pas tout à fait vrai.

Multatuli.

La reine entrouvrit son éventail et, par petits coups secs, le fit aller et venir devant son visage.

Autour d'elle, engoncées dans des toilettes lourdes où se mêlaient le brocart et la dentelle, une dizaine de dames d'honneur avaient formé un demi-cercle, sage et empreint de déférence. On ne disait rien ou presque. On guettait le mot qui serait prononcé par Sa Majesté et qui, selon, susciterait le rire ou inciterait à la gravité.

Dans le fond du salon drapé de tentures brodées de fil d'or, trois menines au visage d'archange étaient assises sur des coussins de soie, à même le sol, en opposition totale avec ces femmes sombres, fardées à outrance.

Près de la porte en chêne massif, appuyé contre le mur, un couple devisait à voix basse : une femme et son galant.

La reine arrêta un instant le va-et-vient de son éventail et, d'un air à la fois curieux et amusé, lança à l'intention de Manuela :

— Est-ce vrai ce que l'on vient de m'apprendre,

doña Vivero ? Vous seriez une merveilleuse carto-
mancienne ?

La jeune femme se raidit. Elle avait du mal à
s'habituer à ce vouvoiement dont la reine usait
chaque fois qu'elles n'étaient plus seules. Elle le
ressentait comme une blessure faite à leur amitié,
voire un certain reniement des liens qui les
avaient toujours unies.

— Votre Majesté, ceux qui ont vanté mon
talent ont beaucoup exagéré. Disons simplement
que, depuis peu, je m'intéresse à ce jeu de cartes
qui fait fureur en Italie.

— Je me suis laissé dire qu'il était une sorte
de... — Elle hésita sur les mots — d'instrument
divinatoire ? Est-ce exact ?

Elle n'attendit pas la réponse de Manuela et
prit ses courtisanes à témoin.

— Il existe donc des gens assez naïfs pour imaginer que l'on puisse prédire l'avenir ?

Quelques gloussements fusèrent, soulignés par
le va-et-vient feutré des éventails.

La reine poursuivit :

— Éclairez-nous, voulez-vous ?

Une voix haut perchée s'autorisa à lui faire
écho :

— Oui, éclairez-nous donc, doña Vivero. Vous
qui savez tout.

Manuela jeta un regard circulaire autour d'elle.
Jamais elle n'avait supporté ces femmes, leur
infatuation, la stérilité de leur quotidien qui se
limitait en tout et pour tout à passer des heures
devant une glace pour s'enduire les joues de *soli-
mán*, cette céruse, véritable peinture sur laquelle
elles appliquaient sans discrétion du rose et du
vermillon. À se demander si elles cherchaient à se
déguiser ou à s'embellir.

La dame d'honneur à la voix haut perchée, symbole même de cette engeance, avait poussé l'absurde jusqu'à enduire ses lèvres d'une couche de cire, et il émanait d'elle un parfum d'eau de rose saturé.

Manuela se racla la gorge et prit sur elle de maîtriser son désir de décocher à cette péronnelle une ou deux phrases bien senties.

— Majesté, je ne crois pas que l'heure soit propice à un débat sur la réalité ou non du pouvoir divinatoire des tarots. Très brièvement, il s'agit d'un jeu, le plus vieux qui soit sans doute, qui met en œuvre un monde de symboles, et l'on ne peut douter de son enseignement ésotérique transmis à travers les siècles.

— Le jeu le plus ancien du monde, dites-vous ? ironisa une voix. Mais que je sache, ma chère, les cartes n'existaient pas du temps des Wisigoths.

De nouveaux gloussements applaudirent l'objection.

— Doña Sessa, je ne peux que m'incliner devant la richesse de votre culture. Néanmoins, sachez que le symbolisme, qui est l'essence même des tarots, existe depuis la nuit des temps. Aussi loin qu'on remonte dans l'Histoire et dans l'étude des formes sous lesquelles l'esprit humain a conçu et exprimé les idées issues de sa réflexion, on rencontre ce procédé qui consiste à attribuer certaines figures ou certaines couleurs à certaines pensées.

Elle s'interrompit tandis que ses lèvres esquissaient un sourire affecté.

— Tenez, par exemple. Lorsqu'on observe votre savant maquillage, on peut se dire qu'à votre façon vous êtes un symbole vivant.

— Je crains de ne pas vous suivre. Un symbole vivant ? Mais de quoi ?

Doña Sessa gigota dans son fauteuil, tout en lançant vers ses voisines des appels au secours. Avait-elle perçu tout le ridicule dont l'affublait l'explication de Manuela, ou n'y avait-elle vu qu'un compliment ?

La reine décida de mettre fin à l'échange.

— Revenons au tarot. Doña Manuela, croyez-vous sincèrement qu'on puisse lire l'avenir dans des cartes ? L'avenir n'est-il pas entre les mains de Dieu et de Lui seul ?

— Bien sûr, Majesté. Cependant il paraîtrait qu'il existe certains êtres qui maîtrisent l'art de décrypter les symboles. Une fois la première étape franchie, ils passent à l'étape suivante, c'est-à-dire celle de l'interprétation.

Le galant qui se trouvait à l'autre bout de la pièce intervint d'une voix monocorde :

— Doña Vivero, une interprétation n'est-elle pas assujettie aux émotions de son auteur et à la connaissance ou non du sujet qu'il interprète ? Votre théorie ne laisse-t-elle pas le champ libre aux discours les plus fantaisistes ?

La femme à ses côtés lança à son tour avec amusement :

— Ainsi, si pendant son sommeil l'une d'entre nous voyait des cloches en branle, elle devrait aussitôt en déduire qu'elle est menacée d'un accident ou sa maison d'un incendie. C'est absurde, non ?

— De toute façon, renchérit avec force doña Estepa, la plus âgée des dames d'honneur, ces affaires de voyance sont choses du diable. Nous ne devrions même pas effleurer de tels sujets !

La reine s'était levée. Prenant tout le monde de court, elle annonça :

— Mesdames, tout cela fut fort instructif. Vous pouvez vous retirer.

Dans le même temps, elle fixa Manuela : « Attends », articulèrent discrètement ses lèvres.

Une fois les dames d'honneur et le galant sortis de la pièce, Isabel fit signe à Manuela de se rapprocher.

— Je sais ton sentiment à l'égard de ces dames. Fais montre d'indulgence, tu ne t'en sentiras que plus apaisée.

— Vous avez raison, Majesté. Mais lorsque l'indulgence doit se rendre au chevet de la bêtise humaine, l'effort est ardu.

— Lis-moi l'avenir...

Manuela la regarda, ébahie.

— As-tu ici ton jeu de tarots ?

— Non, Votre Majesté, mais si vous m'accordez un instant, je...

— Très bien. Tu me retrouveras dans ma chambre. Ainsi nous ne serons pas dérangées.

— Vous le désirez réellement ? Je suis loin d'être l'experte qu'on vous a vantée. Vous risquez fort d'être déçue. Êtes-vous sûre, Majesté ?

Pour toute réponse, Isabel agita son éventail sous le nez de son amie.

— Va... Va donc !

Elles étaient assises, l'une face à l'autre, autour d'une petite table ronde en marqueterie, dressée au centre de la chambre à coucher.

— Et maintenant, interrogea la reine. Que dois-je faire ?

— Battez les cartes et coupez de la main gauche.

— La main droite serait-elle moins habile à choisir les cartes du bonheur ?

— Non, bien sûr. Mais la main gauche est celle du cœur.

Isabel fit une moue sceptique et obtempéra tout de même.

— Voilà qui est fait, annonça-t-elle en reposant le jeu, face contre la table.

Manuela disposa les lames en éventail et proposa :

— Choisissez douze arcanes au hasard et disposez-les de manière à dessiner une roue.

Une fois encore, la reine se conforma au désir de son amie.

— Pour quelle raison doit-on former cette figure ?

— Il semblerait qu'il existe un lien entre l'astrologie et les tarots. Cette roue est supposée représenter la roue zodiacale. Comme vous pouvez le constater, nous avons douze arcanes, pour douze signes astrologiques.

— Tout cela me semble bien obscur. Mais continue...

Manuela posa sa main sur la première lame, celle qui se trouvait à l'extrémité gauche, et parut hésiter.

— Qu'attends-tu ?

— Je tiens à vous le redire : je ne suis pas une experte. Vous ne devez en aucun cas prendre mes propos au pied de la lettre. Ce n'est qu'un jeu, Majesté. Rien qu'un jeu.

— Si je n'étais pas convaincue *moi aussi* qu'il s'agit d'un jeu, en aucune façon je ne me serais livrée à cette démarche. Oublierais-tu que je suis une enfant de l'Église ? Nous savons ce que pense l'Église des choses de la voyance.

Manuela retourna la première lame.

— Le Jugement... Le 20ᵉ arcane majeur. Entre le Soleil et le Monde qui semblent être des lames triomphantes. le 20ᵉ arcane nous ramène à des événements que Dieu nous envoie par l'ange de l'Apocalypse. Voyez l'ange... Il est auréolé de blanc, et tient à la main droite une trompette qui paraît toucher le sommet d'une montagne aride...

— Ce qui signifie ?

— Que vous êtes à la veille d'un dénouement, mais que vous serez confrontée à des choix cruciaux.

La reine eut un petit rire.

— Des choix cruciaux ? Ai-je connu autre chose depuis le jour où je suis née ?

— Je sais, Majesté. Mais là, il s'agit de décisions infiniment plus graves que toutes celles que vous avez pu prendre dans le passé. Selon que vous opterez pour une direction ou pour une autre, les conséquences pour vous — et donc pour l'Espagne — seront irréversibles. De plus... Voyez... les ailes et les mains de l'ange sont couleur chair. Ce qui laisse à croire qu'il serait de la même matière que les hommes, qu'il est leur frère et que chacun d'eux peut acquérir aussi les ailes de la spiritualité, pourvu qu'il sache garder la mesure et l'équilibre dans son ascension. Le message est clair.

Isabel se contenta d'une moue dubitative.

Manuela retourna le deuxième arcane.

— Le Soleil... Signe annonciateur de grandes richesses, d'opulence. D'entre tous les arcanes, c'est certainement l'un des plus énigmatiques. La lame à dominante jaune symbolise l'or et les moissons...

— L'or ? Mais d'où viendrait-il ? Nos caisses sont vides !

— Je l'ignore. Il se pourrait que la richesse nous vienne hors de nos terres.

— De conquêtes extérieures ?

- Je ne peux vous en dire plus.

Et les moissons ?

- Elles évoquent sans doute la fin de la guerre.

La reine attendit la suite.

— Le Monde, annonça Manuela en découvrant la troisième carte. Le Monde qui rejoint probablement le Soleil.

— C'est-à-dire ?

— Le Monde, ou la Couronne des Mages, exprime généralement la récompense, le couronnement de l'œuvre, l'achèvement des efforts, l'élévation, le succès.

— La chute de Grenade ?

Manuela confirma par une interrogation.

— Peut-on imaginer la paix autrement ?

Sans plus attendre, elle retourna successivement la quatrième et la cinquième carte et retint un mouvement de surprise.

— Qu'y a-t-il ?

Comme Manuela ne réagissait toujours pas, la reine prit les devants :

— Même moi qui ne sais rien de ce jeu, je peux décrire ce que je vois.

Elle pointa un index sur le premier arcane.

— Le pape !

Puis sur le second.

— Le diable !

Manuela fit oui de la tête.

— C'est effroyable ! Que vient faire ici le prince des ténèbres ?

— Il n'est rien de plus qu'un symbole. Il représente le désir de l'homme d'assouvir ses passions, à n'importe quel prix. Au lieu de la domination bien ordonnée, il entraîne une régression vers le désordre et la division.

— Tu n'as pas répondu. Que vient-il faire dans ce jeu ? Que figure-t-il ?

— Ce serait plutôt *qui* figure-t-il ?

— Un homme ?

— Un homme certainement. Un homme de pouvoir. Son âme est noire. Il faudra vous méfier de lui.

— Mais qui ? Un nom !

Manuela ne put s'empêcher de sourire.

— C'est impossible. Ce jeu a des limites.

Isabel pointa son index sur l'autre lame, celle représentant le pape.

— Et lui ?

— Il est celui qui mène l'humanité sur le chemin du progrès. Il est le devoir, la moralité et la conscience. Il est donc à l'opposé de l'homme noir. Pourtant, il est aussi proche de vous que l'autre. Il vous protégera. Il vous éclairera. Il est à la lumière ce que son *alter ego* est aux ténèbres.

La reine ferma à demi les yeux comme si elle avait voulu accoler un physique aux deux lames.

— Vois-tu autre chose ?

Manuela avait déjà retourné la cinquième carte.

— Le Mat en maison cinq. Bizarre...

— Que vas-tu encore m'annoncer !

— J'ai du mal à interpréter cette lame...

— Il le faut...

— Voyez-vous, Majesté, il existe trois sortes de fous : celui qui avait tout et perd tout brusquement ; celui qui n'avait rien et qui acquiert tout, sans transition, et enfin le fou, mentalement malade. Si j'osais, je vous dirais que c'est la troisième possibilité qui me semble la plus probable.

— Un fou dans ma famille ?

— Ou quelqu'un qui le deviendra...

Isabel demeura figée, puis, rapidement, elle récupéra les cartes une à une, les mélangea au restant de la pile et les restitua à Manuela.

— Reprends ton jeu. Et si tu veux un conseil : brûle-le ou jette-le dans les eaux du Tage. C'est une distraction bien stérile que celle de chercher à interpréter le destin à travers des images. Il y a plus grave : vouloir s'immiscer dans la volonté du Créateur, c'est entrouvrir la porte de l'enfer et du malheur. La preuve : cette carte représentant le diable. Je ne l'ai pas tirée par hasard. Toi qui jongles avec les symboles, tu devrais le savoir. Crois-moi, c'est un signe. Débarrasse-toi de ces lames. Débarrasse-t'en au plus vite !

Sans plus rien ajouter, elle se leva, offrit son dos à Manuela, indiqua un point à hauteur de sa nuque et ordonna :

— Aide-moi, je te prie, à dénouer ce chignon...

*

Grenade, ce même jour.

Les deux hommes étaient accroupis au pied du bureau, avec à leurs côtés une carte géographique détaillée de l'Espagne, un encrier et un calame. Il était près de trois heures de l'après-midi. Un air tiède amenait jusqu'à eux le bourdonnement confus de Grenade en mouvement.

On ne se battait plus depuis l'aube. Aux dernières nouvelles, le jeune Boabdil avait fini par l'emporter sur son père. Aux premières lueurs du jour, le nouveau sultan s'était installé dans la Qasba, non sans avoir fait exécuter au préalable tous les hommes de guerre qui l'avaient combattu.

Ibn Sarrag fit rouler nerveusement son calame entre le pouce et l'index.

— Essayons de reprendre à zéro, voulez-vous ? Voici le texte complet du premier Palais, vos parcelles de texte et les miennes réunies :

PREMIER PALAIS MAJEUR

BÉNIE EST LA GLOIRE DE Y.H.W.H. DEPUIS SON LIEU.

LE NOM EST EN 6.

À CE MOMENT J'AI INTERROGÉ LE *PRINCE DE LA FACE*. JE LUI DIS : QUEL EST TON NOM ? IL ME RÉPONDIT : JE M'APPELLE *JOUVENCEAU*. FAISAIT-IL PARTIE *DES DORMANTS D'AL RAQUIM* ? MOI QUI L'AI CROISÉ, J'AI SONGÉ UN TEMPS LE NOMMER DU NOM D'*AZAZEL*. JE ME TROMPAIS. SON ERREUR FUT SEULEMENT DE CÔTOYER *MÂLIK ET ACHMEDAÏ*, ET DE VIVRE À L'HEURE OÙ J'ÉCRIS AU HAUT DE LA COLLINE EN PENTE DOUCE, SUR LES RUINES DE L'*HADÈS*.

AU PIED DE CETTE COLLINE DORT LE *FILS DE YAVÂN*, ET SON RÊVE MURMURE EN SE DÉVERSANT DANS LA MER : JE CROIS QUE N'EXISTE NUL DIEU HORS CELUI EN QUI CROIENT LES FILS D'ISRAËL. JE SUIS PARMI LES *SOUMIS*.

Ils avaient souligné à l'encre les mots qu'ils considéraient comme étant des clés potentielles.

— Ainsi, nous sommes d'accord sur le sens de : BÉNIE EST LA GLOIRE DE Y.H.W.H. DEPUIS SON LIEU.

— Oui. La phrase ne peut vouloir dire que : « La gloire de Dieu est bénie, glorifiée, et elle émane du lieu où est dissimulé le Livre de saphir. » Par contre, LE NOM EST EN 6 pose un problème. En principe il devrait signifier que nous aurons à résoudre six énigmes avant d'atteindre le lieu en question. Pourtant, nous avons en notre possession huit Palais : six majeurs et deux mineurs. Je m'y perds.

L'Arabe esquissa un geste de résignation.

— Je m'y perds aussi. Je suggère que nous remettions à plus tard l'explication de cette ambiguïté.

— C'est aussi mon avis.

Ezra examina la feuille et reprit :

— Il existe un détail qui n'est pas sans importance : le six pourrait représenter, par le symbolisme graphique, six triangles équilatéraux inscrits dans un invisible cercle. Vous permettez ?

Ezra s'empara du calame, le trempa dans l'encrier et tira rapidement plusieurs traits réunis entre eux.

— Ce qui nous donne ceci.

Ibn Sarrag plissa le front.

— Évidemment. Le bouclier de David. Le sceau de Salomon.

— À voir votre expression, cette interprétation du nombre 6 ne vous enchante guère.

— Il ne s'agit pas de savoir si elle m'enchante ou non. Tout ce que je constate, c'est que ce sont deux triangles équilatéraux entrecroisés qui en composent l'essentiel ; les six autres n'en sont que la conséquence.

— Néanmoins, reconnaissez qu'ils existent et que l'ensemble forme six branches.

— Si on veut. Et alors ? Où votre croquis nous mène-t-il ?

— Pour l'instant, je l'ignore. Mais je préconise que nous gardions la maggen David en mémoire. Allons plus avant dans le texte : À CE MOMENT J'AI INTERROGÉ LE PRINCE DE LA FACE. Si l'on fait référence, une fois de plus — mais comment faire autrement ? —, à Hénoch, l'expression nous conduit tout naturellement à l'ouvrage qui porte son nom. Je veux parler du livre hébreu d'Hénoch. Dans ce recueil, le patriarche s'identifie à un personnage céleste surnommé...

— Le Prince de la Face.

— Oui. De plus, dans la littérature talmudique et les écrits de la Mercaba, le Prince de la Face désigne l'ange le plus haut placé dans les hiérarchies angéliques ; le même qui guida les Hébreux après l'incident du veau d'or. Nous trouvons les références dans le Chemot, XXIII, 21.

— Le Chemot ?

— L'Exode, si vous préférez. Par conséquent nous pourrions donner au Prince de la Face l'acception de « guide ».

— Je vous l'accorde.

Le cheikh était à la fois impressionné et irrité par la science du vieux kabbaliste.

Samuel poursuivit :

— Il faut savoir aussi que, dans la kabbale, le « Prince de la Face » est souvent appelé « Prince des visages » ou « Adolescent ».

Sarrag s'impatientait.

— Si nous résumions ?

— Pas tout de suite. Examinons le mot « Jouvenceau ». En hébreu *jouvenceau* se dit *na'ar*. Originellement il signifiait « serviteur », puisqu'il s'employait pour désigner un servant du Temple.

Sarrag s'empara à son tour des notes qu'ils avaient rassemblées et prit la relève.

— Nous avons évoqué le problème des « dormants d'Al Raquim ». Ainsi que je vous l'ai expliqué, cette expression fait partie de la sourate dite de « la Caverne ». J'y ai réfléchi depuis. Il me semble que le choix de cette sourate est beaucoup plus significatif qu'il n'y paraît à première vue. En la choisissant, Baruel a, me semble-t-il, cherché à nous transmettre un message parallèle.

— Un message ?

— Je le crois. Voyez-vous, la caverne est le lieu de la renaissance, un espace clos où l'on est enfermé pour y être couvé et renouvelé. Le Coran en dit ceci : *Tu aurais vu le soleil quand il se levait passer à droite de l'entrée de la caverne, quand il se couchait s'en éloigner à gauche ; et ils se trouvaient dans un endroit spacieux de la caverne.* Cet « endroit spacieux », c'est le centre où la transformation s'opère, le lieu où les sept dormants s'étaient retirés sans soupçonner qu'ils allaient y connaître un allongement de la vie qui atteindrait à une relative immortalité. Lorsqu'ils se réveillèrent, ils avaient dormi trois cent neuf ans.

Ezra caressa sa barbe d'un air songeur.

— C'est très intéressant, mais vous parliez d'un message...

— Il est contenu dans le sens caché de la sourate : celui qui d'aventure pénètre dans cette caverne, c'est-à-dire dans la caverne que chacun porte en lui, ou dans cette obscurité qui se trouve derrière l'océan infini de l'âme, celui-là est entraîné dans un processus de transformation. Entrant dans cet océan, il établit un lien entre les contenus de celui-ci et sa conscience. Il peut en résulter une modification de sa personnalité, lourde de conséquences positives ou négatives.

Le rabbin avait écouté l'exposé de Sarrag avec la plus grande attention.

— Si je comprends bien, on pourrait déduire qu'au terme de cette quête, si tant est que nous aboutissions, nous risquerions de ne plus jamais être ce que nous sommes aujourd'hui. Pour reprendre vos propos : que ce soit dans un sens négatif ou positif.

— C'est en tout cas une hypothèse qu'il faudrait envisager.

— Vous me voyez plutôt dubitatif, mais... allez savoir, avec Aben Baruel.

Il désigna les notes.

— Si nous poursuivions ?

— Nous en étions à Azazel, Mâlik et Achmedaï. Sans erreur possible, ils représentent la triple image du démon. Cette image est accentuée par le nom Hadès, dieu des enfers.

— C'est exact. Et maintenant : « Yavân. » AU PIED DE CETTE COLLINE DORT LE FILS DE YAVÂN. C'est un nom que l'on retrouve dans la Genèse. « Yavân » y est mentionné comme étant le père d'un dénommé « Tarsis ». En revanche, c'est là que l'interprétation devient encore plus ardue, si l'on se reporte au livre de Jonas, « Tarsis » est aussi le nom d'une ville.

Il récita :

— *Jonas descendit à Joppé et trouva un vaisseau à destination de Tarsis, il paya son passage et s'embarqua avec eux pour se rendre à Tarsis, loin de Yahvé.* Quant au dernier mot, « soumis », nous savons, grâce à vous, qu'il est lié à l'islam, et par conséquent à notre collaboration.

Sarrag attendit un instant avant de laisser tomber avec une pointe de lassitude :

— Je ne vois pas que nous soyons très avancés.

— Je ne suis pas de votre avis. Si nous nous livrons à une deuxième analyse, ces cinq points laissent entrevoir un cheminement. Écoutez-moi attentivement : nous avons des énigmes à résoudre et pour y parvenir Aben Baruel nous fait comprendre que nous aurons besoin d'un guide. Or ce guide est décrit sans ambiguïté : il est jeune (jouvenceau), c'est un serviteur du temple (*na'ar*). Comme tout ici est symbolique, il faut prendre ce terme dans son ensemble : un temple pouvant être à la fois une synagogue, une église, une mosquée, un lieu de culte en général et, si l'on agrandit le champ, on pourrait ajouter un endroit où l'on prie Dieu. En résumé, ce guide est jeune et vit dans un lieu de prière. Êtes-vous d'accord ?

Le cheikh fit oui, tout en faisant remarquer :

— Des lieux de culte, il en existe à foison. Vous venez d'ailleurs de les énumérer : églises par milliers, synagogues rescapées, mosquées en sursis.

— Vous pourriez y associer les monastères et les couvents.

— Un dédale !

— Pas si nous tenons compte des indications qui suivent. Aben nous précise où se trouve ce lieu de culte.

Ibn Sarrag plissa le front.

— Quelles indications ? Les démons ? L'enfer ? Tarsis ?

— J'ignore à quoi riment les démons et l'enfer. En revanche, une voix me souffle que la réponse se trouve dans le mot *Tarsis*. Malheureusement, cela nous place devant une alternative : soit nous prenons comme référence la Genèse, X, 4. Dans ce cas « Tarsis » serait le nom d'un personnage. Soit nous optons pour le verset 1, 3 du livre de Jonas, et alors ce serait un nom de ville.

Les deux hommes se replièrent dans un silence studieux, entrecoupé de temps à autre par le roulement d'un chariot, le hennissement d'un cheval, le cri d'un marchand ambulant.

Ezra laissa échapper un soupir.

— Cette fois, je crois bien que nous sommes dans un cul-de-sac.

— Il doit y avoir un indice, un mot, qui nous permettrait de...

Il se tut, le regard tout à coup rivé sur le texte

Le rabbin s'étonna.

— Qu'y a-t-il ?

— Mais bien sûr ! C'est là..

L'Arabe pointa son doigt sur le mot « soumis » et cria presque :

— La sourate X ! C'est en elle que se trouve la clé ! Ne voyez-vous pas ?

Ezra, dubitatif, esquissa le mot « non » sans le prononcer.

— Je me suis fourvoyé, et vous avez conclu que

le mot « soumis » n'était là que pour souligner notre association. Faux ! Nous faisions fausse route tous les deux. Je vous ai bien dit que la phrase JE CROIS QUE N'EXISTE NUL DIEU HORS CELUI EN QUI CROIENT LES FILS D'ISRAËL. JE SUIS PARMI LES SOUMIS était extraite du verset 90 de la dixième sourate ?

— Oui. Et vous vous trompiez ?

— Pas du tout. J'ai seulement oublié de préciser le point le plus déterminant. Savez-vous quel nom porte cette dixième sourate ?

Le rabbin secoua la tête négativement.

— JONAS !

— Jonas..., répéta machinalement Ezra.

— Par conséquent il n'y a plus d'hésitation possible. Aben Baruel a mis par deux fois l'accent sur Jonas, donc Tarsis n'est pas un personnage, mais une ville. Cette ville dont le nom est mentionné dans Jonas.

— Félicitations, cheikh Ibn Sarrag. Vous venez de m'impressionner.

— Malheureusement, nous nous retrouvons quand même dans une impasse. Il n'est pas une ville dans toute l'Espagne qui porte le nom de Tarsis.

— Qu'importe. Au moins nous savons que c'est dans cette direction qu'il faut chercher.

Le silence reprit possession de la pièce.

Ils restèrent ainsi, perdus dans leurs réflexions, sans plus échanger un mot. Brusquement, la voix nasillarde d'un muezzin transperça le ciel de l'Albaicín. Alors Chahir retira ses chaussures, dénoua un petit tapis et se plaça debout, le corps orienté en direction de La Mecque. Il n'était pas loin de quatre heures de l'après-midi, à deux reprises déjà il s'était livré à ses prosternations.

Cette fois, le rabbin ne se limita pas à l'observer. Il plongea lentement sa main dans la poche de sa tunique et en sortit une calotte qu'il posa sur son crâne. Se levant à son tour, il s'avança vers le centre de la pièce et, dans un mouvement un peu cassé, il se tourna vers Jérusalem.

Tandis que Sarrag récitait la Fatiha, il entama la Minkha.

Dans la pièce résonnèrent tour à tour deux litanies qui, si elles s'opposaient par la langue, se ressemblaient par leur sens.

— Au nom d'Allah, celui qui fait miséricorde, le Miséricordieux...

— Que son Nom soit magnifié et sanctifié dans le monde. .

— Louange à Allah, Seigneur des mondes...

— Qu'Il a créé selon Sa volonté...

Le temps s'écoula ainsi. Paradoxal et commun.

Leurs dévotions terminées, les deux hommes regagnèrent leur place.

Après un nouveau silence, Ezra réprima un bâillement et annonça :

— Nous réfléchirons chacun de notre côté. Je ne sais pas quelles sont vos intentions ; moi je rentre me coucher. La nuit porte conseil.

— Vous voulez dire le jour. Ou ce qu'il en reste.

— Mon corps ne fait plus la différence. Nous reprendrons cette séance demain, en début d'après-midi, si vous le voulez bien. Peut-être que d'ici là l'Éternel nous aura éclairés sur le sens de Tarsis !

Il récupéra ses documents et fit un geste d'adieu tout en clopinant vers la porte.

— Chalom !

— Salam, rabbi.

Chapitre 5

Craignez et tremblez,
Comme si vous étiez au bord d'un gouffre,
Comme si vous marchiez sur une glace
mince...

Les Entretiens de Confucius.

Burgos.

Songeur, fray Francisco Tomas de Torquemada
s'approcha de la fenêtre qui ouvrait sur la cité
d'où émergeait l'imposante masse de la cathédrale de Burgos. Cet édifice, la plus belle expression de l'art gothique de toute l'Espagne, n'avait
jamais suscité l'admiration du moine. Sa préférence allait à l'église San Nicolas, plus raffinée,
moins pesante.

Un peu plus loin sur la droite, à travers les
feuillages, se devinaient les courbes tranquilles
du rio Arlanzón et, plus loin encore, le monastère
de las Huelgas. L'image de l'abbesse, deuxième
dame d'Espagne après la reine, traversa son
esprit. Il ne put s'empêcher de sourire en son-
geant à cette religieuse à la personnalité si troublante, dont on disait que si le pape avait été

autorisé à se marier, seule l'abbesse eût été digne de cet honneur.

Le pape... L'évocation d'Innocent VIII suscita chez Torquemada un souvenir ému. Ne devait-il pas au Saint-Père d'avoir été nommé Inquisiteur général pour la Castille, l'Aragon, le León, la Catalogne et Valence ?

Que de chemin parcouru par le modeste prieur du couvent dominicain de Santa Cruz, à Ségovie. Grâce à Dieu, pour l'amour de Dieu.

Dieu... Puissance des puissances. Soutien des heures fragiles. Lumière d'espérance dans la désespérance infinie des hommes. Lui, Lui seul savait et partageait l'effroyable douleur qui rongeait le cœur de son fils devant l'impiété qui régnait dans ce siècle. Hérétiques de tous bords, prêches des rabbins, diatribes des imams ; la gangrène dans le corps de l'Espagne. Dieu savait. Et contre ces voix qui s'élevaient dans l'anonymat des nuits de Séville, de Cordoue ou de Saragosse, pour décrier (car Tomas n'ignorait rien de ces rumeurs impies) sa sainte mission purificatrice, contre ces voix, Dieu le soutenait. Dieu l'inspirait. Lorsque sonnerait l'heure du Jugement dernier, lorsque les yeux des hommes se seraient enfin dessillés, alors ceux-là qui aujourd'hui avaient la réprobation aux lèvres, ceux-là verraient quelle place le Seigneur réservait à fray Francisco Tomas de Torquemada. À sa droite sans nul doute.

Mais l'heure n'était plus à la méditation. Le chemin de l'épuration était encore long, et la croix de l'Espagne lourde à porter.

D'un pas leste, Torquemada regagna son bureau. Devant lui s'étalait le nouvel édit — le huitième — qu'il s'apprêtait à faire publier. Celui-ci avait pour but de définir les cas qui rendaient obligatoire la délation de ces judéoconvers, ces juifs qui, bien qu'ayant fait acte d'allégeance auprès de la Sainte Église, n'en continuaient pas moins, en cachette, de demeurer fidèles aux croyances de leurs ancêtres. Il nota :

Article 1 : S'il garde le shabbat par respect pour l'ancienne loi ce qui sera suffisamment prouvé s'il porte ce jour-là une chemise et des vêtements plus propres qu'à l'ordinaire. S'il met du linge blanc sur sa table et qu'il s'abstient de faire du feu le soir du jour précédent.

Article 2 S'il retire de la chair des animaux dont il se nourrit le suif ou la graisse ; s'il en ôte tout le sang et s'il retranche certaines parties, tel le nerf sciatique.

Article 3 : Si avant d'égorger l'animal il rend louange au Seigneur, et s'il examine la lame de son couteau en la passant sur l'ongle, afin de vérifier qu'elle ne comporte aucune brèche, et si par la suite il couvre le sang avec de la terre.

Article 4 : S'il mange de la viande le carême et les jours maigres.

Article 5 : S'il marmonne certaines prières juives, en baissant et levant alternativement la tête, le visage tourné vers le Mur.

Article 6 : S'il a circoncis ou fait circoncire son fils.

Article 7 : S'il lui a donné un nom hébreu.

Article 8 : S'il a récité les psaumes de David sans dire à la fin le *Gloria Patri*.

Article 9 : Si à l'article de la mort une personne est tournée vers le Mur.

Tomas marqua une pause et, après un court instant de réflexion, il ajouta un dernier article :

Article 10 : S'il dit que la loi de Moïse est aussi bonne pour nous sauver que la loi de Jésus-Christ, Notre Seigneur.

D'un geste lent, il se signa, priant pour que ce nouvel édit contribuât à mieux cerner les hérétiques, les hérésiarques, tous les traîtres à la vraie foi.

Dès demain, il soumettrait le texte à la Suprema, le Conseil de la Suprême Inquisition. Une fois l'édit approuvé — et nul doute qu'il le serait — les tribunaux de district en obtiendraient copie, ensuite ce serait au tour des commissaires et des familiers d'en prendre connaissance.

Satisfait, il saisit une nouvelle feuille de ce papier de Jativa qu'il appréciait tant et s'attaqua à un autre projet. Différent, cette fois, il aurait pour objectif de punir les « délits para-hérétiques » et viserait, sans discrimination aucune, l'ensemble de la population. Y compris les « vieux chrétiens », qualificatif que l'on appliquait à tous ceux qui pouvaient prouver qu'ils ne comptaient parmi leurs ascendants ni juifs ni musulmans ou, parmi leurs descendants, aucun membre nouvellement converti au christianisme. Fray Tomas se dit que, si des doutes subsistaient sur le sentiment d'équité et de justice qui l'animait, cet édit y mettrait fin.

De son écriture torturée, il inscrivit le premier cas qui méritait châtiment :

1. La fornication.

Et se hâta de préciser entre parenthèses qu'il fallait récuser l'attitude qui consistait à affirmer que l'acte sexuel avec une femme consentante et non mariée ne constituait pas un péché mortel.

2. Le délit de paroles, de propos hérétiques, scandaleux, malsonnants.

Après avoir plongé sa plume dans le petit encrier de verre, il la tint un bref instant suspendue en l'air, le temps de sa réflexion, et reprit sa rédaction d'une main plus ferme :

3. La sorcellerie.

Avant d'inscrire le quatrième point, il eut un haut-le-cœur. Ce dernier péché était sans doute le plus abominable.

4. L'homosexualité et, par voie de conséquence, l'acte infâme qui l'accompagnait : la sodomie.

Concernant ce point, un détail l'embarrassait fortement. Il s'agissait de cette bulle de Clément VII, qui enjoignait explicitement aux inquisiteurs de procéder en cette matière selon les lois séculaires déjà en vigueur dans les différents territoires de la Couronne d'Aragon. Ces lois exigeaient qu'il fût accordé aux sodomites de connaître le nom de leurs accusateurs et de leur être confrontés.

Fray Torquemada se serait bien passé de cette contrainte qui, à son avis, était en désaccord avec le règlement du secret qui présidait aux causes de foi. Il s'en arrangerait.

Il marqua une pause et fixa d'un air absent l'impressionnant portrait accroché au mur qui lui faisait face. Il représentait Isabel et Fernando, les maîtres de l'Espagne.

Un rayon de soleil s'était infiltré dans la salle, tirant une parfaite diagonale qui partait d'un coin de la fenêtre, pour mourir au pied des lambris. Le portrait parut plus lumineux encore. Les deux souverains se tenaient côte à côte, avec en arrière-plan leurs emblèmes respectifs : le joug du pouvoir pour Fernando, le faisceau de flèches de la justice pour Isabel. Et en filigrane, cette inscription : *Tanto monta, monta tanto, Isabel como Fernando*. Ce que certains interprétaient comme : « Autant vaut, vaut autant, Isabel que Fernando. » Devise qui en vérité ne voulait rien dire, car la formule exacte était : *Tanto monta*, tout court, et s'appliquait uniquement à Fernando. Elle lui avait été suggérée quelques années plus tôt par l'humaniste et linguiste Antonio de Nebrija, membre de l'élite juive qui, connaissant bien le personnage, s'était souvenu d'un épisode de la vie d'Alexandre le Grand. Celui-ci, au cours de son expédition en Asie Mineure, visitait un jour le temple de Zeus à Gordion, dans lequel un joug était accroché par un nœud inextricable. Un oracle prétendait que celui qui arriverait à défaire le nœud serait maître de l'Asie. Alexandre s'y essaya et, après quelques tentatives infructueuses, trancha le nœud d'un coup d'épée en déclarant : « Cela revient au même. » Voilà ce que signifiait le joug qui devint désormais l'emblème de Fernando illustré par la devise *Tanto monta*... Au mot pour mot : « C'est la même chose » (de défaire ou de couper). Une philosophie qui convenait parfaitement au caractère du roi : contourner les obstacles quand on ne peut les franchir, trancher dans le vif sans se laisser arrêter par les difficultés.

Force était de reconnaître qu'il ne pouvait y avoir d'égalité parfaite entre les deux souverains, et Tomas reconnaissait que sa préférence allait à la reine. Il en savait la raison. Ou plutôt, il savait pourquoi il appréciait moins Fernando. L'Asturien n'était-il pas de lignage en partie juif par sa mère ?

Juif... Judeo.

Les doigts de Torquemada se crispèrent sur le rebord du bureau. Ce terme l'obséderait donc jusqu'à la fin de sa vie ?

Comme toujours dans ces moments-là lui revenait le souvenir de son trisaïeul, Salomon de Vincelar, marchand fruitier à Teruel. Juif lui aussi. Juifs, ses enfants : Moshe et Simon. Juifs jusqu'à ce jour béni de 1348, où Salomon décida de rentrer dans les rangs de la Sainte Église et d'échanger son nom de Vincelar pour celui de Torquemada. Torquemada, petit village de la campagne de Palencia où avait émigré la famille, qui avait inspiré son nouveau patronyme.

Tomas coula un œil vers ses mains étiques. À soixante-cinq ans, on aurait dit des mains de centenaire. La pensée du flot sanguin courant sous sa peau parcheminée raviva la brûlure, toujours la même, toujours entretenue par la hantise que, peut-être, dans le secret de ces milliards de globules demeurait un résidu infamant. Lui, fray Francisco Tomas de Torquemada, Inquisiteur général, aurait des réminiscences de sang juif.

Un coup bref frappé contre la porte l'arracha à cette pensée.

Un homme de petite taille, encapuchonné, avança respectueusement.

— Soyez le bienvenu, fray Alvarez.

Le secrétaire de Torquemada s'approcha jusqu'au bureau et présenta quelques feuillets reliés entre eux par deux annelets de cuivre.

— Voici les comptes du dernier autodafé.

— Celui de Tolède ?

— Oui, fray Tomas.

Le prêtre posa les feuillets sous le nez de Torquemada.

— Vestiaire des pénitents	208 500 m.
— Estrades, sièges, bancs	147 250 m.
— Accessoires : san-benitos, cordes, cire, crucifix, cierges de cire blanche à bâillons, bonnets pointus	93 062 m.
— Gratifications aux trois compagnies de soldats affectées au maintien de l'ordre	77 500 m.
— Services divers : bourreaux, porteurs pour les condamnés impotents, musiciens	58 590 m.
— Repas des pénitents et des ministres du tribunal	57 970 m.
Total en maravédis	642 872 m.

Torquemada repoussa les documents d'un geste ennuyé.

— Je continue à trouver les frais de vestiaire trop élevés.

— Que voulez-vous... depuis que le Conseil a décidé qu'il n'était plus question d'exhiber les pénitents déchaussés et déguenillés, nous sommes tenus de veiller à ce qu'ils soient correctement vêtus. Après plusieurs mois d'incarcération, la plupart d'entre eux sont totalement démunis. Par conséquent il nous incombe de pourvoir à leurs besoins. Pour le dernier autodafé, nous avons dû chausser plusieurs condamnés, habiller six hommes et autant de femmes. Nous avons dû fournir...

— Il suffit ! interrompit sèchement Torquemada. Je sais que nous devons faire face à ces dépenses, mais il faut impérativement les réduire. Tout le monde n'est pas aussi généreux que la marquise d'Estepa. Il y a trois mois, j'ai dû intervenir personnellement auprès de Sa Majesté pour qu'elle exige de la ville de Madrid qu'elle finance les estrades. Mais vous imaginez bien que je ne peux agir ainsi indéfiniment. De même qu'il est impensable que nous réduisions les autodafés faute de moyens financiers ! Impensable !

Le père Alvarez s'appliqua à offrir un air des plus affligés.

— Et la liste, reprit fray Tomas, me l'avez-vous apportée ?

— Vous voulez parler des condamnations ? Bien sûr. Vous l'avez entre les mains. Ce sont les trois derniers feuillets.

L'Inquisiteur général se plongea dans son étude :

Maria de Rivera, 75 ans, née à Jaen et domiciliée à Tolède, veuve de Melchor de Torres. Hérétique apostat, judaïsante opiniâtre dans l'observation de la loi de Moïse, impénitente. Étranglée puis brûlée le 28 avril 1485.

Catalina Pinedo, 50 ans, née à Madrid et domiciliée à Berlanga, femme de Manuel de la Pena (lui-même en fuite et recherché par le Saint-Office pour judaïsme). Déjà réconciliée en 1475. Elle se repentit dans la douleur. Étranglée puis brûlée, le 28 avril 1485.

Le frère Josef Dias Pimienta, né à Ségovie, frère de l'ordre de la Merci, agent fiscal de haut niveau. Après avoir été dégradé, il fut remis à la justice comme juif obstiné, fauteur et receleur d'hérétiques, faux confessant simulateur impénitent, mais il se convertit à notre sainte foi à la veille de l'exécution.

Aben Baruel, 75 ans, né à Burgos, marchand de toiles et domicilié à Tolède. Déjà réconcilié en 1478. Judaïsant relaps, convaincu, négatif, impénitent, il s'est maintenu dans son obstination jusqu'après la lecture de sa sentence. Il fut abandonné au bras séculier, garrotté et brûlé.

Tomas fronça les sourcils.

— Aben Baruel... c'est curieux. Sa fiche indique qu'il se réconcilia avec la vraie foi en 1478.

— Oui, c'est exact. Qu'est-ce qui vous intrigue ?

— Vous savez bien que lorsque ces gens se convertissent ils s'empressent d'emprunter un patronyme chrétien. Or là, ce ne fut pas le cas.

Le père Alvarez eut un mouvement d'indifférence.

— Ce qui prouve bien qu'au fond de lui il n'a jamais cru à sa conversion, et que...

Il s'interrompit et plaqua la main sur son front.

— J'y pense tout à coup ! Vous permettez ?

Il se leva et récupéra le dossier qu'il venait de confier à l'Inquisiteur général. Dans un mouvement fébrile, il entreprit de le compulser, jusqu'au moment où il tomba en arrêt devant un feuillet.

— Voilà ! dit-il en le soumettant à l'Inquisiteur.

— De quoi s'agit-il ?

— Lorsque les familiers se sont rendus au domicile de cet Aben Baruel, ils ont fouillé les pièces comme il se doit, à la recherche d'éventuelles pièces à conviction qui seraient venues étayer l'accusation. Ils sont tombés sur ce document. Prenez le temps de le parcourir. Vous verrez, c'est assez curieux.

BÉNIE EST LA GLOIRE DE Y.H.W.H. DEPUIS SON LIEU.

LE NOM EST EN 4.

À CE MOMENT, IL OUVRIT LA BOUCHE ET DIT : L'HEURE VIENDRA OÙ L'ON JETTERA LE DRAGON, LE DIABLE OU SATAN COMME ON L'APPELLE, LE SÉDUCTEUR DU MONDE ENTIER, ON LE JETTERA SUR LA TERRE ET SES ANGES SERONT JETÉS AVEC LUI ! CE CAÏNITE !

SON NOM EST À LA FOIS MULTIPLE ET UN :

LE NOM DE LA CONCUBINE DU PROPHÈTE. LE NOM DE LA FEMME DONT L'ENVOYÉ DISAIT : « IL NE NAÎT PAS UN SEUL FILS D'ADAM SANS QU'UN DÉMON NE LE TOUCHE AU MOMENT DE SA NAISSANCE. IL N'Y EUT QU'ELLE ET SON FILS D'EXCEPTIONS. » ET ENFIN LE NOM DE L'AVORTON, LE TISSEUR DE CILICE.

LE TOUT, HÉLAS, NE VAUT GUÈRE PLUS QUE LE PRIX D'UN ESCLAVE. CAR IL ÉVOQUE CELUI QUI AURAIT DÛ TOMBER LA TÊTE LA PREMIÈRE, ÉCLATÉE PAR LE MILIEU, LES ENTRAILLES RÉPANDUES.

SUR LA RIVE, C'EST ENTRE LES DEUX ÉPINES DU SA'DÂN — CELLE DE LA JANNA ET CELLE DE L'ENFER — QUE J'AI SAUVEGARDÉ LE 3. IL EST AU PIED DES LARMES D'AMBRE, EN AMONT DU SEIGNEUR, DE SON ÉPOUSE ET DE SON FILS.

Et au bas de la page un nom de ville souligné : BURGOS.

— De toute ma vie, je n'ai lu un texte aussi

confus et aussi incohérent. On voit bien là le délire de ces hérésiarques. Qu'est-ce que c'est que ce charabia ?

— Hélas, je n'en sais rien. Nos gens m'ont simplement rapporté que le marrane a manifesté la plus grande contrariété lorsqu'il s'est aperçu que l'on avait mis la main sur ce document. C'est tout.

L'Inquisiteur restitua le feuillet à son interlocuteur.

— Conservez-le. On ne sait jamais. Mais, à mon avis, ce n'est rien de plus que l'expression d'un individu habité par le mal. Vous savez aussi bien que moi combien ces êtres sont retors.

— Des aveugles, tous autant qu'ils sont ! Le musulman converti qui persiste à croire que Dieu est arabe. Le marrane convaincu que Dieu est juif. Quand donc comprendront-ils que Dieu ne peut être que chrétien !

— Non, riposta Torquemada, vous aussi êtes dans l'erreur.

Une pâleur soudaine envahit les joues de son interlocuteur.

— Que... que voulez-vous dire ?

Un sourire torve apparut sur les lèvres de l'Inquisiteur général. Il chuchota :

— Dieu est espagnol..., fray Alvarez. Espagnol.

*

Grenade.

Le cheikh Ibn Sarrag agrippa Ezra par le col et le secoua avec une telle fureur qu'on aurait pu craindre que le rabbin ne se désarticulât et ne s'effondrât sur le sol.

— Chien de juif ! Mécréant ! Excrément de mouche ! Ta mère a dû coucher avec un scorpion pour t'enfanter !

Abasourdi, Samuel cherchait des répliques. L'effroi le paralysait. Depuis un moment déjà l'Arabe avait fait irruption chez lui, l'œil exorbité, dément.

Sous une nouvelle poussée, plus violente que les précédentes, il se sentit projeté en arrière et heurta le mur.

— Vous avez perdu la tête !

— Voleur ! Impie !

— Voleur ?

— Je reconnais bien là cet air hypocrite des gens de votre espèce ! Ils disent : « Nous croyons », et lorsqu'ils se retrouvent entre eux, ils se mordent les doigts de rage contre vous !

Ezra ânonna :

— Sourate III... verset 119.

— Taisez-vous !

L'Arabe prit le ciel à témoin.

— Dire qu'il ose citer le Livre sacré !

Il empoigna Samuel et le força à se remettre sur ses jambes.

— Vous allez me restituer immédiatement mes Palais !

— Quels Palais ? De quoi parlez-vous ?

— Cessez de jouer au plus fin, sinon je jure par Allah de vous trancher la gorge. Ou mieux encore : je vous dénonce aux familiers de l'Inquisition ! J'exige immédiatement la partie du plan qui me revient de droit et que vous m'avez dérobée hier soir !

Ezra trouva la force de protester :

— Vous êtes malade ! Je n'ai rien pris !

— Menteur !

— Vous voulez dire qu'après vous avoir quitté je serais revenu la nuit et je me serais infiltré pour... Cette fois c'est sûr : vous avez perdu la raison !

— Vous persistez à nier !

— Oui, cheikh Sarrag ! Je nie ! Je n'ai pas bougé de chez moi. Croyez-le ou non, jamais l'idée de vous flouer ne m'a traversé l'esprit.

— Filou !

— Non ! Arthritique !

L'Arabe le regarda avec stupéfaction.

— Quel rapport ?

— Lâchez-moi. Vous comprendrez.

Ibn Sarrag relâcha son étreinte.

À peine libéré, Ezra présenta ses mains.

— Regardez...

Les doigts étaient difformes, recroquevillés sur eux-mêmes. Du pouce à l'auriculaire, les phalanges n'étaient que membres torturés.

— Comment pouvez-vous imaginer un seul instant ces mains capables de forcer une porte ou de fouiller où que ce soit ! J'ai passé la nuit à m'enduire les mains d'eucalyptus et de baume et à me tordre de douleur.

Le raisonnement dut faire mouche, car Sarrag se tut, étudiant les doigts déformés du rabbin. En proie à une lutte intérieure, il finit par l'interroger, vaincu :

— Si ce n'est pas vous, alors qui ?

Furieux, Ezra remettait de l'ordre dans ses vêtements.

— Là, vous m'en demandez trop !

— Vous ne comprenez donc pas ? C'est très grave ! Désormais quelqu'un est en possession des Palais de Baruel.

— Qu'avez-vous fait après mon départ ? Répondez !

Le cheikh se laissa choir sur le siège le plus proche.

— J'ai continué à travailler sur le manuscrit jusqu'à ce que la fatigue l'emporte. Me méfiant de vous — sentiment naturel, vous en conviendrez —, j'ai décidé de cacher le manuscrit. Je n'ai, hélas, rien trouvé de mieux que de le glisser derrière une rangée de livres sur une étagère de ma bibliothèque.

— Brillant...

— Oh, je vous en prie ! Épargnez-moi vos sarcasmes.

— Mes sarcasmes ne seront jamais à la mesure de votre stupidité ! À cause de vous, nous n'avons plus la moindre chance de retrouver le Livre de saphir. Sans vos fragments, jamais nous ne pourrons résoudre les énigmes.

Il lança d'une voix furieuse :

— Pourquoi Aben ? Pourquoi avoir fait confiance à cette race !

- Il suffit ! Je suis loin d'être aussi inconscient que vous semblez le croire ! Figurez-vous que le jour même où le fils de Baruel m'a remis les Palais, j'ai immédiatement pris conscience de leur importance, et j'en ai fait une copie. Cette copie est *toujours* en ma possession. De même que la lettre explicative qui accompagnait les documents.

Une expression de soulagement apparut aussitôt sur les traits du rabbin.

— Loué soit l'Éternel !

— Vous voyez que cette *race* est moins déficiente qu'il n'y paraît !

— Expliquez-moi très précisément ce que vous avez fait après avoir caché les Palais.

— J'ai fermé la porte à double tour, et je suis monté me coucher. Ce matin, dès mon réveil, mon premier geste fut d'aller retrouver le manuscrit. Envolé !

Ezra ne put contenir un petit rire railleur.

— Ce drame vous amuse !

— Non, ce qui m'amuse c'est que vous manquez totalement d'esprit de déduction. Votre porte était intacte, que je sache ?

— Oui.

— Et vous vous êtes dit que j'aurais pu entrer dans votre bureau sans forcer cette porte. J'aurais trouvé la clé comme par enchantement ? Je suis rabbin, cheikh Ibn Sarrag. Pas magicien.

— Très bien. Je vous fais mes excuses.

— À votre place je chercherais le coupable sous mon toit. Seul un de vos proches aurait pu nous observer et nous entendre. Lui seul aurait été en mesure de vous espionner au moment où vous cachiez le manuscrit d'Aben, lui seul aurait su où se procurer la clé de votre bureau. C'est clair.

Sarrag se frotta nerveusement la barbe à plusieurs reprises.

— C'est impossible. Je ne suis entouré que de gens de confiance. Mes deux épouses, mes cinq enfants. Et Soliman, mon serviteur. Je m'empresse de vous dire — si vous songez à lui — qu'il est au-dessus de tout soupçon, et de surcroît trop stupide pour avoir compris ne fût-ce qu'un iota de notre discussion.

— Il sait tout de même lire et écrire ?

— Oui. Mais je vous le répète, ce ne peut être lui. Il est à mon service depuis près de cinq ans. Il m'a été offert par un cadi de mes amis.

— Offert ?

— Parfaitement. Et il a toujours fait preuve d'une grande docilité et d'une intégrité absolue

— Interrogez-le tout de même. Par acquit de conscience.

Le cheikh braqua sur le rabbin des pupilles embrumées de dépit.

— Vous êtes vraiment têtu comme une...

Il se ravisa et retint l'injure.

— Très bien. Nous allons nous rendre chez moi. Vous verrez que j'ai raison.

Il avait tort.

Lorsqu'ils arrivèrent au domicile d'Ibn Sarrag, Soliman Abou Taleb, le fidèle serviteur, l'homme qui cinq années durant avait fait preuve d'une intégrité absolue, s'était volatilisé.

Chapitre 6

Je suis Garcia de Paredes, et puis... Mais
il me suffit de dire : Espagnol.

La Contienda
de Garcia de Paredes.

En apprenant la trahison de son fidèle serviteur, Ibn Sarrag était passé de la colère la plus
vive à l'abattement le plus profond. À présent, il
était affalé parmi les coussins, hébété.

— Écoutez, reprit Ezra sur un ton qui se voulait apaisant, ce n'est pas la fin du monde. Votre
Soliman a filé. Mais réfléchissez un peu. Avec
quoi s'est-il enfui ? Avec quelques pages manus-
crites dont vous savez bien qu'elles sont ampu-
tées ; des énigmes si complexes qu'il n'existe que
deux hommes dans toute l'Espagne capables d'en
tirer quelque chose. Sans vouloir faire preuve
d'une vanité excessive, nous savons que ces deux
hommes ne peuvent être que vous et moi. Alors
calmez-vous. Essayons plutôt de poursuivre le
travail que nous avons entamé.

L'Arabe s'agita, poursuivant le fil de sa pensée.

— Ce qui m'échappe c'est la raison qui a
poussé cet individu à dérober ces pages. Pourquoi ? Qu'a-t-il imaginé ?

114

— Je pense qu'il a surpris nos conversations et en a probablement déduit qu'il pouvait à lui tout seul s'emparer du Livre de saphir.

— Mais pour en faire quoi ? Ce va-nu-pieds n'est ni un letrado ni un théologien. De toute son existence, il n'a jamais fait montre de la moindre aptitude, sinon celle de servir.

— Je n'en sais rien, cheikh Ibn Sarrag. Il a peut-être pensé qu'il s'agissait d'un objet précieux dont il aurait pu tirer profit. Mais arrêtez de vous ronger les sangs ! Le voleur *n'a pas* emporté la lettre explicative de Baruel. Et c'est l'essentiel. Sans ce document, vous en conviendrez, nul ne peut rien comprendre à l'utilité de ces Palais. Vous n'imaginez pas un seul instant que qui que ce soit serait capable de décrypter ces textes codés et, de plus, incomplets ? Allons, je vous en prie, retrouvez votre sang-froid et concentrons-nous plutôt sur le plus urgent... Tarsis.

Ibn Sarrag n'eut pas l'air de réagir aux propos du rabbin. L'œil dans le vague, il restait immobile. Pourtant, il annonça :

— Tarsis est la transcription sémitique du mot « Tartessos ». Tartessos est l'ancien nom du Tinto. J'ai vérifié.

Ezra le dévisagea bouche bée.

— Le Tinto ? Vous parlez bien du fleuve ?

L'Arabe confirma.

— Vous en êtes absolument certain ?

— Je vous l'ai dit. J'ai vérifié.

Samuel poussa un cri qui dut résonner dans tout Grenade.

— Prodigieux ! cheikh Ibn Sarrag. Vous êtes prodigieux !

Il se précipita vers une feuille de papier et, frénétique, se mit à aligner des notes. Après un temps, il releva la tête. Il tremblait d'excitation.

— Écoutez-moi... Nous brûlons !

Il scanda avec fébrilité :

— Notre guide est un jeune homme. Ce jeune homme vit dans un lieu de prière. Ce lieu de prière est situé sur une colline. Cette colline se trouve près d'une ville arrosée par le Tinto. Ou si vous préférez... le Tartessos.

Cette fois, Sarrag parut sortir de sa torpeur.

— Comment arrivez-vous à la conclusion que ce lieu de prière est situé sur une colline ?

— Rappelez-vous le texte de Baruel : ET DE VIVRE À L'HEURE OÙ J'ÉCRIS AU HAUT DE LA COL-LINE EN PENTE DOUCE, SUR LES RUINES DE L'HADÈS. AU PIED DE CETTE COLLINE DORT LE FILS DE YAVÂN. Notre guide vit au *sommet* d'une col-line, *au pied* de laquelle coule le Tinto.

Il acheva sa démonstration :

— ET SON RÊVE MURMURE EN SE DÉVERSANT DANS LA MER. Par conséquent, nous trouverons la colline à l'endroit où le fleuve se *déverse* dans la mer. Limpide, non ?

Le cheikh se redressa promptement et alla prendre une carte de l'Espagne.

— Voyons...

Le rabbin le rejoignit. Un temps s'écoula. Ce fut presque en chœur qu'ils s'exclamèrent :

— Huelva !

— En effet. C'est là l'embouchure du Tinto. Il doit y avoir plus de cinquante lieues. C'est presque la frontière avec le Portugal. De plus, vous n'êtes pas sans savoir que la guerre sévit dans toute la région. La Vega a été pratiquement mise en coupe réglée par les troupes castillannes.

Depuis la chute d'Alhama qui commandait la route de Grenade à Malaga, Al Andalus n'est plus qu'un immense carrefour où se croisent et se décroisent tour à tour les troupes mauresques et celles de l'ost royal.

— Avons-nous le choix ?

Le cheikh insista :

— C'est une longue route, Ezra. Je ne sous-estime pas votre résistance, mais pareil voyage pourrait vous user beaucoup plus vite que vous ne l'imaginez. En revanche, si moi je me rendais tout seul à Huelva, je...

— Vous voulez rire ? Il n'en est pas question ! Nous sommes partis à deux, c'est à deux que nous poursuivrons.

— Soyez franc. Vous craignez que je ne vous « double » ?

Le rabbin se campa, poings sur les hanches.

— Eh bien, oui ! Je vous réponds sans la moindre hésitation : oui.

— Je vois...

Sans plus tarder, il se dirigea vers la porte.

— Où allez-vous ?

— Faire mes adieux à mes femmes et à mes enfants.

*

Un soleil de plomb frappait le crâne des deux cavaliers, cependant qu'une odeur têtue de cendre emplissait l'air jusqu'aux racines du ciel, recouvrant les parfums langoureux du thym et de l'oranger. Sarrag avait dit vrai. Depuis six jours qu'ils avaient quitté Grenade, ils n'avaient croisé que des terres brûlées, des champs razziés, des meules, des granges, des hameaux entiers dévastés. À deux reprises déjà, ils avaient été les témoins d'algarades, échappant par miracle aux troupes des deux bords. Car — il était là, le double péril — lorsque ce n'était pas les musulmans qui lançaient des raids emmenant bergers et bétail, c'était les détachements chrétiens qui prenaient l'initiative.

Aux huertas abandonnées avaient succédé des paysages rabougris, tantôt peuplés de chênes nains, tantôt peuplés d'arbousiers. Ils avaient traversé des forêts d'oliviers encore en sursis, entrecoupées de fulgurances rougeâtres. En ces heures tourmentées, cette terre d'Al Andalus faisait songer à un corps de femme ; par instants déployée, ouverte sur la vie ; par d'autres recroquevillée sur la mort, et pourtant invariablement détentrice du pouvoir d'enfanter.

Les deux hommes venaient de pénétrer par le sud dans la vallée du Guadalquivir. Ici l'atmosphère avait l'air plus paisible. Hormis un convoi chargé de blé et d'orge, victorieux d'on ne sait quelle razzia, la plupart des gens qu'ils rencontraient faisaient partie de ceux que l'on avait coutume de trouver sur les routes de la Péninsule : des colporteurs, des muletiers transportant la laine ou le vin, des marchands, des bergers de la Mesta empruntant les canadas avec leurs troupeaux, des messagers courant la poste pour porter des nouvelles de la Cour ou encore des moines de la Merci collectant des aumônes à travers le pays pour le rachat des captifs.

Légèrement penché sur son cheval bai, dans un burnous de lin, le crâne recouvert d'une calotte de laine pourpre, suant à grosses gouttes, Chahir ibn

Sarrag ouvrait la marche. À quelques pas en retrait, Ezra, très raide, semblait indifférent à la fatigue et aux coups de boutoir du soleil. Pour des raisons connues de lui seul, il s'était accoutré : habillé d'une étoffe ordinaire, la tête recouverte d'un chapeau noir au bord étroit, chaussé de bottines rustiques, il aurait pu passer pour un paysan de la Mesta.

— Alors, Sarrag, vous tenez le coup ?

— Pensez à vous, rabbi. Moi j'ai la protection d'Allah.

L'Arabe poursuivit sans transition :

— Depuis notre départ, une idée me tracasse. Nous avons décrypté l'essentiel du premier Palais, mais il reste ces curieuses citations qui ont trait à l'enfer et aux démons.

Samuel plissa nonchalamment les yeux.

— Je ne les ai pas oubliées non plus. Mais, qui sait ? Peut-être qu'à Huelva nous trouverons l'explication.

— Ou l'enfer...

Le cheikh désigna un point droit devant eux, sur le bas-côté de la route.

— Une venta. Nous avons encore quatre heures de route avant d'atteindre Séville. Je propose que nous y fassions halte, le temps que le soleil se fasse plus clément.

Ils lancèrent leurs montures au galop. Quelques minutes plus tard ils stoppaient devant une bâtisse de chaux blanche érigée de guingois, à l'aspect peu avenant.

Un abri qui ressemblait à une écurie accueillit leurs chevaux.

Ibn Sarrag avisa un gamin, palefrenier de fortune, en train d'étriller un mulet.

— Petit ! Prends soins de nos montures.

Le gamin s'empressa d'obéir.

Des relents d'huile rance empestaient l'air de la salle. Ibn Sarrag et Ezra échangèrent un coup d'œil résigné et s'installèrent à la première table disponible.

— Que prendrez-vous ? demanda l'Arabe.

— Quelle question ! marmonna Samuel, vous savez bien que tout ici se résume à deux plats, un quignon de pain noir, et... une addition exorbitante.

— Ezra, reconnaissez que pour ce qui a trait à la nourriture vous êtes un véritable raseur !

Sans attendre la réplique du rabbin, il héla l'aubergiste. Celui-ci vint se camper devant eux, la panse en avant, la moustache poisseuse.

— Buenos dias...

— Nous désirons manger, fit Ibn Sarrag.

— Omelette, garbanzos, œufs frits au lard et, comme tous les vendredis, j'ai de la morue.

— Très bien, pois chiches et lentilles.

— Un garbanzos. Et vous señor ?

— Une omelette. Mais j'aimerais vérifier la qualité de vos œufs.

L'aubergiste le regarda, sidéré.

— La qualité de mes œufs ? Mais ils sont du jour. Irréprochables !

— Je n'en doute pas. Mais je voudrais tout de même vérifier.

Ibn Sarrag balança un coup de pied sous la table en direction du tibia de Samuel.

— Vous allez arrêter cette comédie, chuchota-t-il les dents serrées.

Son interlocuteur lui décocha un regard assassin et reprit son dialogue.

— La morue est fraîche ?

— Señor, s'impatienta l'aubergiste, je vous l'ai dit : tout ici est d'excellente qualité.

— Va pour la morue.

— Si vous avez soif, j'ai un tonneau de vin de Jerez.

— Non, pas de vin. En revanche une cruche d'eau sera la bienvenue.

L'aubergiste s'inclina et fila vers la cuisine.

— Ezra, pesta l'Arabe, quand donc mettrez-vous fin à vos simagrées ! Si vous cherchiez absolument à attirer l'attention sur votre judaïsme, vous n'agiriez pas autrement !

— Je ne vois pas en quoi le fait que je veuille vérifier la qualité des œufs vous met dans cet état !

— Vous voyez bien que j'avais raison tout à l'heure quand je disais que vous étiez un raseur ! Depuis que nous sommes partis de Grenade, vous nourrir relève de l'exploit ! Comme si de parcourir un pays en guerre ne suffisait pas !

Il énuméra sur le bout des doigts :

— On vous propose une omelette : c'est non. Pour quelle raison ? De peur que l'un des œufs utilisés ne présente ne fût-ce qu'une microscopique goutte de sang ! On vous propose de la viande : c'est encore non. Il faut que l'animal ait été égorgé par un abatteur rituel, votre *cho'et*, et qu'en plus il ait subi un traitement d'une complexité...

— Vous avez fini ?

— Non ! Et pas n'importe quel animal ! Pourquoi ? À cause d'une histoire de sabot fendu et de ruminant. Le lièvre vous est interdit parce qu'il rumine mais n'a pas le sabot fendu ; le porc, parce qu'il a le sabot fendu, mais ne rumine pas. Le cheval...

— Mon cher, pour ce qui est du porc, je vous rappelle que vous n'êtes pas en reste.

— Exact. Mais avec l'alcool ce sont là mes seuls interdits. Tandis que chez vous, même la vaisselle peut conduire au péché. Il vous en faut une pour la viande, une autre pour les laitages. Vous...

— Non mais... C'est extraordinaire !

Il pointa un doigt vers Sarrag.

— Et si à mon tour je vous rappelais que pour uriner, il vous est défendu de le faire en tenant votre verge avec la main droite ? Qu'il est prohibé de satisfaire un besoin face à La Mecque ou en lui tournant le dos, mais uniquement tourné vers l'est ou vers l'ouest ! Si je vous rappelais aussi que, pour vous torcher les fesses dans le désert, vous ne devez le faire qu'en vous servant d'un nombre impair de pierres !

Il reprit son souffle et conclut avec fermeté :

— Cheikh Ibn Sarrag, ou vous mettez fin à votre stupide litanie, ou je vous plante là, et je poursuis seul ma route.

L'Arabe leva les yeux au ciel.

— Pourquoi, Allah ? Pourquoi avoir lié mon destin à celui de cet individu ?

Ils se rencognèrent chacun dans son coin, se limitant à observer les gens autour d'eux.

Ces personnages rassemblés, c'était un peu le miroir de l'Espagne de cette année 1487. L'œil d'Ibn Sarrag s'arrêta sur un hidalgo engoncé dans son collet à fraise, fait de toile blanche gaufrée et amidonnée, qui donnait l'impression que la tête y était posée comme une pastèque sur un plateau de dentelle. La cape semblait un peu râpée et les plumes et les rubans qui agrémentaient le chapeau avaient un air fatigué. L'Arabe se demanda si l'homme était un hidalgo *de sangre*. Pur et noble par excellence, ou bien, plus modestement, un hidalgo *de bragueta*, ne bénéficiant de l'exemption fiscale que pour avoir eu... sept garçons. Quel qu'il fût, son destin n'était pas vraiment enviable : l'hidalgo n'a pas comme les Grands de vastes territoires et de nombreux vassaux à gouverner ; les hautes charges, les grands commandements ne sont pas pour lui. Plus triste encore, il n'intervient pas dans les intrigues du palais. Son seul capital est cet honneur reçu en héritage d'une lignée d'ancêtres qui combattirent et combattent encore pour la foi. Hélas pour lui, il y a de moins en moins de Maures en terre d'Espagne, et l'honneur se fait rare.

À la table voisine, la silhouette penchée d'un caballero, l'épée au fourreau, se découpait comme sur le fond huileux d'une toile. Les chausses ornées de crevés, la chemise au col amidonné, il y avait quelque chose d'un peu moins affligé dans son attitude.

Plus loin se trouvait un couple de gitans. Gens de perdition, au dire du peuple, vagabonds, fauteurs de troubles, menteurs et escrocs.

Au fond de la salle, des membres de la Santa Hermandad offraient quant à eux l'apparence de la rigueur en marche. Cette armée de miliciens, qui par le passé avait vu le jour à maintes reprises, avait fini par trouver son accomplissement sous l'impulsion d'Isabel et de Fernando. Elle avait pour mission de faire régner l'ordre et la loi dans les provinces. Le châtiment était infligé sur place, instantanément et de façon exemplaire. Les auteurs de vol de plus de cinq mille maravédis étaient condamnés à avoir le pied coupé ; les auteurs de crime étaient exécutés en rase campagne, attachés au premier arbre venu et percés de flèches. D'aucuns disaient que c'était un moindre mal, qu'avant l'instauration de cette « Sainte Fraternité » l'insécurité était maîtresse du pays, les voleurs s'en prenaient impunément aux biens de toutes sortes ; on brûlait des maisons, des moissons, on commettait des assassinats et la justice donnait l'impression d'être totalement impuissante à retrouver ou à châtier les criminels. Alors...

Le cheikh se pencha pour mieux détailler le dernier personnage : le moine. Était-ce un effet de son imagination ? Il crut entrevoir dans les reflets de sa tonsure cette Espagne à laquelle Isabel et son époux aspiraient depuis qu'ils gouvernaient la Péninsule. Une Espagne une, sainte, catholique et apostolique. Une Espagne rêvant à sa libération prochaine, afin que plus jamais un esprit ne se souvînt du mot *mozarabe*, qui nommait le chrétien vivant en territoire musulman, car bientôt Grenade tomberait, et il n'y aurait plus de territoire musulman ; que plus jamais ne fût prononcé le mot *mudéjar*, pour qui évoquait le musulman vivant en territoire chrétien, car bientôt Grenade tomberait, et il n'y aurait plus de musulmans. Le temps d'un Alfonso VII qui se faisait proclamer « empereur des trois religions », ce temps-là était définitivement révolu. Demain l'olivier ressemblerait au palmier, l'hibiscus au citronnier, on briserait tous les parfums pour qu'il n'en subsistât plus jamais qu'un seul.

L'œil de Sarrag obliqua vers Ezra. Il arborait

une mine morose. Manifestement sa pensée avait dû suivre le même cheminement.

Il poursuivit sa réflexion à voix haute.

— Connaissez-vous la légende de la porte de Yusuf à Grenade ?

— J'en ai vaguement entendu parler, mais je vous avoue ne plus très bien m'en souvenir.

— C'est l'une des portes qui mènent à l'Alhambra. Elle fut bâtie il y a plus d'un siècle par le sultan Yusuf Abou el Haggag qui régnait alors sur le royaume. Deux symboles signalent cette porte à l'intention des croyants.

Ezra l'interrompit.

— Lorsque vous dites « les croyants », je suppose que vous n'évoquez que les musulmans, bien sûr.

— Bien évidemment.

Il poursuivit, imperturbable :

— Sur l'arcade extérieure de la porte est gravée une main aux doigts étendus, mais non écartés ; sur l'arcade intérieure, une clef. Vous le savez bien sûr, la main est là, comme elle est partout chez les Arabes, pour conjurer le mauvais œil. Quant à la clef, elle figure la première sourate, la Fatiha, l'Ouverture. Ces deux sens étaient trop simplistes ou trop profonds pour les Grenadins, qui leur ont donné une autre explication : « Quand la main prendra la clef, Grenade sera conquise. » Je ne sais pas ce que vous pensez des superstitions, mais depuis le dernier tremblement de terre, la main a glissé vers la clef .. Elle n'en est plus qu'à un pouce.

Le rabbin fronça les sourcils.

— Figurez-vous que je *suis* superstitieux...

— De toute façon le combat est inégal. D'un

125

côté nous avons une organisation sans faille, une volonté politique inébranlable représentées par Fernando et Isabel, de l'autre, un tout petit émirat, qui a le charme du passé, parfois le goût de l'héroïsme, mais qui est de plus en plus coupé du monde extérieur. Un an, deux ans, cinq... je ne sais pas l'heure de la fin, mais un jour nous dirons qu'Al Andalus aura vécu.

— Ce que je me demande, c'est ce qu'il adviendra des Arabes demeurés dans la Péninsule ? Des Arabes et de nous autres, les juifs.

Ibn Sarrag eut un sourire triste.

— Sans doute s'exileront-ils... à moins qu'ils ne fassent de bons chrétiens.

L'arrivée de l'aubergiste mit fin à leur dialogue.

— Voici, señor... Garbanzos et morue. Et une cruche d'eau fraîche.

Ils remercièrent d'un mouvement de tête. Mais ils savaient déjà l'un et l'autre qu'ils avaient perdu tout appétit.

*

Ils avaient cru qu'ils auraient assez d'énergie pour atteindre Séville avant la nuit, mais l'âge, le manque d'habitude et ce soleil métallique avaient fini par se révéler les plus forts. Muselant sa fierté, Sarrag le premier s'était avoué vaincu.

Au cœur de la campagne andalouse, sous un ciel criblé d'étoiles, ils avaient dressé un feu de fortune et s'étaient laissés tomber sur l'herbe, cassés, le corps douloureux.

— Désolé, rabbi... Même si le Livre de saphir n'avait plus été qu'à une lieue, j'aurais été incapable de faire un pas de plus.

126

— Ne battez pas votre coulpe, Sarrag. Si le Livre de saphir était là, à un pas, je n'aurais pas pu tendre la main. Que voulez-vous, il faut savoir se résigner et reconnaître l'instant où notre jeunesse nous déserte.

Il croisa les mains sous sa nuque et poursuivit comme s'il se parlait à lui-même :

— Au fond, ce corps que nous possédons... quel fardeau ! Je veux espérer qu'au jour de la résurrection nous serons débarrassés de ces viscères, de ces boyaux imbéciles et du cortège de maux qui les accompagne.

— Le jour de la résurrection..., reprit Ezra en écho. Inch Allah, comme on dit chez vous.

Sarrag se souleva, un peu surpris par le ton neutre employé par son compagnon.

— Je me trompe sans doute, mais vous n'avez pas l'air de beaucoup y croire.

— J'y crois, mon ami, j'y crois de tout mon être. Ce que vous avez décelé dans ma voix est étranger au doute, ce n'était que de la nostalgie. Je prie Adonaï pour que ce jour arrive. Vite. Demain.

Un petit rire secoua le thorax d'Ibn Sarrag.

— Je vous trouve bien pressé.

— Vous avez raison. Je le suis.

Il se redressa sur un coude et reprit avec une ferveur inattendue :

— Les hommes sont fous. Les hommes sont malades. À l'instant précis où ils quittent l'enfance, la démence les gagne. Ils se mettent à gesticuler, à déplacer du vent, à courir derrière les nuages, espérant dans leur folie pouvoir les emprisonner. Ils deviennent comme des souffrants sevrés d'opium.

Il se laissa retomber sur le dos, en répétant :

— Les hommes sont fous...

— Et nous, rabbi Ezra, ne croyez-vous pas que nous sommes tout aussi fous ? Regardez. Que faisons-nous ici ? En pleine nuit, dans ce coin perdu d'Al Andalus. N'est-ce pas pure inconscience ? Se ruer vers l'inconnu, sur la foi de quelques pages léguées par un ami. Parce que cet ami nous a assuré avoir découvert une tablette qui parle ! L'apothéose de l'irrationnel ! Une pierre équivoque qui serait détentrice d'un message divin dont nous ignorons tout. De la même façon que nous ignorons si cet être cher n'a pas été victime d'une hallucination. Est-ce cela la raison, rabbi ?

— Cheikh Ibn Sarrag, vous avez parlé d'irrationnel. Depuis Ptolémée, et bien avant lui, les savants se sont évertués à expliquer la course de l'univers. Ils ont épuisé une vie dans cette quête et se sont éteints un jour sans avoir trouvé d'explication. Oh, bien sûr ! nombre de théories jonchent l'Histoire, mais pas la plus petite certitude. Rien que des suppositions. Or, si je devais appliquer votre raisonnement, à savoir : puisqu'il n'y a pas d'explication, les choses sont déraisonnables, illusoires, alors le monde, la nature, la vie, ce ciel qui vibre, les saisons, la faculté d'aimer ne devraient pas avoir de raison d'être puisqu'ils sont inexpliqués. Pourtant nous sommes bien vivants. La terre existe, et nous existons. Où donc est l'irrationnel ? Où commence-t-il, où s'achève-t-il ? En quoi notre quête serait-elle plus absurde que l'élémentaire fait de vivre ? Si vous acceptez de vivre, vous acceptez du même coup de jouer une partie d'échecs où les pions sont des mirages, des émotions, des mouvements furtifs. Rien de réel, sinon dans notre imaginaire.

— Ou dans l'imaginaire d'un autre. Au-delà de nous...

— Une entité grandiose. La pensée de...

— D'Allah... ?

— De Yod, hé, vav, hé.

Une saute de vent fit danser les feuillages.

— Alors revenons au rationnel, dit Ibn Sarrag comme pour rompre l'atmosphère de demi-rêve dans laquelle leur dialogue les avait plongés. Une fois à Huelva, comment allons-nous identifier ce lieu de prière ?

— En commençant par trouver la colline.

— Facile à dire. Et s'il y avait plusieurs collines autour de la ville ?

— Dans ce cas, je doute fort qu'au sommet de chacune on ait érigé un lieu de culte. Sur ce...

Il se tourna sur le côté, offrant son dos au cheikh.

— Bonne nuit, Sarrag. Demain est un autre jour.

L'Arabe ne répondit pas. Il demeura un moment à fixer les étoiles, puis il ferma les yeux.

*

— Debout !

Sarrag n'eut pas le temps de rejeter la couverture de laine dans laquelle il avait passé la nuit. Un coup de pied le toucha au creux de l'estomac, lui arrachant un cri de douleur.

Allongé à ses côtés, le rabbin — dont le vieil âge avait dû susciter quelque instinct charitable — connaissait un sort plus clément. On le força à se mettre debout, mais sans violence.

Une vingtaine d'hommes armés formaient un

cercle autour d'eux. Ni Ezra ni le cheikh ne les avaient entendus arriver. À la manière dont ils étaient vêtus, il ne faisait aucun doute qu'il s'agissait de militaires nasrides.

— Que faites-vous ici ? aboya l'un des individus aux allures de chef.

Le cheikh s'était ressaisi, front relevé, très maître de lui.

— J'ignore qui tu es, mais manifestement tu ne sais rien du sens de l'honneur ! Est-ce ainsi que se comporte un Arabe à l'égard de son frère ?

En guise de réponse, l'homme lui décocha une gifle retentissante.

- - Fils de chien ! Comment oses-tu te permettre ?

Il dégaina de son fourreau une alfange à l'acier moiré et la pointa sur la jugulaire de Sarrag.

— Regarde ta mort, annonça-t-il d'une voix rude.

— Arrêtez ! protesta Ezra. Vous n'avez pas le droit !

— Tu tiens à peine debout, vieillard... Garde ton souffle pour ce qu'il te reste de vie.

— Vous n'avez aucune raison d'agir de la sorte. Nous ne sommes coupables de rien.

La lame effleura la joue du rabbin qui resta impavide.

— Trêve de babillages. Dites-moi plutôt ce que vous faites ici, et où vous allez.

Ezra choisit de répondre :

— Nous nous rendons à Huelva.

— À Huelva ? Pour quel motif ?

— Pour l'attrait du voyage, ironisa Sarrag.

— L'attrait du voyage..., répéta le militaire. Bien sûr. Et d'où venez-vous ?

— De Grenade.

— Vous voyagez donc depuis un moment dans la région.

— C'est exact.

— Sans but précis ?

Ezra riposta avec impatience :

— Nous venons de vous le dire, nous nous rendons à Huelva.

— Certes, mais vous ne m'avez pas dit pourquoi ? Seriez-vous des marchands ?

— Non, répondit Sarrag. De simples voyageurs.

Le militaire pointa son index sur le chapeau noir et les bottines d'Ezra.

— Tu es vêtu comme un paysan de la Mesta.

Le rabbin répondit, mais avec une pointe d'hésitation :

— En effet... J'en suis un.

— Sans chariot, sans la moindre denrée...

La voix du soldat claqua, impérieuse :

— Arrêtez-les !

En quelques secondes, ils se retrouvèrent poignets liés derrière le dos.

Sarrag tenta une nouvelle protestation :

— C'est insensé ! Dites-nous au moins ce que vous nous reprochez !

— Ne joue pas au plus malin, mon frère. Tu sais parfaitement de quoi il s'agit. Hier soir, à une lieue du village d'Alhendin, un convoi de vivres et de munitions, en route pour la forteresse assiégée de Montejicar, a été intercepté par un détachement castillan. Or les chrétiens ne pouvaient en aucun cas être au courant de la présence de ce convoi dans cette région. On les a prévenus. On leur a même servi de guide. Nous en avons eu la

131

confirmation ce matin même : c'est l'œuvre de traîtres.

La stupeur avait envahi le visage du cheikh

— Et ces traîtres...

— Deux Arabes. Le premier : soixante ans environ, de taille moyenne. Le cou large. Une barbe épaisse, poivre et sel. Des sourcils broussailleux. Le second : plus vieux, un visage anguleux, très grand, très maigre.

— Et si je vous disais que mon compagnon est juif ?

Une lueur traversa les prunelles du militaire.

— Yéhoudi ?

Sarrag confirma.

— Eh bien, je ne suis pas étonné. La trahison est dans leur sang. De toute façon, juif ou non, nous vous ramenons à Grenade.

Ezra lança un coup d'œil désespéré vers Sarrag. Ils vivaient un cauchemar.

— Je ne comprends pas, se récria le cheikh. Pourquoi Grenade ?

— Pour vous remettre entre les mains de mes supérieurs, et ensuite...

Il dessina un nœud coulant dans l'air.

— Pendus, mon frère... Vous serez pendus. Et rendez grâce à Allah, car si je n'avais reçu des ordres, c'est ici même que j'aurais réglé votre sort.

Sarrag ouvrit la bouche pour crier toute sa fureur, mais on ne lui en laissa pas le temps. Un coup d'une extrême violence s'abattit sur sa nuque. Il s'écroula, inerte.

Burgos.

Le padre Alvarez se demanda s'il n'était pas victime d'une mystification. Les pages que le jeune homme, un Arabe de Grenade, venait de lui remettre ressemblaient étonnamment au document trouvé au domicile de ce marrane dont il avait oublié le nom. Comment s'appelait-il déjà ? Barel, Barual... Même style pompeux, mêmes phrases brisées, ramassis de symboles bibliques jetés en vrac. À la différence que, cette fois, il ne s'agissait plus d'une page, mais d'une dizaine. Alvarez passa nerveusement la paume de la main sur sa tonsure et s'enquit :

— Rappelle-moi ton nom.

— Soliman Abou Taleb.

— Tu affirmes avoir trouvé ces documents dans le cabinet de travail de ton maître.

— Parfaitement...

— Je présume que tu les as parcourus.

Le jeune homme confirma.

— Très bien. Alors, tu as pu constater, comme moi, que l'on n'y trouve rien de compromettant. Il s'agit ni plus ni moins d'un galimatias et, comme tel, dépourvu de toute consistance. Explique-moi en quoi ils pourraient représenter un quelconque intérêt pour le Saint-Office ?

— Je vous l'ai dit : ils sont liés à la sécurité du pays et à celle de vos frères catholiques. Si, comme moi, vous aviez surpris les propos échangés par mon maître et son visiteur juif, vous seriez arrivé à la même conclusion : il s'agit d'un complot.

Fray Alvarez se cala confortablement dans son fauteuil.

— Veux-tu me répéter le plus fidèlement possible ce que tu as entendu ?

— Le cheikh a dit : « Si c'était le cas, vous avez conscience que nous serions devant le plus fantastique, le plus formidable des acquis de toute l'histoire de l'humanité. La preuve de l'existence de Dieu ! »

Le prêtre sursauta comme si la foudre venait de tomber dans la pièce.

— Quoi ?

Le jeune homme voulut reprendre depuis le début, mais le prêtre ordonna :

— Uniquement la dernière phrase...

— La preuve de l'existence de Dieu.

— Ce sont bien les mots qu'il a prononcés ? Tu en es sûr ?

— Allah m'est témoin. Je le jure !

Alvarez caressa à nouveau sa tonsure. Décidément, cette histoire prenait des allures pour le moins inattendues. Il prit une profonde respiration et invita l'Arabe à continuer :

— Le rabbin a aussitôt répondu : « Vous oubliez d'ajouter un détail : ce serait à plus ou moins brève échéance l'annihilation de tout le système politique et religieux qui gouverne l'Espagne depuis l'instauration de l'Inquisition. » Le cheikh a répliqué : « Je ne vois pas très bien le rapport. » Et le juif d'affirmer : « Il vous apparaîtra le jour où vous découvrirez le contenu du message. »

— Le message ? Quel message ?

L'Arabe écarta les mains en signe d'impuissance.

— Je n'en sais rien. Il a seulement parlé de « message ».

— Ensuite ?

— Hélas, je n'ai plus été en mesure d'écouter le reste de la discussion. L'épouse de mon maître m'a fait appeler, et j'ai dû l'aider aux tâches ménagères. Cependant une ou deux fois je suis repassé devant le cabinet et j'ai tendu l'oreille. J'ai pu percevoir des bribes de phrases où il était question d'un plan et d'un nom qui revenait sans cesse : Aben Baruel.

Aben Baruel, songea Alvarez... C'était bien le nom du marrane. L'Arabe disait donc la vérité. Si véritablement il s'agissait d'un complot, il se devait d'informer au plus vite qui de droit. Néanmoins, sa vieille expérience lui soufflait de se méfier de tout et de tous ; même des délateurs. Si par hasard cet Arabe était là pour brouiller les pistes, s'il n'était qu'un pion sciemment manipulé par d'autres, il était indispensable de lui donner le change. Alvarez décida de jouer au plus fin.

— Soliman, commença-t-il d'une voix doucereuse, sache avant tout que nous te savons gré pour ta démarche. Je suis convaincu qu'elle n'est inspirée que par le sens du devoir. Mais...

Il désigna de la main les documents posés devant lui.

— Je ne vois vraiment pas en quoi cette affaire concerne le Saint-Office.

Le jeune homme bondit littéralement.

— Comment ?

— Calme-toi. Manifestement, tu ne connais rien aux règles auxquelles nous sommes assujettis. Je vais récapituler. La mission première du Saint-Office est de traquer les judéo-convers, qui sont demeurés fidèles aux croyances de leurs ancêtres. Je précise bien : les judéo-convers. Car la confusion existe parfois dans l'esprit des gens. Nous ne pourchassons pas les juifs, mais uniquement ceux d'entre eux qui ont accepté de rejoindre le sein de l'Église et qui, une fois baptisés, trahissent en secret le serment qu'ils ont prêté. Un autre aspect de notre mission est de châtier ceux qui accomplissent des actions ou tiennent des propos contre la foi ou la Sainte Inquisition. Pareillement, nous avons pouvoir de saisir et d'interdire la publication de certaines œuvres susceptibles de souiller les âmes ou de semer le trouble dans les esprits. Enfin, nous devons appréhender les sodomites et les sorciers et sévir à leur encontre. Tout cela ayant été défini, dis-moi en quoi ton maître pourrait être visé par l'un ou l'autre de ces chefs d'accusation ?

Le serviteur scanda d'un air désespéré :

— *L'annihilation de tout le système politique et religieux qui gouverne l'Espagne depuis l'instauration de l'Inquisition !* C'est ce qu'il a dit ! Que voulez-vous de plus ?

— Ce n'est pas suffisant. N'en déplaise à nos contradicteurs, le Saint-Office ne pratique pas de justice aveugle. Il est fondé sur des principes de droit. Sinon, crois-tu que nous accorderions autant de garanties aux accusés ? Par exemple d'exiger que soient confirmées les dépositions des témoins par des personnalités indépendantes de l'enquête. Leur accorderions-nous l'assistance d'un avocat si nous étions dénués d'équité ?

Ce que le padre Alvarez omettait de préciser, c'est que les personnalités *indépendantes* étaient des prêtres, pieux et braves serviteurs de l'Église qui auraient eu bien du mal à s'opposer à leurs frères, et que l'avocat était désigné par l'Inquisition elle-même.

Il poursuivit d'une voix tranquille.

— Avant que tu ne sortes d'ici, j'aimerais savoir pourquoi tu tiens tant à avoir la peau de cet Ibn Sarrag. Car enfin, tu es musulman et arabe, comme lui. Alors, pourquoi ?

Le serviteur répondit, le front haut :

— J'ai mes raisons !

— L'argent ?

— Jamais !

— Mais alors ?

— Je vous le répète : j'ai mes raisons. À quoi il vous servirait de les connaître ?

Le prêtre n'insista pas.

— C'est bon. Pour l'instant, nous allons en rester là.

Le jeune homme allait se lancer dans une envolée protestataire, mais Alvarez le stoppa d'un geste ferme de la main.

— L'entrevue est terminée.

Soliman se leva, furieux.

— Vous le regretterez. Vous verrez ! Vous regretterez d'avoir pris cette affaire à la légère.

Le battant claqua violemment, faisant vibrer les lambris.

Sitôt seul, le prêtre bondit de son fauteuil et se précipita vers une porte dérobée. Il avait deux choses à faire : la première, donner des ordres pour qu'on ne perde pas la trace de l'Arabe. La seconde, en référer au plus vite à fray Torquemada.

Chapitre 7

Oui, mais un juif se fait invisible et
s'éclaire en allumant les doigts d'un enfant
mort.

V. Hugo, Torquemada,
acte III, scène IV.

Le crépuscule s'accrochait encore aux contreforts de la sierra Nevada qui étaient réapparus
dans le lointain, mais, dans peu, les ténèbres
s'insinueraient dans chaque recoin du paysage et
la nuit l'emporterait.

Sarrag serra les dents. Il ne se souvenait pas
avoir jamais éprouvé un tel ressentiment à la vue
de ces montagnes qui annonçaient la proximité
de Grenade. Dans deux jours, tout au plus, ils
auraient franchi les portes de la ville. Poignets
toujours entravés, le cheikh essayait de dominer
le sentiment de frustration qui le rongeait depuis
leur arrestation ; en vain. La rage était trop
grande, la révolte trop intense. Le rêve à peine
amorcé avait été brisé à cause de la stupidité d'un
homme. Il pivota légèrement sur sa monture,
laquelle était traînée par un cavalier qui trottait à
quelques pas devant, et interpella Ezra.

— Le destin est imprévisible, rabbi. Nous cherchions le chemin du ciel, et nous voilà en route pour l'enfer.

— Et qui sont les responsables ? Des Arabes ! Vos frères ! Comme à l'accoutumée, ils se comportent en aveugles, en barbares.

Le cheikh gronda :

— Que je sache, ce ne sont pas mes frères qui dressent des bûchers pour vous y faire griller ! Ne soyez pas stupide.

— Oh, vous n'avez rien à envier aux chrétiens. Vos lointains ancêtres, les Almohades, ces Berbères puritains et obtus, n'étaient pas plus tolérants à notre égard. Il fut un temps où eux aussi nous donnaient à choisir entre la conversion et la mort !

Sarrag cracha à terre.

— Je reconnais bien là votre propension à mettre tout le monde dans le même sac ! La majorité des musulmans a autant de points en commun avec les Almohades que vous en avez avec les prêtres de l'Inquisition !

Il allait poursuivre lorsque, succédant à un cri de panique, une voix ordonna :

— À terre ! À terre !

Le militaire n'avait pas fini sa phrase que la flèche d'une arbalète frôla la joue de Sarrag.

— Détachez-nous ! implora-t-il. Mais sa voix fut couverte par le grondement d'un canon. Un boulet fumant, venu d'on ne sait où, faucha deux cavaliers au passage, les transformant en une masse ensanglantée et difforme.

— Les infidèles ! hurla un soldat.

Tout se passa très vite. Des fantassins de l'ost royal marchaient sur le détachement nasride en proie au plus grand désordre. Ezra aperçut clairement les uniformes qui se découpaient entre les chênes-lièges. Pour qui savait que les fantassins espagnols étaient les plus redoutables qui soient, nul doute qu'ils ne feraient qu'une bouchée des Arabes. Ils auraient pu se passer du soutien de l'artillerie. Le plus pathétique, songea le rabbin, c'est que Sarrag et lui allaient se retrouver les victimes d'un combat qui ne les concernait pas. Dans un mouvement désespéré, malgré ses poignets attachés, il se laissa tomber de sa selle et s'affaissa violemment sur le sol. Dans sa chute, il eut à peine le temps d'apercevoir le cheikh qui faisait de même. Sous l'effet d'un nouveau coup de canon, leurs chevaux se cabrèrent, menaçant de les écraser sous leurs sabots.

— Au nom du Miséricordieux, libérez-nous ! adjura Sarrag à qui pouvait l'entendre.

Mais il n'y eut d'autre écho à sa supplique que le brouhaha de l'affrontement, le cliquetis des lames et le sifflement sporadique des empennes. Dans des nuages de poussière, des ombres s'affolaient autour d'eux. On s'affrontait au corps à corps. On tombait, vaincu ; on pourfendait, vainqueur. Combien de temps l'attaque dura-t-elle ? Suffisamment pour qu'il ne subsistât pratiquement aucun survivant des vingt-cinq hommes qui composaient le détachement nasride. Il avait été décimé. Sarrag et Ezra étaient restés figés dans une immobilité absolue, le visage enfoui dans la poussière ; tellement immobiles qu'ils ne devaient d'être en vie qu'au fait qu'on les avait crus morts.

Tout le décor résonnait des gémissements des blessés et des agonisants, et de la rumeur des fantassins de l'ost royal qui s'étaient regroupés et se retiraient vers le couchant. Ni Ezra ni Sarrag ne se décidaient à lever la tête. Il y eut un bruit de pas étouffé. Puis, comme si le cauchemar recommençait, une voix cinglante menaça :

— Vous allez payer pour nos frères...

Une main saisit Sarrag par le collet et le força à se mettre debout. La première chose qu'il vit fut l'alfange que brandissait le chef arabe, et dans un deuxième temps son visage maculé de sang. Épouvanté, le cheikh se demanda par quel miracle l'homme était encore de ce monde. Il balbutia quelques mots pour tenter de le ramener à la raison, mais c'était peine perdue ; il n'écoutait pas. Dans un geste proche de la démence, les doigts du militaire emprisonnèrent le col du burnous de Sarrag. Il le fit avec une telle violence que le tissu se fendit, dénudant son thorax.

— Va rejoindre les incroyants en enfer !

Ezra, témoin impuissant, voulut crier, mais aucun son ne filtra de sa gorge.

L'homme visa la gorge du cheikh. Celui-ci ferma les yeux et rendit grâce au Tout-Puissant.

C'est à ce moment précis que la pointe de l'alfange s'immobilisa, à un cheveu de la jugulaire.

Sarrag attendit. La mort ne venait pas. Alors, il entrouvrit les paupières. Le militaire était toujours là dans la pénombre, mais son expression n'était plus la même. La fureur avait disparu pour céder la place à la stupéfaction.

Les yeux exorbités, il fixait un point sur le thorax de Sarrag où se détachait un médaillon d'argent.

— Le croissant et l'épée... D'où te vient cet objet ?

— Il m'a appartenu de tout temps, comme il a appartenu à mon père et avant lui à son père.

— Sais-tu ce qu'il représente ?

— Bien sûr. C'est l'emblème des Bannu Sarrag.

L'homme articula péniblement :

— Tu veux dire que...

— Je suis un Bannu Sarrag. Mon nom est Chahir, Chahir ibn Sarrag.

— Ce... ce n'est pas possible.

Le militaire laissa tomber son couteau et, saisissant la main du cheikh, il la porta à ses lèvres.

— Me pardonneras-tu jamais ?

Le cheikh afficha un air surpris.

— Explique-toi...

— J'appartiens à la garde de Youssouf ibn el Barr.

Tout s'éclairait : Youssouf ibn el Barr n'était autre que le chef du parti Bannu Sarrag qui, quelques jours plus tôt, avait installé le nouveau sultan — Boabdil — sur le trône de Grenade.

Ezra, toujours à terre, ne perdait pas un mot de la discussion. Lui aussi savait qui était ce Youssouf ibn el Barr, de même qu'il n'ignorait rien du rôle joué ces dernières années par les Bannu Sarrag. Ezra se souvenait aussi avoir effleuré le sujet sur la terrasse de l'Arabe, le premier jour où ils s'étaient rencontrés.

— *Vous comprenez... C'est le jardin d'Allah qu'on est en train de détruire. Le dernier rêve arabe en Andalus. Résister aux rois chrétiens n'est pas suffisamment désespéré, faut-il en plus que nos propres chefs se lacèrent !*

— *Plus absurde encore, c'est se dire qu'un jour Grenade sera tombée pour une rivalité de femmes...*

— *Je crois que vous exagérez beaucoup.*

— *Vous trouvez ? Depuis qu'une captive chrétienne — cette Isabel de Solis, devenue Zoraya après sa conversion à l'islam — est entrée dans la vie du sultan Abou el Hassan, l'homme a perdu la tête. Il en est arrivé à délaisser son épouse légitime — Aïcha —, préférant les enfants de la captive à Abou Abd Allah Muhammad, que les chrétiens surnomment Boabdil, et son frère Yusuf. C'est bien parce qu'elle a senti que le trône risquait d'échapper à sa descendance qu'Aïcha a fomenté un complot contre son époux, avec les conséquences que l'on sait...*

En réalité, tout avait commencé une quinzaine d'années plus tôt, alors que le sultan Abou el Hassan régnait sur Grenade. Craignant que la puissante famille des Bannu Sarrag ne lui fît ombrage, il décida de passer ses éléments les plus importants au fil de l'épée. Jamais les survivants ne devaient oublier cet acte monstrueux. La roue du destin n'est jamais fixe. Lorsque Aïcha prit la décision de renverser Abou el Hassan, quels sont ceux qui lui vinrent en aide ? Qui furent ses partisans ? D'où avaient surgi ces guerriers qui avaient brisé le sultan et placé Boabdil sur le trône ? Les Bannu Sarrag, revenus de la tombe.

Le rabbin se risqua à murmurer :

— Pouvez-vous me relever ?

Le militaire récupéra son alfange. Il commença par trancher les liens qui enserraient les poignets du cheikh, fit de même pour Ezra, et l'aida à se remettre sur pied.

— Me pardonneras-tu jamais ? répéta-t-il, véritablement abattu.

Pour toute réponse, Sarrag laissa tomber, la voix neutre :

143

— Aide-nous à retrouver nos montures... Nous n'avons perdu que trop de temps.

*

Burgos.

Francisco Torquemada fit signe au père Alvarez de s'asseoir. Une lueur fiévreuse luisait dans son regard, cependant qu'un tic nerveux faisait trembler la commissure de ses lèvres et que ses mains se nouaient et se dénouaient de façon sporadique. D'aucuns auraient pu interpréter ces signes comme l'expression d'une grande nervosité, mais pour qui connaissait la personnalité de l'Inquisiteur général, il ne s'agissait que d'exaltation. Depuis qu'il avait pris connaissance des documents apportés par le serviteur arabe, et que la corrélation avait été établie entre ceux-ci et les écrits retrouvés au domicile du marrane, le dénommé Aben Baruel, Torquemada ne tenait plus en place. Enfin ! Enfin, tout ce qu'il avait pressenti depuis toujours était en train de se vérifier : un complot. Un complot élaboré par la juiverie et l'islam, complices. Désormais, il tenait la preuve indiscutable, celle qu'il jetterait à la face de ses contempteurs, pour bien leur montrer que ces races impures — juifs, musulmans, gitans, sodomites — n'avaient toujours poursuivi qu'un seul et même but : la destruction du catholicisme et de l'Espagne. Certes, sa « preuve » était encore fragile, puisque pour l'heure elle n'était fondée que sur des manuscrits hermétiques, et sur les propos d'un serviteur arabe dont les motivations restaient inconnues ; mais pour Torquemada, la difficulté avait toujours été un aiguillon.

Il se cala confortablement dans son fauteuil et s'informa :

— Êtes-vous sûr qu'il n'a pas oublié ?

— C'est impossible. Le père Menendez est la rigueur même.

— Il l'est. Mais comme tous les letrados, il lui arrive d'être distrait.

— Sans doute. Mais dans le cas présent, il sait trop combien l'affaire est importante. De plus, je crois qu'elle le fascine. Il suffisait de voir son expression lorsque je lui ai porté les documents. Dès la première lecture il a eu l'air subjugué. Il frétillait.

Torquemada reconnaissait bien là le caractère du père Menendez, David Toledano de son vrai nom. Fils et petit-fils de rabbin, il s'était converti une dizaine d'années auparavant à la vraie foi et avait rejoint en toute piété l'ordre des Frères prêcheurs. Esprit brillant, professeur durant un temps à l'université de Salamanque, il avait conservé de ses origines juives un goût prononcé pour la kabbale. Comme nombre de ses congénères, il s'était consacré à l'étude de cette prétendue force magique qui se fonde sur des assemblages de lettres et de nombres, dont le mystérieux pouvoir est supposé dominer les destinées. S'il existait dans toute la Péninsule un homme capable d'expliquer ces mystérieuses pages rédigées par Aben Baruel, ce ne pouvait être que Pedro Menendez.

Torquemada allait exprimer une nouvelle fois son impatience, lorsque l'on frappa à la porte.

— Entrez ! ordonna-t-il immédiatement.

Le battant s'écarta, laissant apparaître un personnage d'environ soixante ans. Petit, râblé, le visage rond, l'air apprêté dans sa robe de bure trop ample et ses sandales. Serrant contre sa poitrine une dizaine de feuillets, il traversa la pièce et, en quelques enjambées, il fut devant le bureau de l'Inquisiteur. Celui-ci désigna un siège.

— Prenez place, fray Menendez.

Le petit homme s'exécuta avec une certaine gaucherie, visiblement impressionné par son interlocuteur.

Il était à peine installé que Torquemada s'enquit :

— Alors ? Quelles sont vos conclusions ?

Le franciscain se racla la gorge.

— Nous nous trouvons devant une affaire très inhabituelle, pour ne pas dire : hors du commun.

Il avait parlé d'une voix fluette qui détonnait avec son physique.

Comme Alvarez et Torquemada se taisaient, il poursuivit :

— J'ai étudié avec la plus grande attention les écrits que vous m'avez confiés. Il ne fait aucun doute qu'il s'agit d'un cryptogramme.

— Cela, nous le savions, fray Menendez.

— Bien sûr. Mais derrière ce cryptogramme se cache un plan. Un plan composé de formules sacrées, tirées du Nouveau Testament, de l'Ancien et du Coran. Je m'empresse de vous préciser que l'auteur de ce travail devait être certainement le kabbaliste et le théologien le plus doué de tout le monde connu. Ce qu'il a conçu est proprement extraordinaire, il n'est pas de mots assez élogieux pour qualifier...

L'Inquisiteur le stoppa net dans son élan.

— Je vous ferais remarquer que c'est d'un comploteur, un ennemi de la foi que vous parlez avec autant d'éloquence.

Le petit homme s'affola.

— Non, non, fray Torquemada. J'évoquais seulement le savant. Ses connaissances et...

— Vous avez mentionné un plan.

— En effet. Un plan qui, une fois décrypté, devrait conduire ceux qui sont en sa possession vers un lieu ou un objet, ce qui revient au même. Cependant, pour y parvenir, il leur est imposé de passer par plusieurs étapes ou, si vous préférez, plusieurs villes.

— Comment êtes-vous parvenu à cette conclusion ?

— Grâce à ceci...

Il fouilla parmi les feuillets et choisit l'un d'entre eux. Il s'agissait de celui qui avait été saisi chez Aben Baruel le jour de son arrestation.

— Voyez, dit-il en pointant son index au bas de la page...

— Burgos...

— Burgos... Elle est là, l'explication Tous les symboles inscrits dans ce... Palais sont autant d'informations qui, une fois révélées, devraient conduire, en toute probabilité, à la ville de Burgos.

— En avez-vous la preuve ? Avez-vous essayé de décrypter ces symboles ?

Menendez adopta une physionomie contristée.

— J'ai essayé, ô combien ! Depuis que vous m'avez confié ces pages, je n'ai eu de cesse que je ne les analyse. J'ai réussi à décoder certains passages, hélas, la majorité m'est encore incompréhensible.

Il expliqua très vite sur un ton d'excuse :

— Il faut reconnaître, aussi, que le temps que vous m'avez imparti était bien court.

Et il poursuivit :

— Voyez ce passage : LE TOUT, HÉLAS, NE VAUT GUÈRE PLUS QUE LE PRIX D'UN ESCLAVE. CAR IL ÉVOQUE CELUI QUI AURAIT DÛ TOMBER LA TÊTE LA PREMIÈRE, ÉCLATÉE PAR LE MILIEU, LES ENTRAILLES RÉPANDUES. Après mûre réflexion, je crois bien avoir identifié le personnage caché derrière cette description.

Torquemada et Alvarez se firent plus attentifs.

— LE TOUT HÉLAS NE VAUT GUÈRE PLUS QUE LE PRIX D'UN ESCLAVE. Selon la Loi mosaïque, le prix fixé pour la vie d'un esclave était de 30 sicles ou 120 deniers. *Que voulez-vous me donner, et moi je vous le livrerai ? Ceux-ci lui versèrent trente pièces d'argent.*

Il s'interrompit et demanda .

— Vous entrevoyez où l'auteur veut en venir ?

L'Inquisiteur suggéra :

— Ne s'agirait-il pas de Judas ?

— Très juste. Et comme pour écarter le doute, l'auteur confirme par cette phrase : CAR ILS ÉVOQUENT CELUI QUI AURAIT DÛ TOMBER LA TÊTE LA PREMIÈRE, ÉCLATÉE PAR LE MILIEU, LES ENTRAILLES RÉPANDUES. C'est le verset I, 18, des Actes des Apôtres. Bien évidemment, la scène décrit...

Cette fois, ce fut Alvarez qui donna la réponse :

— Le suicide de Judas ?

— Exactement ! dit Menendez en proie à une authentique allégresse. Vous avez saisi à présent de quelle façon ces Palais sont élaborés ?

— C'est assez astucieux, concéda Torquemada. Mais quel rapport y a-t-il entre Judas et la ville de Burgos ?

Menendez retrouva son air contristé.

— Je n'en ai pas la moindre idée. Pour le trouver, il faudrait décoder l'ensemble du Palais.

L'Inquisiteur s'empara de la feuille et l'agita devant Menendez.

— Il y a aussi cette phrase. Cette phrase qui revient comme une antienne : *Bénie est la Gloire de Y.H.W.H. depuis son lieu, etc.* Je ne suis pas kabbaliste, mais j'ai l'impression qu'elle est la clé de voûte de ce cryptogramme. Avez-vous essayé de l'étudier ?

— Parfaitement. Et vous avez raison de dire qu'elle est la clé de voûte, car c'est grâce à elle que nous savons le nombre de villes. Vous permettez ?

Il prit la feuille des mains de Torquemada et lut à voix haute :

— BÉNIE EST LA GLOIRE DE Y.H.W.H. DEPUIS SON LIEU. LE NOM EST EN 4. Nous trouvons ici une information capitale. « Le Nom est en 4 » signifie que quatre villes séparent les protagonistes de la destination finale. Le mot *Nom*...

— Y.H.W.H. Ces initiales... Pourquoi ?

Le kabbaliste adopta un air gêné.

— Ce tétragramme est directement rattaché au judaïsme.

— Mais encore ?

— Chez les judaïsants, on ne prononce jamais le nom de Dieu, parce qu'à leurs yeux ce nom *est* par définition imprononçable. Il semblerait que dans les premiers temps du judaïsme, et jusqu'à deux ou trois siècles avant l'avènement de Notre Seigneur, c'est le tétragramme que l'on utilisait lorsque l'on voulait évoquer le Créateur. Plus tard, on le remplaça par *Adonaï*, ou *Yab*. Il y a peu, certains chrétiens, lisant la Bible dans sa version originale, ont lu le nom en lui appliquant la vocalisation Jéhovah ou Yahvé. Mais, en réalité, l'évolution de ce tétragramme a pour point de départ la scène du buisson ardent. Y.H.W.H. est le nom que choisit Dieu pour se révéler à Moïse à travers la formule : *Ehyeh, acher, ehyeh*. Qui signifie : *Je suis qui je suis*, ou encore : *Je suis ce que je suis*. À l'époque talmudique, les sages ont débattu de cette question qui leur paraissait fondamentale : quels sont, parmi les noms de Dieu, ceux que l'on est autorisé à écrire, à prononcer ou à effacer une fois qu'ils ont été couchés par écrit dans un document ? Leur conclusion fut : les sept noms suivants peuvent être écrits, mais « non effacés » : *El, Elohim, Ehyeh, acher, ehyeh, Adonaï, Y.H.W.H. Tsevaot et Chaddaï*. Tous les autres noms divins...

— J'en ai assez entendu sur ce sujet ! Inepties, divagations...

Torquemada se leva d'un seul coup et se mit à arpenter la pièce d'un pas nerveux.

— En conclusion. Nous serions devant un plan. Un plan découpé en huit étapes. Burgos serait l'une d'entre elles. La quatrième.

— La cinquième, corrigea Menendez. Car vous avez en amont : trois Palais dits mineurs, et un majeur. Je ne sais pas quel est le sens de ces appellations, mais il serait logique de considérer qu'avant Burgos, il y aurait quatre villes.

— Je vous l'accorde. À présent, deux questions se posent : vers *quoi*, ou vers *qui* mène cet itinéraire ? Et pour quel motif, étant juif lui-même, Aben Baruel a jugé utile de mêler un musulman à son affaire. De plus, nous avons les propos que nous a rapportés le serviteur de ce musulman. Des propos lourds de menaces. J'ai retenu essentiellement : *L'annihilation de tout le système politique et religieux qui gouverne l'Espagne depuis l'instauration de l'Inquisition.*

— Pardonnez-moi, fray Torquemada..., intervint Alvarez. Il a dit aussi avoir entendu l'un des deux individus dire : *Si c'était le cas, vous avez conscience que nous serions devant le plus fantastique, le plus formidable des acquis de toute l'histoire de l'humanité. La preuve de l'existence de Dieu !*

L'Inquisiteur adopta une moue dédaigneuse.

— Je préfère ne pas épiloguer là-dessus. C'est complètement ridicule et la citation est certainement hors contexte. Non. Il n'y a plus de doute possible : nous sommes à la veille d'événements graves. On cherche — par je ne sais quel moyen — à déstabiliser l'État et l'Église.

Il revint s'asseoir et se concentra.

Finalement, au bout d'un moment qui parut une éternité à ses visiteurs, il demanda à Alvarez :

— Est-ce que vous savez où se trouvent actuellement les deux hommes ?

— Pas encore, fray Torquemada. Ainsi que vous l'aviez ordonné, et grâce au signalement que m'a fourni le serviteur arabe, j'ai mis des gens sur leur trace. Mais il faut un certain temps avant que les familiers les repèrent. Tout ce que nous savons pour l'instant, c'est qu'ils ont quitté Grenade.

— Retrouvez-les. Retrouvez-les, mais prenez garde...

Il scanda la suite de sa phrase :

— Je ne veux pas qu'on les arrête ou qu'il leur arrive le moindre mal. Suis-je clair ?

Il répéta avec insistance :

— Pas le moindre mal !

Et il conclut :

— Quant à moi, je sais ce qui me reste à faire.

Alvarez fit signe discrètement à son voisin que l'heure était venue de se retirer. Tout en se dirigeant vers la porte, ils échangèrent un coup d'œil furtif. La même interrogation devait trotter dans leur esprit : quelles pouvaient bien être les intentions de l'Inquisiteur général ?

*

No me ha dejado. Elle ne m'a pas point abandonné.

La phrase prononcée par Alfonso el Sabio deux siècles plus tôt, évoquant la fidélité de Séville lors des affrontements qui avaient opposé le roi à son fils don Sancho, cette phrase vibrait encore le long des épaisses murailles érigées par les Maures.

Séville, fleur ouverte, flottait à l'instar des vaisseaux qui glissaient sur les eaux étales du Guadalquivir. On approchait de la fin du jour, mais l'estuaire continuait d'être animé d'une intense activité. Sur la rive gauche de la Grande Rivière, entre la Torre del Oro et la Puerta Triana, se prolongeant au-delà du pont des Barques, l'Arenal croulait sous les piles de madriers. Dans les hangars s'entassaient des cargaisons venues du bout du monde. Le long de cette grève, foire permanente, les deux hommes découvraient le chassé-croisé des navires partant pour les côtes barbares ou revenant des flancs de la Méditerranée.

Maures des galères, arrimeurs aux traits noyés de sueur, mulâtresses, diseuses de bonne aventure, soldats, porteurs d'eau, armateurs génois, capitaines hollandais, marins vénitiens... Ici, le destin donnait rendez-vous à la richesse et à la gloire, à la misère et à l'opprobre.

Le long des débarcadères sommeillaient les draps de Castille, les azulejos de Triana, les gants parfumés d'Ocana ou de Ciudad Real, les soieries de Grenade. Prêts à embarquer.

Ezra et son compagnon avaient dépassé l'Arenal et tentaient de se frayer un chemin à travers la foule bigarrée.

— Peste, souffla le cheikh. Je n'ai jamais vu autant de basanés de toute ma vie !

Le rabbin loucha vers lui.

— Étrange remarque venant d'un homme à la peau... plutôt sombre.

— Ma peau est peut-être sombre, mon cher rabbi, mais elle n'est pas noire ébène ! Observez ces gens.

— À mon avis, si leur couleur vous émeut c'est parce que les murs qui nous entourent sont trop blancs. Soyons sérieux, vous n'ignorez pas que ces hommes sont pour la plupart des malheureux qu'on est allé chercher en Guinée, afin d'alimenter l'Europe en main-d'œuvre. Ils pourraient même faire partie de la famille de votre dévoué Soliman. Vous savez, celui qui s'est volatilisé avec une copie de votre manuscrit.

— Prenez la défense des mécréants !

— Mais non, mais non. Si je devais être étonné, ce serait plutôt par la richesse des vêtements de certains. Regardez...

Il indiqua une silhouette au milieu de la foule.

— Cette personne croule sous les broderies, la soie et l'étamine.

Le cheikh grommela :

— Quoi d'étonnant ? C'est une femme...

Ezra ne fit aucune réflexion. Il en conclut simplement que dans la bouche d'un Arabe cette constatation devait être lourde de sous-entendus.

Le centre de Séville était nettement plus calme que l'Arenal. Tournant le dos à la Torre del Oro, les deux cavaliers remontèrent lentement vers le bario de Santa Cruz. Dans ces ruelles entrecroisées, le point de repère le plus évident était la Giralda, l'ancien minaret de la mosquée almohade, aujourd'hui clocher. C'était l'heure de la prière. Mais nulle voix ne s'élevait pour interpeller les fidèles.

— Je suis épuisé, annonça Ezra. Je suggère que nous passions la nuit ici.

— C'est aussi ce que j'allais vous proposer.

L'Arabe descendait déjà de sa monture.

— Où allez-vous ?

— Rendre grâce au Très-Haut d'être encore de ce monde.

Ibn Sarrag entraîna son alezan à l'ombre d'un arbre, saisit le petit tapis de soie placé sur la croupe et se retira derrière les fourrés.

Le rabbin lui lança un regard las, puis à son tour il mit pied à terre et décida de faire quelques pas.

Dire, songea-t-il, que s'il n'y avait pas eu Moïse pour tempérer les ardeurs du Prophète, les musulmans auraient dû prier cinquante fois par jour ! En quoi il était dans le vrai. L'un des hadiths raconte que l'ange Gabriel avait emmené Muhammad à la rencontre de son Dieu, vers le *lotus de la limite*, selon l'expression même du Prophète. Sur le chemin du retour, celui-ci avait croisé Moïse à qui il avait confié que l'Éternel avait prescrit à son peuple cinquante prières quotidiennes. « Je connais mieux que toi les hommes, avait observé Moïse. Je me suis employé avec la dernière énergie au gouvernement des fils d'Israël ; or cette prescription est au-dessus des forces de ton peuple. Retourne donc vers le Seigneur et demande-lui de réduire ce nombre. » Muhammad suivit son conseil. Le nombre fut ramené à quarante. Moïse intervint à nouveau et adjura le Prophète de repartir vers le Tout-Puissant, afin d'obtenir moins encore. Finalement, au terme d'un va-et-vient qui dura une partie de la nuit, on arriva aux cinq prières. Ce hadith était peu connu. Ezra l'avait découvert au hasard d'un ouvrage philosophique, *Des prophéties et des âmes*, dont l'auteur n'était autre que le grand médecin persan, Ali ibn Sina. Mais qui connaissait encore le nom d'Ibn Sina ?

S'éveillant de ses pensées, il constata qu'il était parvenu à l'entrée de la cour des Orangers, dans l'aile nord de la cathédrale. Quelques personnes devisaient aux abords d'une fontaine. Un dominicain lisait, assis sur un banc de pierre, à l'ombre d'un hibiscus. Jadis, dans ce patio, les musulmans effectuaient leurs ablutions avant la prière.

Samuel hésita un moment, ne sachant trop s'il allait revenir sur ses pas, lorsqu'une intuition soudaine le poussa vers l'ecclésiastique.

— Puis-je ? fit-il en désignant le banc.

Le moine répondit par un sourire amène.

— Bien sûr.

Il s'écarta un peu et se replongea dans sa lecture.

Le silence retomba, bercé par le chant joyeux de la fontaine.

— L'Évangile selon saint Jean, commenta doucement le rabbin. Un bien beau texte.

— Certainement le plus beau d'entre les quatre évangiles. « L'évangile spirituel », pour reprendre les propos de Clément.

— Vous voulez parler du disciple de Paul ? Celui dont il est fait mention dans l'Épître aux Philippiens ?

Le prêtre s'étonna.

— Non. J'évoquais Clément d'Alexandrie.

Apparemment la remarque avait dû impressionner le moine : il examinait à présent Ezra avec curiosité.

— Vous semblez bien au courant des textes sacrés. Peu de gens ont entendu parler de ce Clément auquel vous venez de faire allusion. C'est qu'on ne sait rien sur ce collaborateur de saint Paul, sinon qu'il est cité dans cette Épître aux Philippiens. Je vous félicite. Seriez-vous théologien ?

— Oh non, fit le rabbin avec modestie, disons que tout ce qui a trait aux choses de la religion me touche.

— C'est bien, mon ami. La religion est la voie la plus sûre vers l'épanouissement de l'homme. Hors d'elle, point de salut.

Le dominicain souligna ses propos d'un large signe de croix, tout en murmurant :

— *Dies damnandis aut absolvendis haereticus dictus*...

— ... *destinatus*, enchaîna Ezra sans toutefois achever la phrase.

— Congratulations ! Je reconnais bien là un enfant de notre Sainte Mère l'Église.

Un sourire humble éclaira la barbe du rabbin.

— Seriez-vous de la région, mon père ?

— En effet, je le suis.

— On m'a parlé d'un lieu de prière qui se trouverait à Huelva.

— Un lieu de prière ? Que voulez-vous dire ?

— Une synagogue, une cathédrale, une mosquée, un couvent, un monastère. Vous voyez ?

156

— Pas vraiment.

— Dans ce cas, je vous poserai la question différemment : y a-t-il une colline qui surplombe Huelva ?

Le prêtre se concentra, puis :

— Je n'en vois pas... pas à ma connaissance.

— Vous êtes certain ?

Cette fois l'ecclésiastique répondit sans hésitation :

— Oui. Je connais parfaitement cette ville. Et pour cause, j'y suis né.

Il répéta :

— Non, pas de colline à ma connaissance.

Le rabbin insista :

— Pourtant une personne de confiance m'a affirmé le contraire. Elle m'a même précisé que ce lieu de culte se trouvait au sommet d'une colline, proche de Huelva.

— C'est impossible. La ville est située sur une presqu'île aussi plate que le dos de la main.

— Pourtant c'est bien à Huelva que le Tinto se déverse dans la mer ?

— Parfaitement. Mais je vous le répète. Pas de colline.

Ezra médita un instant, et se remit sur pied.

— Il faut que je vous quitte. Adieu, mon père.

— Désolé de n'avoir pu vous éclairer. Que Dieu soit avec vous.

Ezra pivota sur les talons. A peine eut-il franchi le seuil de la cour des Orangers qu'il se trouva nez à nez avec Sarrag.

— Mais où étiez-vous donc passé ? Je m'inquiétais.

— Il ne fallait pas Je suis allé aux renseignements.

157

— Et... ?

Ezra leva les bras et les laissa retomber le long du corps.

— Les nouvelles ne sont pas bonnes. Il semblerait qu'il n'y ait pas de colline proche de Huelva.

— Quoi ? ! D'où tenez-vous cette information ?

— D'un prêtre. Il avait l'air très sûr de ce qu'il avançait.

L'Arabe se laissa aller à une agitation désordonnée.

— Pas de colline ? Alors nous aurions fait fausse route ! Notre magistrale interprétation de Tarsis ne valait pas un pet de lapin ! Que le Seigneur des Mondes pardonne ma rage... mais j'aimerais qu'Il fasse payer à Aben Baruel tout le mal qu'il nous fait !

Le visage congestionné, il enchaîna :

— Ne me dites pas qu'il ne nous reste plus qu'à faire demi-tour !

— Je n'en sais rien. Je ne sais plus. Peut-être serait-il plus sage de poser la question à quelqu'un d'autre.

— Vous ne savez rien ! Tartessos... Jonas... le jouvenceau, le rêve qui se déverse dans la mer ! Du vent ! Tout n'était que du vent !

— Señor !

Dans un même mouvement, les deux hommes firent volte-face vers celui qui venait de les interpeller. Ezra reconnut le dominicain.

— Oui, mon père ?

— Je crois que je vous ai induit en erreur. Réflexion faite, il existe bien une colline, une colline... et un monastère au sommet de celle-ci. Seulement, ils ne sont pas à Huelva même, mais entre Huelva et le village de Palos. À deux lieues environ de ces deux villes. Il s'agit du monastère franciscain de la Rábida. Sur la rive gauche du rio Tinto.

— Vous avez bien dit *au sommet* de la colline ?

Ezra et Ibn Sarrag avaient posé la question en chœur, comme un cri.

Un peu décontenancé, le prêtre confirma.

— Je peux même vous préciser que le monastère en question fut érigé sur le site d'un temple romain consacré à Proserpine.

L'Arabe et le juif se dévisagèrent, ébahis.

— Proserpine...

— Proserpine, répéta le rabbin. Fille de Zeus et de Déméter, déesse de la fécondité et compagne... d'Hadès.

Ils se turent, le souffle court, comme enivrés par cette évocation.

— SON ERREUR FUT SEULEMENT DE CÔTOYER MÂLIK ET ACHMEDAÏ, récita Ibn Sarrag, ET DE VIVRE À L'HEURE OÙ J'ÉCRIS AU HAUT DE LA COLLINE EN PENTE DOUCE, SUR LES RUINES DE L'HADÈS. Achmedaï, Mâlik : les démons, et l'enfer...

Silencieux, le moine les observait, avec la plus grande circonspection.

Chapitre 8

> Ce n'est pas parce que les choses nous
> semblent inaccessibles, que nous n'osons
> pas ; c'est parce que nous n'osons pas,
> qu'elles nous semblent inaccessibles.
>
> *Sénèque*

Tolède.

Sous la voûte de la cathédrale, l'orgue poussa
un long gémissement qui parcourut la nef, la
forêt de piliers, et vint mourir dans le chœur.
L'office touchait à sa fin.

Le vieil archiprêtre, les cheveux plus blancs que
l'amict, se retourna vers l'assistance des fidèles et
dans un geste de soie blanche, comme un peu
accablé sous le poids de l'aube, de l'étole et de la
chasuble, il leur donna sa bénédiction.

Les cheveux voilés sous une mantille de dentelle noire, Manuela Vivero glissa un coup d'œil
discret en direction du couple royal. À quoi son-
geaient-ils en cet instant précis ? À l'infante
Juana, née dans cette ville neuf ans plus tôt et qui,
dans sa robe de satin rose pâle, les pieds chaussés
de petits cotillons de soie, offrait le spectacle
d'une poupée attardée ? Entendaient-ils la voix de

Rodrigo Diaz del Vivar, revenue du fond de la nuit, qui quatre siècles auparavant s'était arrogé le titre d'*empereur* de Tolède ? Isabel se demandait-elle pourquoi la romance et les chantres de l'Espagne chrétienne avaient fait de ce personnage un héros, le Cid, *el sidi*, le Campéador, alors qu'il avait pillé des églises, brûlé des monastères, massacré autant de chrétiens que de Maures ? Sans doute Chimène, sa tendre épouse, savait-elle la réponse. Mais Chimène était morte depuis bien longtemps. À moins que les pensées d'Isabel ne fussent d'un ordre plus personnel ? Peut-être était-elle en train de se remémorer les conseils de son confesseur, Hernando de Talavera, agenouillé une rangée derrière elle ? Talavera qui l'avait convaincue d'accepter d'être le dépositaire des péchés de son mari, et de s'engager à assurer l'éducation et la dotation des enfants naturels que Fernando avait eus avant leur mariage, ainsi que l'entretien de leurs mères, maîtresses du prince aragonais. Non... dans la tiédeur de cette cathédrale de Tolède, Isabel devait rêver à l'Espagne. L'Espagne bientôt unie. Une Espagne retrouvant son honneur et la pureté de son sang. Une Espagne debout au nom du Christ.

Manuela observa Talavera à la dérobée. Étrange personnage... Le jour de l'autodafé, elle se souvenait avoir nettement décelé chez le prélat une attitude à l'encontre de cette « manifestation de la foi ». Cependant, ayant éprouvé elle-même ce sentiment, elle s'était dit que son esprit avait dû confondre sa propre opinion et celle du prêtre. Quand elle y repensait d'ailleurs, elle s'en voulait un peu, non parce qu'elle avait failli au dernier moment, mais parce qu'elle n'avait pas osé exprimer sa révolte à Talavera (non plus qu'à la reine d'ailleurs) devant la cruauté du spectacle. Le courage... Elle en avait pourtant qui sommeillait en elle. Ce qui lui manquait le plus n'était pas de vivre, mais de trouver un sens à sa vie, obsédée qu'elle était depuis sa plus tendre enfance par la certitude que tout ce qu'un être ne prouvait pas par des actes n'existait pas.

Depuis qu'elle était née, elle avait la sensation de vivre sous le poids d'entraves tenaces, qui lui faisaient mal à chaque fois qu'elle tentait de les briser. S'en libérer lui avait paru impossible. Mais n'est-ce pas pour nous excuser nous-mêmes que nous croyons les choses impossibles ? Entretemps, l'âge, à l'instar des eaux bouillonnantes du fleuve, l'âge s'écoulait, le sablier se dévidait. Et puis un matin...

Dominant le *Gloria*, elle crut entendre une voix qui lui soufflait un passage de l'Ecclésiaste, sa lecture préférée :

Mais la jeunesse et l'âge des cheveux noirs sont vanité. Et souviens-toi de ton Créateur aux jours de ton adolescence, avant que viennent les mauvais jours et qu'arrivent les années dont tu diras : Je ne les aime pas ; et que s'obscurcissent le soleil et la lumière, la lune et les étoiles ; et que reviennent les nuages après la pluie. Au jour où tremblent les gardiens de la maison, où se courbent les hommes vigoureux, où les femmes cessent de moudre, parce que le jour baisse aux fenêtres et que la porte est fermée sur la rue. Quand tombe la voix de la meule, quand s'arrête la voix de l'oiseau et quand se taisent les chansons, lorsqu'on redoute la montée et qu'on a des frayeurs en chemin. Avant que le fil d'argent lâche, que la lampe d'or se brise, que la jarre se casse à la fontaine, que la poulie se rompe au puits, que la poussière retourne à la terre comme elle en vint...

Elle soupira et essaya de se concentrer sur la prière ; c'est alors qu'elle découvrit la présence de Tomas de Torquemada. Il devait l'observer depuis un moment déjà, car il la salua d'une légère inclination, un peu comme s'il avait guetté cette opportunité.

Elle se souvint du mot qu'il lui avait envoyé de Burgos. Un mot étrange, sibyllin, qui s'achevait sur une requête. Il serait bientôt à Tolède et manifestait le désir de la rencontrer. Il s'agissait d'une affaire urgente dont il voulait l'entretenir. Rien de plus. Dans un passé lointain, elle se souvenait l'avoir croisé chez la comtesse de Bobadilla. Le personnage lui était apparu pour le moins antipathique, pour ne pas dire détestable. Que pouvait-il bien lui vouloir ?

Elle lui rendit son salut et s'efforça de ne plus penser qu'à la prière.

*

Huelva.

Au sommet de la colline qui dominait Huelva, cerné de pins parasols, le monastère de la Rábida était de ces lieux tranquilles où Dieu peut trouver abri loin des vacarmes du monde. Nul bruit ne pénétrait en ce lieu où l'on appelait vanité ce que d'aucuns appelaient gloire.

À l'entrée se dressait une grande croix de fer.

Les allées de pierre enfermaient de superbes jardins qui reposaient l'œil sans l'égarer.

163

Un cloître se découpait, rassurant.

On venait d'introduire Ibn Sarrag et Ezra dans le cabinet du prieur. La pièce sentait la cire. Les murs recouverts de boiseries respiraient l'austérité et le recueillement.

Le père Juan Perez invita les deux hommes à prendre place. Derrière lui, accrochée en bonne place, à mi-hauteur, une icône de saint François d'Assise rappelait aux visiteurs — si besoin était — à quel ordre appartenaient les occupants de la Rábida.

— Ainsi, mes frères, vous vous rendez à Santiago de Compostella...

Fray Juan Perez s'était exprimé d'une voix coulante, très douce, qui contrastait avec son physique. Une cinquantaine d'années, le teint jaune et sec, le menton voilé par une barbe grisâtre taillée en bouc, on aurait dit un homme en état de perpétuelle souffrance. Il était vêtu d'une robe franciscaine, de bure grossière, grise, la corde de chanvre à la taille, les pieds nus dans des sandales, le crâne tonsuré.

Il reprit.

— Pourtant vous êtes bien loin de la route qu'empruntent habituellement les pèlerins qui vont se recueillir auprès de la sépulture de saint Jacques. Des centaines de lieues vous séparent de Puente la Reina, Burgos, León et des autres étapes...

— Fray Perez, ce n'est pas à vous que je dirai le nombre de chemins qui mènent au Camp de l'Étoile.

— Bien sûr.

Il prit une courte inspiration.

— Oserais-je vous demander de me confier les

164

motivations qui vous ont amenés à entreprendre un pèlerinage aussi ardu. *Peregrinatio provoto ? Per commissione ? Ex poenitentia ? Devotionis causa ?*

Ibn Sarrag jeta un coup d'œil éperdu vers Ezra. Il était clair qu'il n'avait rien compris à cette énumération. Pourquoi diable avait-il invoqué ce prétexte de pèlerinage ?

Le juif vint à la rescousse.

— Notre démarche est uniquement inspirée par le désir de rejoindre le lieu où repose la sainte dépouille de notre protecteur, ce lieu où il est possible d'être au plus près de lui. Et puis — il montra ses mains — voyez cette misère. J'espère que le matamore daignera soulager mes souffrances.

— Le matamore ? releva le franciscain. Vous savez que le mot signifie « le tueur de Maures », bien sûr ?

— Parfaitement. Saint Jacques n'est-il pas venu plus d'une fois au secours des chrétiens ? Il y a sept siècles, n'est-ce pas lui qui, sur un coursier blanc, sauva nos frères à Cavagonda en semant la panique parmi les Maures ? Et plus tard, n'est-ce pas lui encore qui soutint le roi Ramire Ier contre l'émir Abd el Rahman II ?

— C'est exact. Je vous félicite de si bien connaître ces détails de la vie du protecteur de notre pays.

Ezra adopta une moue modeste.

Le prieur reprit.

— Pour en revenir à votre affection, permettez-moi de vous faire observer que rares sont les pèlerins qui vont à saint Jacques pour demander la guérison de quelque infirmité ou la santé du corps. Tout au contraire, le pèlerin doit être sain

165

pour affronter une épreuve si dure. De plus, vous le savez sans doute, des vingt-deux miracles attribués à saint Jacques et répertoriés dans le livre II du *Codex Calixtinus*, trois seulement font référence à des interventions du saint pour soigner les maladies.

Ezra ne se démonta pas.

— Est-il interdit d'espérer ?

— L'espérance, évidemment. L'espérance et la foi.

Une clochette tinta plusieurs fois dans le silence.

— Nous devons nous quitter. C'est l'heure de l'Angélus.

— Bien sûr, padre, dit Ibn Sarrag en se dressant en même temps qu'Ezra.

Il enchaîna :

— Sans vouloir abuser de votre courtoisie, croyez-vous qu'il nous serait possible de passer la nuit ici ?

— Mes frères, ignorez-vous que le droit d'asile est inhérent à la Rábida, comme à tout lieu de prière ? Allez voir de ma part le frère Orellana, il vous indiquera vos cellules.

— Merci, fray Perez. Vous avez toute notre gratitude. Nous n'abuserons pas de votre hospitalité.

Au moment où ils atteignaient la porte, Ibn Sarrag se retourna et s'enquit sur un ton détaché :

— Est-ce que par hasard vous auriez accueilli récemment un de nos frères, lui aussi en partance pour Santiago de Compostella ? Un certain Baruel. Aben Baruel ?

En même temps qu'il prononçait le nom d'Aben, il observa son interlocuteur pour sonder l'impact de ses paroles. Il ne décela aucune réaction particulière.

— Non. Je ne vois personne de ce nom.

— Baruel. Vous êtes sûr ?

— Certain.

L'Arabe jugea plus prudent de ne pas insister.

Une fois seul, fray Perez demeura l'air songeur. Ils étaient vraiment curieux, ces pèlerins. Il n'y avait pas que leur physique — surtout celui de l'homme à la peau basanée. En outre, ni l'un ni l'autre n'était vêtu des attributs des pèlerins. Pas de coquillage cousu sur leur habit ; ils ne portaient ni la pèlerine, ni le pétase, ni les scapulaires. Pas de bourdon entouré d'un foulard. Bizarre...

À peine dehors, alors qu'ils avançaient sous les arcades, Ezra fit remarquer :

— Vous avez bien failli nous mettre dans une situation inextricable. Pourquoi avoir choisi ce prétexte de pèlerinage ?

L'Arabe haussa les épaules.

— Je n'en sais rien. C'est la première idée qui me soit passée par l'esprit. Je n'imaginais pas qu'il allait m'assommer de questions. À ce propos, vous sembliez être plus au courant que moi des légendes liées à ce Santiago.

— Je possède en effet quelques connaissances sur le sujet. Après tout, n'est-il pas le saint le plus vénéré d'Espagne ?

— Pourtant, du peu que je me souvienne, cet apôtre aurait péri par le glaive, à Jérusalem au temps du roi Hérode, non ? Alors quelle analogie avec la Péninsule ?

— Je n'en sais trop rien. Santiago aurait évangélisé le pays, et, plus tard, une étoile miraculeuse aurait indiqué l'endroit où gisait son corps. C'est là que fut édifié le Camp de l'Étoile. À cela vient s'ajouter une histoire de coquillage... bref. Je ne vous étonnerai pas en vous disant que je ne trouve aucun intérêt à ces fables. D'ailleurs, si le sujet vous intéresse, vous pourriez trouver quelqu'un de mieux placé que moi.

Il désigna le bâtiment principal.

— Ce ne sont pas les chrétiens qui manquent ici, ne croyez-vous pas ?

L'Arabe grommela entre ses dents :

— Si nous allions trouver ce frère Orellana ?

Le soleil s'était couché et le vent du soir enveloppait le monastère. La mer, qu'on apercevait encore une heure plus tôt, n'était plus qu'un miroir aveugle. De la chapelle montaient les complies ; inflexions de voix à l'unisson, mélange de piété et, qui sait, de solitude.

Dans le réfectoire désert, Ezra et Ibn Sarrag, assis côte à côte, fixaient rêveusement le scintillement des flammes dans la cheminée. Pour tout décor, il y avait un grand crucifix pendu au mur et d'imposantes tables rectangulaires qui traçaient deux longues lignes parallèles d'un bout à l'autre de la salle. Un cierge brûlait près de la porte.

— J'y pense, fit tout à coup le rabbin, pour quelle raison avez-vous mentionné au prieur le nom d'Aben Baruel ?

— À tout hasard. Je me suis dit qu'il pouvait être ce guide que nous recherchons. Je n'aurais pas dû ?

— À mon avis, c'était inutile. Fray Perez n'a pas vraiment l'allure d'un jouvenceau...

Le cheikh approuva mollement.

— De toute façon, nous n'allons pas tarder à être fixés. Si réellement un jeune moine habite dans ce monastère, c'est au cours du repas que nous le trouverons.

— À moins que, pour notre chance, il n'ait décidé de jeûner ce soir.

Les flammes continuaient de danser dans l'âtre. Par moments on aurait dit qu'elles bougeaient au rythme des voix qui montaient toujours de la chapelle.

— Vous savez..., reprit le rabbin.

Le reste de sa phrase resta en suspens. Un homme venait d'entrer dans le réfectoire. Après un temps d'hésitation, il avança vers eux d'un pas leste. Il était plutôt grand, la figure allongée, pourvu d'une certaine noblesse. Le nez aquilin faisait une ombre dure au-dessous du front. L'œil était bleu, assez vif. Détail surprenant, sa chevelure était entièrement blanche alors qu'il ne devait guère avoir plus de trente ans.

Il salua courtoisement les deux hommes, et nota avec un sourire :

— Nous sommes en avance.

Ezra et Ibn Sarrag lui rendirent son salut. Tous deux avaient remarqué que l'homme ne portait pas de soutane.

— Apparemment, ironisa le cheikh, nos estomacs manquent de piété.

L'homme se mit à rire et prit place à leur table.

— Vous êtes de passage à la Rábida ?

— Oui. Nous repartons demain. Et vous ?

Il avait posé la question avec empressement.

— Nous sommes arrivés avant-hier de Lisbonne.

— *Nous ?*

— Mon fils Diego m'accompagne. Le pauvre petit a mal supporté le voyage. Moi-même j'étais épuisé.

Là-bas, les voix s'étaient tues. Il y eut des bruissement de pas, des froissements de soutanes. On devinait les moines qui se dispersaient dans le silence glacé des couloirs.

— Ça y est, dit l'homme, nous allons enfin pouvoir nous sustenter.

Il ajouta, amer :

— Jamais je n'aurais cru que pour moi la nourriture deviendrait un jour un objet de quête.

Dans la bouche de l'homme, le mot « quête » avait résonné comme « mendicité ».

— Vous êtes-vous recueillis devant l'image de la Vierge miraculeuse ? Elle est dans la chapelle. Je l'ai priée dès mon arrivée. Je l'ai priée avec dévotion, de tout mon être, pour qu'enfin mon destin s'éclaire et que les démons de l'enfer cessent de s'opposer à mon rêve.

LES DÉMONS ? LE RÊVE ?

Cette fois le rabbin n'y tint plus.

— Est-ce que par hasard vous connaîtriez quelqu'un du nom d'Aben Baruel ?

— Je vous demande pardon ?

— Aben Baruel.

L'homme parut réfléchir.

— C'est un nom juif...

Le rabbin confirma.

L'autre adopta un air sentencieux et rétorqua tout en agitant son index sous le nez d'Ezra :

— *No hay que fiar de judio romo, ni de hidalgo narigudo, narogordo, narilongo...* Il ne faut se fier ni au juif au nez camus ni à l'hidalgo au nez long...

Le rabbin serra les dents et se dit que s'il y avait

une possibilité que cet individu fût le jouvenceau, Baruel ou pas, il l'étranglerait.

L'homme s'informa :

— Pour quelle raison devrais-je connaître ce personnage ? Est-il marin ? Cosmographe ?

Ezra jeta un coup d'œil découragé vers Ibn Sarrag.

— Laissez tomber, fit l'Arabe, pareillement accablé.

Il reprit — de toute évidence par courtoisie — à l'intention de l'homme :

— Il semble que vous vous intéressiez à la navigation ?

— Je suis marin, señor ! Et de la plus grande école : celle de Gênes.

— Intéressant.

Le cheikh avait commenté, l'esprit ailleurs.

— À six ans déjà je maniais ma première rame. À sept, je conduisais une voile jusqu'à l'extrémité du grand môle érigé sur le port de Gênes. Une prouesse ! Depuis, j'ai navigué sur toutes les eaux connues : les îles grecques, San Pietro, la Sardaigne, la Sicile, Tunis, Chypre, les côtes de Guinée, les colonies portugaises, Madère, les îles Féroé et jusqu'à Thulé !

Malgré lui Ibn Sarrag émit un petit rire amusé.

— Et vous en êtes réduit à... quêter votre nourriture ?

— Ne ménagez pas vos mots. Mendier serait plus approprié. Oui, je mendie, puisque personne ne veut accepter les empires que j'offre !

Il avait manifesté une passion si soudaine qu'elle troubla ses interlocuteurs.

— Un jour viendra où nous ferons sauter les liens des océans qui nous entourent. Ce jour-là, un pays infini s'ouvrira, et Thulé ne sera plus la dernière terre !

— Un pays infini... ?

— Oui. À l'ouest. Je le sais. Il suffit de lire Pline, Plutarque, d'Ailly, Marco Polo, pour en être convaincu. Connaissez-vous Toscanelli ?

Il avait posé la question dans la foulée.

Les deux hommes répondirent par la négative.

— Il est mort il y a trois ans. C'était certainement le plus grand cosmographe de tous les temps. C'était aussi un médecin. Il vivait à Florence. Toscanelli a écrit une lettre que j'ai eue entre les mains alors que j'étais au Portugal. Cette lettre était adressée au cardinal Fernando Martinez. C'est Toscanelli lui-même qui m'en a transmis la copie. J'en connais les termes par cœur.

Il s'éclaircit la voix et déclama :

— *À Fernando Martinez, chanoine de Lisbonne, Paul, médecin, envoie ses salutations. Il m'a été agréable d'apprendre que tu te portes bien et que tu jouis de l'intimité et de la faveur de ton roi ; prince très généreux et très magnifique. Comme je t'ai entretenu autrefois d'une route pour aller au pays des aromates, par la voie de mer, plus courte que celle que vous ouvrez par la Guinée, le sérénissime roi désire maintenant quelques éclaircissements à ce sujet, ou plutôt une démonstration qui montre en quelque sorte cette route aux yeux, afin que même les gens peu instruits puissent, au besoin, la voir et la comprendre.*

Quoique je sache que cela puisse se démontrer à l'aide d'une sphère, qui est la forme du monde, j'ai décidé, pour plus de facilité, d'indiquer cette route au moyen d'une carte nautique. J'envoie en conséquence, à Sa Majesté, une carte, faite de mes

mains, sur laquelle sont dessinées vos côtes, avec
les îles d'où vous devrez partir en faisant toujours
route vers l'ouest.

Le Génois reprit son souffle et répéta avec
vigueur :

— Vers l'ouest... Vous avez entendu, señor ?
L'ouest.

Ezra réprima un bâillement.

Quant à Ibn Sarrag, il se contenta d'un battement de paupières.

Les premiers moines franchissaient le seuil du
réfectoire.

— Sauvés..., chuchota le rabbin à l'oreille de
son compagnon.

Un des prêtres marcha vers le marin génois.

— Bonsoir, mon frère, le petit Diego va
mieux ?

— Oui, fray Marchena. Grâce à Dieu !

— Bien... Nous nous verrons tout à l'heure
dans la bibliothèque.

Le marin confirma avec gratitude.

Le prêtre parti, il expliqua :

— C'est le père Antonio Marchena. L'astronome du monastère. Lui sait que j'ai raison. Il a
promis de m'aider. Je suis convaincu qu'il le fera.

Il continua à parler sans se rendre compte
qu'on ne l'écoutait plus.

L'Arabe et le juif fixaient avec intensité un personnage qui venait de s'asseoir à la table opposée.
Rien *a priori* ne le différenciait des autres moines
présents, sinon qu'il était blond et de loin le plus
jeune.

Vingt-cinq ? Vingt-huit ans ? Il avait un visage
d'ange...

*

Tolède, ce même soir.

Voilà, Majesté, conclut Francisco Torquemada. Je vous ai tout dit.

Il pivota vers Hernando de Talavera pour chercher son approbation. Mais ce dernier arbora un
visage impénétrable.

Torquemada serra les dents.

Depuis toujours Talavera l'insupportait. Bien
sûr, il y avait ces rumeurs qui couraient sur son
compte à propos de ses origines. Il aurait été le
fils naturel du comte d'Oropesa et d'une juive de
Tolède. Un bâtard, quoi ! Il y avait aussi ce passé
trouble. Vers l'âge de trente ans, il serait entré au
couvent, dans l'ordre des Hiéronymites, et serait
devenu prieur du monastère du Prado. Ensuite,
on se perdait en conjectures sur les circonstances
qui avaient fait de lui le confesseur d'Isabel. Une
chose était sûre : actuellement son autorité était
grande, tant dans le domaine politique que dans
celui des affaires financières. Tomas avait depuis
longtemps cerné le personnage. Dès leur première entrevue son instinct lui avait soufflé de
s'en méfier. Il avait eu raison. Talavera n'avait-il
pas exprimé à voix haute sa farouche opposition
à l'établissement de l'Inquisition ? N'avait-il pas
tout tenté pour convaincre Isabel de reconsidérer
sa décision ? Il avait, Dieu merci, échoué. Échec
qui, au demeurant, avait de quoi surprendre
quand on savait l'influence qu'il exerçait sur la
reine. Qui en Espagne ignorait de quelle façon
s'était déroulée la première rencontre entre Tala-

vera et Isabel ? Dans le passé, la reine avait coutume de s'agenouiller près d'un siège ou d'un banc tandis que son confesseur l'écoutait debout. Lorsque fray Hernando arriva ce jour-là, il ne respecta pas la tradition et s'assit. « Il faut que nous nous agenouillions tous les deux », fit aussitôt observer la reine. Talavera répondit avec cette placidité qui le caractérisait : « Non, Madame, je dois être assis et Votre Altesse à genoux, car ici c'est le tribunal de Dieu, et je suis ici en Son nom. » Et Isabel plia.

Torquemada était convaincu que son compatriote ne comprenait rien au drame que vivait l'Espagne. Il n'avait cessé de vouloir arrondir les angles. Avec une naïveté désarmante, il prêchait que la conversion au christianisme devait être le résultat d'une adhésion sincère et non d'une contrainte. C'était mal connaître l'âme juive. Et s'il ne s'agissait que des juifs ! L'islam aussi trouvait grâce à ses yeux. Talavera mettait un point d'honneur à vivre en bonne entente avec le clergé musulman, veillant à ce que les mosquées fussent convenablement entretenues. Il avait même poussé l'absurde jusqu'à demander que certains prêtres apprissent l'arabe (ainsi que lui-même l'avait fait), afin de mieux évangéliser cette partie de la population qui ne parlait pas l'espagnol. En vérité, on aurait pu considérer la démarche louable s'il en avait découlé des résultats concrets. Or, à ce jour, tout prouvait que la politique de Talavera était un échec.

— Fray Torquemada, j'imagine que vous êtes sûr de ce que vous avancez. Il s'agit bien d'un complot.

— J'ai rapporté mot pour mot toute l'affaire à

Votre Majesté. Elle est seule juge. Toutefois, si vous me permettez d'exprimer mon opinion, je vous dirais que non seulement je suis sûr, mais j'ajouterais que le temps presse.

La voix de Talavera s'éleva, posée, harmonieuse.

— Fray Torquemada, au risque de vous paraître lent à la compréhension des choses, je ne saisis vraiment pas où il est fait mention d'un complot.

Il désigna les pages disposées sur le bureau de la reine.

— Un fatras de mots sans suite, dépourvu de logique. Des phrases colportées par un serviteur qui — l'intention ne vous a pas échappé — cherche à nuire à son maître... J'ai beau scruter, analyser ces informations sous toutes leurs coutures, je ne vois pas s'y profiler l'ombre d'une conspiration qui viserait la sécurité de l'État et encore moins de l'Église.

Torquemada s'efforça de maîtriser son exaspération.

— Pourtant, je puis vous affirmer que c'est bien le cas. Réfléchissez. L'auteur de ces écrits, que vous qualifiez de fatras, n'est pas n'importe quel va-nu-pieds. Pour reprendre les propos du père Menendez, c'est probablement « le kabbaliste et le théologien le plus doué de tout le monde connu ». Pour quelle raison un homme de cet envergure s'amuserait-il à se lancer dans ce genre de rédaction ?

— Probablement par simple jeu, pour le plaisir intellectuel.

— Dans ce cas, pourquoi y impliquer d'autres personnages ? Qui plus est, un Arabe.

176

Talavera ne répondit pas.

— Si tout cela n'était que pur jeu, pourquoi l'Arabe et son complice juif auraient-ils tout à coup décidé de quitter Grenade et de partir pour Séville. Selon nos dernières informations, ils seraient dans les environs de Huelva. Je...

La reine l'interrompit vivement.

— Vous avez donc retrouvé leurs traces...

— Oui, Majesté.

Talavera adopta une moue faussement admirative.

— Vous avez eu beaucoup de chance.

— La chance n'y est pour rien, fray Talavera. Auriez-vous oublié que le Saint-Office dispose du réseau d'indicateurs le plus dense qui soit ? Sa grande mobilité, la solidarité de ses membres, sa présence sur toute la surface du territoire en font une arme prodigieusement efficace.

— Certes, certes, approuva doctement le confesseur de la reine.

Celle-ci reprit :

— Une chose m'échappe, fray Torquemada. Vous êtes convaincu que ces individus sont en train de conspirer contre l'État, vous savez où ils se trouvent. Alors dites-moi, qu'attendez-vous pour les faire arrêter ?

— Je crois, Majesté, que ce serait commettre une grave erreur. Je vous ai expliqué que ce plan se décomposait en huit parties, que chacune d'entre elles menait à une ville, pour aboutir à une destination finale. Si nous arrêtons ces hommes maintenant, jamais nous ne saurons le fin mot de l'histoire, ni la raison de ce périple.

— Très bien, alors que suggérez-vous ?

— Deux choses. La première : continuer de les

suivre. Ne pas les lâcher. Épier chacun de leurs gestes, tout en étant prêt à intervenir dès que l'urgence se fera sentir. Quant à la deuxième démarche, elle est plus délicate.

— Nous vous écoutons, fray Torquemada.

— Je suggère de les infiltrer, d'introduire auprès d'eux quelqu'un en qui nous aurions une confiance absolue, et qui aurait pour mission de leur arracher le plus de renseignements possible sur le but qu'ils poursuivent. Ainsi, nous n'avancerions pas sur un terrain mouvant, mais sur un chemin éclairé et sûr.

La reine approuva, manifestement séduite.

— L'idée est intéressante. Cependant elle se heurte à un obstacle de taille : pour quel motif ces deux hommes accepteraient-ils la présence d'une tierce personne ? S'ils sont réellement en train de conspirer Dieu sait quoi contre l'Espagne, on n'imagine pas qu'ils s'embarrasseraient d'un étranger à leur cause.

— Votre Majesté voit juste. Ils n'auraient aucune raison de le faire. À moins que...

Il marqua une pause volontaire avant d'articuler :

— À moins que cette tierce personne ne leur paraisse indispensable.

— Par quel artifice le deviendrait-elle ?

— J'en connais un. Imparable. Je puis vous le révéler dans ses moindres détails. Et si vous le souhaitez, je...

Hernando Talavera l'interrompit sèchement :

— Quelle que soit votre arme, où trouverez-vous cette personne de confiance, suffisamment talentueuse pour ne pas éveiller les soupçons ? Car si j'ai bien lu votre rapport, vos comploteurs n'ont rien de vulgaires bandoleros. Ne venez-vous pas, il y a un instant, d'affirmer que l'auteur de ces écrits était — pour reprendre vos mots — « le kabbaliste et le théologien le plus doué de tout le monde connu » ? Dans ce cas, ces gens à qui il a confié son plan ne pourraient être que des érudits, des esprits hautement avertis. Quel homme serait en mesure de les leurrer ?

Torquemada le fixa avec une indulgence ironique.

— Fray Talavera, ai-je jamais parlé d'un homme ? Non. Pas qu'il m'en souvienne.

Il répéta :

— Je n'ai jamais parlé d'un homme.

— Mais alors...

Pour toute réponse, l'Inquisiteur général indiqua le fauteuil devant le bureau de la reine.

— Puis-je m'asseoir, Majesté ? Mon exposé risque d'être fort long.

Chapitre 9

> Les découvertes de l'intuition doivent
> toujours être mises en œuvre par la
> logique. Dans la vie ordinaire comme dans
> la science, l'intuition est un moyen de
> connaissance puissant, mais dangereux. Il
> est difficile parfois de la distinguer de
> l'illusion.
>
> *Alexis Carrel,*
> L'Homme, cet inconnu, *IV, 2.*

Le vent s'était levé, venu de la mer. Il s'était
hissé par bonds jusqu'au sommet de la colline,
enveloppant le monastère d'une fraîcheur salée.

Les trois silhouettes déambulaient lentement le
long des allées. Samuel Ezra et Ibn Sarrag enca-
draient Rafael Vargas — c'était le nom du jeune
moine. Sa présence entre les deux hommes offrait
un contraste frappant. Sa tonsure blonde s'oppo-
sait aux cheveux de neige du rabbin et à la calvitie
studieuse du cheikh. Ses yeux, d'un bleu dense,
contrastaient avec le regard sombre des deux
autres ; ses traits épurés, avec leurs visages creu-
sés de rides. Même sa démarche, souple et féline,
était à l'envers des pas engourdis d'Ezra ou des
foulées incertaines de Sarrag.

— Curieux bonhomme que ce marin génois,

commenta le cheikh, vous ne trouvez pas, frère Vargas ?

— C'est surtout un renard ! Après avoir soumis en vain son projet à Juan du Portugal, puis aux rois d'Angleterre et de France, le señor Colón — c'est son nom, Cristóbal Colón — cherche aujourd'hui par l'entremise du frère Marchena à rallier à sa cause le duc de Medina Celi afin que celui-ci finance son entreprise.

— Remarquez, il a l'air tellement enthousiaste, il serait capable de réussir. Cependant, quel risque ! Affréter des navires, partir vers l'inconnu, dans une direction que les plus grands cosmographes réfutent. Le saut dans le vide.

Vargas s'arrêta net.

— Le saut dans le vide ? Vous voulez rire ! Colón sait parfaitement où il va. Cette route des Indes, il en possède chaque détail, il la connaît par cœur. Je vous l'ai dit, c'est un renard !

— Vous voulez sans doute parler de cette carte géographique que lui aurait confiée ce Toscanelli ?

C'est Ezra qui venait de poser la question.

— Confiée ? Jamais de la vie ! Cette carte il l'a dérobée à la bibliothèque royale du Portugal ! De toute façon, elle n'a pas vraiment d'importance.

— Ne pourriez-vous être plus explicite ?

— C'est une longue histoire. Il y a une dizaine d'années, les navires portugais faisaient la navette entre Lisbonne et la côte de Guinée, utilisant leur route secrète pour éviter d'être capturés par notre flotte. Il leur fallait donc passer très à l'ouest des îles du Cap-Vert, et traverser une zone qui est le berceau des tempêtes et des cyclones. Une caravelle prise dans ce tourbillon n'a pas d'autre choix que de mettre le cap à l'ouest, réduire la voilure et courir vent arrière. À l'ouest, toujours plus à l'ouest. Dès lors, les chances de retour au point de départ sont infimes, pour ne pas dire nulles.

Il marqua une courte pause et poursuivit :

— Il y a trois ans environ, l'une de ces caravelles vécut cette redoutable expérience. Elle se retrouva, comme ses infortunés prédécesseurs, irrésistiblement entraînée vers l'ouest. Au bout de plusieurs jours de cette dérive, des îles surgirent à l'horizon. Dès lors, l'équipage n'eut d'autre choix que de les explorer, avant que, très rapidement, les vers qui menacent habituellement les navires qui séjournent dans les eaux tropicales, commencent à ronger les bois de la coque. Alors, le navire fut contraint de remettre le cap à l'est et finit par échouer sur les rivages de l'île de Madère où il sombra. Quelques marins sautèrent dans une chaloupe et réussirent à gagner Porto Santo. Or, savez-vous qui habitait à Madère à cette époque ?

Le moine s'interrompit pour ménager ses effets.

— Cristóbal Colón. Entre deux voyages, il résidait chez son beau-frère, alors gouverneur de l'île, et en occupait la fonction en son absence. C'était le cas, ce jour-là. Ce fut donc lui qui offrit assistance aux survivants et qui leur procura toute l'aide possible. Malheureusement tous moururent d'épuisement, tous sauf un. Un pilote portugais du nom d'Alfonso Sanchez. Sur son lit d'agonie, celui-ci raconta qu'il avait échangé des colifichets contre de l'or à un homme à la peau brune sur une île luxuriante à l'extrémité d'un archipel. Une île qui, croyait-il, faisait partie des Indes. Une fois le pilote décédé, Colón s'empara alors tranquillement de son livre de bord bourré de croquis signalant les repères terrestres et de cartes représentant les rivières, les récifs et les mouillages, les points d'eau. Je peux vous assurer qu'à l'heure où je vous parle, ces cartes sont entre ses mains. En conclusion, Colón est aussi sûr de découvrir ce qu'il va découvrir que s'il l'avait tenu sous clé dans sa propre chambre.

Le cheikh avait écouté, sceptique.

— Comment pouvez-vous être aussi affirmatif ?

— Parce que je tiens ces informations de la bouche même de fray Antonio Marchena à qui le Génois s'est confié. C'était le seul moyen pour lui d'obtenir son soutien.

Il s'interrompit un instant.

— Dites, señor Sarrag, j'imagine que vous ne souhaitiez pas vous entretenir avec moi dans le seul but d'évoquer le destin du señor Colón ?

Le cheikh prit une profonde inspiration et laissa tomber, à la façon de quelqu'un qui livre la clé d'un mystère :

— Aben Baruel...

Le jeune homme tressaillit.

— Aben Baruel...

— Vous l'avez connu ! se récria Ezra.

Rafael ne répondit pas.

— Alors ? Dites-nous ?

La réplique tomba, neutre.

— Et vous ? L'avez-vous connu ?

— Évidemment ! fit le cheikh, maîtrisant mal son impatience. Sinon nous ne serions pas là.

— Dans ce cas, vous devriez être en mesure de le prouver.

Une rafale de vent plus forte que les autres souleva les feuillages. Rafael dit en haussant la voix :

— BÉNIE EST LA GLOIRE...

Ezra et Sarrag lui firent écho :

— BÉNIE EST LA GLOIRE DE YOD, HÉ, VAV, HÉ DEPUIS SON LIEU.

— J'AI INTERROGÉ... ?

— LE PRINCE DE LA FACE.

— QUEL EST TON NOM ?

— IL ME RÉPONDIT : JE M'APPELLE...

— JOUVENCEAU.

L'échange se poursuivit sous les bourrasques, de plus en plus rudes, comme si le vent lui-même s'irritait à la vue de ce trio qui parlait un langage secret. D'ailleurs, était-ce bien eux qui s'exprimaient ? Ou cette ombre lourde qui recouvrait le crucifix dressé à l'entrée de la Rábida. À moins que ce ne fût une rumeur venue des étoiles.

Après avoir épuisé les termes du premier Palais, Rafael conclut :

— Ainsi, ce serait vous les émissaires d'Aben Baruel. Il m'avait prévenu. Je savais qu'un jour ou l'autre vous viendriez.

— Il vous avait prévenu ? Vous voulez dire de vive voix ?

En guise de réponse, le jeune prêtre suggéra .

— Rentrons. Nous serons plus à l'aise pour poursuivre cette conversation.

Une odeur de cire imprégnait les hauts murs de la bibliothèque du monastère. Dans la faible clarté diffusée par les cierges on remarquait, entrouvert, un exemplaire d'une version grecque du *Canon de Muratori* sur un lutrin. Exemplaire rarissime. Des ouvrages par centaines étaient soi·

gneusement alignés le long des étagères ; certains élimés, recouverts d'un mince voile de poussière ; d'autres mieux entretenus. Les auteurs et les thèmes se côtoyaient dans un désordre savant, du *Protagoras* aux *Phygades*, entre *Préceptes* d'Averroès et *Sextus Empiricus* de Sénèque. Bien en vue, se détachaient les index qui recensaient la liste des ouvrages expurgés ou interdits par les tribunaux inquisitoriaux.

Vargas prit place à l'une des tables de travail et invita les deux hommes à en faire autant.

— Alors, commença Sarrag, si vous nous expliquiez vos liens avec Baruel ?

— Avant tout, il faut que vous compreniez que tout ce que je sais se limite à ce qu'il a bien voulu me confier. En fait, c'est de vous que j'attends des éclaircissements.

— Est-ce que c'est à la Rábida que vous l'avez connu ?

— Non. Il s'agissait de notre deuxième rencontre. La première remonte à l'automne dernier. Je me trouvais à Tolède, en route pour le monastère. Alors que j'arrivais sur le seuil de la plaza de Zocodover je fus forcé de m'arrêter. La place était noire de monde. Je vis une estrade et des gradins. Une voix déclamait ce que je reconnus être le serment de foi. J'étais tombé en plein autodafé. C'était la première fois. Je décidai de mettre pied à terre et de me joindre aux spectateurs. Je vous épargnerai les détails de la cérémonie ; d'autant qu'ils ne vous apprendraient rien que vous ne sachiez déjà.

Pendant un moment, le moine observa ses deux interlocuteurs sans rien dire, puis il poursuivit son récit :

— Au terme de l'énoncé des fautes imputées et des sentences, on amena la première victime. Il me souvient encore de son nom : Leonor Maria Enriquez. Ayant montré quelques signes extérieurs de renoncement, elle fut emmenée sur l'estrade. L'inquisiteur s'informa de ce qu'elle demandait. Elle répondit : « Miséricorde », alors il l'interrogea sur son délit et, curieusement, elle se replia dans le silence. Il insista, l'adjura d'avouer ses fautes. Peine perdue, la femme s'enferrait dans son mutisme. Alors, découragé, l'inquisiteur déclara : « Le Saint Tribunal n'a plus d'autre choix que de vous livrer au feu pour défendre la cause de Dieu ! » C'est à ce moment que se produisit l'incident. Poing dressé vers la tribune, un homme s'était mis à hurler à mes côtés : « Soyez maudits, maudits, maudits ! » Et de surenchérir en hébreu : *Ha-Chem yiqqom damo !* Ce qui, je l'appris plus tard, signifie : « Puisse l'Éternel venger son sang ! » En un éclair des mains agrippèrent l'homme. Des vociférations, des injures montèrent de partout. On aurait dit des cris de loups. On arrachait ses vêtements. Encore un instant, il allait tomber sous l'effet des coups et c'en aurait été fini de lui.

Un sourire triste anima les lèvres du narrateur.

— Je n'ai rien d'un héros. Et, au risque de vous choquer, je reconnais certains mérites à la Sainte Inquisition. Mais à cet instant précis une voix intérieure me soufflait d'agir. Il me parut intolérable que cet individu — si blasphémateur fût-il — fût la victime d'une justice aveugle. Je me précipitai à son secours et, jouant des coudes, je parvins — Dieu sait comment — à l'entraîner loin de la fureur de la foule. À n'en point douter, ce fut un miracle. Cet homme...

— C'était Aben Baruel, anticipa Ibn Sarrag.

Rafael confirma.

— Ensuite ?

— Je le raccompagnai chez lui. Il saignait. Ses blessures ne me parurent pas alarmantes mais, étant donné son âge, je craignis qu'il ne se trouvât mal. C'est pourquoi, malgré ses protestations, je décidai de rester à son chevet. Il me souvient que nous avons beaucoup parlé.

— Serait-il indiscret de vous demander de quoi vous vous êtes entretenus ?

— De tout. De lui, de moi, de ses croyances, des miennes, des choses de la vie et de la mort. Le genre de dialogue à cœur ouvert qui se noue parfois entre deux êtres que tout oppose mais que le hasard a réunis. Vers le milieu de la nuit, rassuré sur son état, je repris la route. Je n'eus plus de nouvelles de Baruel, jusqu'au jour où il se présenta au monastère. C'était vers la mi-janvier.

Rafael s'interrompit un instant, gagné par une profonde émotion.

— Oui, fray Rafael, je sais, vous ne vous attendiez pas à ma visite.

Il revoyait clairement la frêle silhouette du juif, debout sous les arcades du cloître, s'asseyant ensuite sur l'un des bancs de pierre.

— Je vais vous faire une confidence. Si j'ai décidé de venir vous voir, et de vous faire partager un secret, le plus grand, le plus fabuleux des secrets, ce n'est pas parce que vous m'avez sauvé la vie. Si vous ne l'aviez pas fait, quelqu'un d'autre l'eût fait à votre place. Je vous étonne ? Pourtant, c'est la vérité. Ce jour-là, à Tolède, il était écrit que je ne devais pas mourir. Pas encore. Pas avant d'avoir accompli la tâche qui m'était assignée.

Le juif se tait. Son souffle est lourd. Il enchaîne.

— En revanche, dès que j'aurai franchi le seuil de ce monastère, à peine vous aurai-je quitté que la mort pourra tout à loisir me prendre dans ses filets. Je l'accueillerai avec joie et, par-dessus tout, avec soulagement.

Rafael a du mal à masquer son étonnement devant ce qu'il considère dans l'instant comme la manifestation d'un état morbide. Il répond par une formule toute faite :

— Nul ne sait ni le jour ni l'heure. Vous vivrez aussi longtemps qu'il plaira à Notre Seigneur.

Un sourire énigmatique éclaire la physionomie du juif.

— Fray Rafael. Il plaît déjà à Notre Seigneur que je quitte ce monde. Et je lui en sais gré. Jamais être humain — hormis les patriarches et les saints — ne sera parti aussi serein, aussi empli d'allégresse. Mais venons à l'essentiel !

Il fait alors glisser le sac en peau qu'il avait jusque-là conservé à son épaule et le pose sur ses cuisses.

— Je vous disais, donc, que ce n'était pas la gratitude qui avait inspiré ma démarche. Il s'agit d'autre chose. Sachez au préalable que je déteste les manifestations d'affection quelles qu'elles soient. Ma pauvre épouse — l'Éternel ait son âme — a suffisamment souffert de ce trait de caractère ! Oui, j'exècre les minauderies du cœur. Pour moi, une main posée sur un front brûlant de fièvre, un sanglot refoulé devant la souffrance de l'être aimé, sont des signes ô combien plus révélateurs que les serments d'amour et les promesses d'amitié. Il nous est donné à tous la capacité de prononcer des mots languissants ; mais entre le désir et l'accompli, quel

abîme ! Prévenu de cela, vous comprendrez combien il me coûte de vous avouer que la nuit que vous avez passée à mon chevet est restée gravée à jamais dans mon âme.

Aben Baruel se redresse contre le mur, et se tient très droit. Son œil fixe un point loin devant lui.

— Il faut parfois une existence entière pour approfondir un sentiment, pour prendre conscience de toute la richesse contenue dans le cœur de l'autre. Et si têtu est notre aveuglement que l'on n'est pas même sûr d'y parvenir. Il arrive cependant que l'on brûle les étapes. Ce sont des rencontres privilégiées ; des heures uniques où tout est dit entre deux regards, deux battements de cœur. Il en est ainsi du lien qui s'est instauré entre vous et moi. À votre insu, à mon insu.

Rafael Vargas reste muet. Non parce qu'il doute des propos de cet homme mais, au contraire, parce qu'il les partage. Son silence exprime son assentiment.

— J'ai un fils, reprend Baruel. Il a votre âge. Lorsque vous m'avez accompagné cette nuit-là à Tolède, j'ai eu la sensation d'avoir un enfant de plus.

Il respire lentement l'air apaisant du cloître et poursuit, mais sur un ton moins mélancolique.

— Un événement est survenu qui a bouleversé mon existence. En réalité, bien plus qu'un événement. J'ai palpé le pouls de l'univers. J'ai vu l'invisible. J'ai effleuré la sublime lumière et mes yeux, jusque-là clos, se sont dessillés. Je ne peux, hélas, vous en dire plus.

Il saisit le sac de peau et le tend à Rafael.

— Tenez. Je vous le confie. Vous y trouverez des écrits rédigés de ma main. Vous aurez tout loisir

189

d'en prendre connaissance. Je vous préviens, vous serez très vite déçu car, quels que soient vos dons, votre érudition, votre savoir théologique, vous n'y comprendrez rien ou si peu de chose. Et ce peu ne vous apportera que plus de frustration encore.

— *Señor Baruel, vous devez m'en dire plus.*

— *Patience. D'ici quelques semaines, deux hommes se présenteront à vous.*

Il précise, comme en aparté :

— *Vous verrez, ce sont des génies. Des puits de culture et de connaissance.*

— *Pour quelle raison voudraient-ils me rencontrer ?*

Baruel tapote le sac.

— *Pour ceci. Pour le manuscrit. Je vous préviens tout de suite : ils essayeront de vous le prendre. Montrez-vous intraitable. Je vous autorise seulement à le partager, étape par étape, Palais par Palais.*

— *Palais ? répète Rafael, désarçonné.*

En guise de réponse, Aben caresse le sac en murmurant :

— *Vous verrez, mon enfant. Tout est là. Patience. Vous lirez et vous saurez.*

Rafael Vargas se révolte malgré lui :

— *Je ne voudrais pas vous paraître indigne des sentiments que vous avez évoqués tout à l'heure, mais vous me placez dans une situation pour le moins embrouillée. Vous ne me confiez rien de cet événement qui semble si considérable, vous ne me révélez rien sur le contenu de ce manuscrit, et rien non plus sur les motivations de ces deux hommes. Reconnaissez que vous ne me facilitez pas la tâche !*

— *Ne vous ai-je pas dit par deux fois : patience ?*

— *Oui, mais...*

Baruel ne le laisse pas poursuivre.

— *Vargas. Vous vous souvenez ? Nous avons parlé cette nuit-là à Tolède de l'origine de votre nom. Vous n'avez pas oublié ?*

Non, Rafael n'a pas oublié.

— *Dans ce cas, je n'attends pas de vous une obéissance aveugle au nom de notre soudaine amitié, j'attends que vous agissiez à l'instar de vos illustres ancêtres, de ces preux chevaliers qui ne furent guidés que par le sens du dévouement, par leur quête d'idéal et par leur volonté de dépassement. Je peux vous promettre que, si vous acceptez de me faire confiance, vous aurez l'opportunité — peut-être la seule de toute votre existence — de vivre en toute plénitude ces trois principes.*

Le moine ne saurait dire ni comment ni pourquoi quelque chose en cet homme le bouleverse. Tout esprit sensé devrait repousser sa requête. Rafael n'arrive pas à s'y résoudre. Pire, il n'aspire qu'à une seule chose : accepter. Pénétrer dans cet imbroglio. Répondre à l'appel.

— *Très bien. Vous pouvez me faire confiance. Je respecterai vos volontés.*

Baruel tend alors sa main vers le crucifix qui pend au cou du moine et le soulève.

— *Jurez-le sur la sainte croix.*

Vargas a un imperceptible temps d'hésitation avant de prononcer :

— *Je le jure.*

Un silence succéda aux propos du moine.

La même contrariété avait envahi les figures d'Ibn Sarrag et de Samuel Ezra. Ni l'un ni l'autre ne manifestèrent le désir d'aller plus avant dans le dialogue, craignant de voir confirmée leur appréhension. Sans se concerter, dans un enchaînement de gestes qu'on aurait pu croire prémédités, ils sortirent de leurs besaces leur manuscrit respectif et l'ouvrirent à la page du deuxième Palais. Lorsque le rabbin commença à lire, sa voix tremblait un peu :

— PREMIER PALAIS MINEUR, BÉNIE EST LA GLOIRE DE Y.H.W.H. DEPUIS SON LIEU. LE NOM EST EN 6. SOUVIENS DU FILS DE LA VEUVE DE...

Le cheikh enchaîna, et sa voix tremblait tout autant.

— IL EST DIT QUE SUR SA SÉPULTURE ON POSA..

Ezra prit la relève :

— JE N'AI CONNU QU'UN SEUL ANGE...

— MAIS JADIS...

— CHOISIE PAR YAHVÉ...

Le rabbin s'interrompit et cogna du poing sur la table.

— Non ! s'écria-t-il, non ! Votre texte et le mien ne se marient plus ! Même rassemblés, ils restent incohérents ! Donnez-moi votre page.

Sarrag s'exécuta sans rechigner.

— Vous voyez bien que la phrase : SOUVIENS DU FILS DE LA VEUVE DE... est toujours incomplète ! L'enchaînement avec la suivante : IL EST DIT QUE SUR SA SÉPULTURE ON POSA... est dépourvu de toute logique ! Pire encore, il doit en être ainsi de tous les Palais qui restent à déchiffrer. Voulez-vous vérifier ?

— Inutile.

Ils se turent, les traits abattus.

— Señor, s'exclama Rafael, si vous m'expliquiez ? J'ai beau posséder un certain sens de la déduction, je n'ai rien compris à vos élucubrations.

Sarrag fut le premier à réagir.

— Pourriez-vous nous apporter les feuillets que vous a confiés Aben ?

— Bien sûr. Mais est-ce bien utile ? Je les sais de mémoire.

— Tous ?

Le moine confirma.

— Étonnant... Mais nous aimerions quand même les voir.

Il souleva son index en forme de mise en garde :

— D'accord. Mais n'attendez pas que je vous les livre. Souvenez-vous : j'ai prêté serment.

Ezra émit une exclamation agacée.

— Sur votre sainte croix, nous avons compris !

Une lueur indignée traversa l'œil de Vargas.

— Comment osez-vous employer ce ton méprisant en évoquant le crucifix ?

— Parce que je n'éprouve aucune attirance pour les instruments de torture.

— Mais encore ?

— Parce que je suis juif.

Rafael se tourna vers Ibn Sarrag.

— Et vous ? Juif aussi ?

— Qu'Allah m'en préserve ! Je suis un fils de l'islam.

Le jeune homme les examina longuement tour à tour. Il faillit dire quelque chose, mais se retint et partit vers la porte.

— Rabbi Ezra, ne vous avais-je pas dit que vous auriez pu tomber sur pire qu'un musulman ?

— Mais pourquoi ? Que cherche Aben ? Qu'il nous ait ferrés vous et moi, passe encore... Mais introduire un troisième personnage ? Un moine, qui plus est ! Je me demande si je ne vais pas tout laisser tomber.

— Vous pouvez toujours le faire.

Il précisa, mais sans illusion :

— À condition de me remettre votre manuscrit.

— Vous voulez rire !

Vargas réapparut. Il tenait plusieurs feuillets à la main.

— Voici. À présent, quelles sont vos intentions ?

Le cheikh expliqua :

— Théoriquement, vous devriez avoir un texte dont le titre est : « Premier Palais mineur. » Il devrait faire suite au « Premier Palais majeur ». Pouvez-vous me le confirmer ?

Le jeune moine répondit sans hésitation :

— Parfaitement : Premier Palais mineur... Inutile de vous dire que je ne comprends pas la raison de ces appellations.

— Il en est de même pour nous. Mais nous aurons tout loisir de nous pencher plus tard sur cette question. Pour l'instant, je vais vous lire les phrases que j'ai sous les yeux et vous allez enchaîner.

Sans plus attendre, il commença :

— BÉNIE EST LA GLOIRE DE Y.H.W.H. DEPUIS SON LIEU. LE NOM EST EN 6. SOUVIENS DU FILS DE LA VEUVE DE...

Rafael compléta la phrase :

— NEPHTALI, CELUI QUI MOURUT DE LA TRIPLE MORT, MAIS QUI RESSUSCITA.

— IL EST DIT QUE SUR SA SÉPULTURE ON POSA...

— UNE BRANCHE D'ÉPINES AUX FLEURS DE LAIT ET DE SANG...

— JE N'AI CONNU QU'UN SEUL ANGE...

— MAIS JADIS...

L'Arabe fit signe à Vargas d'arrêter.

Se tournant vers Ezra il dit :

— Je crois qu'il n'y a plus de doute possible, n'est-ce pas ? Le rabbin ferma à demi les paupières.

— Qu'Adonaï me pardonne... nous voilà aux portes de l'enfer.

— Allez-vous enfin m'éclairer ?

Le moine laissait entrevoir des signes d'agacement.

— Nous allons le faire, le rassura Sarrag. Ou plutôt...

Il demanda au rabbin :

— Pouvez-vous lui remettre la lettre qu'Aben vous a adressée ? Elle vaut mille explications.

Ezra s'exécuta.

Vargas se plongea immédiatement dans l'examen du document. Au fur et à mesure qu'il en prenait connaissance, l'incrédulité, la stupeur, et enfin l'abandon se succédèrent sur son visage.

Le juif s'enquit :

— Alors, qu'en pensez-vous ?

— C'est étrange. J'ai toujours cru qu'un tel livre pouvait exister. Ce n'était qu'une pensée, une intuition, mais il m'arrivait d'y songer. Il s'est passé tant d'événements surnaturels dans l'histoire humaine. Oui, je crois qu'un tel livre existe.

Le cheikh échangea un coup d'œil furtif avec le rabbin. Il était clair désormais qu'ils ne seraient plus deux, mais trois. Il se mit debout et se campa devant le moine.

— Fray Rafael, puisque vous y avez toujours cru, qu'est-ce que cette quête vous apporterait, sinon de toucher le Livre du doigt ? Du reste, vous êtes un homme de foi. Un homme de foi a-t-il besoin de preuve ?

— Qu'essayez-vous de me dire, señor ?

— Prenons le problème sous un autre angle. Avez-vous le moindre doute quant à l'existence de Dieu ?

— Aucun.

—· Imaginez-vous, ne fût-ce qu'un instant, que votre Christ pourrait ne pas être le fils de Dieu, mais un prophète, à l'instar de Moïse ou de Muhammad ?

— C'est une éventualité que tout mon être réfute.

Un sourire de soulagement ourla les lèvres du cheikh.

— Nous voilà d'accord ! Votre part du manuscrit ne vous est d'aucune utilité. Il serait donc juste que vous nous la remettiez.

— Il y a deux points que vous avez omis de mentionner, señor Sarrag. Primo, j'ai prêté serment à Aben Baruel et n'ai pas pour habitude de me parjurer. Secundo, ni ma foi ni mes certitudes ne pourraient altérer mon désir de découvrir le message. Au contraire.

Rafael tendit la main.

— Vous permettez ?

Il s'empara de la lettre de Baruel.

— *J'ai lu. J'ai arpenté haletant les déserts, les vallées fertiles, je me suis hissé vers les nuits constellées, cherchant désespérément à dénombrer les étoiles. J'ai connu des aubes de déraison, et des couchants de sagesse. Mais rien, tu m'entends, Samuel ? rien ne ressemblait, de près ou de loin, au sens du message qui venait de m'être confié.* Ce qui signifie qu'à travers nous, le Seigneur a décidé de s'adresser aux hommes. Vous n'imaginez pas que je vais me dérober à Sa volonté ? Je vois bien que cette perspective ne vous enchante guère, cependant ni vous ni moi n'y pourrons rien, señores : nous sommes liés, comme les doigts de la main.

Chapitre 10

> D'où venez-vous ? demande-t-on aux
> aborigènes. « Nous venons du rêve. »

La cellule de Rafael Vargas ressemblait à toutes
les cellules de moine : un lit, une petite table, un
tabouret, un crucifix au mur, un prie-Dieu au
pied d'une lucarne ovale d'où tombait le jour.

Ibn Sarrag était assis en tailleur, par terre, le
dos appuyé contre le battant de la porte. Le prêtre
avait choisi le tabouret. Quant à Samuel Ezra, en
pleine crise d'arthrite, défiguré par la douleur, il
avait été forcé de s'allonger sur la couche. Posées
ici et là, les pages du manuscrit d'Aben Baruel faisaient de petits rectangles de neige dans la
lumière de l'aube. Une seule de ces pages était
placée bien en vue sur le sol, à portée de main des
trois personnages. Chacun avait confié sa part de
mots aux autres. Le deuxième Palais était
reconstitué.

PREMIER PALAIS MINEUR

BÉNIE EST LA GLOIRE DE Y.H.W.H. DEPUIS SON
LIEU.

LE NOM EST EN 6.

SOUVIENS-TOI DU FILS DE LA VEUVE DE NEPH-
TALI, CELUI QUI MOURUT DE LA TRIPLE MORT, MAIS
QUI RESSUSCITA. IL EST DIT QUE SUR SA SÉPULTURE
ON POSA UNE BRANCHE D'ÉPINES AUX FLEURS DE
LAIT ET DE SANG.

JE N'AI CONNU QU'UN SEUL ANGE, MAIS JADIS SUR
LA MONTAGNE CHOISIE PAR YAHVÉ, ILS ÉTAIENT
NEUF. CE FURENT CES NEUF-LÀ QUI PRIRENT
REFUGE EN LA VILLE CERCLÉE DE PORTES.

POUR OBTENIR LE NOMBRE DES PORTES, IL VOUS
FAUT L'INCANTATION. EN CELLE-CI VOUS USEREZ
DE LA BONTÉ, DE L'AMI ET DU PURIFICATEUR.

ON COMMENCERA PAR ÉCARTER LE PURIFICATEUR
DE LA BONTÉ. L'AMI SÈMERA LA DIVISION. VOUS
OBTIENDREZ ALORS L'ÉQUILIBRE RÉALISÉ, LE SYM-
BOLE DU MASCULIN ET DU FÉMININ, DE L'ESPRIT ET
DE LA MATIÈRE. ENSUITE VOUS RASSEMBLEREZ
L'AMI AU PURIFICATEUR ET VOUS EN ÔTEREZ
L'ÉQUILIBRE RÉALISÉ.

IL FAUDRA ARRACHER LA RACINE DE CE RÉSUL-
TAT.

ET LA RACINE DE CETTE RACINE QUE VOUS MUL-
TIPLIEZ PAR L'ÉQUILIBRE.

LE NOMBRE APPARAÎTRA SOUS VOS YEUX. MAIS
AUREZ-VOUS LA SAGESSE DE LE RECONNAÎTRE ?

À LA LISIÈRE DE LA VILLE, AU CŒUR DE LA PLAINE
DE SHINEAR SE DRESSE L'ÉDIFICE SANGLANT. VOUS
Y TROUVEREZ LE NOMBRE 3.

— Comparé à ce texte, commenta le cheikh, j'ai
l'impression que le premier Palais n'était qu'un
jeu d'enfant. Sans doute Aben a-t-il voulu nous
mettre en appétit.

Ezra s'agita sur son lit.

— Voilà deux heures que vous vous lamentez, cheikh Ibn Sarrag ! Il serait plus utile que vous nous donniez votre accord sur les formules recensées.

— Vous l'avez. Une question toutefois : pour quelle raison l'en-tête de ce palais est-il différent du précédent ? Deuxième Palais mineur. En quoi est-il mineur ?

Un silence perplexe fut le seul écho à son interrogation. Finalement Ezra suggéra :

— Poursuivons. Il se peut que la réponse nous apparaisse plus tard.

— Bien, fit Vargas, je vous les soumets pour mémoire :

1. Le fils de la veuve de Nephtali.
2. Celui qui mourut de la triple mort, mais qui ressuscita.
3. Une branche d'épines aux fleurs de lait et de sang.
4. Je n'ai connu qu'un seul ange, mais jadis sur la montagne choisie par Yahvé, ils étaient neuf.
5. L'Incantation.

— Nous sommes contraints de nous arrêter à ce niveau de la rédaction, expliqua le moine, puisque la majeure partie de ce qui suit est tributaire du mot « incantation ». À première vue, il semble que nous ayons affaire à une série d'opérations mathématiques, que ces opérations soient fondées sur des symboles, et que ces symboles ne soient identifiables que si nous trouvons le sens d'« incantation ». L'un de vous sait-il ce que ce mot pourrait signifier ?

Sarrag et Ezra répondirent par la négative.

— Il serait vain d'imaginer qu'il est employé ici dans son acception littérale. C'est-à-dire : « Emploi de paroles ou de formules magiques pour opérer un charme ou un sortilège. » C'est ailleurs qu'il faudrait chercher.

— Allez savoir ! Notre ami Baruel s'est révélé tellement retors dans cette affaire que certains mots pourraient bien n'exprimer que leur sens premier. Cela étant, à la différence du premier Palais, celui-ci laisse entrevoir l'objectif à atteindre.

Sarrag confirma, tandis qu'Ezra poursuivait :

— En effet, il suffit d'extraire les mots les plus concrets, sans équivoque, et qui, dans le même temps, forment une chaîne : *porte, ville, lisière, plaine, édifice, sanglant*. Ainsi, en appliquant un raisonnement au premier degré, il ressort que — il prit soin d'appuyer les mots — nous devons identifier une ville ; une ville qui possède un certain nombre de portes. À la lisière de cette ville, une plaine ; au cœur de cette plaine, un édifice. Et enfin le mot « sanglant » laisse à croire que cet édifice fut le témoin d'un drame.

— Un meurtre ? questionna Ezra.

— Peut-être...

— Qu'en pensez-vous, fray Vargas ?

— C'est possible, dit-il d'une voix pensive.

L'Arabe et le juif échangèrent un coup d'œil discret. Depuis la veille ils se demandaient pourquoi Baruel avait jugé utile de leur imposer cet homme. Vingt-huit ans. Un gamin. Assurément, il avait donné l'impression de posséder certaines aptitudes mnémoniques, une connaissance honnête des Écritures, mais rien qui pût être comparé avec la science d'Ezra et de Sarrag.

— Poursuivons ? suggéra l'Arabe.

Il interpella le rabbin.

— Vous aviez une explication à nous soumettre concernant la première phrase. Je veux parler du FILS DE LA VEUVE DE NEPHTALI.

— Cette phrase est tirée du livre des Rois : *Salomon envoya chercher Hiram de Tyr. C'était le fils d'une veuve de la tribu de Nephtali.*

— Le personnage serait donc un artisan.

— Un bronzier de génie, précisa Ezra. C'est lui qui conçut les éléments les plus prestigieux du Temple.

— Parfait. Ensuite ?

— À mon avis, il faudrait trouver le point commun entre Salomon, le Temple, la ville de Tyr et le bronze.

— Probablement. Mais qu'est-ce qui peut bien relier un roi, un temple, une ville et un matériau, sinon ce que nous indique l'Histoire elle-même ?

Le rabbin et l'Arabe paraissaient perdus.

Brusquement, Vargas se saisit de la feuille sur laquelle était rédigé le deuxième Palais.

— Señores, puis-je vous exposer un autre point de vue ? Je pense que vous êtes dans l'erreur. Ne cherchez pas une filiation entre Hiram, Salomon et le reste. Il n'y en a pas. « Hiram » se suffit à lui-même.

Ezra eut l'air surpris.

— Oui, confirma le moine. C'est dans « Hiram » que tout se tient. Vous n'êtes pas sans savoir que j'ai eu ces textes en ma possession plusieurs semaines avant vous. Je les ai étudiés, retournés sous tous les angles, et j'ai obtenu certains résultats. À l'époque, dans la mesure où j'ignorais tout du but à atteindre, je trouvais ces résultats extravagants. Aujourd'hui je ne vois plus les choses de la même manière.

Le jeune moine quitta son tabouret et vint s'asseoir entre les deux hommes.

— Si vous poursuivez la lecture du deuxième Palais, que trouvez-vous ?

Il pointa un passage du doigt et lut :

— SOUVIENS-TOI DU FILS DE LA VEUVE DE NEPHTALI, CELUI QUI MOURUT DE LA TRIPLE MORT, MAIS QUI RESSUSCITA. IL EST DIT QUE SUR SA SÉPULTURE ON POSA UNE BRANCHE D'ÉPINES AUX FLEURS DE LAIT ET DE SANG. Dans ce paragraphe on trouve deux informations fondamentales. La première a trait à la « triple mort » et à la résurrection, la deuxième à la « branche d'épines aux fleurs de lait et de sang ». Je réclame d'avance votre indulgence si je me montre un peu long dans mon exposé, mais je n'ai pas le choix. Si l'on s'interroge sur cette triple mort, et si on fait le rapprochement avec Hiram de Tyr, on accède à une légende ; une légende qui pourrait tout aussi bien être un fait historique. Écoutez : les travaux du Temple de Jérusalem s'achevaient, mais les compagnons d'Hiram n'avaient pas tous été initiés aux secrets merveilleux du maître. Trois d'entre eux décidèrent de les lui arracher. Postés chacun à une porte différente du Temple, ils sommèrent Hiram de leur livrer ses secrets. Le maître, en fuyant d'une porte à l'autre, répondit successivement à chacun d'entre eux qu'on n'obtiendrait rien de lui par des menaces et qu'il fallait attendre le temps voulu. Alors ils le frappèrent, l'un d'un coup de règle sur la gorge, l'autre d'un coup d'équerre sur le sein gauche, le troisième d'un coup de maillet sur le front ; ce dernier coup l'acheva. Ensuite ils s'informèrent réciproquement de ce que le maître avait révélé. Constatant qu'aucun d'eux n'avait obtenu quoi que ce fût, ils furent désespérés. Leur crime avait été inutile. Alors, ils cachèrent le corps, l'inhumèrent dans la nuit près d'un bois, et plantèrent sur sa tombe une branche d'acacia.

Le rabbin et l'Arabe se dévisagèrent, à la fois perplexes et intéressés.

— Poursuivez, pria Ezra.

— Naturellement, ce sont les trois coups de la légende qui symbolisent cette triple mort. Mort physique (la gorge), sentimentale (le sein gauche) et mentale (le front). Quant à la branche d'acacia... Rappelez-vous. L'arche d'alliance fut construite en bois d'acacia. Et curieusement la couronne d'épines du Christ, elle aussi. Il est clair que le récit d'Hiram nous souffle que nous devons mourir pour naître à l'immortalité.

Il se tut.

— C'est tout ? s'enquit Ezra.

Le moine afficha un air résigné :

— C'est tout, hélas. Pour l'instant. Il faut trouver quelle relation il peut y avoir entre la légende d'Hiram et le point suivant. Je veux parler de cette phrase : JE N'AI CONNU QU'UN SEUL ANGE, MAIS JADIS SUR LA MONTAGNE CHOISIE PAR YAHVÉ, ILS ÉTAIENT NEUF. Qui sont ces anges ? Pourquoi un, puis neuf ?

Des sons cristallins résonnèrent dans l'air pur du monastère. L'heure des laudes. Il s'excusa :

— Je suis forcé de vous abandonner. Nous reprendrons tout à l'heure.

Alors qu'il se dirigeait vers la porte, il marqua un temps d'arrêt et fit volte-face vers les deux hommes.

— Je songe à la triple mort. Il me semble qu'à l'image de toutes les morts initiatiques, cette phase prélude à une renaissance — physique, psychique et mentale — en un nouvel Hiram. On pourrait passer du symbole à l'allégorie, en imaginant que les trois assassins ont figuré l'ignorance, le fanatisme et l'envie. À quoi s'opposent les qualités d'Hiram : le savoir, la tolérance et la générosité. Je me demande si, à travers cette légende, Aben Baruel n'a pas voulu nous transmettre un message. De sa compréhension dépendra l'échec ou la réussite de notre aventure.

Une expression ambiguë s'insinua sur ses traits.

— Qui sait ? Peut-être devrons-nous aussi mourir avant de renaître...

Longtemps après qu'il se fut retiré, Ibn Sarrag et Ezra restèrent confinés dans un silence méditatif. On sentait qu'ils étaient l'un et l'autre profondément troublés par ce qu'ils venaient d'entendre. Peut-être se demandaient-ils lequel des trois représentait l'ignorance, le fanatisme ou l'envie.

— Il n'a que vingt-huit ans, murmura le cheikh, rêveur. Je me demande ce qu'a été sa vie avant d'entrer dans les ordres.

— Il est curieux que vous y songiez. Je me posais la même question. On a coutume de dire que la jeunesse est le temps d'apprendre la sagesse, et que la vieillesse est le temps de la pratiquer. À voir ce jeune homme, on a l'impression qu'il a brûlé les étapes.

Tolède, dans le même instant

Agenouillée à son prie-Dieu, Isabel, reine de Castille et d'Aragon, demeura recueillie encore un moment dans l'attente de l'absolution. Fray Hernando de Talavera recula respectueusement. De la main gauche il emprisonna le crucifix qui pendait sur son thorax, de l'autre il traça un signe de croix :

— *Ego te absolvo...*

La reine se dirigea jusqu'au fond de la pièce et se laissa choir dans un fauteuil, tout près d'une fenêtre cintrée à meneaux. Elle était vêtue d'un mongil de couleur blanche, très ample, flottant jusqu'à mi-cuisses, qui disparaissait sous une robe, blanche elle aussi, mourant sur les chevilles. Le cou était enserré par un grand col rigide, qui dépassait et se redressait pour former un triangle dont la pointe prenait naissance sur le devant, à hauteur de la poitrine. Manifestement, elle ne semblait toujours pas avoir cédé à la mode qui sévissait actuellement à la cour, où le verdugado faisait fureur parmi les dames d'honneur.

Elle prit un petit mouchoir de soie, et y referma les doigts dans un geste qui lui était familier.

— Ainsi, commença-t-elle à voix basse, vous ne partagez pas les craintes de l'Inquisiteur général.

— Non, Votre Majesté. Elles sont dépourvues de tout fondement. Je crains que fray Tomas ne se soit laissé, une fois de plus, emporter par sa passion.

— Sa passion ? Ne devriez-vous pas dire plutôt son patriotisme et sa foi en notre Sainte Église ?

Talavera persista .

— Sa passion.

— Et vous n'envisagez pas un seul instant que ce complot puisse mettre en péril ce pourquoi nous nous sommes battus, et nous nous battons encore ?

— Au risque de vous irriter, non, je ne le crois pas, Majesté. À mon avis ce complot n'existe que dans l'imagination de fray Torquemada. Comment peut-on accorder crédit à une conspiration fondée sur un cryptogramme établi à partir d'Écritures sacrées, et dont l'instigateur serait un kabbaliste défunt. Allons... Tout cela manque de sérieux.

Il conclut doucement :

— Bien évidemment, j'espère ne pas me tromper.

Les doigts de la reine se crispèrent sur son mouchoir.

— Vous... espérez, fray Talavera ?

Une lueur volontaire traversa les prunelles du prêtre.

— N'est-ce pas le propre de la foi que d'espérer, alors que le monde entier veut condamner l'espérance ? Mais puisque l'affaire est désormais en marche, il serait vain que je tente de vous convaincre. Seul l'avenir démontrera qui, de fray Torquemada ou de moi, est dans le vrai.

Il enchaîna rapidement sur un ton alerte :

— J'ai appris l'excellente nouvelle. Nos troupes s'apprêtent à assiéger Málaga. Il semble que la ville ne pourra résister très longtemps.

— Sa Majesté le roi en est convaincu. Il faut souhaiter que l'émir de Grenade respecte le traité de Loja et n'accoure pas au secours de ses frères musulmans.

— Quelle est votre impression ?

— Mon impression est que Boabdil appliquera le traité au pied de la lettre. J'en suis d'autant plus persuadée qu'il vient de proposer à la Castille un pacte destiné à consolider le traité de Loja. Il serait disposé à abandonner Grenade en échange de certaines concessions, parmi lesquelles la liberté accordée aux habitants de l'Albaicín de continuer à résider dans la cité, le droit de conserver leurs mosquées, et l'exemption d'impôts pour une période de dix ans.

Talavera haussa les sourcils.

— Vous avez bien dit : « Il serait disposé à abandonner Grenade » ?

— Parfaitement.

— Une reddition sans combat ?

— Telle est en tout cas l'offre qu'il vient de nous faire.

Le prêtre commenta d'une voix vibrante :

— Grenade à genoux... La fin de sept cents ans d'occupation. Ce serait, je crois, le plus grand événement de notre Histoire. Une Espagne enfin réunifiée.

— Oui, fray Talavera. Le plus grand événement sans doute. Il serait triste que nous n'en soyons jamais les témoins.

— Pour quelle raison ? Tout paraît aller dans ce sens.

Les doigts d'Isabel se refermèrent à nouveau sur le mouchoir de soie à s'en blanchir les phalanges.

— Tout... mais il suffirait d'un grain de sable... Un grain de sable, fray Talavera.

*

Penché sur ses notes, Sarrag confia au moine :

— Pendant votre absence nous ne sommes pas restés inactifs. Nous avons découvert — ou plutôt, devrais-je dire, rabbi Ezra a découvert — le sens de LA MONTAGNE CHOISIE PAR YAHVÉ.

— Et ce serait... ?

Le rabbin récita :

— *Car Yahvé a fait ce choix de Sion, il a voulu ce siège pour lui.* Sion, ou la montagne que Yahvé a choisie n'est autre que la Cité de David, ou si vous préférez : Jérusalem. Plus spécifiquement, Sion désigne l'éperon sud de la colline orientale, entre le Kédrôn et le Tyropéon, où fut érigé le Temple.

— Bravo, félicita Vargas. Votre mémoire est réellement prodigieuse ; jamais je n'aurais établi le rapprochement.

— Je vous remercie. Toutefois, nous ne sommes guère plus avancés.

— Détrompez-vous, objecta Vargas.

Sa voix avait pris tout à coup un ton fébrile.

Il s'assit auprès d'eux.

— Oui, cette information est décisive. Grâce à elle, nous voyons clairement se dessiner une suite de maillons indissociables. Réfléchissez : Hiram, n'est-ce pas le Temple ? Et le Temple, n'est-ce pas Sion et Jérusalem ?

— Figurez-vous, répliqua Ezra, que cette association n'avait échappé ni au cheikh ni à moi-même. Mais elle ne nous éclaire en rien sur ces mystérieux anges.

La bibliothèque parut soudain remplie à

l'extrême de crépuscule et de silence. Un long moment s'écoula. Les trois hommes, penchés sur leurs écrits, donnaient l'impression de lutter contre d'invisibles dragons. Brusquement, Vargas poussa un cri d'allégresse :

— Les Templiers !

— Les Templiers ? questionnèrent en chœur Ezra et Sarrag.

— Bien sûr ! Comment n'y ai-je pas pensé plus tôt !

Le cheikh Sarrag fit remarquer avec une pointe d'ironie :

— N'était-ce pas cette poignée de chevaliers qui, il y a quelques siècles, s'en donna à cœur joie en versant le sang sarrasin ? S'il me souvient bien, l'entreprise fit plus d'un million de morts.

— C'est votre point de vue. Je ne compte pas polémiquer sur le sujet, et je me limiterai à vous rappeler les faits. Le 15 juillet 1099, Jérusalem est occupée par les croisés. Aussitôt, des hommes, des femmes, des enfants, se hâtent des quatre coins du monde pour visiter les lieux saints enfin libérés. Sous l'impulsion d'un personnage nommé Hugues de Payns, un groupe d'hommes est constitué. Ils décident de rester en Terre sainte pour y défendre les voyageurs et garder le Saint-Sépulcre. Ils choisissent de vivre comme des chanoines réguliers sous la règle de saint Augustin. Plus tard, ils changent leur dénomination de « Pauvres Chevaliers du Christ » en celle de « Chevaliers du Temple, ou Templiers ». Vous voyez où je veux en venir ?

— Pas vraiment...

— Pourtant, un kabbaliste aussi émérite que vous aurait déjà dû saisir l'allusion. Savez-vous quel fut le premier lieu où les Templiers installèrent leurs quartiers ?

Pour toute réponse, Rafael eut droit à un silence interrogateur.

— L'enclos du Temple du roi Salomon...

Il répéta, détachant les mots :

— L'enclos du Temple du roi Salomon ! C'est parce que l'enclos du temple devint leur lieu d'hébergement qu'ils se baptisèrent les « Templiers ». À présent, est-ce que vous percevez l'association avec les anges cités par Baruel ?

— Jusqu'à un certain point, car rien ne permet d'affirmer de manière définitive qu'il existe un rapport entre CES ANGES QUI SE TROUVAIENT SUR LA MONTAGNE CHOISIE PAR YAHVÉ et les Templiers...

Sarrag confirma avec une pointe d'impatience :

— Il a raison, fray Rafael ! Vous allez me trouver tout aussi obtus, mais je ne saisis toujours pas ce que viennent faire vos Templiers dans ce raisonnement.

Ce fut au tour de Vargas de faire montre d'irritation :

— Mais enfin ! Relisez le texte de Baruel !

Il saisit la feuille du deuxième Palais et lut d'une voix distincte :

— JE N'AI CONNU QU'UN SEUL ANGE, MAIS JADIS SUR LA MONTAGNE CHOISIE PAR YAHVÉ, ILS ÉTAIENT NEUF. CE FURENT CES NEUF-LÀ QUI PRIRENT REFUGE EN LA VILLE CERCLÉE DE PORTES. Il y a quelques instants ne vous ai-je pas dit que les premiers Templiers se sont installés dans l'enclos du Temple ?

Sarrag confirma.

— Savez-vous combien les hommes d'Hugues de Payns étaient au départ ?

Il fit une pause volontaire afin de mieux souligner le poids de sa révélation.

— Neuf ! Neuf chevaliers. SUR LA MONTAGNE CHOISIE PAR YAHVÉ, ILS ÉTAIENT 9. CE FURENT CES NEUF-LÀ QUI PRIRENT REFUGE EN LA VILLE CERCLÉE DE PORTES. Vous voyez bien maintenant que la corrélation avec les Templiers est indiscutable.

Il n'attendit pas l'approbation de ses interlocuteurs et poursuivit :

— Reprenons le récit de Baruel. Celui-ci dit bien : QUI PRIRENT REFUGE EN LA VILLE CERCLÉE DE PORTES. Par conséquent, n'est-ce pas là l'indication majeure ? Celle qui devrait nous conduire vers notre prochaine destination. Une ville. Une ville qui aurait abrité des Templiers, et qui se distinguerait par la présence d'un édifice et par le nombre de ses portes.

— Je m'incline, capitula Sarrag. Toutefois...

Son front se plissa. Quelque chose le tracassait.

— Fray Rafael, je veux bien croire à votre esprit de déduction, à votre flair. Je conçois aussi que le texte de Baruel laisse entrevoir la vérité à qui sait regarder. Mais, malgré tout, j'ai du mal à admettre la promptitude avec laquelle vous avez établi ce rapprochement entre Hiram, les Templiers et les anges. Comme si, à l'instar de ce marin génois, ce Cristóbal Colón, vous saviez la réponse à l'avance.

Pour la première fois, le jeune homme eut l'air mal à l'aise.

— Je vous l'ai dit : j'ai eu le loisir d'étudier ces documents bien avant vous.

— Allons, fray Rafael ! Jouez franc jeu. Vous savez trop de détails sur ce monde des Templiers. À la façon dont vous en parliez, j'ai éprouvé la sensation que...

— Cet univers m'était familier ?

Sarrag confirma.

Un éclair traversa l'œil du moine.

J'attends que vous agissiez à l'instar de vos illustres ancêtres. De ces preux chevaliers qui ne furent guidés que par le sens du dévouement, par leur quête d'idéal et par leur volonté de dépassement. Je peux vous promettre une seule chose : si vous acceptez de me faire confiance, vous aurez l'occasion — peut-être la seule de toute votre existence — de vivre en toute plénitude ces trois principes.

— C'est bon. Je vais tout vous dire. Dès 1128, après le concile de Troyes, les Chevaliers du Temple décidèrent de se rendre ici, en Espagne, afin d'appuyer les armées chrétiennes dans leur combat contre les Maures. Au fil des siècles, en signe de gratitude, les divers monarques qui régnèrent sur la Péninsule, princes, comtes, nobles de tous rangs, leur offrirent des châteaux, des forteresses, des domaines, parfois même des villages entiers. Dans le même temps, de nombreux ordres, directement inspirés des Chevaliers du Temple, fleurirent dans la Péninsule. Il y eut, entre autres, l'ordre d'Alcantara, de Calatrava, celui de Montesa, et surtout...

Il marqua un temps d'arrêt :

— L'ordre de Santiago de la Espada. En 1170, dans Cáceres provisoirement reconquise, « Los frates de Cáceres » vit le jour. Placés sous la protection royale, ses membres eurent pour mission de défendre la ville contre une éventuelle attaque almohade et de protéger les pèlerins se rendant à Compostelle. En 1171, à la demande de Fernando II de León, l'archevêque de Santiago autorisa les frères à adopter le nom d'« ordre de Santiago de la Espada », nom combien évocateur, puisque ce saint fait figure de grand protecteur de la Reconquête. Quatre ans plus tard, le pape Alexandre III reconnut officiellement le nouvel ordre. Or — c'est là que vous allez mieux comprendre — l'ordre était soumis à une règle dérivée de celle... des Templiers.

Sarrag et Ezra réprimèrent un tressaillement.

— Leur insigne était une croix rouge sur fond blanc en forme d'épée, directement inspirée de la croix qui ornait le poitrail des chevaliers de Jérusalem. L'un des membres fondateurs de l'ordre s'appelait Lujan Vargas. C'était mon aïeul. Mon grand-père, Miguel, et mon père, Pedro Vargas, en firent partie, ainsi que moi-même, avant d'entrer chez les franciscains

Il resta silencieux un moment, et ajouta :

— Baruel était au courant de mon passé. Il en fait mention dans son texte.

— À quel endroit ?

Vargas cita :

— JE N'AI CONNU QU'UN SEUL ANGE.

Ni Ezra ni Ibn Sarrag ne soufflèrent mot. Ils s'étaient détendus. Nul doute : ils commençaient à être séduits par le jouvenceau.

Chapitre 11

Endurcis-toi le cœur, sois arabe !

Boileau, Satires, *8*.

Les bras chargés de livres, Rafael revint s'asseoir auprès de Sarrag et d'Ezra.

— Voilà, dit-il en posant les ouvrages sur un coin de la table : un thesaurus en langue arabe, un précis de mathématiques, un opuscule qui évoque la présence des Templiers dans la Péninsule, une carte géographique d'Espagne. Et ceci : Τα σιμβολα. C'est un recueil unique où l'auteur, un fou anonyme, a réuni un nombre impressionnant de rites et leurs corollaires symboliques.

Il désigna la salle.

— La bibliothèque de Salamanque mise à part, je doute fort que l'on trouve ailleurs qu'ici, à la Rábida, des livres aussi précieux.

— Passez-moi ce thesaurus, réclama Sarrag. Je serais curieux de voir ce qu'il contient.

Le moine lui confia l'épais recueil.

— L'écueil majeur réside dans le mot « incantation ». Baruel précise bien que, POUR OBTENIR LE NOMBRE DES PORTES, IL NOUS FAUT L'INCANTATION. Sans cette clé, je crains fort que nous ne soyons incapables de progresser.

Rafael se pencha vers Sarrag.

— Qu'en pensez-vous ?

Le nez plongé dans le thesaurus, l'Arabe répondit avec humeur :

— Ce n'est plus un cryptogramme, c'est une tour de Babel !

Ezra se mit à rire.

— Vous ne croyez pas si bien dire. Une tour de Babel.

Il indiqua l'avant-dernière ligne du Palais.

— AU CŒUR DE LA PLAINE DE SHINEAR. Shinear : Genèse, XI, 1. *Tout le monde se servait d'une même langue et des mêmes mots. Comme les hommes se déplaçaient à l'orient, ils trouvèrent une plaine au pays de Shinear, et ils s'y établirent.*

Sarrag se récria :

— Ne me faites pas croire que ce verset vient à l'instant même de vous revenir en mémoire !

— Bien sûr que non.

— Par conséquent vous saviez que Shinear avait un rapport avec la tour de Babel !

— Quelle question !

L'Arabe faillit s'étouffer.

— Et vous avez conservé l'information pour vous tout seul ?

— Pour moi l'origine du mot coulait de source. Je pensais qu'il en était de même pour vous.

Sarrag le considéra avec suspicion.

— Dites, rabbi, est-ce que par hasard vous ne seriez pas tenté de faire cavalier seul ?

Le juif lui lança un regard lourd de mépris.

— Vous êtes trop retors pour moi, cheikh Sarrag !

Vargas décida d'intervenir.

— Si nous poursuivions, au lieu de polémiquer ?

Ezra redoubla d'exaspération.

— Poursuivre ? Comment ? Tant que nous buterons sur l'« Incantation », nous n'avancerons pas d'un pouce. Pour ce qui me concerne, je sors !

Il se leva et marcha vers la porte.

— Où allez-vous ? s'enquit Vargas.

— Respirer !

Le moine marqua une brève hésitation et se leva à son tour.

— Vous venez ? demanda-t-il à Sarrag. L'air du soir rafraîchira peut-être nos pensées.

L'Arabe déclina l'invitation en grommelant et se replongea dans sa lecture.

— Vous avez tort, observa le moine. Il faut savoir prendre du recul. Mais comme vous voudrez...

Il retrouva le rabbin assis sur un banc de pierre. Le vieil homme se massait les doigts en grimaçant.

— Vous souffrez ?

Le rabbin arbora un air fataliste.

— La souffrance est devenue chez moi une seconde nature.

Il ajouta avec une pointe de moquerie :

— D'ailleurs, ne suis-je pas juif ?

Rafael s'adossa à un tronc d'arbre.

— Votre rapprochement est curieux. Je ne vois pas très bien le rapport.

— Parce qu'il n'y en a pas. Je me laissais aller aux instincts ataviques de mes frères : je gémissais sur mon sort.

Vargas ne put s'empêcher de sourire.

— Je ne vous imaginais pas capable d'ironiser ainsi.

— Oh, ne vous réjouissez pas trop ! Ce n'est pas une constante. Cela dépend des jours.

Il arrêta de se masser.

— Dites-moi, que fait un homme comme vous, jeune, doté d'une intelligence certaine, dans un monastère, retiré du monde ?

— Il prie. Il médite. Il tente de se rapprocher de son créateur.

Un éclair de suspicion filtra dans l'œil du rabbin.

— Vous êtes sûr que c'est la seule raison de votre présence ici ? Vraiment sûr ? Votre vocation ne fut-elle pas inspirée par une motivation moins spirituelle ?

Le temps d'un éclair, Vargas donna l'impression qu'une pensée pénible s'emparait de lui, mais il se reprit très vite.

— Je suis sincère.

— Dans ce cas, vous ne trouvez pas que cette attitude est égoïste ? À quelques lieues de votre havre, des hommes se battent, souffrent, meurent. Et vous, vous vous abritez derrière ces murs. Où est l'intérêt ?

— Lorsque vous, rabbi Ezra, vous priez... où est l'intérêt ?

— Je prie, certes, mais je suis vivant. Je ne vis pas en reclus. On ne peut pas en dire autant de vous et de vos frères... Vous ne trouvez pas que c'est un gâchis ?

— Voici une interrogation bien surprenante, venant d'un kabbaliste et d'un rabbin. Ignorez-vous que, si Dieu exauce les uns pour leur mérite, il exauce aussi les autres pour leur pénitence ? Quand ce sont des milliers de fidèles éparpillés à travers le monde qui font pénitence, l'énergie qu'ils dégagent dans l'espace est plus brûlante que le soleil. Elle est capable de réchauffer les âmes transies, d'apaiser les douleurs, de venir au secours de la désespérance.

— À votre avis, agenouillé au pied des bûchers, contribuez-vous aussi à apaiser les âmes transies ? Car figurez-vous que je n'ai pas oublié ce que vous avez dit lorsque nous nous sommes rencontrés ! Je vous cite : *Au risque de vous choquer, je reconnais certains mérites à la Sainte Inquisition.*

— Parfaitement. Je maintiens mes propos.

— Que vous répondre ? Sinon que je vous plains.

— Ne vous donnez pas ce mal. De toute façon je ne vais pas chercher à vous convaincre. Je relève que vous faites preuve d'une mauvaise foi bien affligeante. Auriez-vous oublié que vous, les juifs, vous fûtes, sinon les inventeurs, du moins les précurseurs de l'Inquisition ?

Ezra éclata d'un rire sonore.

— Mais oui, mon cher. Souvenez-vous : *Si tu entends dire que dans l'une des villes que Yahvé ton Dieu t'a données pour y habiter, des hommes, des vautours, issus de ta race ont égaré leurs concitoyens en disant : « Allons servir d'autres dieux, que vous n'avez pas connus », tu examineras l'affaire, tu feras une enquête, tu interrogeras avec soin. S'il est bien avéré et s'il est bien établi qu'une telle abomination a été commise au milieu de toi, tu devras passer au fil de l'épée les habitants de cette ville, tu la voueras à l'anathème, elle et tout ce qu'elle contient ; tu en rassembleras les dépouilles au milieu de la place publique et tu incendieras la ville avec toutes ses dépouilles, l'offrant tout entière à Yahvé ton Dieu. Elle deviendra pour toujours une ruine, qui ne sera jamais rebâtie.* Ces propos, vous le savez, sont tirés de la Torah. Deutéronome...

— XIII, 12-17 ! Oui, je sais ! Mais c'est sans rapport avec notre discussion ! Vous faites dire aux mots ce que vous voulez. Il faut replacer ces versets dans le contexte d'une époque, et surtout ne pas les prendre au pied de la lettre !

— Bien évidemment, puisque cela vous arrange. J'ajouterai que c'est vous qui avez provoqué les événements. Vous vous êtes trop de fois montrés d'une superbe insolence, toujours âpres à vous emparer des charges publiques. Vous vous êtes constitués en clans. Certains conversos poussaient la provocation jusqu'à enseigner le judaïsme dans les églises. Le prieur hiéronymite, Garcia Zapata, y célébrait la fête juive des tabernacles et pendant la messe, au lieu des paroles de la consécration, il prononçait des propos blasphématoires et irrévérencieux. Vous ne pouvez pas le nier. Les faits sont là. Vous avez cherché à détruire le catholicisme, sans compter que la grande masse des conversos travaillait insidieusement pour sa propre cause, dans les différentes branches du corps politique et ecclésiastique. Elle condamnait régulièrement, ouvertement, la doctrine de l'Église et contaminait de son influence la masse des croyants. Les choses étaient arrivées à un tel point que l'existence même de l'Espagne était en jeu. Votre suprématie devenait intolérable. Et vous en êtes conscient, Ben Ezra !

Étrangement, le rabbin répliqua avec un calme et une maîtrise déconcertants.

— Vous êtes un jeune chien fou, Rafael Vargas. Et c'est dit avec tendresse. En vous écoutant parler, j'ai eu l'impression d'écouter un discours vieux comme le monde. J'aurais pu dire, rance. Mais dans la bouche de la jeunesse, il est bouleversant. Je sais cette argumentation par cœur. Je sais aussi que vous pourriez conclure en affirmant que l'instauration de l'Inquisition est un bienfait, car elle a mis fin à l'affrontement entre les communautés et finalement, à ce jour, elle aura fait moins de morts que la poursuite de ces massacres qui opposaient juifs et chrétiens. Je rends les armes, fray Vargas. Je ne lutte pas avec les enfants.

Piqué au vif, le moine eut un geste désabusé.

Ezra reprit, tout aussi tranquillement.

— D'ailleurs, pour vous prouver mon absence de rancune, je vais vous confier un secret.

Il se leva, s'approcha du moine et dit à voix basse :

— Le juif n'existe pas, fray Vargas, c'est une invention de l'homme.

— Ce qui signifie ?

— Qu'on est toujours le juif de quelqu'un. Aujourd'hui ce sont les gens de ma race. Demain, ce seront les Arabes. Après-demain, ce seront les Gitans. Et qui sait, dans un autre avenir, les malades et les vieillards. À mon tour de vous rafraîchir la mémoire. Lorsque sous l'Empire romain vous passiez pour une secte qui accomplissait des sacrifices humains, qui buvait le sang des nouveau-nés, lorsqu'on vous adjurait de vous renier et de reconnaître la divinité des empereurs, lorsqu'on vous arrachait par grappes pour vous jeter dans les arènes, n'étiez-vous pas alors de misérables *juifs* ?

Il considéra un moment le moine et répéta :

— N'oubliez pas : on est toujours le juif de quelqu'un...

Soudain la voix d'Ibn Sarrag résonna sur le seuil de la bibliothèque.

— Venez ! Venez vite. J'ai trouvé l'Incantation.

Ezra et le moine se ruèrent à l'intérieur.

— Regardez, fit le cheikh d'une voix fébrile Regardez.

Sur la table, une feuille était posée. En son centre, un tableau :

— Voilà ce qu'est l'Incantation. En arabe : la Da'wa. Je n'ai reporté ici que les sept premières lettres. Il s'agit d'un procédé très secret, mais considéré comme licite dans la tradition islamique. Nous ne savons à peu près rien sur la façon de l'employer, sinon que le tableau est conçu à partir de relations présumées entre les attributs divins, les nombres, les quatre éléments, les sept planètes, les douze signes du Zodiaque et les lettres de l'alphabet — arabe, bien évidemment — que j'ai transposées ici pour des raisons de clarté. On suppose que la séance d'incantation à proprement parler consiste à exprimer, dans un ordre préétabli, une série de symboles : lettres, chiffres, planètes, etc. Il existe des milliards de combinaisons. Seule une d'entre elles aurait le pouvoir de conférer au récitant la puissance suprême. Une seule peut le conduire à la Connaissance absolue.

Rafael adopta une attitude circonspecte.

— La puissance suprême ?

— Oui. La tradition affirme que celui qui parviendrait à trouver la clé unissant tous les symboles entre eux, celui-là disposerait sur l'univers d'un pouvoir quasi divin.

— C'est vraiment très curieux, murmura Samuel Ezra, songeur. Nous revoilà tout à coup face au tétragramme. Yod, hé, vav, hé...

LETTRES DE L'ALPHABET ARRANGÉES SELON L'ARJAD (LES QUATRE PREMIERS ATTRIBUTS DIVINS) AVEC LEUR CHIFFRE RESPECTIF.	A 1	B 2	C 3	D 4	E 5	F 6	G 7
ATTRIBUTS DE DIEU	ALLAH	BAQI	JAMI'T	DAYYAN	HADI	WALI	ZAKI
CHIFFRE DE L'ATTRIBUT	66	113	114	65	20	46	37
SIGNIFICATION DE L'ATTRIBUT	DIEU	ÉTERNEL	QUI ASSEMBLE	QUI COMPTE	GUIDE	AMI	PURIFICATEUR
CATÉGORIE DE L'ATTRIBUT	TERRIBLE	AIMABLE	TERRIBLE ET AIMABLE	TERRIBLE	AIMABLE	AIMABLE	COMPOSÉ
QUALITÉ, VICE OU VERTU DE LA LETTRE	AMITIÉ	AMOUR	AMOUR	HOSTILITÉ	HOSTILITÉ	AMOUR	AMOUR
ÉLÉMENTS	FEU	AIR	EAU	TERRE	FEU	AIR	EAU
SIGNES DU ZODIAQUE	BÉLIER	GÉMEAUX	CANCER	TAUREAU	BÉLIER	GÉMEAUX	CANCER
PLANÈTES	SATURNE	JUPITER	MARS	SOLEIL	VÉNUS	MERCURE	LUNE
GÉNIES	QAYYUSH	DANUSH	NULUSH	TWAYUSH	PUYUSH	KAPUSH	AYUSH
ANGES GARDIENS	ISRAFIL	JEBRIL	KALKA'IL	DARDA'IL	DURBA'IL	RAFAIL	TANKAFIL

Ses deux interlocuteurs le fixèrent avec étonnement.

— Avez-vous jamais entendu parler d'un personnage du nom d'Abraham Aboulafia ?

Il n'attendit pas la réponse.

— Il est né il y a environ deux siècles à Saragosse. Il fut l'un des kabbalistes les plus productifs de son temps. On lui prête aussi des propos empreints de prophétisme et de messianisme. Mais le plus intéressant est ceci : Aboulafia a consacré la majeure partie de son existence à ce que l'on pourrait appeler la « kabbale extatique ». Là aussi il s'agit d'un système théosophique comparable à l'Incantation. Ce système a pour but de « relier » l'homme à Dieu et de lui permettre ainsi d'influer sur le monde. Au fil des années, Aboulafia a développé un principe fondé sur la permutation des lettres, de même que sur la récitation des noms attribués à l'Éternel ; c'est pourquoi j'évoquais le tétragramme. Si nous prenions Yod, hé, vav, hé, et que nous permutions ces quatre lettres, nous trouverions très exactement 1 080 combinaisons possibles, incluant toutes les formes de vocalisation, de respiration, de mouvements des mains et de la tête. De plus...

Rafael l'arrêta d'un signe de la main.

— Un instant, rabbi. En quoi le fait de procéder à ce genre d'exercice pourrait-il rapprocher de Dieu ou accorder le pouvoir d'influer sur le monde ?

— La récitation des noms divins ou la permutation des lettres du tétragramme, répétée dans la plus absolue solitude et selon un rythme très particulier, amène insensiblement le récitant à une sorte d'extase prophétique. Au bout d'un moment, sans que l'on puisse en expliquer la raison, se déclenche un bouleversement physique qui provoque la libération de l'âme. Celle-ci, n'étant plus sous la tutelle des sens, se libère, et entre en connaissance. C'est-à-dire en Dieu.

— En vérité, reprit le rabbin, si vous réfléchissez un peu, vous constaterez que, de tout temps, les sages et les saints qui s'isolaient acquéraient un extraordinaire pouvoir de concentration sur leurs actes ou sur leurs pensées. Moïse en est un exemple, mais Jésus et Muhammad aussi sans doute. En fait, pour le commun des mortels, qui ne possède pas le don inné de se détacher des réalités et de communiquer avec le divin, la récitation ou l'incantation sont des supports.

Troublé, Rafael conserva le silence. Dans ce rapprochement entre l'incantation et la permutation hébraïque du tétragramme, n'y avait-il pas un autre message d'Aben Baruel ? Rafael savait plus ou moins quelle sorte d'hommes il avait en face de lui : Sarrag avec ses ruses et ses emportements d'Oriental ; Ezra, prônant la sagesse propre aux hommes de son âge, mais qu'on pressentait capable de jeter les anathèmes les plus redoutables : mais lui, Rafael, qui était-il ? La jeunesse ? L'impulsivité ? La foi à l'état pur ? Lorsque Ezra lui avait demandé la raison de son entrée dans les ordres, il avait eu du mal à se maîtriser. Le vieux rabbin avait-il un sixième sens ? Était-il capable de lire au fond des âmes ? *Votre vocation ne fut-elle pas inspirée par une motivation moins spirituelle ?* Pourquoi cette remarque ?

Des écluses venaient de s'entrouvrir, qui laissaient jaillir les flots bouillonnants du passé. Déchirures de la mémoire. Cicatrices qui se rappelaient toujours à lui. Quand pourrait-il enfin faire le décompte des mots, réentendre sans souffrance les promesses trahies, revoir ces gestes dont il avait cru qu'ils formaient jour après jour des nœuds de chair, pour l'éternité.

La voix d'Ibn Sarrag le tira de sa méditation.

— Le tableau incantatoire étant reconstitué, nous voyons mieux ce qu'Aben attend de nous. Il nous confie une série d'attributs dont chacun correspond à un nombre. Ainsi, si nous reprenons le début du paragraphe qui nous intéresse nous obtenons : « La Bonté, l'Ami et le Purificateur. » Le tableau de la Da'wa nous permet d'établir l'équivalence entre les attributs et les nombres : la Bonté est égale à 129. L'Ami à 46, et le Purificateur à 37. Il devient donc évident que nous sommes face à une série d'opérations mathématiques. Écarter veut dire « soustraire » et rassembler, « additionner ».

— Je vous laisse faire, se hâta de répondre le rabbin. Je suis trop las.

— Comme vous voudrez.

— Suivons pas à pas les indications de Baruel. Il nous dit : ON COMMENCERA PAR ÉCARTER LE PURIFICATEUR À LA BONTÉ. Ce qui donne 129 moins 37 = 92. Ensuite : L'AMI SÈMERA LA DIVISION. Par conséquent : 92 divisé par 46 = 2.

Rafael releva :

— 2. Le nombre de l'*Équilibre réalisé, du symbole du masculin et du féminin, de l'esprit et de la matière.*

— Il pourrait être aussi le symbole de la division, objecta Ezra. Mais poursuivez...

— VOUS RASSEMBLEREZ L'AMI AU PURIFICATEUR ET VOUS EN ÔTEREZ L'ÉQUILIBRE RÉALISÉ. Soit

46 plus 37 = 83. Nous retranchons 2. Total : 81. Baruel nous précise qu'il faudra ARRACHER LA RACINE DE CE RÉSULTAT. Je présume qu'il veut dire : « extraire » la racine carrée. Qu'en pensez-vous, fray Rafael ?

— Cela me semble logique.

Il annonça après un rapide calcul ·

— 9.

— Parfait. Et · ET LA RACINE DE CETTE RACINE.

— 3.

— QUE VOUS MULTIPLIEREZ PAR L'ÉQUILIBRE. Étant donné que l'Équilibre, c'est le chiffre 2.

Rafael prit les devants :

— 3 multiplié par 2 = 6. Le nombre de portes de la ville aux Templiers !

Tout à coup, il ouvrit l'opuscule qui recensait la présence des Templiers dans la Péninsule et le feuilleta, en proie à l'agitation la plus vive. Au bout d'un long moment il s'écria d'une voix claironnante :

— Jerez de los Caballeros ! Nom de Dieu, je... !

Il se pinça les lèvres, les joues soudainement empourprées, se signa et reprit tout aussi fiévreux :

— Ville située sur les premiers contreforts de la sierra Morena. Elle doit son nom aux Chevaliers du Temple qui l'ont reprise aux Maures en 1230. Possède des remparts, six portes ainsi qu'un château, « Caballeros Templarios ». Le château est situé à la lisière de la ville. On y trouve la tour sanglante où l'on égorgea les Templiers qui refusèrent de remettre la ville aux nobles qui voulaient s'en emparer.

Il montra la page de l'opuscule à Sarrag et Ezra.

— Les six portes, le château à la lisière de la ville, la tour sanglante ! Aben Baruel est un génie !

— Un génie sans doute, fray Rafael. Mais un génie ô combien torturé !

Le rabbin se pencha à son tour sur la feuille noircie de notes et dit encore :

— Je peux être dans l'erreur, mais maintenant que nous savons que cette tour sanglante existe, je suis convaincu que l'élément représenté par le nombre 3 est situé au sommet de la tour en question.

— Selon vous, s'enquit Rafael, quel serait-il ?

— Ça, mon ami, je suis incapable de vous le dire. Un objet ? Une indication ? Trois personnages ? Si nous voulons la réponse, c'est là-bas que nous devrons la chercher : à Jerez de los Caballeros. De plus...

D'un seul coup ses pupilles se dilatèrent comme s'il venait d'entrevoir un fantôme.

— Que vous arrive-t-il ? s'inquiéta Ibn Sarrag.

L'autre bredouilla, l'air effaré :

— Six portes... le nombre 6. L'Équilibre réalisé...

L'Arabe et le moine le considérèrent, circonspects.

— Oui, reprit Ezra. Tout ramène au tétragramme et au sceau de Salomon !

— Pourriez-vous être plus explicite, rabbi ?

— Je vous disais tout à l'heure qu'il existait dans la mystique judaïque un équivalent à l'incantation. Je vous ai parlé d'Aboulafia et de la permutation des lettres du tétragramme. Yod, hé, vav, hé. Ces lettres possèdent elles aussi une valeur numérique. Yod est égale à 10. Hé est égale à 5. Vav est égale à 6. 10 + 5 + 6 + 5 = 26. Si nous séparons le 2 qui est l'équilibre réalisé, nous obtenons : 6. Six triangles équilatéraux inscrits dans un invisible cercle...

Il griffonna :

Ibn Sarrag soupira :

— Décidément... C'est une véritable obsession. Vous feriez dire n'importe quoi aux chiffres ! Si Jerez de los Caballeros ne possédait que deux ou trois portes, je vous aurais tant bien que mal dessiné un croissant. Si nous n'en avions que quatre, fray Rafael nous aurait dessiné une croix. Sur ce, je vais me coucher.

Il se leva en maugréant :

— Oui... Vous feriez dire n'importe quoi aux chiffres !

Comme il se dirigeait vers la porte il aperçut le filet de fumée blanchâtre qui filtrait sur la droite, entre deux rangs d'étagères. Presque aussitôt une odeur âcre de flammes lui monta à la gorge. Il se retourna vers ses deux compagnons. Ils avaient compris.

— Le feu, balbutia Ezra.

— Vite ! s'écria Vargas, récupérons les manuscrits.

Sarrag posa sa main sur la poignée de la porte en chêne massif. Il fit le geste d'ouvrir. Le battant demeura bloqué.

Il hurla :

— Par le Saint Nom du Prophète ! On nous a enfermés !

Chapitre 12

> Je vous en conjure, fille de Jérusalem, si vous trouvez mon bien-aimé, que lui déclarerez-vous... ? Que je suis malade d'amour.
>
> *Le Cantique des cantiques, v, 8.*

Ibn Sarrag se débattait avec fureur pour tenter de forcer la poignée, mais en vain. Sans trop se faire d'illusions, il donna un coup d'épaule pour essayer de défoncer la porte. Il y eut un bruit sourd. Sans plus.

— Nous sommes perdus !

Il leva la tête vers le niveau supérieur de la salle. Là-haut, ce n'était plus seulement de la fumée qui se diffusait mais une houle rougeâtre.

Vargas avait récupéré l'ensemble des documents dispersés sur la table et les étreignait contre son thorax.

— Écoutez-moi ! Il existe une porte dérobée. Elle donne accès à un passage qui débouche sur le cloître. Il faut la trouver.

— La trouver ? Vous ne savez donc pas où elle est ?

— Non. Mais je sais qu'elle existe, car j'ai

230

souvent entendu fray Marchena en parler. Suivez-moi !

— Un instant ! cria le rabbin. Je veux récupérer mes Palais.

Le moine le considéra, déconcerté. Il brandit les documents.

— N'ayez crainte. Je n'ai rien oublié.

Indifférent à la réponse, Ezra se précipita.

— Rendez-moi les feuillets qui m'appartiennent !

— Tout de suite ? Ici ? Il faudrait les trier. Ne voyez-vous pas que l'incendie est en train de gagner ?

— Je me moque de l'incendie. Si je dois périr carbonisé, les lettres de Baruel périront avec moi.

— Mais vous êtes fou !

— Mes Palais !

Sarrag intervint.

— Dans ce cas, fray Vargas, je veux aussi reprendre les miens.

On entendait des cris affolés et la cloche d'alarme qui s'était mise à sonner dans le lointain. L'incendie grandissait avec une dangereuse rapidité et lançait d'effrayantes lueurs qui peignaient de rouge les murs, les livres et les visages des trois personnages.

— Très bien, capitula le moine. Je vous les rends... Tout est à vous...

Il posa les documents sur la table.

— Débrouillez-vous... Je sais mon texte de mémoire.

— Je sais. Ce qui prouve combien l'âge altère les facultés, maugréa Ezra. Je connais la Torah par cœur, et je n'ai pas été capable de retenir une dizaine de pages.

Sarrag était revenu à leurs côtés. Sous l'œil consterné de Vargas, les deux hommes entreprirent de se répartir les Palais comme deux avares leurs pièces d'or.

— Si vous avez envie de griller, c'est votre droit. En ce qui me concerne, je vais essayer de trouver la sortie. Bon courage, señores !

— Quoi ? hurla Sarrag. Il n'en est pas question. Vous allez nous attendre !

Le moine s'éclipsa.

— Qu'est-ce que je vous disais il y a quelque temps ? pesta le cheikh. Vous voyez bien qu'il y a pire qu'un musulman !

Absorbé à trier les manuscrits, Ezra se limita à tendre l'une des feuilles à son interlocuteur :

— Ceci vous appartient. Je...

La fin de sa phrase fut emportée par une violente quinte de toux.

— Vite... Vite, il faut sortir d'ici.

Sarrag ne répondit pas. Lui aussi commençait à ressentir l'effet des émanations toxiques.

Au-dessus d'eux, une étagère s'effondra dans un effroyable craquement, projetant dans l'air une pluie de cendres rougeoyantes. Certaines mouchetèrent d'étoiles ocre la veste d'Ezra, d'autres se répandirent sur sa barbe, d'autres encore s'écrasèrent sur les documents qu'il tenait entre ses mains. Pris de panique, il laissa choir la liasse et s'ébroua comme un chien trempé, se tapotant le thorax, les manches, dans une suite de gestes échevelés.

— Que faites-vous ? s'affola Sarrag.

Il se jeta sur les feuilles répandues sur le sol, les récupéra avec une fébrilité proche de la démence.

— Rendez-les-moi ! s'époumona Ezra. Ces

232

textes sont sacrés ! Le Saint Nom de l'Éternel y est inscrit !

— Je vais vous les rendre, vieux fou ! Mais quand nous serons sortis !

À son tour il hoqueta, au bord de l'asphyxie.

— Venez, suivez-moi !

Le rabbin tituba, livide. Il était à deux doigts de l'évanouissement.

L'Arabe enfouit les liasses sous son burnous et, saisissant le bras d'Ezra, il l'entraîna en avant.

— Où allez-vous ?

— Le mécréant a bien parlé d'une porte dérobée, non ?

Sans lâcher le rabbin, il continua d'avancer le long de la travée. De part et d'autre on ne distinguait pratiquement plus les étagères. Le crépitement des flammes se confondait avec un grésillement diffus ; on aurait juré qu'il pleuvait du sable contre les murs.

— Nous allons brûler vifs..., bredouilla Ezra.

Ils avaient atteint le fond de la salle. À droite et à gauche se découpaient deux nouvelles travées. Le cheikh eut un moment d'hésitation.

— Allah maudisse les hypocrites ! Ce scorpion de moine nous a bernés !

Le rabbin vacilla sur ses jambes. Sans le soutien de Sarrag il se serait certainement écroulé.

— Essayons la droite..., suggéra l'Arabe.

Des éclats incandescents fulminaient de toutes parts dans un nuage de feu et de poussière. Le cheikh esquissa un pas, mais des larmes embuaient ses prunelles ; il n'arrivait plus à se repérer.

— Par ici ! résonna soudain la voix de Rafael Vargas. Par ici ! Sur votre gauche ! Le petit escalier !

L'Arabe chercha à situer le moine.

— Canaille ! réussit-il à vociférer. Je n'y vois plus rien !

Il secoua le rabbin qui venait de défaillir.

— Ezra ! Maudit vieillard ! Ce n'est pas le moment !

Lui-même sentait ses forces l'abandonner.

Il entendit dans un brouillard la voix du moine qui criait à nouveau :

— Faites un effort ! L'escalier... À gauche...

Sarrag songea : « Seul, j'aurais une chance d'y arriver. Tant pis pour le rabbin... » Il allait lâcher Ezra, lorsqu'il entr'aperçut ses paupières qui battaient comme les ailes d'un papillon affolé.

— Non... Vous ne pouvez pas me laisser... Non !

Il était clair que l'Arabe livrait un combat intérieur. Autour d'eux les flammes rampaient le long du dallage. C'est alors qu'il sentit qu'on lui arrachait Ezra des bras.

Comment Vargas avait-il réussi à revenir vers eux ? Dans l'instant cela tint du prodige.

— Par ici... Venez ! ordonna-t-il en soutenant à son tour le rabbin.

Tout d'abord Sarrag ne parut pas réagir, puis il finit par obtempérer. Titubant, comme au sortir d'une profonde léthargie, il s'élança dans le sillage du moine.

L'air frais du cloître fouetta leur visage avec violence.

Des cris montaient de la nuit. Au pied de l'aile où était située la bibliothèque, des silhouettes s'agitaient, couraient dans tous les sens. Les accents métalliques de la cloche d'alarme continuaient de fuser vers les étoiles.

Vargas allongea le rabbin inconscient sur l'herbe et s'agenouilla à ses côtés.

Sarrag se laissa tomber près d'eux comme une masse.

— Jamais je n'aurai vu la mort d'aussi près, haleta-t-il entre deux spasmes respiratoires.

Le moine ne répondit pas. Il tapota la joue du rabbin à plusieurs reprises.

— Rabbi Ezra ! Rabbi Ezra ! C'est fini. Vous êtes sauvé.

Il dut s'y reprendre à deux ou trois fois avant que le vieil homme ne finît par réagir. Celui-ci articula les lèvres péniblement.

— Les Palais de Baruel...

— Ils sont sauvés.

— Et l'Arabe ?

Ce fut le cheikh lui-même qui répondit :

— Désolé de vous décevoir. Allah est grand. Je suis encore de ce monde.

Le rabbin prit appui sur un coude.

— Cheikh Ibn Sarrag, vous avez échappé au feu des hommes, mais vous n'échapperez pas au feu du ciel.

— Ce sont là tous vos remerciements ? Alors que je viens de vous sauver la vie !

— Me sauver la vie ?

Il prit Vargas à témoin :

— Vous l'avez entendu ? Sans votre intervention, il me laissait rôtir dans les flammes !

— Arrêtez de dire des inepties, répliqua l'Arabe. Et d'abord, vous oubliez que, si moi j'ai failli commettre un meurtre, celui-là — il pointa son index sur Vargas — était prêt à en commettre deux. Les victimes eussent été vous et moi !

Une lueur de soupçon traversa les prunelles d'Ezra pour disparaître aussitôt.

— Non. Je sais qu'il ment. Vous nous avez sauvé la vie. Qu'Adonaï vous bénisse.

Vargas afficha un air vague, comme si son acte n'avait guère d'importance, et désigna la bibliothèque qui était toujours la proie des flammes.

— Vous ne vous demandez pas par quel enchantement l'incendie a été provoqué ? Comment ? Pourquoi la porte était fermée à double tour ?

Sarrag répondit avec gravité.

— Je me suis posé la question à l'instant même où j'ai constaté qu'on nous avait enfermés. Car il n'y a aucun doute : on nous a bel et bien enfermés.

— Mais qui voudrait notre mort ? interrogea Ezra. Pour quelle raison ?

Vargas tourna le dos aux deux hommes et se mit à fixer le va-et-vient de ses frères qui, avec des moyens de fortune, tentaient de circonscrire le feu.

— La bibliothèque est perdue...

— Vous avez soulevé une question ! lança Ezra. N'auriez-vous pas une idée de la réponse ?

Le moine répliqua sans se retourner.

— Pas la moindre.

— Pourtant celui qui a tenté de nous tuer ne peut être que quelqu'un de la Rábida. L'un de vos coreligionnaires.

— Pas nécessairement Vous bénéficiez du droit d'asile ; un droit sacré s'il en est. En revanche, n'importe qui, venu du dehors, aurait pu avoir accès à l'aile de la bibliothèque. Un tour de clé, et l'affaire était réglée.

— Vous aviez laissé la clé sur la serrure...

— Évidemment. Pourquoi l'aurais-je retirée ? Qu'avions-nous à craindre ?

— Mais alors, qui ? Qui a cherché notre mort ?

Sarrag rectifia :

— Qui *cherche* notre mort. À l'heure qu'il est, il nous sait sains et saufs. Il doit être tapi quelque part à nous observer. Ici...

Il montra un bosquet qui formait une tache dans la nuit.

— Ou là-bas...

Sa main se déplaça vers un bouquet d'arbres.

— Il nous guette...

— Rentrons, suggéra Vargas. Demain nous aviserons.

— Si vous voulez mon avis, dit Sarrag en se relevant, le mieux que nous puissions faire serait de quitter ce lieu au plus vite et de prendre la route pour Jerez de los Caballeros. Plus rien ne nous retient au monastère.

— Vous avez raison. Cependant, j'ai bien peur, hélas, que vous ne soyez forcés de partir sans moi.

— Quoi ? s'affola le rabbin. Cet incident vous aurait donc effrayé au point de laisser tomber notre quête !

— Pas du tout. Mais vous semblez oublier que je suis tenu par mon engagement vis-à-vis de l'ordre. On ne quitte pas un monastère du jour au lendemain.

— Parlez-en à fray Perez. Demandez-lui l'autorisation de vous absenter quelque temps.

— Oui ? Combien de temps ? Et sous quel prétexte ? Devrais-je lui confier le vrai motif ? Lui parler du Livre de saphir ?

— Je ne crois pas que ce soit souhaitable.

— Vous voyez bien que ce n'est pas simple.

— Dites-lui qu'un de vos proches est au plus

mal ! Qu'on vous réclame d'urgence dans votre famille, que sais-je ! Vous trouverez bien un alibi !

— Je vais y réfléchir... La nuit porte conseil. Si nous rentrions ?

Au moment où ils repartaient sous la lueur des étoiles, une forme frissonna derrière un buisson. Une main écarta les feuillages.

*

Burgos. Cette nuit.

Le père Alvarez gigota dans son fauteuil, comme s'il était assis sur un chaudron brûlant. Jamais, de toute son existence, il ne s'était trouvé dans une situation aussi inconfortable.

Il leva vers Hernando de Talavera une figure implorante.

— Padre, essayez de me comprendre. Ce que vous me demandez là est extrêmement délicat.

— Détrompez-vous, je ne vous demande rien . j'exige.

— Mais ce serait trahir la confiance de l'Inquisiteur général !

— Encore une erreur. Qui vous parle de trahir ? Tout ce que j'attends de vous, c'est de me communiquer les mêmes informations que celles qui parviendraient à fray Torquemada. Il me paraît légitime, et j'ajouterais naturel, que je sois tenu au courant des événements au même titre que l'Inquisiteur. Comprenez qu'il serait malsain, voire périlleux, que cette affaire de complot fût suivie par un seul homme, si qualifié soit-il. En remplissant cette tâche, vous ne feriez que votre devoir. Rien de plus.

Talavera précisa sur un ton à peine plus conci-
liant :

— Sa Majesté vous en sera hautement
reconnaissante. Et moi-même, bien sûr. Dans le
cas contraire...

Il se tut, mais son silence était plus éloquent
que les plus lourdes menaces.

Alvarez en conclut qu'il n'avait pas le choix.

— D'accord, dit-il d'une voix éteinte. Il sera fait
selon votre volonté.

Les traits de Talavera se détendirent. Un sourire lumineux éclaira sa barbe.

— Parfait, fray Alvarez. Je n'en attendais pas
moins de vous...

Son sourire s'accentua tandis qu'il précisait :

— Et, bien entendu, cette discussion restera
entre vous et moi. D'ailleurs, a-t-elle jamais eu
lieu ?

*

... *Le lendemain. Environs de Huelva.*

Le soleil dardait ses rayons sur la plaine. Une
plaine désertique qui roulait sa houle de feuilles
jusqu'à l'horizon, sans l'obstacle d'une maison,
avec pour seule mouvance trois cavaliers sur une
route poudreuse. Une plaine qui dévoilait la douceur sauvage de l'Estrémadure dans l'innocence
de sa solitude. Le soleil seul entrait là, se déversait en nappe d'or sur les maquis de cistes, quelques chênes-lièges et le flanc des collines au parfum de pivoine. Sous ce poudroiement, cette terre
couchée au pied de la sierra Morena ressemblait
à une bête heureuse, lâchée au bout du monde,
loin de tout, libre de tout.

Sarrag se retourna sur sa monture et s'informa auprès de Vargas :

— À combien sommes-nous de Jerez de los Caballeros ?

— Nous pourrions y arriver au milieu de la nuit. Mais ce ne serait ni prudent ni utile. Il est préférable que nous fassions halte lorsque le soleil commencera à décliner ; ainsi nous pénétrerons dans la ville demain dès l'aube.

— Finalement, les choses ne se sont pas mal passées avec votre supérieur. Il n'a pas fait trop de difficultés pour vous accorder cette escapade.

— Oui, j'ai suivi vos conseils. Par conséquent, j'ai menti.

— Vous lui avez parlé d'une obligation familiale ?

Vargas confirma.

Était-ce la réserve avec laquelle le moine répondait ? Le rabbin revint à la charge.

— Vous êtes bien sûr au moins de ne pas lui avoir révélé la véritable raison de votre voyage ?

— Je n'ai pas pour habitude de trahir ma parole, rabbi Ezra. Mon refus de vous confier les documents d'Aben Baruel aurait dû déjà vous en convaincre.

Ezra concéda et imputa ses soupçons à son éternelle méfiance.

— Savez-vous où nous sommes actuellement ? questionna-t-il brusquement.

— En voilà une question !

— Je me suis mal exprimé. Je voulais dire : savez-vous quel est le symbole de cette région ? L'aile orientale. J'ai parcouru récemment une assez jolie description de l'Espagne imaginée par un géographe arabe, un dénommé Youssouf ibn

240

Taschfin. Il comparait la Péninsule à un aigle dont la tête serait Tolède, le bec Calatrava, le corps Jaen, les serres Grenade, l'aile droite l'Occident, l'aile gauche l'Orient. Nous sommes donc en train de voyager sur l'aile orientale.

— Je ne vous savais pas sensible à la poésie, rabbi Ezra, plaisanta le cheikh.

— Pourtant, je le suis. Vous seriez encore plus surpris si je vous disais que, d'entre toutes les formes de poésie, c'est celle des poètes arabes qui m'émeut le plus.

Ibn Sarrag fronça les sourcils, comme s'il se demandait quel piège lui tendait son interlocuteur. Il se risqua avec prudence :

— Vous possédez quelques connaissances en ce domaine ?

— Quelques-unes. J'apprécie beaucoup des auteurs comme Abou Nawas, ou el Moutanabi, mais ma préférence va vers Saadi.

Le rabbin récita :

Si celle que j'aime en secret,
Venait un jour réchauffer
Les vœux de mon cœur tremblant,
Alors pour son ombre à mes côtés,
Je lui ferais don sans hésiter,
De Samarquand et d'Ispahan.

Sarrag opina, partagé entre la surprise et l'intérêt.

Ezra poursuivit :

— C'est vrai que rien n'égale la poésie arabe ou persane. Il est indiscutable que vos poètes savent admirablement manier la métaphore.

— Je vais sans doute vous surprendre, dit

Vargas, mais je ne vois aucun intérêt à ces alignements de rimes. Si je devais définir la poésie, je dirais que c'est un exercice littéraire qui consiste à passer à la ligne avant la fin d'une phrase.

— Vous ne me surprenez pas ; vous m'attristez.

Ils avaient parcouru cinq lieues environ, chacun plongé dans ses pensées, lorsque d'une pression sur les rênes Sarrag vint placer sa monture à hauteur du rabbin.

— Vous savez, chez les juifs aussi existe un poème. Un poème qui, à lui seul, réunit tous les poèmes imaginés par le cœur de l'homme. Même ceux des plus talentueux poètes arabes.

Et à son tour il déclama lentement d'une voix posée :

Je dors, mais mon cœur veille,
J'entends mon bien-aimé qui frappe.
Ouvre-moi ma sœur, mon amie,
Ma colombe parfaite,
Car ma tête est couverte de rosée,
Mes boucles, des gouttes de la nuit.
J'ai ôté ma tunique,
Comment la remettrais-je ?
J'ai lavé mes pieds,
Comment les salirais-je ?
Mon bien-aimé alors
A étendu sa main par la fenêtre
Et du coup, mes entrailles ont frémi.
Je me suis levée
Pour ouvrir à mon bien-aimé
Et de mes mains a dégoutté la myrrhe,
Et de mes doigts la myrrhe vierge,
Qui couvrait la poignée du verrou...

Ce fut au tour du rabbin d'être surpris.

— Les versets 2, 3, 4, 5 du quatrième poème du Cantique des cantiques. C'est incroyable... Je vous savais érudit mais tout de même...

— Oh... ne soyez pas impressionné, ce sont les seuls vers que j'ai conservés en mémoire.

— C'est curieux, plaisanta Vargas, vous avez retenu le seul écrit de la Torah qui ne parle jamais de Dieu, mais uniquement de l'amour.

— L'amour n'est-il pas une émanation du Très-Haut ? Peut-être la plus troublante ?

— Serait-il une émanation de Dieu qu'il ne serait certainement pas la plus troublante. L'amour est un sentiment dangereux. On pourrait comparer l'homme qu'il habite à un voyageur qui regarde le soleil en face. Que voit-il ? Une lumière diffuse, des contours incertains, et très vite la perception du monde qui l'entoure se brouille totalement. Si malgré tout il persiste — et il persiste hélas — c'est la voie ouverte à tous les maux. En vérité, je n'ai aucune attirance pour les combats inégaux ; et l'amour est de ceux-là.

— Un combat inégal, fray Vargas ?

— Bien sûr. Vous regardez le soleil, mais le soleil ne vous voit jamais, lui. Il se contente de vous brûler.

— Quelle importance ? Quand bien même votre cœur serait réduit en cendres : vous auriez vécu, au lieu de ne faire que survivre. En tout cas, pour un homme aussi jeune, je vous trouve bien amer envers l'amour. Ou vous n'avez jamais éprouvé ce sentiment — et ce serait un peu navrant —, ou vous avez connu une expérience douloureuse ; peut-être celle d'avoir trop aimé.

Le moine s'apprêtait à répondre, lorsque tout à

coup Ezra s'écria en montrant un point, droit
devant :

— Là... Regardez !

Un cavalier venait vers eux, au trot, enveloppé
dans un mince nuage de poussière dorée.

Chapitre 13

Brûlant du désir de se joindre à vous,
mon âme est déjà sur mes lèvres : doit-elle
retourner sur ses pas ? doit-elle s'envoler
vers vous ? dites, quels sont vos ordres ?

Hafiz

Entièrement vêtue de noir, Manuela Vivero
releva un peu le menton et éperonna d'un petit
coup sec le flanc de sa jument. Ils n'étaient plus
qu'à quelques pas. Elle pouvait parfaitement les
distinguer. En celui qui cavalait en tête, trapu,
enveloppé dans un burnous, chaussé de bottes,
elle n'eut aucune peine à reconnaître l'Arabe.
Dans son sillage trottait un homme nettement
plus âgé, portant une longue barbe mal taillée,
habillé comme un paysan de la Mesta. Le teint
tout aussi basané que celui de l'Arabe. Il s'agissait
certainement du juif. Le troisième homme devait
être le moine franciscain qui avait fait irruption
de manière totalement impromptue dans ce
complot. À cause de lui, l'opération si minutieuse-
ment préparée avait failli être, sinon abandonnée,
du moins reportée. Manuela avait été prévenue *in
extremis*, et il avait fallu que Menendez, ce théologien kabbaliste, collaborateur de Torquemada,

remanie entièrement son plan. Une véritable prouesse.

Manuela examina le prêtre. Quel contraste ! S'il n'eût été aussi blond, s'il n'avait eu l'œil aussi bleu, sa jeunesse aurait pu laisser croire qu'il était le fils de l'un des deux autres. Elle inspira profondément, essaya de maîtriser les battements de son cœur et immobilisa sa monture en travers de la route, barrant la voie aux cavaliers.

— Hé ! Señora ! cria Ibn Sarrag en cabrant son cheval. Que vous arrive-t-il ?

Manuela conserva le silence, l'œil impassible, très droite.

L'Arabe s'étonna :

— Señora... Vous n'allez pas bien ? Un ennui ?

Ezra et Vargas s'étaient regroupés. Ce dernier s'impatientait déjà.

— Auriez-vous la courtoisie de vous écarter ? Nous sommes pressés.

Alors seulement, elle répliqua :

— J'ai bien cru que je ne vous retrouverais jamais.

Elle s'adressa plus particulièrement à Ezra et ajouta :

— Samuel Ben Ezra... Chalom.

Interloqué, le juif regarda tour à tour Sarrag et Vargas.

— Vous connaissez mon nom ?

Elle éluda la question et s'adressa à l'Arabe.

— Salam, cheikh Ibn Sarrag.

Elle fixa le moine. Ils s'affrontèrent. Ou peut-être se jaugèrent-ils ? Curieusement, il avait adopté un air aussi altier que la jeune femme, presque hautain.

— Oui, señora, je suis Rafael Vargas. Si à votre tour vous vous présentiez ?

— Qui je suis ne vous apprendra rien. Je m'appelle Manuela Vivero. En revanche, il est un nom qui, lui, devrait vous intéresser : Aben Baruel...

À l'horizon, le soleil glissait lentement au-dessus des crêtes dentelées de la sierra Morena, apposant sur le paysage un mélange pastel de mauve et de rose pâle.

Ezra se racla la gorge.

— Aben Baruel... ?

Elle articula sur un ton presque anodin :

— BÉNIE SOIT LA GLOIRE DE Y.H.W.H. DEPUIS SON LIEU...

L'air s'était brusquement rafraîchi. Un léger frisson parcourut l'échine du rabbin.

— Qui êtes-vous donc ?

— N'ai-je pas répondu ? Manuela Vivero.

— Allons, señora, vous avez parfaitement compris ma question !

— À en croire votre ami Baruel, je serais « le quatrième élément ».

Elle suggéra :

— Si nous mettions pied à terre ? Nous serons plus à l'aise pour continuer cette conversation.

Le cheikh fut le premier à s'exécuter.

— Écartons-nous de la route, fit-il le visage tendu.

Manuela sauta à terre. Vargas et Ezra en firent autant.

— Ici, fit Sarrag en montrant un coin d'herbes folles.

À peine assis, il reprit :

— Nous sommes tout ouïe. Pourquoi parlez-vous d'un *quatrième élément* ?

— Je suis ce que Baruel a voulu que je sois.

Selon lui, vous, cheikh Sarrag, êtes le feu, Samuel Ezra, vous êtes l'air. Fray Vargas, la terre.

Elle arbora un air fataliste pour conclure :

— Je suis donc l'eau.

L'affirmation eut pour effet de déclencher chez Sarrag et le juif un petit rire nerveux.

— N'êtes-vous pas femme ? Allons, un peu de sérieux. Parlez-nous plutôt de Baruel. Comment se fait-il que vous le connaissiez ?

— Avant, j'aimerais...

— Cela suffit, señora !

Vargas s'était dressé, furieux.

— On vient de vous le dire : cessez de tergiverser et abattez votre jeu !

— Vous le voulez vraiment ?

Elle se dirigea vers sa jument, détacha un bissac et regagna sa place auprès du trio.

— Vous avez exigé que j'abatte mon jeu, padre. Eh bien... voici...

Elle fit jaillir un jeu de cartes, tira cinq d'entre elles et les disposa sur l'herbe.

— L'Ermite. La roue de Fortune. L'Amoureux et le Bateleur...

Les trois hommes, interdits, la virent brandir la première carte.

— L'Ermite. Le neuvième arcane majeur du tarot. Voyez le dessin que la carte représente ; ce vieux sage un peu courbé appuyé sur un bâton. Le bâton évoque à la fois le pèlerinage éternel et l'injustice ou l'erreur qu'il rencontre. Il pourrait représenter la condition du peuple juif Samuel Ben Ezra, vous êtes l'Ermite.

Elle reposa la carte et en prit une deuxième.

— La roue de Fortune. Le dixième arcane majeur. Il figure les alternances du sort, la chance ou la malchance. Le vainqueur de l'Espagne, et le vaincu. À l'instar du feu, il est un symbole solaire, mais représente aussi l'instabilité permanente ; probablement celle de votre peuple, cheikh Ibn Sarrag.

Elle saisit la troisième carte.

— L'Amoureux, fray Vargas. Le sixième arcane majeur. Il préfigure l'épreuve du choix qui attend l'adolescent lorsqu'il parvient au carrefour de la puberté. Jusque-là, sa route était une, et voici qu'elle se sépare en deux.

Elle s'arrêta, cligna des paupières comme si elle émergeait d'un songe, et ses yeux cherchèrent Vargas. Il regardait ailleurs. Alors elle retourna la dernière carte.

— Le Bateleur. C'est lui qui ouvre le jeu des vingt-deux lames majeures du tarot. Par un étrange paradoxe, c'est un jongleur, un escamoteur, le créateur d'un monde illusoire par ses gestes et par sa parole. N'est-il vraiment qu'un illusionniste qui se joue de nous, ou cache-t-il sous ses cheveux blancs terminés par des boucles d'or — comme s'il était hors du temps — la profonde sagesse du mage et la connaissance des secrets essentiels ? Il est le chiffre *un*. Le point de départ... En résumé, il est Aben Baruel.

— Décidément, persifla Vargas, vous au moins vous ne craignez pas le ridicule. Je propose que nous mettions un terme à ces facéties et que vous nous disiez enfin, *sans détour*, quels sont vos liens avec Baruel !

Avec calme, elle prit une feuille manuscrite dans le bissac.

— Voilà qui, je crois, répondra à vos interrogations. Préférez-vous en prendre connaissance par vous-mêmes ou que je lise cette lettre à haute voix ?

— Lisez...

— *Tolède,* commença Manuela, *8 février 1487. Chalom alekhem... Je devine sur vos traits surprise et agacement. Si j'ai vu juste, cette lettre (la dernière je vous rassure) vous aura trouvés aux environs de Palos, à quelques lieues de la Rábida, accompagnés du Jouvenceau. Je veux espérer qu'en dépit de votre méchante humeur, vous aurez fait bon accueil à doña Vivero. Sachez qu'elle est aussi sacrée à mes yeux que vous l'êtes vous-mêmes, mes amis. Elle est sacrée pour deux raisons. La première c'est qu'elle est femme. La deuxième raison est contenue dans le nombre 4. Oui, Samuel, mon ami, je sais. Ton esprit, depuis longtemps passé maître dans l'étude des analogies, a déjà saisi le sens caché de ce nombre. N'est-il pas vrai ?*

Manuela interrompit sa lecture, ses yeux se posèrent sur le rabbin dans une interrogation muette.

Celui-ci maugréa :

— Quatre... Baruel fait peut-être allusion au tétragramme : Y.H.W.H.

Sarrag s'empressa d'ajouter :

— Oui, Ezra. Cependant, je vous ferais remarquer que 4 pourrait tout aussi bien représenter l'addition des lettres du nom de Dieu dans sa graphie arabe : *Alah.* Avec un *l* et non deux.

Il invita Manuela à poursuivre.

— *Évidemment, j'entends d'ici mon frère, ce noble descendant des Bannu Sarrag, évoquer le nom d'Allah, tandis que Samuel a dû citer le tétragramme.*

La jeune femme retint un sourire. Décidément, songea-t-elle, Menendez avait été brillant.

Elle enchaîna :

— *Ce détail vous a sans doute échappé, mais dans le tétragramme, on ne trouve, si l'on regarde bien, que trois lettres. En effet, la lettre « hé » est doublée. Ce qui sous-entend que les deux « hé » sont un seul et même symbole. Libre à vous d'imaginer lequel. L'eau ? l'air ? le feu ? la terre ? Trois lettres... est-ce que cela n'implique pas qu'il en manque une quatrième pour que l'unité se fasse autour d'une entité achevée ?*

Que seraient les trois points cardinaux, sans le quatrième ? Les quatre piliers de l'Univers, si l'un d'entre eux était manquant ? Les quatre phases de la lune ? Les quatre saisons, les quatre lettres du premier des hommes : Adam. Je pourrais aussi vous citer encore maints et maints exemples. Mais je me limiterai à conclure sur ce parallèle, à mes yeux le plus significatif. Écoutez-moi attentivement. Selon la tradition des soufis, 4 représente aussi le nombre des portes que doit franchir l'adepte de la voie mystique. À chacune de ces portes est associé un des quatre éléments, dans l'ordre de progression suivant : air, feu, eau, terre. À la première porte, le néophyte qui ne connaît que le livre — c'est-à-dire la lettre de la religion — est dans l'air, c'est-à-dire dans le vide. Il se brûle au passage du seuil initiatique, représenté par la deuxième porte, qui est celle de la voix, autrement dit de l'engagement dans la discipline de l'ordre choisi. La troisième porte ouvre à l'homme la connaissance mystique, il devient un gnostique et correspond à l'élément eau. Enfin, celui qui atteint Dieu et se fond en lui comme en l'unique Réalité, passe, avec la quatrième et dernière porte, dans l'élément le plus dense, la terre.

Voilà, mes amis. Méditez...

Avant votre rencontre avec la señora Vivero, vous ne possédiez que trois clés. Uniquement les trois premières, et pour cause, c'est à elle que j'ai confié la quatrième.

Si vous êtes l'intuition, la pensée et la foi... Elle est la chair.

Gardez-la à vos côtés. L'heure venue, elle vous montrera les lettres par lesquelles le ciel et la terre ont été créés, les lettres par lesquelles les mers et les fleuves ont été créés.

Manuela buta sur les derniers mots :

— *Ha-Chem immakhem...* Et la signature : *Aben Baruel.*

Ezra ordonna :

— Montrez-moi cette lettre !

Il arracha la missive des mains de Manuela, l'examina attentivement et la confia au cheikh.

— Je n'en mettrai pas ma main au feu, mais c'est bien l'écriture d'Aben.

L'Arabe étudia à son tour le document et voulut le passer à Rafael, qui repoussa l'offre d'un mouvement sec.

— Señora, interrogea Sarrag, que savez-vous exactement de cette affaire ?

— Je ne sais rien, ou bien peu de chose. J'ai compris qu'il s'agissait d'un voyage qui doit vous mener vers un lieu ou un objet. Vos déplacements s'effectuent selon un plan, un cryptogramme que vous devez déchiffrer et qui est composé de huit éléments ou *Palais*. Pour des raisons qui me sont incompréhensibles, Aben Baruel a réparti les fragments de ces Palais entre vous trois, vous rendant ainsi tributaires et inséparables les uns des autres. Pour ma part, il ne m'a été remis que quelques écrits, parmi lesquels cette dernière clé mentionnée par Baruel, exprimée en une dizaine de lignes, et...

Ezra l'interrompit vivement.

— Une dizaine de lignes ? Où sont-elles ?

— Je les ai détruites.

— Détruites !

— Soyez rassuré. Elles sont en sécurité... ici... — elle posa un doigt sur sa tempe — dans ma mémoire.

— Leur contenu ? Que dit-il ?

— J'ai reçu comme instruction de ne vous le dévoiler que lorsque vous aurez atteint la dernière étape.

— Mais c'est extravagant ! s'écria le cheikh

Il se leva d'un seul coup, fébrile.

— Une femme ! Après le chrétien, il ne nous manquait plus qu'une femme !

Il marcha vers Manuela.

— Vous avez mentionné les soufis dans cette pseudo-lettre. Je suis sûr que vous ne savez même pas de qui il s'agit !

— Vous faites erreur, cheikh Sarrag. Mon érudition n'est certainement pas comparable à la vôtre, mais je ne suis pas ignare ! Le soufisme est une philosophie qui donne la primauté à la religion du cœur, aux valeurs de la contemplation et de l'ascèse. Le vêtement des soufis, le froc de laine, s'est longtemps opposé à l'apparat des notables et des princes. On pourrait dire que le soufisme est une voie d'initiation et une méthode d'élévation spirituelle qui, à l'opposé d'un islam souvent inspiré par la violence, est, lui, fondé sur l'amour.

— Votre analyse est simpliste, ou votre leçon mal apprise.

Il lança à l'intention de ses compagnons :

— D'ailleurs qu'est-ce qui nous prouve que ce document est authentique ?

Le rabbin hasarda :

— Nous avons reconnu l'écriture de Baruel...

Il interpella Vargas :

— Que se passe-t-il, mon ami ? On ne vous entend plus. Quelle est votre opinion ?

L'air détaché, du moins en apparence, Vargas répondit :

— Il n'y a pas que la similitude d'écriture qui est surprenante. Il cita : *Les lettres par lesquelles le ciel et la terre ont été créés, les lettres par lesquelles les mers et les fleuves ont été créés.* Ce passage est extrait du livre d'Hénoch en hébreu. Hénoch, qui est comme vous le savez le point de départ de tout. C'est troublant, n'est-ce pas ?

— Ainsi, vous accordez foi aux dires de cette femme.

— Non seulement je n'y accorde pas foi, mais j'ajoute que son récit est le plus artificieux qu'il me fût donné d'entendre. Je n'en crois pas un mot, pas une virgule.

Il questionna Manuela.

— Vous avez omis de nous raconter l'essentiel, señora. Dans quelles circonstances avez-vous connu Aben Baruel ?

— Je ne l'ai jamais rencontré, fray Vargas. Je l'ai entrevu. C'est tout. C'était au mois d'avril. Le 28 très précisément. À Tolède.

Manuela ferma à demi les yeux. Son cœur s'était accéléré. Elle crut entendre une voix qui criait : *Exurge Domine ! Judica causam tuam !* Et le chapelain qui entamait la lecture des sentences.

Pourquoi ce jour-là cet homme avait-il captivé

son attention ? Aujourd'hui, elle était toujours aussi incapable de l'expliquer. Non, ce ne fut pas, ainsi qu'elle l'avait cru sur le moment, ce calme bouleversant qui régnait sur les traits du vieillard accoudé à sa mort. Ce ne fut pas non plus l'intérêt ou la curiosité pour ces mots mystérieux que les lèvres de l'homme articulaient. Non. Il s'était agi d'autre chose. Quoi ? Le hasard ? Un pont jeté tout à coup sur le fleuve qui sépare des êtres que rien, jamais, n'aurait dû réunir ? Lorsque le regard de l'homme avait croisé le sien, la submergeant d'émotion, comment aurait-elle pu imaginer que ce soir, ici, dans le crépuscule de cette plaine fatiguée de l'Estrémadure, elle revivrait le souvenir du vieillard de Tolède, devenu partie intégrante de son présent. *Aben Baruel, né à Burgos, marchand de toiles et domicilié à Tolède. Déjà réconcilié en 1478...*

Sans qu'elle s'en fût rendu compte, elle avait pensé à voix haute et fait le récit du 28 avril... Elle réprima un sursaut, envahie par l'appréhension soudaine de s'être trahie, ou de s'être écartée des directives prescrites par Menendez et Torquemada.

— Señora, soupira Samuel Ezra. Je ne comprends plus. Quand Baruel vous a-t-il confié cette lettre ?

— Au lendemain de sa mort, un étui de maroquin fut déposé chez moi par un inconnu. Il contenait les documents que je vous ai cités et une missive qui m'était adressée. Je puis vous en citer l'essentiel, si vous le souhaitez.

— Faites.

— Le texte disait en substance ceci : *Doña Manuela, lorsque vous prendrez connaissance de* ces mots, je ne ferai plus partie du monde des vivants. Je vous suis et vous observe depuis de longues semaines. Je connais chaque fibre de votre esprit, chacune de vos expressions, la manière dont vous vous mouvez, votre rire (trop rare), votre mélancolie (trop présente) ; il m'arrive de vous croiser dans les rues tortueuses de notre ville bien-aimée de Tolède et sur le puente de Alcantara, lorsque vous partez pour vos longues randonnées à cheval. Sans présomption aucune, j'affirme connaître chaque fibre de votre esprit ; je peux en dire autant de votre âme. Une amie commune, doña Alba, me parle souvent de vous, de votre soif de connaissance, de votre fidélité à l'Espagne, de votre attrait pour les littératures, qu'elles soient arabe, espagnole ou sefardite. Vous n'êtes pas obligée de donner suite à ma requête ; d'ailleurs de quelle façon pourrais-je vous l'imposer ? Il y a un instant, j'évoquais votre âme. L'unique souhait que je formule est que ce soit elle qui se penche sur ces pages et point uniquement vos yeux.

Si je m'adresse à vous, c'est parce que le hasard a mis entre mes mains un ouvrage. Un opuscule que vous connaissez mieux que quiconque. Le titre : Cathólica impugnación. Vous dirais-je combien je fus admiratif devant le courage dont vous avez fait preuve dans la rédaction de ce texte. Cet opuscule, bien sûr, fait aujourd'hui partie des œuvres expurgées ou interdites par les index inquisitoriaux. Mais je sais, et vous le savez aussi, qu'un jour viendra où il réapparaîtra au grand jour, arraché aux ténèbres dans lesquelles l'intolérance des hommes l'a confiné.

Manuela se tut.

— Et de quoi traite ce prétendu opuscule ? questionna Vargas.

— Il défend une certaine idée que je me fais du prosélytisme. J'y soulève une interrogation : si grand, si noble soit notre idéal, a-t-on le droit en son nom d'imposer ses croyances à son prochain ?

— Voilà qui tombe bien à propos, ironisa Ezra. Dites-nous la suite de la lettre. Car j'imagine qu'elle ne s'arrêtait pas là.

— Dans les pages suivantes, Baruel me révélait votre existence et ce voyage qu'il vous a chargés d'entreprendre. Il m'expliquait le rôle déterminant que j'allais devoir jouer, et il concluait en traçant un portrait physique de vous — criant de vérité, je le reconnais —, m'indiquant avec précision le lieu où théoriquement je devais pouvoir vous retrouver : le monastère de la Rábida. Quant à la date, elle était approximative... Il s'était fixé une marge d'erreur de trois à quatre jours. D'où le rendez-vous manqué.

— Quel rendez-vous manqué ?

— Lorsque je suis arrivée à la Rábida, j'appris par le prieur, fray Juan Perez, que vous étiez déjà partis. J'ai chevauché, bride abattue. J'ai coupé par le nord, prenant la route d'Aracena. Au bout de quelques lieues, découragée, je me suis dit que je ne vous retrouverais jamais et je décidai d'abandonner. Lorsque nos routes se sont croisées, je rentrais sur Huelva.

Aucun des trois hommes ne jugea opportun de commenter.

Manuela eut la sensation désagréable qu'ils étaient en train de tracer dans l'air du crépuscule le fléau d'une balance imaginaire. Au rythme de leurs pensées, elle devinait les plateaux qui penchaient alternativement pour ou contre elle. Mais au fond d'elle-même, elle était sereine. Elle n'avait pas encore abattu sa dernière carte. La plus déterminante.

Ce fut Vargas qui reprit la parole. Il le fit d'une voix ferme, sans appel.

— Señora Vivero, je suis au regret de vous dire que vous avez échoué. Votre histoire n'est qu'une fable, une extraordinaire fable conçue de toutes pièces. Un seul point m'échappe néanmoins : pourquoi ? Qui se cache derrière vous ? Dans quel intérêt ?

Il se tut, dans l'attente du verdict de ses compagnons.

Sarrag le premier confirma :

— Une fable. Je le crains en effet.

— Nous sommes tous les trois du même avis, renchérit Ezra. Ce récit, si bien conçu soit-il, est entaché d'une incohérence cosmique.

Il loucha vers ses compagnons et ajouta :

— Vous supputez bien sûr à quelle incohérence je fais allusion ?

Vargas expliquait déjà à Manuela :

— Vous avez, hélas, affaire à trois esprits beaucoup plus tortueux que celui — ou celle — qui a imaginé votre intervention. Je reconnais qu'il existe des détails troublants dans l'exposé des faits que vous venez de développer. Très troublants... J'avoue que j'étais — il rectifia —, que *nous* étions à deux doigts de vous croire. Hélas pour vous, si bien élaboré qu'ait été votre stratagème, il a été imaginé en faisant abstraction d'une notion primordiale : la personnalité même d'Aben Baruel. Jamais, dans tout le monde connu, on ne trouverait un personnage aussi précis, aussi pointilleux, aussi rigoureux.

Il laissa échapper un petit rire où affleurait le sarcasme.

— Comment ' Voilà un homme qui nous envoie — il hésita sur le terme à employer — accomplir une tâche de la plus haute importance, un homme qui jalonne le chemin à parcourir de détails infimes, avec une subtilité qui frise le prodige, prévoyant chacun de nos pas, pressentant même nos réactions. Et ce même homme prendrait tout à coup le risque de confier à un tiers ce que vous avez appelé *la dernière clé* — clé sans laquelle notre quête serait irrémédiablement condamnée — et ce, sans avoir établi au préalable, avec sa rigueur coutumière, le jour précis où les protagonistes se retrouveraient ? Señora, ne voyez-vous pas combien c'est inepte ! Si génial qu'ait été Aben Baruel, il est un élément qu'il n'aurait jamais pu prévoir : c'est le temps qu'Ezra et Sarrag mettraient à décrypter le premier Palais ; celui qui devait les conduire jusqu'à moi. Cela aurait pu leur prendre vingt-quatre heures — et ce fut le cas — mais aussi vingt-quatre jours. Dans cette dernière hypothèse, vous n'auriez jamais pu nous retrouver ni à la Rábida ni ailleurs. Et ce serait en fonction d'un rendez-vous aussi aléatoire que tout s'écroulerait ? Croyez-vous vraiment que notre ami aurait pris un risque aussi irréfléchi ?

Le franciscain se prit le visage entre les mains dans un mouvement d'affliction.

— Impossible, señora. Je suis désolé pour vous. Vous possédez indiscutablement un réel talent et, si j'en juge par vos reparties, une culture rare chez les gens de votre sexe. À ce propos... Vous seriez l'auteur d'un opuscule qui a été mis à l'index par les autorités inquisitoriales. Pourriez-vous nous expliquer par quel miracle vous êtes toujours en liberté ?

— Détrompez-vous ! Je fus arrêtée et interrogée. On n'a probablement pas estimé nécessaire de m'envoyer sur le bûcher. C'est tout.

Vargas arbora une expression de mépris. Manifestement il n'était convaincu de rien.

Le soleil avait disparu derrière les crêtes de la sierra. La nuit n'allait plus tarder à inonder la plaine.

— Une question me vient à l'esprit, déclara Ezra. Hier soir on a tenté de nous assassiner en mettant le feu à la bibliothèque du monastère où nous nous étions réunis. Est-ce que par hasard vous ne seriez pas associée aux instigateurs de cet acte ?

Ce fut le seul moment où le visage de Manuela trahit une appréhension.

— En aucune façon. Vous semblez croire que j'ai été chargée de je ne sais quelle mission. Si c'était le cas, croyez-vous que l'on aurait monté toute cette affaire de faux pour essayer dans le même temps de vous éliminer ? Ce serait incohérent !

La logique de la remarque fit mouche, mais Ezra poursuivit néanmoins :

— Il existe tout de même un autre fait troublant. Il y a quelque temps, un double des Palais fut dérobé par le serviteur du cheikh. Nous ignorons s'il l'a communiqué à une tierce personne...

Il vrilla ses yeux dans ceux de la femme comme s'il cherchait à s'infiltrer dans ses pensées.

— De là à conclure que cette tierce personne pût être à l'origine de notre rencontre... il n'y a qu'un pas.

Les silhouettes commençaient à se dépouiller de leur identité. On devinait à peine les corps, encore moins les visages et leurs expressions. L'Arabe, le cou rentré entre les épaules, ramassé sur lui-même, le capuchon de son burnous recouvrant son crâne, faisait songer à un taureau engourdi. Le rabbin, dos courbé, massant ses doigts sans discontinuer, évoquait l'image d'un cerf blessé. Le moine, quant à lui, très raide, paraissait enfermé dans sa soutane comme dans une citadelle. Ses paroles avaient instillé en Manuela un froid glacial. Elle n'avait plus d'autre choix que de tenter le tout pour le tout.

— Très bien, commença-t-elle d'une voix calme. Il ne me reste plus qu'à vous prouver combien vos soupçons sont infondés. Combien vous vous êtes fourvoyés.

Elle sortit un feuillet de sa besace de cuir.

— Baruel se doutait probablement que vous refuseriez de me croire. Ce troisième Palais est la preuve de ma sincérité. Le « troisième Palais majeur », dans son intégralité, je précise bien, dans son *intégralité* et avec sa solution. Le tout, vous pourrez le constater, est rédigé de la main de votre ami.

Sous le regard abasourdi des trois hommes, elle brandit le feuillet, la face écrite tournée vers eux.

D'un geste vif, Vargas le lui prit des mains et l'étudia. Ezra et Sarrag s'étaient tout aussi vivement penchés sur son épaule et lisaient en même temps que le franciscain. Quand ils eurent terminé, l'incrédulité avait cédé la place à la consternation.

— Vous avez parlé de la solution, se récria Sarrag. Où est-elle ? Je ne vois qu'un mot rayé, illisible au bas de la page.

— Il s'agit d'un nom de ville. Je l'ai raturé.

— Raturé ? Pourquoi ?

— Pour vous laisser le choix. Ce nom, je le connais. Baruel a cité huit Palais. J'ai la réponse au troisième. À vous de décider si vous me gardez à vos côtés jusque-là ou non. Ensuite — elle esquissa un geste évasif de la main —, libre à vous d'accepter ou de refuser ma présence parmi vous jusqu'au terme du voyage.

On aurait dit qu'une chape de plomb s'était abattue sur les trois hommes. Il y eut un long silence, au terme duquel Ezra murmura :

— Il se fait tard. La nuit porte conseil. Restez, señora. Demain nous aviserons.

— Comme vous voudrez. Je vais chercher une couverture...

Elle ajouta d'une voix tranchante :

— Si l'un de vous était assez gentilhomme pour allumer un feu, je lui en saurais gré. J'ai froid.

Chapitre 14

> L'intelligence est caractérisée par la
> puissance indéfinie de décomposer selon
> n'importe quelle loi et de recomposer sui-
> vant n'importe quel système.
>
> *Bergson,*
> L'Évolution créatrice.

Elle devait être folle.

Dans quoi s'était-elle embarquée ? Dans quel dédale avait-elle accepté de s'engager ? Était-ce par amitié ? Un moyen de témoigner sa gratitude à la reine pour les faveurs accordées à son frère ? Par devoir ? Par défi ? Par amour pour sa terre d'Espagne ? Ou bien — elle avait du mal à s'avouer cette éventualité — parce que jusque-là son existence avait été si terne et si stérile ? C'était probablement l'ensemble de toutes ces raisons réunies qui l'avait entraînée à dire oui à Isabel et à l'Inquisiteur général.

Emmitouflée dans sa couverture, elle conserva les yeux fermés pour mieux savourer sa solitude. Elle devinait autour d'elle les derniers efforts de la nuit luttant contre la montée du jour ; bientôt, l'astre solaire reprendrait ses droits sur la sierra Morena. Étrangement, elle n'avait éprouvé ni peur ni doute. Pas plus en cet instant, alors qu'elle était toujours dans l'incertitude, que la veille, alors qu'elle s'efforçait de convaincre les trois hommes. Plus inattendu encore : à la fièvre des premières secondes avait succédé un sentiment de sérénité ; un peu comme celle qui envahit l'acteur délivré par la première réplique. Comment l'expliquer ? Rien à ce jour ne l'avait préparée à affronter pareille épreuve. Elle avait vécu une enfance tranquille, protégée de tout, élevée dans le calme de ces maisons où rien ne se passe, sinon le prévisible. Elle n'avait jamais regardé qu'une seule face du monde, n'entrevoyant l'autre qu'à travers ses lectures. Alors, pourquoi ? D'où venait cette exaltation devant la situation — ô combien périlleuse pourtant — dans laquelle elle s'était engagée ? Sans doute pour la première fois avait-elle l'impression d'être en vie.

On s'activait à quelques pas d'elle. Elle entendait que l'on discutait à voix basse.

Elle avait joué son va-tout. Ou elle avait réussi à semer le doute dans leur esprit, et dans ce cas ils étaient forcés de lui accorder sa chance, ou ils campaient sur leur position, et tout était perdu. Dans cette dernière éventualité, il ne lui resterait plus qu'à informer de son échec les sept familiers de l'Inquisition chargés par Torquemada de la protéger et de la suivre comme son ombre. Sept hommes armés jusqu'aux dents, commandés par un individu à tête d'oiseau, ce Garcia Mendoza qui, en ce moment même, devait être tapi non loin d'ici, prêt à bondir au premier signe d'elle.

Hier soir, on a tenté de nous assassiner en mettant le feu à la bibliothèque du monastère où nous

nous étions réunis. Comment ne pas s'interroger sur le rôle joué par vos amis dans cette affaire ?

C'est en témoins impuissants que les familiers et elle-même avaient assisté à l'incendie de la bibliothèque. Eux aussi s'étaient interrogés sur la cause du sinistre. Négligence ou acte coupable ? Dans ce dernier cas, les retombées pouvaient se révéler dramatiques, car si quelqu'un d'autre était aussi sur les traces de ces hommes, il pouvait à tout moment bouleverser le plan de l'Inquisiteur.

Le rabbin... personnage singulier. Était-ce son âge avancé, cette affection qui rongeait ses doigts, ou son air perpétuellement affligé ? Elle était forcée de reconnaître qu'il émanait de lui quelque chose d'attachant. L'Arabe, lui, était fait d'un bloc. Sans aspérités. Il devait appartenir à cette race d'individus qui ne s'embarrassent ni de détours ni d'états d'âme.

Finalement, c'est le franciscain qui l'intriguait le plus. Quel pouvait bien être son rôle dans cette affaire ? Après tout, n'était-il pas fils de l'Église et, tout comme Manuela, dépositaire de cet honneur sacré : être catholique et espagnol de pure souche. Pourtant, d'entre les trois hommes, c'est lui qui s'était montré son plus farouche opposant. N'avait-il pas été le premier à démonter son récit ? Avec quel cynisme ! S'il poursuivait le même but qu'elle, si lui aussi n'était là que pour démasquer ce complot, n'eût-il pas été plus judicieux de demeurer en retrait ? Il ne pouvait y avoir qu'une seule explication à ce comportement : il était le plus dangereux et le plus déterminé de tous.

Tout à coup, elle prit conscience que, depuis un moment déjà, les voix s'étaient tues et que le silence régnait autour d'elle. Elle se risqua à remuer, ouvrit les yeux, se redressa lentement.

Face à La Mecque, l'Arabe était accroupi sur un petit tapis de soie, pieds nus, le front posé contre terre.

À sa droite, le crâne recouvert d'une calotte, les épaules d'un châle en soie blanche, le front et le bras gauche ornés de curieux écrins carrés de cuir noir retenus par des lanières, de couleur noire elles aussi, le rabbin se tenait debout, tourné vers Jérusalem.

Entre les deux hommes, fray Vargas agenouillé égrenait un chapelet à voix basse.

Ces trois individus seraient-ils donc fous ?

La ligne d'horizon, encore baignée des derniers restes de nuit, vibrait sous les poussées du jour, cependant qu'un trait rougeâtre, intercepté par les cimes, rayait le ciel, éclairant d'une lumière douce le front de la sierra. La prière des trois hommes se prolongea, jusqu'au moment où les dernières ombres se dissipèrent et où le cercle éclatant du soleil apparut dans sa totalité.

Sarrag le premier marcha vers Manuela.

— Vamos ! Nous partons.

Elle eut un sursaut. Son cœur s'emballa dans sa poitrine.

— Sans moi...

— J'ai dit : *Nous* partons. Allez ! Roulez votre couverture.

Elle releva le menton.

— Cheikh Ibn Sarrag, gardez, je vous prie, ce ton cavalier pour vos femmes !

Dans la foulée, elle héla le moine qui se dirigeait déjà vers les chevaux.

— Fray Vargas ! Pouvez-vous m'expliquer ?

— Le cheikh vous a répondu. Nous vous emmenons.

— Que je sache, c'est une conséquence, pas une explication.

Le moine émit une exclamation agacée :

— Allons, je vous en prie, cessez de jouer à la dupe ! Vous savez parfaitement que nous n'avons pas d'autre choix que celui de faire ce voyage avec vous. S'il existe une chance sur un million que vous ayez dit la vérité. Si Aben Baruel vous a réellement accordé sa confiance, s'il vous a réellement confié la prétendue *clé de la dernière porte*, alors nous sommes condamnés à vous tolérer à nos côtés.

Il la fixa avec amertume.

— Si vous savez jouer aux échecs, cela s'appelle être pat.

— Ce qui signifie ?

— Être pat est une position où le roi, sans être mis en échec, ne peut pourtant plus bouger sans être pris. L'explication vous suffit-elle à présent ?

— Je m'en contenterai, fray Vargas.

Alors qu'elle pivotait sur les talons, il menaça :

— Méfiez-vous tout de même ! Dans le cas qui nous concerne, le roi, ce pourrait être vous. Vous avez affirmé que Baruel vous avait confié la solution du « troisième Palais ». J'espère pour vous que cette solution est la bonne !

Elle ne parut pas s'émouvoir.

— Nous verrons, fray Vargas. L'avenir n'appartient-il pas à Dieu ?

Tout en parlant, dans un mouvement naturel, elle dénoua ses cheveux noirs qui coulèrent en vagues ondulées le long de sa nuque et sur ses épaules.

Le moine plissa le front, déconcerté par ce geste plutôt incongru. Il l'observa un bref instant et repartit vers son cheval.

L'air détaché, Manuela examina le paysage. Les familiers ne devaient pas être loin. Elle ne pouvait les voir, mais elle sentait leur présence. Ses cheveux, qu'elle venait de dénouer de manière ostentatoire, étaient le signe convenu pour les informer que tout se déroulait comme Menendez et Torquemada l'avaient prévu. Elle attendit quelques instants encore, bien en vue, afin qu'aucun doute ne subsistât, et se dirigea à son tour vers les chevaux.

Maintenant, c'était à elle de jouer. Tout restait à faire. Plus vite elle apprendrait ce que tramaient ces individus, plus vite on les jetterait là où ils auraient déjà dû être : au fond d'un cachot.

Jamais la clarté du soleil n'avait paru si vive.

La plaine immense se découpait à perte de vue, moutonnée de chardons et d'arbousiers épars. Sur la droite, à une distance que l'œil pouvait à peine distinguer, apparaissait un moulin, tache écrue, perdue dans la lumière.

Ezra décrocha l'outre en peau de chèvre qui pendait à la droite de sa selle et la tendit à la femme qui chevauchait à ses côtés. Elle la saisit, but une large rasade et la restitua.

— Je vous remercie. D'entre tous ces hijos de algo, vous me semblez être le plus courtois. Je vous en sais gré.

— Oh, je n'ai aucun mérite. C'est l'âge, señora... Je me trouve à cette heure de la vie où l'on décide d'arrondir les angles. Ce que l'on prend pour de la sagesse n'est que de la fatigue.

Elle sourit et enchaîna le plus naturellement possible :

— Ce matin vous m'avez autorisée à partir avec vous. Mais vous ne m'avez rien dit de notre destination. Voudriez-vous me la confier ?

— Je n'y vois pas d'inconvénient. Jerez de los Caballeros.

— Je présume que c'est après avoir décrypté ce que Baruel a appelé le « premier Palais mineur », que vous avez opté pour cette ville.

— Comment aurait-il pu en être autrement ?

Elle laissa passer quelques instants et fit remarquer d'un air anodin :

— Tant d'informations enchevêtrées et si hermétiques, pour n'indiquer qu'une ville...

Ezra la gratifia d'un sourire énigmatique et reporta son attention sur la route.

De toute évidence, elle ne lui arracherait rien de plus. Elle jugea plus prudent de changer de sujet.

— Je vous ai observé pendant que vous priiez. Que représentent ces petits carrés de cuir liés à votre bras et à votre front ?

— Cela vous intéresse-t-il vraiment ?

— Bien sûr.

— Ce sont des tefilline. *Et tu attacheras les paroles divines comme signes à ta main et elles seront une parure entre tes yeux.* Chacun des carrés contient les quatre passages de la Torah qui les mentionnent.

— Et vous êtes tenus de les porter pendant la prière ?

— Oui. À partir de notre majorité religieuse, il nous est prescrit de mettre régulièrement les tefilline, tous les jours ouvrables, au cours de la prière du matin. En principe nous devrions les porter toute la journée. Mais en ces temps difficiles, la prudence...

— J'avoue ne pas très bien saisir le symbole.

Il sourit avec condescendance :

— Comment le pourriez-vous ? N'êtes-vous pas chrétienne...

— Je suis avant tout espagnole, señor.

Elle avait lancé sa réplique avec un orgueil volontaire, comme on lance un défi.

— Eh bien, les tefilline sont le signe que l'homme dirige son cœur, ses pensées, sa volonté vers le Créateur, en un désir de soumission absolue. D'où leur place au bras gauche — près du cœur — et au front. D'autre part, le midrash...

— Le midrash ?

Un petit rire secoua la barbe du rabbin.

— J'oubliais l'ignorance des gentils. Le midrash, c'est le commentaire rabbinique de la Torah. Il a pour but d'expliciter divers points juridiques ou de prodiguer un enseignement moral, à travers des récits, des paraboles ou des légendes.

— Une interprétation de la loi ?

— Si l'on veut. Celle-ci étant souvent elliptique, les premiers sages s'efforcèrent d'aller au-delà du sens littéral des textes afin d'en dégager l'essence, la signification sous-jacente. Il existe d'ailleurs non pas un mais trois midrash. Les midrashim anciens, les médians et les tardifs. Mais ne me demandez pas de vous les expliquer en profondeur. Ce serait bien trop ennuyeux. D'autant qu'au midrash vient s'ajouter la michnah, « la loi orale », si vous préférez.

Manuela écarquilla les yeux.

— La loi orale ? Vous voulez dire une loi transmise *verbalement* par Dieu ?

— Le Lévitique dit ceci : *Telles sont les décisions, les sentences et les lois que l'Éternel a établies entre Lui et les fils d'Israël, au mont Sinaï, par l'intermédiaire de Moïse.* En fait cela signifie que *deux* Torah furent données par le Créateur. Une écrite et une orale. Cette dernière consiste en une explication verbale de la loi écrite. Ce qui implique que la loi écrite ne peut se suffire à elle-même. Un exemple. Prenons un verset que l'on nous jette régulièrement à la face : *Vie pour vie, œil pour œil, dent pour dent ! Celui qui cause une lésion à un homme, on la lui causera !* Ceci est la loi écrite. La loi orale, elle, nous informe que ce verset ne doit pas être pris au pied de la lettre, car il n'y a guère moyen de savoir si les conséquences de la perte d'un œil par une personne équivaudront aux conséquences de la perte d'un œil chez une autre. C'est pourquoi il faut interpréter le texte comme faisant allusion à une compensation financière : la *valeur* d'un œil, pour la perte d'un œil. La personne responsable de la blessure devra payer des dommages pour le préjudice qu'elle a fait subir. Le seul cas où la loi du talion puisse être appliquée est celui du meurtre, car c'est le seul où la revanche peut être de même nature que la faute. Vous avez saisi, señora ?

Elle ouvrit la bouche pour répondre, mais Vargas la devança :

— Vous ne serez pas surpris si je vous dis que je préfère l'attitude du Christ en ce domaine.

D'une légère pression sur les rênes, il amena son cheval près du rabbin et reprit :

— On ne trouve aucune ambiguïté dans ses propos : *Vous avez appris qu'il a été dit : « Œil pour œil, dent pour dent. » Eh bien, moi, je vous* dis de ne pas tenir tête au méchant : au contraire, quelqu'un te donne-t-il un soufflet sur la joue droite, tends-lui encore l'autre joue ; veut-il te faire un procès et prendre ta tunique, laisse-lui même ton manteau ; te requiert-il pour une course d'un mille, fais-en deux avec lui. À qui te demande, donne ; à qui veut t'emprunter, ne tourne pas le dos. Ce langage n'est-il pas clairement celui de l'amour et de la générosité ? Vous ne pouvez réfuter que le christianisme aura toujours cette prédominance sur le judaïsme : l'amour et la générosité. La tolérance aussi.

Le rabbin dépassa le moine et se plaça en travers de la route.

— L'amour et la générosité ?

— Vous en doutez ? La vie du Christ elle-même témoigne de ces préceptes. Ne soyez pas offensé, mais son enseignement est de loin plus charitable que celui que l'on rencontre dans l'Ancien Testament.

— Vous avez raison, fray Vargas, et vous oubliez de citer d'autres versets ! Tenez, au hasard : *Vous êtes la lumière du monde. Votre lumière doit briller aux yeux des hommes, pour que, voyant vos bonnes œuvres, ils en rendent gloire à votre Père qui est dans les cieux !* Ou encore ceci : *Aimez vos ennemis, priez pour vos persécuteurs ! Car si vous aimez ceux qui vous aiment, quelle récompense méritez-vous ?* Ou bien : *Ne jugez pas pour ne pas être jugés. Je n'ai été envoyé que pour les brebis perdues de la maison d'Israël ! Que celui de vous qui est sans péché lui jette la première pierre !*

Une pâleur effrayante avait envahi les traits du vieil homme. Dans une attitude volontairement théâtrale, il brandit le poing en direction du ciel.

— Vous entendez, frère Torquemada ? Et vous mes frères inquisiteurs ? Vous êtes la lumière du monde ! La lumière du monde ! Vous êtes l'amour et la générosité ! Honte à l'infâme loi du talion ! Longue vie à vous, fray Torquemada, et à vos successeurs ! Longue vie...

Le souffle haletant, il enchaîna :

— Vous avez commis l'acte de trahison le plus ignoble, le plus blasphématoire de l'histoire de l'humanité : vous aviez un prophète, vous aviez un messie... Qu'avez-vous donc fait de son enseignement ? Il a pardonné à la femme adultère ; vous l'avez lapidée. Il a accordé à une prostituée d'annoncer sa résurrection, cette résurrection qui est le fondement de votre foi ; vous n'avez que mépris à l'égard de ces femmes quand vous ne les brûlez pas sur un bûcher. Il est entré à Jérusalem sur un âne, en toute humilité ; regardez donc vos ors et vos trésors, et de quel apparat s'entourent ses successeurs.

Sa voix se mit à trembler tandis qu'il ajoutait :

— Imaginons que vous ayez raison, fray Vargas, imaginons que nous, les juifs, appartenions à une religion barbare, étriquée et intolérante. Très bien. Nous aurions tout de même une excuse : nous *attendons* toujours le messie. Tandis que vous, vous l'avez *vu*, en chair et en os. Votre saint Thomas l'aurait même touché du doigt après sa résurrection. Et ce messie serait mort pour racheter les péchés de l'humanité tout entière. Alors dites-moi : qu'avez-vous fait de lui ? Dites-le-moi, Vargas !

D'un coup sec, il fit tourner son cheval et s'ébranla dans un nuage de poussière, dépassant Sarrag, filant droit devant lui.

— Ma parole, il a perdu la tête, articula Vargas, abasourdi.

— Vous devriez savoir, rétorqua Manuela sèchement, que si l'humilité ouvre les portes du paradis, l'humiliation ouvre celles de l'enfer.

Elle partit à son tour dans le sillage du rabbin.

— Eh bien, mon cher, lança Sarrag en pivotant le buste vers le moine, le moins que l'on puisse dire c'est que notre ami juif est affreusement susceptible.

Vargas, ébranlé, ne trouva rien à répondre. Il se détourna et fixa l'horizon.

Les lèvres du cheikh se retroussèrent en un sourire forcé.

— J'imagine qu'à vos yeux l'islam aussi ne vaut guère mieux que le lacet de vos sandales...

— Loin de moi une telle pensée ! Si c'est l'impression que j'ai donnée, sachez que je le regrette.

— Quoi qu'il en soit, nous pourrons penser ce que nous voulons de ces juifs — et croyez-moi, je ne les chéris pas — mais il est une chose que nous devons leur reconnaître : à la différence de vos prêtres et de mes imams, je n'ai jamais vu de rabbin prendre les armes au nom d'Abraham ou d'Adonaï pour forcer qui que ce soit à se convertir. Ils n'ont jamais versé de sang au nom du prosélytisme. Je ne sais si les croisés ou les guerriers d'Allah pourraient en dire autant...

Le franciscain se confina dans le silence, la pensée perdue le long de la route qui ondulait sur la plaine écorchée, et vers Manuela qui galopait aux côtés d'Ezra. Il ne prononça plus un mot de tout le voyage, jusqu'au moment où apparut une tache blanche, comme un gros flocon de neige posé sur les premiers contreforts de la sierra Morena. Alors, il annonça :

— Jerez de los Caballeros..

*

Tolède, même heure

Hernando de Talavera ordonna d'une voix forte :

— Vous pouvez entrer, señor Diaz !

Le grincement de la porte tournant sur ses gonds emplit la pièce.

Un homme d'une quarantaine d'années, l'allure rigide, apparut sur le seuil.

— Approchez, prenez place.

Le visiteur obtempéra. Quelque chose d'étrange émanait de lui ; tout particulièrement de ses yeux ; ils étaient d'un bleu glacé, comme si l'homme était aveugle.

— Tout est en place, commença-t-il d'une voix presque inaudible. Nos hommes les ont retrouvés. Je pense qu'à l'heure actuelle ils ne doivent plus être très éloignés de Jerez de los Caballeros.

Le confesseur de la reine afficha une expression satisfaite.

— Ainsi le père Alvarez nous a bien dit la vérité.

L'homme plissa le front comme s'il bandait l'arc de ses sourcils.

— Vous en doutiez ?

— Ô combien ! Chez certains êtres, la versatilité est une seconde nature. Je crains fort que fray Alvarez ne fasse partie de ceux-là. C'est un caméléon, voyez-vous À l'instar de son maître, l'Inquisiteur général, je le sais capable de servir Dieu et l'État. L'État et ses intérêts personnels. Et Dieu, à nouveau. C'est pourquoi j'ai tenu à vous mettre sur la piste de ces hommes. Quoi qu'il en soit, vous avez accompli un excellent travail. Il ne faut plus les lâcher désormais.

— Vous pouvez compter sur moi, fray Talavera. Sachez tout de même que la tâche n'est pas aisée. Les sbires de l'Inquisiteur les suivent comme leur ombre ; nous courons d'énormes risques. Nous pourrions être découverts d'un moment à l'autre.

— Je vous fais confiance. Vous réussirez.

Il médita un court instant avant de s'informer à nouveau :

— La femme... Les accompagne-t-elle toujours ?

Diaz acquiesça.

Le regard de Talavera se perdit. Il revit en pensée Manuela Vivero, assise à ses côtés, le jour de l'autodafé de la plaza Zocodover. Jamais il n'aurait pu imaginer, étant donné ses origines, son milieu, sa condition même de femme, qu'elle serait parvenue à s'intégrer parmi ces trois hommes. La prouesse méritait d'être saluée.

Diaz toussota, l'arrachant à sa méditation.

— Il est question que je me rende à Salamanque, reprit Talavera. Sa Majesté m'a chargé de présider une commission qui doit se réunir là-bas dans les jours qui viennent. Je vous préviendrai en temps voulu et vous dirai où vous pourrez me joindre. Sommes-nous d'accord ?

— Absolument. Il faut que je reparte à présent. La route est longue jusque Jerez de los Caballeros.

Talavera autorisa l'homme à se retirer.

Sitôt seul, il se leva et se mit à arpenter la pièce, le dos légèrement voûté. Dans l'éclairage du jour naissant, sa physionomie avait revêtu un teint de cire qui accentuait la maigreur de son visage.

Comme un éclair fulgurant, la face hiératique de Tomas de Torquemada traversa sa pensée. Malgré lui, il se surprit à serrer les poings. Torquemada et sa démence. Torquemada et sa grandiloquence, son exagération en tout. Personnalité dévorée par l'ambition, hantée par l'obsession de laisser son nom — quel que fût le prix à payer — sur le livre d'or de l'Espagne. Mais par-dessus tout, ce que Talavera ne supportait plus, c'était l'emprise croissante qu'il exerçait depuis quelque temps sur la reine. Il était devenu urgent d'y mettre fin. Ce prétendu complot lui fournissait l'occasion rêvée. Si ces hommes étaient innocents — Talavera en était intimement convaincu —, le ridicule transformerait le Grand Inquisiteur en bouffon. S'ils étaient coupables, alors Talavera se faisait fort de prendre Torquemada de vitesse. Dans les deux cas, il jouait gagnant. Ce n'était qu'une affaire de semaines, voire de jours.

*

Le château des Templiers situé à la lisière du village projetait l'ombre grise de ses tours vers l'église Santa Maria de la Encarnación, érigée à l'est des douves.

Ici et là, on apercevait des hommes en armes qui allaient et venaient le long des chemins de ronde. Une oriflamme aux couleurs vives fouettait l'air. Légèrement en contrebas, un col formait une passerelle reliant deux collines verdoyantes. Au sommet de l'une d'entre elles, la ville aux six portes offrait au soleil le miroir de ses maisons blanches, ses clochers aux découpures irrégulières qui s'échinaient à griffer le ciel.

— Qu'en pensez-vous ? s'informa Sarrag en se retournant sur sa selle. Baruel ne parle pas d'un château, mais uniquement d'une tour. Souvenez-vous : à la lisière de la ville, au cœur de la plaine de Shinear, se dresse l'édifice sanglant. Il ne peut donc s'agir que de l'une de ces tours. J'en dénombre six. Selon vous, laquelle est *l'édifice sanglant* ?

Vargas répondit :

— Le seul moyen de le savoir, c'est de poser la question. Attendez-moi ici.

Il se dressa sur ses étriers et galopa jusqu'à l'entrée du château. On le vit qui interpellait un garde en faction. L'échange entre les deux hommes se prolongea un moment. Un autre personnage apparut sous la voûte. Les palabres reprirent. Finalement, le moine remercia d'un mouvement de la tête et, pivotant sur sa selle, il fit signe à ses compagnons de le rejoindre.

— Alors ? s'enquit Sarrag en arrêtant son cheval devant Vargas.

— La discussion fut serrée. Le château est en ce moment, et à titre exceptionnel, sous la protection du corregidor chargé de la circonscription. Le comte de Granina, qui doit entrer en possession de l'édifice, est attendu dans la soirée. Entretemps, j'ai obtenu qu'on veuille bien nous accorder une faveur. Nous pourrons visiter les tours, plus précisément une seule d'entre elles : la Torre Sangrienta.

— La tour de sang ? s'étonna Sarrag. Expli-
quez-nous.

— Savez-vous quel est le nom de ce château ?

Il effleura doucement le petit crucifix de bois
qui pendait à son cou.

— Caballeros Templarios. J'avais donc raison
lorsque j'affirmais qu'il existait une relation entre
Hiram et les Templiers.

Il considéra Manuela, un frémissement ironique au bord des lèvres.

— Je me suis autorisé à dire au capitaine que
les aïeux de la señora Vivero faisaient partie des
Templiers tombés ici en livrant bataille contre les
Maures. Ce lieu représentait donc pour elle une
grande valeur sentimentale ; tout ce qu'elle sou-
haitait c'était de le parcourir — ne fût-ce que rapidement.

Il fit mine de s'excuser :

— J'ose espérer que vous ne m'en voulez pas
pour ce pieux mensonge ? Après tout, puisque
vous êtes des nôtres, il serait naturel que vous
nous soyez utile, ne croyez-vous pas ?

Elle conserva le silence et pensa dans son for
intérieur qu'elle serait la première à applaudir
lorsqu'on passerait les fers à ce renégat.

Il reprit :

— Pour l'anecdote, savez-vous ce que le capitaine m'a répondu ? Pénétrer à l'intérieur de l'édifice est formellement interdit ; mais exceptionnel-
lement il veut bien nous accorder de visiter une
seule tour. Et il a ajouté : « La plus symbolique :
la Torre Sangrienta. »

Rafael montra la deuxième tour, celle qui
dominait l'aile nord.

— La voici. Baruel n'a-t-il pas précisé : À LA

LISIÈRE DE LA VILLE, AU CŒUR DE LA PLAINE DE SHINEAR, SE DRESSE L'ÉDIFICE SANGLANT ? Nous avons pensé qu'il s'agissait d'un site où une tragédie se serait déroulée. Rappelez-vous, rabbi Ezra, ce sont vos propres mots : *Le mot sanglant laisse à croire que cet édifice fut le témoin d'un drame.* La tour du sang.

— Le capitaine vous a-t-il expliqué d'où vient ce surnom ?

— Oui. C'est là que furent massacrés les Templiers qui refusaient de livrer le château aux nobles de la région. C'était aux alentours du mois de mai 1312.

— Les Templiers massacrés par les nobles ? questionna l'Arabe. Pour quel motif ? J'ai toujours cru que les chevaliers s'étaient battus de votre côté, du côté des rois chrétiens d'Espagne. Contre nous, les Maures.

— C'est exact. Mais il y eut quelques bévues. Après l'abolition de l'ordre par le concile de Vienne en 1312, il fut décidé que tous les biens des Templiers iraient à un ordre frère, celui des Hospitaliers de Saint-Jean de Jérusalem. Mais il en fut tout autrement. Après l'anarchie qui suivit la mort de Fernando IV, certains nobles, dépourvus de tout sens de l'honneur, décidèrent de faire main basse sur les propriétés en question. Ce château en faisait partie. C'est en cherchant à le conserver, afin que, dans le respect du concile de Vienne, il fût remis aux Hospitaliers, que les Templiers furent massacrés. Le dernier groupe à résister s'était réfugié là-haut, au sommet de cette tour. D'où son surnom...

— Eh bien, voici encore un bel exemple de l'iniquité qui caractérise la race humaine ! ironisa

Ezra. Cela étant... Si nous allions enfin découvrir ce qui se cache derrière ce mystérieux nombre 3 ?

L'esprit tout à leur quête, ils négligèrent de proposer à Manuela de les suivre.

Ezra cracha, s'époumona, pesta et finit par se laisser tomber comme un pantin désarticulé contre le muret de pierres.

— Plus jamais..., bégaya-t-il, plus jamais on ne m'y reprendra... Avez-vous compté ? Moi je l'ai fait... Deux cent soixante-douze marches...

— C'est de votre faute, rétorqua Vargas. Rien ne vous forçait à nous suivre.

— Il a raison, renchérit l'Arabe. De quoi aviez-vous peur ?

Il montra le vide qui formait un cercle autour d'eux.

— Pas de porte dérobée... Pas d'autre choix que celui de redescendre par où nous sommes montés.

Il s'avança jusqu'au muret et se pencha légèrement.

— Il doit bien y avoir au moins cent coudes de hauteur.

— Selon vous, dit le moine, que devons-nous chercher ? Un objet ? Une lettre ? Un signe ?

— Il ne sert à rien de nous interroger. Cherchons !

Sarrag s'accroupit et se mit à inspecter le sol, promenant lentement sa paume le long des dalles de pierre dure, guettant le moindre interstice, une dénivellation ou une boursouflure.

De son côté, le moine fit de même, mais le long du muret, partant du seuil sur la droite.

Ezra s'attaqua au côté gauche.

Manuela les avait rejoints depuis un moment déjà, mais aucun d'entre eux ne s'était rendu compte de sa présence, ou alors — ce qui était plus probable — sa présence leur indifférait. Appuyée au montant de la porte, elle les observait avec curiosité.

Un temps s'écoula. Les cloches de la ville se mirent à sonner à toute volée. Leurs vagues métalliques se projetèrent très haut dans l'azur, marquèrent un point d'orgue, avant de retomber et de se diluer dans la tiédeur des ruelles escarpées.

— Rien ! pesta l'Arabe. Je ne trouve rien !

— Si au moins nous savions ce que nous cherchons ! s'écria Ezra.

Il récita en scandant les mots :

— À LA LISIÈRE DE LA VILLE, AU CŒUR DE LA PLAINE DE SHINEAR, SE DRESSE L'ÉDIFICE SANGLANT. Y TROUVEREZ LE NOMBRE 3. Il doit y avoir une indication derrière ces mots !

C'est le moment que choisit Manuela pour avancer d'un pas.

— Si vous me permettez... Ne venez-vous pas de citer « la plaine de Shinear » ?

— C'est exact...

— Shinear, n'est-ce pas le pays où fut érigée la tour de Babel ?

Les trois hommes la dévisagèrent, les yeux écarquillés.

— Comment le savez-vous ?

— Comme toute catholique fervente, j'ai lu la Bible. Si ma mémoire ne me fait pas défaut, on trouve le récit de Babel dans la Genèse. Par contre, le verset m'échappe.

— XI, 1 ! lança Ezra.

— La phrase, me semble-t-il, fait une allusion très claire à ce qui est « incompréhensible ».

— Que voulez-vous dire ?

— C'est bien pour freiner les hommes dans leur ambition que le Seigneur a confondu leurs langages ? *Maintenant ils font un seul peuple, et parlent une seule langue. Désormais, rien ne leur sera irréalisable.* Alors Yahvé décida que la langue des uns deviendrait *incompréhensible* pour les autres. Que signifie *incompréhensible* ? Il qualifie œce qu'on ne peut prendre, ou encore, *incomprehensibilis*, ce qu'on ne peut saisir. Suis-je dans l'erreur ?

— Non. Qu'essayez-vous de prouver ?

— En vérité, je ne sais trop. Lorsque vous m'avez parlé de la personnalité d'Aben Baruel, vous avez insisté sur son goût du détail, poussé à l'extrême, et, pour employer vos propres mots : *avec une subtilité qui frise le prodige.* Alors je me dis qu'il y a de fortes chances pour que...

La physionomie de Vargas — dans un premier temps attentive — s'était assombrie.

— Nous perdons notre temps ! Reprenons nos recherches.

— Attendez ! s'exclama Sarrag. Écoutez-moi. La señora n'a peut-être pas tort. Réfléchissez. Dans le cas qui nous occupe, qu'est-ce qui est *incompréhensible*, sinon l'objet que nous cherchons ? Ce qui pourrait sous-entendre qu'il est *hors d'atteinte.* Et s'il est hors d'atteinte, il ne peut se trouver ici.

Il frappa le sol du pied.

— Ici. Dans ce périmètre.

— Vous vous égarez ! désapprouva Rafael. Baruel a bien précisé que nous trouverions l'objet au sommet de l'édifice sanglant, pas ailleurs !

— Je n'ai jamais envisagé le contraire. Mais je répète...

— Señores !

La voix d'Ezra avait claqué comme un fouet. Les deux hommes se retournèrent.

Avec l'air d'un adolescent qui vient de réussir une mystification, le rabbin brandissait haut vers le ciel, tel un étendard victorieux, un triangle. Un petit triangle d'airain.

— Mais... mais..., balbutia le cheikh, où avez-vous trouvé cet objet ?

Ezra indiqua le versant caché du muret.

— De l'autre côté. Du côté invisible. Hors du cercle... Encastré dans un interstice. Il suffisait de se pencher pour le récupérer.

Il regarda Manuela avec un sourire complice.

— *Incomprehensibilis*... C'est bien le mot latin ?

Chapitre 15

Vâyu (l'air) a tissé l'univers, en reliant
comme par un fil ce monde et l'autre
monde et tous les êtres ensemble.

Brhadâranyaka Upanishad,
III, VII, 2.

Assis sur un tabouret, dans la pénombre, le guitariste faisait résonner ses accords avec violence.
Sa main droite roulait le long des cordes, les
doigts de la main gauche pinçaient les notes, se
déplaçaient sur le manche et, tantôt par saccades,
tantôt dans un délié, elles arrachaient à l'instrument une succession de cris et de soupirs.

À la table voisine, un homme sans âge, la face
imprégnée de nostalgies inconnues, accompagnait le musicien en frappant dans sa paume.

Plus en retrait, un personnage, l'air absent,
était attablé devant un pichet de vin. Sur le
moment, Sarrag se dit que l'individu avait une
figure vraiment curieuse. Ses yeux noirs étaient
enfoncés sous un front court, traversé d'une
longue balafre : une tête d'oiseau.

De toutes les ventas qu'ils avaient croisées,
celle-ci était sans doute la plus misérable. Éclairée par un feu mourant, la salle n'était qu'un

espace caillouté, circonscrit entre des murs peints à la chaux, meublé de bancs, de tabourets en guise de table, d'un râtelier circulaire débordant de foin, sur lequel étaient penchées trois mules à la croupe large et pleine. Des objets hétéroclites pendaient çà et là ; des amphores au long col, des outres, le tout enveloppé dans des relents de vin aigre.

Sarrag fit une moue écœurée devant l'omelette qu'on lui avait servie et qui pataugeait dans un bain d'huile brunâtre.

— Décidément, Reconquista ou non, les auberges de ce pays resteront toujours ce qu'elles sont : un lieu où l'estomac est irrémédiablement condamné à l'indigestion si l'on n'y apporte pas sa propre nourriture. Ah ! où sont les repas préparés avec amour par mes épouses...

— Il y a un avantage tout de même, fit remarquer Ezra, ce soir nous coucherons dans des lits.

— Vous appelez ça des lits ? persifla le cheikh. Des paillasses plutôt. Et ces chambres d'hôte ! Un plancher effondré qui donne sur le poulailler, une fenêtre qui bat et qu'il est impossible de verrouiller, du vent sous les pieds et, pour nous bercer, le gloussement des poules.

— Arrêtez de vous plaindre, Sarrag. Encore heureux qu'il y ait deux chambres libres. Sinon — il indiqua la salle — c'est ici que nous aurions été forcés de coucher, à même les cailloux, avec les deux mains sous la nuque en guise d'oreiller.

Il prit Manuela à témoin :

— Je ne pense pas que vous eussiez apprécié, señora.

— Si je devais commencer à faire le tri des contraintes et des inconvénients de ce voyage, je rebrousserais chemin.

Elle désigna le petit triangle, posé devant eux sur un tabouret.

— Je ne voudrais pas...

Elle s'interrompit. Le temps d'un éclair son regard avait croisé celui de l'homme à la tête d'oiseau. Quelle imprudence ! Elle regarda ailleurs, priant Dieu que nul ne vît le trouble qui s'était emparé d'elle.

— Vous disiez, señora ? demanda Sarrag.

Elle s'efforça de reprendre le fil de sa pensée.

— Oui, je ne voudrais pas donner l'impression de m'immiscer dans votre affaire, mais avez-vous trouvé une explication à ce triangle récupéré sur la tour ?

Ezra plissa le front, dubitatif.

— Je n'y vois qu'un triangle équilatéral classique : trois côtés, trois sommets. Vous l'ignorez sans doute, mais dans la tradition judaïque, le triangle équilatéral figure l'Éternel. Observez de quoi est composé le sceau de Salomon...

Le rabbin se pencha, écarta les cailloux et, à l'aide de son index, il dessina sur le sable.

— Encore ! gronda le cheikh. Lorsque nous étions à Grenade, je venais à peine de vous connaître que déjà vous affirmiez : « Le six peut représenter, par le symbolisme graphique, *six triangles équilatéraux inscrits dans un invisible cercle.* » Ensuite, il y a à peine quelques jours, à la Rábida, alors que nous parlions de la Da'wa, vous vous êtes lancé sur Aboulafia et sur la valeur des lettres du tétragramme. Vous avez gribouillé — il ânonna volontairement — *six triangles équilatéraux inscrits dans un invisible cercle*...

Vargas saisit le triangle et le fit pivoter entre ses mains.

— Pour ma part, cet objet me fait penser à la triple mort d'Hiram...

L'Arabe mordit dans un quignon de pain noir. Machinalement, ses yeux se posèrent une nouvelle fois sur l'homme à la tête d'oiseau. Celui-ci, bras croisés sur sa poitrine, donnait l'impression de dormir.

— Toutes ces affirmations ne nous disent toujours pas pourquoi Baruel a cru bon de nous faire traverser l'Estrémadure pour récupérer ce triangle.

Ils gardèrent le silence, chacun livré à ses pensées.

Manuela en profita pour chercher des yeux Mendoza. Il avait disparu. Elle se promit qu'à la première occasion, elle le tancerait pour sa légèreté.

Les dialogues échangés entre les hommes s'entrecroisaient dans sa tête : des Templiers, une tour sanglante, le sceau de Salomon, un triangle d'airain. À quoi rimait ce fouillis ? Elle avait beau réfléchir, elle ne parvenait toujours pas à entrevoir le sens de ce mystérieux complot ? Qu'y avait-il de caché derrière ces déplacements ?

Un mouvement se produisit près du comptoir, qui la tira de sa réflexion. La femme de l'aubergiste s'était approchée du guitariste. Elle était grasse, les hanches larges, elle avait de grands yeux noirs entre velours et nacre, et ce ton de peau qui affleurait la sépia, si particulier aux

Gitans. Un tour de tête orné de rubans d'un rouge vif entourait ses cheveux ; la robe moulait son buste épanoui, avant de s'évaser dans un bouillonnement de jupons jusqu'aux chevilles. Elle échangea un coup d'œil complice avec le musicien qui plaqua un accord, plus sec, plus violent que les précédents. Alors, la femme se mit à bouger. Ce ne fut d'abord qu'un balancement monotone, un piétinement lent et sans accentuation, un faible mouvement de hanche. Bientôt, ce corps qui avait dépassé la cinquantaine n'eut plus d'âge. La taille dressée, les reins cambrés, les mains arquées au-dessus de ses cheveux noirs, elle tournait lentement sur elle-même.

Comme s'il n'avait attendu que cet instant, un homme se leva, le visage tanné, griffé de rides. Il s'approcha de la danseuse, le thorax légèrement en avant. On aurait cru un centaure. Il murmura un encouragement auquel la femme fit écho par une ondulation des reins. Tout s'accéléra. L'homme frappa dans ses paumes. Ses mains devinrent un cœur, un cœur régulier, puissant, qui à chaque pulsation faisait naître chez la danseuse une vibration nouvelle. Un fluide chargé de violence et d'une extraordinaire sensualité se mit à jaillir à flots de son corps, cependant que ses pieds frappaient et frappaient encore la terre. Elle piaffait, le buste en avant, le cou et la tête lancés vers l'arrière, la croupe offerte, elle était devenue la proue d'un navire qui fend l'écume. Elle n'était plus que danse. Sous les exhortations du guitariste, la vision se creusait de cambrures de reins, de mouvements de braise, de trépignements convulsifs. La danseuse s'enflammait, elle redoublait d'ardeur, définitivement menée vers une cavalcade amoureuse dont elle seule savait les limites.

Manuela dévorait le spectacle des yeux. La fièvre avait empourpré ses joues et la tension l'avait transfigurée. La sensualité, la passion, la vie, la mort, la haine et l'amour : sa figure reflétait tous les sentiments de l'univers.

Assis près d'elle, Rafael Vargas s'était laissé aller à l'observer. Sans qu'il pût expliquer pourquoi, à son insu, la métamorphose de la jeune femme avait éveillé en lui un trouble indéfinissable. Elle avait ranimé des souvenirs anciens, des émotions qu'il avait crues depuis longtemps ensevelies, au point qu'il dut se faire violence pour s'arracher à sa contemplation.

Entre-temps, Sarrag avait posé la main droite sur son oreille, et d'une voix lente, presque gémissante, il commença à psalmodier une mélopée où il était question d'exil, de la mort d'un sultan et d'amour. Son chant se mêla aux accents de guitare, aux gestes brisés du couple de danseurs, et nul n'aurait pu dire qui des trois animait les autres.

Quand le silence retomba, on aurait juré que le jasmin, la myrte et l'ambre avaient remplacé l'odeur fétide qui, jusque-là, avait empesté l'air de la venta. Sans fermer les yeux, on pouvait entr'apercevoir la cour des Lions de l'Alhambra, sa fontaine, ses arcades et, enfoui au cœur du râtelier sur lequel étaient penchées les mules, le petit jardin de Lindaraja, avec ses roses, ses citronniers et sa verdure d'émeraude.

— Eh bien, cheikh Ibn Sarrag, s'exclama Ezra, je ne vous savais pas des talents de chanteur Qu'avez-vous fredonné là ?

— Des quatrains que l'on attribue à Muqaddam ibn Muâfa. Un poète que l'on surnommait « l'aveugle de Cabra ».

— Magnifique. Je me suis souvent demandé si la musique n'était pas l'exemple unique de ce qu'aurait pu être — s'il n'y avait pas eu l'invention du langage — la communication des âmes. Ne croyez-vous pas ?

Il avait posé la question à Vargas.

Celui-ci, les joues enflammées répliqua d'une voix sourde.

— Sans doute.

Ezra s'empara du triangle et le plaça à contre-jour.

— Avez-vous remarqué qu'il est fait d'airain...

— Je sais ce que vous allez dire, anticipa l'Arabe. L'airain est l'alliage de l'étain, de l'argent et du cuivre.

— Il est bien plus qu'un simple alliage. Étant issu du mariage des contraires, il nous représente peut-être : trois métaux, trois personnages que tout oppose. Encore un clin d'œil de Baruel. Et me revient aussi ce verset des Nombres : *Moïse façonna un serpent d'airain, qu'il plaça sur l'étendard, et si un homme était mordu par quelque serpent, il regardait le serpent d'airain et...*

— Je vous en prie, cessez d'énumérer les qualités de ce métal, et efforçons-nous plutôt de comprendre à quoi il nous sert ou nous servira.

— À mon avis, ce serait peine perdue, rétorqua Vargas. Nous devrions d'abord élucider la suite du cryptogramme afin de découvrir quelle est notre prochaine destination. Alors, peut-être y trouverions-nous une information sur le triangle. Il est certainement lié au Livre de...

Il se retint in extremis. Son œil croisa celui de Manuela. Celle-ci avait l'air perdue dans ses pensées. Il proposa très vite :

— Partons d'ici. Un endroit plus discret serait plus approprié pour examiner le Palais suivant. Je suggère notre chambre.

Ezra s'étonna :

— Pourquoi ne pas le faire ici ?

Vargas lui lança un regard furieux.

— Vous êtes d'une inconscience !

Il désigna Manuela.

— Nous ne savons rien de cette personne ! Je veux bien que nous soyons forcés de la garder à nos côtés pour quelque temps encore. Par contre, je ne vois aucune raison de l'initier à nos travaux !

Le rabbin voulut répliquer, mais Manuela s'interposa :

— Soyez sans crainte, padre. Je n'ai aucunement l'intention de voler vos secrets. À demain matin, señores...

Sans un regard pour Vargas, elle partit vers l'escalier vermoulu qui menait aux chambres.

Le rabbin médita à voix haute :

— C'est curieux... Un juif, un musulman et deux chrétiens. Et voilà que ces deux-là, qui auraient dû normalement faire corps contre les autres, se déchirent avec une belle ardeur. Étonnant...

*

L'obscurité avait commencé à envelopper la venta d'un velours sombre et les premières mèches dansaient déjà dans leurs bougeoirs.

À moitié allongé sur une couverture de laine à

l'aspect plus que douteux, l'Arabe examina une fois encore la feuille noircie de ratures et d'annotations.

— La ville de Cáceres ! C'est bien la première fois que Baruel se montre si tendre, en nous révélant en préambule le nom de notre prochaine destination.

Il leva les yeux au ciel et dit :

— Que le Très-Haut te garde, Aben...

Replaçant la feuille sur le sol, il examina une nouvelle fois le texte reconstitué.

DEUXIÈME PALAIS MINEUR

BÉNIE EST LA GLOIRE DE Y.H.W.H. DEPUIS SON LIEU.

LE NOM EST EN 6.

POURQUOI LA LASSITUDE D'EXPRIMER CE QUE LE JOUVENCEAU SAIT DÉJÀ ?

LES FILS DE L'HOMME Y ATTENDAIENT L'HEURE. ALLAH NE MANQUERA POINT À SA PROMESSE. AU-DELÀ DES REMPARTS, COURT LA ROUTE QUI CONDUIT À JABAL EL NOUR. LÀ-BAS, DANS LE VENTRE DES PIERRES VOUS VERREZ CEUX QUI SE PROSTERNENT, CEUX QUI SE TROUVENT DANS LES CIEUX, CEUX QUI DEMEURENT SUR LA TERRE, LE SOLEIL, LA LUNE, LES ÉTOILES, LES MONTAGNES, LES ARBRES, LES ANIMAUX. LORSQUE VOUS SEREZ ARRIVÉS, TRANCHEZ LES MAINS DU VOLEUR ET DE LA VOLEUSE. QUAND ELLES SERAIENT ROUGES COMME DE LA POURPRE, COMME LAINE ELLES DEVIENDRONT.

FASSE QUE LA HUPPE VOUS ACCOMPAGNE.

Il se tourna vers le moine et s'inclina en signe d'hommage.

— Soyez remercié, fray Vargas. C'est grâce à vous.

— Je n'ai aucun mérite. Tout est dans cette phrase : POURQUOI LA LASSITUDE D'EXPRIMER CE QUE LE JOUVENCEAU SAIT DÉJÀ ? Or que sais-je « déjà » ? Souvenez-vous de la phrase : JE N'AI CONNU QU'UN SEUL ANGE. Baruel connaissait les liens que ma famille et moi-même entretenions avec les Templiers et l'ordre de Santiago de la Espada. Lorsque nous nous sommes connus, je vous ai dit dans quelle ville cet ordre avait vu le jour. Pour Baruel, il ne faisait aucun doute que j'établirais la relation.

— En tout cas, observa le rabbin, nous avons parcouru un chemin important.

Il reprit la feuille.

— Nous avons creusé aussi loin que possible chacun de ces éléments. Nous savons à quoi ils font référence. Le mot clé est indiscutablement « Jabal el Nour », appelé aussi « le mont de Lumière » ou « le mont Hîra ». Selon notre ami Sarrag, ce serait dans cette montagne des environs de La Mecque que se trouve la caverne où le Prophète se rendait pour méditer. Par conséquent, il est clair que c'est aux abords de la ville — pour reprendre l'expression de Baruel, « au-delà des remparts » — que nous devrions découvrir une élévation, une colline, une montagne qui aurait un lien avec ce Jabal el Nour. L'un d'entre vous s'oppose-t-il à cette conclusion ?

Les deux hommes répondirent par la négative.

Ezra étouffa un bâillement.

— Dans ce cas, souffrez que je me retire.

Tout en s'allongeant sur la paillasse il ajouta :

— Fray Vargas, m'autorisez-vous une remarque ?

— Faites.

— Je vous trouve bien dur avec la señora Vivero.

Il se retourna sur le côté et ferma les yeux.

*

Manuela interrompit sèchement l'homme à tête d'oiseau.

— Je vous l'ai dit et vous le répète : le prêtre est celui qui se méfie le plus de moi.

— Un homme d'Église ? Un chrétien se défiant d'une chrétienne ? C'est incroyable.

Il passa une main rugueuse sur les rides qui creusaient son front et déclara, pensif :

— Il a peut-être des choses à se reprocher.

Sans transition, il s'enquit :

— Et vous ne savez toujours pas ce que ces individus préparent ?

Manuela dut reconnaître son impuissance.

— C'est trop confus pour l'instant. J'ai surpris çà et là quelques bribes, mais sans grand intérêt.

Mendoza soupira.

— Bon. Il ne nous reste plus qu'à continuer à vous emboîter le pas. Mais n'oubliez surtout pas, doña Manuela, dès que vous aurez la moindre information...

— Oui, Mendoza, je sais... Vous serez prévenu. Autre chose : cessez de vous afficher au grand jour. Ils ne sont pas aveugles, savez-vous ?

Le familier se tut. Il détestait le ton péremptoire sur lequel cette femme s'exprimait. S'il

n'avait tenu qu'à lui, il lui aurait clairement signifié qu'elle n'était rien de plus qu'une servante au
service de la Foi. Rien d'autre. Mais ce n'était ni le
lieu ni le jour. Plus tard, peut-être... Plus tard...

Chapitre 16

Santiago sauve l'Espagne !

Cervantes,
Don Quichotte.

Dans le soleil de midi, la ville des chevaliers semblait sortir tout droit d'un livre d'enluminures. La lumière qui frappait les murailles de plein fouet accentuait l'ocre des pierres et le gris des pavés. De l'Arco de la Estrella à l'Arco del Cristo, l'azur se fondait dans le lacis des ruelles coupées d'escaliers.

L'ombre d'une tour fortifiée se prolongeait le long des pavements, avant d'aller mourir sur le seuil d'une demeure seigneuriale. Une petite église somnolait sous la chaleur. Une fontaine de marbre, veinée de branches mauves, bruissait au centre de la place. C'est ici que les quatre cavaliers avaient mis pied à terre. L'Arabe et le juif s'étaient laissés choir sur les marches qui entouraient la pièce d'eau. Le moine, debout, appuyé contre un muret, étudiait le cadre. À quelques pas de lui, Manuela, penchée sur le rebord de la fontaine, puisait de pleines brassées d'eau dont elle s'inondait le cou, les avant-bras avec une joie sauvage. Lorsqu'elle se releva, de fines gouttelettes

parsemaient sa peau comme autant de minus-
cules éclats de lumière. Elle avait noué ses cheveux en chignon, offrant ses traits à l'air attiédi.
Le sang bondissait à son cou dénudé, dans un
battement affolé, délicieusement trouble. Des
perles d'eau avaient glissé le long de sa chemise,
dans l'échancrure à peine entrebâillée sur la
gorge. Elle était en cet instant plus belle que
jamais, belle comme peut l'être la tendresse ou la
certitude de l'amour. La comparaison était peut-
être excessive, ce fut en tout cas celle qui vint à
l'esprit de Vargas. Il l'observa encore un moment,
tandis qu'elle passait un mouchoir sur ses paupières, et marcha vers l'Arabe. Il n'avait que trop
dévisagé cette femme.

— Alors ? Qu'est-ce que ce décor vous inspire ?

— Pour l'heure, je ne vois ni le Jabal el Nour, ni
ces fils de l'Homme qui attendent le Jugement
dernier, ni ceux qui se prosternent, et encore
moins un voleur ou une voleuse, et je ne vois pas
de huppe non plus.

Tout en parlant, il plongea à son tour ses mains
dans la fontaine.

Vargas reprit :

— Je suggère que nous partions à la recherche
d'un indice.

— Où comptez-vous aller ? questionna le rabbin.

— Au hasard. Nous trouverons bien un signe
qui nous mettra sur la voie.

— Faites ce qu'il vous plaira. Moi j'étouffe.

Il désigna l'église.

— Je vous attendrai à l'intérieur. J'ai besoin de
fraîcheur.

Sarrag, incliné sur la fontaine, se redressa
ahuri, le visage trempé.

— Vous êtes sérieux ?

— Je le suis.

— Vous ? Dans une église ?

— Moi, dans une église, répéta Ezra, et de surcroît un samedi, jour de shabbat. La maison de votre Dieu refuserait-elle à un rabbin qui fuit la chaleur ce qui est accordé à des coupe-jarrets fuyant la justice ?

Sans plus attendre, il partit à longues enjambées.

— Eh bien, observa Sarrag à l'intention de Vargas, ce juif n'aura de cesse qu'il n'ait fini de vous chiner.

La remarque déclencha chez Vargas un soupir désabusé.

— Vous venez ?

L'Arabe acquiesça et proposa à Manuela :

— Vous aussi, señora ?

La jeune femme déclina l'invitation

— Je suis épuisée. Je vais rester ici. Je surveillerai les chevaux.

— Comme vous voudrez.

Il emboîta le pas à Vargas.

Assise à l'ombre du portail de l'église, la jeune femme ramena ses genoux contre sa poitrine et ferma les yeux. Elle se sentait vidée. À l'euphorie des premiers instants avait succédé une fatigue tant physique que morale. Elle, si attachée à offrir une apparence irréprochable, se sentait devenir une véritable souillon. Elle n'avait pour toute garde-robe que trois modestes tenues, une mantille et deux paires de bottines.

Tout lui échappait dans cette histoire. Aucun de ces hommes ne donnait l'impression d'être un comploteur obsédé par la ruine de l'Espagne ou celle de la chrétienté. À aucun moment elle ne les avait entendus insinuer quoi que ce soit d'équivoque ni la moindre menace déguisée. Mais peut-être n'était-ce qu'une apparence ?

Le seul indice, ô combien infime, qu'elle avait recueilli, était cette allusion faite par Vargas dans la venta à propos d'un livre... La remarque ne lui avait pas échappé. Il avait dit en examinant le triangle : *Cet objet est certainement lié au Livre*... De quel livre s'agissait-il ? Pourquoi, à peine ces mots prononcés, avait-il manifesté de la gêne ? Comme si une information essentielle lui avait malencontreusement échappé. Il fallait absolument qu'elle essaie d'en savoir plus.

Tout à coup, un frappement de sabots attira son attention. Elle ouvrit les yeux. Des cavaliers, dont certains étaient armés, venaient de débouler sur la place. Sa première pensée fut qu'il s'agissait de membres de la Santa Hermandad à la recherche d'un malfaiteur. Ils sautèrent à bas de leurs montures. Elle les vit qui palabraient, l'un d'entre eux fit un signe et d'un pas leste entra dans l'église.

Intriguée, Manuela se releva et, sans pouvoir en définir la raison, elle sentit une angoisse sourdre en elle. Le temps passait. Les hommes, l'épée au fourreau, s'étaient reculés de quelques pas ; des curieux se maintenaient à une distance craintive. Un cheval poussa un hennissement. Un rire fusa. L'homme qui quelques instants plus tôt avait pénétré à l'intérieur de l'édifice réapparut. Manuela étouffa un cri. Il n'était pas seul. Ezra marchait à ses côtés. Elle voulut se précipiter vers eux, mais au dernier moment son instinct lui cria de ne pas broncher. Pourtant, le rabbin ne paraissait pas inquiet outre mesure. Il discutait avec l'un des cavaliers de façon naturelle, et elle crut même entrevoir un sourire sur ses lèvres. Plus tard, une fois qu'il fut emmené par le groupe, elle comprendrait que ce qu'elle avait pris pour un sourire n'était que l'expression d'une résignation affligée. Brusquement, quelqu'un emprisonna les poignets du juif et les lui noua derrière le dos. Les cavaliers remontèrent en selle, sauf trois d'entre eux qui se placèrent à droite et à gauche d'Ezra, le dernier ouvrant la marche. Aux premiers curieux avait succédé un attroupement. On percevait ici et là des murmures. Manuela avait-elle mal entendu ? ou une voix avait-elle réellement lancé : « Blasphémateurs ! marranos ! »

Elle était atterrée. Ezra venait d'être arrêté, et il y avait de fortes chances que ce fût par des familiers de l'Inquisition. Mais pour quelle raison le Saint-Office avait-il décidé d'intervenir ? L'envoyé de Torquemada se serait-il résolu à agir de son propre chef ? C'était impensable !

On avait saisi Samuel par le bras. On l'entraînait à travers les ruelles.

Manuela se dit qu'elle n'avait pas d'autre choix que de continuer à filer le train aux miliciens, en espérant qu'elle tomberait sur Vargas ou Sarrag.

La foule s'était dispersée. Elle était la seule à suivre le quatuor à travers le lacis des ruelles. Par endroits, l'étroitesse était telle que le soleil avait du mal à se frayer un chemin du haut du ciel. Des escaliers tranchaient le ruban des pavés, qui menaient vers Dieu sait quelle destination. Ils longèrent les maisons de pierre grise, croisant par intermittence l'œil apeuré ou réprobateur des habitants. Une place apparut. Un palais. Ils le dépassèrent. Juste à l'instant où Manuela arrivait devant l'imposant portail en chêne massif, elle eut la vision fugitive d'une inscription gravée sur le linteau : *A qui esperan los Golfines el dia del juico*, « Ici, les Golfines attendent le jugement de Dieu ». Les quatre hommes venaient de tourner à l'angle de la place. Un édifice écrasait de sa masse inquiétante le reste du décor. Des hommes étaient en faction devant une grille. Au-delà on entre-voyait une petite cour déserte. Les miliciens s'étaient arrêtés, Manuela vit l'un d'eux sortir une cagoule de sa poche. En dépit du mouvement de recul d'Ezra, la cagoule lui fut enfilée sur la tête et enfoncée jusqu'au ras du cou. Si une incertitude subsistait encore, cet acte y mettait un point final : Ezra allait être jeté en prison. En lui voilant la face et en le dérobant aux regards, on appli-quait une des sacro-saintes règles inquisitoriales qui exigeait que l'anonymat de l'inculpé fût conservé ; non point pour des raisons humani-taires, mais parce qu'il ne fallait à aucun moment que les autres prisonniers pussent identifier le nouvel arrivant et inversement. Le secret en tout, pierre angulaire du Saint-Office.

La grille s'était écartée. La silhouette efflanquée du rabbin disparut, avalée par la nuit.

Que s'était-il donc passé ? Était-il possible qu'Ezra eût commis une action sacrilège alors qu'il était dans l'église ? Non. Pas lui. Manuela avait souvent entendu dire qu'il arrivait à des juifs convertis de se comporter de manière blasphéma-toire au sein des églises. À l'instar de ce racionero, Juan del Rio, enseignant le judaïsme au pied des autels, ou de ce hiéronymite qui se servait du confessionnal dans le même but, ou encore de ce prieur du nom de Garcia Zapata qui, pendant la messe, au lieu des paroles consacrées, prononçait des propos irrévérencieux. Samuel Ezra, lui, ne pouvait être soupçonné d'agissements aussi vils. Elle en était convaincue.

— Doña Vivero...

Une main s'était posée sur son épaule. Elle se retourna et reconnut l'homme à la tête d'oiseau. Le familier posa un doigt sur ses lèvres et l'invita à le suivre. Il bifurqua au premier coin de rue. Avisant un renfoncement empli d'ombres, il s'y glissa.

— Venez, chuchota-t-il, ne restez pas là, on risque de nous voir.

Manuela s'informa, fébrile :

— Êtes-vous au courant ? Le rabbin a été...

— Oui, je sais. Nous avons assisté à tout. Nous n'y sommes pour rien. Ce sont les responsables du district de Cáceres qui ont agi de leur propre initiative.

— Mais c'est incroyable ! Une arrestation en plein jour ? Sous quel chef d'accusation ?

— Je suis au même point que vous. De même que j'ignore s'il y a eu enquête. Car vous n'êtes pas sans savoir que nous faisons toujours preuve d'une très grande circonspection dans l'instruction d'une affaire. Nous n'arrêtons jamais quelqu'un aveuglément. Toute détention est précédée de recherches minutieuses. Sinon, où serait la justice ?

Garcia Mendoza s'était exprimé sur le ton d'un croque-mort qui constate une fosse bâclée.

Il poursuivit :

— De toute façon, nous allons en avoir le cœur

net. Je possède un document signé de la propre main de l'Inquisiteur général qui devrait me donner accès au dossier. En attendant, allez retrouver vos amis. Je m'arrangerai pour vous tenir au courant.

— Je ne sais pas de quelle façon vous comptez vous y prendre, mais ne perdez pas de vue ceci : si l'un de ces trois hommes vient à manquer, c'est tout le plan de fray Torquemada qui est condamné.

Garcia se pinça les lèvres nerveusement. Dans la voix de la femme il avait perçu beaucoup plus qu'une simple mise en garde. Il y allait de son avenir au sein du Saint-Office.

— Séparons-nous, fit-il en guise de réponse. Ici c'est trop dangereux.

En la voyant déboucher sur la place, Rafael et Sarrag se précipitèrent vers elle.

— Où étiez-vous passée ? vociféra le moine.

Elle n'eut pas le temps de répondre.

— Ezra a été appréhendé par l'Inquisition.

Il avait annoncé la nouvelle d'une voix âpre dans laquelle elle crut déceler de la suspicion à son endroit.

— Je suis au courant. Ils sont venus l'arrêter tout à l'heure.

— Dans l'église ? Ils ont osé ?

— Non. Un homme est allé le chercher à l'intérieur. Je suppose qu'il a dû invoquer un prétexte suffisamment crédible pour qu'Ezra le suive en confiance. Ensuite, ils lui ont ligoté les poignets et l'ont emmené jusqu'à la prison.

— Mais pour quelle raison ? demanda Sarrag. Aurait-il fait ou dit quelque chose d'incorrect ?

— Cette pensée m'a effleurée aussi. Mais croyez-vous Ezra capable d'un acte aussi sot ?

L'Arabe répliqua par une mimique qui sous-entendait : « Allez savoir ! »

À ses côtés, Vargas étudiait la jeune femme avec acuité.

— Señora, dit-il lentement, êtes-vous sûre d'être en dehors de cette affaire ?

— Vous insinuez que je serais responsable de l'arrestation d'Ezra ?

— Je n'insinue rien, je m'interroge, c'est tout !

La rudesse de la voix lui porta au cœur.

— Vous vous interrogez, fray Vargas ? Mais au nom de quoi ? Qu'est-ce qui vous autorise à croire que je pourrais être capable d'une pareille action ?

— Votre survenance soudaine, cette ingérence si lourde d'interrogations restées sans réponse. Vous seule savez la vérité, señora.

Cette fois elle explosa :

— Je ne sais pas ce que vous avez au fond de l'âme, fray Rafael, mais ce qui s'y trouve doit être bien amer ! Dès le premier instant où nous nous sommes rencontrés, vous avez cherché à souiller ce que je suis — elle tendit la main comme si elle repoussait un objet invisible —, non, je ne parle pas de ce qui nous oblige à cohabiter. Ce que vous cherchez à salir, c'est ma personne, la femme. C'est la femme qui vous irrite, fray Vargas.

Il partit d'un éclat de rire dont on n'aurait su dire s'il était l'expression de son amusement ou, au contraire, une façon de se protéger.

Tel un chasseur qui sait tenir sa proie, Manuela se fit plus précise encore.

— Auriez-vous tellement souffert par le passé

que vous soyez devenu si méfiant à l'égard des femmes ? L'une d'elles aurait donc marqué si cruellement votre cœur et votre mémoire ?

Elle avait atteint la cible. Le sang avait reflué du visage de Rafael, paré d'une expression de souffrance si intolérable que, sur-le-champ, elle s'en voulut pour ses propos.

Il ne dit rien, battant en retraite dans le silence.

Sarrag décida de mettre fin à leur affrontement.

— Il y a un homme en danger de mort, fit-il gravement. Lui disparu, ce serait la fin du voyage.

— Dieu ne permettra pas que nous échouions !

Vargas s'était repris, et c'est avec une confiance aussi vive qu'inattendue qu'il avait lancé son affirmation.

— Inch Allah, fit Sarrag, mais où est la solution ? Prendre d'assaut la prison ? Aller plaider la cause d'Ezra ? Auprès de qui ? Vous savez comme moi qu'une fois le prisonnier enfermé dans les cellules inquisitoriales, le voile tombe et plus aucun lien n'est possible avec le monde extérieur.

Il ajouta sur un ton saisissant :

— Le rabbin devra s'incliner.

— Que voulez-vous dire ? interrogea Manuela.

— Il faut qu'il nous remette les Palais qui nous manquent. S'il refusait, ce serait faire injure à la mémoire d'Aben Baruel.

Le moine fit observer :

— En imaginant qu'il veuille bien nous les céder — ce dont je doute — comment pourrait-il s'y prendre ? Vous venez de le faire remarquer : une fois en prison, l'inculpé est plongé dans un isolement total.

— Je n'en sais rien. Nous devons trouver un moyen.

Manuela se risqua à proposer :

— Demain, au lever du jour, je pourrais tenter de me faire passer pour la fille d'Ezra, et qui sait...

— N'y songez même pas, dit Vargas. Autant vouloir creuser une roche avec les doigts.

Le cheikh se laissa tomber au pied de la fontaine.

— Quelle perte ! Nous ne saurons jamais. Voici des milliers d'années que l'homme cherche la grande preuve, la démonstration irréfutable de...

Vargas le coupa :

— Taisez-vous !

Sarrag le dévisagea, interloqué par la violence de sa réaction.

— Qu'est-ce qui vous prend ? Je...

— Je vous dis de vous taire ! Ce n'est ni le lieu ni l'heure de libérer vos états d'âme ! N'importe qui pourrait nous entendre.

Manuela fit un pas vers eux. Une veine battait à sa tempe.

— Ce *n'importe qui*, c'est moi, cheikh Sarrag. En effet, vous auriez intérêt à vous taire. Je pourrais vous faire arrêter, comme j'ai fait arrêter Samuel Ezra.

Il n'y eut pas de réaction.

Au-dessus de leurs têtes, un aigle royal tournoya un instant avant de filer entre les tours.

— Señora, dit finalement Sarrag, vous vous êtes proposé de jouer le rôle de la fille d'Ezra. Les chances qu'on vous autorise à le rencontrer sont pratiquement nulles, néanmoins je crois que la tentative vaut la peine. Si, comme je le crains fort, hélas, vous êtes éconduite, il ne nous restera plus qu'à abandonner notre quête et à rebrousser chemin.

Désormais, se dit Manuela, leur sort était entre les mains de l'homme à la tête d'oiseau...

Chapitre 17

> Vengeance ! mort ! rugit Rostabat le géant. Nous sommes cent contre un. Tuons ce mécréant !
>
> *V. Hugo*,
> La Légende des siècles, *XV*,
> « Petit roi de Galice », *VIII*.

Assis en tailleur sur la paillasse qui sentait la poussière et la sueur, le cheikh se massa doucement les paupières. Ensuite il replia la feuille sur laquelle il avait gribouillé une série d'apostilles et la posa près de lui. À sa droite, Rafael, adossé au mur, mains croisées derrière la nuque, fixait le plafond, l'œil pensif.

— La señora a-t-elle une chance de réussir ? questionna Sarrag.

Le moine adopta une moue sceptique.

— À mon avis, tout dépendra du type d'emprisonnement auquel a été condamné le rabbin. Au sein du même bâtiment, le tribunal d'Inquisition dispose de trois sortes de prisons : celle dite « des familiers » où n'échouent que les délinquants, la « moyenne prison », moins stricte que la troisième, dite « prison secrète », exclusivement réservée aux hérétiques. Si Ezra a été enfermé dans cette dernière — et tout porte à croire que c'est le cas — alors aucune communication avec l'extérieur ne lui sera accordée.

— Pensez-vous qu'il risque la torture ?

— Là aussi, la réponse est incertaine. Elle est liée à l'accusation. Nous ne savons pas s'il s'agit de suspicion ou de conviction. Ce qui est sûr, c'est que si Ezra se refuse à avouer sa faute — quelle qu'elle soit —, il sera très certainement soumis à la question, le Conseil estimant que la torture infligée à un hérétique, convaincu et impénitent, lui offre une dernière chance de demander miséricorde.

— Mais le malheureux a près de soixante-dix ans ! Ils ne vont tout de même pas imposer une épreuve aussi dure à un homme de cet âge ?

— L'âge est un élément qui pourrait jouer en sa faveur. Avec la maladie, la folie ou la grossesse, il fait partie des cas d'exemption. Il n'en demeure pas moins que la décision incombe aux inquisiteurs.

— En conclusion, l'unique chance qu'il aurait d'éviter des souffrances inutiles serait d'avouer sa faute.

Sarrag caressa nerveusement sa barbe.

— À sa place j'aurais tout avoué. Vol, meurtre, blasphème ! J'ai ouï dire que les sévices infligés étaient effroyables. Un médecin de Grenade m'a confié un jour quelques détails sur le sujet. Il m'a parlé entre autres du fameux *sueño italiano*, le rêve italien. Vous savez, bien sûr, ce qui se cache derrière un nom aussi poétique ?

— Vaguement. Je présume qu'il doit être très proche de son homologue, le « rêve espagnol ».

— Le « rêve italien » consiste à placer la victime dans une armoire intérieurement tapissée de pointes acérées, dans laquelle elle doit séjourner des heures durant, dans la plus parfaite immobilité, au risque de s'embrocher au moindre mouvement. Remarquez, si on compare cette épreuve aux pointes de métal rougi appliquées sur les testicules, c'est un rêve en effet.

— Navré de vous contredire, mais ni fer ni feu, rectifia Vargas. On n'a recours qu'à l'eau et aux cordes et, dans un cas extrême, à l'estrapade. Il y a peu, j'ai découvert dans la bibliothèque de la Rábida un traité de treize pages où étaient clairement définies les manières de supplicier.

L'Arabe ironisa :

— Le manuel du parfait bourreau.

— D'après ce que j'en ai lu, la torture est exclusivement appliquée aux membres de l'accusé. Celui-ci est solidement fixé au mur par un jeu de cordes en brassière qui lui serrent la poitrine ou les côtes flottantes, paraît-il plus sensibles à la douleur. Les bras...

— Arrêtons ces descriptions, voulez-vous ? J'imagine Ezra dans cette situation et la nausée me monte aux lèvres. Nous avons mentionné la possibilité qu'il réclame miséricorde assez rapidement. Si c'était le cas, que se passerait-il ?

— Si les inquisiteurs sont satisfaits de ses aveux, ils peuvent l'admettre à réconciliation, ce qui représente un adoucissement considérable par rapport aux anciennes instructions qui spécifiaient que celui qui avouait sous la torture était toujours tenu comme convaincu, et n'évitait pas la remise au bras séculier. Quoi qu'il en soit, je vous le précisais il y a un instant, tant que nous ne saurons pas très précisément quel est l'acte d'accusation, nous nous perdrons en conjectures.

Le cheikh se leva. Il n'était vêtu que d'une chemise cintrée de lin qui faisait ressortir sa bedaine et d'un caleçon long étroit qui descendait jusqu'au genou. D'un sac de cuir, il extirpa un vêtement plié en quatre et l'enfila. C'était la première fois, depuis leur départ, qu'il troquait son burnous contre une djubba, une ample robe de soie à larges manches. Ensuite il prit un voile qu'il enroula d'un tour sur l'une de ses épaules et recouvrit son crâne d'une calotte de laine pourpre.

— Vous avez de la chance de pouvoir changer de tenue, observa Rafael avec un sourire. D'une soutane à l'autre, mon allure reste immuable.

— Il ne tient qu'à vous de quitter votre uniforme, fray Vargas.

— Et de quitter les ordres ? Le prix de la coquetterie serait vraiment trop cher payé.

Le cheikh arbora une moue équivoque.

— Il ne l'est jamais assez pour qui veut conquérir l'amour d'une belle femme.

— De quoi parlez-vous ?

— Allons, ne jouez pas à l'ingénu. Croyez-vous que votre comportement m'ait échappé ? Hier après-midi, auprès de la fontaine, j'ai bien vu comment vous dévoriez des yeux la señora Vivero.

La contrariété envahit la physionomie de Vargas.

— Vous dites n'importe quoi, dit-il en se levant promptement. De plus — vous n'avez pas l'air d'en être conscient — cette femme est dangereuse.

Et il commença de s'habiller à son tour.

Il était vêtu lui aussi d'un simple caleçon et d'une chemise. Mais le parallèle entre l'Arabe et lui s'arrêtait là. Son physique harmonieux et juvénile, la fermeté de sa musculature, n'avaient rien en commun avec l'aspect pansu et replet de son compagnon. Ce dernier dut le remarquer, car il vint se placer à ses côtés.

— Regardez-vous donc et regardez-moi ! Ah ! si j'avais votre âge et votre allure ! Quel gâchis... un si beau jeune homme condamné à passer le reste de son existence au royaume de la chasteté !

— Nous n'avons pas les mêmes priorités, c'est tout.

— Qui parle de priorité ? Trouvez-vous naturel de vivre une vie durant en privant son corps de la jouissance la plus élémentaire ? Majnoun... fou ! Si la volonté du Créateur était de faire de nous des végétaux ou des êtres dénués de désir, croyez-vous qu'il nous aurait créés avec le sang et la chair ? Avec le sens du toucher, de l'ouïe, de la vision ? Je ne veux pas vous offenser, mais je crois sincèrement que vous et vos frères vivez dans un double blasphème. D'une part vous vous fustigez en allant contre les pulsions naturelles qu'Allah a semées en nous ; de l'autre — et c'est certainement le plus grave — vous privez les femmes d'un plaisir qu'elles ne demandent qu'à recevoir.

Il se tut un bref instant avant de demander avec force :

— Une fois, ne fût-ce qu'une fois, avez-vous goûté aux voluptés de la chair ?

— Et si je vous répondais oui ?

— Tout n'est donc pas perdu ! C'était il y a longtemps ? Étiez-vous amoureux ?

— Écoutez, cette discussion est aussi déplacée qu'infantile. Vous avez vos théories, j'ai les miennes. Puisque vous parliez de la señora, je suggère que nous allions l'attendre sur la place.

L'Arabe considéra Rafael l'air dépité.

— Comme vous voudrez. Mais vous devriez réfléchir. La femme est une créature d'Allah : il est péché de l'abandonner.

— Cheikh Ibn Sarrag ! Pourquoi ne précisez-vous pas aussi qu'elle est souvent la cause de bien des maux ? Remarquez, je comprends que vous la défendiez.

Il précisa, railleur :

— N'est-ce pas grâce à une femme que l'Espagne est tombée comme un fruit mûr dans vos bras ?

— De quoi parlez-vous ?

— Ainsi vous ignorez l'une des causes majeures du débarquement de vos ancêtres dans la Péninsule ? À votre crédit je reconnais que vous n'aviez probablement jamais songé à envahir ce pays... Si une femme n'avait pas joué un rôle fondamental, vous seriez toujours en train de vous prélasser en Afrique.

— Expliquez-vous...

— Cela se passait il y a environ sept cents ans, du temps où les Wisigoths régnaient sur la Péninsule. Le comte Julien, gouverneur de Ceuta, avait une fille du nom de Florinde. Suivant la coutume des patriciens espagnols qui envoyaient leurs enfants à la cour du roi goth pour s'y former au service des princes ou au métier des armes, Julien envoya sa fille à Tolède, où elle fut attachée à la haute domesticité du palais. Or, le sort voulut que Rodéric, le roi, s'en éprit. Un jour, d'une fenêtre de la tour qui domine le Tage, alors que, caché derrière un rideau, le souverain épiait les jeunes filles au bain, il aperçut la belle Florinde mesurant sa jambe à celles de ses compagnes. Elle devait avoir de toute évidence le pied mignon, les chevilles les plus fines et la jambe la plus blanche. Rodéric tomba amoureux de l'imprudente baigneuse et abusa d'elle. La malheureuse trouva le moyen d'informer son père de son déshonneur. Plein de rancœur, celui-ci jura alors de se venger. Un jour que le roi, qui n'avait pas gardé mémoire de l'incident, demandait à Julien des faucons et des éperviers pour la chasse au daim, il s'entendit répondre : « Je t'enverrai un oiseau de proie comme tu n'en as jamais vu. » Allusion voilée à l'envahisseur berbère qu'il méditait de lancer contre le royaume de son maître...

Il acheva de nouer à sa taille la corde de chanvre qui lui servait de ceinture et poursuivit :

— Vous connaissez la suite...

— Je sais seulement que cinq cents soldats franchirent le détroit sous la conduite d'un ancien esclave affranchi, Tarek ibn Malik. Quel rapport avec cette Florinde ?

— Quelque temps auparavant, un messager du comte Julien s'était présenté à Tanger, chez Moussa ibn Nosseir, le supérieur de Tarek, et lui avait démontré combien la conquête de l'Espagne serait facile pour un chef d'armées qui en était si près. Il lui promit que, s'il lui plaisait de traverser la mer et d'entrer en terre d'Espagne, les Maures trouveraient en la personne du gouverneur de la Ceuta et de ses troupes un guide sûr. Tarek s'empara donc de Carthagène, puis il poursuivit sa route, rencontra Rodéric au bord d'un fleuve et le vainquit. L'honneur de la belle Florinde était vengé !

Il enfila ses sandales et conclut avec un demisourire.

— Vous voyez quels malheurs sont capables de déclencher — indirectement je l'admets — ces femmes que vous défendez avec tant de vigueur ?

Sarrag hocha la tête à plusieurs reprises avec un air entendu.

— Je comprends ce qu'insinuait la señora Vivero...

L'autre eut un geste étonné.

— Vous avez certainement dû côtoyer une descendante de cette Florinde. Mais à défaut de provoquer l'invasion de l'Espagne, celle-ci a dû envahir chaque cité de votre corps et chaque rivière de votre âme... C'est heureux. Vous me rassurez. Vous êtes bel et bien un homme de chair et de sang.

Autour de la fontaine s'était installée une feria à ciel ouvert : éleveurs de la Mesta, *labradores*, *jornaleros*, marchands de laine, vendeurs de soie brute ou de gants parfumés à l'ambre de Ciudad Real, sel, vin, huile, univers de couleurs et de voix éclatées.

Vargas et Sarrag contournèrent les tréteaux et allèrent s'asseoir en retrait, au haut d'un muret qui cernait la tour fortifiée, là où il leur était possible d'embrasser toute la place du regard.

Ils demeurèrent un moment silencieux à contempler les allées et venues de la foule.

— Le Jabal el Nour, murmura Sarrag, LE MONT DE LUMIÈRE. Cette phrase du troisième Palais m'obsède : AU-DELÀ DES REMPARTS, COURT LA ROUTE QUI MÈNE AU JABAL EL NOUR. Je reste persuadé que Baruel essaie de nous indiquer une cime, une élévation quelconque.

— Pourtant, vous avez constaté comme moi que les personnes que nous avons interrogées hier soir ignorent tout de la présence d'une montagne qui porterait le nom de « Lumière ». Même l'aubergiste, pourtant né dans la région, nous a assuré qu'il n'en avait jamais entendu parler.

— La compréhension du symbole est peut-être liée à la suite du texte, elle-même inspirée du dix-huitième verset de la sourate dite du « Pèlerinage » : *N'as-tu pas vu ? C'est devant Dieu que se prosternent ceux qui se trouvent dans les cieux et ceux qui demeurent sur la terre : le soleil, la lune, les étoiles, les montagnes, les arbres, les animaux et un grand nombre d'hommes.*

— Vous avez probablement raison. Le rapport existe. Mais comment le déceler ? Seul le titre de la sourate « le Pèlerinage » me semble porteur d'un message dépourvu d'ambiguïté. Car, qu'est-ce que notre démarche, sinon que nous voyageons pour des motifs religieux et dans un esprit de dévotion ? Mais à quoi sert de nous torturer ? Si le rabbin n'est pas libéré, que nous trouvions ou non ce Jabal el Nour n'aura plus d'importance.

Il s'interrompit et son visage se crispa.

— Que fait donc la señora Vivero ? Pourvu qu'il ne lui soit pas arrivé malheur à elle aussi !

Sarrag le gratifia d'un sourire en coin mais se garda de toute remarque.

Autour d'eux, la foule continuait de se mouvoir par vagues. Là-bas, un marchand de soie brandissait une écharpe ; ici un vendeur de cuir s'évertuait avec force gestes de convaincre un acheteur de la qualité de ses peaux. Altercations, saluts, silhouettes furtives d'enfants se faufilant entre les jambes des adultes. Brusquement, l'attention de Sarrag se reporta vers un point précis. Un homme, devant un étal, palpait une orange. De taille moyenne, il devait avoir une trentaine d'années. Son front était traversé d'une longue balafre.

— C'est bizarre. Croyez-vous aux coïncidences ?

Il pointa discrètement son index.

— Cet homme, là-bas, entre les deux paysannes vêtues de basquine. C'est la deuxième fois que je l'aperçois. La première fois, ce fut à Jerez de los Caballeros, dans cette taverne où jouait le guitariste.

— Entre deux paysannes, dites-vous ? Je ne vois pas...

— Mais si ! insista Sarrag en se redressant. Là !

Au moment même où il tendait le bras, il constata que le personnage avait disparu.

— Cependant je l'ai bien vu.

Il se rassit et grommela :

— Je me demande si nous ne sommes pas suivis.

— Parce que vous n'en êtes pas convaincu ?

— Comment ? Vous voulez dire que...

— Mais enfin, cheikh Sarrag, comment pouvez-vous en douter un seul instant ? L'incendie de la bibliothèque ne vous a donc pas donné à réfléchir ?

— Je n'ai probablement pas voulu croire à un acte prémédité. Mais à bien y penser, c'est sûr. Quelqu'un est sur nos traces. Cet individu en est la preuve.

Il caressa sa joue rugueuse et se récria :

— Il ne nous manquait plus que ce genre de complications ! Qui peut bien chercher à nous nuire. Qui ? Et pourquoi ?

Il s'interrompit pour annoncer très vite avec un étonnement ravi :

— Ezra ! Le Très-Haut soit loué, ils l'ont libéré !

En effet, le juif venait de surgir sur la place, accompagné par Manuela. Tous deux semblaient les chercher des yeux.

— Je n'en reviens pas. Comment a-t-elle fait ?

Le moine nota sur un ton plus maîtrisé :

— En tout cas, pour un homme qui aurait subi le « rêve italien », notre ami n'a pas l'air trop éprouvé.

Quelques instants plus tard, ils étaient réunis dans la venta. Un bol de soupe de légumes fumait devant le rabbin. Il le saisit et le porta à ses lèvres.

— Ça ne vaut pas une bonne *asida* andalouse, mais une nuit en prison fait taire nos exigences.

— Ainsi, fit Rafael, non seulement ils vous ont rendu la liberté, mais ils ont exprimé leurs regrets. Ce n'est guère dans les habitudes des agents de l'Inquisition.

Il fit remarquer à Manuela :

— Finalement, vous n'avez pas eu le temps d'intervenir...

— Arrivée à la prison, j'ai demandé à être reçue par l'un des juges. On m'a évidemment opposé un refus sans recours. J'ai insisté. J'étais à deux doigts d'être refoulée par la force lorsque Ezra est apparu dans la cour du bâtiment encadré par deux familiers.

— Allah est grand, fit Sarrag.

Et il enchaîna :

— Mais dites-moi, rabbi... Vous affirmiez ne pas savoir la raison de votre libération, savez-vous au moins pourquoi ils vous ont arrêté ?

Le juif secoua la tête.

— Je n'en sais rien. Toutefois je peux vous dire, et vous en serez surpris, que les cellules ne sont pas aussi ignobles que je l'imaginais. Point d'obscurs souterrains ni d'humides basses-fosses. Point de chaînes ni de menottes, ni de colliers de fer. Rien de toute cette panoplie. J'ai eu droit à une cellule individuelle, correctement éclairée, aux murs blanchis et propres, meublée d'une natte, d'un balai et de trois pots de terre. Hier soir, à mon grand étonnement, on m'a servi du riz et un morceau de viande de mouton...

— Kasher bien sûr, ironisa l'Arabe.

L'autre ne releva pas et conclut :

— Ce n'est pas pour autant que la peur ne vous prend pas au ventre, et qu'il ne règne pas dans ces lieux un climat obscène. Hideux. D'autant plus obscène que, remontant un couloir bordé de cellules, j'ai entr'aperçu deux enfants. Ils devaient avoir moins de dix ans. Certes, ils étaient probablement enfermés avec leurs parents... mais quelle piteuse consolation !

Tandis que le rabbin faisait le récit de sa détention, Manuela, elle, revivait une autre scène. Quelques heures plus tôt, elle était partie vers la prison, dans le secret espoir que l'homme à la tête d'oiseau l'aborderait. Il s'était manifesté au détour d'une ruelle, non loin de ce palais où la veille elle avait lu cette inscription bizarre : *Ici, les Golfines attendent le jugement de Dieu.* L'envoyé de Torquemada était hors de lui. En peu de mots, il lui avait expliqué qu'Ezra avait été victime d'une dénonciation. Quelqu'un avait informé les familiers qu'un juif était en train de proférer des malédictions dans une église ; celle précisément où l'on était venu l'arrêter. Si Mendoza était fou de rage, ce n'était pas tant à cause de cette bévue que de la manière dont elle avait été commise. Il rejoignait ainsi les réflexions de Vargas : jamais l'Inquisition n'emprisonnait un suspect sans s'être livrée au préalable à une enquête approfondie. Et comme Manuela s'étonnait que l'on jette un individu en prison sur la seule accusation de blasphème, Mendoza avait expliqué : « Señora, il existe un édit, qui est en quelque sorte un répertoire des actes et des paroles que tout un chacun peut saisir de sa fenêtre ou de son seuil, à l'étal du boucher ou du maraîcher, en épiant la cheminée du voisin ou au cours d'une visite à l'improviste. Il suffit qu'un dénonciateur rapporte l'un de ces actes interdits ou l'une de ces paroles pour que l'investigation se mette en branle. »

Elle avait ensuite demandé comment il se faisait que Mendoza, fort des recommandations écrites de Torquemada, n'ait pas réussi à connaître l'identité du dénonciateur ? La réponse fut claire : le secret. Toujours le secret. Tout agent de l'Inquisition, bourreau et médecin compris, était tenu de respecter cette règle absolue. Tous les ministres du Saint-Office y étaient soumis. Et Mendoza de conclure sur un haussement d'épaules : *¡A la Inquisición, chitón, chitón !* Sur l'Inquisition, motus et bouche cousue !

— Señora...

La voix de Vargas la ramena au présent

— Señora, j'aimerais vous dire que...

Il se racla la gorge, baissa légèrement les yeux.

— Vous n'êtes peut-être pas directement responsable de la libération de notre compagnon, mais sachez que tous, ici, nous vous savons gré pour votre aide... Merci.

Il avait parlé à voix basse avec, pour la première fois, la contenance un peu gauche d'un enfant timide.

Elle cilla. Ses lèvres s'entrouvrirent pour formuler une réponse, mais les mots ne vinrent pas.

— Parfait ! s'exclama Ezra. Mon arrestation aura au moins servi à quelque chose.

Sans développer outre mesure son commentaire, il enchaîna :

— Je ne sais si l'un de vous a progressé dans le décryptage de nos énigmes ; pour ma part, j'ai mis à profit mon insomnie pour retourner les symboles sous tous les angles. Et je vous annonce que...

Il se tut, et du regard fit le tour de la table avant de déclarer :

— Je ne suis malheureusement pas plus avancé qu'hier.

— Hélas, nous non plus, soupira Sarrag. Nous avons interrogé les gens d'ici à propos de ce prétendu « mont de Lumière ». Nous n'avons obtenu que des réponses négatives. Apparemment personne ne semble avoir entendu parler d'une élévation qui porterait ce nom. Or, c'est bien une montagne qu'il nous faut trouver.

Vargas récita machinalement d'une voix égale :

BÉNIE EST LA GLOIRE DE Y.H.W.H. DEPUIS SON
LIEU.

LE NOM EST EN 6.

POURQUOI LA LASSITUDE D'EXPRIMER CE QUE LE
JOUVENCEAU SAIT DÉJÀ ?

LES FILS DE L'HOMME Y ATTENDAIENT L'HEURE.
ALLAH NE MANQUERA POINT À SA PROMESSE. AU-
DELÀ DES REMPARTS, COURT LA ROUTE QUI CONDUIT
À JABAL EL NOUR. LÀ-BAS, DANS LE VENTRE DES
PIERRES VOUS VERREZ CEUX QUI SE PROSTERNENT,
CEUX QUI SE TROUVENT DANS LES CIEUX, CEUX QUI
DEMEURENT SUR LA TERRE, LE SOLEIL, LA LUNE,
LES ÉTOILES, LES MONTAGNES, LES ARBRES, LES
ANIMAUX. LORSQUE VOUS SEREZ ARRIVÉS, TRAN-
CHEZ LES MAINS DU VOLEUR ET DE LA VOLEUSE ;
QUAND ELLES SERAIENT ROUGES COMME DE LA
POURPRE, COMME LAINE ELLES DEVIENDRONT.

FASSE QUE LA HUPPE VOUS ACCOMPAGNE.

Il énuméra sur ses doigts :
— Premièrement : LES FILS DE L'HOMME. Dans
la Bible comme ailleurs, l'expression au singulier
ou au pluriel a d'abord le sens que lui accorde
tout langage un peu solennel : « Être humain ».
Nous sommes convenus aussi que le plus
souvent, par l'hérédité commune qu'elle souligne,
la locution introduit une nuance de modestie :
« rien de plus qu'un homme ». Il apparaît donc
que les « fils de l'homme » sont les humains en
général, c'est-à-dire vous et moi. Sommes-nous
d'accord ?
— Absolument, confirma Ezra.

— Deuxièmement : L'HEURE. Selon le cheikh Sarrag, on retrouve ce mot à maintes reprises dans le Coran. Il sous-entend le « Jugement dernier ». Est-ce exact ?

L'Arabe se hâta de citer :

— Ils t'interrogent au sujet de l'Heure : *Quand viendra-t-elle ?* Dis : *La connaissance de l'Heure n'appartient qu'à Dieu, nul autre que Lui ne la fera paraître en son temps. Elle sera pesante dans les cieux et sur la terre, et elle vous surprendra à l'improviste.* Lorsque la personne qui l'interrogeait insista auprès du Prophète en lui réclamant : *Fais-m'en alors connaître les signes*, Muhammad se montra plus éloquent et répondit : *Ce sera lorsque la servante engendrera sa maîtresse, lorsque tu verras les gardiens de troupeaux va-nu-pieds, nus et miséreux se faire élever des constructions de plus en plus hautes.*

Manuela se risqua à s'immiscer dans la discussion.

— Vous allez probablement objecter que je me mêle de ce qui ne me regarde pas. Mais peut-être m'expliqueriez-vous ce que veut dire le Prophète par : *Ce sera lorsque la servante engendrera sa maîtresse ?*

— Il prophétisait que, ce jour-là, la femme qui engendrera une fille en deviendra l'esclave, en raison du manque de respect que les enfants des derniers temps témoigneront à leurs parents. Quant à la deuxième partie de la réponse, elle semble prédire le chaos social et le triomphe final du mode de vie sédentaire sur le mode de vie nomade, c'est-à-dire la consommation du meurtre d'Abel par Caïn.

Rafael intervint.

— Je ne cherche en aucune façon à atténuer les propos du Prophète Muhammad, mais Notre Seigneur Jésus-Christ mentionne lui aussi les signes qui précéderont la fin du monde. Des citations telles que : *On se dressera nation contre nation, royaume contre royaume*, ou *Les nations seront dans l'angoisse*. Autant de propos proches de ceux tenus par...

Sarrag le coupa.

— Fray Vargas, n'essayez donc pas de trouver une faille ou d'opposer Muhammad à Jésus, le Coran à la Bible. Savez-vous ce qu'a répondu le Prophète lorsqu'on lui demandait qui livrerait le combat contre l'Antéchrist ? Eh bien, il a eu l'extraordinaire modestie de répondre que seul Jésus serait en mesure de triompher. Il a dit : *J'en jure par celui qui a mon âme entre ses mains, il arrivera très promptement que le fils de Marie descendra parmi vous comme un arbitre équitable. Il brisera les croix, il fera périr les porcs, il supprimera la capitation et fera tellement déborder de richesses que personne n'en voudra plus. Ce sera au point qu'une seule prosternation sera préférée au monde terrestre et à tout ce qu'il contient.* Êtes-vous satisfait ?

Rafael capitula.

— Revenons à notre sujet. Je vous ferais remarquer que nous avons porté toute notre réflexion sur l'expression « Jabal el Nour », alors que nous n'avons toujours pas trouvé la raison de la phrase qui précède : LES FILS DE L'HOMME Y ATTENDAIENT L'HEURE. Je me demande si...

— Attendez ! dit tout à coup Manuela. Vous avez bien dit il y a un instant que, dans le Coran, « l'Heure » signifiait le Jugement dernier ?

— C'est exact.

Elle parut fouiller sa mémoire.

— Hier et ce matin encore, en me rendant à la prison, je suis passée devant un édifice, sans doute une demeure seigneuriale. Sur le linteau de la porte d'entrée j'ai aperçu une phrase gravée dans la pierre. Sur le moment, son contenu m'a paru assez singulier, sans plus. Mais en vous écoutant, je ne peux m'empêcher d'établir un rapprochement avec « l'Heure ».

— Cette phrase, quelle est-elle ? s'enquit Vargas.

— « Ici, les Golfines attendent le jugement de Dieu. »

— En effet, admit Ezra, il y a là une information qui n'est pas sans intérêt. Mais que peut bien signifier « Golfines » ?

Vargas s'empressa de répondre :

— Il s'agit d'une famille française venue s'installer à Cáceres peu de temps avant que Philippe le Bel ne persécute l'ordre du Temple.

— Vous voulez dire qu'il s'agit de...

— D'une famille de Templiers. Parfaitement. Golfines doit être un dérivé de Golfand ou Holfand, je ne sais... Mais c'est aussi un dérivé de *golfo* qui signifie « gredin ». Un surnom que probablement les gens de Cáceres ont attribué aux membres de cette famille pour des raisons que j'ignore.

Sarrag se leva d'un seul coup.

— Qu'attendons-nous ? Il n'y a pas un instant à perdre.

Il se tourna vers Manuela.

— Pourriez-vous retrouver cette demeure ?

— Je le crois.

— Attendez ! s'exclama le moine. Si des descendants de cette famille occupent toujours les lieux, je crois qu'il serait préférable que ce soit moi qui me présente à eux. Moi seul.

— Pour quelle raison ? demanda Ezra, surpris.

— Souvenez-vous que je fis partie des chevaliers de Santiago de la Espada et que c'est ici que cet ordre a vu le jour. Il existe des liens fraternels entre les chevaliers quel que soit l'ordre auquel ils appartiennent, des liens sacrés. Par conséquent, je pense qu'en déclinant mon identité, j'aurai plus de chance d'obtenir de l'aide.

— Je ne comprends toujours pas pourquoi vous tenez à être seul.

Vargas s'efforça de masquer son exaspération.

— Je voulais ménager vos susceptibilités, mais tant pis. Si j'en juge par l'étymologie du nom Golfines, *gredins*, les gens auxquels nous allons être confrontés ont peut-être perdu tout sens de l'honneur et de la chevalerie, et ils risquent fort de se montrer méfiants, voire agressifs confrontés à un Maure, que leurs aïeux ont toujours combattu — qu'eux-mêmes combattent peut-être encore — et un juif, coupable à leurs yeux d'avoir il y a sept cents ans collaboré avec les conquérants de l'Espagne.

Il poursuivit mais plus particulièrement à l'intention d'Ezra :

— Vous n'êtes pas sans savoir que vos compatriotes ont accueilli les Arabes et les Maures à bras ouverts, et les ont même aidés à prendre nos villes.

La remarque ne troubla pas le rabbin. Il répliqua d'une voix égale :

— Avant tout, permettez-moi de vous faire

observer que si, effectivement, il est difficile au cheikh de masquer ses origines, par contre je ne vois pas que ma judéité soit inscrite sur mon front. Mais revenons à votre affirmation. Il n'existe pas de certitude sur le sujet, cependant c'est bien ce que l'on raconte en effet. Croyez que si cela s'avérait un jour, je serais le premier à le déplorer. La présence des premiers juifs en terre d'Espagne remonte à la nuit des temps. Ils auraient dû se comporter en fils de cette terre, non point en oiseaux de passage, et défendre la Péninsule avec leur sang. Néanmoins, puisque vous prenez l'Histoire à témoin, à mon tour je vous dirai que ces hommes dont on condamne la mémoire avaient peut-être des circonstances atténuantes. Dois-je vous rappeler certains faits ? Sous Recceswinth on leur a interdit la pratique de leurs rites. Sous le règne d'Ervige, le concile de Tolède prescrivit en 681 — c'est-à-dire trente ans avant l'invasion arabe — l'abjuration de leur foi sous un délai d'un an. Le non-respect de cette décision devant entraîner la confiscation des biens ou l'exil. Sans oublier que toute une série de châtiments corporels était prévue pour sanctionner la poursuite de la pratique du judaïsme dans l'entre-deux. Egica, enfin, condamna les séfardim à l'esclavage, tandis que leurs enfants leur étaient enlevés, pour avoir conspiré avec l'ennemi extérieur. Quel ennemi ? Les Maures étaient toujours en Afrique et n'envisageaient nullement d'envahir l'Espagne. Si votre frère devient votre tortionnaire, n'est-il pas légitime de souhaiter l'intervention de votre voisin ? Je n'affirme rien, fray Vargas. Je pose la question.

Il poussa un soupir de lassitude.

— Après cette mise au point, je crois en effet qu'il serait préférable que vous vous rendiez tout seul à la demeure de ces *gredins*. Nous vous attendrons discrètement, au coin de la rue.

Chapitre 18

Parmi les choses qu'on ne sait point, il y
en a qu'on croit sur le témoignage
d'autrui ; c'est ce qui s'appelle la foi. Il y en
a sur lesquelles on suspend son jugement,
et avant et après l'examen ; c'est ce qui
s'appelle le doute ; et, quand dans le doute
on penche d'un côté plutôt que d'un autre,
sans pourtant rien déterminer absolument, cela s'appelle l'opinion.

Bossuet,
Traité de la connaissance
de Dieu..., *I, xiv.*

Ils avaient galopé à fond de train. À présent ils
étaient en vue de Torremocha, à moins d'une
lieue au sud-est des remparts. Devant eux, le flanc
de la sierra se dressait comme une muraille
sculptée par la main d'un géant. À plusieurs toises
au-dessus de leurs têtes, une ouverture se découpait dans la pierre brunâtre. Une sente louvoyait
vers les hauteurs, qui s'achevait sur une pente
abrupte parsemée de roches et d'arêtes tourmentées.

— Nous n'avons pas le choix, nota Vargas,
nous devons poursuivre à pied.

Les autres n'hésitèrent pas et sautèrent à bas de leurs montures.

— Il faudra faire vite. Dans une heure on n'y verra plus rien. Ni la lampe à huile ni les torches ne serviront à grand-chose.

Ezra étudia un moment la pente avant d'annoncer avec découragement :

— Impossible. Je ne pourrai pas. Même si je me faisais violence je ne ferais que ralentir votre marche. Je crois qu'il serait plus prudent que je vous attende ici.

— Enfin vous devenez raisonnable ! fit Sarrag. Nous vous avions mis en garde ; malgré tout, vous avez tenu à nous suivre.

Il ajouta à l'intention de Manuela :

— Si j'étais vous, señora, je tiendrais compagnie au rabbin. Cette montée risque d'être dangereuse.

— Vous avez raison. Mais ce n'est pas le danger qui me fait reculer — elle désigna avec ennui sa robe et ses chaussures —, ma tenue n'est pas conçue pour ce genre d'exploit.

Sarrag approuva tout en examinant la montagne.

— Qui aurait pu imaginer que les mots de Baruel, LÀ-BAS, DANS LE VENTRE DES PIERRES, indiquaient une grotte. Fray Vargas, comment vous a-t-on dit que l'on surnommait ce lieu ?

— La grotte de Maltravieso.

— La grotte de Maltravieso... Sans l'aide de votre frère templier, nous aurions pu chercher longtemps un lien entre elle et *le ventre des pierres*.

— Pourtant à bien y réfléchir, rétorqua Rafael, nous aurions dû y penser dès l'instant où Baruel a mentionné le « Jabal el Nour ». Nous nous sommes entêtés à chercher une montagne en occultant — allez savoir pourquoi — l'autre symbole, qui était la caverne, cette caverne creusée dans le Jabal el Nour où — selon vos propres informations — le Prophète se rendait pour méditer. Nous aurions dû y penser, d'autant plus que déjà, dans le premier Palais, Baruel nous glissait une indication quand il citait les « dormants d'Al Raquim », ce verset extrait de la sourate dite de... « la Caverne ».

— Que vous répondre ? Après coup, bien évidemment, l'ensemble se dévoile clairement, mais il n'en est pas de même lorsque l'on analyse les détails, le nez collé à la fresque.

Manuela se risqua à demander :

— À propos de fresque, fray Vargas, ce descendant des Golfines vous a-t-il donné l'impression d'être certain de ce qu'il avançait ? Je veux parler de ces effigies que vous devriez trouver sur les parois.

— Le señor Hurtado a été formel. Il fait partie des très rares personnes de la région qui connaissent l'existence de l'endroit. Nous avons eu beaucoup de chance.

— De la chance ? railla Ezra. Comme vous y allez ! Dans cette affaire, Baruel a laissé bien peu de place à la chance. Je reconnais que c'est peut-être un peu le hasard qui a permis à la señora de trouver la fameuse phrase : « Les Golfines attendent le jugement de Dieu », mais tôt ou tard nous serions tombés dessus. Vous n'imaginez pas, j'espère, que Baruel a cité L'HEURE ET LE JUGEMENT DERNIER sans être convaincu que, de tous les habitants de Cáceres, le señor Hurtado était le plus apte à nous indiquer Maltravieso.

— Vous avez raison, admit Vargas. Aben Baruel devait savoir que l'homme avait bien connu mon père. Dès que j'ai prononcé le nom de Pedro Vargas, son visage — au départ très froid — s'est illuminé. Il ne savait plus que faire pour me venir en aide. C'est ainsi qu'il m'a encouragé, presque à mon insu, à élargir le champ de mes questions, jusqu'à ce que j'en sois arrivé à mentionner ce passage du Palais où il est fait allusion à CEUX QUI SE PROSTERNENT, DU SOLEIL, DE LA LUNE, DES ÉTOILES, DES ANIMAUX. À peine ai-je prononcé ces mots qu'aussitôt il m'a parlé de l'existence de cette grotte aux parois tapissées de dessins qui remontent, paraît-il, à la nuit des temps.

— Eh bien, conclut le cheikh, il ne nous reste plus qu'à vérifier si ce... *gredin* a dit vrai. Venez !

À peine se furent-ils éloignés qu'Ezra se laissa tomber à terre en soupirant.

— Décidément... L'âge est le plus terrible des châtiments. Nos vanités s'éteignent à mesure que nos forces nous abandonnent. Vous avez de la chance d'être encore jeune, señora. Profitez-en. Profitez-en, et surtout soyez consciente du temps qui passe. Il est comme le fleuve, señora, il s'écoule, inexorablement, et ses eaux ne remontent jamais à la source.

Elle sourit et faillit lui répondre qu'elle adhérait ô combien à sa remarque. Aurait-il pu se douter que justement cette crainte de voir filer inutilement les années faisait partie des raisons de sa présence ici ce soir ?

Comme s'il avait lu sa pensée, Ezra enchaîna :

— Señora... Il y a quelques jours, lorsque vous avez fait irruption sur la route, vous avez ardemment défendu votre cause. Toutefois, il y a une question qu'aucun d'entre nous ne vous a posée et qui, depuis, je l'avoue, tracasse un peu mon esprit.

Il la fixa longuement.

— Mettons que vous ayez dit la vérité et que Baruel vous ait vraiment choisie, au nom de je ne sais quel principe. Voilà un homme dont vous ne saviez rien, totalement étranger à votre cœur, qui vous charge de retrouver trois individus — dont vous ne saviez rien non plus —, quelque part, sur une route d'Espagne, et ce afin de leur confier la solution à un problème qui devrait se poser à eux dans un avenir indéterminé. Avouez qu'il y a là quelque chose que je qualifierai d'abracadabrantesque et que la question s'impose : pourquoi avoir accepté ?

Manuela sentit une onde glaciale lui parcourir le corps. Elle s'était attendue à cette question. Ce qu'elle ignorait, c'était qui et quand on la lui poserait. Conseillée par Menendez, elle avait même préparé une réponse toute faite, où elle aurait invoqué son rejet de l'Inquisition, rejet exacerbé depuis que son présumé opuscule avait été saisi, depuis qu'elle avait été emprisonnée et livrée aux mains des juges. Elle dirait son désir de vengeance à l'égard de ceux qui avaient bâillonné son œuvre et l'avaient humiliée. Pourtant sa réponse fut tout autre.

— Si je vous disais l'ennui ? Si je vous disais que je n'ai été inspirée que par le désir impérieux de me sentir utile. Me croiriez-vous ?

— Figurez-vous que je le pressentais... Ne me demandez pas d'où me venait cette intuition, mais c'est ainsi. Mettons que ce sont les avantages du vieil âge.

Il ajouta sur le ton d'un maître qui conforte son élève :

— C'est bien, señora... J'apprécie votre franchise.

Puis, avec un air presque malicieux :

— Une fois n'est pas coutume...

Le silence retomba. On entendait dans le lointain les voix de Vargas et de Sarrag qui poursuivaient leur escalade.

— Je me demande ce qu'ils vont bien trouver là-haut, murmura Manuela.

— Rien de plus que ce qu'Aben aura voulu qu'ils trouvent...

— Pour moi qui ne sais rien de votre recherche, savez-vous à quoi tout ceci me fait penser ? À une chasse au trésor.

Il se mit à rire doucement.

— Vous ne croyez pas si bien dire, señora. Il s'agit bien d'un trésor, en effet. Le plus fabuleux, le plus fantastique, le plus mythique des trésors.

Elle l'étudia, se demandant s'il fallait le croire ou non.

— Vous êtes sérieux ?

— Oui, señora... N'en doutez pas...

Il pointa sur elle son index déformé.

— Et quand le jour viendra, vous nous remettrez la clé qui nous permettra de nous emparer de ce trésor. Car, cette clé, vous l'avez, n'est-ce pas ?

Avant qu'elle eût le temps de répondre, il se reprit :

— Suis-je incrédule ! C'est évident. Sinon, tout à l'heure, vous n'auriez pas été aussi sincère. C'est sûr, cette clé, vous l'avez...

Il leva son visage vers la montagne et tendit l'oreille.

— On ne les entend plus... Ils ont dû arriver.

La pente était encore plus raide qu'ils ne l'avaient imaginé. Une légère brise soufflait par saccades, qui faisait vaciller la mèche de la lampe. Quelques phalènes, attirées par la flamme qui palpitait sous le globe de verre, voltigeaient tout autour, dans une sarabande de battements d'ailes affolés.

— Attendez ! adjura Sarrag en s'immobilisant.

Il était couvert de sueur et sa poitrine se soulevait et retombait à la manière d'un soufflet de forge.

— Attendez, répéta-t-il. Indulgence pour la vieillesse, fray Vargas.

— Allons, cheikh, vous n'êtes pas vieux. Mais je me suis laissé dire que les Grenadins mangeaient trop. Entre les beignets, les gâteaux de pain émietté, les gimblettes fourrées aux dattes et les pâtes d'amande frites dans l'huile, comment voulez-vous conserver votre énergie ?

— Mon cher, vous pourrez critiquer comme bon vous semble la cuisine arabe, mais c'est tout de même autrement meilleur que vos œufs frits au lard, vos sempiternels *duelos y quebrantos*, vos sardines et vos pommes de terre !

— En tout cas, ma cuisine me permet d'avancer.

Lorsqu'ils atteignirent l'entrée de la grotte, le soleil achevait sa descente entre les cimes de la sierra.

L'Arabe reprit son souffle et murmura avec une pointe d'appréhension :

— Je ne peux m'empêcher de repenser à tous les symboles contenus là-dedans et à ce que

336

Baruel a voulu nous transmettre ; ces réminiscences sur la caverne que chacun porte en soi et l'obscurité qui se trouve derrière notre conscience. Je songe aussi à cette référence aux « dormants d'Al Raquim », ces sept mystérieux personnages qui s'étaient retirés dans une caverne, peut-être comparable à celle-ci, sans soupçonner qu'ils allaient s'y endormir et connaître un allongement de la vie.

Il fit une pause et dit à voix basse :

— J'espère qu'il ne nous arrivera pas ce qui leur est arrivé : lorsqu'ils s'éveillèrent, ils avaient dormi trois cent neuf ans.

Le moine pénétra en premier sous la voûte rocheuse. Sous ses pas, le sol était jonché d'os calcinés. Un peu plus loin, il identifia des pointes d'épieu de bois, qui avaient l'air durcies au feu. Il progressa encore. Sur la droite, des pelotes d'argile étaient éparpillées dans une fosse naturelle, au pied d'un stalagmite qui représentait vaguement une forme animale. À quoi ces pelotes rimaient-elles ? Si l'on tenait compte de la forme de la pierre, on pouvait supposer que les êtres qui avaient occupé l'endroit s'entraînaient — qui sait ? — à tirer sur cette cible improvisée, à moins qu'il ne se fût agi d'un rituel. Vargas souleva la lampe à huile, éclairant du même coup les parois de la grotte. Presque aussitôt il laissa échapper un cri de stupeur.

— Regardez... Mais regardez donc !

Le spectacle avait de quoi couper le souffle. Des esquisses aux dominantes ocre et blanches recouvraient la roche ; personnages accroupis, chasseurs qui brandissaient des silex affilés, des têtes d'animaux, des soleils jaune safran, des lunes opale, des signes mystérieux, et surtout — c'était peut-être le plus étonnant — entre deux figures se détachaient des mains peintes en rouge.

L'Arabe hurla :

— Les mains du voleur et de la voleuse ! Les mots de Baruel : LORSQUE VOUS SEREZ ARRIVÉS, TRANCHEZ LES MAINS DU VOLEUR ET DE LA VOLEUSE ; QUAND ELLES SERAIENT ROUGES COMME DE LA POURPRE, COMME LAINE ELLES DEVIENDRONT. Et là, voyez cet oiseau et la touffe de plumes dessinée sur son crâne. Une huppe !

Il déclama, comme on pousse un cri de triomphe :

— QUE LA HUPPE VOUS ACCOMPAGNE !

Vargas s'était rapproché de l'endroit décrit par l'Arabe. Il déplaça la lampe au plus près. D'abord, il ne découvrit rien de particulier, puis, sous l'effet du jeu des ombres et de la lumière, il décela un interstice partiellement recouvert d'une longue feuille pennée comme celle d'un dattier, placée entre deux mains aux doigts écartés.

— Touffe de plumes... Tranchez les mains du voleur et de la voleuse...

Il ordonna à l'Arabe :

— Tranchez la feuille, cheikh Sarrag ! Vite ! Ou plutôt ôtez-la !

L'autre n'hésita pas.

Un objet métallique se révéla qui affleurait aux parois de la roche. Sans attendre que Sarrag l'eût totalement retiré, Vargas annonça :

— Un triangle. Un deuxième triangle d'airain...

À *Salamanque.*

Hernando de Talavera referma le rapport et considéra d'un œil pensif le titre inscrit sur la page de garde : *Du projet de route maritime. Affaire Cristóbal Colón.* Cette commission que la reine l'avait chargé de présider afin de statuer sur le cas de ce marin génois était un véritable casse-tête.

Était-il possible que l'on pût rejoindre l'Inde par l'ouest ainsi que l'affirmait cet homme, alors que tous les cosmographes réfutaient cette éventualité ? D'abord, était-il réellement d'origine génoise ? Selon les informations rassemblées par les enquêteurs, le personnage n'écrivait qu'en castillan à ses compatriotes... italiens. Trois lettres annexées au rapport en étaient la preuve. La première était adressée à Nicolo Oderigo, l'ambassadeur de Gênes en Castille, et la deuxième à la banque de Saint-Georges à Gênes. Il y avait aussi un autre courrier dont le destinataire était le padre Gorricio, moine italien, homme de confiance du marin. Or cette correspondance était elle aussi rédigée, de part et d'autre, en castillan. Autre détail troublant : le changement de Colombo à Colón. Qu'est-ce qui avait poussé l'homme à transformer son nom ? Colón n'était en aucune façon la transposition phonétique de Colombo en espagnol. Alors ? Pourquoi ? La réponse proposée se trouvait à la page neuf du rapport remis à Talavera : le nom du marin aurait été Colón ou Colom avant de devenir Colombo et il se serait contenté d'y revenir dès son arrivée en Espagne. Chose curieuse, nombre de familles juives catalanes portaient ce nom. Le rapport mentionnait, entre autres, Andreu Colom, qui huit ans auparavant avait été brûlé comme hérétique ; Thomé Colom et sa femme Leonor, leur fils Juan Colom et leur bru Aldonza, tous poursuivis par l'Inquisition pour avoir enterré la belle-sœur de Thomé selon les rites juifs. Tous ces gens étaient des conversos.

Ce qui laissait aussi à croire que l'homme était castillan de cœur, c'était — toujours d'après les informations rassemblées — qu'en deux occasions il aurait clairement affiché un comportement antigénois. La première fois lorsqu'il avait combattu pour le roi René à une époque où celui-ci était considéré par Gênes comme un ennemi ; la deuxième fois lorsque, onze ans plus tôt, à la bataille de San Vincente, il avait attaqué sans complaisance des navires génois.

Il n'y avait qu'une seule explication : les Colombo étaient des juifs espagnols établis à Gênes et qui, suivant les traditions de leurs frères, étaient restés fidèles à la langue de leur pays.

Pourtant, si l'on tenait compte des commentaires du prieur de la Rábida, Juan Perez, cette théorie s'effondrait. N'avait-il pas affirmé aux enquêteurs avoir eu la nette impression que l'*homme venait d'un autre royaume, d'un autre pays, et qu'il parlait une langue étrangère*. À cela venait se greffer un autre témoignage, celui d'un moine dominicain, Bartholoméo Las Casas, qui avait longuement conversé avec le Génois. Il avait déclaré : « Il me semble que sa langue naturelle n'est pas le castillan, car il saisit mal le sens des mots et la manière dont on parle. » Alors ? Où était la vérité ?

En réalité, ce n'était pas tant ce débat sur les origines du Génois qui agaçait Talavera, que son outrecuidance et sa vanité. Pour preuve les constantes références qu'il faisait à ce passage de *Médée*, la sombre tragédie de Sénèque : *Venient annis saecula seris quibus oceanis vincula rerum laxet : et ingens pateat tellus : Tiphysque novos Detegat orbes : nec sit terris Ultima Thyle.* Un passage que le Génois s'autorisait à traduire ainsi : *Il viendra un temps dans les longues années du monde, où la mer océane relâchera les liens qui retiennent ensemble les choses et une grande partie de la terre s'ouvrira et un nouveau marin comme celui qui fut le guide de Jason et dont le nom était Typhis découvrira un nouveau monde. Alors Thulé ne sera plus la dernière terre.* Traduction qui, si elle était exacte dans la forme, n'en était pas moins très *libre* sur le fond. Il ne faisait pas de doute que Colón s'identifiait à Typhis, prenant à son compte cette légende antique. Quelle infatuation ! Quoi qu'il en soit, la commission jugerait.

On frappait à la porte. Talavera rangea le rapport et invita son visiteur à entrer. Diaz traversa la pièce d'un pas leste. Avant même d'arriver devant le bureau de l'ecclésiastique, il commença :

— J'ai eu la confirmation. Ils ont bien quitté Jerez de los Caballeros, mais depuis, hélas, nous n'avons toujours pas réussi à retrouver leur trace.

Une moue contrariée s'afficha sur le visage de Talavera.

— Comment est-ce arrivé ?

— Ils auraient quitté la ville au coucher du

soleil et auraient pris la direction de Torremocha. C'est à ce moment-là que nous les avons perdus.

— C'est ennuyeux. C'est très ennuyeux. Êtes-vous absolument sûr de la compétence de vos hommes ?

— Je réponds d'eux comme de moi-même. Malheureusement il s'est produit cet incident que nous n'avions pas prévu.

— Vous voulez parler de l'arrestation du rabbin ?

— Et de sa libération soudaine. Elle a pris les hommes de court. De plus, notre tâche est particulièrement délicate. Non seulement nous ne devons pas nous faire remarquer par ceux que nous suivons, mais nous devons éviter aussi les gens de fray Torquemada qui ne les lâchent pas d'une semelle.

— Il faut les retrouver.

Il répéta avec fermeté :

— Il le faut.

Diaz acquiesça, l'œil plus glacial que jamais.

— Je demeurerai encore une quinzaine de jours à Salamanque, reprit Talavera. N'hésitez pas à me joindre dès que vous aurez du nouveau.

Et il ajouta :

— Même si j'étais en train de présider la commission. Puis-je compter sur vous ?

L'homme répliqua d'une voix monocorde mais déterminée :

— Ils ne nous échapperont pas.

— Parfait... Vous pouvez disposer.

Il retourna à sa table de travail. Pour l'heure, il fallait s'occuper du cas de ce Génois.

Les environs de Cáceres.

Ezra réprima un frisson et serra les pans de sa couverture contre sa poitrine.

— Cheikh Sarrag, ne pourriez-vous activer un peu ce feu ? Je suis transi.

L'Arabe se leva avec mauvaise grâce et jeta quelques branches dans les flammes. Aussitôt, un crépitement s'éleva, suivi d'une lueur vive qui projeta une lumière crue sur les quatre silhouettes.

— À la réflexion, fit Vargas en contemplant les deux triangles d'airain posés sur le sol, je crois qu'il n'y a d'autre conclusion que celle à laquelle nous sommes parvenus. L'idée de Baruel est simple : il veut nous forcer à récupérer autant de triangles qu'il y a d'énigmes à décrypter.

— Combien ? Six ou huit ? Cette bizarrerie de Palais majeurs et mineurs nous pose toujours problème. Et puis vous dites que Baruel veut nous forcer à récolter ces triangles. Pourquoi ?

— À mon avis, c'est qu'il a craint que nous ne parvenions à résoudre la dernière énigme, négligeant de nous pencher sur les autres. Le cas échéant, nous n'aurions bien évidemment plus aucune raison de parcourir des dizaines de lieues à travers le pays. Nous nous rendrions directement sur le lieu où se trouve le...

Ainsi qu'il l'avait déjà fait dans la venta, il laissa sa phrase en suspens, mais cette fois il manifesta son exaspération :

— Décidément, señora, vous nous posez des problèmes !

Elle eut un geste d'impuissance.

— Je suis confuse, mais...

Elle désigna le paysage enténébré.

— Où voulez-vous que j'aille ?

Ezra intervint :

— Dites-moi, fray Vargas. Pourquoi ne lui dirions-nous pas la vérité ?

Il précisa très vite :

— Du moins, une partie.

— Que voulez-vous dire ?

— Révélons à la señora l'objet de notre quête.

— Ce voyage vous a fatigué, rabbi Ezra. Vous avez perdu la tête.

— Pas le moins du monde, mon cher. C'est vous qui ne comprenez pas le fond de ma pensée.

— Moi, j'ai compris, dit Sarrag.

Sans attendre l'approbation de Vargas, il annonça à Manuela :

— Nous sommes à la recherche d'un livre.

Elle ne put retenir un sursaut de surprise.

— Un livre ?

— Oui. Un livre, señora. Rare, il est vrai. Très rare. Mais un livre, rien de plus. Vous me croyez, n'est-ce pas ?

Le plus fou, c'est qu'elle le croyait. Et ce n'était pas uniquement parce que Vargas avait fait allusion à ce livre. Il se dégageait de l'Arabe une sincérité qui ne pouvait être feinte.

Elle examina le rabbin avec un sourire en coin.

— Un trésor, rabbi Ezra ? Le plus fabuleux, le plus fantastique, le plus mythique des trésors. Dire que j'ai failli vous prendre au mot.

Le juif se contenta d'un haussement d'épaules et fit remarquer à Vargas :

— N'est-ce pas plus simple désormais ? Vous

n'aurez plus à vous mordre la langue au détour de chaque phrase. Et nous non plus d'ailleurs. À présent que cette affaire est réglée, si nous revenions à nos triangles.

— Oui, fit Sarrag, vous disiez que Baruel a disposé ces triangles de peur que nous ne parvenions à résoudre la dernière énigme avant toutes les autres.

— Parfaitement.

— Puis-je vous poser une question ? risqua Manuela. Pourquoi ne pas vous limiter effectivement à décrypter le dernier Palais ? En toute logique, ne contient-il pas le nom de l'ultime étape ?

Ezra émit un rire fatigué.

— Parce que rien ne prouve qu'en négligeant celles qui précèdent, nous ne perdrions pas de précieux indices, lesquels se révéleraient ensuite indispensables au terme du voyage. D'autre part, si Baruel nous mène de triangle en triangle, c'est qu'il poursuit une idée bien précise. Je ne mettrais pas ma main au feu, mais je ne serais pas étonné si, en l'absence de tous les triangles réunis, il se révélait impossible d'accéder au Livre. Baruel n'a pas laissé de place au hasard. Nous l'avons assez répété : chacun de ses écrits, chacune de ses directives est une pièce supplémentaire de la mosaïque. Nous priver d'une seule d'entre elles risquerait fort de nous faire déboucher sur un cul-de-sac.

Il fourragea nerveusement dans sa barbe tout en poursuivant :

— Pour d'obscurs motifs, Baruel désire que nous traversions chacune des phases de ce voyage. Il serait vain de songer à nous dérober.

Le silence s'épaissit, à peine troublé par le crépitement des braises. Tout là-haut, le ciel gorgé
d'étoiles donnait l'impression de trembler au-dessus du quatuor.

La voix de Manuela s'éleva à nouveau.

— Je repense à la grotte de Maltravieso.
J'avoue ne pas avoir saisi le sens caché derrière
cette phrase : QUAND ELLES SERAIENT ROUGES
COMME DE LA POURPRE, COMME LAINE ELLES
DEVIENDRONT. Et la huppe. Pourquoi Baruel a-t-il
choisi cet oiseau plutôt qu'un autre ?

Sarrag s'empressa de rétorquer :

— Vous devriez pourtant connaître la réponse,
señora. C'est vous-même qui, le jour de notre rencontre, l'avez formulée.

La femme fronça les sourcils.

— Moi ? À quel moment ? Lorsque je citais les
tarots ?

L'Arabe eut un geste de dénégation.

Elle reprit :

— Les quatre éléments ?

— Non, señora.

Elle se mit à réfléchir, tout en effleurant distraitement son grain de beauté.

— Vous disiez : *Le soufisme est une philosophie
qui donne la primauté à la religion du cœur*... Vous
disiez aussi : *Il est une réaction contre le luxe et la
débauche nés des conquêtes*... Et...

— Leur vêtement est le froc de laine.

— Vous voyez, dit le cheikh en écartant les
bras. Vous aviez la réponse : COMME LAINE ELLES
DEVIENDRONT. En fait, il y a là un double symbole. Le premier nous a été révélé par le rabbi. Il
a trait à la Torah : *Venez donc et discutons, dit
Yahvé. Quand vos péchés seraient comme l'écar-*

late, comme neige ils blanchiront, quand ils seraient rouges comme de la pourpre, comme laine ils deviendront.

— Isaïe, I, 18, précisa Ezra emmitouflé dans sa couverture. Baruel a volontairement mêlé ce verset à un verset du Coran.

Il se retourna vers le cheikh et s'enquit :

— Que dit-il déjà ?

— *Tranchez les mains du voleur et de la voleuse : ce sera une rétribution pour ce qu'ils ont commis et un châtiment de Dieu.* Mais Baruel ne s'est pas arrêté à cette réunion des deux Livres sacrés, il y a associé la vision que d'autres hommes pouvaient avoir d'Allah, en l'occurrence celle des soufis ; d'où la laine. Celle-ci représente pour eux la lumière intérieure, le *sirr*, le mystère fondamental, tout comme la couleur rouge figure le sang, la vie. Ainsi que vous pouvez le constater, toute la symbolique de notre mission est ici représentée : le pardon, le châtiment, le secret et peut-être, à travers les soufis, une autre façon d'aborder le monde divin. Tout cela est aussi rattaché « au jugement dernier ». Pour preuve, ce verset : *C'est la journée où les hommes seront comme des papillons dispersés, où les monts seront comme flocons de laine cardée.*

— Et la huppe ?

Sarrag récita :

— *Salomon passa en revue les oiseaux, puis il dit : Pourquoi n'ai-je pas vu la huppe ? Serait-elle absente ? Je la châtierai d'un cruel châtiment ou bien je l'égorgerai, à moins qu'elle ne présente une bonne excuse.* Ce verset laisse entendre que l'oiseau en question aurait joué le rôle de messager entre Soliman, ou Salomon si vous préférez, et la reine de Saba. Par extension, il semblerait que la huppe se présente comme une messagère du monde invisible. Dans le cas actuel, ce monde invisible n'est autre que les ténèbres qui sommeillent à l'intérieur de la grotte. Celle de Maltravieso. Une allusion qu'hélas nous n'avons pas reconnue, loin s'en faut. S'il n'y avait eu fray Vargas et son ami templier, il est probable que nous en serions encore à errer.

On entendit la voix d'Ezra qui commentait :

— Vous comprenez pourquoi ce serait pure inconscience de notre part que de chercher à brûler les étapes ou de tricher avec Baruel ? Son cerveau est beaucoup trop complexe. Même les mots qui, dans l'instant, pourraient sembler anodins ou placés pour la bonne tenue de la syntaxe, se révèlent porteurs d'un sens profond. Je suis certain que s'il nous prenait la malencontreuse idée d'aller directement à la dernière étape — en imaginant que ce fût possible — nous en payerions le prix fort.

Il laissa échapper d'une voix lugubre :

— Peut-être même le prix de nos vies.

— Sans doute trouverez-vous que j'abuse ce soir de votre courtoisie, reprit Manuela, mais avez-vous une idée de notre prochaine destination ?

Contre toute attente, ce fut Vargas qui lui répondit.

— Non. Il reste encore beaucoup trop de points à élucider. L'unique certitude, dont je m'empresse de vous dire qu'elle ne représente aucun intérêt, est la mention d'une cathédrale au cœur d'une ville. Inutile de vous dire le nombre de cathédrales qui fourmillent dans ce pays.

— Je vois, murmura Manuela d'une voix soudainement lasse... C'est curieux cette impression de perpétuel recommencement.

Chapitre 19

> Cette pierre est au-dessous de toi, comme pour t'obéir. Elle est au-dessus de toi, comme pour régner sur toi ; donc elle procède de toi. À tes côtés, elle est comme ton égale.
>
> *Rosinus ad Sarratantam,*
> *in : Art. aurif. I.P.310.*

Le feu n'était plus qu'un monceau de cendres, et la lune qui s'était levée frangeait d'un rayon argenté les cimes de la sierra.

Enveloppée dans une épaisse couverture de laine, Manuela fit quelques pas avant de se laisser choir sur un petit talus de sable. Voilà plus d'une heure qu'elle s'était réveillée sans plus pouvoir retrouver le sommeil. Elle essaya de mettre de l'ordre dans ses pensées.

Ils étaient donc à la recherche d'un livre. Un livre caché quelque part, dans un coin de la Péninsule. Trois hommes, n'ayant en commun que leur formidable science.

Où était ce complot craint par Torquemada ? Un livre, si précieux fût-il, avait-il le pouvoir de déstabiliser l'État ou l'Église ? Manuela commençait à en douter fortement. Et pour quelle raison ce marrane, Aben Baruel, s'était-il échiné à concevoir un cryptogramme d'une telle complexité où le Coran se mélangeait au Nouveau Testament, le Nouveau Testament à l'Ancien ? N'était-ce que le simple jeu d'un savant ? Impossible.

Elle poussa un soupir. À quoi lui servait de se tourmenter ? Un seul homme possédait la réponse aux questions qu'elle se posait ; cet homme était mort un 28 avril sur un bûcher, à Tolède.

Elle allait retourner vers le campement, lorsque la voix de Vargas retentit derrière elle.

— Vous ne dormez pas ?

Elle se retourna, surprise. Depuis combien de temps était-il là ?

Il s'excusa :

— Je vous ai fait peur...

Elle devina qu'il baissait les yeux dans la pénombre.

— Vous ne dormez pas non plus. Je suppose que ce sont ces énigmes.

— Entre autres.

— Il faut reconnaître que la tâche est ardue.

— Toute difficulté est relative, puisqu'elle dépend des motivations qui nous poussent à agir.

Elle dut faire un effort pour poser sur un ton naturel la question qui lui brûlait les lèvres.

— Et vous ? Qu'est-ce qui vous motive ? Étiez-vous un ami de Baruel ?

— Si ce qui compte est l'intensité du sentiment plutôt que sa durée, alors, en effet, j'étais un ami de Baruel.

La réponse manquait de clarté. Mais Vargas devait avoir ses raisons.

Elle constata :

— Quel paradoxe ! Vous, un prêtre franciscain, associé à un juif et à un musulman.

— Et ce rapport vous surprend.

— Puis-je être sincère ? La réponse est oui.

Elle se hâta de préciser.

— Je ne trouve pas cette association critiquable en soi. Incongrue, c'est tout.

Il réfléchit un instant et montra les étoiles.

— Voyez comme elles sont innombrables. Elles font partie du même ciel, et pourtant, aucune ne ressemble à l'autre et chacune est maître de son propre univers. Il en est de même pour les hommes. Ma réponse vous satisfait-elle ?

Sa question fut aussitôt suivie par une autre, plus grave :

— Señora. Qui êtes-vous ? Je veux dire, qui êtes-vous *réellement*.

Il n'y avait pas d'animosité dans le ton employé. On sentait qu'il cherchait à se débarrasser définitivement des doutes qui l'assaillaient, pour mieux respirer, pour mettre un terme à la tension qui subsistait entre eux.

Elle eut un sourire forcé.

— Disons que je suis l'une de ces étoiles, fray Vargas.

Et comme si elle marquait un point :

— Ma réponse vous satisfait-elle ?

Il entrouvrit les lèvres pour répliquer, mais elle poursuivait :

— Je vais essayer de dormir. Demain la route risque d'être longue. Bonne nuit.

Il ne répondit pas.

Elle fit un pas en avant. Son pied se déroba sous elle. Elle perdit l'équilibre et n'eut d'autre choix que de se raccrocher au bras du franciscain. Malgré elle, son corps se pressa contre le sien, leurs deux silhouettes se mêlèrent l'espace d'un éclair. La réaction du moine fut surprenante : il la repoussa violemment et se rejeta en arrière.

— Eh bien, fray Vargas, vous avez une curieuse façon de secourir les gens.

Il bredouilla :

– Je... Je suis confus.

Elle crut bon de préciser :

— Ma chute n'était pas préméditée, vous savez...

Et elle reprit sa marche vers le camp.

Plus tard, à l'instant où ses paupières se fermèrent, alourdies par la tension et le sommeil, elle eut la nette impression que le corps de Vargas était toujours collé contre le sien...

Le jour s'était levé. Déjà on sentait que la chaleur serait écrasante.

Ezra fut le dernier à se réveiller. Le teint pâle, les traits tirés, le visage marqué par de profonds cernes bleuâtres. Il rejoignit d'un pas hésitant ses compagnons installés autour du feu éteint. Absorbés par le décryptage du nouveau Palais, c'est à peine si Sarrag et Vargas lui rendirent son bonjour. Seule Manuela, assise à l'écart, s'inquiéta de la physionomie fatiguée du rabbin.

— Vous n'allez pas bien ?

Le vieil homme maugréa quelque chose et s'informa en se laissant choir entre le moine et le cheikh :

— Alors, où en êtes-vous ?

— Je crois que nous avons assez bien avancé, fit Vargas.

Et il lui tendit une feuille.

— Voyez.

Sous l'œil ensommeillé d'Ezra apparut le Palais qu'ils avaient reconstitué la veille.

DEUXIÈME PALAIS MAJEUR

BÉNIE EST LA GLOIRE DE Y.H.W.H. DEPUIS SON LIEU.

LE NOM EST EN 5.

C'EST DANS ⊏ QUE LA CHEKHINAH AURAIT PU DEMEURER, SI LES HOMMES N'AVAIENT TRAHI. ON M'EN A CONFIÉ LES DIMENSIONS : 30 COUDÉES DE LONGUEUR, 10 DE LARGEUR, 12 ET DEMIE DE HAUTEUR. MAIS ON A AJOUTÉ QU'ELLE POUVAIT AUSSI AVOIR 30 COUDÉES DE HAUT, 20 DE LARGE.

À PROXIMITÉ DE ⊏ L'ÉDIFICE N'EST PAS UN PENTAGRAMME, BIEN QU'IL SOIT L'UNION DES INÉGAUX. SES MURS CONTIENNENT LA MATIÈRE VIERGE OU FÉCONDÉE ET SON OMBRE MAJESTUEUSE SE PROJETTE SUR LE PISHÔN, LE GILHÔN, LE TIGRE ET L'EUPHRATE. C'EST LÀ, ET DANS CE NOMBRE, QUE L'ON PEUT RETROUVER L'ÉPOUX DE THÉANO.

FASSE QUE SON GÉNIE VOUS INSPIRE.

Le moine indiqua les annotations inscrites plus bas.

— Cette fois vous constaterez que nous sommes devant un Palais dit « majeur », et que le nombre indiquant la présence du « Nom » a changé. Il est en 5. Et, de plus, la lettre hébraïque ⊏ est inversée. Vous en êtes sûr, rabbi ?

— Parfaitement, confirma Ezra — il dessina sur le sable à l'aide de son index. C'est comme si j'avais écrit la lettre **B** ainsi : **ℬ**. À moins d'être frappé de cécité, vous vous en seriez aperçu sur-le-champ. C'est pourquoi hier je vous ai dit qu'en commettant volontairement cette erreur, Baruel a voulu attirer notre attention sur une opposition. **ℶ** se prononce *beth* et signifie : maison. Beth-léem : *la maison de la vie*.

Il prit le cheikh à témoin.

— En arabe aussi d'ailleurs.

Sarrag confirma.

— Or, *beth*, ou maison, est un terme qui, dans son acception commune, veut dire : demeure, lieu d'habitation ; mais il a aussi un autre sens, celui de maison de l'Éternel, à savoir, église, mosquée ou synagogue. Lequel des deux sens choisir ? Le second, sans hésitation. Qu'est-ce qui permet de l'affirmer ? Le terme qui accompagne la phrase, le mot « chekhinah ».

Il récita :

— « C'est dans **ℶ** (ou la maison) que la *chek-hinah* aurait pu demeurer si les hommes n'avaient trahi. » La chekhinah c'est « la présence de l'Éternel dans le monde ». Dans la littérature talmudique, l'expression désigne le Seigneur, lorsque celui-ci se manifeste en un certain lieu.

Ezra appuya sur les mots :

— *Dans la maison.*

Vargas approuva et prit la suite :

— Nous avons conclu que cette « maison » ne pouvait être qu'une église.

— Pourquoi éliminez-vous les deux autres lieux de prière ? s'étonna Manuela. Je veux parler de la mosquée et de la synagogue.

Vargas allait répondre, mais il fut pris de vitesse par le cheikh.

— Non, señora. Pas dans ce cas précis. Si nous tenons compte de cette phrase : SI LES HOMMES N'AVAIENT TRAHI, il est clair qu'il ne peut s'agir d'une mosquée. Si le texte avait été rédigé par quelqu'un d'autre qu'Aben Baruel, le doute aurait pu subsister. Mais là, c'est impossible. Baruel parle de trahison. Trahison de Dieu bien évidemment. Pour le juif, qui aurait pu accomplir cet acte, sinon les responsables de l'Inquisition ? C'est-à-dire les actuels maîtres de l'Église.

Manuela objecta :

— Il me semble que vous confondez traître et ennemi. Baruel dit bien : SI LES HOMMES N'AVAIENT TRAHI. Je veux bien vous concéder que l'Église est l'ennemie des conversos, mais qui aurait-elle trahi ?

C'est Ezra qui lui répondit.

— Tout simplement l'Éternel, señora. Quel que soit le nom que nous lui donnons, a-t-il jamais enseigné l'assassinat, la violence ? Par conséquent enfreindre ce qu'Il nous a enseigné, n'est-ce pas le trahir ?

Elle dut admettre la logique de son raisonnement.

Sarrag reprit la parole.

— Il y a un instant, Ezra évoquait l'idée d'opposition. Baruel a volontairement *inversé* la lettre *beth*. Ce faisant, il nous précise que cette *maison* est à l'opposé d'une synagogue. La mosquée ayant été éliminée — et je vous en fournirai la preuve dans un instant — qu'est-ce qui pourrait être opposé à une synagogue, sinon une église ?

Manuela se hâta de faire remarquer à Vargas :

— S'il me souvient bien, hier vous disiez que la ville à découvrir possédait une cathédrale. Pourquoi une cathédrale et non une église ?

Sur le moment, elle crut que Vargas se contenterait de lui décocher une de ces phrases acerbes auxquelles il l'avait habituée. Contre toute attente, il lui répondit sur un ton amène.

— Ma certitude qu'il s'agit d'une cathédrale est fondée sur la suite du texte. Regardez.

Il lui présenta la feuille :

— Lisez ce passage : on m'en a confié les dimensions : 30 coudées de longueur, 10 de largeur, 12 et demie de hauteur. mais on a ajouté qu'elle pouvait aussi avoir 30 coudées de haut, sur 20 de large. Voilà une série de nombres qui, à première vue, ne représente rien de particulier. Or ils ont un sens. Il nous a été soufflé par notre ami Ezra. Les nombres 30, 10 et 12 et demi, soulignent eux aussi une idée d'opposition. Pas la même que celle de la synagogue et de l'église ; une autre, plus ingénieuse encore. Il suffit de multiplier ces nombres par deux pour que nous obtenions les dimensions d'un édifice.

— Lequel ?

Manuela avait posé la question avec l'empressement d'un enfant pris au jeu. En réalité, c'était bien le cas. Depuis qu'ils avaient commencé à décrypter ce nouveau Palais, elle s'était laissé complètement séduire par ces circonvolutions de la pensée. De plus, et c'était peut-être le plus inattendu, les trois hommes donnaient l'impression de trouver ses interventions naturelles.

— Le Temple de Salomon, répondit Vargas.

— Quoi ?

Couvrant l'exclamation de la jeune femme, on entendit la voix d'Ezra qui récitait :

— *Le Temple que le roi Salomon bâtit pour Yahvé avait soixante coudées de long, vingt de large et vingt-cinq de haut*. Soixante, vingt et vingt-cinq. C'est-à-dire le double des chiffres mentionnés par Baruel.

— C'est la raison pour laquelle nous sommes convaincus que la *maison* que nous recherchons n'est pas une église, mais une cathédrale. Car seule une cathédrale pourrait être comparée à un lieu aussi prestigieux.

Manuela parut se concentrer sur la pléthore d'informations qu'on venait de lui communiquer et s'exclama :

— Vous oubliez ceci : MAIS ON A AJOUTÉ QU'ELLE POUVAIT AUSSI AVOIR 30 COUDÉES DE HAUT, 20 DE LARGE. Ces nombres sont différents. À quoi correspondent-ils ?

Ce fut au tour de Sarrag d'intervenir.

— Tout à l'heure vous sembliez perplexe lorsque je vous disais que l'opposition évoquée par Baruel ne pouvait s'appliquer à une mosquée. Ces chiffres en sont la preuve : 30 COUDÉES DE HAUT, 20 DE LARGE.

— Je ne vous suis pas.

— Savez-vous ce qu'est la Ka'ba ?

Elle répondit par la négative.

Le cheikh expliqua :

— La Ka'ba est à l'islam ce que le Temple de Salomon est au judaïsme et le Saint-Sépulcre à la chrétienté. C'est un édifice cubique, dressé au centre de la mosquée sacrée de La Mecque, dont les origines se perdent dans l'Histoire des hommes. En son angle oriental est enchâssée une pierre noire. Les dimensions de la Ka'ba sont — un sourire malicieux éclaira sa barbe —, vous ne devinez pas ?

— Ce serait...

— Quinze coudées de haut et dix de large. Cette fois, ce n'est pas en multipliant, mais en divisant par deux les nombres de Baruel que vous obtenez ce résultat. C'est pourquoi je vous affirmais que l'opposé d'une synagogue ne pouvait être la mosquée, celle-ci étant placée dans le texte au même rang que le Temple de Salomon.

— Décidément, déclara Manuela abasourdie. Baruel est peut-être un génie de la symbolique, mais vous n'êtes pas en reste. Loin de là ! Vous avez parlé d'une pierre noire enchâssée dans l'angle de la Ka'ba. D'où vient-elle ?

— Selon la tradition, une première Ka'ba aurait été édifiée par Adam après qu'il eut été chassé du Paradis. Pour preuve, une inscription en syriaque retrouvée à l'intérieur de la construction qui dit ceci : *Je suis Dieu, le Seigneur de Bacca. Je l'ai créée le jour même où J'ai créé les cieux et la terre, le jour où J'ai formé le soleil et la lune, et J'ai disposé autour d'elle sept Anges invincibles. Elle subsistera, en vérité, tant que resteront debout ces deux collines, source bénie de lait et d'eau pour son peuple.* Plus tard, emportée par le déluge, la Ka'ba fut reconstruite par Abraham et son fils Ismaël — qui est comme vous le savez l'ancêtre du peuple arabe. Le père et le fils scellèrent, dans l'angle sud-est de l'édifice, cette pierre apportée par l'ange Gabriel.

Manuela écarquilla les yeux.

— Vous voulez dire que le lieu le plus sacré de l'islam fut conçu par le père du peuple juif et par celui des Arabes, secondés par un ange ?

— Parfaitement.

Cette révélation eut le don de troubler profondément la jeune femme.

Comme s'il devinait le cheminement de ses pensées, le rabbin jugea nécessaire de la mettre en garde :

— Ne vous laissez pas induire en erreur, señora. Ces parallèles ne sont que des dérivés, j'allais dire, des substituts inspirés par une seule et même religion. Rien n'aurait pu exister s'il n'y avait eu Abraham. Il est l'arbre...

Vargas rétorqua avec force :

— Ne pourrait-on envisager que cet arbre ait donné un fruit ?

— Vous voulez parler du christianisme...

— Parfaitement. Si vous admettez l'existence de l'arbre, vous ne pouvez nier ses conséquences. D'ailleurs, le Christ n'a jamais déclaré qu'il rejetait ou reniait la religion d'Abraham, bien au contraire, il s'en est fait largement l'écho. *N'allez pas croire que je sois venu abolir la Loi ou les Prophètes : je ne suis pas venu abolir, mais accomplir. Car je vous le dis en vérité : avant que ne passent le ciel et la terre, pas un « i », pas un point sur le « i » ne passera de la Loi, que tout ne soit réalisé.*

La citation n'eut pas lieu de convaincre Ezra.

— Mon cher, le seul point que j'agrée c'est qu'en effet votre Christ n'a rien apporté qui ne fût écrit dans la Torah.

— Naturellement vous avez la même opinion en ce qui concerne le Prophète Muhammad ?

Sarrag avait objecté avec la même vigueur que Vargas.

Le rabbin afficha une attitude désolée.

— Je vous en prie, cheikh Ibn Sarrag, épargnez-moi de vous répondre. Car s'il est un prophète que l'on pourrait qualifier de plagiaire c'est bien celui-là.

— Muhammad, un plagiaire ?

Sarrag avait blêmi sous le blasphème.

Le rabbin ne parut pas s'en rendre compte, il poursuivit imperturbable :

— Un enfant saurait le voir. Muhammad n'a rien fait d'autre que s'inspirer d'un peu de Moïse et d'Aaron, beaucoup d'Abraham, il a ajouté un zeste de David, Noé, Goliath, Isaac, Élie, Jacob, et pour couronner le tout il a mélangé le Christ à une once de la Vierge Marie et de l'ange Gabriel.

L'Arabe avala une goulée d'air.

— C'est effroyable, dit-il. Rien jamais n'altérera votre fatuité, votre arrogance !

Il avait parlé sans élever la voix, mais sa fureur contenue trahissait une violence délibérée, beaucoup plus menaçante que s'il avait rugi à pleins poumons.

Il se leva, fit un pas vers le rabbin. On aurait cru qu'il allait se jeter à sa gorge.

— Savez-vous ce qu'a dit le Prophète ? *Nous croyons en Dieu, à ce qui nous a été révélé, à ce qui a été révélé à Abraham, à Ismaël, à Isaac, à Jacob et aux tribus, à ce qui a été donné à Moïse, à Jésus, aux prophètes de la part de leur Seigneur. Nous n'avons de préférence pour aucun d'entre eux.* M'entendez-vous, Samuel Ezra ? *Pour aucun d'entre eux !*

À cet instant précis un imperceptible chuintement troubla l'air. Comme lancé du ciel, un poignard vint se ficher dans le bras gauche de Sarrag.

Manuela poussa un cri de terreur.

L'Arabe vit les premières gouttes de sang perler. Son regard hébété allait de sa blessure au rabbin.

Celui-ci, immobile, mains nouées, le dévisageait sans comprendre.

— Là-bas ! hurla Rafael Vargas. Un homme est en fuite !

Chapitre 20

On peut nouer un fil rompu, mais il y
aura toujours un nœud au milieu.

Proverbe persan

Vargas s'était rué vers le fuyard. Ce dernier
courait tel un dératé, il louvoyait parmi les buis-
sons. Il se retourna, jeta un coup d'œil furtif sur
son poursuivant et, comme s'il découvrait, non
point un moine, mais le diable lui-même à ses
trousses, il repartit plus vite encore. Tout en se
maintenant dans son sillage, Vargas se dit que
l'homme devait être incroyablement stupide pour
s'être risqué ainsi, sans la protection de la nuit, à
découvert. Il venait d'arriver au pied d'une butte,
probablement la seule à dix lieues à la ronde. Il
s'élança, dévala le versant opposé. Vargas esca-
lada à son tour la déclivité. Parvenu au sommet, il
eut un moment d'hésitation. Le fuyard semblait
s'être volatilisé. L'espace d'un éclair, il le vit qui
filait en direction d'un bosquet de houx. Le franciscain descendit la pente, trébucha, se récupéra
in extremis et, du plus vite qu'il put, fonça vers le
bosquet où l'homme venait de s'engouffrer. Il
avait sous-estimé sa proie. Il s'était à peine
engagé entre les arbustes que deux hommes fai-

saient irruption. Le premier, une sorte de géant d'ébène, lui barrait le passage. Si Vargas ne vit pas le deuxième, il devina sa présence. Tout ce dont il devait se souvenir plus tard, c'est d'un déplacement d'air, le bruit sourd d'un objet heurtant sa nuque. Ensuite, plus rien. La chute au fond d'un gouffre.

Quand il reprit conscience, il était seul. Ses assaillants avaient disparu dans la nature, nul bruit, sinon l'écho lointain de la voix de Manuela qui criait son nom. Il grimaça, le crâne submergé par une douleur lancinante. Comment diable ces hommes avaient-ils pu apparaître et disparaître aussi promptement ?

— Êtes-vous blessé ?

Manuela était arrivée près de lui. Haletante, affolée.

Vargas la rassura.

— Tout va bien. Et le cheikh ?

— Dieu merci la blessure est moins profonde qu'on n'aurait cru. La lame a dû être lancée de trop loin.

— Venez, retournons au camp.

Tout en avançant, il murmura :

— Vous avez compris, je pense, que c'est uniquement lui que l'on visait.

— Sarrag en est en tout cas convaincu. De plus, il affirme connaître l'identité de son agresseur. Il s'agirait de son ancien serviteur. Un Arabe du nom d'Abou Taleb.

— Ce pourrait être vrai. Pas plus tard qu'hier, à Cáceres, alors que nous vous attendions, nous avons échangé quelques mots à ce propos. Il a entrevu un homme dans la foule, qui lui semblait familier.

— Ne croyez-vous pas que s'il s'agissait de son serviteur, il l'aurait reconnu sur-le-champ ?

— Si j'en juge par ce qui vient de m'arriver — il frôla sa nuque —, ce n'est pas lui que Sarrag aurait aperçu à la feria, mais l'un de ses complices. Deux hommes au moins l'accompagnent. J'ai eu, hélas, le triste privilège d'approcher l'un d'entre eux, un nègre.

— Le jour de notre rencontre, Ezra a mentionné l'incendie de la bibliothèque de la Rábida. Ce serait donc ce Taleb qui l'aurait provoqué ?

— C'est l'évidence même.

— Mais quelle rage pousse ce serviteur à tuer son maître ?

Rafael Vargas ironisa faiblement :

— Une histoire de gages impayés...

Il enchaîna tout en allongeant le pas :

— C'est en tout cas la question que je vais poser à Sarrag.

L'Arabe protesta avec vigueur.

— Je vous répète que je n'en sais rien ! Tout le temps qu'il fut à mon service, j'ai fait preuve à l'égard de ce serpent de la plus grande sollicitude. Je n'ai jamais eu pour habitude de martyriser les gens qui me servent !

— Mais enfin ! rétorqua Vargas, il doit bien y avoir une explication ! Réfléchissez ! Essayez au moins de trouver ce qui a pu l'amener à dérober les Palais de Baruel ?

Le cheikh glissa un coup d'œil sur le pansement de fortune qu'on lui avait fait et laissa tomber avec lassitude :

— Combien de fois devrai-je vous le dire ? Je n'en ai pas la moindre idée. Pas la moindre.

— En attendant, observa Manuela, nous avons un meurtrier aux trousses. Tout porte à croire qu'il récidivera, tant qu'il ne se sera pas vengé d'Ibn Sarrag.

Dans le même temps elle pensa : « L'homme à la tête d'oiseau. » Elle devait le prévenir sans délai. Ce serviteur risquait de mettre toute l'affaire en péril.

— Permettez-moi de rectifier, dit le rabbin. Il n'y a pas que Sarrag qui coure un danger. Nous sommes tous visés.

— Vous exagérez, protesta Rafael. Ils auraient pu me tuer tout à l'heure. Pourtant, ils se sont contentés de m'assommer.

— Si vous voulez mon avis, vous avez eu beaucoup de chance. Moi, ils n'ont pas hésité à me faire jeter en prison.

— Vous voulez dire que...

— Évidemment ! Je n'ai tout de même pas été arrêté par hasard, victime d'un vulgaire fanatique qui aurait reconnu sur mon front la marque du peuple élu ! Si, pour atteindre son ancien maître, cet Abou Taleb doit nous sacrifier, soyez sûrs qu'il n'hésitera pas à le faire. Souvenez-vous de l'incendie de la Rábida.

Un silence oppressant s'abattit sur eux. Dorénavant, ils allaient devoir vivre dans l'appréhension jour et nuit, où qu'ils aillent, quoi qu'ils fassent.

Sarrag, le premier à se ressaisir, annonça d'une voix ferme :

— Voici ce que je vous propose : dès que nous aurons atteint notre prochaine destination, nous achèterons des armes et nous essaierons de piéger cet énergumène.

— Des armes ? se récria Ezra. Je suis incapable de verser le sang.

— Qu'à cela ne tienne, vous apprendrez !

— Tu ne tueras point ! rappela fermement Vargas. Je suis de l'avis du rabbi. Vous, Sarrag, vous ferez comme bon vous semblera.

— Vous préférez vous faire assassiner sans vous défendre ?

— Les poings suffiront.

— Un poing nu contre une dague ? Je suis impatient d'assister au spectacle. Et vous, señora ? Vous êtes de leur avis ?

Elle ne répondit pas. Ses préoccupations étaient d'un tout autre ordre. Elle ne voyait pas pourquoi Abou Taleb s'échinait à vouloir la peau du cheikh. Après tout, Torquemada ne l'avait-il pas largement rétribué pour les renseignements qu'il leur avait fournis ? Alors pourquoi ? *Mendoza*... Comment se faisait-il qu'il ne fût pas intervenu pour empêcher cette attaque ?

*

Salamanque.

Talavera fut saisi d'une flambée de colère.

— Vous ne jouez pas franc jeu, fray Alvarez ! Faut-il vous rappeler que nous avions conclu un accord ? Dois-je vous en rappeler les termes ?

Le secrétaire de Torquemada répliqua faiblement :

— Padre, je vous ai tenu au courant de tout ce que je savais. Vous devez me croire.

— Mensonge ! Vous deviez m'informer au jour le jour du moindre événement qui se produirait, or depuis votre dernier message, plus rien !

Alvarez articula avec une pointe d'embarras :

— Je ne pouvais vous rapporter des faits inexistants. À ce jour nous n'avons toujours pas réussi à découvrir le but que ces individus poursuivent. Pas l'ombre d'un indice.

— C'est incroyable ! Que fait donc doña Vivero ?

Alvarez épongea la sueur qui perlait à son front.

— En toute sincérité, je suis incapable de vous répondre. J'imagine qu'elle fait de son mieux. Mais que voulez-vous, elle a affaire à forte partie.

Talavera continua de scruter son interlocuteur avec un mutisme éloquent, puis il annonça d'un coup :

— Où sont-ils à présent ?

— Aux dernières nouvelles, ils seraient dans la région de Cáceres.

— C'est tout ?

— Rien d'autre. Je vous l'assure.

Talavera inspira profondément et fixa le mur, droit devant lui.

Il avait bien fait de prêcher le faux en inspirant la peur à ce velléitaire.

La région de Cáceres... Il fallait avertir Diaz immédiatement.

*

Les alentours de Cáceres.

Ezra tremblait de fièvre. On l'avait enroulé dans deux couvertures, mais rien ne calmait les spasmes qui secouaient son corps. Penchée sur lui, Manuela essuya son front trempé de sueur.

— Il ne manquait plus que ça ! pesta Sarrag.

Comme si l'éclopé que je suis devenu ne suffisait pas à notre infortune ! Si vous voulez mon avis, le plus sage serait de rebrousser chemin et de retourner dans cette venta de Cáceres.

— Pas question ! répliqua Ezra. Nous devons poursuivre.

— Qui vous parle d'abandonner ? Vous avez besoin de soins. Il faut vous reposer dans un lieu abrité.

— Bientôt, le soleil va chauffer la plaine à blanc, et votre mal s'en trouvera aggravé.

— Détrompez-vous. La chaleur accentuera les suées et favorisera l'écoulement de la maladie hors du corps. De toute façon, c'est de ma santé qu'il s'agit. Poursuivons !

Sarrag observa :

— Si au moins nous pouvions trouver quelques plantes aux propriétés médicinales, nous pourrions lui faire boire une décoction. Même des roses auraient fait l'affaire. Pilées et mélangées à du henné, elles font un onguent miraculeux.

— Ce ne sont pas des roses que vous devriez trouver, grommela le rabbin, mais plutôt le nom de notre prochaine destination Plus vite nous l'atteindrons, mieux ce sera.

— Vous avez raison, reconnut l'Arabe. Finissons de décrypter ces maudites énigmes.

Il cita :

— À PROXIMITÉ DE L'ÉDIFICE N'EST PAS UN PENTAGRAMME, BIEN QU'IL SOIT L'UNION DES INÉGAUX. Vous disiez, fray Vargas que, dans l'Antiquité, cette forme pentagonale était le symbole du savoir.

— Absolument. Pour les Anciens, le pentagramme était une figure de la connaissance. Il représentait l'une des clefs de la Haute Science. Certains magiciens l'utilisaient et l'utilisent encore pour exercer leur pouvoir.

Sarrag se souleva légèrement.

— Il y a là deux directions que nous devrions approfondir : l'idée de la puissance et de la connaissance représentées par cette figure géométrique, et l'idée d'association d'éléments de forces différentes : L'UNION DES INÉGAUX.

Les trois hommes se plongèrent dans un silence studieux, tandis que Manuela jetait de temps à autre des coups d'œil inquiets autour d'elle. Elle s'attendait à voir surgir d'un moment à l'autre le serviteur arabe ou ses acolytes, prêts à les découper en lamelles. Elle était d'ailleurs étonnée qu'ils n'aient pas encore tenté de le faire. Qui — hormis Vargas — serait en mesure de les affronter ? Sarrag était privé de l'usage d'un bras ; le rabbin tenait à peine sur ses jambes.

— Je crois que la réponse se trouve dans la phrase suivante, déclara tout à coup Vargas.

— De quelle phrase parlez-vous ? questionna le cheikh.

— De celle-ci : SES MURS CONTIENNENT LA MATIÈRE VIERGE OU FÉCONDÉE ET SON OMBRE MAJESTUEUSE SE PROJETTE SUR LE PISHÔN, LE GIL· HÔN, LE TIGRE ET L'EUPHRATE. Si nous définissions ce que pourrait être « la matière », nous aurions un indice de plus.

Sarrag pensa à haute voix :

— VIERGE OU FÉCONDÉE... S'il s'agissait d'une femme ?

Manuela ne put s'empêcher de rire.

— Croyez-vous qu'une femme soit une « matière » ?

— Tout dépend de la façon dont Baruel utilise le terme. Qu'est-ce que la matière, sinon une substance, solide, résistante, divisible, mobile ?

— Un être vivant est-il une *substance* divisible ?

— Pourquoi pas ? Le seul problème, c'est que, divisé, il ne serait plus de ce monde.

Vargas s'accorda quelques instants de réflexion avant de faire observer à ses compagnons :

— Je n'ai pas l'impression que, dans le cas présent, le mot *matière* soit applicable à autre chose qu'à un élément naturel ou fabriqué par l'homme. Mais nous examinerons ce détail plus tard. Prenons plutôt la suite : ET SON OMBRE MAJESTUEUSE SE PROJETTE SUR LE PISHÔN, LE GILHÔN, LE TIGRE ET L'EUPHRATE. Ici, pas de doute possible. Ce sont les noms des quatre fleuves dérivés de celui qui coulait dans le jardin d'Éden. *Un fleuve sortait d'Éden pour arroser le jardin et de là il se divisait pour former quatre bras.*

— Où est l'analogie entre ces fleuves, le pentagramme et une matière vierge ou fécondée ?

— Elle existe. Une fois de plus, c'est à nous de la trouver. Toutefois, je me demande si ce n'est pas plutôt l'image sous-jacente que Baruel cherche à nous indiquer.

— Laquelle ? questionna Sarrag.

— Tout simplement le jardin d'Éden.

— C'est possible en effet.

Ezra fit remarquer :

— Il reste une phrase sur laquelle vous n'avez pas jugé utile de vous pencher et qui est pourtant étroitement rattachée à l'Éden : SON OMBRE MAJESTUEUSE SE PROJETTE... Je suis persuadé que cette ombre n'est autre que l'arbre, je veux parler de l'arbre de vie.

— L'arbre de vie ? répéta Vargas dubitatif.

— Absolument. N'est-il pas surnommé aussi l'arbre de la connaissance ?

— Vous avez peut-être raison. Mais il reste à définir la raison pour laquelle Baruel nous entraîne sur cette voie.

Ils se turent et se laissèrent bercer par le vague murmure du vent qui filait parmi les broussailles.

— Je crois avoir trouvé..., annonça tout à coup Manuela. L'édifice qui se trouve à proximité de la cathédrale est probablement un lieu où l'on enseigne.

Ils restèrent sans voix.

Elle précisa :

— D'où LA MATIÈRE VIERGE OU FÉCONDÉE. Pour moi qui ai toujours eu la passion de la lecture, cette matière me fait penser aux livres. Vierges, les pages sont blanches ; noircies, elles sont fécondées.

Elle énuméra :

— La Connaissance, la Haute Science. Les livres. Ne remarquez-vous pas que Baruel insiste sur des éléments qui ont tous trait au savoir ? Il semble logique que ce bâtiment QUI N'EST PAS UN PENTAGRAMME, et qui est situé à proximité de la cathédrale, soit une école ou...

— Une université ! interrompit Vargas, pris à son tour d'un enthousiasme fiévreux. Quant au terme L'UNION DES INÉGAUX, on pourrait parfaitement l'appliquer aux étudiants talentueux et à ceux qui le sont moins.

Il leva les bras dans une attitude triomphale.

— Salamanque ! La ville de Salamanque et son université. Le plus haut lieu de la connaissance et de la culture de toute l'Espagne !

L'Arabe considéra Manuela avec une pointe d'admiration.

— Que le Très-Haut soit loué pour les dons qu'il vous a accordés, señora Vivero.

Et il s'écria :

— Rabbi, nous partons pour Salamanque ! Cité des médecins et du savoir ! Nous allons pouvoir vous y soigner. Êtes-vous heureux ?

Il n'y eut pas d'écho à sa question. Ezra dormait à poings fermés.

Chapitre 21

Qui commence par le rêve et la folie sait
très bien où il va : à la folie et au rêve.
Mais le raisonnement nous jette en pleine
aventure.

J. Paulhan,
Entretien sur des faits divers.

Il leur fallut six jours pour franchir la distance
qui séparait Cáceres de Salamanque, trois jours
de plus qu'il n'eût été nécessaire. Ils avaient pris
la route depuis une heure à peine que le rabbin
perdait connaissance et tombait de son cheval.
Lorsqu'il avait recouvré ses esprits, sa faiblesse
était si grande qu'il lui fut impossible de remonter
en selle.

On le coucha au pied d'un arbre et on attendit
patiemment que les forces lui revinssent. Au bout
d'un moment, on l'entendit qui, dans un état
second, priait à voix basse.

— J'admets devant Toi, Dieu, mon Dieu et le
Dieu de mes ancêtres, que ma guérison et ma
mort sont entre Tes mains.

— Qu'est-ce qu'il baragouine ? se récria Sarrag.

Ni Vargas ni Manuela ne répondirent. Ezra
poursuivait :

— Que Ta volonté soit de me guérir complètement. Si je meurs, puisse ma mort être l'expiation des péchés que j'ai commis devant Toi.

— Il délire..., diagnostiqua le cheikh.

Mais cette fois, le ton volontairement ironique n'était pas parvenu à masquer l'émotion qui s'était emparée de lui.

— Écoute Israël, l'Éternel est notre Dieu, l'Éternel est un.

Il vint s'agenouiller auprès du malade et l'interpella d'une voix agressive :

— Samuel Ezra, vous croyez que c'est le moment de vous livrer à des incantations ?

Le rabbin entrouvrit un œil et répondit faiblement :

— Un autre nom... Appelez-moi d'un autre nom...

Vargas s'approcha à son tour.

— Un autre nom ?

Il chuchota à l'oreille de l'Arabe :

— C'est la fièvre...

— Je... vous... en conjure, gémit Ezra.

Ils échangèrent un coup d'œil perplexe.

— C'est pourtant clair, dit Manuela. Il veut qu'on l'appelle autrement.

— C'est ridicule ! Pour quelle raison ?

— Je n'en sais rien ! Mais que perdez-vous à le faire ?

— C'est vraiment ce que vous désirez ? s'enquit le franciscain

Le malade confirma d'un battement des paupières.

Vargas hésita.

— Ce ne sont pas les noms qui manquent ! s'impatienta Ibn Sarrag. Abd Allah, Muhammad, Tarek...

Son compagnon l'arrêta d'un geste de la main.

— Désormais, commença-t-il en s'agenouillant près du rabbin avec une certaine solennité, Rafael sera ton nom.

Ezra donna l'impression d'approuver.

— Mais c'est votre propre nom que vous lui donnez ! s'étonna Sarrag.

— Quelle importance ? C'est le premier qui me soit venu à l'esprit.

Un temps s'écoula. Le rabbin demeura plongé dans une profonde léthargie. Ce fut seulement lorsque que le soleil fut au midi qu'il remua et ouvrit les yeux.

— Vous vous sentez mieux ? s'enquit Manuela.

Il trouva la force de sourire.

— Oui...

— Eh bien ! fit le cheikh. Vous nous avez fait bougrement peur. Je nous voyais déjà forcés de creuser votre tombe par cette chaleur ! Allah soit loué !

— Pouvez-vous m'aider à m'asseoir ?

L'Arabe le saisit par les épaules et l'adossa contre l'arbre.

— Vous récupérez vite. À croire que le fait de changer de nom a suffi pour vous guérir ! À propos... qu'est-ce qui vous a pris ?

Ezra répondit avec gravité.

— Vous allez trouver cette affirmation puérile, mais dans le Talmud il est dit que celui qui change de nom change aussi de destin.

Il fixa Vargas, et sur ses lèvres se dessina un sourire de gratitude.

— Vous ne pouviez mieux choisir... Savez-vous ce que signifie Rafael ?

Le moine avoua son ignorance.

— L'Éternel guérit.

— En effet, l'aurais-je prémédité que je n'aurais pu trouver plus adéquat. Est-ce que ce nouveau nom vous donne la force de remonter à cheval ?

Ezra répondit par la négative.

— Pourtant, nous ne pouvons nous éterniser ici. Il faut absolument arriver au prochain village avant la tombée de la nuit.

— Je vais le prendre en croupe, proposa le cheikh. C'est la seule solution.

Il tendit les bras vers le rabbin.

— Venez. Nous allons vous soutenir.

Le rabbin grimaça.

— S'il ne tenait qu'à moi...

— Oui, mais c'est nous qui décidons ! Venez !

Ils repartirent. Manifestement, la transformation du nom de Samuel en « l'Éternel guérit » n'avait pas suffi à chasser le mal. Le sursis fut de courte durée. À peine dans la vallée du Tage, ils durent faire halte une nouvelle fois. Nausées, tremblements, Ezra rechutait. On l'allongea au bord du fleuve. Le cheikh ôta le drap qui jusque-là couvrait son épaule et le trempa dans l'eau fraîche. Il y enveloppa le rabbin du mieux qu'il put et on le coucha en plein soleil. Selon Sarrag, l'évaporation ferait refroidir le corps et baisser la fièvre. Il n'avait pas tort. Deux heures plus tard, le rabbin était en état de reprendre le voyage.

Au décor nu et aride qui avait prévalu succédèrent les paysages verdoyants et fertiles de la Vera. Au pied de la sierra de Gredos jaillirent des champs d'orangers, de figuiers et des forêts de chênes verts traversées par de lents troupeaux de porcs. Était-ce la vue de ces mammifères, porteurs de tous les opprobres, qui provoqua chez Ezra un nouveau malaise ? Il rechuta. Mais cette fois la providence vint à leur secours sous la forme de petits fruits d'un brun rougeâtre, qui n'étaient pas sans rappeler la *passiflora incarnata* et qui, toujours selon les affirmations du cheikh, possédaient des propriétés curatives. Faisant fi des protestations d'Ezra, il lui en fit ingurgiter une poignée et lui-même en écrasa quelques-uns sur sa plaie. Coïncidence ou réelle efficacité des baies ? Les frissons d'Ezra s'estompèrent et ses joues retrouvèrent quelque couleur. Après une nuit de repos, ils reprirent la route et, en fin de journée, ils atteignirent le col de Béjar et la petite ville du même nom, engoncée dans ses fortifications mauresques ; un fragment de paradis au cœur de l'enfer. Ils s'y arrêtèrent, le temps qu'Ezra recouvre ses forces. Trois jours plus tard, en plein midi, alors que le soleil brûlait la plaine et que les cloches de la cathédrale sonnaient à toute volée, ils franchirent les remparts de Salamanque.

Une fois dans la ville, ils eurent quelque difficulté à se loger. La plupart des auberges étaient, comme à l'accoutumée, occupées par les étudiants venus nombreux des quatre coins d'Espagne et d'Europe.

Ils finirent par trouver une venta non loin du couvent de las Dueñas. Entre la calle de San Pablo et la casa de Abrantes.

Sitôt installés, Vargas partit en quête du doctor Miguel Vallat, lequel, selon l'aubergiste, faisait partie des médecins les plus brillants de la ville. Le médecin palpa, ausculta, jaugea les urines et décréta une thérapie tellement extravagante qu'à l'unanimité il fut décrété que le doctor Vallat n'aurait jamais dû faire partie du corps médical. Pour preuve, Vargas et Sarrag — avec l'accord d'Ezra — passèrent outre au traitement recommandé, et quarante-huit heures plus tard le vieux rabbin était en voie de guérison.

Cette nuit-là, la quatrième depuis leur arrivée à Salamanque, Vargas leva sa coupe de vin vers Samuel Ezra et déclara :

— *Le-hayyim*, rabbi, à la vie ! Je ne connais que cette expression en hébreu, mais jamais je n'aurais songé m'en servir de façon si appropriée.

— *Le-hayyim* ! mon ami. Et moi, jamais je n'aurais cru être si attaché à l'existence. Lorsque je pense qu'il y a quelque temps à peine j'osais déclarer au cheikh que j'accueillerais l'heure de ma mort avec joie... J'ai honte de moi.

Le teint encore très pâle, il avait beaucoup maigri, mais ses prunelles avaient recouvré leur éclat. Il se redressa doucement sur sa couche et s'adressa à Manuela avec une certaine dérision.

— Voyez comme les hommes s'écroulent au moindre coup de vent, alors que vous, soi-disant frêles créatures, vous restez debout, indestructibles.

— Indestructibles ? Comme vous y allez ! Nous avons peut-être sur vous l'avantage de la résistance physique ; mais toutes les médailles ont leur revers. Si le corps est solide, il n'en est pas de même pour le cœur. Il est bien plus vulnérable que le cœur des hommes.

Ezra allait répliquer lorsque la porte s'ouvrit brutalement, laissant apparaître Ibn Sarrag. À son air échevelé, il ne faisait pas de doute qu'il avait fait une découverte importante. En quelques enjambées il fut au chevet du rabbin et se campa devant lui, les poings sur les hanches.

— Je vous conseille de vous remettre sur vos pieds, rabbi Ezra. Du moins, si vous tenez toujours à ce que nous allions au bout de cette aventure.

— Qu'avez-vous trouvé ?

— Pythagore...

Comme les autres posaient sur lui un regard interrogateur, il expliqua :

— Il est clair désormais que tout est dans le pentagramme. C'est lui qui nous a conduits ici. C'est lui qui nous guidera vers le troisième triangle. Fray Vargas nous a révélé qu'il représentait la Connaissance et la clef de la Haute Science. Il avait raison. Mais il y a plus encore. Le pentagramme n'est pas qu'une simple figure géométrique. Il est aussi totalement lié au philosophe et au mathématicien grec que je viens de citer.

Il s'assit et poursuivit :

— Je suppose qu'il n'est pas un seul parmi nous qui ne sache qui fut Pythagore, néanmoins, permettez-moi d'effectuer un bref retour sur le personnage. Vous verrez, ce ne sera pas inutile. Son nom, qui est déjà une étrangeté en soi, est fait de deux mots sanskrits : *pita*, maison, lieu de réunion qui dérive de *pit*, assembler, et *gourou*, parent spirituel, celui qui instruit, lequel mot dérive lui-même de *gri*, exprimer, dire. C'est donc à proprement parler le maître de la réunion, de l'école. On ne sait pas grand-chose sur l'homme, sinon qu'il est né dans l'île de Samos, il y a plus de deux mille ans, qu'il commença par être sculpteur, suivant la volonté de Mnésarque son père, puis athlète. Ensuite, les leçons de Phérécyde lui firent embrasser la philosophie. Après de longs voyages qui le virent tour à tour en Égypte, à Babylone et en Inde, il fonda à Crotone en Italie, en Calabre très précisément, une école fameuse baptisée « l'école Italique ». En vérité, cette école s'apparentait plus à une secte qu'à une simple réunion d'étudiants. Elle s'inspirait principalement des principes de l'ascèse et de la religion orphique. Les disciples devaient faire un noviciat de silence qui durait deux ou cinq ans, selon la personnalité légère ou grave de l'individu. L'enseignement qui y était donné avait un caractère initiatique. Pythagore cultiva les mathématiques, l'astronomie et — détail moins connu — la musique. Les découvertes qu'on lui attribue sont probablement dues à l'ensemble de cette communauté dont il fut le maître et l'inspirateur. On lui doit la fameuse table dite de Pythagore, le système décimal, le théorème du carré de l'hypoténuse repris ensuite par Euclide. Jusque-là, me direz-vous, en quoi ce personnage nous intéresse-t-il ? Et quel est le lien avec Baruel et notre recherche actuelle ? Je crois savoir la réponse. Savez-vous quel est le signe de reconnaissance dont usaient les pythagoriciens ?

Il inspira profondément :

— LE PENTAGRAMME.

— C'est intéressant, en effet, reconnut Vargas, mais..

— Attendez.

Il déclama avec force :

— « Tout est nombre ! » Telle était la devise de Pythagore. C'était aussi son dogme. Il voyait dans les mathématiques le principe de toute chose, la loi même de l'univers. Au point qu'il a élaboré une véritable « théologie arithmétique », une science des propriétés mystiques des nombres. Le penta-gramme et les nombres. Chez Baruel aussi tout est nombre, vous ne pouvez le nier. Chacune de ses énigmes est inspirée des mécanismes pytha-goriciens. Il n'est qu'à recenser toutes ces allu-sions à la vie, à la mort. Les dimensions du Temple de Salomon ; celles de la Ka'ba. Les triangles, le chiffre 3. Pour en revenir au Palais présent, nous trouvons un passage qui confirme en tout point cette démarche. Je cite : C'EST LÀ, ET DANS CE NOMBRE, QUE L'ON PEUT RETROUVER L'ÉPOUX DE THÉANO. FASSE QUE SON GÉNIE VOUS INSPIRE.

Une lueur d'allégresse flamboyait dans ses pru-nelles.

— N'avais-je pas raison ?

La perplexité générale fut le seul écho à sa question.

— Théano ! s'écria-t-il avec une certaine impa-tience. Théano. C'était le nom de l'école fondée par Pythagore à Crotone, en souvenir de celle qui fut son épouse et son disciple !

Ezra et Vargas échangèrent un bref coup d'œil.

— Eh bien ! dit le rabbin en se redressant, il semble que l'air studieux de Salamanque vous réussisse à merveille. C'est votre escapade dans la ville qui vous a tant inspiré ?

— Ce serait plutôt les étudiants et leur savoir. Je me suis dit que si Baruel mettait autant l'accent sur l'université, c'était là-bas que j'avais le plus de chances de glaner quelques informations. Je n'ai pas eu tort.

— Mais alors, commença Manuela qui jusque-là

s'était contentée d'écouter religieusement, où Pythagore et ses nombres mènent-ils ?

Sarrag se mit à rire.

— Décidément, señora Vivero, vous avez le don de poser des questions dont vous savez déjà la réponse. N'est-ce pas vous qui avez comparé les livres à la matière vierge ou fécondée ?

— C'est exact.

— Alors, nous allons tout naturellement nous appuyer sur votre définition : C'EST LÀ, ET DANS CE NOMBRE, QUE L'ON PEUT RETROUVER L'ÉPOUX DE THÉANO. Est-ce que vous entrevoyez l'allusion ?

Elle reconnut que non.

— Allons, señora ! Vous, si brillante ? Vraiment, vous ne voyez pas ?

— Non, fit-elle, perdue.

— Très bien. Venez. Vous allez pouvoir juger sur pièces.

Il posa sa main sur le bras de Vargas.

— Vous, fray Rafael, vous avez deviné je suppose ?

— Je le crois.

Et il partit vers la porte en annonçant :

— Allons retrouver l'époux de Théano.

Sarrag et Manuela s'apprêtaient à lui emboîter le pas, lorsque la voix furieuse d'Ezra retentit dans leur dos.

— Oh là ! Vous oubliez l'essentiel !

Le rabbin était sur pied et enfilait ses bottines.

— De quel essentiel parlez-vous, rabbi ?

— De moi ! cheikh Ibn Sarrag. De moi !

Derrière une porte de fer, située au premier étage de l'université, l'immense bibliothèque emplie de clair-obscur faisait songer au ventre d'un Léviathan. Des senteurs ténues de cuir et d'in-quarto montaient des étagères de chêne massif. Réceptacle du génie humain et de ses bafouillages, grenier des sciences et des arts, mappemondes dépliées, *Mare nostrum* et mère des Ténèbres accolées, tables des équinoxes... Plus de cent soixante mille volumes, plus de trois mille manuscrits. Tout le savoir du monde connu était rassemblé entre ces murs ocrés.

Manuela étouffa un cri d'admiration.

Sarrag chuchota :

— LA MATIÈRE VIERGE ET FÉCONDÉE, señora... Vous comprenez à présent ?

Ils avancèrent le long des travées, aussi discrètement que possible, avec autant de respect que s'ils venaient de pénétrer dans un sanctuaire.

— Où nous conduisez-vous ? s'inquiéta Ezra.

L'Arabe posa un index sur ses lèvres.

— Chut... faites-moi confiance.

Ici et là, pareilles à d'austères statues de marbre, se devinaient des silhouettes d'étudiants plongés dans leur lecture. Si la plupart étaient espagnols, nombreux étaient ceux qui venaient de tous les coins de l'Europe pour se consacrer à l'étude des quatre disciplines : l'art, le droit, la médecine et la théologie. Combien étaient-ils ? Dix mille ? Quinze mille ? Ils étaient bien plus nombreux en tout cas que dans les trois autres universités qui prétendaient rivaliser avec Salamanque, que ce fût Oxford, Bologne ou Paris.

Sarrag désigna une rangée d'étagères qui s'élevait à une hauteur impressionnante.

— C'est ici, annonça-t-il sur le ton de quelqu'un qui révèle un secret. Fray Vargas, voudriez-vous, je vous prie, me passer l'échelle qui se trouve à vos côtés ?

Le moine s'exécuta.

Le cheikh gravit un à un les barreaux, jusqu'à ce qu'il atteignît une série d'ouvrages qui se distinguaient des autres par leur tranche mordorée. On l'entendit qui poussait un petit cri de victoire retenu tandis qu'il s'emparait de l'un des recueils. Il redescendit et, sans attendre, les mains fébriles, il examina le livre. Placée à la manière d'un signet, une feuille dépassait entre deux pages. Il entrouvrit le volume à cet endroit.

— Alors ? s'impatienta Ezra. Allez-vous enfin nous expliquer !

Sans répondre, le cheikh confia l'ouvrage au moine. Il prit la feuille, la déplia avec précaution, et immédiatement son visage se voila d'une expression confuse.

— Alors ? répéta le rabbin.

Sa voix était montée d'un cran, suscitant autour d'eux quelques coups d'œil courroucés.

Le cheikh se décida enfin à parler.

— Voici, dit-il sur un ton morose.

GLORIA ET OPPROBRIUM

SUB SARCOPHAGO EPISCOPI

— Je rêve ! se récria Ezra, sidéré. Qu'est-ce que c'est ?

— À première vue, dit Vargas, il s'agit d'une partition de musique. Et d'un texte : « Gloire et honte sous le sarcophage de l'évêque. »

— Évidemment ! Je vois bien. Mais comment Sarrag a-t-il pu savoir qu'elle était là ? Allez-vous enfin nous expliquer ?

— Je vais tout vous dire, mais avant je propose que nous remettions le livre à sa place et que nous sortions d'ici si nous ne voulons pas nous faire remarquer davantage.

Une fois à l'extérieur du bâtiment, ils firent quelques pas dans le jardin qui étirait sa pelouse verdoyante dans l'enceinte de l'université, et se laissèrent choir à l'ombre d'un hibiscus aux fleurs rayonnantes.

— Nous vous écoutons. Tout d'abord, parlez-nous de ce livre. Si j'ai bien lu le titre inscrit sur la couverture, il s'agit d'un ouvrage de Pythagore ?

— *La Musique des sphères*. C'est exact. C'est d'ailleurs la seule œuvre connue du Grec. Il ne nous a laissé aucun autre écrit. S'il n'y avait eu ses disciples et le travail accompli par Euclide sur le fameux théorème, on pourrait même émettre des réserves quant à l'authenticité des recherches effectuées par le personnage. L'un des enseignants, que j'ai longuement interrogé sur Pythagore, m'a rapporté ces informations et révélé l'existence de cet ouvrage dans la bibliothèque de l'université. Dès lors, je fus convaincu que nous y découvririons un nouvel indice.

— Dans ce cas, s'étonna Manuela, pourquoi n'avoir pas pris le temps de compulser cette *Musique des sphères* ?

— Parce que nous y avons trouvé tout ce que Baruel voulait que nous y trouvions.

Il cita :

— C'EST LÀ, ET DANS CE NOMBRE, QUE L'ON PEUT RETROUVER L'ÉPOUX DE THÉANO. À mon avis, C'EST LÀ sous-entend « là, dans la bibliothèque ». Et DANS CE NOMBRE indique le numéro de la page où était insérée la partition.

— C'est-à-dire ?

— La page quatre. Quatre, pour les quatre fleuves cités au fil du Palais : le Pishôn, le Gilhôn, le Tigre et l'Euphrate.

— Bien que j'éprouve quelque tristesse à l'admettre, fit Ezra, force est de reconnaître que vous avez fait preuve dans cet épisode d'un remarquable esprit de déduction.

Sarrag s'étonna.

— Et pourquoi la tristesse ?

Le rabbin adopta un air faussement pincé.

— Que voulez-vous ! Je ne supporte pas l'idée de n'être pas indispensable.

Pendant l'échange, Vargas n'avait cessé d'étudier la feuille sur laquelle étaient rédigées les deux portées musicales. À en juger par la contrariété qui dominait ses traits, son examen ne débouchait sur rien. Il demanda, sans grande conviction :

— Quelqu'un d'entre vous saurait-il lire la musique ?

— Je possède quelques notions, se risqua Manuela.

Le franciscain lui confia la partition.

— Pourriez-vous nous dire si vous apercevez quelque chose de particulier ?

La jeune femme détailla un moment la suite de notes avant de répondre :

— Rien, hélas. Rien, sinon que la ligne mélodique est banale, pour ne pas dire simpliste.

Elle chantonna l'air à mi-voix. C'était une mélopée, lente et lugubre, qui s'écoulait sur une suite de notes en escalier et descendait jusqu'aux graves.

— Baruel le kabbaliste était doublé d'un musicien émérite, ironisa Ezra. Je ne comprends vraiment pas en quoi cette sinistre mélodie pourrait nous indiquer l'endroit où est caché le troisième triangle. De plus, à quoi rime le texte placé en dessous des notes : « Gloire et honte sous le sarcophage de l'évêque. » Quelle gloire ? Quelle honte ? Quel évêque ? Certes, il me souvient bien que certains kabbalistes, tel Aboulafia, tentèrent à maintes reprises de se servir de la musique comme d'un support capable de les conduire à l'extase prophétique ; mais je n'ose croire que Baruel cherche ici à nous guider dans la même direction. Ce serait de la démence !

— La musique ? s'informa Vargas. Un support à l'extase prophétique ?

— Le principe est d'une telle complexité que j'aurais bien du mal à vous expliquer ce que moi-même j'ai eu tant de difficulté à comprendre. Selon Aboulafia et d'autres kabbalistes, il existerait un lien étroit entre une certaine science musicale — perdue aujourd'hui, semble-t-il — et la prophétie. Dans des récits tels que le *Sod ha-shalshélet*, la musique est décrite comme une discipline dont les lois étaient autrefois connues des grands prêtres. Elle peut mener à la communion mystique et elle est en rapport direct avec la façon de prononcer le tétragramme. Il semble que cette science cachée se soit tout de même conservée dans le cercle d'Abraham Aboulafia, puisque ce dernier expose clairement la technique qui consiste à combiner les caractères et à les réciter. Il compare souvent le corps de l'homme à un instrument de musique car, dit-il, il comporte des cavités et des creux capables de produire un son quand le souffle y passe. Les mots liés au chant, exprimés et retenus par l'homme, évoquent la présence du divin, le mouvement de l'Esprit saint qui pénètre le corps et en ressort, créant chez celui qui parvient à maîtriser le processus la faculté de lire l'avenir.

Il se massa machinalement les doigts et reprit :

— Oui, je sais... tout cela est assez hermétique. Laissez-moi conclure par le témoignage de rabbi Isaïe ben Joseph. Il disait en substance ceci : « Sache que le prophète désireux de prophétiser devra d'abord s'isoler pendant un temps déterminé et faire ses ablutions. Après quoi, il regagnera l'endroit qui lui convient et convoquera des musiciens spécialistes de différents instruments qui joueront pour lui et chanteront des chants spirituels, et il se penchera sur les passages d'un livre qui résistent à sa compréhension. »

Ezra se tut. Un sourire énigmatique apparut sur ses lèvres.

— Il ne nous reste plus qu'à convoquer les musiciens !

Autour d'eux, indifférent à leur présence, se poursuivait l'incessant ballet des étudiants, visages rieurs ou mines studieuses. Le monde se moquait bien de leur quête et de leurs tourments. Le soleil vibrait au-dessus des maisons aux pierres rougeâtres, jetant ses feux sur les créneaux et les pignons que surmontait la forêt de clochers.

— Holà ! Señores ! ¿ *A Cómo están ustes ?*

L'interpellation les arracha à la torpeur qui commençait de les gagner. Un homme, plutôt grand, la chevelure entièrement blanche, le nez aquilin, venait de surgir devant eux.

— Vous ne me reconnaissez donc pas ?

Vargas fut le premier à réagir.

— Bien sûr... Vous êtes le marin génois. Celui que nous avons accueilli à la Rábida. Que faites-vous ici ?

L'homme se voûta, son œil s'assombrit.

— Une commission d'experts doit se réunir dans quelques minutes, là — il montra un bâtiment sur la droite —, au couvent de San Esteban, afin de décider si mon projet est digne d'intérêt.

Vargas présenta le marin à Manuela.

— Señora Vivero. Le señor Cristóbal Colón. Il a l'intention de partir vers l'ouest, vers le pays où poussent les épices. Il espère que Sa Majesté financera l'expédition.

Manuela caressa machinalement son grain de beauté.

— Vers l'ouest, señor ? Et vous espérez réellement y rencontrer des terres ?

— Parfaitement. Je le prouverai.

Vargas observa avec un demi-sourire :

— Je vous trouve bien sûr de vous.

— Comment ne le serais-je pas ? La terre n'est-elle pas ronde ?

— Elle l'est en effet. Mais vous n'êtes pas sans savoir que cette conviction n'est partagée que par une poignée d'érudits, et que même ceux-là sont incapables de dire quelle est la taille de cette sphère, puisque personne n'en a jamais fait le tour. Le tracé des terres et des océans demeure un mystère. La côte ouest de la Guinée est à peine définie. L'Asie s'étire vers l'est sur des distances inconnues. Les contours de ses côtes restent une énigme. Et...

Sarrag l'interrompit.

— Permettez-moi de rectifier, fray Vargas. Elles le sont pour les Européens, non pour les voyageurs arabes. Et Aristote lui-même, il y a près de mille huit cents ans, avait déduit qu'en naviguant vers l'ouest on devait nécessairement atteindre l'est.

— J'en conviens, mais où sont les cartes ? Où sont les preuves ? Le problème auquel est confronté le señor Colón est très simple : qu'il existe une route directe entre l'Europe de l'Ouest et l'Est de l'Asie semble logique, puisqu'en effet la terre est ronde. Mais quelle distance devra parcourir un navire avant d'atteindre les premières contrées ? Mille lieues ? Dix mille ? Vingt mille ? Je répète donc ma question : señor Colón, d'où vous vient cette certitude, cette conviction aveugle que la traversée est du domaine du possible ?

— Parce que je sais que la distance à parcourir avant d'aborder la lisière des Indes n'excédera pas neuf cent soixante-dix-sept lieues. Soit une trentaine de jours de traversée, ce qui est parfaitement dans les capacités d'une caravelle bien préparée et soigneusement approvisionnée.

Vargas répliqua comme s'il se parlait à lui-même :

— C'est bien ce que je pensais...

— Que voulez-vous dire ?

Le moine lui lança un regard volontairement sibyllin.

Colón insista.

— Qu'insinuez-vous ?

— Des rumeurs...

— Qu'insinuez-vous ? répéta le Génois avec force.

— Disons que, si vous n'aviez été poussé que par la curiosité de l'aventure, vous n'auriez eu aucun mal à trouver un navire et à partir vers le couchant. En revanche si vous avez l'intention de contrôler et d'exploiter les terres que vous comptez atteindre, le soutien d'un souverain vous est indispensable. Ce qui confirme combien vous êtes sûr de votre affaire.

— Que dit-on encore ?

— Que vous seriez en possession d'un livre de bord bourré de croquis signalant les repères terrestres. De cartes qui représentent les récifs et les mouillages dérobées à un marin portugais. Vous posséderiez aussi une carte maritime, établie il y a une quinzaine d'années par Toscanelli, que vous auriez escamotée à la bibliothèque royale du Portugal alors que vous y séjourniez.

— Entre vous et Dieu, croyez-vous sincèrement à ce que vous dites ?

— Je me garderai bien d'affirmer quoi que ce soit.

— Allons ! se récria Colón, allez au bout de votre pensée !

Vargas répugna à trahir fray Marchena, de qui il tenait ces informations.

— Mettons qu'il s'est produit quelques indiscrétions...

Le Génois étudia un moment son interlocuteur, puis :

— Si ce que vous avancez est vrai, alors expliquez-moi pourquoi, au lieu de m'échiner à chercher à convaincre *scientifiquement* Sa Majesté et ses experts, je ne leur révélerais pas les preuves que je suis supposé détenir ?

— Pour deux raisons. La première : si vous agissiez ainsi vous ne pourriez, en toute logique, imaginer un seul instant que la cour se plierait à vos extraordinaires exigences. Je vois mal Sa Majesté vous accordant en échange de documents, si précieux soient-ils, le titre d'amiral de Castille, de vice-roi et gouverneur de toutes les terres que vous trouveriez, le contrôle sur l'administration et la justice dans ces territoires, un dixième de l'or et des trésors à découvrir, un huitième des profits et les pleins pouvoirs pour administrer tout litige commercial. Au mieux on pourrait vous faire don d'une somme d'argent, au pire on pourrait exiger de vous que vous remettiez purement et simplement vos documents sous peine de châtiment. Suis-je dans le vrai ?

Le Génois réserva sa réponse.

— Vous avez mentionné deux raisons.

— La deuxième est encore plus déterminante. C'est la mort. Vous voyez à quoi je fais allusion, je pense ?

Il n'y eut pas de réponse. Ce fut Manuela qui rompit le silence.

— Pourquoi la mort ?

— Parce que tous les rapports de voyage des pilotes sont considérés comme des secrets d'État. Révéler ou s'emparer d'une information ayant trait à la navigation revient à encourir une condamnation à mort. Il y a quelques années, un pilote et deux matelots qui s'enfuirent du Portugal vers la Castille dans l'intention d'offrir leurs services à Sa Majesté furent poursuivis, arrêtés et exécutés sur-le-champ. Le corps du pilote fut ramené à Lisbonne, coupé en quatre, et les morceaux exposés aux quatre portes de la ville. Or les documents qui sont — ou seraient — en possession du señor Colón ont été récupérés sur la dépouille d'un marin portugais, lequel voguait sur un navire portugais lui aussi. Ils sont donc juridiquement la propriété du Portugal... Et je ne parle pas de la carte de Toscanelli. Qu'ajouter de plus ?

Les traits du Génois s'étaient affaissés. Comme si un abîme s'était entrouvert devant lui et qu'il fût à deux doigts d'y basculer.

Vargas reprit, avec une certaine gêne :

— Si je vous ai offensé... Je...

— Non, coupa Colón, il ne s'agit pas d'offense.

Il était devenu blême, ses lèvres tremblaient.

— Ce qui m'afflige, c'est la dérision de toute cette affaire.

— De quoi parlez-vous ? interrogea Ezra.

— Imaginez que vos... *indiscrétions* aient un fondement. Imaginez que je sois réellement détenteur de ces fameux documents et que, pour les raisons que votre ami vient d'évoquer, je ne puisse les dévoiler. Ce n'est pas uniquement ma personne que l'on va chercher à briser, c'est la vérité, au nom de l'obscurantisme, de l'aveuglement et de l'intolérance. Ceux qui s'apprêtent à me juger sont les mêmes qui menacent actuellement cet astronome polonais, Nicolaj Kopernik, dont on dit qu'il a le malheur de décrier le système astronomique de Ptolémée et, pis encore, de déclarer que la terre tourne autour du soleil et non l'inverse. On ne l'a pas encore voué aux gémonies, mais à en croire les rumeurs, ça ne saurait tarder. Ce sont ces êtres-là qui vont me montrer du doigt, moi, qui suis un chrétien fervent, un catholique, un défenseur de la foi.

— Que voulez-vous, ironisa Ezra, c'est l'Église. Une fois dans son enceinte, c'est au pas qu'il faut la traverser.

Les traits de Vargas se durcirent.

— Vous, vous ne ratez pas une occasion ! Venant d'un personnage aussi intolérant à l'égard des autres religions, ce genre de critique est pour le moins déplacé, pour ne pas dire grotesque !

— Dans ce cas, pourquoi n'allez-vous pas soutenir le señor Colón auprès de la commission ? Pourquoi n'auriez-vous pas le courage de défendre la science contre la bêtise et l'intransigeance ?

— C'est vrai, se récria le Génois. Venez donc ! Je vous ferais citer comme témoin. Car, à part Antonio Marchena, votre prieur, et le père Diego de Deza, le supérieur du couvent de San Esteban, je n'ai pas grand monde à mes côtés.

— C'est absurde. Je ne connais rien à l'astronomie, rien non plus à la navigation.

— Je vous l'ai dit : si la commission est composée d'éminents savants de l'université et de mathématiciens, la majorité de mes contemporteurs sont surtout des membres du clergé. Ce sont eux qui joueront le rôle décisif. Ils ont tous les pouvoirs. La logique et le raisonnement confrontés aux Saintes Écritures ! Dites-vous bien qu'à cause de leur opiniâtreté, la science continue d'être un rameau de la théologie et s'y trouve enfermée comme une noix dans sa coque ! Espérer que la noix puisse un jour faire éclater la coque est déjà en soi un blasphème. Venez, je vous en conjure !

— N'insistez pas, conseilla Ezra. Il ne vous écoute pas.

— Qu'en savez-vous ? protesta Manuela.

Elle fixa Vargas.

— N'y aurait-il pas là une occasion d'apporter une petite parcelle de lumière dans un univers dont nous savons vous et moi qu'il est trop plein de nuit ?

Le franciscain baissa les paupières et ne dit rien.

— Dommage, capitula le Génois. Une voix de plus aurait contribué à atténuer les aboiements de la meute. Dommage. Il ne me reste plus qu'à prier le Seigneur. Lui seul décidera si je ressortirai de cette épreuve par la porte de la gloire ou par celle de la honte.

Il s'inclina vers ses interlocuteurs.

— Il faut que je vous quitte Mes juges m'attendent. J'ai été heureux de vous revoir.

— Attendez, je vous prie ! s'exclama Samuel Ezra. Vous avez employé les termes de « gloire » et de « honte. » Serait-ce un hasard ?

— Pas vraiment.

— Alors pourquoi ?

— Il s'agit d'une vieille tradition.

Le rabbin se fit plus pressant

— Dites-nous, señor.

— Un cloître jouxte la cathédrale, on y trouve la chapelle Santa Bárbara. C'est là que les étudiants viennent réviser leurs leçons la veille d'un examen. Ils s'y enferment toute la nuit avec leurs livres, dans la solitude, les pieds posés sur la tombe d'un évêque pour que cela leur porte chance. Le lendemain, s'ils sont reçus, ils peuvent passer avec tous les honneurs dus à leur nouveau rang par la porte principale de l'université, celle de la gloire, où les attendent les professeurs et leurs camarades de classe pour les féliciter et les congratuler. Par contre, si l'examen se solde par un échec, ils se voient contraints de sortir par la porte du cloître, celle de la honte, dans l'anonymat et l'indifférence générale.

Il murmura d'une voix abattue :

— C'est peut-être cette porte-là que je franchirai bientôt. *Adiós amigos*...

Ni Vargas, ni Ezra, ni Manuela ne répondirent à son salut. Ils fixaient un point invisible situé au-delà du muret derrière lequel se trouvait la chapelle Santa Bárbara. Et dans leur mémoire avaient resurgi la portée musicale et son texte : « Gloire et honte sous le sarcophage de l'évêque. »

Chapitre 22

> C'est le parfait usage de ce mystère qui constitue le symbole : évoquer petit à petit un objet pour montrer un état d'âme ou, inversement, choisir un objet et en dégager un état d'âme, par une série de déchiffrements.
>
> *Mallarmé*, Proses diverses.

Allongé au pied du sarcophage, Vargas tendit la main et récupéra le troisième triangle d'airain.

— Il était bien là, soupira Ezra. Si nous pouvions comprendre à quoi vont nous servir ces objets.

— Faisons confiance à Baruel, fit le moine en se redressant. Il a dû certainement leur attribuer un rôle que nous percevrons le temps venu.

La chapelle était déserte. Dans une odeur ténue d'encens et de cire, des dizaines de cierges scintillaient, piqués sur des herses triangulaires, de part et d'autre du maître autel. À intervalles irréguliers, des éclats de lumière venaient se briser au pied d'un retable de bois, jetant des couleurs inquiétantes le long des figures angéliques.

— Et maintenant ? questionna Sarrag. Que proposez-vous ?

— Que nous nous attaquions sans plus tarder au prochain Palais, et que nous poursuivions notre route.

Vargas épousseta la poussière qui maculait sa tunique et s'approcha des deux hommes.

— Vous allez commencer sans moi, annonça-t-il d'une voix calme.

— Comment ? se récria Ezra. Mais vous savez parfaitement que c'est impossible. Vos extraits...

— Ne vous affolez pas. Je vais vous les confier. Vous les réunirez aux vôtres. J'espère que vous saurez vous montrer dignes de la confiance que je place en vous.

Il cita son texte de mémoire, une fois puis deux. Une fois assuré que les deux hommes avaient bien retenu chacune des phrases il fonça vers le parvis.

Sarrag protesta.

— Pouvez-vous au moins nous dire pourquoi vous nous quittez aussi brutalement ?

— Pour le vent du large...

Et comme ses trois compagnons l'examinaient d'un air dubitatif, il précisa :

— Je vais tenter d'expliquer à mes frères que le jardin d'Éden est peut-être *aussi* à l'ouest.

Alors qu'il se dirigeait vers la sortie, Manuela bondit à sa poursuite.

— Je viens avec vous, fray Vargas ! Nous ne serons pas trop de deux pour éclairer les ténèbres.

*

Manuela et Vargas écartèrent la porte. Dans le clair-obscur, ils ne discernèrent tout d'abord que la grande table en forme de fer à cheval, les contours dilués de frocs et de soutanes éclairés par les chandeliers. À mesure qu'ils avançaient, se détachaient d'autres formes plus précises installées dans des fauteuils alignés contre un mur. Certaines contemplaient la salle, la paupière lourde, et semblaient somnoler le menton appuyé sur le poing refermé ; d'autres se tenaient parfaitement droites et fixaient le vide d'un air hiératique. Seuls quelques-uns avaient remarqué l'arrivée de Vargas et de Manuela, les autres écoutaient avec gravité un orateur qui se tenait debout face à la table.

Le couple continua d'avancer, jusqu'au moment où une voix leur chuchota :

— Ici... sur votre droite...

Ils scrutèrent la pénombre et virent Colón qui leur indiquait les sièges demeurés libres à ses côtés.

Vargas s'installa. Manuela allait en faire autant, lorsque son sang se glaça dans ses veines. Le personnage qui présidait la réunion était en train de l'observer. Fray Hernando Talavera ! Ici ? Manifestement il ne l'avait pas quittée des yeux depuis qu'elle était entrée dans la salle. Elle se laissa tomber près de Vargas. Eût-elle voulu battre en retraite qu'elle n'aurait pas eu le choix : ses jambes s'étaient dérobées sous elle.

De son côté, Hernando de Talavera se dit qu'il était victime d'une hallucination. Pourtant c'était bien elle, doña Vivero, en compagnie du Génois. Par quel jeu du sort ? Comment était-ce possible ? Le moine assis près d'elle ne pouvait être que ce Rafael Vargas, le franciscain. Le juif et l'Arabe ne devaient pas être très loin. Dire qu'on les cherchait aux alentours de Cáceres, alors qu'ils étaient ici, à Salamanque ! Il ne fallait à aucun prix qu'elle pût se douter qu'il l'avait identifiée. Il dut faire un réel effort pour écouter le prêtre qui poursuivait sa harangue. C'était un dominicain au visage hâve, les joues rongées de barbe, qui parlait d'une voix théâtrale.

— Finalement, qu'est-ce que cet homme ? Ce n'est pas un enfant du pays, un sujet de nos Augustes Majestés, mais un étranger de Gênes, d'origine douteuse, sortant sans doute de la lie du peuple d'où se sont exhalées de tout temps les vapeurs pestilentielles de l'incrédulité !

Une voix protesta, celle de Diego de Deza.

— Fray Oviedo, votre critique est offensante ! Que signifie cette allusion aux origines modestes du señor Colón ? Notre Seigneur n'est-il pas sorti d'une étable pour apporter la lumière au monde ?

— Bien sûr ! Mais notre Sainte Église a toutes sortes de motifs de se méfier de ce nouveau Messie qui veut ouvrir une brèche dans les murs de notre univers, bâti en plus de mille ans par les évangélistes, interprètes du Seigneur, les Pères de l'Église et les théologiens. Que se dessèche la main qui portera le premier coup de hache !

La silhouette efflanquée retomba dans l'obscurité.

Colón avait serré le poing.

— N'acceptez pas le combat sur ce terrain, conseilla Vargas en se penchant à son oreille. Vous tomberiez droit dans le piège.

Le marin ne répondit pas.

Diego de Deza avait repris la parole et lançait d'une voix calme qui contrastait avec la hargne de son collègue :

— Le señor Colón est parmi nous. Il est prêt à répondre à toutes les questions. Qu'on en pose !

— Nous le ferons ! répliqua un personnage d'une soixantaine d'années.

À la barrette et à la chaîne étincelante qui ornait son thorax tous reconnurent le recteur de l'université.

— Au préalable, commença-t-il, sachez que les questions sont trop nombreuses et trop complexes pour que nous puissions les épuiser en une seule séance. Il faudra que le señor Colón se tienne à notre disposition au cours des prochaines semaines.

Talavera interpella Colón.

— Pouvons-nous compter sur votre présence, señor ?

Le Génois répondit d'une voix ferme :

— Aussi longtemps qu'il le faudra.

Le confesseur de la reine jeta malgré lui un coup d'œil furtif vers Manuela et invita le recteur à poursuivre.

— Je vais aller droit au but et, si étrange que cela puisse vous paraître, je vais abonder dans le sens du señor Colón. Affrétons un navire et partons pour l'ouest !

Une rumeur s'éleva parmi l'auditoire. Imperturbable, le recteur enchaîna :

— Je crois que personne n'ignore que j'ai consacré toute ma vie à approfondir et à élargir le système de Ptolémée qui, bien que vieux de plusieurs siècles, est encore admis aujourd'hui. Or, d'après ses concepts, la circonférence du globe à l'équateur est occupée pour moitié par les terres et pour l'autre moitié par les mers. Par conséquent, la masse terrestre de l'Europe et de l'Asie occupe 180 des 360 degrés qui forment cette circonférence. Ce qui signifie que, pour atteindre les Indes, un navire devrait parcourir une distance de 3 375 lieues ! Les réserves en vivres et en eau douce emportées par une cara- velle ne sont pas éternelles : au-delà d'une tren- taine de jours c'est la mort qui guette à coup sûr les équipages. Alors ?

Il répéta en scandant les chiffres :

— 3 375 lieues ! Or, existe-t-il une caravelle capable d'emporter des provisions et de l'eau douce pour une période aussi longue ? Le señor Colón pourrait-il nous répondre sur ce point ?

— Vous voyez, souffla Vargas. C'est le point faible que nous avions soulevé tout à l'heure. À vous de jouer.

Colón se leva lourdement.

— Votre interrogation est légitime. Aucun navire de ce siècle ne pourrait accomplir pareil voyage. C'est probablement la raison pour laquelle personne à ce jour ne l'a tenté. Seule- ment, voilà. La distance à parcourir n'est pas de 3 375 lieues, mais de 977 lieues — encore moins si l'on prend les mesures à partir des îles Fortu- nées.

Il se manifesta une soudaine agitation sous forme d'éclats de rire moqueurs.

Le recteur conserva son calme et demanda :

— Êtes-vous en mesure de prouver ce que vous avancez ?

— Oui. Je tiens à votre disposition un abrégé de géographie dont le titre est *Imago mundi* qui fut rédigé il y a un demi-siècle par — il marqua une pause volontaire — un homme d'Église, le cardinal Pierre d'Ailly. Il affirme que l'on peut atteindre l'Asie en naviguant vers l'ouest. Dans ce recueil, il évoque aussi le géographe grec du

IIe siècle, Marin de Tyr, lequel, se fondant sur la vitesse de déplacement d'un chameau, rallonge l'Asie de plusieurs centaines de lieues par rapport à l'estimation de Ptolémée. Ce qui prouve que cette partie du monde occupe 225 degrés et ne laisse par conséquent que 135 degrés de surface océanique à parcourir si l'on veut atteindre les Indes. 68 degrés, depuis les îles Fortunées.

— Selon vous à quelle distance correspond un degré ?

— Nos experts, en parfaite harmonie avec la majorité de leurs confrères européens, se fondent sur les valeurs définies il y a plus de quatre siècles par le géographe égyptien Al Farghani. Celui-ci a établi de façon irréfutable qu'un degré à l'équateur est égal à 56 milles et deux tiers. Al Farghani ayant négligé le mille arabe et travaillé sur le mille italien, nous obtenons une distance de...

Le recteur le coupa violemment.

— C'est incroyable ! D'où tenez-vous que l'Égyptien a dédaigné le mille arabe pour l'italien ?

— J'en suis convaincu.

— Convaincu ? C'est tout ce que vous trouvez à dire ? Vous n'êtes pas sans savoir que le mille italien est plus court de plus de quatre lieues ! En l'adoptant vous réduisez purement et simplement le monde au quart de sa taille réelle !

— Parfaitement, répondit Colón qui ne paraissait pas troublé le moins du monde par cette observation, car je puise aussi mes convictions dans les Saintes Écritures.

Un tel brouhaha se produisit autour de lui qu'il fallut toute l'autorité de Talavera pour restaurer le calme.

Il invita le Génois à s'expliquer.

— Il s'agit du second livre d'Esdras dans lequel il est précisé que de cette circonférence le Seigneur a fait six parts de terre pour une part d'eau. En tenant compte de cette indication, la distance entre l'est et l'ouest ne serait plus de 3 375 lieues, mais de 977. C'est pourquoi j'affirme que la traversée est à notre portée.

Le recteur n'eut pas le temps d'exprimer son opposition, un vieillard s'était dressé sur son siège.

— Hérésie ! Comment osez-vous lier un projet temporel — qui ne devrait satisfaire que votre orgueil personnel — au monde spirituel !

Comme le Génois ouvrait la bouche pour protester, la véhémence du vieillard redoubla.

— Deux vérités ne peuvent jamais se contredire, il faut donc que les vérités de l'astronomie s'harmonisent avec celles de la théologie !

Il prit l'auditoire à témoin.

— Le señor Colón vient de nous prouver qu'il n'est rien d'autre qu'un penseur indépendant, comme il s'en trouve à toutes les époques, dans toutes les sciences, et même dans notre très sainte religion.

Il fit quelques pas et trottina jusqu'au centre de la salle.

— Mes frères en Jésus-Christ ! La science est chose humaine, mais la foi est chose divine. La science se trompe lorsqu'elle contredit les Saintes Écritures, car elles seules possèdent la vérité ! Les paroles de nos évangélistes et de nos saints ont vaincu les païens de l'Ancien Monde. Aujourd'hui encore ces enfants du Christ portent la croix contre l'islam et ses étendards rouges du sang de l'Espagne ! Que dit notre plus grand philosophe et Père de l'Église, saint Augustin ? Il taxe d'hérésie la croyance aux prétendus antipodes, car dans ces zones lointaines vivraient des hommes qui ne descendraient pas d'Adam. Or l'Écriture enseigne que nous descendons d'un seul et même couple. Le señor Colón voudrait-il nous faire croire qu'une seconde arche de Noé a vogué vers l'ouest ? L'Écriture n'en parle pas ! On nous dit que le monde est sphérique. Absurde ! L'image de la Terre n'est-elle pas décrite si clairement dans l'Ancien Testament qu'il ne reste plus rien à expliquer ? Le ciel, ainsi qu'il est dit dans les Psaumes, est tendu comme une peau, pareil au toit d'une tente. A-t-on jamais tendu une tente au-dessus d'une boule ? Saint Paul, dans son épître aux Hébreux, compare de même le ciel à un tabernacle déployé au-dessus de la terre ; celle-ci ne peut donc être et n'a été de tout temps qu'une surface plane bien qu'irrégulière.

Le vieillard se tut et pointa sa main vers le Génois.

— Hérésie !

Manuela se tourna vivement vers Vargas pour lui parler, mais son siège était vide. Presque simultanément elle entendit sa voix.

— Permettez-moi d'intervenir. Je ne suis ni astronome ni cosmographe. Je m'appelle Rafael Vargas. Moine franciscain au monastère de la Rábida. Avant de vous révéler la raison de mon intervention, j'aimerais vous dire ceci : je me suis entretenu avec le señor Colón. Je sais les lacunes qui existent dans ses raisonnements. L'avenir nous dira s'il a raison ou tort. En revanche, pour ce qui est de la rotondité de la Terre — il pivota

vers le vieillard —, et bien que n'étant pas cosmographe, laissez-moi vous confier de simples
impressions qui n'ont rien de savant ni d'hermétique : il m'est arrivé de traverser des terres et j'ai
toujours vu les sommets des montagnes émerger
les premiers au-dessus de l'horizon. J'ai navigué
sur des bateaux et j'ai observé que la pointe des
mâts demeure en dernier au-dessus du niveau de
la mer. Ma constatation est sans doute celle d'un
enfant, non celle d'un homme de science. Mais
elle est incontournable. Si aujourd'hui encore
restent quelques incrédules pour n'y voir qu'un
conte, demain elle s'imposera à tous comme une
vérité.

Une vague de protestations roula sous la voûte.
Talavera les fit taire en assenant sur la table
plusieurs coups d'un petit marteau d'ivoire, et il
invita le franciscain à poursuivre.

— J'en arrive à la vraie cause de ma présence
ici. L'Église ne peut continuer indéfiniment à
s'appuyer sur le raisonnement que vient d'énoncer mon frère. Il a dit : « La science est chose
humaine, mais la foi est chose divine. » Il a dit
aussi : « La science se trompe lorsqu'elle contredit
les Saintes Écritures, car elles seules possèdent la
vérité. » Auriez-vous oublié les propos de Notre
Seigneur ? *Vous êtes la lumière du monde.* Si
l'Église se bute et persiste à s'enfermer dans le
despotisme, ce n'est pas la lumière qu'elle trans-
mettra au monde, mais les ténèbres, ce n'est pas
l'espérance mais le désespoir. Dès lors, ne sera-
t-elle pas à l'image de ces êtres décrits par l'orateur d'il y a un instant, qui préfèrent sacrifier des
existences plutôt que d'avouer à temps leur
erreur ? Vous chercherez en vain dans les Saintes

407

Écritures quelque parole qui voudrait imposer des limites au savoir humain. Il n'y en a pas.

Il passa doucement sa main le long de son front comme s'il était pris d'un étourdissement. Une profonde émotion l'avait submergé et entraîné au-delà des limites qu'il s'était fixées avant d'entrer dans le tribunal. Peu importe, il se devait d'aller au bout.

— Condamnez le Génois si vous estimez que les preuves qu'il avance sont des chimères, et uniquement pour cette lacune. Mais de grâce, s'il existe une chance pour qu'il ait raison, ne brûlez pas ces rêves en enfer, car, cet enfer, c'est vous qui l'auriez fabriqué de toutes pièces.

Vargas se tut. Une tension impressionnante avait gagné la salle. On devinait dans la demi-obscurité les visages qui l'observaient, graves pour la plupart, furieux pour d'autres. Ce fut probablement le vieillard qui le premier poussa un cri d'horreur en se signant. Il s'ensuivit une confusion rare pour un lieu où ne régnaient habituellement que l'austérité et la discipline. Talavera mit un certain temps avant de réagir. Tout le temps que le franciscain avait parlé, il avait senti sourdre en lui une émotion vraie, venue des horizons lointains de sa mémoire, du temps où lui-même, novice, imaginait un monde — sphérique ou non — fait de tolérance et de pardon. Et il se demanda quel rôle pouvait bien jouer ce moine dans cette affaire et quels étaient ses liens avec Aben Baruel ?

Il fixa la salle. Manuela avait disparu. Vargas était au côté du Génois, mais un autre homme les avait rejoints. Grand, maigre, la barbe blanche. Pouvait-il s'agir du deuxième personnage, le juif, ce Samuel Ezra ? Talavera ne pouvait entendre ce qu'ils se disaient, il voyait uniquement leurs lèvres qui bougeaient mystérieusement dans le clair-obscur. Quoi qu'il en fût, Talavera remercia le Seigneur de lui avoir permis de retrouver la trace de ces hommes. C'était peut-être un signe. Il ne restait plus qu'à prévenir Diaz.

Il souleva d'une main ferme le marteau d'ivoire et frappa un coup sec.

— La séance est close, déclara-t-il. Nous reprendrons le débat demain, à la même heure.

Manuela marchait d'un pas rapide le long de la ruelle, jetant de temps à autre des coups d'œil anxieux par-dessus son épaule. Talavera l'avait-il reconnue ? Si c'était le cas, il n'en avait rien laissé paraître. Elle essaya de se rassurer en se disant que peut-être, l'esprit absorbé par le débat, la pénombre aidant, il ne l'avait pas identifiée. De toute façon, elle n'aurait pas pu prendre le risque de demeurer là-bas une seconde de plus.

Elle accéléra, jusqu'au moment où, parvenue sur la plaza de Anaya, elle entendit une voix qui criait son nom.

— Doña Vivero !

Son cœur bondit dans sa poitrine, elle n'osa pas se retourner. Et si c'était Talavera ? Elle se figea, transformée en statue, dans une attitude résignée. À présent on courait dans son dos.

— Doña Vivero ! répéta la voix.

Elle se décida à pivoter sur ses talons. Son appréhension retomba aussitôt.

— Mendoza, murmura-t-elle, en poussant un soupir de soulagement. Enfin...

Dans le même instant, Rafael Vargas franchissait le seuil de la salle où régnait encore le tumulte.

— Depuis combien de temps étiez-vous là, rabbi Ezra ?

- Suffisamment pour n'avoir rien manqué de votre intervention.

— Mais quelle mouche vous a piqué ? Pour quelle raison nous avez-vous suivis ?

Vargas s'arrêta, les sourcils levés.

— J'ai compris. Vous pensiez que je n'irais pas au bout de ma démarche.

— Pas du tout. Simplement, il se fait que je n'ai jamais vu de chrétien jeté dans la fosse aux lions ; je me suis dit que c'était l'occasion ou jamais.

Vargas esquissa un léger sourire et regarda autour de lui.

— Mais où donc est la señora Vivero ?

— Je l'ai vue sortir au moment où vous finissiez votre discours. Elle a probablement dû aller retrouver Sarrag dans la chapelle.

Un éclair soucieux traversa les prunelles du moine.

— C'est bizarre... Elle aurait pu nous attendre.

Tout en devisant ils avaient pris la direction de l'université.

Ezra reprit :

— Quand je pense qu'il y a des êtres qui doutent encore de la rotondité de la Terre. C'est absolument incroyable ! Si je n'avais pas entendu ce sorcier de mes propres oreilles, jamais je ne l'aurais cru. Et puis ce recteur ! Quelle veulerie ! Pourriez-vous un jour m'expliquer pourquoi certains individus ne sont que des ventres mous ? Ils n'osent jamais rien, ni le pire ni le meilleur. Comment donc ? Voilà un homme portant chaîne et barrette, qui sait les choses de la science et qui n'a rien fait pour s'opposer aux radotages de ce prêtre ?

— Je vous trouve un peu dur avec votre prochain, rabbi Ezra. Le recteur a fait ce qu'il a pu. Il n'a attaqué Colón que sur le terrain des sciences, pas sur celui de la théologie.

Ezra s'insurgea :

— Sans doute, mais dans certains cas l'absence de réaction, le laisser dire ou faire portent un nom : com-pli-ci-té !

Sans qu'il s'en fût rendu compte, le ton de sa voix s'était élevé d'un cran, mû par une sorte de frénésie, un peu comme s'il cherchait à crier sa révolte à la terre entière.

— Adonaï m'est témoin ! L'homme est lâche. Lâche par manque d'audace. Lâche par conformisme.

Le seul fait de prononcer ce mot accrut son emballement.

— En rang et parfaitement alignés. Respectueux des lois, respectueux des coutumes, de l'opinion et des opinions ! Un jour, voyez-vous, un jour viendra qui n'est pas éloigné où l'on mettra des hommes et des femmes dans des cachots pour la seule raison qu'ils sont différents et sur leur peau on inscrira : exilés pour cause de non-conformité !

Il s'arrêta comme frappé de stupeur.

— Le crime capital de l'homme est le besoin inné qu'il a de se fondre dans l'ordre établi, alors que, justement, rien de grand jamais ne fut accompli autrement que par une remise en cause de l'ordre et des institutions. Tenez, prenez l'exemple de votre Christ ! Que dit-il ? *N'allez pas croire que je suis venu apporter la paix sur la terre ; je ne suis pas venu apporter la paix, mais le glaive. Car je suis venu opposer l'homme à son père, la fille à sa mère et la bru à sa belle-mère : on aura pour ennemis les gens de sa famille !*

Ses lèvres s'étaient mises à trembler, alors qu'il martelait les mots :

— *On aura pour ennemis les gens de sa famille !* Êtes-vous conscient de la profondeur de cette dernière phrase ? Les siens, ceux de sa propre chair ! Parce qu'un matin on se sera réveillé différent. Parce qu'un enfant tout à coup aura exprimé le désir d'être poète, dans un monde où la poésie est une tare ; parce qu'un homme, élevé toute sa vie dans l'esclavage, aura osé un jour se redresser pour crier son refus ; parce qu'un vieillard aura juré avoir vu la beauté et la tolérance, là où son entourage n'aura toujours vu que laideur et péché.

Il leva le poing au ciel en criant :

— L'Éternel vomisse l'ordre établi !

— Mais qu'est-ce qui vous prend, Samuel Ezra ? Seraient-ce les conséquences de votre fièvre ? Vous n'êtes pas concerné que je sache par le destin du señor Colón ?

— Non, mais par *mon* destin ! Vous ne comprenez donc pas ? Vous venez de me donner une leçon de vie, Rafael Vargas. Je vous ai écouté, et ce faisant j'ai pris conscience de ma propre médiocrité, de mon enfermement. C'était comme si on soulevait un rideau, comme si le soleil entrait dans l'obscurité de mes fausses certitudes. Et tout à coup j'ai compris : rien n'est acquis, rien n'est définitif... S'enraciner dans des convictions sous le seul prétexte que ce sont celles de la multitude, c'est vivre dans un linceul. C'est vivre immobile, c'est coucher avec les morts !

Avec une émotion vraie, le rabbin saisit la main du franciscain et l'emprisonna entre les siennes.

— La señora Vivero avait raison, lorsqu'elle vous suggérait d'apporter une petite parcelle de lumière dans un univers trop plein de nuit... Merci.

L'homme à la tête d'oiseau effleura la balafre qui ornait son front et dit avec humeur :

— Il n'est pas facile de vous aborder sans risque. Comment va la blessure de l'Arabe ?

— Elle cicatrise. Alors ? Avez-vous pu appréhender les individus qui nous ont agressés ?

— Pas encore. Cependant, je peux vous assurer que s'ils risquaient une nouvelle tentative, ils ne nous échapperaient pas. J'ai cru reconnaître notre indicateur, le serviteur du cheikh. Savez-vous pourquoi il agit de la sorte ?

— Je n'en sais rien et le cheikh non plus.

Tout en parlant, Manuela ajusta nerveusement son chignon.

— Comment se fait-il que vous ne soyez pas intervenu, señor Mendoza ? N'étiez-vous pas supposé nous suivre à la trace ?

— Tout s'est passé beaucoup trop vite. Nous avions repéré ces individus, mais jamais nous n'aurions pu imaginer ce qu'ils préméditaient. Après leur agression, nous nous sommes lancés à leur poursuite, mais nous n'avons pas réussi à les appréhender.

Les pupilles de Manuela s'assombrirent jusqu'à donner l'impression de n'être plus que deux petits trous noirs.

— Vous avez laissé mettre le feu à la bibliothèque du monastère. Ensuite, à Cáceres, vous
avez été incapables d'empêcher l'arrestation du
rabbin. Enfin, non content de n'avoir pu prévenir
une agression qui a failli nous mener droit à la
catastrophe, vous vous êtes montrés tout aussi
incompétents pour mettre la main sur les responsables.

L'homme à la tête d'oiseau serra les dents, partagé entre l'impérieux désir d'une réplique cinglante et la crainte. Ce dernier sentiment
l'emporta. Il dit avec humilité :

— Vous avez raison, doña Vivero. Je vous
garantis que ce genre d'erreur ne se reproduira
plus. Je vous en fais la promesse.

— Je compte que vous la respectiez. À présent,
vous allez transmettre l'information suivante.
D'après les renseignements que j'ai pu réunir, ces
hommes sont à la recherche d'un livre.

Mendoza fit des yeux ronds.

— Oui, reprit Manuela. Un livre. On peut en
conclure que son contenu doit être d'une valeur
inestimable. Prévenez l'Inquisiteur général, dans
les délais les plus brefs.

— Un livre, répéta l'homme à la tête d'oiseau,
dépassé par cette révélation. Et croyez-vous qu'il
vous sera possible de découvrir de quoi il traite ?

Elle ouvrit la bouche pour répondre, mais les
mots restèrent au fond de sa gorge. Ezra et Vargas arrivaient dans sa direction.

Immédiatement, elle se drapa dans une attitude
courtoise et dit à voix haute :

— Je suis désolée, señor. Je ne connais pas la
plaza San Vincente.

Sous le regard de l'homme pantois, elle fit à ses

compagnons un signe de la main. Alors Mendoza comprit. Il remercia et prit congé.

— Que faites-vous ici ? s'étonna Vargas. Pourquoi ne m'avez-vous pas attendu ?

— J'étouffais dans cette salle. Il fallait que je sorte.

Elle avait répondu de façon aussi naturelle que possible, mais sa voix trahissait quand même une certaine tension.

Tout en lui parlant, le moine suivait des yeux l'homme à la tête d'oiseau, qui s'éloignait à grandes enjambées.

— Que voulait cette personne ?

— Un renseignement. Il cherchait la plaza San Vincente.

Vargas opina vaguement. Il était clair que sa méfiance jusque-là assoupie s'était réveillée. Heureusement qu'ils étaient au seuil du troisième Palais ; celui dont elle détenait la solution. Tout à coup, une pensée craintive frappa son esprit : et si Baruel avait changé d'avis ? Si après avoir opté pour la ville de Burgos, il avait décidé de modifier le Palais ? Si ce brouillon saisi par les agents de Torquemada n'avait été qu'une esquisse qui ne correspondrait plus au Palais remis à Vargas et à ses compagnons.

Elle était dos au mur.

Chapitre 23

Rien n'est si dangereux qu'un ignorant
ami ; mieux vaudrait un sage ennemi.

La Fontaine

Au-dessus du cloître désert de la chapelle Santa
Bárbara, les sonneries de l'Angélus déversaient
dans l'air des accents mélancoliques.

Les trois hommes s'étaient assis en tailleur, aux
côtés de Manuela, à même la pelouse.

Ezra, le premier, prit la parole.

— Eh bien, señora. Je crois que l'heure de
vérité a sonné. Nous voici confrontés à ce troisième Palais majeur, dont vous nous avez affirmé
détenir la solution. Nous vous écoutons.

Le cœur de la jeune femme battait à tout
rompre. Pour la première fois depuis le début de
cette aventure, elle connaissait la peur.

Ezra proposa avec courtoisie :

— Aimeriez-vous que je vous en donne lecture,
pour mémoire ?

Elle répondit affirmativement. C'étaient toujours
quelques secondes de gagnées sur l'échéance.

Le rabbin lut d'une voix posée et distincte :

TROISIÈME PALAIS MAJEUR

BÉNIE EST LA GLOIRE DE Y.H.W.H. DEPUIS SON LIEU.

LE NOM EST EN 4.

À CE MOMENT, IL OUVRIT LA BOUCHE ET DIT : L'HEURE VIENDRA OÙ L'ON JETTERA LE DRAGON, LE DIABLE OU SATAN COMME ON L'APPELLE, LE SÉDUCTEUR DU MONDE ENTIER, ON LE JETTERA SUR LA TERRE ET SES ANGES SERONT JETÉS AVEC LUI ! CE CAÏNITE !

SON NOM EST À LA FOIS MULTIPLE ET UN :

LE NOM DE LA CONCUBINE DU PROPHÈTE. LE NOM DE LA FEMME DONT L'ENVOYÉ DISAIT : « IL NE NAÎT PAS UN SEUL FILS D'ADAM SANS QU'UN DÉMON NE LE TOUCHE AU MOMENT DE SA NAISSANCE. IL N'Y EUT QU'ELLE ET SON FILS D'EXCEPTIONS. » ET ENFIN LE NOM DE L'AVORTON, LE TISSEUR DE CILICE.

LE TOUT, HÉLAS, NE VAUT GUÈRE PLUS QUE LE PRIX D'UN ESCLAVE. CAR IL ÉVOQUE CELUI QUI AURAIT DÛ TOMBER LA TÊTE LA PREMIÈRE, ÉCLATÉE PAR LE MILIEU, LES ENTRAILLES RÉPANDUES.

SUR LA RIVE, C'EST ENTRE LES DEUX ÉPINES DU SA'DÂN — CELLE DE LA JANNA ET CELLE DE L'ENFER — QUE J'AI SAUVEGARDÉ LE 3. IL EST AU PIED DES LARMES D'AMBRE, EN AMONT DU SEIGNEUR, DE SON ÉPOUSE ET DE SON FILS.

Manuela se jeta à l'eau.

— BURGOS.

— C'était le nom inscrit au bas de la page et que vous avez raturé ?

— Parfaitement.

Ezra adopta un air dubitatif qui eut pour effet d'affoler la jeune femme.

— Qu'y a-t-il ? Vous ne me croyez pas ? Pourtant, je vous assure que...

— Calmez-vous, señora. La question n'est pas de savoir si je vous crois ou non. Le fait de connaître quelle sera notre prochaine étape ne résout pas tout.

Il prit ses deux compagnons à témoin.

— Je suppose que vous devinez pourquoi ?

— Bien sûr, répondit Vargas. En admettant que la ville est bien Burgos, cela ne nous dit pas pour autant où est caché le quatrième triangle.

Il demanda à Manuela :

— Vous n'auriez pas d'autres informations qui pourraient nous aider ?

— Hélas. Je vous ai confié tout ce que je sais.

— Par conséquent, il ne nous reste pas d'autre choix que celui de décrypter le Palais.

Sarrag s'empressa d'intervenir.

— Au risque de peiner la señora Vivero, je ne pense pas qu'il s'agisse de Burgos.

Blême, Manuela eut la nette impression de se trouver au bord d'un gouffre.

— Qu'est-ce qui vous permet d'être aussi affirmatif ?

— Je vais vous le dire. Ainsi que vous pouvez le constater, à la différence des précédents indices qui nous guidaient vers des monuments, des édifices ou des singularités de paysage, Baruel met nettement l'accent sur un personnage. Un personnage pour le moins néfaste, puisqu'il le qualifie de dragon, de diable, de Satan ou encore de caïnite. Et d'ajouter : QU'IL NE VAUT GUÈRE PLUS QUE LE PRIX D'UN ESCLAVE. Quelques lignes plus bas, Baruel se propose de nous révéler l'identité de cet homme. Pour ce faire, il nous fournit plusieurs éléments et nous prévient que ce nom est MULTIPLE ET UN.

Il marqua un temps d'arrêt.

— L'un d'entre vous voit-il de quoi ce nom est formé ? Vous peut-être, señora ?

Elle secoua la tête.

Vargas proposa :

— À première vue, ce nom est composé, du NOM DE LA CONCUBINE DU PROPHÈTE et de celui d'une femme dont l'Envoyé disait : IL NE NAÎT PAS UN SEUL FILS D'ADAM SANS QU'UN DÉMON NE LE TOUCHE AU MOMENT DE SA NAISSANCE. IL N'Y EUT QU'ELLE ET SON FILS D'EXCEPTIONS. Sans compter la mention du nom de L'AVORTON.

— C'est tout à fait exact. J'ouvre une parenthèse pour vous rappeler que « l'Envoyé » ou « l'Envoyé d'Allah » était le surnom que Muhammad se donnait à lui-même. Ce dernier appréciait beaucoup la compagnie de la gent féminine, et ses concubines furent assez nombreuses. C'est la raison pour laquelle je n'ai pas tenté d'en faire le tri. J'ai jugé préférable de porter ma réflexion sur le passage suivant, qui fait allusion à l'autre femme, celle dont il est dit : IL N'Y EUT QU'ELLE ET SON FILS D'EXCEPTIONS.

Il ajusta machinalement le drap qui recouvrait son épaule et développa :

— À la première lecture, j'ai cru que nous étions confrontés à une sourate ; mon erreur fut de courte durée. Il ne s'agit pas d'un verset du Coran, mais de propos rapportés dans les hadiths par l'un des disciples du Prophète. On découvre alors que cette femme n'est autre que Marie ou María.

— Marie ? La mère du Christ ?

— Absolument.

— Ce qui signifierait que la concubine du Prophète s'appelait elle aussi Marie ?

— Oui. Je vous l'ai précisé il y a un instant. Muhammad — bénie soit sa mémoire — possédait de nombreuses compagnes. À ses côtés, il y avait entre autres une juive, du nom de Safiyya Huyay, et une copte dont il admirait éperdument la beauté. C'est celle-ci qui nous intéresse. Elle s'appelait effectivement Marie. Ainsi la première indication confirme-t-elle la seconde.

Le rabbin objecta :

— Jusque-là il y a une certaine cohérence dans votre analyse. Mais ensuite ?

— Penchez-vous sur le texte qui suit : SUR LA RIVE, C'EST ENTRE LES DEUX ÉPINES DU SA'DÂN — CELLE DE LA JANNA ET CELLE DE L'ENFER — QUE J'AI SAUVEGARDÉ LE 3.

— Et que sont la JANNA et le SA'DÂN ?

— La *janna* est un mot qui est souvent employé au pluriel dans le Coran et qui signifie « jardin ». Lorsqu'il s'applique à la vie future, il a le sens de « Paradis ». Quant au *sa'dân*, c'est une plante à fortes épines que l'on trouve dans la péninsule

Arabique et qui est très estimée des chameaux. *À ce pont seront des crochets tels que les épines du sa'dân.* Je vous ferai observer que le mot « pont » revient deux fois et qu'il sous-entend le pont dit de Sirât, lequel — toujours selon les hadiths — permet d'accéder au *paradis* par-dessus *l'enfer.* Par conséquent, c'est cet indice-là que nous devons retenir.

— Si je vous suis bien, dit Ezra, vous avez retenu un prénom : María, et un pont.

— Erreur ! Non pas un, mais *deux* ponts.

Il indiqua le passage.

— C'EST ENTRE LES DEUX QUE J'AI SAUVEGARDÉ LE 3. Entre deux quoi ? sinon entre deux... ponts. Renseignements pris auprès de l'enseignant à qui je m'étais adressé pour Pythagore, et après vérification des cartes, il existe un monastère, un seul monastère dans toute la Péninsule qui porte le nom de María. Il s'agit de Santa María de Huerta, situé dans la province de Soria, à quelques lieues de Medina Celli.

— Vous brûlez les étapes, critiqua Ezra. Fonder votre hypothèse sur le seul prénom de María me semble pour le moins hasardeux.

Manuela, qui écoutait, les nerfs à vif, aurait voulu crier sa gratitude à Ezra pour sa remarque. Il *fallait* que ce Palais correspondît à Burgos.

L'Arabe sourcilla.

— Ne soyez pas aussi critique et laissez-moi aller au bout de mon argumentation. Le texte de Baruel mentionne *deux* ponts. Or, à cet endroit deux ponts surplombent le Duero. Savez-vous comment on les surnomme ? *Infierno* et *paraiso*. L'enfer et le paradis.

Vargas réfléchit un moment avant de rétorquer :

— Vous avez accompli là un beau travail. Mais ai-je besoin de vous dire qu'il est incomplet ?

Manuela commençait à respirer un peu mieux. L'Arabe reconnut avec morosité :

— Je sais. L'avorton, le tisseur de cilice. Qui est-il ? L'ensemble ne vaut guère plus que le prix d'un esclave. Pourquoi ? Et enfin, qui est ce seigneur ? son épouse ? son fils ?

Ezra soupira, les traits crispés, en proie à ses souffrances articulaires.

L'ombre d'un chat se faufila entre les colonnes : gracieux, il traversa la galerie et disparut à l'autre bout comme par enchantement. La voix d'un porteur d'eau emplit le ciel crépusculaire. Le temps semblait s'être immobilisé au-dessus du cloître.

— L'AVORTON..., murmura Vargas songeur. Baruel dit bien que le nom du personnage est MULTIPLE ET UN. Vous avez réussi à décrypter l'une de ces composantes : María. Mais il est clair que l'autre partie est cachée derrière l'avorton. Nous savons que le cilice est une étoffe en poil de chèvre. Mais qu'est-ce que l'avorton peut bien vouloir signifier ?

On entendit Ezra qui débitait sur un ton monocorde :

— *Abortare*... enfant mort-né. *Abortivus*, du supin d'*abortare*. Être ou végétal inachevé... Par extension, chétif, faible... nain... *nanus, nanos*...

— Je vous en prie, rabbi, vous n'allez pas nous énumérer tous les synonymes liés au mot avorton !

Sarrag se leva avec humeur.

— Je vais aller faire quelques pas.

— Je crois bien que nous voilà coincés, déclara Manuela, en regardant s'éloigner l'Arabe.

Il n'y eut pas de réponse. Vargas semblait complètement absorbé par ses réflexions. Ezra s'était allongé sur le dos, mains crispées sur son thorax.

Les voix qui tout à l'heure avaient entonné l'Angélus s'étaient tues sans que nul ne s'en fût rendu compte. L'atmosphère s'imprégna à nouveau de cette sensation de nostalgie infinie. Ce fut à ce moment-là que résonna un cri, sourd, un halètement plus qu'une plainte. Manuela sentit son sang se glacer dans ses veines. Vargas et Ezra s'étaient dressés comme un seul homme.

— Qu'est-ce que..., bégaya le rabbin.

— Sarrag !

Sans attendre, Rafael fonça vers l'endroit d'où était monté le cri.

— Prenez garde !

Clouée sur place, Manuela vit le moine qui fonçait en direction de la galerie ouest.

— Prenez garde ! répéta-t-elle.

L'avertissement s'était mué en plainte.

Des silhouettes venaient d'apparaître entre les colonnes. Tout d'abord celle de Sarrag, aux abois. Ensuite, celle d'un individu — un moine en apparence — qui, la tête enfouie sous un froc, marchait sur lui, armé d'une dague. Un troisième personnage surgit à son tour. Il dépassa rapidement son compagnon et coupa la route à Vargas.

— Un pas de plus et tu es mort !

Le franciscain reconnut aussitôt le nègre qui l'avait assailli sur la route de Salamanque. Une lame scintillait dans le prolongement de sa main.

— Mais vous êtes fou ! Pourquoi faites-vous ça ?

— Ce n'est pas ton affaire, chrétien !

Il répéta avec plus de dureté encore :

— Un pas de plus et tu es mort !

Revenue de son effroi, Manuela avait trouvé le courage de rejoindre le franciscain. Avec une surprenante impudeur, elle s'agrippa désespérément à son bras.

— Vargas, supplia-t-elle faites ce qu'il dit !

— La femme a raison ! aboya le Noir. Ne te mêle pas de cette histoire !

Pour souligner sa détermination, il fit un pas en avant et agita son poignard, en traçant des diagonales menaçantes dans l'air.

En arrière-plan le drame s'accélérait. Le faux moine s'était rué sur Sarrag. Le tranchant de la dague accrocha un bref instant la lumière avant de plonger vers la poitrine du cheikh. Celui-ci, avec une agilité insoupçonnée pour un homme de sa corpulence et de son âge, se rejeta en arrière, évita le coup de justesse et, toujours avec la même promptitude, fit jaillir de sa djubba l'acier bleuâtre d'un khandjar — l'un de ces redoutables poignards arabes au pommeau orné d'ailes.

— Allez ! Soliman... Chien galeux ! Approche !
Je t'attendais...

Ni Manuela ni Vargas n'eurent l'air surpris. Dès
la première seconde, ils avaient compris que ce
jeune homme était le meurtrier de l'ombre, le responsable de tous leurs maux.

Celui-ci se figea, probablement impressionné à
la vue de cette arme que brandissait le cheikh, et
qu'il savait capable de percer des cuirasses
comme de vulgaires feuilles de papier. Dans un
geste rageur, il se débarrassa du froc qui mas-
quait en partie sa figure et le jeta à terre.

— Tu vas payer ! Et en combat singulier ! À la
différence des Bannu Sarrag, les Zegries ne sont
pas des lâches !

— Je ne comprends rien à ton baragouinage..
Mais...

Sa phrase resta en suspens. Le jeune homme
s'était mis à tournoyer autour de lui à la manière
d'un fauve. Tous ses gestes étaient ceux d'un
homme empli de haine, prêt à tuer.

Commença alors une succession de déplacements circulaires, ponctués de halètements,
d'esquives, de parades, chacun des adversaires
essayant tour à tour de porter le coup mortel. Il y
eut une empoignade. Les corps se confondirent,
puis se détachèrent comme sous l'effet de la
foudre. Soliman fut le premier à se ressaisir. La
pointe de son couteau traça un demi-cercle, attei-
gnant en fin de course le front de Sarrag. Aussitôt, le sang se mit à perler de la chair ouverte et
coula en filets sur ses paupières, brouillant sa

vue. Autant au début de l'affrontement il avait fait montre d'une vigueur inattendue, autant à présent il était clair que celle-ci était en train de fondre.

Ezra, qui était venu à la rescousse, laissa tomber avec un accent de détresse dans la voix :

— Le combat est inégal. C'est le printemps contre l'arrière-saison.

L'agresseur de Sarrag voulut-il lui donner raison ? Il se retourna légèrement et, dans le même temps, projeta son pied vers le thorax du cheikh. Frappé de plein fouet, celui-ci perdit l'équilibre, son khandjar lui échappa des doigts. L'œil du jeune homme s'éclaira aussitôt d'une espèce d'exultation morbide.

— Tu vas crever..., menaça-t-il en envoyant valser l'arme de Sarrag d'un coup de talon.

Alors Vargas n'hésita plus. Il se jeta sur le nègre qui lui barrait toujours le passage. Avant que l'autre eût le temps de réagir, il emprisonna son poignet, le tordit de toutes ses forces avec l'intention de lui faire lâcher son arme. L'autre tint bon. Il accentua sa pression, leva le genou droit, et martela l'aine et l'estomac de l'individu, sans desserrer son étreinte sur le poignet. Le nègre se mit à hurler, au paroxysme de la fureur. Il ne céderait pas. Vargas modifia sa stratégie. Il cessa un instant tout mouvement avant de tirer violemment sur l'avant-bras de son adversaire, comme s'il voulait enfoncer le poignard dans son propre ventre. Au moment où la pointe allait toucher la soutane, il pivota sur lui-même, retourna le couteau, le releva de toutes ses forces. Presque aussitôt, il sentit le corps du nègre qui chancelait, l'entraînait en arrière, puis vers le sol.

Manuela étouffa un cri.

Vargas se releva. Le nègre resta à terre, haletant. Une auréole rougeâtre s'était formée sur son flanc gauche ; elle grandissait à vue d'œil. Tétanisé, Vargas fixait cette montée de la mort qu'il venait de provoquer. Si un cri n'était venu le tirer de sa paralysie, il se serait agenouillé au pied de l'agonisant.

Là-bas, à l'ombre des colonnes, la situation s'était miraculeusement inversée. Le cheikh avait réussi à s'emparer du couteau de son serviteur. Maintenant, c'était lui qui le tenait à sa merci. Il avait refermé son bras autour du cou du jeune homme, la lame appuyée sur sa gorge, il était à deux doigts de lui trancher la carotide.

— Non ! hurla Vargas. Ne faites pas ça !

Il se précipita sur les deux protagonistes et, avec la rage du désespoir, il ceintura le cheikh et l'arracha à son adversaire.

— Lâchez-moi ! adjura Sarrag. Ce mécréant va nous filer entre les doigts !

Pourtant, le jeune serviteur ne donnait pas l'impression de saisir l'occasion qui s'offrait à lui. Ses prunelles s'étaient couvertes d'un voile obscur. Sa fureur d'il y a un instant paraissait s'être évanouie, remplacée par une incommensurable tristesse. On aurait dit un enfant désemparé.

— Rassure-toi, je ne vais pas fuir. Je suis un Zegries. Je préfère la mort au déshonneur. Bien

sûr, un Bannu Sarrag ne peut comprendre ce langage.

— Fils de rien ! Un Bannu Sarrag possède
autant le sens de l'honneur que n'importe qui au
monde !

Un sourire amer apparut sur les lèvres du jeune
homme.

— C'est toi qui t'exprimes ainsi ? Alors que les
tiens n'ont pas hésité à massacrer des innocents
désarmés...

Sarrag plissa le front. Il se serait attendu à
toutes sortes de réponses, sauf à celle-là.

— De quoi parles-tu ? De quels innocents ?

— N'ajoute donc pas la fourberie à la lâcheté.

— Trêve d'injures ! Vide ton cœur ou tais-toi à
jamais !

Vargas décida d'intervenir.

— Écoute-moi. Par ta faute, j'ai tué un homme.
Libre à toi de refuser de répondre au cheikh, mais
moi j'exige, m'entends-tu ? j'exige une explication !

Après un court temps d'hésitation, Soliman
Abou Taleb se remit sur pied et déclara avec une
arrogance tranquille :

— Je suis un Zegries...

C'était la troisième fois qu'il prononçait ces
mots. Le franciscain fit un effort de mémoire.
Depuis des années les Zegries implantés dans la
Péninsule et les Bannu Sarrag venus d'Afrique se
disputaient le pouvoir à Grenade. Parallèlement,
on trouvait au sein de leur propre clan des fils
détrônant leur père, des frères assassinant leurs

frères, des rivalités de harem, chacun jouant sa propre partie et faisant la guerre pour son propre compte. Tout récemment, ces luttes fratricides avaient porté le sultan Boabdil sur le trône de Grenade.

— C'était il y a neuf ans, nous vivions alors dans une ferme, non loin de Fès. Un matin où je me trouvais au champ, des hommes de la tribu des Bannu Sarrag firent irruption. Ils saccagèrent tout. Mon père et mon frère tentèrent de résister, mais en vain ; on leur trancha la gorge. Ma sœur et ma mère furent violées, la ferme incendiée. Alerté par la fumée qui montait vers le ciel, je me précipitai chez moi, mais trop tard. D'ailleurs qu'aurais-je pu faire, mains nues, face à ces barbares ? Les chefs responsables de ce massacre étaient repartis, et seuls demeuraient encore quelques hommes qu'on avait chargés de rassembler et d'emporter nos troupeaux. À peine m'eurent-ils aperçu qu'ils se jetèrent sur moi, déterminés à me faire subir le même sort que ma famille. Pourtant, au dernier moment, ils se ravisèrent et m'emmenèrent à Fès. D'abord je ne compris pas pour quelle raison on m'avait laissé la vie sauve, ce fut après, sur la route, en les écoutant discuter, que les choses s'éclaircirent : je n'avais alors que dix-huit ans. Sain et toutes mes dents. Au marché aux esclaves, je valais de l'or. De Fès, on me traîna à Ceuta, de Ceuta à Cadiz, et enfin à Grenade. C'est là que je fus vendu à un cadi...

Sarrag poursuivit à sa place :

— Il s'appelait Ibrahim el Sabi. C'était mon ami.

Le serviteur ignora les propos du cheikh et poursuivit :

— Je dois reconnaître qu'il fut un bon maître, respectueux de la dignité humaine. Il m'apprit à lire et à écrire. Je demeurai environ deux ans à son service, jusqu'au jour où — pressentant sans doute l'agonie d'Al Andalus — il décida de rentrer au Maghreb.

— Et une semaine avant son départ, il m'a fait don de ta personne.

Le jeune homme adopta la même attitude dédaigneuse qu'auparavant, précisant tout de même :

— Il ne savait pas qu'il me confiait à un assassin.

Le cheikh se récria :

— Ce n'est pas parce que des Bannu Sarrag se sont conduits comme des mécréants que tous ont du sang sur les mains ! D'ailleurs, tu savais parfaitement que j'étais originaire de cette tribu. Cependant, tu n'en as rien laissé paraître, cinq années durant !

— Je savais en effet à qui el Sabi avait décidé de me céder. Mais je n'avais guère le choix. De plus, vous allez être étonné, en dépit de la blessure de mon cœur, je pensais *aussi* que tous les Bannu Sarrag ne pouvaient être rendus coupables du crime de leurs frères. Pour preuve, ai-je jamais tenté quoi que ce soit contre toi ou les tiens ? Ai-je jamais essayé de te nuire ?

Ébranlé, le cheikh confirma.

— Mais alors...

— Te souviens-tu du jour où le juif est venu te rendre visite ?

— Bien sûr.

Ezra tendit l'oreille.

— La veille était un vendredi. Je me trouvais à la mosquée, faisant mes ablutions avant de me rendre à la prière. À mes côtés, un homme d'un âge avancé faisait de même. Je remarquai qu'il ne cessait de me dévisager avec insistance ; finalement, il se présenta. C'était un berger de mon père qui avait échappé aux massacres. Il ressentait le besoin de me parler de ma famille, des temps heureux, et me fit le récit de l'effroyable journée qui s'était déroulée jadis. Je l'écoutais, ému aux larmes. Il me révéla un nom... celui du chef qui conduisait la troupe.

Il se tut. Son poing se serra.

— Ahmed ibn Sarrag.

Le cheikh blêmit.

— Ahmed ? Mais c'est mon frère..., balbutia-t-il éperdu. Mon frère...

— Tu l'as dit.

— Ce n'est pas possible...

Le jeune homme toisa son ancien maître.

— Que tu aies été au courant ou non... que m'importe !

Vargas décida de prendre la parole.

— Je comprends ta douleur, mais au nom du Seigneur, réfléchis donc. Ne disais-tu pas il y a un instant : « Je pensais *aussi* que tous les Bannu

Sarrag ne pouvaient être rendus coupables du crime de leurs frères » ?

— Chrétien... je sais qu'il est écrit dans ta Bible : si on te frappe sur la joue droite, tends la joue gauche. Non ! Les Zegries ne furent jamais des lâches ! Travailler au service de cet individu était déjà un signe de grandeur d'âme. Mais le jour où je connus ses liens avec l'assassin de mes parents, alors...

Il pointa son doigt sur Sarrag.

— Frère pour frère...

Le cheikh avait changé d'attitude. Il y eut tout à coup une expression de défi sur son front levé.

— Dans ce cas, pourquoi avoir attendu ? Tu pouvais me tuer à Grenade. Le soir même.

— C'est vrai. Mais ta mort ne m'aurait pas suffi. C'est la ruine de ta famille tout entière que je voulais.

— C'est pour cette raison que tu as dérobé les documents ?

Soliman acquiesça.

— Un instant, intervint Ezra, je ne saisis pas en quoi voler ces documents pouvait mener à la destruction de la famille du cheikh ?

— Vous, mieux que personne, devriez connaître la réponse...

— Je vois. L'Inquisition... En nous accusant, tu as pensé que le Saint-Office pouvait accomplir plus parfaitement le crime que tu préméditais... Et qui es-tu allé voir ? T'a-t-on reçu ?

Manuela, qui jusque-là s'était contentée d'écouter, sentit un frisson glacial lui parcourir le dos.

— Oui, répondit le jeune homme. La première fois, je fus éconduit. On ne m'a pas pris au sérieux. La deuxième fois, ce sont les familiers eux-mêmes qui sont venus me trouver.

— Dans quel but ?

— Ils voulaient que je leur fournisse votre signalement. Pour des raisons qui me sont inconnues, ils avaient révisé leur jugement et décidé de vous faire arrêter. Je voulais m'en assurer. Je vous ai donc suivis. Il ne m'a pas fallu longtemps pour vérifier que les gens de l'Inquisition m'avaient menti. Vous étiez toujours en liberté.

— Et c'est à la Rábida que toi et tes complices avez décidé d'agir. D'où l'incendie.

Il ajouta comme s'il prolongeait une méditation à voix haute :

— Ils ont réclamé notre signalement. Pourtant, ils ne nous ont pas arrêtés.

Il jeta un regard circulaire.

— Et s'ils n'avaient jamais cessé d'être là... ?

Manuela eut la certitude que c'était à elle que le moine s'adressait. Elle glissa les doigts dans sa chevelure et s'aperçut, affolée, qu'elle ne parvenait pas à contrôler le tremblement de sa main.

De longues traînées roses et mauves commençaient à teindre le ciel, entraînant dans leur mouvance les premières lames du crépuscule.

Samuel Ezra murmura d'une voix fatiguée :

— La nuit ne va pas tarder à tomber. Que décidons-nous ? Faut-il livrer cet homme à la Santa Hermandad ?

— Pas question !

La réponse de Sarrag avait fusé, ferme.

Il s'approcha du serviteur.

— Pars, Soliman, de la tribu des Zegries. Pars loin d'ici, que le Très-Haut t'accompagne et qu'il panse tes blessures.

Il fit encore un pas en avant et, dans un mouvement que nul n'aurait pu imaginer, il mit un genou à terre et s'empara de la main du jeune homme qu'il porta à ses lèvres.

— Je réclame miséricorde pour mon frère.

Le serviteur ne répondit pas. Il gardait le menton relevé, mais les larmes et le pardon avaient point dans ses yeux.

Chapitre 24

> La caresse et le meurtre hésitent dans leurs mains.
>
> *Paul Valéry,*
> Fragments du Narcisse.

Lorsque Manuela pénétra dans la chapelle Santa Bárbara, elle ne vit tout d'abord que trois étudiants en prière au pied de la statue de saint Jacques. Ce fut seulement lorsqu'elle se fut accoutumée à la pénombre qu'elle découvrit Rafael Vargas agenouillé sur un prie-Dieu. Le visage enfoui dans ses mains, les épaules voûtées, le moine exprimait à travers tout son être un désespoir silencieux. Elle se refusa à troubler son recueillement, s'agenouilla à son tour et attendit.

Depuis le jour où elle l'avait accompagné au procès de Colón, elle avait l'impression d'être à la dérive. C'était comme si Rafael Vargas n'était plus le même personnage.

Que lui arrivait-il donc ? Se pouvait-il que, d'une nuit à l'autre, les battements de son cœur, si réguliers jusque-là, se trouvassent transformés en une oscillation comparable à celle de la mer à l'heure des marées ? Que s'était-il passé d'extraordinaire pour qu'en quelques heures le monde fût changé au point qu'elle ne reconnût plus rien de ce qu'elle croyait hier encore immuablement établi. De nouvelles valeurs s'étaient subrepticement greffées dans les replis de son cerveau, là précisément où elle s'était toujours crue invulnérable, là où l'acquis, les notions de bien et de mal, les règles établies et transmises tout au long de son enfance, avaient dormi au chaud de rassurantes murailles. Elle avait du mal à définir ces émotions intruses, non plus qu'elle ne parvenait à comprendre vers où elles cherchaient à l'entraîner.

— Que faites-vous ici ?

Vargas était près d'elle, avec sur le visage cette désespérance qu'elle avait cru entrevoir alors qu'il priait.

— Je...

Les mots ne venaient pas. Elle se pinça les lèvres et se fustigea par la pensée. *Folle... elle devenait folle.*

— Je m'inquiétais. Hier soir, vous aviez l'air terriblement tourmenté...

Il se limita à hocher pensivement la tête.

— Venez, dit-il, sortons.

Une fois qu'ils eurent franchi le parvis, il avisa le premier banc de pierre et s'y laissa choir.

Elle s'inquiéta aussitôt.

— Vous préférez rester seul ?

Il répondit par la négative et l'invita à s'asseoir à ses côtés.

— Où sont Sarrag et Ezra ? demanda-t-il au bout d'un moment.

— Lorsque je les ai quittés, ils se trouvaient dans le jardin de l'université. Mais il est probable qu'ils n'y sont plus ; ils avaient l'intention de se rendre à la bibliothèque.

— Pour trouver l'identité de L'AVORTON...
— Oui.

Une bande d'étudiants déboucha dans le préau, gesticulant et riant, éclaboussant le cloître de toute l'insouciance de leur jeunesse, ils passèrent à hauteur du couple et s'éclipsèrent par l'une des portes qui ouvraient sur la ruelle.

— J'ai tué un homme...

Vargas avait laissé tomber la phrase à la manière d'un couperet.

— Ce n'était pas un meurtre. Vous avez agi pour sauver un être en danger.

— Alors comment qualifieriez-vous une action qui cause la mort de son prochain ?

— Je crois la question mal posée. Il existe une différence entre se défendre et vouloir sciemment la destruction de l'autre.

— Il n'en demeure pas moins que j'ai quand même ôté la vie.

— Très bien. Alors imaginons les choses autrement. Si Sarrag était mort par votre faute, je veux dire, par la faute de votre non-intervention, si vous aviez laissé faire, n'auriez-vous pas été tout aussi responsable ?

— Je ne sais plus.

Il poursuivit d'une voix si basse qu'elle eut l'impression de ne pas l'entendre, mais de deviner ses pensées.

— Mon Dieu... Seigneur... Pourquoi ? Pourquoi ces actes qui nous échappent ? Trop tôt, trop tard. Ces carrefours où l'on se perd. Seigneur, pourquoi ?

— Nous ne sommes que de pauvres êtres de chair, et mortels, fray Vargas. Nous ne sommes pas de petits dieux.

— C'est vous qui parlez ainsi ? Vous qui donnez toujours l'impression d'être au-dessus de
tout ?

Elle rejeta la tête en arrière, comme si elle était
sur le point d'éclater de rire.

— Décidément... J'offre une curieuse image de
moi-même. Finalement, en quoi serais-je différente des autres ?

Il n'eut pas l'air de saisir la question

— Oui, en quoi serais-je différente ? La plupart
des êtres que nous côtoyons ont un mal infini à —
elle hésita sur le terme — prendre chair, à pleine-
ment exister, à *être*. Nous offrons une apparence,
mais ce n'est qu'une apparence, et derrière le
miroir se cache l'autre partie de nous-même.
Seuls les grands sages, ceux qui ont atteint la plénitude, se présentent sans défense, sans masque,
sans concession et sans peur d'afficher ouvertement ce qu'ils sont au-dedans. Le reste du monde
est frileux. On se méfie de tout et surtout de
l'autre. On voudrait ouvrir les bras et on se
contente de faire l'aumône. Un jour, on nous surprend en flagrant délit de manque d'audace, un
autre, en excès de témérité. La route qui mène à
soi est longue, fray Vargas. Ne croyez-vous pas ?

— Ce que je crois c'est qu'il est des actes irréversibles. Celui que j'ai commis en fait partie.

— Vous seriez donc plus grand que Pierre ?
Selon vous, lorsque par trois fois il a trahi le
Maître avant le chant du coq, qu'aurait-il dû
faire ? Déserter ? Se replier sur soi ? Se rouler
dans la cendre jusqu'à sa mort ?

— Vous ne comprenez pas ! J'ai tué un
homme !

— C'était involontaire ! C'était de la légitime
défense !

Sans s'en apercevoir, elle avait crié plus fort que Vargas et poursuivit avec la même intensité.

— D'où vous vient ce besoin de vous fustiger constamment ? De vous calfeutrer dans vos murs, sous prétexte que l'obstacle vous semble insurmontable !

— Que dites-vous ?

— La vérité ! Au tréfonds de vous, vous ne pouvez ignorer qu'en tuant cet homme vous n'avez pas commis un meurtre de sang-froid ! Pourtant, vous êtes là à vouloir vous convaincre du contraire.

Elle s'était laissé emporter par son désir de le sortir à tout prix de son état morbide et se dit tout à coup qu'il avait dû prendre son attitude pour de la dureté.

— Pardonnez-moi... Je ne voulais pas vous peiner. Je...

— Non. Ne vous excusez pas. Il y a du vrai dans ce que vous venez de dire.

On entendait les éclats de voix des étudiants qui montaient du jardin de l'université.

Il reprit :

— Que voulez-vous, je manque sans doute d'humilité et je ne crois peut-être plus au bonheur.

Manuela sourit faiblement.

- C'est curieux que vous disiez cela. Je devais avoir quinze ou seize ans lorsque je demandai à mon père en quoi consistait le bonheur. Savez-vous ce qu'il me répondit ? *Il faut garder en mémoire nos rêves, avec la rigueur du marin qui garde l'œil rivé sur les étoiles. Ensuite, il faut consacrer chaque heure de sa vie à faire tout ce qui est en notre pouvoir pour s'en approcher ; car rien n'est pire que la résignation.*

— C'est intéressant, mais imparfait.

— Pourquoi ?

— Parce qu'il est des moments où la résignation peut se révéler la plus grande preuve d'amour.

— C'est sans doute pourquoi vous êtes entré dans les ordres. Par... résignation ?

Il rétorqua sans la regarder :

— Détrompez-vous. J'y suis entré par amour pour le Christ, guidé par ma foi en Lui. Inspiré par Sa vie, Sa mort et Sa résurrection.

Il avait parlé avec autant d'assurance que possible, mais il sentait bien qu'il ne l'avait pas convaincue.

— Parfait, enchaîna-t-il, puisque vous semblez douter, dites-moi donc pour quel autre motif que la foi j'aurais décidé de m'exiler.

Elle ne dit rien. Elle songeait à la scène de la fontaine, lorsqu'elle l'avait agressé à Cáceres, le poussant dans ses derniers retranchements. Elle avait toujours su le pouvoir des mots et combien ils pouvaient piller le cœur, mais jamais, jusqu'à ce jour, il ne lui avait été donné de le vérifier avec autant d'acuité.

— Je vous crois, dit-elle doucement. Vous n'avez pas besoin de chercher à me convaincre.

— Que... que dites-vous ?

Elle réitéra son affirmation.

Désorienté, il l'examina avec suspicion, cherchant à déceler dans son approbation une intention hostile. Finalement, la sérénité qui émanait d'elle dut le rassurer car la tension qui, jusqu'à cet instant, l'avait habité retomba d'un seul coup.

Le soleil avait bougé dans le ciel et dardait ses rayons sur l'endroit où ils étaient assis. La sueur faisait reluire le visage de Vargas. Une douceur humide recouvrait ses lèvres. Dans la lumière métallique, elles faisaient songer à un fruit rouge.

Manuela quitta le banc. Cette chaleur lui devenait insupportable.

— Allons rejoindre nos amis, dit-elle d'une voix mal assurée. Peut-être auront-ils du nouveau.

— Rien ne presse. Ils n'auront rien trouvé. Je sais qui est *l'avorton*.

— Vous savez ?

— Tout à l'heure, dans ma méditation, mon regard a croisé la statue de saint Jacques. J'ai tout naturellement pensé aux apôtres, à leur dévotion, à leur mission, à tous les obstacles qu'ils eurent à surmonter. Je me suis demandé aussi pourquoi Notre Seigneur jette son dévolu sur certains hommes et non sur d'autres. Pourquoi Pierre ? Pourquoi Jean ? Pourquoi nous ? Oui, je dis bien *nous*. Car n'avons-nous pas été désignés par le doigt de Dieu ? C'est à ce moment-là que la métaphore de l'avorton m'est revenue à l'esprit.

Il s'arrêta, fixa un instant le ciel.

— C'est le surnom que Paul de Tarse s'était donné alors qu'il s'adressait aux gens de Corinthe. On retrouve la citation dans les Actes. *Ensuite, il est apparu à Jacques, puis à tous les apôtres. Et en tout dernier lieu, il m'est apparu à moi aussi, comme à l'avorton.* C'était sa manière d'expliquer qu'il était le moindre des apôtres. Le plus petit. En un mot, l'avorton. Confirmation supplémentaire : avant d'être appelé par le Christ, Paul fut tisseur de cilice, la laine de chèvre.

— Brillant !

Elle joignit les mains, simulant un applaudissement silencieux.

— Ce n'est pas fini. Puisque Baruel nous entraînait vers les apôtres, je me suis dit qu'il était fort probable que la phrase LE TOUT HÉLAS NE VAUT GUÈRE PLUS QUE LE PRIX D'UN ESCLAVE fût liée à un autre disciple du Christ. Je n'ai pas eu à chercher longtemps. Il ne pouvait s'agir que de Judas. Pour deux raisons. La première : le prix fixé pour la vie d'un esclave était de trente sicles ou cent vingt deniers. Comment ne pas établir un rapprochement avec ce verset : *Que voulez-vous me donner, et moi je vous le livrerai ? Ceux-ci lui versèrent trente pièces d'argent.* La deuxième raison est encore plus précise : CAR ILS ÉVOQUENT CELUI QUI AURAIT DÛ TOMBER LA TÊTE LA PRE-MIÈRE, ÉCLATÉE PAR LE MILIEU, LES ENTRAILLES RÉPANDUES. Cet autre verset, tiré des Actes des apôtres, décrit tout simplement le suicide de Judas.

— Et votre conclusion ?

Vargas eut une expression navrée.

— Je n'en ai aucune à vous proposer.

— Ce qui veut dire que nous ne sommes toujours pas sûrs que Burgos sera la prochaine ville.

— Pourquoi en douterions-nous ? Ne l'avez-vous pas affirmé ?

Elle le considéra avec effarement.

— Vous me croyez ?

Il répondit sans hésiter :

— Oui... Et j'ai le pressentiment que Pablo et Judas renforceront cette conviction.

— Que Dieu vous entende ! Venez. Allons retrouver vos amis.

Elle amorçait un mouvement vers la sortie du préau lorsque la voix de Vargas retentit derrière elle.

— Attendez !

Elle se retourna, une interrogation muette au fond des yeux.

— Je vous ai menti... Je crois en Jésus-Christ Notre Seigneur, en Sa Passion, Sa résurrection, en ma mission de témoin de cette vérité, mais la résignation ne fut pas étrangère à mon entrée dans les ordres.

*

— Pablo et Judas..., médita l'Arabe à voix haute. Pablo, María et Judas. Je reconnais que vous avez été très brillant, fray Vargas. Mais nous ne sommes pas plus avancés.

— Trêve de mauvaise foi, cheikh Sarrag ! critiqua Ezra. Ce qu'il a découvert est de la première importance. Alors ne faites pas la fine bouche, et réfléchissons plutôt en fonction de ces nouveaux éléments. Baruel nous fournit des indications précises sur la personnalité de ce mystérieux personnage, cet avorton dont *le nom est multiple et un*. Ce Pablo María Judas.

Il énuméra sur ses doigts déformés par l'arthrite :

— Premièrement, il le compare à un dragon, et au diable. Deuxièmement, il le traite de fils de Caïn, ce qui pourrait sous-entendre qu'il le considère comme un meurtrier. Troisièmement, il le compare à Judas, et donc à un traître.

— Funeste individu, fit observer Manuela. Le moins que l'on puisse dire, c'est que Baruel était loin de le porter dans son cœur.

— Un meurtrier, dit Sarrag. Mais quelle aurait été sa victime ? Un traître ? Mais qui aurait-il trahi ?

Tout à coup, Ezra porta la main à son front.

— Que vous arrive-t-il, rabbi? s'inquiéta Manuela en se précipitant vers lui.

Il bredouilla :

— Salomon... Salomon ha-Levi.

— Qu'est-ce qu'il dit ? interrogea Sarrag.

— Le bourreau de Burgos.

— Expliquez-vous, pria Vargas.

— Il y a un peu moins d'un siècle, au moment où les conversions au christianisme battaient leur plein, un rabbin, du nom de Salomon ha-Levi opta lui aussi pour la religion du Christ. L'acte en soi n'eût pas été original si par la suite ce renégat n'était devenu prêtre, et si — en raison du zèle dont il fit montre à pourchasser et massacrer ses anciens frères — il n'avait été élevé au rang d'évêque, en l'occurrence celui de Burgos, sa ville natale. Ensuite, il fit partie du Conseil de régence de Castille et sa vindicte à l'égard des marranes, aussi bien que des juifs restés fidèles à la foi de leurs pères, dépassa alors tout ce qu'on peut imaginer en cruauté. Plus tard, son fils lui succéda dans la dignité épiscopale, et il participa, en compagnie d'autres délégués espagnols, au grand concile de Bâle où il fut l'instigateur des plus virulents décrets antijuifs. En se convertissant au christianisme, Salomon ha-Levi a changé d'identité. Il s'est fait appeler...

Il retint sa respiration, comme si le seul fait de prononcer le nom lui était insupportable.

— Pablo de Santa María.

— Effectivement, approuva Vargas. Ce pourrait être notre homme. Dans son nom, *multiple et un*, nous retrouvons Pablo, ou Saül dit l'avorton, le vendeur de cilice. Le nom de la mère du Christ, confirmé par celui de la concubine du Prophète : María. Le fait qu'il fût originaire de Burgos et traître au judaïsme indiquerait que la señora a bien dit la vérité. Burgos est notre prochaine destination.

La jeune femme poussa un cri de joie.

— Vous voyez que j'avais raison !

Sarrag reconnut :

— Nous ne pouvons que nous incliner.

Et il ajouta pour Ezra :

— Finalement, en citant cet homme, Baruel reconnaît implicitement que des juifs ont torturé des juifs.

Un petit rire cynique secoua le rabbin.

— Mais, mon cher, vous vous éveillez au monde ! L'intérêt et le pouvoir sont à l'homme ce que les rayons du soleil sont à l'héliotrope. Et ces musulmans qui se déchirent sous le ciel de Grenade ? Et la trahison de Boabdil que l'on dit prêt à capituler sans livrer combat ?

Il dit à Vargas avec un demi-sourire :

— Vous aussi vous avez eu votre Santa María avec Judas. N'est-ce pas ?

— Oui. Encore qu'il me soit arrivé certains jours de me demander si ce ne fut pas l'amour qui entraîna ce disciple vers sa perte. Pour que les prédictions du Christ se réalisent, ne fallait-il pas que quelqu'un jouât le rôle du traître ? Sans trahison, point de mort, point de Passion, point de résurrection. Or, que dit Jésus à Judas le soir du dernier repas ? « Ce que tu as à faire, fais-le vite ! » Cet ordre pourrait s'interpréter de mille façons, puisque à peine l'Iscariote sorti, le Seigneur ajoute : « Maintenant le Fils de l'homme a été glorifié. » Imaginez que ce fut son immense amour pour le Christ, un amour fou, démesuré, qui contraignit Judas à se mettre dans la peau de l'être immonde qu'il est devenu, honni par des générations entières, jusqu'à la fin des temps ? S'il n'avait fait qu'agir à l'instigation du Christ lui-même qui l'aurait adjuré de servir ainsi la Sublime Cause ?

— Surprenante théorie, nota Ezra en souriant. Elle impliquerait chez cet homme une extraordinaire notion de résignation et de sacrifice.

Le moine ne répondit pas. Tout le temps qu'avait duré son exposé, ses yeux s'étaient posés sur ceux de Manuela, et maintenant encore il ne parvenait plus à s'en détacher.

Sarrag se releva et, tout en époussetant sa djubba, il déclara :

— Burgos... La ville est à plus de six jours de route d'ici. Un long voyage en perspective.

Ni Manuela ni Rafael ne semblaient l'avoir entendu.

Chapitre 25

Aimer, c'est vivre et mourir d'un pari infernal que l'on fait sur ce qui se passe dans l'âme de l'autre.

Paul Valéry,
Éros, Cahiers.

Le lendemain matin, lorsqu'ils prirent la route, la chaleur avait redoublé. Ils franchirent au galop le puente Romano qui enjambait le Tormes et bifurquèrent vers le nord, abandonnant derrière eux les murailles de Salamanque. Aucun d'entre eux n'imaginait alors le spectacle qui les attendait à une lieue de la cité. Ils venaient de s'engager sur le chemin de Valladolid lorsqu'ils les virent : deux hommes, deux silhouettes bras en croix, couchés sur le bas-côté, le corps transpercé, défigurés. Ils n'eurent cependant aucune peine à identifier Soliman Abou Taleb et son complice.

Sarrag le premier mit pied à terre et se précipita vers son serviteur. Il gisait, inerte, les pupilles dilatées par l'horreur.

— Par le Saint Nom du Prophète ! Qui a pu faire ça ! Qui ? Pourquoi ?

Vargas examina les cadavres.

— C'est horrible. On a l'impression que les meurtriers ont pris un malin plaisir à tourmenter ces malheureux avant de leur donner la mort. Regardez ces poignets brisés, ces tibias fracassés. Croyez-vous la Santa Hermandad capable d'un tel carnage ?

— Non, répondit Vargas sans hésitation. Cette force de sécurité applique une justice expéditive, mais elle ne torture pas.

— Alors qui ? Pour quelle raison ?

— Je n'en vois aucune.

— Maktoub, soupira le cheikh qui s'était agenouillé près du jeune homme. Je lui ai laissé la vie sauve, mais il était écrit que la mort le rattraperait.

Manuela était restée à cheval. Blanche comme une statue de neige, elle observait la scène, dents serrées. Elle était d'accord avec Vargas : la Santa Hermandad n'était pour rien dans ce massacre. Ce ne pouvait être que l'homme à la tête d'oiseau. Sans se faire d'illusions, elle jeta un regard circulaire. À l'heure qu'il était, Mendoza et ses acolytes devaient être en sécurité, bien à l'abri. Elle pouvait l'imaginer qui jubilait, tapi dans sa cachette. Une bouffée de haine l'envahit. Si Torquemada ne faisait pas rendre gorge à son agent pour son acte, elle se jura qu'elle le ferait. De ses propres mains.

Les jours qui suivirent, la chaleur se transforma en une véritable chape les obligeant à faire halte sous peine de défaillir. Mais sitôt qu'ils reprenaient leur voyage, un souffle chaud et ténu se jetait à leurs visages.

La respiration du diable, avait lancé Sarrag. Et d'expliquer qu'un jour, au début des temps, l'Enfer s'était plaint au Seigneur en lui disant : « Seigneur, faites quelque chose, je me dévore moi-même ! » Et le Seigneur lui permit alors de respirer deux fois : une en hiver, l'autre en été. C'est à l'un de ces moments que nous éprouvons la plus grande chaleur, et à l'autre le plus grand froid.

Manuela n'osait plus croiser le regard de Rafael Vargas. À la tombée du jour, à l'heure de dresser le campement, elle choisissait la dérobade. L'idée même de se retrouver près de lui déclenchait en elle un sentiment de panique. S'il lui adressait la parole, elle s'arrangeait pour que le dialogue se réduisît à un échange superficiel. Depuis qu'ils avaient quitté Salamanque, elle se sentait de plus en plus mal à l'aise dans son rôle de délatrice. Que lui arrivait-il ? Étaient-ce les sentiments qu'elle éprouvait pour Vargas qui avaient fait vaciller la détermination des premiers jours ? Sans aucun doute.

Toutes ces années durant, elle avait refusé de se livrer, par excès de pudeur sûrement, mais surtout par besoin d'indépendance. La pensée que son cœur pût être à la merci d'un homme, si admirable fût-il, lui avait toujours été insupportable. Ce qui lui semblait plus troublant encore, c'était — elle osait à peine se l'avouer — ce désir violent, irrésistible qu'elle ressentait pour Vargas. Lorsqu'il bougeait, parlait, le mouvement de ses mains ou de ses lèvres, la manière qu'il avait de la fixer, tout avivait ses sens. Et quand elle s'endormait, des visions de corps enchevêtrés, impudiques, hantaient son sommeil.

Cela lui rappelait une émotion ressentie longtemps auparavant. Elle devait avoir seize ans. Un ami de son père, un homme d'une quarantaine d'années, exerçait alors sur elle une réelle fascination. Elle qui avait été élevée dans la notion du péché liée aux choses de la chair s'était laissé aller à rêver de briser ces interdits. Des nuits entières, des images avaient voleté dans son esprit, la faisant dériver vers des sensations à la fois denses et imprécises, qui puisaient leur source dans les secrets de son corps. Plus tard elle avait compris que ce n'était pas l'homme qui l'avait fascinée, mais le mystère de l'amour. Aujourd'hui, elle retrouvait les mêmes troubles, mais avec cent fois plus d'intensité.

Elle avait perdu la raison. Rafael Vargas était prêtre. Il appartenait à Dieu. De plus, il y avait cette mission qu'on lui avait confiée. Elle devait s'y tenir. Elle ne devait penser qu'à son devoir. Rien d'autre.

Dans l'après-midi du septième jour, les fortifications de Burgos se découpèrent sur l'horizon. La capitale du royaume unifié de Castille et de León brillait comme un diadème sous le soleil de juin.

Alors qu'ils n'étaient séparés des remparts que de deux lieues environ, Ezra et Sarrag exigèrent de faire halte : ils étaient à bout de forces.

— Si l'intention de Baruel est de nous faire mourir, soupira le rabbin en se laissant choir au pied d'un olivier, il n'est pas loin de réussir.

— Rassurez-vous, renchérit l'Arabe, vous ne serez pas seul à partir. Je vous accompagne.

— Quel jour sommes-nous ?

— Vendredi.

— Arrêtez ! Ne dites rien ! À cause de vous nous avons perdu un temps précieux. Depuis notre départ de Grenade, tous les vendredis, à l'heure du couchant, qu'il pleuve ou qu'il vente, vous nous avez imposé de mettre pied à terre et de rester là, figés, jusqu'au lendemain soir. Croyez-moi, si vous aviez manqué un shabbat, je suis certain — étant donné les circonstances — que le Créateur ne vous en aurait pas tenu rigueur, ni dans ce monde ni dans l'autre.

— Mon cher, dites-vous bien que seule une situation de danger de mort imminent peut excuser le non-respect du shabbat, et encore ! Ce qui est beaucoup plus grave, c'est qu'il est l'heure de la prière et que je suis rompu. J'ai honte à le reconnaître, mais je me sens incapable d'accomplir mes dévotions à l'Éternel.

Sarrag se mit à rire.

— Et Satan a pété...

Les autres le dévisagèrent bouche bée.

— Qu'est-ce que vous venez de dire ? questionna le moine.

Le cheikh répliqua, impavide :

— Satan a pété... Quand il évoquait l'entêtement du diable à refuser de se soumettre à la parole d'Allah, Muhammad avait coutume de faire ce commentaire. *Lorsqu'on vous appelle à la prière, Satan tourne le dos et lâche un pet, afin de ne pas entendre cet appel.*

Et de conclure :

— C'est pourquoi j'ai dit : Et Satan a pété...

Manuela et Vargas ne purent s'empêcher de partir d'un fou rire, au grand dam du cheikh.

— Tout cela est très instructif, dit Samuel Ezra, mais je vous ferai remarquer que, si nous sommes aux portes de Burgos, ce n'est pas pour autant que le quatrième triangle est à notre portée.

L'Arabe rétorqua :

— Négligeriez-vous à ce point les informations que j'ai décryptées ?

— Vous voulez sans doute parler des ponts ?

— Évidemment. Je suis persuadé que nous les trouverons sur le rio Arlanzón. Celui de l'enfer et celui du paradis.

Manuela s'informa :

— Vous êtes-vous jamais demandé pourquoi Baruel aurait choisi cette cachette plutôt qu'une autre ?

— Quelle importance, répondit Sarrag. Ici ou là...

— Vous me surprenez. N'avez-vous pas toujours affirmé qu'Aben Baruel ne laissait aucune place à l'improvisation ? Arrêtez-moi si je suis dans l'erreur. Le premier triangle était au sommet d'une tour. La tour sanglante. Symbole des Templiers, de la violence et de l'intolérance. Le deuxième était dans la grotte de Maltravieso. Or vous-même, cheikh Sarrag, vous nous avez expliqué combien le lieu était lourd de sens, pour ne citer que les réminiscences de la caverne que chacun porte en soi. Le troisième triangle, nous l'avons trouvé sous le sarcophage de l'évêque, à Salamanque. N'est-ce pas l'image du savoir et de la connaissance, opposée à l'obscurantisme, que votre ami a voulu vous transmettre ?

Le trio dut convenir que le raisonnement de la jeune femme était assez pertinent. Depuis qu'ils avaient eu la preuve de sa sincérité, leur méfiance à son endroit s'était largement atténuée. Ils trouvaient naturel désormais qu'elle participe à leur discussion, sans réticence.

— Puisque vous êtes si brillante, s'enquit Vargas avec un sourire, auriez-vous une idée de ce qui nous attend ?

— Je le crois. Si réellement le triangle est là où vous l'espérez, alors, cette fois encore, le message est clair. Qu'est-ce qu'un pont, sinon une construction qui permet de passer d'une rive à l'autre ? Et, par extension, d'un état mental ou philosophique à un autre. Il me souvient d'avoir lu un jour que la plupart des voyages initiatiques étaient représentés par ce symbole. Et l'auteur d'apparenter le pont à l'arc-en-ciel, passerelle jetée par Zeus entre les deux mondes.

— Mais la señora a raison ! s'exclama Sarrag.

Il se frappa le front et enchaîna d'une voix fébrile :

— Comment n'y ai-je pas pensé ? Souvenez-vous du texte : SUR LA RIVE, C'EST ENTRE LES DEUX ÉPINES DU SA'DÂN — CELLE DE LA JANNA ET CELLE DE L'ENFER... Ne vous avais-je pas expliqué qu'il existait un hadith qui parle du pont de Sirât qui permet d'accéder au paradis en passant par-dessus l'enfer. Un autre passage précise que ce pont sera plus fin qu'un cheveu et plus tranchant qu'un sabre.

Il récita :

— *Seuls les élus le traverseront, les damnés glisseront ou seront happés par les crochets de sa'dân, avant d'avoir pu atteindre le paradis, et seront précipités dans l'enfer.* Muhammad précise que certains passeront le pont en cent ans, d'autres en mille ans, selon la pureté de leur vie, et de conclure : *Aucun de ceux qui auront vu le Très-Haut ne risque de tomber dans la géhenne.* À mon avis, tout cela conforte l'hypothèse soulevée par la señora Vivero.

— Sans doute, reconnut Ezra. Mais, au-delà de l'aspect philosophique, ne perdons pas de vue qu'il nous reste à élucider la dernière phrase de ce Palais, à savoir : IL EST AU PIED DES LARMES D'AMBRE, EN AMONT DU SEIGNEUR, DE SON ÉPOUSE ET DE SON FILS. Or, force est de reconnaître que, pour l'heure, aucun d'entre nous n'a la moindre idée de la signification de cette phrase, et il doit bien exister plus de deux ponts sur l'Arlanzón.

— Il est probable que les choses s'éclaireront une fois que nous serons sur place, à Burgos. Voyez ce qui s'est passé avec les Golfines et le jugement de Dieu.

Il se hâta d'ajouter pieusement :

— Inch Allah.

Rafael Vargas ajouta d'une voix lointaine :

— Inch Allah, comme vous dites. Espérons surtout qu'à l'heure de franchir le pont, nous verrons tous le Très-Haut...

*

Tolède.

La reine saisit l'éventail qui se trouvait sur la petite table en marqueterie et sans l'ouvrir le serra fermement entre ses doigts. Les informations que venait de lui transmettre l'Inquisiteur général n'avaient apaisé en rien sa nervosité.

— Finalement, commença-t-elle sur un ton amer, je me demande si cette histoire de complot existe ailleurs que dans votre esprit. Une éventualité qui, je vous le rappelle, avait été envisagée par notre ami fray Hernando de Talavera. Voilà des jours et des jours que rien ne se passe. Doña

Vivero ne nous a toujours pas fourni la moindre preuve, pas l'ombre d'un indice qui vienne étayer vos craintes.

Torquemada serra les dents. Comment aurait-il pu lui révéler l'information que son agent lui avait transmise quelques jours plus tôt : un livre. Ces gens étaient à la recherche d'un livre ! C'en était presque risible. Si la reine venait à l'apprendre, il ne faisait pas de doute qu'elle mettrait fin à l'opération, avec toutes les retombées qu'une telle décision impliquait. La crédibilité de l'Inquisiteur, l'influence qu'il exerçait sur le royaume s'en trouveraient largement compromises. Sans compter avec tous les avantages que des personnages comme Talavera pourraient tirer de sa disgrâce. Pourtant, il était sûr d'avoir raison. Si ce livre existait, il devait être le dépositaire d'un texte de la plus haute importance. Il repensa aux propos de doña Vivero rapportés par Mendoza : « On peut en conclure que son contenu doit être d'une valeur inestimable. » Elle voyait juste. Il importait désormais de gagner du temps.

Il adopta le ton le plus serein possible et expliqua :

— Majesté, les apparences sont trompeuses. Tout porte à croire, au contraire, que ces gens suivent un parcours parfaitement élaboré. Huelva et le monastère de la Rábida. Jerez de los Caballeros, Cáceres, Salamanque et, aux dernières nouvelles, ils seraient en route pour Valladolid ou Burgos.

Impassible, la reine entrouvrit son éventail d'un geste sec.

— Si je comprends bien, ces gens ont décidé de visiter l'Espagne. Aujourd'hui à Valladolid, demain à Madrid et après-demain qui sait où ? À quoi riment tout ces déplacements, quel sens leur attribuez-vous ?

Torquemada caressa le crucifix qui ornait son thorax.

— Il me semblait avoir expliqué à Votre Majesté que toute cette affaire était fondée sur un plan crypté. Nous savons que ce plan est composé de Palais ou énigmes et que chaque énigme correspond à une destination.

— Vous ne m'avez pas répondu : pour quelle raison l'auteur déplace-t-il les protagonistes d'une ville à l'autre ?

— Nous ne le savons pas encore. En revanche, je peux vous assurer que nous sommes proches d'un dénouement.

La reine replia son éventail et emprisonna les petites baguettes de nacre entre ses doigts.

— D'où vous vient cette certitude ?

— Nous avons dénombré huit énigmes au total. Si nous faisons abstraction de celle qui est en cours, à savoir Valladolid ou Burgos, il ne leur reste plus que trois étapes à franchir.

— Vous êtes sûr que le cryptogramme ne cache pas un piège ?

Torquemada haussa les sourcils.

— Quel piège, Majesté ?

— Une neuvième ville, une impasse, un autre pays, que sais-je !

Le ton de sa voix était monté d'un cran, signe d'une exaspération à peine contenue.

— Je ne le crois pas. Le plan est trop rigoureux pour s'achever sur un accul. Quant à l'éventualité d'une ville qui serait hors de nos frontières, elle ne me paraît pas plausible.

Pendant un instant, elle tapota le creux de sa paume avec les baguettes de nacre.

— Avez-vous des nouvelles de doña Vivero ?

L'Inquisiteur s'éclaircit la voix avant de répondre.

— Elle se porte bien

— C'est tout ?

Torquemada battit des paupières.

— Pardon, Majesté ?

— Voici des semaines qu'elle voyage dangereusement, dans les pires circonstances, dans l'inconfort le plus absolu qui soit pour une femme. Pourquoi ? Parce qu'elle a voulu répondre à ma requête, au nom de notre amitié, au nom de l'Espagne. Elle s'est sacrifiée, et tout ce que vous trouvez à me dire c'est : elle se porte bien.

Les prunelles de l'Inquisiteur général s'imprégnèrent de la nuit la plus noire. Il était temps de rétablir l'équilibre. L'attitude conciliante et humble qui jusque-là était la sienne s'était métamorphosée en une raideur glaciale qui frôlait l'irrévérence.

Sa voix résonna, implacable.

— Majesté, vous êtes la reine, je suis l'Église. Vous représentez la puissance temporelle, je représente Dieu. Vos préoccupations sont de ce monde, les miennes ne sont tournées que vers les âmes. Qu'est donc le sacrifice de Manuela Vivero comparé au martyre de Notre Seigneur ? Que sont quelques nuits passées dans l'inconfort, confrontées au sang versé par nos frères, par les fidèles défenseurs de la foi tombés aux portes de Jérusalem ?

Et comme Isabel se taisait, placide, il alla plus loin.

— C'est vrai. Je ne me répands pas sur le sort de doña Vivero. Que voulez-vous, mon cœur ne saigne pas lorsque je songe au sort qui est le sien. Mes veines préfèrent se vider de leur sang pour des souffrances autrement plus héroïques.

Il se leva, dominant totalement la silhouette de la reine.

— Permettez que je me retire, Majesté.

*

Éclairés par un rayon de soleil qui filtrait par une petite fenêtre barreaudée, les trois hommes étaient penchés sur une carte rudimentaire qui représentait la capitale du royaume unifié de Castille et de León.

Si les ponts — cinq très précisément — jetés sur l'Arlanzón étaient relativement bien indiqués, par contre, on n'y trouvait point de nom qui correspondît à *infierno* ou *paraiso*.

Vargas manifesta sa déception en tapant du plat de la main sur la table.

— Je ne vois pas où nous avons fait fausse route !

— Et si c'était moi qui avais eu raison ? s'exclama le cheikh. Si notre destination était bien le couvent de Santa María de Huerta ?

— Allons... Soyez juste. Vous savez parfaitement qu'il nous fallait un double nom : Pablo et María. Vous n'aviez trouvé que le second.

— Certes. Mais au moins j'avais deux ponts.

— Écoutez, Sarrag, commença le moine visiblement à deux doigts d'exploser. Ou bien...

— Taisez-vous ! ordonna Ezra. Vous m'assommez tous les deux avec votre verbiage ! Je n'arrive plus à réfléchir. Si vous voulez mon avis, nous nous entêtons à chercher dans la mauvaise direction. Pourquoi diantre nous accrochons-nous avec tant d'insistance sur ces deux mots : *enfer* et *paradis* ? Je vous le demande !

— Mais à cause du hadith bien sûr ! Il précise bien : SUR LA RIVE, C'EST ENTRE LES DEUX ÉPINES DU SA'DÂN — CELLE DE LA JANNA ET CELLE DE L'ENFER... Il y a donc corrélation avec le pont de Sirât, lequel, toujours selon les hadiths, permet d'accéder au *paradis* en passant par-dessus *l'enfer*.

Ezra se laissa choir sur le banc le plus proche.

— Essayons de prendre un peu de recul. Supposons un instant que Baruel n'ait employé les termes *enfer* et *paradis* que pour nous amener à l'image du pont.

— Je veux bien, dit Sarrag. Ensuite ?

— Ensuite, il ne nous reste que la dernière phrase du Palais : IL EST AU PIED DES LARMES D'AMBRE, EN AMONT DU SEIGNEUR, DE SON ÉPOUSE ET DE SON FILS. Vous admettrez que c'est bien là, et sans équivoque possible, que Baruel a placé l'ultime indice ; celui qui devrait nous mener au triangle. L'expression les LARMES D'AMBRE est une métaphore trop vague pour que, dans l'instant présent, nous en percevions le sens caché. En revanche, le mot SEIGNEUR paraît plus accessible. Qu'est-ce qu'un seigneur, sinon un titre honorifique, un personnage de haut rang ?

Le moine arbora un sourire.

— Vous n'attendez pas, j'espère, que nous fassions l'inventaire de tous les nobles d'Espagne ?

— Je suis vieux, fray Vargas, mais je ne suis pas encore sénile ! L'inventaire de tous les nobles d'Espagne, certes non ; recenser ceux qui ont marqué la ville où nous nous trouvons, oui.

Manifestement, le moine paraissait complètement rebuté par l'ampleur de la tâche.

— Pure folie.

— Très bien ! Pourquoi, au lieu de critiquer mon projet, ne proposez-vous pas une meilleure solution ?

Il y eut un long silence à peine troublé par les rumeurs de la rue.

— Je ne crois pas que nous aurons besoin de nous livrer à ce travail, dit soudainement Sarrag.

L'Arabe médita un instant puis :

— Savez-vous comment on dit SEIGNEUR en arabe ?

Il n'y eut pas de réponse.

— « Sidi. » Sidi. Ce mot ne vous rappelle rien ?

Il n'avait pas achevé sa phrase que Vargas poussa un cri de victoire.

Chapitre 26

> Puisque Cid en leur langue est autant
> que *seigneur*.
> Je ne t'envierai pas ce beau titre d'hon-
> neur.
>
> *Corneille*, Le Cid, *IV, 3*.

Les trois hommes contemplaient le pont comme s'il s'était agi de l'un des plus beaux édifices de toute la Péninsule, voire du monde. Pourtant, ce pont n'avait rien de bien particulier, sinon que tout au long des parapets de droite et de gauche se dressaient huit statues. Celles du *seigneur* Rodrigo Díaz de Vivar, surnommé le Cid Campéador, son épouse doña Jimena, leur fils, ainsi que cinq autres personnages de moindre importance. Coïncidence ou non, en demandant leur chemin, ils apprirent que pour se rendre sur les rives du fleuve, le plus court était de couper par le Paseo de Espolón, et de franchir ensuite les fortifications par l'Arco de... Santa María. Ainsi la boucle des symboles se refermait : Pablo de Santa María, *au nom multiple et un*, né à Burgos, *le Seigneur, l'épouse et son fils*.

Ils étaient arrivés au pied de la statue du Cid et

l'examinaient avec autant de curiosité que d'exaltation.

Vargas effleura de la main l'épée du chevalier sculptée dans la pierre.

— Quel personnage ambigu ! Il a versé autant de sang chrétien que de sang musulman. Mercenaire ou patriote ? Je ne sais. Il est probable qu'il fut les deux.

— Est-il enterré à Burgos ? questionna Sarrag.

— À quelques lieues d'ici, au monastère bénédictin de San Pedro de Cardeña. On raconte que, selon ses dernières volontés, son cheval aurait été lui aussi enseveli à ses côtés.

— En tout cas, ajouta Ezra, je peux vous assurer qu'il devait être un fin matois. Lorsque, banni par le roi Alphonse VI, il dut s'exiler, il emprunta de l'argent à un usurier juif, lui laissant en gage un coffret prétendument empli d'or. Or savez-vous ce qu'il y avait réellement à l'intérieur du coffret ? Du sable. Rien que du sable ! Lorsque l'usurier s'en aperçut, il était trop tard.

— Bien fait ! applaudit le cheikh. Cela vous apprendra, à vous les juifs, à prêter de l'argent avec intérêt, alors que vos taryag mitsvot vous l'interdisent formellement !

— Erreur, mon cher ! Nos préceptes n'interdisent l'usure *qu'entre nous*. Un juif ne peut prêter à un autre juif avec intérêt ; en revanche, il ne lui est nullement interdit de le faire avec tous les autres. Vous voyez, encore une mauvaise interprétation de la loi !

— Quelle subtilité, persifla Sarrag. Votre langue se desséchera plutôt que d'admettre que vous faites dire à la loi ce qui vous arrange !

— Croyez ce que vous voulez. Pour ma part, je

préfère retrouver le triangle plutôt que de me lancer dans un débat stérile.

Il se rapprocha du parapet et inspecta les rives entre lesquelles coulaient les eaux paisibles de l'Arlanzón.

— Regardez, dit-il en tendant le bras en direction d'un autre pont situé en amont. Il s'agit certainement de celui qu'a mentionné Baruel. SUR LA RIVE, C'EST ENTRE LES DEUX QUE J'AI SAUVEGARDÉ LE 3.

— C'est fort probable, admit le franciscain. Le texte précise : EN AMONT DU SEIGNEUR, DE SON ÉPOUSE ET DE SON FILS. Par conséquent, si nous nous plaçons comme si nous remontions le fleuve, l'objet doit se trouver ici — il pointa tour à tour son index sur la rive droite, puis sur la gauche — ou là. Nous devrions...

Un charroi chargé de bois arrivait dans un roulement sourd. Vargas attendit qu'il se fût éloigné avant de poursuivre sa phrase.

— Nous devrions nous séparer, afin d'inspecter les berges.

— Il serait temps, approuva Ezra. Vous et Sarrag prenez celle de droite, je prendrai celle de gauche.

Un instant plus tard, le moine et le cheikh remontaient le fleuve, tandis qu'Ezra de son côté faisait de même.

Ce fut lui qui découvrit le saule pleureur.

Ses rameaux verts plongeaient dans les eaux, et son feuillage éploré se reflétait sur le miroir liquide, dans l'attente d'on ne sait quel charitable consolateur.

AU PIED DES LARMES D'AMBRE...

Un saule pleureur...

Décidément, songea le rabbin, cette fois Baruel faisait preuve d'un humour singulier.

Il scruta attentivement le terrain, mais ne vit rien. Il se releva, avança lentement, inspecta le tronc. Maladroitement gravées dans l'écorce, quatre lettres se détachèrent : Y.H.W.H. Et juste au pied de ces lettres, une bosse de terre qui, de toute évidence, n'était pas un effet de la nature. Il s'agenouilla et se mit à creuser fébrilement le sol à l'aide de ses doigts. Aussitôt, les voix de Vargas et de Sarrag retentirent par-dessus les eaux.

— Hé ! rabbi ! Avez-vous trouvé quelque chose ?

Absorbé par sa recherche, Ezra ne jugea pas utile de répondre. Ses mains soulevèrent une nouvelle motte de terre, une autre encore. Sur la rive opposée, ses compagnons piaffaient.

— Alors ?

Un temps s'écoula. Ezra se redressa. Il serrait dans sa main le quatrième triangle d'airain.

En fin de soirée, un orage éclata au-dessus de la capitale du royaume, comme on n'en avait jamais vu en cette saison. Le ciel s'était couvert alors que le soleil commençait à descendre derrière les collines. Lorsqu'il disparut, totalement avalé par l'horizon, la ville retint son souffle. D'abord, ce furent des grondements lointains, puis très vite ils se rapprochèrent jusqu'à devenir assourdissants.

En quelques secondes, ceux qui vaquaient à l'extérieur regagnèrent leur maison. La place de la cathédrale, habituellement noire de monde, fut entièrement désertée. Vendeurs, porteurs d'eau, camelots s'évanouirent à travers la ville, et bientôt, hormis quelques chats téméraires, il ne resta plus un seul habitant dans les rues. Un éclair zébra le ciel, juste au-dessus du couvent de Las Huelgas, déversant une lumière jaunâtre dans le réfectoire où s'étaient réfugiés les quatre personnages.

Assise en bout de table, un châle jeté sur ses épaules, Manuela réprima un frisson.

— Vous avez froid ? s'enquit Vargas.

Elle s'efforça de répondre avec légèreté.

— Non, non. Tout va bien.

— C'est l'orage, expliqua Sarrag. Il y a un caractère de jugement dernier dans ces grondements. Un événement que les femmes ne peuvent tout naturellement qu'appréhender.

Il se mit à rire, mais son rire sonnait faux. À l'instar de ses compagnons, tout chez lui trahissait la lassitude.

Il y eut un éclair plus violent que les précédents, et le déluge s'abattit.

— Encore heureux, observa Ezra, que les religieuses aient bien voulu nous accorder l'hospitalité. Grâce à vous, Vargas.

Maintenant, les battements de la pluie avaient adopté une cadence régulière que seuls venaient briser les roulements du tonnerre.

Ezra pianota sur la table et demanda :

— À propos, étiez-vous réellement sérieux tout à l'heure, lorsque vous parliez de cette abbesse, la *señora de horca y cuchillo*, qui dirigeait ce couvent il y a deux siècles ? Avait-elle réellement droit de vie ou de mort sur une cinquantaine de manoirs ?

— La dame de potence et de couteau... Oui, rabbi. Je vous ai déjà expliqué que seules les dames de haut rang étaient admises à Las Huelgas comme religieuses et, tout naturellement, elles jouissaient de privilèges extraordinaires. D'où le pouvoir de l'abbesse.

— C'est fou. Je ne veux vous sembler ni offensant ni provocateur, mais dites-moi ce que vient faire Dieu là-dedans ?

Le franciscain éluda la question. Il avisa les deux pages posées sur la table, qui constituaient l'ensemble du cinquième Palais, et s'y plongea, mais sans passion.

La foudre explosa, cette fois si proche qu'elle fit trembler les murs du réfectoire.

— Allez savoir, bougonna Ezra, nous sommes peut-être vraiment à l'heure du jugement dernier. Avec cependant un avantage, nous mourrons entourés de prières et de saintes !

Il avait prononcé cette dernière phrase en forme de boutade, mais nul ne parut réagir. Il frappa du poing sur la table.

— Que nous arrive-t-il donc ? Il ne nous reste plus que deux étapes. Nous avons trouvé le quatrième triangle, et au lieu de nous réjouir, nous sommes aussi tristes qu'à des funérailles !

Vargas fixait nonchalamment le feuillet du cinquième Palais posé sur la table. Le cheikh avait sorti une *sebha*, un chapelet d'agate acheté le matin même à un marchand ambulant syrien, et il l'égrenait lentement. Quant à Manuela, elle se tenait dans une rigidité inquiète, à l'autre bout de la table.

L'Arabe se décida à répliquer :

— Que cherchez-vous à comprendre, rabbi ? Peut-être sommes-nous tout simplement à bout de souffle.

D'un coup sec, il enroula son chapelet autour de son index.

— Vous avez parlé d'un dénouement proche... L'heure ne serait-elle pas venue de nous souvenir du véritable sens de notre voyage ? Totalement occupé au décryptage des énigmes, notre esprit ne se serait-il pas détaché de notre vocation première ? Il est possible qu'à l'image de cette pluie qui bat, et qui lave tout, la réalité soit en train de rappeler à chacun de nous la raison profonde de sa présence ici.

— C'est curieux, nota Vargas. À ce jour, j'ai eu l'impression que, par moments, nos divergences s'étaient quelque peu estompées. Or, tout à coup, en vous écoutant parler, je m'aperçois que le tableau n'est plus le même. Ce serait comme une pièce de théâtre, où les acteurs se seraient égarés dans un autre rôle que celui qui leur était imparti, jusqu'au moment où, prenant conscience de leur dérive, l'auteur les ramènerait à la réalité.

Manuela questionna :

— La réalité, fray Vargas ? Où la situeriez-vous ? Dans l'abandon du rôle ou dans sa reprise ?

— Comment savoir ?

— Je vais vous répondre, dit Ezra. Rêve ou réalité, l'essentiel réside dans la fidélité à soi. Vous avez raison lorsque vous dites que nos divergences se sont sensiblement atténuées au fil de ce voyage. Toutefois, nos convictions demeurent inaltérées. Les événements ont pu y apposer un masque, mais il n'en demeure pas moins qu'elles sont là, toujours présentes en nous. Soyons sincères. Je suis juif et le resterai jusqu'à mon dernier souffle. Vous êtes chrétien et rien ne remettra en cause votre foi en Jésus-Christ. Sarrag est un enfant de l'islam, un disciple de celui qui s'est baptisé le Sceau des prophètes. Pour reprendre votre métaphore, je vous dirai que ce n'est pas l'auteur qui ramène les acteurs au texte original, mais la proximité du Livre. C'est le Livre qui ce soir se rappelle à nous et, à travers lui, l'angoisse — un instant oubliée — de ne pas y trouver le message qui nous confortera dans nos croyances.

Manuela ne put s'empêcher de faire remarquer :

— C'est bizarre. Vous êtes en train d'évoquer vos divergences et vous semblez les déplorer. Dans ce cas, pourquoi ne décidez-vous pas de vous faire mutuellement confiance ? En deux mots, pourquoi n'échangeriez-vous pas les fragments de Palais que chacun de vous a en sa possession ?

— Je ne vous suis pas, señora, rétorqua Sarrag. Pourquoi ferions-nous cela ?

— Auriez-vous oublié qu'il y a quelques jours rabbi Ezra a failli ne plus être des vôtres. Je vous revois désespéré à l'idée de vous trouver dans l'incapacité d'atteindre votre but. Vous disiez : *Il y a un homme en danger de mort. Lui disparu, ce serait la fin du voyage.* Ou encore : *Il faut que le rabbin nous remette les extraits des Palais qui nous manquent. S'il refusait, ce serait faire injure à la mémoire d'Aben Baruel.* Imaginez que la prochaine fois l'issue soit moins heureuse, et que l'un de vous vienne à disparaître *définitivement*. Ce Livre, qui vous tient tant à cœur, serait perdu à jamais. D'où ma suggestion.

Sarrag répliqua aussitôt :

— Suggestion ô combien judicieuse en effet !

Il arbora un air madré pour suggérer :

— Et si vous commenciez par donner l'exemple, señora Vivero ? Ne possédez-vous pas la dernière clé ? Confiez-la-nous.

Victime de sa logique et de sa spontanéité, elle n'avait pas pris conscience qu'elle venait de se piéger elle-même. Elle articula, un peu gauche :

— Convenez que cette clé ne représente pas le moindre intérêt si l'ensemble du texte n'est pas réuni. Rassemblez vos Palais, et je vous la remettrai.

Elle était sur le fil du rasoir.

Vargas en eut-il la prescience ? Ou jugeait-il la discussion vaine ? Il n'en demeura pas moins que ce fut lui qui desserra l'étau.

— Laissons faire l'avenir. Puisque le Livre de saphir *est* la parole de Dieu, c'est Dieu qui décidera si nous en sommes dignes ou non.

Manuela tressaillit. Vargas avait bien dit : *le livre de... saphir ?* Elle n'hésita pas :

— Un livre de saphir... L'ouvrage que vous recherchez serait donc en pierre précieuse ?

Les joues du franciscain s'empourprèrent.

— Vous ne répondez pas ?

Ce fut Ezra qui vint à la rescousse.

— Il se pourrait, señora.

— Ce qui expliquerait sa valeur ?

Pour la seconde fois, sa question demeura sans réponse.

Un éclair illumina la salle.

Elle persista :

— Vous ne m'en direz pas plus...

C'était dit sur un ton affirmatif.

Alors elle quitta la table et annonça d'une voix sourde :

— Je vous quitte, señores... C'est triste. Je croyais avoir gagné votre confiance. Manifestement, je me suis trompée.

Sarrag fixait le mur, droit devant lui. Ezra

caressait distraitement le rebord de la table. Seul Vargas eut l'air de s'inquiéter ; pourtant il ne manifesta rien.

Ce fut sans doute cette dernière attitude qui la heurta le plus. Elle se pinça les lèvres. Décidément, conclut-elle, sous leurs allures affables, ces hommes n'étaient finalement que réflexion glaciale et sécheresse. Elle n'obtiendrait rien d'eux.

Elle décocha à Vargas un regard amer et pivota sur les talons.

— Revenez !

Le franciscain désigna la place qu'elle venait d'abandonner.

— Asseyez-vous.

Il ordonna à Ezra .

— Montrez-lui la lettre. Je veux parler de celle d'Aben Baruel.

Curieusement, le rabbin n'eut pas l'air surpris. Il fouilla dans la poche intérieure de sa veste et en ressortit une liasse, pliée en quatre, qu'il remit à la jeune femme.

Une fraction de seconde, l'Arabe faillit protester, mais devant le visage déterminé de Vargas et d'Ezra il se retint.

— Tenez, señora, dit ce dernier. Lisez. Vous allez tout comprendre...

Manuela s'empara des pages avec autant de précaution que s'il s'était agi d'une feuille de cristal.

À l'extérieur, le tonnerre avait redoublé.

La jeune femme n'entendait plus rien. Elle s'était plongée dans la lecture.

C'était donc ça, le fameux complot ? Un message céleste revenu de la nuit des temps ? C'était tellement loin de tout ce que l'Inquisiteur général, la reine ou elle-même avaient pu imaginer.

D'une certaine façon, elle se sentait soulagée. Elle avait appris à connaître ces hommes, à admirer leur formidable science, la profondeur de leurs débats. La pensée qu'ils n'auraient pu être que de vulgaires conspirateurs lui était devenue insupportable. De plus, la Providence jouait en sa faveur. N'étaient-ils pas à Burgos, le lieu même où résidait Torquemada ? Dès demain, à la première heure, elle demanderait à Mendoza de lui ménager une entrevue avec l'Inquisiteur. Elle lui expliquerait tout. Elle lui dirait le Livre de saphir, l'espérance spirituelle qui en découlait, et nul doute qu'il mettrait un terme à l'opération. Elle pourrait reprendre sa liberté. Ainsi, elle aurait été jusqu'au bout, et cette fois la reine ne pourrait pas l'accuser de *dérobade*, ainsi qu'elle l'avait fait à Tolède, le soir de l'autodafé.

Elle reprendrait sa liberté, mais ensuite ? La curiosité la tenaillait. Ce livre existait-il vraiment ? Rien ne l'empêchait de continuer à vivre jusqu'au bout cette extraordinaire aventure. Désengagée de ses devoirs vis-à-vis de la reine et de Torquemada, pourquoi ne poursuivrait-elle pas le voyage pour son plaisir ? Elle aurait pu, si un obstacle de taille ne se dressait sur sa route : une fois la dernière étape atteinte, elle serait forcée de leur avouer toute la vérité, et de leur révéler qu'elle n'avait jamais eu en sa possession cette prétendue dernière clé. Comment réagiraient-ils ? De plus, si elle se livrait à des aveux, elle trahirait la confiance de la reine. Il fallait réfléchir. Pour l'heure, le plus important était de rencontrer Torquemada. Après, elle verrait plus clair.

— Je vous remercie, dit-elle en restituant la lettre à Ezra. Je vous suis reconnaissante.

Un sourire anima les lèvres du rabbin.

— Figurez-vous qu'il en est de même pour nous, señora. Dois-je vous rappeler l'épisode *incompréhensible* de la Tour sanglante ? Les Golfines, la clairvoyance qui vous permit de définir la *matière vierge et fécondée* ? Et puis surtout, votre dévouement le jour de mon arrestation. Autant de bienfaits qui méritaient bien que l'on vous révélât la vérité.

Elle remercia, visiblement émue.

— À propos de ce Livre, saviez-vous que deux contes espagnols en mentionnent l'existence ?

Les trois hommes la considérèrent avec curiosité.

— Le premier est l'histoire d'un sultan arabe de Grenade qui fait appel à un personnage, mi-astrologue, mi-alchimiste, afin de l'aider à vaincre ses ennemis ; prodige que le personnage réussit à accomplir. Une nuit, alors que les deux hommes devisent dans le palais de l'Alhambra, le sultan en vient à questionner l'astrologue sur les origines de son pouvoir magique. Celui-ci lui confie alors que bien longtemps auparavant, il s'est rendu en Égypte pour étudier auprès des prêtres leurs rites et leurs cérémonies et essayer de se rendre maître de la science occulte pour laquelle ils étaient si renommés. Un jour qu'il conversait sur les bords du Nil avec l'un d'entre eux, celui-ci lui désigna les pyramides : « Tout ce que nous pourrons t'enseigner n'est rien au prix de la science qui est enclose dans ces formidables monuments. Au centre de la pyramide du milieu, il y a une chambre sépulcrale où est enfermée la momie du grand prêtre qui fit ériger cette construction ; avec lui est enseveli un merveilleux *livre du savoir* qui contient tous les secrets de la magie et de l'art. » Et le prêtre de préciser : « Ce livre fut donné à Adam après sa chute et transmis de génération en génération. Comment il parvint entre les mains du bâtisseur de la pyramide, seul le sait Celui qui sait tout... »

— Un récit étonnant, commenta le cheikh. Mais cet alchimiste devait être vieux de deux mille ans au moins pour avoir connu les anciens occupants de la vallée du Nil !

— La légende ne le précise pas.

— Vous parliez de deux contes...

— Le second se situe à une époque imprécise. Je n'ai plus souvenance des détails, mais je sais qu'il y est question de l'amour d'un prince et d'une princesse obligés de fuir le courroux de leurs parents opposés à leur union. Il y est fait aussi mention de... — ne riez pas — de hiboux évoquant l'existence de certaines reliques et de certains talismans qui remonteraient à l'époque où les Wisigoths régnaient sur la Péninsule. Parmi ces objets, un coffre de bois de santal, entouré de bandes d'acier à la manière orientale, et qui portait de mystérieuses inscriptions connues d'un nombre infime de personnes. On apprend à la fin du conte que le coffre contenait un livre mystérieux et un tapis de soie ayant appartenu au roi Salomon, qui fut apporté à Tolède par les juifs venus s'installer en Espagne après la chute de Jérusalem.

Un sourire illumina la physionomie de Sarrag.

— C'est amusant, surtout lorsque l'on sait qu'aux yeux des Arabes Salomon passait pour le roi des djinns, qu'il était magicien et qu'il se déplaçait sur un tapis volant.

— Ce qui prouve, souligna le rabbin, que ce que l'on croit être légende est souvent vérité. Et inversement.

Il médita quelques instants, puis se dressa.

— Je vais aller me coucher.

— Je vais en faire autant, dit Sarrag en quittant la table.

Le franciscain brandit aussitôt les deux feuillets sur lesquels était rédigé le quatrième Palais.

— Et ceci ? Qu'en faites-vous ?

— Demain est un autre jour, répliqua Ezra.

— Dommage... Ce Palais est à mon avis le plus plaisant de tous.

Pour toute réponse, le rabbin répéta :

— Demain est un autre jour.

La porte du réfectoire se referma dans un bruit sourd, abandonnant la pièce au silence.

Manuela ordonna les pans de son châle.

— Je crois que je vais aller me coucher aussi, annonça-t-elle.

Elle allait se lever, lorsqu'il déclara :

— À mon tour, je voudrais vous remercier.

— De quoi ?

— Pour ce jour, à Salamanque. Sans vous, il est probable que je n'aurais jamais eu l'audace d'apporter mon soutien au Génois. Je vous sais gré de m'avoir poussé à le faire.

— Mettons que j'aie simplement réveillé ce qui sommeillait en vous.

Il croisa les mains sur la table.

— J'aurais très bien pu me dérober.

— Je ne le crois pas. Pas en étant ce que vous êtes.

Il fronça les sourcils.

— Qui suis-je ?

— Un homme qui a appartenu un jour à l'ordre de Santiago de la Espada. Chevalier, fils et petit-fils de chevalier.

Le franciscain eut du mal à masquer son trouble.

— Comment faites-vous pour lire dans le cœur des êtres ?

Dans un réflexe de protection elle croisa les pans de son châle sur sa poitrine.

— Vous m'attribuez une faculté que je n'ai pas. Et quand bien même l'aurais-je, elle ne pourrait s'appliquer à tous ; uniquement à certains.

— Dont je fais partie ?

Elle resta silencieuse. Mais avait-elle besoin de répondre ?

— Vous êtes quelqu'un d'imprévisible, doña Vivero. Depuis notre rencontre, il m'est arrivé souvent de penser que je pouvais moi aussi lire en vous. Je me suis trompé. Lorsque je vous ai prise pour le feu, vous étiez l'eau. Lorsque je vous ai imaginée insolente, égocentrique, imbue de vous-même, dans l'heure qui suivait ce jugement, vous n'étiez que modestie et altruisme. Oui, répéta-t-il, vous êtes quelqu'un d'imprévisible.

Un coup de tonnerre arracha à la jeune femme un cri de frayeur.

Était-ce pour la rassurer, pour la réconforter, ou parce qu'il était inscrit qu'il le ferait ? Vargas lui prit la main. Elle ne fit aucun geste pour se dégager. L'eût-elle voulu qu'elle en eût été inca-pable. À l'instant même où elle avait senti le contact de sa peau, toute velléité de fuite l'avait abandonnée.

Ses doigts ondulèrent, geste inconscient ou caresse à peine osée, qu'elle ressentit aussi vio-lemment que s'il l'avait prise dans ses bras.

Elle avait lu un jour qu'il n'y avait pas de véritable amour sans désespoir d'aimer ; de même qu'il n'y avait pas d'amour de vivre sans désespoir de vivre. Elle avait alors trouvé la comparaison pompeuse, sans intérêt, et n'avait pas cherché à approfondir ce que l'auteur avait voulu exprimer. Voilà que, ce soir, le sens de ces mots la touchait en plein cœur.

— Parlez-moi d'elle, dit-elle, étonnée par la fermeté de sa voix. Parlez-moi de cette femme que vous avez tant aimée.

— Vous le voulez vraiment ?

— Oui. Si vous ne me jugez pas trop indiscrète.

Ses épaules se voûtèrent.

— C'était il y a environ trois ans. Elle s'appelait Cristina. Cristina Ribadeo. Elle était issue d'une famille illustre de Séville. Son père était le comte Ribadeo, sa mère une cousine éloignée du roi Juan, le père de la reine Isabel. Elle avait alors vingt-cinq ans. Nous nous sommes rencontrés un soir de décembre, le 21 très précisément, lors du mariage d'une amie commune, la fille du marquis de Ferrol. Vous décrire cette rencontre ? Essayer de définir *raisonnablement* ce qui s'est produit ? Ce serait impossible. On a coutume d'appeler cet état « un coup de foudre ». Le mot est ridicule, mais je n'en connais pas d'autre. Si je voulais définir ce sentiment, je dirais que ce n'est pas uniquement un élan du cœur, mais de l'âme ; c'est-à-dire une force immensément plus intense qui ne survient qu'une fois au cours de toute une vie. On se livre en aveugle au bonheur d'aimer, sans armes, sans défiance, tout rempart abattu, parce que l'on sait — ou l'on croit savoir — que l'autre est la part extraordinairement complémentaire et enfin retrouvée de soi. Beaucoup plus tard, j'ai compris que ces amours-là, si réelles, si vraies soient-elles, ne sont que des tentatives d'aimer. J'oserai dire qu'elles sont à l'amour ce qu'une esquisse est à l'œuvre achevée ou le talent au génie.

Il serra avec plus de ferveur la main de Manuela, comme s'il puisait dans ce contact la force de poursuivre son récit.

Elle se risqua à demander :

— Je présume que ce sentiment était partagé.

— Je l'ai cru. J'en fus longtemps persuadé. Je n'imaginais pas que ce genre d'embrasement pût être unilatéral. Je me trompais. On peut reconnaître quelqu'un croisé il y a longtemps, mais il n'est pas forcé qu'il se souvienne de vous. Cristina Ribadeo n'avait pas perçu cette part d'elle qui était en moi. À ce moment-là je l'ignorais.

Il fit une courte pause.

— Ce soir-là, notre dialogue fut le genre de dialogue que vous impose la promiscuité des gens qui vous entourent, alors que vous n'aspirez qu'à être seul avec l'autre. La fête touchait à sa fin. La séparation nous guettait et je ne voyais ni où ni comment je pourrais la revoir. Je n'osai rien. Par crainte, par pudeur, par peur du ridicule et surtout parce que j'avais la sensation d'être plongé dans un rêve qui tôt ou tard s'achèverait. Démarche totalement inhabituelle : c'est elle qui fit le premier pas. Elle mentionna, l'air de rien, que tous les dimanches matin elle assistait à la messe dans la cathédrale, et qu'ensuite elle se rendait en compagnie de sa duègne dans les jardins de Las Delicias. Je buvais ces mots comme autant de promesses d'amour indéfectibles.

— Vous n'avez pas manqué ce rendez-vous...

— Certes pas. Sitôt le dimanche venu, je me rendis à la cathédrale. Je me protégeai derrière une colonne et je la dévorai des yeux. Ensuite, je l'ai suivie dans les jardins. Détail qui risque de vous surprendre : Cristina n'était pas belle. Ce qui laisse imaginer à quel point sa personnalité était envoûtante. Un ami à qui j'en parlai me fit cette réponse : « Si une femme laide se fait aimer, ce ne peut être qu'à la folie, car elle doit posséder plus d'invincibles charmes que la seule beauté. »

Il abandonna la main de Manuela et serra le poing.

— C'est bien connu, dans tout désert il est des mirages. Cristina Ribadeo était mon mirage. Nous nous sommes revus, en secret, à l'insu de tous, et surtout de sa famille qui ne l'imaginait pas se liant avec un homme qui ne serait pas digne de son sang. Pourtant, je vous assure qu'il m'est arrivé de croiser dans le regard d'hommes et de femmes issus du même univers plus de tristesse que si leur destin eût été lié à des gueux.

À ce moment précis de sa narration, la voix de Vargas s'était imprégnée d'une vibration nouvelle.

— Notre liaison a duré près de cinq mois. Je ne crois pas avoir jamais connu un être qui aimât avec autant de ferveur que doña Ribadeo. Vous allez être étonnée mais, paradoxalement, au lieu de me conforter, cet amour déclencha en moi un état de profond déséquilibre. J'avais la sensation de m'être hissé sur un navire sans gouvernail, sans voile, livré à tous les caprices de l'océan.

Manuela plissa le front.

— Pardonnez-moi, mais en quoi un amour partagé peut-il placer celui dont il est l'objet dans un climat d'insécurité ? C'est plutôt la situation inverse qui, habituellement, vous plonge dans des affres.

— Bien sûr. À la condition que les actes prolongent les mots. Rien n'était sûr chez Cristina Ribadeo, sinon son inaptitude à faire suivre ses désirs de décisions concrètes. Chez certains, le refus de la fatalité est inné ; chez d'autres c'est une peur viscérale d'avoir à nager à contre-courant. Que voulez-vous, la nature est injuste. Les fées penchées sur un berceau ne sont probablement là que par hasard. Parmi celles qui furent auprès de la petite Ribadeo, il dut y avoir la bonne fée du bien-être et de la fortune, mais aussi la méchante fée de la versatilité. Et moi j'étais à sa merci. Vous allez comprendre. Elle me révéla très vite qu'elle était promise depuis longtemps à un hidalgo, Pedro de Ortega, fils d'un noble sévillan. Elle m'affirmait ne rien ressentir pour cet homme, qu'elle qualifiait d'insipide et de benêt. Jamais, jurait-elle, elle ne lierait son existence à la sienne. Et d'ajouter avec cette ferveur dont elle seule avait le secret : plutôt mourir ! Rien que d'en parler, elle mourait en effet, mais par la pensée, et au creux de mes bras. Elle clamait régulièrement qu'un jour elle parlerait à ses parents et leur crierait haut et fort son refus d'épouser Pedro de Ortega. « Parce que, s'empressait-elle d'ajouter, je vous aime. Parce que vous êtes ma vie, mon cœur, mon homme. »

Il reposa sa main sur celle de Manuela.

— Le temps passant, je me fis plus pressant. Un soir, j'exigeai qu'il fût mis un terme à ce mensonge dans lequel nous vivions depuis plusieurs mois. Je me proposai d'aller rencontrer son père afin de lui révéler notre amour. Elle ne s'y opposa point, réclamant toutefois un délai d'une semaine, non parce qu'elle doutait de son choix (sa décision était irrévocable, disait-elle), mais pour éviter que don Ribadeo — qui se relevait d'une grave affection pulmonaire — ne se trouvât affecté par la trop vive émotion qu'une telle confidence ne manquerait de provoquer en lui. Enchaînant sur le sujet, elle se proposa — comme si l'idée venait de frapper son esprit — de rester tout au long de cette semaine au chevet du brave homme. Pour le bien de notre amour, expliqua-t-elle, afin de préparer le comte à ma visite.

— Vous avez accepté...

— Avais-je le choix ? J'étais bâillonné, ligoté, condamné à me laisser conduire, tout comme un aveugle suit son guide.

Il soupira.

— Nous étions convenus de nous retrouver, une semaine plus tard — très précisément un vendredi —, auprès de la fontaine où nous avions pris l'habitude de nous donner rendez-vous. Je l'ai attendue. Je l'ai attendue jusqu'à la nuit tombée. Le lendemain, j'étais là. Le surlendemain aussi, et tous les jours pendant ce qui me parut une éternité. Finalement, je me persuadai que Cristina avait dû être séquestrée par ses parents à qui, dans un moment de sincérité, elle avait révélé notre amour. Je décidai donc de me rendre chez elle, résolu à affronter tous les dragons de la famille Ribadeo. C'était un dimanche de mai. Un printemps triomphant emplissait l'air de Séville des parfums les plus doux. Je frappai à la porte de la demeure. Une servante m'ouvrit. Elle avait un air revêche, et des rides d'amertume fripaient sa figure. J'aurais dû me douter que ce genre de personnage ne pouvait être que porteur de funestes nouvelles. Elle m'annonça avec rudesse que doña Ribadeo n'était pas chez elle, non plus que le comte, ni aucun des membres de la famille. Comme je m'étonnai, elle me lança : « La cathédrale ! Ils sont tous à la cathédrale. » Et de préciser avant de me claquer la porte au nez : « La señorita se marie. »

Les doigts de Vargas se crispèrent, comme s'ils cherchaient à s'enfoncer dans la chair de Manuela.

— Il est des moments où le cerveau humain se refuse à accepter une réalité devant laquelle, en d'autres circonstances, il se serait naturellement incliné. Je me suis quand même rendu jusqu'au pied de la Giralda, et j'ai trouvé le courage de pénétrer dans la cathédrale. Cristina Ribadeo était bien là, agenouillée au côté de Pedro de Ortega, ce personnage qu'elle qualifiait, quelques semaines plus tôt, d'insipide et de benêt.

— Qu'avez-vous fait ? Vous ne vous êtes tout de même pas...

Elle s'était exprimée avec une appréhension dans la voix.

— Rassurez-vous. Je n'ai pas fait d'esclandre. Je n'allais pas ajouter l'humiliation à la souffrance. Non. Je suis resté jusqu'à la fin de la cérémonie. Je l'ai guettée tandis qu'elle remontait l'allée centrale au bras de celui qui était devenu son mari. Elle est passée à un pas de moi. Elle m'a vu. Une lueur a traversé ses prunelles dans laquelle j'ai cru lire une émotion diluée, entre la gêne et l'abnégation.

Il se leva et se dirigea vers l'une des hautes

fenêtres qui ouvraient sur le jardin du couvent. Appuyant son front contre le linteau, il resta ainsi, silencieux.

De la terre gorgée d'eau s'élevaient des senteurs humides, des réminiscences de l'orage calmé.

Manuela quitta la table et se rapprocha de lui.

— Je peux imaginer votre souffrance, dit-elle à voix basse. Mais pourquoi avoir fermé la porte à la vie ?

Il répondit sans se retourner.

— Tout simplement parce que j'étais mort. Je me suis trouvé tout à coup plongé dans une nuit effroyable. Une nuit sans étoiles, peuplée de monstres et de spectres qui s'agrippaient à moi et cherchaient à m'entraîner vers des abîmes dont je pressentais qu'ils étaient sans fond. Rafael Vargas avait cessé d'exister ; un autre avait pris sa place contre qui je ne pouvais rien. Il ne se passait pas un seul instant sans que ne défilent dans ma mémoire, avec la régularité des battements du cœur, les mots, les gestes, les rêves, qui avaient peuplé ces jours partagés avec Cristina. Son image m'obsédait. Où que je fusse, son souvenir restait accroché à mes tempes, au point que je souhaitais qu'au détour d'une ruelle, un assassin, un bourreau charitable me fracassât le crâne, pour que se terminât enfin cette torture. Il m'arrivait de marcher des journées entières dans Séville, immanquablement j'aboutissais sur les rives du Guadalquivir. Je m'asseyais, fasciné par les flots, n'aspirant plus qu'à en finir, ne plus faire qu'un avec le fleuve.

Manuela continuait d'écouter, tendue à l'extrême.

— Comment avez-vous retrouvé la lumière ? Le goût de vivre ?

Dans un geste tremblé, elle devina qu'il refermait ses doigts sur le crucifix de bois qui ornait son thorax.

Il fit volte-face.

— La prière. Puisque toute foi en les hommes m'avait abandonné, seule la foi en Jésus-Christ pouvait me sauver. Un jour que je me trouvai sur les bords du fleuve, un homme m'a abordé et, sans attendre que je l'y autorise, il a pris place à mes côtés. Il me confia qu'il m'avait souvent croisé ici, sans jamais oser me déranger dans mes réflexions. C'était un moine franciscain. Il s'appelait Juan Perez.

— Le prieur de la Rábida ?

— C'était lui en effet. À cette époque, il n'occupait pas encore cette fonction et vivait au monastère de San Nicolás, proche de Séville, dans l'attente de sa nomination. Il a beaucoup parlé ce jour-là. Je n'ai fait qu'écouter. Nous nous sommes revus deux jours plus tard, et les jours suivants ; à la différence que cette fois c'est moi qui me rendais à San Nicolás. Je puisais dans le calme de ce monastère un réconfort et une force que je n'aurais jamais soupçonnés. Je trouvais au contact de ces moines l'apaisement, et surtout la réconciliation avec moi-même. En deux mots : la paix intérieure. Quelques mois plus tard, lorsque l'heure fut venue pour Juan Perez de partir pour la Rábida, je lui demandai de m'accorder la faveur de le suivre. Il accepta, non sans me mettre en garde. Étais-je absolument certain de vouloir entrer dans les ordres ? Ma décision n'était-elle pas uniquement inspirée par la déception ou le dépit ? Par cette *résignation* que vous évoquiez dans le cloître le jour où je vous ai confié mon désarroi devant ce que je considérais, et considère toujours, comme un meurtre.

Elle se garda de toute remarque et attendit qu'il poursuive.

— J'étais déterminé. Ce n'étaient plus mes meurtrissures qui me guidaient. Je ne cherchais pas non plus à me fuir. Tout ce que je désirais, c'était me consacrer à autrui, mettre fin à cette appétence pour les plaisirs temporels, et surtout ne plus jamais me retrouver esclave de mes sentiments, ne plus connaître ce que Juan Perez appelait avec un certain humour « les arrêts du cœur ».

— Vous saviez bien que dès cette minute vous faisiez de toutes les femmes du monde des Cristina Ribadeo.

— C'est vrai.

Fuyant son regard, il articula avec pudeur :

— Aujourd'hui, rien n'est plus pareil.

Ils étaient tout proches l'un de l'autre. Elle pouvait sentir son souffle et sa voix lui parvenait comme dans un rêve. La lueur tremblante des chandeliers les enveloppait dans un halo rassurant qui les mettait en parenthèse du monde.

— Manuela..., murmura-t-il, vous...

Elle posa son index sur sa bouche.

— Ne dites rien. À quoi serviraient les mots ?

Pourtant, malgré elle, poussée par une force irrésistible, ses lèvres esquissèrent : « Je vous aime. »

Il saisit les mains de la jeune femme, les porta à sa joue pour s'imprégner des senteurs de sa peau.

— Je vous aime.

Une vague d'immense mélancolie parut soudain la submerger. Elle demanda :

— Sommes-nous l'esquisse ou l'œuvre achevée ?

Il donna l'impression de répondre dans un rêve.

— Depuis que je vous connais, je sais qu'il existe des esquisses qui possèdent une chaleur que l'œuvre achevée ne possédera jamais. Qu'elles sont le moment unique où l'âme du créateur se répand librement sur la toile, sans apprêt, sans réflexion. Certaines esquisses sont une fin.

Lentement, il l'attira contre lui. Elle s'abandonna, le cœur en totale déraison.

Au moment où leurs lèvres allaient s'épouser, tout le corps de Vargas se contracta comme sous l'effet d'une intense douleur. Il se détacha d'elle, sans brusquerie. Hagard, il fixa le crucifix qui ornait sa poitrine.

— Mon Dieu..., souffla-t-il.

Il aurait poussé un cri, que la désespérance contenue dans sa voix n'eût pas été plus intense.

Chapitre 27

Les amants ne pouvaient ni vivre ni
mourir l'un sans l'autre. Séparés, ce n'était
pas la vie, ni la mort, mais la vie et la mort
à la fois.

J. Bédier,
Tristan et Iseult, *XV.*

Le jour s'était levé sur Burgos, et les cloches de
la cathédrale sonnaient à toute volée.

À l'ombre de l'Arco de San Martin, l'homme à la
tête d'oiseau écoutait Manuela d'un air accablé,
mais au fond de lui la fureur de la jeune femme
nourrissait sa jubilation intérieure. Il la laissa cal-
mement poursuivre sa diatribe, et quand elle eut
fini il marmonna :

— Vous avez raison, j'ai eu tort. Mais j'étais
convaincu que ces Arabes méritaient d'être châ-
tiés.

— Menteur ! Vous avez reconnu avoir assisté à
l'affrontement. Par conséquent, vous saviez per-
tinemment que nous leur avions accordé la vie
sauve.

Mendoza feignit l'étonnement.

— La vie sauve, señora ? Dieu m'est témoin
que je l'ignorais. Je pensais en toute bonne foi

que, les ayant désarmés, vous vous refusiez à les tuer de sang-froid.

— Et vous vous êtes donc arrogé le droit de le faire.

Il bredouilla un oui à peine audible.

— Parfait. Nous en resterons là. Pour l'instant il y a plus urgent, il faut absolument que je voie l'Inquisiteur général. Sur-le-champ. J'ai des informations de la plus haute importance à lui communiquer.

Mendoza eut du mal à retenir un sourire. Décidément, Dieu était de son côté.

— Hélas, fray Torquemada est absent. Il s'est rendu il y a quelques jours à Tolède sur convocation de Sa Majesté.

La contrariété se manifesta sur le visage de la jeune femme.

— Et son secrétaire ?

Mendoza hésita. Le père Alvarez était bien là, il l'avait même rencontré la veille, afin de le tenir au courant de l'évolution de l'affaire. Ménager une entrevue à cette femme, c'était prêter le flanc à la critique et à la détraction. De surcroît, il savait l'affection que la reine portait à son amie. Il suffirait qu'elle prononçât un mot, un seul, pour que, du jour au lendemain, l'existence de Mendoza se trouvât réduite à néant. Il finit par répondre d'une voix aussi naturelle que possible :

— Décidément, señora, vous jouez de malchance. Fray Alvarez s'est absenté lui aussi. Il ne sera pas de retour à Burgos avant une semaine.

Elle eut un mouvement d'exaspération.

Mendoza questionna, l'air de rien :

— Vous avez parlé d'informations de la plus haute importance... Vous auriez découvert de quoi traite ce mystérieux livre ?

Elle confirma, l'esprit en pleine confusion.

— Dans ce cas, doña Vivero, vous devriez écrire à l'Inquisiteur. Je lui ferai parvenir votre lettre dans les plus brefs délais.

— Je ne vois pas d'autre solution, en effet. Toutefois — et j'insiste beaucoup sur ce point — prévenez qui de droit que j'attends une réponse immédiate. Est-ce clair ?

L'homme à la tête d'oiseau s'inclina avec onctuosité.

— Vous pouvez compter sur moi, doña Vivero. Ce sera fait.

*

Sarrag revint dans la cellule qu'il partageait avec Vargas et Ezra, et brandit un petit miroir ovale, fendu sur toute sa surface.

— Voici, dit-il en remettant l'objet au rabbin. Il devrait faire l'affaire.

— Mais il est brisé ! Vous n'avez rien trouvé de mieux ?

— Comme vous y allez ! Interrogez donc notre ami le moine. Il vous dira qu'il y a autant de chances de trouver un miroir dans un couvent qu'un crucifix dans une synagogue.

Vargas affecta d'approuver ; mais on le sentait absent.

— Alors, où l'avez-vous découvert ? questionna Ezra.

— Une des religieuses me l'a confié avec autant d'appréhension que si elle me remettait les clés du royaume de Dieu. À mon avis — mais je me suis bien gardé de le lui dire — elle doit être la seule de tout Las Huelgas à conserver quelque secrète coquetterie.

Il arbora un air dépité pour commenter :

— Ah ! Quel gâchis que toutes ces femmes voilées !

Un rire muet retroussa les lèvres d'Ezra.

— Quelle remarque extraordinaire dans la bouche d'un Arabe ! Croyez-vous donc que les femmes soient mieux loties dans vos harems, ou lorsque vous les forcez à sortir de chez elles la face dissimulée ?

— Dissimulées ou non, elles servent au moins au plaisir de l'homme.

Dans le même temps qu'il lâchait sa remarque, il loucha sur le franciscain, prêt à affronter sa réaction. Mais elle ne vint pas. Vargas l'avait-il seulement entendu ?

Devant son silence, le cheikh afficha une mine circonspecte et se retourna vers Ezra.

— Revenons au texte.

Il désigna le miroir.

— Pour quelle raison en aviez-vous tellement besoin ?

Le juif saisit un feuillet.

— Voyez-vous même : Erevig, Icage, Cinvent Refrer, Ixtuss. Si nous disposons la glace de façon que les lettres s'y reflètent — alors la lecture devient possible et nous découvrons ceci : EREVIG — ICAGE — CINVENT REFRER et IXTUSS.

— Mais le résultat est tout aussi incompréhensible !

— À première vue, cheikh Sarrag, à première vue seulement. Nous savons qu'avec ce cher Aben Baruel, ce qui est confus ne le reste jamais très longtemps. Ce n'est pas la première fois qu'il nous place devant un monde sens dessus dessous. Ou plutôt — il appuya sur la suite de la phrase — *un monde à l'envers*. Rappelez-vous ce passage dans le deuxième Palais mineur, au cours duquel il énumère une suite de chiffres : 30, 10 et 12 et demi. Et ensuite, 30 et 20. Comment avons-nous procédé pour trouver les dimensions du Temple de Jérusalem, sinon en multipliant par deux la première série, et en effectuant l'opération inverse pour trouver celles de la Ka'ba ?

— Et dans le cas actuel ?

— Je vous le disais il y a un instant : appliquons la règle du *monde à l'envers*. Plusieurs possibilités s'offrent à ce jeu des anagrammes, mais une seule débouche sur des noms connus. J'y ai passé une partie de la nuit et voici le résultat obtenu : EREVIG devient Ergive, ICAGE, devient Egica. CINVENT REFRER, Vincent Ferrer et enfin IXTUSS, donne Sixtus.

Il posa la feuille sur le rebord du lit et demanda :

— Alors ? Que vous rappellent ces personnages ? Je m'empresse de vous dire que j'ai réussi à les identifier.

Comme Vargas restait confiné dans son mutisme, ce fut l'Arabe qui répliqua :

— C'est trop facile. Je me demande si la question ne cache pas un piège. Deux de ces noms ne sont-ils pas ceux de rois wisigoths qui régnèrent sur la Péninsule ?

— Excellent !

— Par contre, je ne vois pas très bien qui sont Sixtus et ce Vincent Ferrer. Fray Vargas pourrait-il nous éclairer ?

Le moine n'eut aucune réaction.

— Je vais vous répondre, proposa Ezra. À ce

jour, quatre papes ont porté le nom de Sixtus. Pour l'instant je suis incapable de préciser lequel des quatre est concerné ici. Quant à Vincent Ferrer, il s'agit d'un meurtrier, un assassin, ennemi juré des juifs. Il a fait trembler toutes les juderias d'Espagne entre 1406 et 1409. Ses mains sont aussi rouges du sang de mes frères, que celles du diabolique Pablo de Santa María. La seule différence entre les deux hommes, c'est que Ferrer n'était pas d'origine juive, mais chrétien de pure souche et prêtre dominicain.

L'Arabe croisa les bras.

— Deux rois wisigoths, un pape et un bourreau. Ensuite ?

Sarrag récupéra la feuille sur laquelle était inscrit le quatrième Palais majeur et l'examina :

QUATRIÈME PALAIS MAJEUR

BÉNIE EST LA GLOIRE DE Y.H.W.H. DEPUIS SON LIEU.

LE NOM EST EN 3.

IL AVAIT MIS EN GARDE LE PEUPLE D'ISRAËL :

SI TU N'OBÉIS PAS À LA VOIX DE YAHVÉ TON DIEU, NE GARDANT PAS SES COMMANDEMENTS ET SES LOIS QUE JE PRESCRIS AUJOURD'HUI, TU SERAS MAUDIT À LA VILLE ET TU SERAS MAUDIT À LA CAMPAGNE.

TOI ET LE ROI QUE TU AURAS MIS À TA TÊTE, YAHVÉ VOUS MÈNERA EN UNE NATION QUE TES PÈRES NI TOI N'AVAIENT CONNUE, ET VOUS Y SERVIREZ D'AUTRES DIEUX, DE BOIS ET DE PIERRE.

YAHVÉ SUSCITERA CONTRE TOI UNE NATION LOINTAINE DES EXTRÉMITÉS DE LA TERRE ; COMME

L'AIGLE QUI PREND SON ESSOR. CE SERA UNE NATION DONT LA LANGUE TE SERA INCONNUE, UNE NATION AU VISAGE DUR, SANS ÉGARD POUR LA VIEILLESSE ET SANS PITIÉ POUR LA JEUNESSE. ELLE T'ASSIÉGERA DANS TOUTES TES VILLES, JUSQU'À CE QUE SOIENT TOMBÉES TES MURAILLES LES PLUS HAUTES ET LES MIEUX FORTIFIÉES, TOUTES CELLES OÙ TU CHERCHERAS LA SÉCURITÉ EN TES FRONTIÈRES.

YAHVÉ TE DISPERSERA PARMI TOUS LES PEUPLES D'UN BOUT À L'AUTRE DE LA TERRE. PARMI CES NATIONS, TU N'AURAS PAS DE TRANQUILLITÉ ET IL N'Y AURA PAS DE REPOS POUR LA PLANTE DE TES PIEDS, MAIS YAHVÉ T'Y DONNERA UN CŒUR TREMBLANT, DES YEUX ÉTEINTS, UN SOUFFLE COURT.

APRÈS LA MORT D'OTNIEL, FILS DE QENAZ, LES ISRAÉLITES RECOMMENCÈRENT À FAIRE CE QUI DÉPLAÎT À YAHVÉ. ALORS ILS FURENT ASSERVIS À ƎГЯƎ ̃, ROI DE MOAB, PENDANT DIX-HUIT ANS.

APRÈS LA MORT D'EHUD, LES ISRAÉLITES RECOMMENCÈRENT À FAIRE CE QUI DÉPLAÎT À YAHVÉ. ET YAHVÉ LES LIVRA À ƎƆAႦI, ROI DE CANAAN QUI RÉGNAIT À HAÇOR.

LES ISRAÉLITES FIRENT CE QUI DÉPLAÎT À YAHVÉ.

YAHVÉ LES LIVRA PENDANT 1 391 ANS AUX MAINS DE MADIÂN, ET LA MAIN DE MADIÂN SE FIT LOURDE SUR ISRAËL.

APRÈS LA MORT DE GÉDÉON, LES ISRAÉLITES RECOMMENCÈRENT À SE PROSTITUER AUX BAALS, ET ILS PRIRENT POUR DIEU BAAL-BERIT. ALORS YAHVÉ LES ABANDONNA AUX MAINS DE ЯƎqƎЯ TИAVИIͻ.

LES ISRAÉLITES, LES BAALS ET LES ASTARTÉS,
AINSI QUE LES DIEUX D'ARAM ET DE SIDON, CEUX
DES AMMONITES ET DES PHILISTINS. ILS ABANDON-
NÈRENT YAHVÉ ET NE LE SERVIRENT PLUS. ALORS
LA COLÈRE DE YAHVÉ S'ALLUMA CONTRE ISRAËL, ET
IL LES LIVRA AUX MAINS DE ƧƨUTXI, LE 4ᴱ ROI DES
AMMONITES.

LES ISRAÉLITES RECOMMENCÈRENT À FAIRE CE
QUI DÉPLAÎT À YAHVÉ ET YAHVÉ LES LIVRA AU DES-
CENDANT DE SALOMON, LE SIRE DE VINCELAR.

ET, CAR IL N'EST PAS BON QUE L'HOMME SOIT
ISOLE, L'ÉTERNEL FIT TOMBER SUR L'HOMME UN
SOMMEIL, PRIT UNE DE SES CÔTES, ET REFERMA
PAR UN TISSU DE CHAIR À SA PLACE. L'ÉTERNEL
ÉDIFIA EN FEMME LA CÔTE QU'IL AVAIT PRISE À
L'HOMME ET LA PRÉSENTA À L'HOMME. DEPUIS, A'H
ET A'HOTH SONT RÉUNIS SOUS LE REGARD DES
HUMBLES ET DES PUISSANTS, LÀ OÙ LES ANGES
N'ENTRENT PAS. ILS SONT RÉUNIS, TANDIS QUE
NON LOIN DE LÀ UN CADAVRE A MARQUÉ DE SON
EMPREINTE LES DEUX OMBRES JUMELLES.

C'EST AU COUCHANT DE L'OMBRE PENCHÉE QUE
VOUS TROUVEREZ LE 3, AU PIED DU MUR OÙ IL EST
ÉCRIT : MOÏSE EST VENU VERS VOUS AVEC DES
PREUVES IRRÉFUTABLES, MAIS EN SON ABSENCE
VOUS AVEZ PRÉFÉRÉ LE VEAU. VOUS AVEZ ÉTÉ
INJUSTES !

— Le moins qu'on puisse dire, c'est qu'en rap-
pelant toutes ces malédictions, Baruel fait preuve

à votre égard, rabbi, d'une incommensurable cruauté

La remarque ne parut pas émouvoir Ezra qui riposta en toute sérénité :

— Tout ce que ces versets prouvent, c'est que l'Éternel a témoigné d'une infinie magnanimité à l'égard de son peuple en absolvant tous ses égarements et qu'il l'a donc aimé plus que tout autre peuple.

— À votre place, je ne sais pas si j'en serais aussi sûr. Certains passages sont extraordinairement troublants. On peut se demander si le Seigneur vous a jamais pardonné.

— Expliquez-vous.

Il prit la feuille des mains d'Ezra.

— Regardez. Ceci par exemple : TOI ET LE ROI QUE TU AURAS MIS À TA TÊTE, YAHVÉ VOUS MÈNERA EN UNE NATION QUE TES PÈRES NI TOI N'AVAIENT CONNUE, ET VOUS Y SERVIREZ D'AUTRES DIEUX, DE BOIS ET DE PIERRE. Vous ne trouvez pas qu'il existe ici un parallèle avec le départ des juifs de Babylone et leur arrivée en Espagne où très vite ils connurent les pires humiliations ? Et cet autre passage YAHVÉ SUSCITERA CONTRE TOI UNE NATION LOINTAINE DES EXTRÉMITÉS DE LA TERRE ; COMME L'AIGLE QUI PREND SON ESSOR. CE SERA UNE NATION DONT LA LANGUE TE SERA INCONNUE, UNE NATION AU VISAGE DUR, SANS ÉGARD POUR LA VIEILLESSE ET SANS PITIÉ POUR LA JEUNESSE.

Le rabbin riposta promptement.

— Je vois très bien le rapprochement que vous essayez d'établir. Mais dans ce cas, pourquoi vous limiter à la Péninsule ? Nous avons été poursuivis et expulsés de la plupart des pays. Et nous pourrions répéter à loisir : YAHVÉ TE DISPERSERA PARMI

TOUS LES PEUPLES D'UN BOUT À L'AUTRE DE LA TERRE. PARMI CES NATIONS, TU N'AURAS PAS DE TRANQUILLITÉ ET IL N'Y AURA PAS DE REPOS POUR LA PLANTE DE TES PIEDS.

Il eut un sourire laconique.

— Je l'avais dit un jour à fray Vargas. Le juif n'existe pas. C'est une invention de l'homme. Aujourd'hui c'est lui qui meurt. Demain, ce sera au tour d'un autre.

Il pointa son doigt déformé sur le cheikh.

— Vous par exemple. Vous ou d'autres de votre sang.

— N'est-ce pas déjà le cas ?

— Non, mon cher. Pas encore.

— Alors, que le Miséricordieux nous garde...

Le rabbin proposa :

— Laissons de côté ces prédictions funestes, et finissons-en avec cette énigme. Au-delà de la volonté de Baruel, qui cherche à mettre en évidence les prophéties passées et les événements actuels, dans l'énoncé de ces malédictions il a glissé les indices qui doivent nous permettre de découvrir notre prochaine étape. En analysant bien le texte, on s'aperçoit que quatre points détonnent. Prenons le premier : YAHVÉ LES LIVRA PENDANT 1 391 ANS AUX MAINS DE MADIÂN.

— Si je me fie à votre mémoire — et comment faire autrement ? — nous serions devant un verset du livre des Juges.

— C'est justement l'une de ces étrangetés auxquelles je faisais allusion. Le verset dit très exactement ceci : *Les Israélites firent ce qui déplaît à Yahvé ; Yahvé les livra pendant sept ans aux mains de Madiân, et la main de Madiân se fit lourde sur Israël.* Vous avez bien entendu ? « Sept ans. »

Cependant Baruel écrit : 1 391 ANS. Aucun de nous n'imagine bien évidemment qu'il est question d'une erreur. Nous pourrions — vous vous en doutez — passer des nuits entières à essayer de trouver un sens à ce chiffre en lui faisant subir des centaines d'opérations mathématiques. Ce qui serait totalement inepte. Pour moi, ces quatre chiffres désignent tout simplement une année.

— Mais qu'aurait-elle de particulier ?

— 1391 fut une année charnière. Ce fut le premier coup de semonce après la longue ère de coexistence. Une violente émeute — la plus violente, la plus effroyable de toutes — ravagea le quartier juif de Séville avant de gagner l'Andalousie et l'Aragon. On estime, sans grande certitude, entre cinq mille et dix mille le nombre de morts. Ce fut le point de départ de l'écrasement qui allait suivre. À partir de cette année, des mouvements identiques, bien que moins meurtriers, se reproduisirent à plusieurs reprises, pour conduire aux mesures discriminatoires prises par les Cortes de Valladolid en 1412. Elles enfermaient les juifs dans leurs quartiers, entravaient leurs relations avec les chrétiens, leur rendaient difficile toute pratique religieuse

Sarrag ne confirma ni n'approuva, il invita le rabbin à aller plus avant dans son exposé.

— La deuxième étrangeté tient à la présence de Vincent Ferrer dans cet autre extrait du livre des Juges. Je cite : APRÈS LA MORT DE GÉDÉON, LES ISRAÉLITES RECOMMENCÈRENT À SE PROSTITUER AUX BAALS ET ILS PRIRENT POUR DIEU BAAL-BÉRITE. Pourquoi insérer Ferrer ? Pourquoi cet anachronisme ? Quant au troisième point... je cite : LA COLÈRE DE YAHVÉ S'ÉLEVA CONTRE

ISRAËL, ET IL LE LIVRA AUX MAINS DES PHILISTINS ET AUX MAINS DES AMMONITES. Il n'est pas question d'un SIXTUS, QUATRIÈME ROI DES AMMONITES. Un pape, roi des Ammonites ? C'est ridicule ! Et nous arrivons à la dernière bizarrerie de Baruel : LES ISRAÉLITES RECOMMENCÈRENT À FAIRE CE QUI DÉPLAÎT À YAHVÉ, ET YAHVÉ LES LIVRA AU DESCENDANT DE SALOMON, LE SIRE DE VINCELAR. Je vous mets au défi de trouver dans toute la Torah un seul verset où il est fait mention de ce SIRE DE VINCELAR.

Il prit le franciscain à témoin.

— Vous savez ma science des Saintes Écritures...

Rafael opina vaguement.

Le rabbin s'inquiéta :

— Que vous arrive-t-il ce matin ? Êtes-vous souffrant ? Je vous trouve aussi vif qu'une chenille.

— La fatigue sans doute...

En vérité, il n'avait pas fermé l'œil de la nuit.

— On ne peut pas dire qu'aujourd'hui vous nous soyez d'un grand secours ! Je disais au cheikh qu'il y aurait peut-être un moyen d'y voir plus clair, si nous triions les mots qui ne sont pas en conformité avec les versets originaux et si nous les alignions en fonction du rapport qu'ils ont entre eux : *Ergive* et *Egica* sont deux rois wisigoths, persécuteurs des juifs. À première vue, on ne voit pas quelle filiation il peut y avoir avec cette date : 1391, et ces personnages : *Vincent Ferrer*, *Sixtus* et le *sire de Vincelar*. Mais un examen plus approfondi nous permet d'accoler 1391 et Vincent Ferrer aux rois wisigoths.

— Quel serait leur dénominateur commun ?

— La persécution du peuple juif. Ce fut sous le règne d'Ergive qu'en 681 le concile le Tolède prescrivit l'abjuration de la loi de Moïse dans un délai d'un an. Egica condamna les sefardim à l'esclavage, tandis que leurs enfants leur étaient enlevés. Pour ce qui est de l'an 1391 et de Vincent Ferrer, il est inutile d'y revenir. La date et le personnage sont eux aussi les symboles de la persécution.

Vargas lui fit remarquer :

— Dans ce cas, vous pourriez y ajouter un personnage de plus : *Sixtus*.

— Pourquoi ?

— Le texte dit bien : QUATRIÈME ROI DES AMMONITES. Si nous le transposons dans la hiérarchie papale, la quatrième, sa présence s'explique.

Tout à coup, ce fut comme une révélation. Ezra s'écria .

— Suis-je stupide ! Vous avez parfaitement raison.

— Si vous m'éclairiez ? demanda Sarrag. Quelle action ce pape a-t-il commise pour mériter de figurer dans votre palmarès des horreurs ?

— Sixte IV n'est autre que l'auteur de la funeste *Exigit sincerae devotionis*. Cette bulle édictée le 1er novembre 1478, qui accordait à Isabel et Fernando le droit de désigner eux-mêmes les inquisiteurs. À présent, l'assemblage de quatre personnalités et d'une date présente une certaine cohérence. Reste le cinquième personnage : Qui peut bien être ce mystérieux sire de Vincelar ?

*

Burgos, ce même jour.

Le père Alvarez relut pour la seconde fois le courrier de Mendoza. C'était à peine croyable. Un livre ? Un livre porteur d'un message dont l'auteur n'était autre que Dieu lui-même ? Ces hérésiarques inventaient toutes sortes d'insanités et d'incongruités, cependant force était de reconnaître que celle-ci dépassait et de loin tout ce qu'il avait pu entendre. Pourtant, il y avait ce cryptogramme. Il ne se passait pas un seul jour sans que Menendez ne fasse irruption dans son bureau pour lui mentionner qu'il avait découvert tel ou tel point de concordance avec un site ou une ville. Le pauvre homme ne dormait plus depuis qu'il avait eu ce document entre les mains. Il le triturait, le retournait sous tous les angles avec autant de passion que s'il se fût agi de la plus grande œuvre théologique de tous les temps.

Une réflexion absurde traversa l'esprit de l'ecclésiastique.

« Et si c'était vrai... Si un tel Livre existait vraiment... »

Était-ce concevable ? Pouvait-on imaginer le Seigneur, le Dieu Tout-Puissant s'adressant à des moins que rien, un musulman, un juif et, pis encore, un prêtre renégat ? Non, c'était impensable !

Mais la ferveur de Menendez, sa conviction que ces Palais étaient l'œuvre d'un génie — oui, avait-il dit à plusieurs reprises en parlant de cet Aben Baruel, un génie —, c'était autant de détails qui n'étaient pas pour apaiser les appréhensions d'Alvarez. Si l'on pouvait soupçonner Menendez d'éprouver une certaine nostalgie vis-à-vis de ses anciens congénères, en revanche, il était hors de question de mettre en doute ses talents de kabbaliste.

Alvarez se dressa brusquement. Il prit un trousseau de clefs de son tiroir et se dirigea vers une impressionnante armoire de chêne sombre. Elle était fermée par trois serrures flambant neuves, posées le matin même. Trois jours plus tôt, Tomas de Torquemada avait donné des ordres pour que dans toutes les villes où était situé un tribunal de l'Inquisition, les armoires ou les coffres contenant les archives fussent munis de trois serrures, trois serrures dont les trois clefs seraient respectivement confiées à deux notaires et au procureur général. Ainsi, aucun d'entre eux ne pourrait prendre connaissance des annales en l'absence des deux autres.

Alvarez avait de la chance. Un quart d'heure auparavant on lui avait remis les clefs afin qu'il les confiât aux personnes concernées. Il lui restait donc encore un peu de temps avant que ne lui fût interdit l'accès aux précieux documents. Il ouvrit l'armoire. Des centaines de registres y étaient alignés. Tous portaient la date de l'année en cours : 1487. Tous étaient soigneusement reliés avec renforts de cuir et lacets de fermeture, recensés par ordre chronologique et prénoms. Il ne fut pas long à trouver celui du mois d'avril : *Libro de los penitd^os de este Santo Of° de la Inqn de Corte de 1487 Sacados por Avecedario de letras iniciales de nombres. Penitenciados en Corte.* En plus petits caractères on pouvait lire la devise de l'Inquisi-

tion : *Exurge Domine, judica causam tuam.*
« Lève-toi, ô Dieu, plaide ta cause... »

Alvarez compulsa fébrilement les feuillets de papier ivoire filigrané, jusqu'au moment où il trouva ce qui l'intéressait : le compte rendu de l'arrestation d'Aben Baruel, les minutes du procès et sa condamnation.

Il regagna son bureau et lut :

« Le familier Andrès Martin a remis à ce tribunal la personne d'Aben Baruel avec son linge et les quatre cent dix maravédis pour sa nourriture, inscrits sur le mémoire... »

Alvarez alla au passage suivant.

« Sous le serment qu'il a prêté et sous peine d'excommunication majeure, *late sentencie*, et de deux cents coups de fouet, il lui fut ordonné de garder absolument le secret sur tout ce qui a concerné son procès, sur ce qu'il a vu, entendu et compris depuis qu'il est entré dans cette prison, qu'il ne dise ni ne révèle rien à aucune personne sous aucun prétexte... »

Il ne jugea pas utile de poursuivre et tourna la page :

« La séance de torture ayant été commencée jusqu'à la ligature du corps et celle du bras droit, il s'évanouit et l'expert déclara qu'on ne pouvait continuer car il souffrait du mal de Saint-Lazare. Le gardien alla informer le docteur Barbeito que l'accusé se trouvait au plus mal... »

D'un geste agacé, l'ecclésiastique passa à la dernière page du registre, et trouva enfin ce qu'il cherchait.

« Aben Baruel, 75 ans, né à Burgos, marchand de toiles et domicilié à Tolède. Déjà réconcilié en 1478. Fils de parents juifs. Amené devant ce tribunal, il fut entendu en audience. L'inculpé ayant été accusé par le témoignage d'être observant et croyant en la loi de Moïse, sa cause fut poursuivie et, comme il était demeuré positif sur l'accusation portée, à savoir : "A respecté le shabbat en l'honneur de la loi de Moïse, en mettant une chemise propre et des nappes et des draps propres, n'allumant ni feu ni lumière et en restant sans rien faire depuis le vendredi matin", ledit Aben Baruel ne fut pas condamné à la question. Après avis du Conseil qui... »

Le prêtre referma le registre et demeura songeur. Il n'avait rien trouvé de particulier dans ce rapport, et pourtant... Si réellement ce Livre existait ? Si réellement le Dieu Tout-Puissant... Si par extraordinaire la loi de Moïse s'avérait ? Alors... le Saint-Office... tous ces morts !

Terrifié, il rangea le registre, referma les trois serrures et fonça dans le couloir.

Ces interrogations devenaient trop lourdes à porter. Il devait en référer à l'Inquisiteur général.

*

Burgos.

— VINCELAR ? répéta Manuela. Mais c'est tout simplement le nom que portaient les ancêtres de Tomas de Torquemada, il y a environ un siècle, avant leur conversion au christianisme.

Les trois hommes l'examinèrent bouche bée. Elle les avait rejoints depuis quelques minutes et, à peine l'avaient-ils entretenue du problème sur lequel ils achoppaient, que la réponse avait jailli.

L'ahurissement avait sorti un instant Vargas de son apathie.

— D'où tenez-vous cette information ?

— Tout le monde ou presque en Espagne sait que les ancêtres de Torquemada étaient des conversos.

— C'est possible, admit Ezra, toutefois une personne sur mille sait qu'ils s'appelaient Vincelar.

Elle fit une moue embarrassée.

— Que vous répondre ? Sinon qu'il me souvient que la nomination de Torquemada à la fonction d'Inquisiteur général fut l'occasion de grands débats au sein de ma famille. L'un de mes oncles se vantait même — comme s'il s'agissait d'une référence — d'être lui aussi né à Teruel, à l'instar du trisaïeul de Torquemada, Salomon Vincelar.

— Eh bien, rabbi, déclara Sarrag avec une ironie pesante, je note un point en votre défaveur. Que Vargas et moi ignorions ce genre de détail, passe encore, mais vous ? Un juif ?

Le rabbin répondit sur un ton détaché.

— Je n'ai jamais pensé que connaître l'arbre généalogique du diable représentait un intérêt quelconque. Il existe et suffit amplement à nos malheurs.

Il récupéra la feuille sur laquelle il avait aligné ses notes.

— En revanche, savoir le lieu de naissance de son trisaïeul est nettement plus instructif.

Le rabbin trempa son calame dans l'encrier et gribouilla quelque chose avant de répondre.

— Vincent Ferrer et Vincelar sont tous deux nés à Teruel.

Vargas hésita.

— Je crois deviner vers quoi vous vous dirigez.

— Teruel ? se récria le cheikh. À cause de ces deux références insignifiantes ? Non. Sincèrement, je trouve que vous manquez de rigueur.

— Je n'affirme pas que Teruel est notre prochaine destination, corrigea Ezra. Mais c'est une éventualité sur laquelle nous devrions nous pencher. Vous savez aussi bien que moi que Baruel a adopté comme méthode de doubler les indices les plus déterminants. Or, que voit-on ici ? Deux personnages qui, à la différence des autres, sont nés au même endroit. D'ailleurs, pour mettre en relief ce détail, que fait Baruel ? Il choisit le nom de Salomon Vincelar. S'il ne cherchait pas à attirer vers Teruel, est-ce qu'il n'eût pas été plus simple de citer directement Torquemada sans passer par son trisaïeul ?

Manuela s'autorisa à objecter :

— Permettez-moi de vous faire observer qu'il n'y a pas que Vincelar et Ferrer qui ont un point commun. Il en est de même pour *tous* les éléments que vous avez répertoriés. Tous sans exception symbolisent l'oppression du judaïsme.

— Tous, sauf un : Salomon Vincelar. C'est le seul qui n'entre pas dans cette logique.

Sarrag réfuta le raisonnement.

— Je suis au regret de vous contredire. Il en fait partie puisqu'il est apparenté à Torquemada.

— Vous êtes exaspérant ! Alors dites-moi pourquoi Baruel n'a pas jugé utile de mentionner *directement* le nom de l'Inquisiteur général. Vous ne répondez pas ? Je persiste. S'il ne l'a pas fait, c'est parce qu'il voulait attirer notre attention sur la ville de Teruel.

Un silence méditatif succéda à l'affirmation du rabbin.

— Je crois que vous avez vu juste, dit tout à coup Sarrag.

Il récupéra le quatrième Palais et lut :

— MOÏSE EST VENU VERS VOUS AVEC DES PREUVES IRRÉFUTABLES, MAIS EN SON ABSENCE VOUS AVEZ PRÉFÉRÉ LE VEAU.

Le rabbin émit une exclamation agacée.

— Encore ? Vous nous avez expliqué, pas plus tard qu'hier, qu'il s'agit d'un verset du Coran !

— Oui. Mais ce que je ne vous ai pas précisé, c'est de quelle sourate il fait partie.

Un sourire énigmatique se dessina sur ses lèvres. Le sourire se transforma en un gloussement. Il révéla :

— La sourate dite de « la Vache ».

À la surprise de tous, il se renversa en arrière dans un rire tonitruant.

— Décidément, articula-t-il entre deux spasmes, Baruel est un curieux bonhomme ! Un enfant se révélerait-il derrière le savant ?

Comme s'il avait proféré une énormité, il fut secoué d'un nouvel éclat de rire.

— Vous êtes ridicule ! Expliquez-vous donc !

— La vache, hoqueta-t-il, la vache...

— Notre cheikh est en pleine crise de divagation.

Indifférent aux sarcasmes, Sarrag les interrogea.

— De qui la vache est-elle la femelle ?

La question était tellement puérile que ni le franciscain ni le rabbin ne jugèrent utile de répondre.

— Le... taureau ? proposa Manuela d'une voix hésitante.

Sarrag opina tout en se pinçant les lèvres pour ne pas pouffer.

— Savez-vous comment se dit taureau en arabe ?

Il se tut pour ménager ses effets, et chuchota :

— *Teruel*... Taureau se dit *Teruel* ou *el Tor*.

Chapitre 28

> La joie de satisfaire un instinct sauvage est incomparablement plus intense que d'assouvir un instinct dompté.
>
> *Sigmund Freud*

Manuela essuya ses larmes du revers de la main et se recroquevilla sur son lit en chien de fusil. Elle était rompue, furieuse, à bout de nerfs.

Le sire de Vincelar ? Mais c'est tout simplement le nom que portait la famille Torquemada, il y a environ un siècle, avant leur conversion au christianisme.

Avec quelle effronterie elle s'était lancée dans cette suite de mensonges ! Avec quelle maîtrise elle avait réussi à donner le change ! Bien sûr que le rabbin avait raison lorsqu'il lui faisait remarquer qu'ils étaient rares ceux qui connaissaient la généalogie de l'Inquisiteur général. Elle n'avait spontanément cherché qu'à les aider en leur fournissant la réponse, ne prenant conscience que trop tard de sa légèreté. Ces informations sur Torquemada, elle les tenait de la bouche de la reine. C'est elle qui lui avait tout appris sur les origines de l'Inquisiteur. Mais comment aurait-elle pu l'expliquer sans se trahir ?

507

Ses doigts se crispèrent sur un coin de drap. Elle n'en pouvait plus. Cette aventure tournait au cauchemar. Si seulement elle avait pu se confier à Vargas et se libérer du poids énorme qui pesait sur elle ! Mentir, mentir encore. Jusqu'à quand ? Elle essaya de se rassurer en se disant qu'à l'heure qu'il était, Isabel et Torquemada avaient dû prendre connaissance de sa lettre.

Un coup sec frappé à la porte la fit sursauter. Elle se releva prestement, et s'assit au bord du lit en s'efforçant d'être le plus naturelle possible.

— Entrez, dit-elle, d'une voix posée.

Le battant s'écarta. Vargas apparut sur le seuil.

— Les chevaux sont sellés, nous n'allons pas tarder à partir.

Elle se leva instantanément et entreprit de récupérer ses affaires.

— Croyez-vous que le voyage sera long ?

Elle avait posé la question autant pour se composer une attitude que pour meubler le silence.

— Oui, je le crains. Plus de cent lieues nous séparent de Teruel.

Il ajouta, la voix incertaine

— Vous devez être épuisée

— Non. Enfin... oui.

Elle n'osait pas le regarder et continuait machinalement de plier ses vêtements.

Il resta un moment à l'observer avant de reprendre de la même voix hésitante :

— Je... je vais prévenir Sarrag et Ezra.

Il y eut un bruit de pas. Elle se raidit légèrement dans l'attente de la fermeture du battant, mais rien ne se produisit. Étonnée, elle pivota sur elle-même et découvrit Vargas toujours là, mais à un souffle d'elle.

— Je ne sais plus... Je ne sais plus où j'en suis. Tout est brouillé, si confus.

— Avons-nous le choix ? Il n'y a pas que les hommes qui nous séparent. Entre vous et moi se dresse un obstacle qui nous dépasse, qui *vous* dépasse.

Elle avait sciemment appuyé sur le *vous*. Et il crut y déceler une pointe de reproche.

— Je suis prêtre !

La vibration de sa voix révélait plus encore que les mots.

— À quoi sert de nous torturer ? Pourquoi revenir sur ce que nous savons déjà ? Je vous appartiens. Vous appartenez à l'Église et à Dieu.

Son regard la traversa comme s'il ne la voyait pas, mais observait une chose invisible située derrière elle, très loin.

— J'appartiens à Dieu, oui, Manuela, sans aucun doute. De tout mon être, de toute mon âme...

Son affirmation s'acheva sur un souffle :

— Mais l'Église... Lui ai-je jamais vraiment appartenu ?

Ébranlée par ses doutes, elle se sentit perdre pied. Elle s'était juré de se montrer forte. Non. L'enjeu était trop grave, les conséquences donnaient le vertige. Se ressaisissant, elle noua d'un geste ferme la cordelette de cuir de son sac et annonça :

— Je suis prête.

*

Burgos.

Sous l'œil attentif de l'Inquisiteur général, le père Alvarez acheva d'informer Hernando de Talavera des derniers rebondissements de l'affaire. Tout le temps qu'avait duré le récit, l'Inquisiteur était resté immobile, dans une raideur hiératique. Pourtant, intérieurement, il exultait. Et pour cause, il ne pouvait pas savoir que, depuis la veille déjà, Talavera avait été mis au courant par le père Alvarez.

À peine le silence revenu, Torquemada prit la parole.

— Alors, fray Talavera... N'avais-je pas raison ? Mes craintes n'étaient-elles pas fondées ?

Impavide, le confesseur de la reine rétorqua :

— J'ai écouté ce récit avec le plus grand intérêt. Vous allez être étonné, mais il n'a fait que conforter mes premières impressions. Je ne vois toujours pas l'ombre d'une conspiration.

— Mais... le Livre...

— Le Conseil du Saint-Office a d'autres priorités que de s'occuper d'une fable.

Le visage de l'Inquisiteur général prit une couleur livide. Il essaya pourtant de garder son calme.

— Fray Talavera, permettez-moi de vous dire que je trouve votre conclusion quelque peu...

— Légère ?

— Disons... précipitée. Une question se pose que vous n'avez pas cherché à approfondir.

— Probablement. Car dès l'instant où je considère que j'ai affaire à un conte, approfondir me paraît vain. Cette histoire de Livre de saphir est ridicule. Vous me pardonnerez, mais j'imagine mal Dieu Tout-Puissant se livrant à ce genre d'exercice.

Torquemada plissa imperceptiblement le front.

— Méfions-nous de Dieu, frère Talavera, Il pourrait encore nous surprendre. Le déluge, Babel, Sodome et Gomorrhe, la femme de Lot transformée en statue de sel, la manne dans le désert, les eaux fendues de la mer Rouge, les plaies d'Égypte, la liste est longue des œuvres divines qui défient la logique des hommes. Dieu a sa logique. IL EST. Souvenez-vous...

— Très bien, fit Talavera en écartant d'un petit geste un fil imaginaire du revers de sa soutane. Alors donnez-moi une raison précise pour laquelle le Saint-Office devrait s'intéresser à cette tablette de saphir.

Torquemada laissa tomber avec une note dramatique dans la voix :

— Il s'agit du destin de l'Espagne.

Il quitta son fauteuil, pris d'un accès de fièvre.

— Imaginez ! Imaginez ne fût-ce qu'un instant, un seul, que ce livre existe. Imaginez qu'effectivement il soit le réceptacle d'un message de Dieu à l'humanité. Nous serions alors confrontés à la plus vertigineuse des alternatives : soit ce message confirme la prééminence du christianisme, soit il l'abolit en faveur de l'islam ou du judaïsme. Si par malheur cette deuxième éventualité était avérée, alors il ne nous resterait plus qu'à prier pour le salut de nos âmes et pour la mort de l'Espagne. Cela signifierait que tout ce en quoi nous croyons, tout ce pour quoi nous nous battons depuis des siècles, n'aurait plus aucune raison d'exister. Anéantis ! Annihilés ! Avec la damnation au bout du chemin, puisque les hérétiques ce serait nous.

Il plongea un regard halluciné sur Talavera.

— Je vous parle de la fin d'un monde ! L'absurde triomphant. L'erreur cosmique ! Les Croisades, le Saint-Sépulcre, les cathédrales, Rome, les bulles, les édits, la naissance, la mort et la résurrection de Notre Seigneur Jésus-Christ, les saints, les martyrs... Des ratures !

Il répéta en scandant les mots :

— Je vous parle de la fin d'un monde !

Talavera n'avait pas cillé. À aucun moment il ne s'était départi de son impassibilité. Sa réplique tomba, froide, glaciale.

— Homme de peu de foi. Vous doutez donc à ce point ? Au point d'envisager que la vie et la mort de Notre Seigneur Jésus-Christ puissent être une... rature ? Si vraiment — ce que je n'imagine pas un seul instant — une telle possibilité existait, alors il ne nous resterait plus qu'à payer le prix de notre égarement et à faire pénitence jusqu'à la fin des temps.

L'Inquisiteur général eut un mouvement de recul, comme saisi d'effroi.

— Vous seriez prêt à prendre le risque de voir s'effondrer l'Espagne et la civilisation chrétienne ?

— Oui. Sans état d'âme. Si elles s'étaient fourvoyées à ce point, ni l'une ni l'autre ne mériteraient de survivre plus longtemps. On ne peut vouloir maintenir coûte que coûte et indéfiniment une hérésie, sous le seul prétexte de ménager l'orgueil et la vanité.

— Jamais ! s'écria Torquemada. Jamais je ne permettrai que vienne ce jour !

— Comment pourrez-vous l'en empêcher ? Vous n'allez tout de même pas vous mettre en travers des desseins de Dieu !

— Non. Mais en travers des desseins des hommes, sûrement.

Talavera laissa tomber laconiquement :

— Vous comptez les faire arrêter...

— Oh non ! Ce serait bien trop stupide. Si j'agissais ainsi nous perdrions du même coup toute chance de mettre la main sur le Livre. Car, frère Talavera, si dans mon évocation j'ai surtout mentionné le pire, ce n'est pas pour autant que j'oblitère le meilleur, je veux parler de la confirmation de la prééminence du christianisme. Dans le cas où cette preuve nous serait fournie, nous nous trouverions dans la situation inverse ! Quelle revanche ! Quel triomphe éclatant vis-à-vis des barbares.

Il contourna son bureau d'un pas vif et se laissa choir dans son fauteuil.

— C'est pourquoi je n'arrêterai pas ces individus. J'attendrai d'abord qu'ils me mènent jusqu'à la tablette de saphir. Et là, selon ce que nous y découvrirons, j'aviserai.

Talavera fit mine d'éprouver quelque intérêt.

— Je ne vois pas très bien comment vous allez vous y prendre sans risquer d'éveiller leurs soupçons.

— Vous oubliez la présence de doña Manuela. Elle continuera à nous informer. Grâce à elle nous saurons assez tôt où est caché le Livre.

Il se pencha vers le père Alvarez, confiné dans un silence éperdu.

— Vous avez bien chargé Mendoza de la prévenir, n'est-ce pas ?

— Parfaitement, fray Tomas. Demain au plus tard, il aura joint la señora.

Talavera questionna :

— La reine est-elle au courant ?

Ce fut l'Inquisiteur qui répondit.

— Elle l'est.

— Et elle vous a accordé son aval.

— Sans la moindre hésitation. Je n'ai eu aucune difficulté à la convaincre du risque que nous encourions et que vous refusez de prendre en considération.

Talavera se redressa promptement.

— Vous avez pris vos décisions, vous avez commencé à les mettre à exécution. Mes conseils ne vous sont d'aucune utilité. Permettez que je me retire.

L'Inquisiteur général se mit debout à son tour.

— N'ayez crainte. Je suis convaincu que nous triompherons.

Talavera ne répondit pas. Il se dirigea lentement vers la porte. Au moment où il posait sa main sur la poignée il demanda :

— Connaissez-vous ce poète persan, Omar Khayyam ?

Torquemada répondit par la négative.

— Il est un quatrain de lui que j'apprécie assez. C'est sans doute cette tablette de saphir qui m'y fait penser : *Au-delà de la Création, comme au-delà des cieux, tu cherches la tablette et le calame, le paradis et l'enfer. J'en ai fait part à Notre Seigneur. Il m'a répondu : En toi se trouvent toutes choses : Le paradis et le calame, la tablette... et l'enfer.*

*

Teruel.

La légende raconte que l'armée d'Alfonso II avait à défendre la vallée de Turia contre une troupe de cavaliers maures. Avant de livrer leur assaut, les Arabes lâchèrent des taureaux, aux cornes desquels ils avaient noué de l'étoupe enflammée. L'une de ces bêtes, les cornes embrasées, resta en arrière et, sans raison apparente, s'immobilisa au sommet de l'un des monts qui dominaient la vallée. Ce fait fut aussitôt interprété par l'armée chrétienne comme un signe du ciel. En effet, le hasard avait voulu que, quelques jours plus tôt, Alfonso ait reçu un message en songe : là où un taureau apparaîtrait, scintillant comme une étoile, il devrait ériger une ville : c'est ainsi que naquit Teruel. Maisonnettes de briques et murs crénelés, dressés au-dessus des rives de Turia, entre des collines fissurées et de vertigineuses falaises d'argile rouge.

Parvenu au pied de l'une des nombreuses tours qui dominaient la ville, Sarrag poussa un sifflement admiratif et rendit grâce à Allah pour le génie des architectes arabes.

Il fit quelques pas et pointa son doigt sur un pan de pierres sur lequel étaient apposées les armoiries de la ville : un taureau.

— El Toro del fuego ! s'écria-t-il, triomphant. N'avais-je pas raison ?

Ezra se contenta d'approuver d'un grognement.

— J'ai faim, dit-il. J'ai soif. Et j'ai mal aux reins.

— Je ne vous contredirai pas, admit le cheikh. La suite du Palais peut attendre demain. Trouvons-nous un gîte. Vous venez, fray Vargas ?

— À mon avis, il serait dommage de ne pas récupérer le cinquième triangle avant de vous remplir l'estomac.

— Pas question ! protesta Ezra. Tout d'abord, je viens de vous le dire, je suis éreinté et — il désigna successivement Sarrag et Manuela — je ne suis pas le seul. Ensuite, Adonaï me pardonne, j'en ai par-dessus le dos de ces décryptages ! Mes facultés de réflexion sont saturées, anéanties. En ce moment précis, vous me demanderiez quel animal a quatre pattes, une crinière et hennit, je vous répondrais qu'il s'agit d'une tortue !

— Comme vous voudrez, laissa tomber nonchalamment Vargas.

Et il ajouta, l'air de rien :

— Pourtant il suffirait de vous pencher pour le ramasser.

— Ramasser le triangle ?

— Parfaitement. Il est là. Tout près.

Sarrag considéra le moine d'un air incrédule

— Vous parlez bien du cinquième triangle ?

— De quoi d'autre, cheikh Ibn Sarrag ?

Ezra mit ses mains sur ses hanches et lança avec une incommensurable lassitude :

— Très bien. Où est-il ?

Vargas désigna le sommet de la tour.

— C'EST AU COUCHANT DE L'OMBRE PENCH.. QUE VOUS TROUVEREZ LE 3.

Il marcha à reculons jusqu'à ce qu'il fût à environ dix toises de l'édifice.

— Venez, suggéra-t-il aux trois autres. Approchez un instant. Et dites-moi ce que vous apercevez.

516

Ezra le rejoignit en traînant les pieds.

— Alors ?

— J'attends vos observations.

Tous trois, avec une concordance de gestes qu'on aurait crue réglée à l'avance, rejetèrent la tête en arrière et, la main en visière, se mirent à examiner studieusement la construction de pierres.

À en croire les coups d'œil amusés que leur jetaient les passants, ils devaient offrir un spectacle assez cocasse.

— Vargas ! gronda le rabbin. Si vous cherchez à nous faire tourner en bourriques, je vous assure que vous me le paierez ! Rien ! Je ne vois rien d'extraordinaire ! C'est une tour comme il y en a des milliers en Espagne. Je veux bien lui reconnaître une certaine beauté, mais c'est tout !

Sarrag allait faire la même remarque, mais Vargas lui fit signe de patienter.

— Regardez sur votre gauche. Là-bas.

Les regards suivirent la direction indiquée par le franciscain. Il s'agissait d'une deuxième tour, identique à celle qu'il venait d'examiner.

— Et maintenant ?

— Elle est penchée, constata Ezra.

— Effectivement, confirmèrent Manuela et Sarrag. Elle est inclinée vers l'ouest.

Vargas arbora un sourire tranquille.

— Si elle ne l'était pas, ne serait-elle pas en tout point semblable à la tour au pied de laquelle nous nous trouvons ?

Il dit en appuyant sur chaque mot :

— c'est au couchant de l'ombre penchée que vous trouverez le 3.

Et il ajouta très vite :

— UN CADAVRE A MARQUÉ DE SON EMPREINTE LES DEUX OMBRES JUMELLES. L'ombre penchée... Les deux ombres jumelles...

Ni Ezra ni le cheikh n'osaient approuver ou réfuter l'hypothèse du franciscain.

— Vous êtes peut-être dans le vrai, concéda Manuela, mais que faites-vous de ce qui précède ou de ce qui est rattaché à ces phrases ?

Elle tendit la main.

— Puis-je avoir vos notes, je vous prie ?

Il s'exécuta :

— Voyez, reprit-elle... Que faites-vous de toutes ces indications ? Qui sont A'h et A'hoth ? Où est le cadavre ?

— La réponse est simple : Je ne crois pas aux coïncidences.

Il désigna les tours.

— Je ne peux pas imaginer que les OMBRES JUMELLES et L'OMBRE PENCHÉE représentent autre chose que ces deux édifices.

La voix du rabbin s'éleva, un peu distante.

— Señora, vous demandiez ce que sont A'h et A'hoth. Ces mots signifient le frère et la sœur. On les emploie parfois comme homonymes de Ich et Ichâ : L'homme et la femme. Le mâle et la femelle. Quoi qu'il en soit, je ne vois pas du tout l'utilité de ces surnoms. J'ai bien peur que notre ami ne prenne ses intuitions pour des réalités.

— D'ailleurs il n'y a pas que A'h et A'hoth, surenchérit le cheikh. Le texte parle d'un cadavre. Un cadavre qui aurait, je cite : MARQUÉ DE SON EMPREINTE LES DEUX OMBRES JUMELLES. Or je ne vois ni tombe ni sépulture. Et vous ?

Vargas ne répondit pas. Il venait d'aborder un porteur d'eau qui passait à leur hauteur.

— Pardonnez-moi, señor. J'ai besoin d'un renseignement. Savez-vous si cette tour a une histoire ?

L'autre se mit à rire.

— Vous, padre, vous n'êtes pas d'ici. Sinon vous ne poseriez pas ce genre de question. Bien sûr qu'elle a une histoire. Mais elle est liée à une autre tour. Celle qu'on aperçoit là-bas, près de la cathédrale.

— Si ce n'est pas trop abuser, pria Vargas, pourriez-vous nous dire en quelques mots de quoi il s'agit ?

— Bien sûr. Celle-ci est la tour San Salvador. L'autre, celle qui est penchée, s'appelle San Martin. On raconte que jadis, du temps où les Maures occupaient la ville, deux architectes arabes étaient tombés éperdument amoureux de la même femme, une princesse du nom de Zoraïda. Afin de les départager, l'émir leur proposa de construire deux tours. Celui des architectes qui aurait accompli le plus bel ouvrage obtiendrait la main de la princesse.

Le sourire du porteur d'eau se voila un peu, tandis qu'il concluait :

— Vous devinez bien sûr qui l'emporta. Ce n'est qu'une fois la tour San Martin achevée que son créateur s'aperçut de son inclinaison.

— C'est tout ? s'enquit Vargas, resté sur sa faim.

— Oui, señor. Enfin presque tout. Le vainqueur épousa la belle Zoraïda. Et le vaincu...

Il mima l'affliction.

— Le vaincu ne supporta pas de perdre son amour. Alors, il se jeta du haut de sa tour. Celle dont je vous parlais : la tour San Martin.

Le franciscain se tourna vers ses compagnons
— À présent, croyez-vous aux coïncidences ?
Il chuchota sur le ton de la confidence :
— UN CADAVRE A MARQUÉ DE SON EMPREINTE LES DEUX OMBRES JUMELLES.

*

Ils s'étaient séparés à l'entrée d'une sorte de chemin de ronde qui formait un cercle au pied de la tour penchée. Ezra et Vargas remontaient d'est en ouest ; Manuela et Sarrag avaient pris le sens opposé.

Ils n'avaient pas parcouru une lieue que le cheikh s'adressa à la jeune femme, pensif.

— Un bien curieux personnage que notre ami Vargas, vous ne trouvez pas, señora ? Il est toujours là où on ne l'attend pas. La première fois que je l'ai vu, j'ai tout de suite pensé qu'il était beaucoup trop jeune pour nous seconder. Il m'a très vite prouvé que j'étais dans l'erreur. Bien plus, il m'a stupéfié par ses connaissances. Ensuite, j'ai cru qu'il aurait été incapable de faire montre d'indépendance d'esprit à l'égard de ses pairs et de l'Église en général.

— Peut-être confondiez-vous aveuglement et sens du devoir ?

— Je ne le crois pas. Sur ce point aussi je me suis trompé. La manière dont il s'est impliqué, les risques qu'il a pris pour défendre le marin génois, ont démontré que derrière le prêtre il y avait un esprit libre. Pour finir, je me suis dit que sa vocation avait dû l'entraîner loin des réalités.

Manuela haussa les sourcils.

— Qu'entendez-vous par « réalités » ?

— La vie, la souffrance, la mort, l'amour.

La jeune femme tressaillit. L'Arabe n'était-il pas en train de se livrer à un jeu ? Si c'était le cas, elle était déterminée à ne pas se laisser piéger. Aussi, ce fut le plus naturellement du monde qu'elle fit observer :

— Je ne sais quelle image vous vous faites du sacerdoce. Le Christ, vous l'ignorez sans doute, a connu ces « réalités » dont vous parlez. Alors un prêtre...

— J'ai aussi mentionné l'amour. Or, que je sache, le Christ n'a pas vécu ce sentiment.

— Comme vous êtes loin de la vérité ! Certes, il n'a pas aimé dans le sens *charnel* du terme, mais sa Passion, ses souffrances, son sacrifice, tout en lui ne fut *qu'amour* !

L'Arabe affecta un air de reproche.

— Allons, señora. Vous savez parfaitement que les prêtres ne sont pas le Christ. Ce sont des hommes avant tout.

Elle s'immobilisa. Il commençait à l'agacer sérieusement.

— Si vous me disiez où vous voulez en venir, au lieu de louvoyer ?

Il la dévisagea avec un sérieux que démentait la lueur malicieuse qui couvait dans ses prunelles.

— Oh, rien de très particulier.

— Allons, cheikh Sarrag !

— Mettons qu'il m'arrive de constater que certains êtres se croient prédestinés à une certaine tâche, alors qu'en réalité ils sont faits pour tout autre chose.

Elle ne parvenait pas encore à cerner sa pensée. Elle attendit la suite.

Il continua sur un ton sensiblement différent, chaleureux.

— Voyez-vous, señora, en Orient, nous croyons à certaines choses. Des choses que vous, gens d'Occident, considérez comme absurdes ou même ridicules. Le mauvais œil fait partie de ces croyances, mais aussi, j'allais dire et surtout, la prédestination. Nous sommes convaincus que tout a été écrit à l'avance sur le Grand Livre des étoiles : nos joies, nos peines, nos amours, l'heure de notre naissance et de notre mort. Refusant d'adhérer à cette philosophie, vous préférez employer, lorsque se produisent des événements extraordinaires, les mots de Providence, de coïncidence ou encore de hasard. Vargas disait, il y a un instant à peine, qu'il ne croyait pas aux coïncidences. Il avait raison. Je n'y crois pas non plus.

La défiance dans laquelle elle s'était retranchée au début de leur conversation était retombée.

Il poursuivit :

— Chacun de nous a un rôle à jouer. Souvent, il ne consiste à être qu'un simple inspirateur, parfois même un instigateur. On nous fait parfois apparaître dans la vie d'une personne, au moment précis où celle-ci est à la croisée des chemins. Volontairement ou non, nous allons influer sur ses choix. Cette personne optera pour telle ou telle direction, et tout son avenir s'en trouvera transformé. Je connais des êtres qui n'auraient jamais sombré dans la désespérance si on avait trouvé le mot juste pour les retenir.

— Lorsque vous parlez d'une vie que nous aurions transformée, serait-ce pour le bien ou pour le mal ?

— Allah seul le sait ! Tout ce dont je sois sûr, c'est qu'il était écrit que nous jouerions ce rôle, à ce jour, à cette heure ; de même qu'une fois notre tâche accomplie nous disparaîtrions de l'existence de cet être. Notre ami Vargas est à la croisée des chemins. Señora, je prie le Tout-Puissant pour qu'à travers vous il emprunte la juste voie. Voilà ce que je voulais vous dire.

— Si les Orientaux ont raison, cheikh Sarrag, alors, sachez qu'il est déjà trop tard : je ne pourrais rien ajouter de plus et retrancher, moins encore.

L'Arabe fit un vague signe d'approbation et, estimant sans doute que tout avait été dit, il repartit le long du chemin de ronde.

Quelques instants plus tard, ils retrouvaient Ezra et Vargas. Les deux hommes étaient assis sur un talus et contemplaient, l'air méditatif, le cinquième triangle d'airain posé entre eux deux, sur l'herbe.

À leur droite, à mi-hauteur du mur crénelé, se découpait une tête de taureau sculptée. Juste en dessous, on apercevait une large fente. C'est à l'intérieur de celle-ci qu'Ezra et Vargas avaient dû trouver l'objet.

En s'approchant, Manuela entendit l'Arabe qui déclamait :

— VOUS TROUVEREZ LE 3 AU PIED DU MUR OÙ IL EST ÉCRIT : MOÏSE EST VENU VERS VOUS AVEC DES PREUVES IRRÉFUTABLES ; PUIS EN SON ABSENCE VOUS LUI AVEZ PRÉFÉRÉ LE VEAU.

Chapitre 29

Los amantes de Teruel
Tanto ella y tanto el.

Salamanque, le lendemain.

Par son fabuleux éclat, le soleil qui flottait au-dessus de Salamanque contribuait à l'atmosphère de fête qui accompagnait l'entrée dans la cité de Leurs Majestés Isabel et Fernando.

Aux côtés des deux souverains chevauchaient le fameux comte de Cabra, terreur des Maures, de nombreux hommes en armes et l'essaim des iné-vitables prélats qui suivaient la Cour.

Tous avançaient au rythme gracieux des che-vaux arabes et andalous, à l'ombre de la bannière royale de Castille, cependant que, de part et d'autre de la route qui serpentait jusqu'à la cathé-drale, les drapeaux s'abaissaient sur leur passage dans un embrasement de couleurs.

La reine montait une jument alezane. La selle était couverte d'un drap cramoisi, le harnais ouvré en soie et les ourlets brodés d'or. Elle por-tait un corsage de velours, une jupe de brocart et un manteau à capuchon de drap, le tout orné à la mauresque. Un chapeau noir, enrichi de samit sur les bords, la protégeait du soleil. À ses côtés, l'infante, vêtue d'un corsage de brocart noir et d'un manteau à capuchon noir garni comme celui de sa mère, trottait sur une mule harnachée d'argent. Quant au roi, comme tous ses chevaliers, il était en tenue de guerre.

Tout au bout du chemin, l'évêque de Salamanque, mains croisées sur son estomac replet, les attendait l'œil solennel sur le parvis de la cathédrale. Légèrement en retrait se découpait la silhouette étique de Hernando de Talavera. On le sentait fier à la vue de cette armée en marche. C'était l'Espagne. L'Espagne à la reconquête de sa gloire et de son honneur. Depuis que le cortège était apparu, lui revenait comme un leitmotiv l'échange qu'il avait eu avec la reine quelques semaines auparavant.

Grenade à genoux... L'Espagne enfin libérée. La fin de sept cents ans d'occupation. Ce serait, je crois, le plus grand événement de notre Histoire. Une Espagne enfin réunifiée.

Les dernières informations venues d'Andalousie confirmaient cette espérance. Même si la chute de Grenade n'était pas pour demain, elle était tout de même devenue une certitude.

En Castille, la campagne militaire battait son plein. Elle avait d'abord été dirigée contre Vélez Málaga, afin d'isoler cette ville et la région portuaire du reste de l'émirat. Vers le début du mois d'avril, les troupes chrétiennes avaient quitté Cordoue et Castro del Rio. Deux semaines plus tard elles étaient arrivées aux portes de Vélez Málaga et y avaient installé le camp royal entre la ville et la sierra, barrant ainsi la route de Grenade. Bien que les défenseurs de la ville eussent repoussé vigoureusement l'assaut des fantassins chrétiens, dès le lendemain le faubourg de Vélez était pris. La liberté fut accordée aux habitants d'emporter leurs biens personnels. C'est ainsi que nombre de musulmans avaient été transportés sur la côte africaine par les Castillans eux-mêmes ; d'autres avaient émigré en territoire nasride.

Volant de victoire en victoire, l'armée chrétienne avait ensuite frappé l'ennemi sur le littoral andalou. À Málaga, le chef de la garde, Ahmad al Tagri, avait essayé de résister du mieux qu'il avait pu. Mais très vite, dans la ville assiégée, soumise au feu des bombardes castillanes, les vivres avaient manqué. Hier enfin, Málaga était tombée ! Quant à Boabdil, fidèle au pacte secret qui le liait aux souverains chrétiens, il s'était bien gardé de secourir ses frères assiégés.

Grenade à genoux... L'Espagne enfin libérée. La fin de sept cents ans d'occupation. Ce serait, je crois, le plus grand événement de notre Histoire. Une Espagne enfin réunifiée.

— *Oui, fray Talavera. Le plus grand événement sans doute. Il serait triste que nous n'en soyons jamais les témoins.*

— *Pour quelle raison ? Tout paraît aller dans ce sens.*

— *Tout... mais il suffirait d'un grain de sable...*

Ce matin même, Talavera avait été informé par Diaz des ultimes rebondissements de l'affaire. Son agent lui avait fait le récit par le menu de l'affrontement qui avait opposé le serviteur et son ancien maître, qui s'était achevé sur la mort de l'un des protagonistes tué de la propre main de Rafael Vargas. Il lui avait aussi rapporté le massacre des deux Arabes perpétré de sang-froid par les hommes de Torquemada. Une action d'autant plus horrible qu'elle était — Diaz l'affirmait — dénuée de tout sens. Quant au quatuor, il était en ce moment à Teruel.

Ces nouvelles venaient corroborer en tout point celles que lui avait transmises le père Alvarez.

Une voix soufflait à Talavera que la fin de cette étonnante aventure était proche.

S'il se souvenait bien des fameux documents que Torquemada lui avait soumis, il ne devait plus rester que deux étapes à franchir.

Que faire ? Si ce Livre existait réellement, ne fallait-il pas qu'à l'instar du fleuve qui coule, immuable, tranquille, la justice divine suive son cours ? Quel que fût le message, si tant est qu'il y en eût un, nul n'avait le droit de le conserver par-devers soi et encore moins de le déformer.

Couvrant les vivats de la foule qui saluait leurs souverains, les propos de l'Inquisiteur général résonnaient à ses oreilles :

Imaginez, ne fût-ce qu'un instant, un seul, que ce livre existe. Imaginez qu'effectivement il soit le réceptacle d'un discours de Dieu à l'humanité. Nous serions alors confrontés à la plus vertigineuse des alternatives : soit ce discours confirme la prééminence du christianisme, soit il l'abolit en faveur de l'islam ou du judaïsme. Si par malheur cette deuxième éventualité était avérée, alors, il ne nous resterait plus qu'à prier pour le salut de nos âmes, et pour la mort de l'Espagne. Cela signifierait que tout ce en quoi nous croyons, tout ce pour quoi nous nous battons depuis des siècles, n'aurait plus aucune raison d'exister. Anéantis ! Annihilés ! Avec la damnation au bout du chemin, puisque les hérétiques ce serait nous.

Laisser faire ? Ou agir ?

Un grand frisson secoua Talavera.

— Fray Hernando... Leurs Majestés...

L'interpellation du cardinal le ramena à la réalité. Le roi et la reine étaient en train de gravir les marches. Dans un instant ils arriveraient devant lui.

Tout à coup l'image d'un homme surgit à son esprit. Une image empreinte de grandeur et de noblesse. Lui, lui seul saurait l'éclairer. Il fallait qu'il lui parle. Lui seul saurait...

Les traits un peu plus détendus, il s'apprêta à saluer la reine..

*

Teruel, même heure.

Manuela n'en croyait pas ses yeux.

Ses doigts se refermèrent sur la missive de l'Inquisiteur général pour n'en faire qu'une boule informe, écrasée dans son poing.

Ainsi, contre toute attente, on lui ordonnait de poursuivre sa mission. Non seulement les informations qu'elle avait communiquées sur le Livre de saphir avaient eu pour résultat l'inverse de l'effet escompté, mais, à en juger par le contenu de cette lettre, jamais la détermination de Torquemada n'avait été si grande.

— Doña Vivero...

Elle sursauta. Plongée dans sa lecture, elle en avait oublié la présence de l'homme à la tête d'oiseau.

— Doña Vivero, il ne serait pas prudent que nous restions ici plus longtemps. Vos amis pourraient s'inquiéter de votre absence. Dois-je trans-mettre une réponse à fray Torquemada ?

Elle resta silencieuse. Des idées contradictoires se bousculaient en elle. Une scène lui revint à l'esprit. Le jour où Torquemada était venu l'entre-tenir de son projet et du rôle qu'elle aurait à jouer, une remarque lui avait échappé :

— *Je comprends vos craintes, fray Torquemada. Mais dans le fond de votre cœur, êtes-vous bien sûr que la religion de ces individus, un juif, un musul-man, n'est pas la vraie raison qui inspire votre démarche ?*

Elle ne savait pas alors qu'un chrétien, Vargas en l'occurrence, était impliqué.

La réplique de l'Inquisiteur était tombée, sans détour.

— *Même si c'était le cas, doña Vivero, où serait la faute ?*

Elle avait osé aller plus loin.

— *Ce sang versé... ne trouvez-vous pas que c'est aller à l'encontre des préceptes de Notre Seigneur ?*

Torquemada avait froncé les sourcils et son œil de pierre l'avait littéralement transpercée.

— *Auriez-vous donc de la sympathie pour les hérétiques et l'occupant ?*

Choquée, elle avait aussitôt levé le menton dans une attitude altière.

— *Fray Tomas, qu'imaginez-vous ? Je suis espa-gnole et fière de l'être ! Je suis passionnément, désespérément éprise de mon pays. Je n'aspire qu'à le voir recouvrer au plus vite sa liberté et son unité. Voilà plus de sept cents ans que nous sommes sous le joug d'armées étrangères. Mais entre livrer des batailles légitimes pour chasser un envahisseur et chercher à éliminer un être froidement, en toute*

impunité, parce qu'il est d'une autre religion que la
vôtre : ce n'est plus la guerre, fray Tomas, cela
s'appelle l'absolutisme et le meurtre. Si je peux vous
rassurer, sachez que je n'éprouve de sympathie par-
ticulière ni pour les juifs ni pour les musulmans.
J'ai grandi avec un message d'amour dans le cœur.
C'est tout.

— Je comprends votre désir de magnanimité.
Malgré les apparences, sachez que ce désir m'anime
aussi. Toutefois, permettez-moi d'attirer votre
attention sur un apologue issu d'un livre que l'on
dit sacré : trois gouttes d'huile demandent la per-
mission d'entrer dans un vase d'eau. L'eau refuse
parce que, dit-elle, si vous entrez, vous ne vous
mélangerez pas, vous monterez à la surface, et quoi
que nous fassions par la suite pour nettoyer le vase,
il restera huileux... Percevez-vous l'allusion ?

— De quel livre sacré parlez-vous ?

— Du Talmud... Du Talmud, doña Vivero... Le
recueil des enseignements des grands rabbins.

Dans l'instant, elle avait failli lui répliquer que
ce qu'il voyait dans cette parabole n'était probablement que son désir d'un monde uniforme, à
son image. Mais la prudence lui souffla de n'en
rien faire.

Elle annonça à l'homme à la tête d'oiseau :

— Vous allez transmettre ce message à fray
Torquemada. Dites-lui ceci : je n'irai pas plus
avant dans cette mission sans en recevoir l'ordre
formel de Sa Majesté. Dorénavant, c'est d'elle et
d'elle seule que j'accepterai les directives.

— Croyez-vous que l'Inquisiteur général puisse
agir sans l'approbation de Sa Majesté ? Ce serait
impensable.

Elle persista :

— Une lettre écrite de la main de la reine. Sans quoi, j'abandonne.

— Comme vous voudrez, doña Vivero.

Décidément, il allait bien falloir qu'un jour quelqu'un fasse payer à cette créature son outre-cuidance. L'idée que ce quelqu'un pût être lui n'était pas pour lui déplaire...

Les brumes de chaleur s'étaient dissipées. Lorsque Manuela retrouva Sarrag et Ezra devant l'église San Diego, un soleil admirable illuminait le parvis. Ils gravirent une à une les marches et pénétrèrent à l'intérieur. Éclairées par la lueur pastel des cierges se profilaient les silhouettes recueillies de quelques fidèles en prière.

Samuel Ezra chuchota à l'oreille de la jeune femme :

— Vous êtes sûre qu'ils sont enterrés ici ?

— Oui. La serveuse de la taverne me l'a confirmé. D'ailleurs, regardez... là, devant l'autel.

Effectivement, deux sarcophages de marbre se dressaient côte à côte au bout de l'allée.

L'Arabe ralentit le pas, tout en lançant des coups d'œil furtifs autour de lui.

— Que vous arrive-t-il, Sarrag ? s'enquit le rab-bin avec un air malicieux. Serait-ce le *mal d'église* ?

— Je ne me suis jamais senti mieux de toute ma vie. Je suis simplement décontenancé. C'est la première fois que j'entre dans ce genre d'endroit.

— N'ayez crainte. Ni Moïse ni Muhammad ne nous en tiendront rigueur. Ils savent que le messie des chrétiens n'est venu que pour les brebis perdues. Sommes-nous des brebis perdues, cheikh Ibn Sarrag ?

L'Arabe gloussa.

— Vous peut-être, rabbi. Pas moi.

Manuela les réprimanda fermement.

— Je vous en supplie, faites preuve de déférence pour ces gens qui prient !

— La señora a raison, admit Ezra. Du respect.

— Du respect en présence d'idolâtres ? Mais c'est le sanctuaire des statues !

La jeune femme riposta sur ton tranchant :

— S'il vous plaît ! Personne ne se moque de vos prosternations, ni de vos appels à la prière qui font penser à des jérémiades de pleureuses enrhumées. Alors...

L'Arabe marmotta entre ses dents.

— Très bien, n'en parlons plus.

Il ajouta quand même :

— Je ne vous savais pas aussi susceptible que notre ami le moine. D'ailleurs, j'y pense, pourquoi a-t-il préféré attendre à l'extérieur ?

— Je l'ignore.

Mais, dans son for intérieur, elle croyait savoir la réponse. À tort ou à raison, son instinct lui soufflait que Vargas avait craint d'entrer dans une église, pour tout ce que ce lieu représentait et qui en ce moment vacillait dans son cœur. Il fuyait, à la manière d'un enfant, convaincu — qui sait — qu'à l'extérieur d'un lieu de prière il serait à l'abri du regard du Seigneur. À moins que ce ne fût la crainte d'être confronté à l'amour, celui qui avait conduit les amants de Teruel à la mort.

Ils venaient d'arriver devant les deux sépultures. Sous un couvercle translucide deux corps juvéniles étaient allongés. Elle, visage d'ange, devait avoir vingt-cinq ans ; lui, guère plus.

— Ainsi, murmura Ezra, comme pour le drame des tours jumelles, c'est l'amour qui, une fois encore, est le meurtrier.

— S'il faut accorder foi aux propos de la serveuse de la venta, oui.

Elle éprouva le besoin de caresser la sépulture. Sa paume courut le long de la pierre, épousant les contours du sarcophage.

— Le jeune homme s'appelle Diego de Marcilla. Elle, c'est Isabel de Segura.

— Ils s'aimaient à la folie.

— Ils s'aimaient, et la famille de Cris...

Elle s'arrêta net et sentit la rougeur qui envahissait ses joues. L'esprit pénétré de l'histoire d'amour de Vargas, elle avait failli dire « Cristina » au lieu d'Isabel. Se reprenant, elle rectifia :

— La famille d'Isabel de Segura estimait le prétendant indigne de leur fille, parce que de condition trop modeste. Alors, Diego supplia le père de lui accorder un an pour devenir un homme riche. Un an, promit-il, jour pour jour. Le père céda à ses supplications et Diego prit la route pour s'en aller chercher fortune aux quatre coins du monde. Douze mois plus tard, ainsi qu'il s'y était engagé, il revint à Teruel, cousu d'or. Malheureusement, en raison de circonstances contraires, il débarqua dans la ville avec trois jours de retard. À midi, Isabel de Segura épousait, contrainte et forcée, un notable de la maison Azagra d'Albarracín.

— Et, fou de chagrin, Diego se donna la mort.

— C'est exact. En apprenant la nouvelle, Isabel, encore vêtue de sa robe de mariée, se précipita chez lui. Elle se jeta sur la dépouille de son amoureux, le couvrit de baisers et se poignarda à son tour.

Sarrag désigna l'un des sarcophages.

— Voyez ce qui est écrit sur le côté.

Ils se penchèrent et lurent : *Aussi folle, elle que lui.*

— Je ne sais quelle leçon tirer de toutes ces histoires, mais je vous avoue que j'aurais peur de tomber amoureux à Teruel.

— À Teruel ou ailleurs, rétorqua le rabbin, quand il est vécu avec ce degré d'intensité, l'amour est nécessairement voué à une fin tragique. Savez-vous pourquoi ? Parce qu'il n'est plus à la portée des hommes. Par son désintéressement et sa force, il affleure le monde des anges, le monde céleste. Il est donc nécessairement incompris de l'entourage. C'est pourquoi ceux qui s'aiment ainsi optent pour la mort, seule façon pour eux de rester unis pour l'éternité, aux côtés de ceux qui leur ressemblent.

Sarrag considéra le rabbin avec une pointe d'étonnement.

— Vous parlez bien de l'amour, rabbi, vous l'avez donc connu ?

— Sarrag, si vous connaissez un être, un seul qui n'a jamais été touché par cette grâce, montrez-le-moi. Je vous dirai alors s'il s'agit d'un homme *vivant*.

Ils restèrent encore un moment auprès des deux sépultures. Chacun dans ses pensées. Sans doute se remémoraient-ils le passage de Baruel qui avait motivé leur venue dans cette église : ET, CAR IL N'EST PAS BON QUE L'HOMME SOIT ISOLÉ, L'ÉTERNEL FIT TOMBER SUR L'HOMME UN SOMMEIL, PRIT UNE DE SES CÔTES, ET REFERMA PAR UN TISSU DE CHAIR À SA PLACE. L'ÉTERNEL ÉDIFIA EN FEMME LA CÔTE QU'IL AVAIT PRISE À L'HOMME ET

LA PRÉSENTA À L'HOMME. DEPUIS, A'H ET A'HOTH
SONT RÉUNIS SOUS LE REGARD DES HUMBLES ET
DES PUISSANTS, LÀ OÙ LES ANGES N'ENTRENT PAS.
Isabel et Diego étaient, à n'en pas douter, A'h et
A'hoth.

Une fois au-dehors, ils remontèrent la calle
Comadre et retrouvèrent Vargas, assis sur un
banc de pierre, à la lisière de l'ancien quartier
juif.

D'emblée, Sarrag demanda :

— Que décidons-nous ? Puisqu'il ne nous reste
plus que deux étapes à franchir. Je propose que
sans plus tarder, nous examinions l'avant-dernière énigme.

Ezra approuva et quêta l'accord de Vargas.

Celui-ci leur adressa un sourire morose.

— Étant donné la pauvreté des informations
qui sont en ma possession, je crains, hélas, de ne
pouvoir être d'une grande utilité.

— Pourquoi ce défaitisme ?

— Parce que je ne sais rien, ou si peu que c'en
est risible.

L'Arabe et le juif eurent l'air consternés.

— Pourriez-vous nous confier vos fragments ?

— Bien sûr.

Il cita de mémoire :

— LA SAINTE CROIX... DE CETTE EAU... REPOSE
AUSSI LE 3...

— Et la suite ?

— C'est tout ce que Baruel a bien voulu me
confier cette fois. Quand je vous disais que c'était
bien mince ! Et maintenant, enchaîna-t-il, je vous
écoute.

Comme les deux autres ne réagissaient pas, il
insista :

— Qu'attendez-vous ?

Bizarrement, ni Sarrag ni Ezra ne semblaient se décider à répondre.

— Je vois, dit Vargas. Vous aussi, vous n'avez que des bribes.

Les deux hommes répondirent par l'affirmative.

— Réunissons-les tout de même, voulez-vous ?

Ezra et Vargas sortirent un carré de papier de leur poche, tandis que Manuela allait s'asseoir sur le banc de pierre, l'oreille aux aguets.

D'une voix neutre et à tour de rôle, les trois hommes divulguèrent les phrases en leur possession. C'était bien peu en effet. Si peu que la jeune femme n'eut aucune peine à les retenir de mémoire. De même qu'elle put facilement reconstituer l'ensemble, en même temps que les trois hommes.

BÉNIE EST LA GLOIRE DE Y.H.W.H. DEPUIS SON LIEU.

LE NOM EST EN 2.

DANS LA VILLE QUI VIT APPARAÎTRE LA SAINTE CROIX.

LÀ OÙ REPOSÈRENT LES CHEVAUX DES PAIRS DU JOUVENCEAU,

REPOSE AUSSI LE 3.

QUICONQUE BOIRA DE CETTE EAU, AURA SOIF À NOUVEAU.

Dans la foulée, Vargas proposa :

— Continuons. Mettons en commun le dernier Palais.

— Sur-le-champ ? rétorqua Sarrag.

— Oui. Nous n'avons plus le choix.

Cette fois, les choses se déroulèrent incroyablement vite. Si vite que Manuela fut persuadée que des mots avaient dû lui échapper.

Ezra avait débité : BÉNIE EST LA GLOIRE DE Y.H.W.H. DEPUIS SON LIEU. LE NOM EST EN 1. Ensuite chacun d'entre eux ne prononça qu'une syllabe. Le tout forma un mot, unique : BÉRÉCHIT.

Elle entendit le rabbin expliquer que c'était par ce terme que s'ouvrait la Torah, et qu'il signifiait : « Au commencement. » Et de rappeler :

— Dans la lettre que Baruel nous avait adressée, on retrouve le mot : « Un livre né dans la nuit des temps, bien après le tohu-bohu initial, bien après que fut prononcé le premier mot : BÉRÉCHIT. » Vous vous souvenez, Sarrag ?

Sarrag articula un oui hésitant. Il avait l'air atterré.

— Quelles sont vos conclusions ? s'enquit le franciscain.

Le rabbin fut le premier à répondre.

— Probablement les mêmes que les vôtres. Mais je n'ose y croire. Je me rassure en me disant que l'avant-dernière énigme ne devrait pas nous poser de problème.

— Pour un chrétien, certainement.

Les deux autres manifestèrent leur surprise.

— Vous avez déjà une idée ?

— Je m'empresse de vous dire que je n'ai aucun mérite. Je suis même persuadé que la señora Vivero pourrait vous répondre.

Il demanda à Manuela.

— Savez-vous dans quelle ville d'Espagne est apparue la sainte croix ?

Elle réfléchit un bref instant avant de répondre.

— Ne serait-ce pas à Caravaca della Cruz ?

— Quand je vous disais que je n'avais aucun mérite...

— Caravaca della Cruz ? répéta Ezra.

— Parfaitement. C'est là qu'est apparue, il y a environ deux siècles, la croix du Christ, portée par des anges, afin qu'un prêtre prisonnier des Maures puisse célébrer l'eucharistie devant le sultan Abou Zaït. À la suite de quoi le sultan, témoin du miracle, se convertit au christianisme. Quant au lieu précis où est caché le triangle, je suis persuadé que nous le trouverons une fois rendus sur place.

Le visage des trois hommes s'était assombri. On aurait dit que quelque chose venait de se briser en eux, remplacé par une impression pénible de vide.

Le cheikh balbutia :

— La suite du texte est un cauchemar... Je veux parler du dernier Palais. Vous êtes conscient, bien sûr, que si nous prenons le mot BÉRÉCHIT au pied de la lettre, cela signifierait le retour au point de départ : Grenade.

— Non, soupira Ezra, c'est bien pire qu'un cauchemar : c'est la réalité. Je ne vois pas d'autre signification à *Béréchit*, sinon : « Au commencement. » Toutefois...

Il laissa la phrase en suspens comme si une idée venait de naître en lui.

— Mettons que le point final soit Grenade. En quoi serait-ce si tragique ? Après tout, on peut imaginer qu'un détail nous ait échappé dans ce parcours labyrinthique et que demain, plus tard, le sens caché finira par nous apparaître. À bien y réfléchir, ce ne serait pas la première fois que des éléments obscurs se révéleraient à nous, alors qu'une heure plus tôt ils nous étaient inaccessibles. Pourquoi pas Grenade ?

Le cheikh laissa éclater son exaspération.

— Mais enfin ! Réfléchissez ! Grenade *ne peut être* le point final ! Le texte dit clairement : LE NOM EST EN 1. Vous savez parfaitement ce que signifie ce terme. Une position reste encore à atteindre *après* Grenade. Un lieu dont nous ne savons rien, le dernier Palais se résumant en un seul mot : BÉRÉCHIT ! Rien que BÉRÉCHIT ! Une fois à Grenade où irons-nous ? Dans quelle direction ? Comment ferons-nous puisque nous n'avons pas la moindre indication qui nous permettrait de localiser le Livre de saphir. Rien ! Nous n'avons rien de plus !

— *Nous*, cheikh Sarrag. En effet. *Nous n'avons rien*. Mais en revanche...

Il demanda à Manuela avec une note d'espoir dans la voix :

— Señora, ne pensez-vous pas que le moment est venu de nous confier les dernières instructions d'Aben Baruel ?

La foudre tombant sur la jeune femme n'aurait pas fait plus d'effet. Elle ravala sa salive et répliqua faiblement :

— C'est impossible. Je ne suis autorisée à le faire qu'au moment où vous serez à proximité du Livre. Pas avant.

Sarrag sentit monter en lui une furieuse envie de se livrer à quelques invectives, mais tout ce qu'il parvint à marmonner fut :

— Vous n'êtes pas raisonnable !

Il se calma et reprit :

— Nous venons de parcourir des centaines de

lieues, de risquer notre vie, de vivre mille et un tourments, et ce serait pour finir sur un échec ? Allons, pitié ! À défaut de bon sens, faites preuve de générosité !

— Le cheikh a raison, surenchérit Ezra. Croyez-vous que Baruel aurait voulu que nous échouions ? Croyez-vous que ce plan si savamment élaboré ne l'aurait été que pour déboucher sur le néant ? Je comprends fort bien votre volonté de respecter la parole donnée, mais, tout de même, réfléchissez. Pensez aussi à votre rôle. À quoi auriez-vous servi ?

Une crispation douloureuse déforma le visage de la jeune femme. Elle eut la nette impression de n'être plus tout à coup qu'un fétu de paille pris dans une tempête. Que faire ? Leur révéler la vérité, trahir du même coup la confiance d'Isabel ? Ou continuer de leur mentir avec pour conséquence de subir leur mépris. Elle venait de donner des directives à Mendoza ; elle se *devait* d'attendre la réponse de la reine.

— Pardonnez-moi... Pardonnez-moi, mais je ne peux pas.

Ezra tourna sur lui-même, marmonnant des mots sans suite.

Sarrag se mit à marcher de long en large tel un fauve en cage.

— Écoutez-moi...

La voix de Vargas avait résonné, lente. À son grand soulagement, Manuela constata qu'elle était dépourvue d'agressivité.

— Écoutez-moi, répéta-t-il. Lorsque nous nous trouvions dans ce couvent à Burgos, vous avez apostrophé Sarrag et vous lui avez dit : « Pourquoi ne décidez-vous pas de vous faire mutuellement confiance ? En deux mots, pourquoi n'échangeriez-vous pas les fragments de Palais que chacun de vous a en sa possession ? » Vous vous souvenez, n'est-ce pas ?

Elle aurait voulu que la terre s'entrouvre sous elle.

Vargas poursuivait.

— Le cheikh vous a alors répondu : « Et si vous donniez l'exemple, señora Vivero ? Ne possédez-vous pas la dernière clé ? Confiez-la-nous. » Vous vous rappelez de votre réponse ? Moi je ne l'ai pas oubliée. Vous avez répliqué : « Convenez que cette clé ne représente pas le moindre intérêt si l'ensemble du texte n'est pas réuni. Rassemblez vos Palais, je vous remettrai la conclusion » Les Palais sont réunis. Il ne vous reste plus qu'à être fidèle à vous-même.

Il y eut un long silence, tandis qu'elle luttait pour trouver une réponse sensée à l'implacable rigueur des arguments qu'il venait d'exposer.

Peut-être y avait-il une issue ?...

Elle débita d'une voix nerveuse :

— « Tu ne te parjureras point, mais tu t'acquitteras envers le Seigneur de tes serments. »

— Il a été dit aussi et surtout : « Que votre langage soit oui ? oui. Non ? non. Ce qu'on dit de plus vient du Mauvais. »

— Donnez-moi du temps. Trois jours au plus.

 - Pourquoi ce délai ?

 – Je vous en prie, implora-t-elle. Faites-moi confiance.

Vargas prit les autres à témoin.

– Restons-en là, conseilla Ezra. Dès la première heure où nous avons rencontré la señora Vivero, nous n'avions pas le choix. De toute façon nous ne sommes plus à trois jours près.

— Et vous, Sarrag ?

— Je rentre à la venta. Mais avant, je tiens à vous mettre en garde. Quelle que soit la décision que prendra la señora, sachez qu'il y a de fortes chances pour qu'après avoir gagné Caravaca nous ne puissions jamais atteindre Grenade. L'étau se referme sur Al Andalus. Comme ce fut le cas lorsque nous avons quitté la ville, nous risquons de nous faire arrêter et, cette fois, nous ne serons peut-être pas aussi chanceux que nous le fûmes par le passé. Vous avez entendu comme moi les rumeurs qui courent sur la prise de Huescar, Orce ou Baza. Dans les jours qui viennent, toute la vallée d'Almanzora fourmillera d'hommes en armes. Méditez, señora. Je ne suis pas d'accord avec le rabbin. Désormais, chaque heure compte autant qu'un siècle. Ce n'est plus uniquement le Livre de saphir, mais notre vie qui est entre vos mains.

Il y avait eu dans sa voix davantage de dépit que de véritable colère ou de rancune.

— Il a raison, señora, soupira Ezra. Qu'Adonaï vous inspire, pour le bien de tous.

Sitôt qu'ils se furent éloignés, Vargas se rapprocha de la jeune femme. Malgré elle, elle esquissa un mouvement de recul.

— N'insistez plus... Je vous en prie.

— Regardez-moi.

Il emprisonna son menton.

— Je vais vous dire le fond de ma pensée. Je sais qu'un serment vous lie. Mais je sais aussi qu'il n'est pas entre vous et Aben Baruel.

Elle chercha à rallier ce qui lui restait d'énergie.

— Je vous en prie...

— Je ne suis pas votre ennemi. Durant tout ce

temps, j'ai constamment hésité entre croire ou ne pas croire à votre récit, sans jamais être capable de me déterminer. Avez-vous réellement connu Aben Baruel ? Toute cette histoire n'est-elle pas une mystérieuse machination dont vous seule savez les rouages ? Je vous ai confié un jour que je n'arrivais pas à lire en vous ; jamais cette affirmation ne s'est révélée plus vraie, à la différence qu'aujourd'hui je suis convaincu que vous portez un secret. Un secret qui doit être bien lourd et dont la teneur m'échappe.

Elle afficha un mutisme résigné, seule protection à ses yeux si elle ne voulait pas faillir.

— Tout au long de ce voyage, vous avez eu des comportements curieux. La première chose qui m'a intrigué, ce fut la libération impromptue du rabbin. Figurez-vous que je me suis renseigné. Je me suis rendu à la prison inquisitoriale. Ils m'ont affirmé qu'aucune femme ne s'était présentée à eux pour demander des nouvelles d'Ezra. Encore moins quelqu'un se faisant passer pour sa sœur.

Elle ouvrit la bouche pour se lancer dans une tentative de protestation, mais il ne lui en laissa pas le loisir.

— Il y a quelques jours enfin, vous avez affiché une surprenante connaissance des origines de Torquemada... Vincelar. Là aussi, vos explications m'ont paru plus que douteuses.

Il se tut. Elle crut qu'il cherchait encore à la jauger, mais elle se trompait, il cherchait à lui venir en aide.

— Vous avez sollicité trois jours de réflexion. Je ne veux pas en connaître la raison. Quelle qu'elle soit, pensez aux propos d'Ezra quand il vous rappelait ce que nous venons d'endurer. Si, sincèrement, vous êtes détentrice d'informations qui pourraient nous sortir de l'impasse, alors, je vous en prie, Manuela, tendez-nous la main.

— Si... je refusais ?

— Quelle réponse espérez-vous ? Vous mettre au supplice ? Vous infliger le « rêve espagnol », ou le *sueño italiano*, comme dans les chambres de torture de l'Inquisition ? Non, vous ne l'imaginez pas un instant, n'est-ce pas ? Ni Sarrag ni Ezra, aucun d'entre nous ne cherchera à vous tourmenter. Je m'en porte garant.

— Vous éprouviez tous ces doutes à mon égard, et pourtant vous avez pris la décision de me révéler la vérité sur le Livre ? Pourquoi ?

— Parce que faire confiance, s'abandonner, abattre ses défenses, est le moyen le plus vrai de dire qu'on aime.

— Trois jours, murmura-t-elle en retenant un sanglot.

Il l'observait avec une telle tendresse qu'elle n'eut plus qu'une envie, celle de se blottir dans ses bras et de tout lui avouer sur-le-champ.

— Venez, dit-il. Retournons à la venta.

Dans l'instant où elle quittait le banc, quelque chose l'alerta. Vargas observait un point à l'autre bout de la place.

Nonchalamment assis sur les marches de l'église, Mendoza, l'homme à la tête d'oiseau, était là qui les guettait. Depuis combien de temps ?

— J'ai déjà vu cet homme, lança Vargas d'une voix sourde.

— Partons d'ici.

Il ne parut pas entendre.

— Où l'ai-je croisé ? À quel moment ?

— Je vous en prie, rentrons.

Il obtempéra avec mauvaise grâce, sans pour autant lâcher Mendoza des yeux.

Celui-ci s'était plongé, du moins en apparence, dans la contemplation d'un groupe de cavaliers qui filaient à bride abattue le long de la route, au pied des remparts.

Le cœur de Manuela battait à grands coups précipités. La présence de l'agent de Torquemada avait eu pour effet de la tranquilliser un peu. Au moins, elle n'aurait pas à attendre plus longtemps pour prendre connaissance de la réponse de la reine. Ensuite, elle savait ce qui lui resterait à faire. Elle allait partir. Fuir. Rentrer à Tolède et tenter de survivre.

Perdue dans ses pensées, elle ne s'était pas rendu compte que le franciscain venait de s'arrêter.

— Je me souviens ! C'était à Salamanque, le jour du procès de Colón !

— Je ne vois pas...

— Mais si. Vous m'aviez même expliqué qu'il cherchait un renseignement.

Elle implora :

— Venez !

La physionomie du moine s'était incroyablement durcie.

— Attendez-moi ici, ordonna-t-il. Je veux en avoir le cœur net.

— Mais c'est insensé ! Que voulez-vous faire ?

— L'interroger.

— À quel propos ?

— Nous avons été suivis une fois, et vous savez ce qu'il nous en a coûté. Cet individu n'est pas à Teruel par hasard.

Elle voulut s'agripper à lui pour le retenir, mais il partait déjà vers Mendoza.

— Hé ! señor !

L'agent de Torquemada s'était levé et s'éloignait à longues enjambées.

— Arrêtez ! cria le franciscain.

Mendoza avait accéléré le pas. Il courait presque. Vargas se serait certainement lancé à sa poursuite si la main de Manuela ne lui avait emprisonné le bras.

— Non. Ne faites pas ça ! adjura-t-elle.

— Vous connaissez cet homme !

Il y avait dans sa voix davantage de dépit que de véritable colère.

Manuela se recroquevilla sur elle-même. Toute tentative de dénégation était devenue inutile.

— Rentrons..., dit-elle dans un souffle.

— Pas avant que vous ne m'expliquiez !

— Rafael...

Dans l'instant même qu'elle prononçait son prénom, elle prit conscience que c'était la première fois. Elle poursuivit :

— Ne m'avez-vous pas dit, il y a un instant à peine, que vous ne chercheriez pas à me tourmenter ? Je vous en supplie, n'essayez pas d'en savoir plus...

Vargas la considéra, partagé entre son désir d'éclaircir une situation et les élans de son cœur qui lui intimaient de ne plus insister.

— Très bien. Répondez au moins à une question, une seule : courons-nous un danger ?

— Je ne crois pas. En tout cas, pas dans l'immédiat.

— Pas dans l'immédiat.. Ce qui signifie que...

Elle plaqua sa paume sur les lèvres du franciscain.

— Trois jours..

Il resta là à la regarder, en pleine confusion.

— Je crains le pire...

Il planta ses yeux dans ceux de la jeune femme.

— Si par malheur mon pressentiment se révélait exact... alors, que Dieu vous protège.

Chapitre 30

> Rien n'est indescriptible
> que le vide.
> Rien n'est immuable
> que ce qui n'est pas.

Couvent franciscain de la Salceda.
Trois jours plus tard.

L'ombre de la chapelle s'étendait sur le tapis de verdure, procurant au cloître cette fraîcheur propice à la méditation des âmes. Debout sous l'austérité des arcades, face à son ami Francisco Jiménez de Cisneros, Hernando de Talavera croisa les doigts comme s'il s'apprêtait à prier.

— Je ne sais plus, dit-il faiblement. Agir ou laisser faire ?

— Le choix est vôtre, fray Talavera. Quel espoir vous a mené de Tolède au cœur de l'Alcaria ? Pensiez-vous vraiment que j'aurais la réponse à votre dilemme ?

— Non pas la réponse, mais *une* réponse : a-t-on le droit de s'opposer aux voies du Seigneur ?

D'un geste machinal, Cisneros défroissa sa robe de bure grossière et rectifia le cordon de chanvre qui enserrait sa taille.

— S'opposer aux voies du Seigneur ? Encore faudrait-il le pouvoir...

— Pourtant, c'est bien ce que tenterait de faire notre frère Torquemada si par extraordinaire le contenu du Livre de saphir renversait les fondements de notre foi.

Un indicible sourire se dessina sur les lèvres du franciscain.

— Et vous, frère Hernando, n'essayez-vous pas de l'imiter à vouloir l'en empêcher ? Qui de vous deux est la déraison ? Qui de vous deux est la sagesse ? Vous avez estimé et vous estimez toujours inutile de baptiser les juifs en masse, jugeant qu'une conversion en profondeur et non forcée aurait plus de chances d'être durable et sincère. C'est votre droit. Tout comme je me suis accordé celui de faire brûler quatre mille ouvrages arabes sur la place publique, après avoir estimé que c'était l'un des moyens d'extirper l'influence islamique de notre terre d'Espagne.

Il déclara avec fermeté :

— Mieux vaut l'erreur que le doute, pourvu que l'erreur soit de bonne foi.

Talavera entrouvrit les lèvres, interdit, prêt à s'opposer à ce curieux aphorisme. Il n'en fit rien. Il savait le caractère difficile de l'homme, mais il le respectait infiniment. La rigueur de son parcours était le reflet d'une personnalité sans compromission, sans orgueil, uniquement inspirée par l'attachement à Dieu et à la vérité. Né cinquante et un ans plus tôt dans une famille d'hidalgos installés à Torrelaguna, dans le fief des Mendoza, il avait fait des études de droit à Salamanque, s'était ensuite rendu à Rome sans que nul ne sût ce qu'il était allé y faire, ni qui il avait rencontré.

C'est à son retour que Talavera avait fait sa connaissance et que des liens fraternels s'étaient instaurés entre les deux hommes. À l'époque, Cisneros paraissait désireux de faire carrière dans les échelons supérieurs de la hiérarchie ecclésiastique. Pour preuve, quelque temps plus tard, il s'installait de haute lutte dans l'archiprêtré d'Uceda, malgré l'opposition du cardinal Carillo qui ne l'aimait pas. Un peu plus tard il était nommé vicaire général du diocèse de Sigüenza. Tout laissait donc supposer que le personnage allait se hisser au sommet, lorsqu'un jour d'août 1484 il se retira chez les franciscains, ici, au couvent de la Salceda. Pour qui connaissait les principes qui régissaient ce lieu, la décision de Cisneros ne pouvait qu'éveiller l'admiration. Jeûne, pauvreté, vie retirée, tels étaient, selon la règle primitive de saint François, les trois principes dominants.

Talavera avait estimé nécessaire de se rendre auprès de ce personnage, convaincu qu'il trouverait à son contact la lumière et la sagesse indispensables à la décision qu'il était à la veille de prendre : stopper Torquemada, l'empêcher de bâillonner le message de Dieu, si ce message se révélait.

Il déclara doucement :

— Vous venez de dire : « Mieux vaut l'erreur que le doute. » Dans ce cas...

— Je vous en prie, fray Talavera, conservez l'intégrité de la phrase ! J'ai précisé : *pourvu que l'erreur soit de bonne foi.* Ce qui sous-entend fidélité absolue à l'égard d'un idéal que nous nous sommes forgé. Je parle d'un idéal suprême, grand, noble, pur, et non de ces petites ambitions que l'on entretient uniquement dans le but de satisfaire une gloire personnelle.

— C'est bien ainsi que je l'entendais. Mais ne court-on pas le risque de se voir taxer d'opiniâtreté aveugle ou pis encore d'orgueil ?

Cisneros se dressa lentement et avança sous les arcades, suivi par Talavera.

— Je vais ouvrir une parenthèse, qui peut-être vous fera mieux comprendre les choses. Vous êtes au courant, n'est-ce pas, que la reine songe à moi pour l'archevêché de Tolède. Je ne tiens nullement à accepter cet hommage. Savez-vous pourquoi ? Parce qu'il me forcerait à faire partie de ce monde de prélats que je méprise. La majorité de nos évêques ignorent la vertu et la piété, plus soucieux de leur bien-être terrestre que du devenir de leur âme. Par leur train de vie et leurs occupations, ils ne se distinguent guère des grands seigneurs du royaume.

Il marqua une pause.

— Vous avez là l'une des raisons fondamentales de mon entrée dans ce couvent. J'ai choisi de ne pas louvoyer, mais de me mouvoir dans un univers où l'on ne connaît d'autre moyen d'avancer que de le faire sur un chemin droit. Je me refuse à feindre. Voilà bien la preuve de mon intolérance et de mon incapacité à pardonner. D'aucuns, me voyant refuser l'archevêché, diront que je manque à mon devoir, alors que l'Église et le royaume ont besoin de moi. D'autres, plus terre à terre, évoqueront la gloire refusée. Faux ! Au devoir je préfère cent fois la fidélité à mon idéal. Quant à la gloire — une moue teintée d'ironie anima ses lèvres —, quand bien même elle surviendrait pure et dénuée d'arrière-pensées, elle me serait indifférente ; alors, imaginez une gloire souillée qui ne verrait que le triomphe de ses propres intérêts !

Talavera demeura pensif.

— Au fond, ce que vous défendez, ne serait-ce pas, *aussi*, la clé de la félicité ? Si nos actes étaient avant tout gouvernés, non par le sens du devoir, mais par la volonté de rester fidèle à nos convictions, il y aurait pour l'homme des promesses infinies de bonheur. Ne croyez-vous pas ?

Cisneros s'arrêta. Il posa doucement sa main sur le bras de son interlocuteur et dit à voix basse :

— La vie est une immense tragédie, mon ami. L'auteur en est Dieu, les acteurs vous et moi. Le souffleur, hélas, s'appelle Satan.

Le ton s'altéra encore tandis qu'il concluait sur le ton de la confidence :

— Rendons la parole à Dieu...

Talavera opina lentement. Les pensées contradictoires qui des nuits durant avaient livré combat dans son esprit, les doutes, les atermoiements venaient de s'évanouir sous l'effet de la dernière phrase prononcée par Cisneros.

— Vous avez raison, murmura-t-il. Rendons la parole à Dieu.

Sa pensée s'envola vers les trois hommes et vers Manuela, et il se demanda s'ils étaient toujours à Teruel.

*

Teruel.

Accoudée au comptoir, la serveuse qui leur avait indiqué l'église San Diego chantait *a capella* une chanson triste qui racontait l'histoire d'un prince maure et d'une captive chrétienne. Sarrag jeta un regard oblique vers le rabbin. Celui-ci somnolait, adossé contre le mur, les mains jointes sur la poitrine. Vargas était monté se coucher. Quant à Manuela, elle venait tout juste de quitter la venta, prétextant qu'elle avait besoin de réfléchir — alors qu'elle n'avait fait que cela pendant les trois derniers jours. Trois jours. Le délai qu'elle avait réclamé touchait à son terme. Quelle que soit la décision qu'elle prendrait, ils étaient convenus de ne plus perdre de temps et de partir dès l'aube pour Caravaca. Et après... Grenade. Grenade, avec tous les dangers inhérents à ce dernier voyage. Maktoub. Il ne leur restait pas d'autre choix que d'aller au bout de leur périple. Depuis quelques heures, Sarrag essayait de se rassurer en se répétant la maxime de son maître à penser, le grand Ibn Roshd, que les Occidentaux avaient transformé en Averroès : « Lorsque la solution est absente, le problème n'est plus. »

Le cheikh repoussa son assiette dans laquelle baignait encore un reste de morue et se mit à contempler le décor. La serveuse chantonnait toujours. Bien qu'elle eût largement passé la cinquantaine, il se dégageait d'elle un charme et une sensualité troublants. Était-ce la rondeur accueillante de ses hanches ou la lourdeur de ses seins ?

Elle rappelait à Sarrag son épouse préférée, la douce, la tendre Salima. Que faisait-elle ce soir ? Que faisaient leurs enfants ? Pensait-on encore à lui, ou l'avait-on oublié ? Et Aïcha, sa première femme, qui portait le même nom que la favorite du Prophète et qui en avait la personnalité, volontaire, dévouée, mais aussi changeante que le vent, aussi capricieuse qu'une enfant. L'une était pareille à la mer étale, l'autre était un océan déchaîné. L'une aurait pu étrangler de sang-froid une rivale, l'autre avait su faire de la patience une arme aussi efficace que mille khandjars. Entre ces deux femmes, pourtant si opposées, Sarrag avait trouvé le parfait équilibre. Ce dont l'une le privait, l'autre le déversait à ses pieds. Ses propres défauts devenaient une qualité aux yeux de la première ; tandis que ses qualités comblaient la seconde. Il savait aussi et surtout qu'il pouvait compter sur leur entière fidélité. Elles ne ressemblaient en rien à leurs sœurs maures de Séville qui, à en croire les rumeurs, organisaient des parties de plaisir et des beuveries sur le fleuve. Non, ni Aïcha ni Salima n'étaient capables de tels égarements.

Il se dit qu'Allah l'avait gâté et son cœur se serra. Elles lui manquaient. Elles lui manquaient affreusement. Il se jura qu'une fois de retour il les couvrirait de présents. À Salima il offrirait ce collier en pierres précieuses qu'elle lui avait tant de fois réclamé. À Aïcha il achèterait les deux bracelets jumeaux en or massif, l'un pour sa cheville et l'autre pour son poignet, qu'il lui avait refusés à son anniversaire ; ensuite, il leur ferait l'amour à toutes les deux.

Son attention se reporta machinalement sur

l'assiette qu'il venait de repousser. Il grimaça de dégoût.

Comment comparer cette nourriture fade et nauséeuse aux mets raffinés que lui mijotaient ses épouses ? Il retint un soupir langoureux. Que ne donnerait-il pas ce soir pour une *maruziyya* aux senteurs de coriandre, ou un pigeonneau à la chair délicate, avec pour dessert deux ou trois *ka'ak*, fourrées au miel, garnies d'amandes émondées et parfumées à l'eau de rose.

— Vous rêvassez, cheikh Sarrag ?

La voix du rabbin lui fit l'effet d'un glaçon que l'on glissait dans son cou.

— Oui, soupira-t-il, je rêve...

— Au Livre de saphir ?

— Oh ! que non ! Mon rêve était bien loin du monde spirituel.

Soudainement, sa voix se chargea d'angoisse.

- Nous allons retourner à Grenade, rabbi.

— Bien sûr. Après Caravaca. Pourquoi cet empressement ?

— Je me languis de rentrer chez moi, c'est tout.

— Ah ?

La réaction détachée du rabbin eut pour effet d'exaspérer Sarrag.

— Évidemment ! Vous ne pouvez pas comprendre. Personne ne vous manque et vous ne manquez à personne.

Les prunelles d'Ezra se voilèrent imperceptiblement.

— Selon vous, cheikh Ibn Sarrag, lequel est le plus malheureux des deux ? L'homme qu'on attend, dont on guette le pas tous les soirs, ou celui dont nul ne s'intéresse de savoir s'il est vivant ou mort ?

Le juif avait raison bien sûr. Tout valait mieux que le néant. Il s'en voulut aussitôt pour sa pique.

Sa voix se fit douce.

— Avez-vous jamais été marié ?

— Je l'ai été. Elle s'appelait Sarah. Ce matin, dans l'église San Diego, lorsque j'évoquais l'amour, c'est d'elle que je parlais... Je n'ai connu que cet amour-là, et pendant quarante ans il ne s'est pas passé un seul jour sans qu'il me remplisse de bonheur.

— Elle est...

— Décédée. Oui. Il y a tout juste dix ans.

Là-bas, près du comptoir, la chanteuse s'était tue.

Ezra avait repris son attitude de demi-somnolence, dos contre le mur.

— Vous avez tort, rabbi, dit soudain Sarrag à voix basse. Vous avez tort, lorsque vous dites que personne ne vous attend. Levez les yeux. Dans le ciel il y a une femme qui tous les soirs dresse la table pour son homme. Tous les soirs, immanquablement, elle prépare avec amour la semoule et le bouillon, les dattes dénoyautées et les galettes aux pignons. À toutes les Pâques elle allume les bougies et pose à côté le pain azyme, roulé de ses propres mains. Sarah espère le retour de son mari, rabbi Ezra. Vous n'êtes pas seul...

Le vieux rabbin entrouvrit les paupières. Il contempla le cheikh, ne dit rien, mais son regard était humide.

Au-dehors, la pleine lune faisait ruisseler sa lumière lactescente sur la pente des toits, le long des fines découpures des clochers, inondant au passage le pavé des ruelles.

Assise sur les marches de l'église San Diego,

Manuela entendit les pas de Mendoza, longtemps avant de l'apercevoir.

— Bonsoir, señora. Depuis ce matin, j'ai essayé de vous aborder à plusieurs reprises, mais vous n'étiez jamais seule. Je...

Elle l'interrompit d'une voix tranchante.

— Avez-vous la réponse de Sa Majesté ?

— J'ai fait exactement tout ce que vous m'aviez demandé. J'ai transmis votre lettre à fray Torquemada, lequel m'a assuré qu'il ferait le nécessaire pour prévenir la reine dans les plus brefs délais. Hélas...

Il pencha la tête de côté, comme pour souligner sa grande confusion. En réalité, il savait parfaitement ce qu'il allait lui dire. Le matin même, il avait reçu un pli de l'Inquisiteur général. Il se résumait en quelques mots : Il était hors de question que doña Vivero renonce à sa mission. Il n'y aurait pas de réponse de Sa Majesté. *Sa Majesté était inaccessible*. Et ce dernier mot avait été souligné par deux fois.

Il prit son air le plus affligé pour expliquer :

— Il a fallu expédier un courrier en Andalousie, où se trouve actuellement Sa Majesté. Vous savez combien, en ces temps difficiles, les courriers sont...

— Arrêtez de tergiverser, Mendoza ! Oui ou non, avez-vous une réponse de Sa Majesté ?

— C'est ce que j'essayais de vous faire comprendre, señora. À l'heure qu'il est Sa Majesté n'a pas encore pris connaissance de votre lettre. Par conséquent...

Elle ne se contint plus.

— Eh bien, tant pis pour la réponse ! Puisque vous m'assurez que le courrier est en route, cela me suffit. Je considère que j'ai fait mon devoir. À partir de maintenant, je ne suis plus concernée par cette affaire.

— Vous ne pouvez agir de la sorte... Fray Torquemada... Le Livre...

Il essayait maladroitement de trouver ses mots.

— Inutile d'insister ! Ma décision est irrévocable.

- Que comptez-vous faire ?

– Je rentre chez moi. À Tolède.

— À Tolède ? Vous voulez dire que vous abandonnez *aussi* les autres ?

— Vous avez bien compris.

— Sont-ils au courant ?

— Pourquoi le seraient-ils ? C'est un choix qui ne concerne que moi.

Les traits de Mendoza se durcirent de façon à peine perceptible.

— Ce que vous allez faire est très grave, señora. Nous arrivions au bout du parcours. Après Caravaca della Cruz et Grenade...

— Quoi ?

Elle avait crié sa stupéfaction.

— Comment êtes-vous au courant ? Qui vous a parlé de ces villes ?

L'homme à la tête d'oiseau adopta un air humble.

— Je n'ai fait que mon travail, señora. Je vous ai entendus ce matin, près de l'église.

Il poursuivit sur sa lancée :

— À ce propos, j'ai cru comprendre que les choses ne se déroulaient pas comme prévu ?

Elle le toisa un instant, maîtrisant sa colère.

— C'est exact. À ce propos, vous pourrez transmettre à fray Torquemada que le plan d'Aben

Baruel est incomplet, et que par conséquent nul ne pourra retrouver le Livre

— C'est... c'est impossible, bégaya Mendoza.

Il revint à la charge.

— Si le plan conduit à un cul-de-sac, pourquoi se rendent-ils quand même à Caravaca della Cruz ?

— Je n'en sais rien. De toute façon, je vous l'ai dit, je ne suis plus concernée. Adiós, señor Mendoza.

Masquant sa rancœur, il répondit vaguement à son salut.

Ainsi, cette petite pécore avait décidé de passer outre aux ordres de l'Inquisiteur général. Elle allait tout abandonner, prenant le risque de voir discréditer le Saint-Office. Sans compter qu'elle l'avait humilié, lui, Alfonso Mendoza, traité comme un moins que rien.

Il se balança un instant sur ses jambes, sans quitter des yeux l'angle de la ruelle où elle venait de disparaître. Dans un geste machinal, il glissa une main dans la poche intérieure de son veston. Ses doigts frôlèrent le fourreau de cuir dans lequel, bien au chaud, reposait son poignard

— Manuela !

Le cœur de la jeune femme fit un tel bond dans sa poitrine qu'elle fut persuadée qu'il allait s'arrêter de battre.

Une main emprisonna son bras, qui la força a se retourner.

C'était bien Vargas.

— Rafael... Que faites-vous ici ?

— Venez, ordonna-t-il, éloignons-nous.

Elle s'exécuta sans opposer de résistance.

Il l'entraîna droit devant, jusqu'à ce qu'ils

fussent en vue d'une place triangulaire bordée d'arcades. Ils la traversèrent, firent encore quelques pas, et finalement il s'arrêta. L'avait-il prémédité ? Ils étaient au pied de la tour penchée. À l'endroit où le cadavre de l'infortuné architecte s'était écrasé.

Il saisit avec force la jeune femme par les épaules.

— Pourquoi ?

— Pourquoi fait-on certaines actions au risque de se perdre ?

— Ce ne sont pas les raisons qui manquent. La folie, l'inconscience, l'ambition...

— Dans mon cas, ce fut l'amitié pour une femme, la foi dans la Sainte Église et mon attachement à l'Espagne.

— J'aurais voulu rester fidèle à notre pacte. Mais ce que j'ai entendu il y a un instant ne me permet plus de le faire. Sachez toutefois que rien ne vous oblige à...

Elle souleva la main.

— Je vais tout dire... Je n'ai plus rien à défendre.

Lentement, sur un ton heurté, elle commença de lui révéler la vérité dans ses moindres détails. Elle évoqua les heures d'enfance partagées avec celle qui allait devenir reine d'Espagne, la faveur accordée à son frère, l'oisiveté dans laquelle elle vivait, la sensation qu'elle avait toujours éprouvée de n'exister qu'à moitié. Au fur et à mesure qu'elle se libérait, sa voix se raffermissait, elle sentait sa force revenir au gré de ses aveux. Quand elle eut fini de parler, ce fut comme si rien n'avait existé avant cet instant. Un torrent d'eau pure venait de déferler sur son âme, balayant les heures de simulacre, la dissimulation, autant de stigmates qui l'avaient salie. Elle avait enfin recouvré ce à quoi elle tenait plus que tout au monde : la paix avec elle-même.

— Comprenez-vous à présent ?

Elle avait posé la question plus pour l'entendre la rassurer que pour obtenir son absolution, convaincue en son for intérieur qu'il ne pouvait, en toute bonne foi, la déjuger pour ce qu'elle avait fait.

Il ne répondit pas. Sa physionomie s'était étonnamment transformée. Un masque de cire s'était glissé sur ses traits. Insensiblement, le masque se détacha, pour céder la place à un visage torturé qu'elle ne lui avait jamais connu auparavant.

Non, ce ne pouvait être vrai...

Elle se sentit chanceler.

— Rafael, souffla-t-elle, vous n'imaginez pas un instant que...

— Vous êtes une admirable comédienne, doña Vivero. Quel talent ! Quel souci du détail !

Elle voulut se défendre, mais les mots restèrent au fond de sa gorge.

Il enchaîna, un rictus au bord des lèvres.

— Et toute cette compassion, cette compréhension, cet ignoble jeu des sentiments !

Sa voix se mua en cri, mélange de révolte et de désolation.

— « Je vous aime », ricana-t-il. « Je vous aime... sommes-nous l'esquisse ou l'œuvre achevée ? » « Je vous appartiens. » « Vous appartenez à Dieu et à l'Église ! »

Elle tendit les bras vers lui dans un geste désespéré, cherchant à l'arracher à la folie.

Il se rejeta en arrière.

— Vous possédez la fourberie du diable, doña Vivero ! De tous les êtres que j'ai côtoyés, vous êtes de loin le plus machiavélique. Comment avez-vous pu ? Comment avez-vous pu vous jouer de moi avec autant de conviction ? Dire que vous avez failli me détourner de ma seule raison de vivre, de ma mission. Une mission autrement plus sacrée que vos misérables coteries !

— Arrêtez ! C'est faux ! Tout est faux !

— Je ne le sais que trop, hélas !

Elle emprisonna sa main et s'y accrocha comme si sa vie en dépendait.

— Écoutez-moi, je vous en supplie. C'est vrai, j'ai menti, j'ai triché, mais tout a basculé dans l'instant où je vous ai aimé. Sinon pourquoi aurais-je fait demi-tour ? Pourquoi aurais-je décidé de tout abandonner ? Au risque de perdre la seule amie que j'aie jamais eue. Au point de renier tout ce en quoi je croyais. Je vous en prie, il *faut* me croire !

Il secoua la tête, glacial.

— Désolé, señora, il est trop tard.

— Trop tard ?

Il répéta :

— Trop tard...

— Mais je vous aime ! Vous ne comprenez donc pas ? Rafael Vargas, je vous aime ! Lorsque je vous écoutais parler de ces instants rares où l'on a la certitude que l'autre fait partie intégrante de vous, qu'il vous complète, je n'avais qu'une envie, celle de vous crier que vous représentiez tout cela pour moi. Que vous étiez *réellement* cet autre.

Sa voix retomba et elle lâcha sa main et comme si tout à coup elle avait vieilli de mille ans

— C'est trop injuste...

Il la toisa longuement. Son expression n'avait pas varié, elle reflétait toujours la même froideur, la même volonté d'enfant têtu.

— Je vous conseille de partir. De toute façon c'est ce que vous comptiez faire...

Ses poings se crispèrent.

— Ce n'est pas de m'avoir fait croire en votre amour qui m'aura fait le plus mal. C'est de m'avoir fait douter de la réalité de ma vocation.

Elle retint son souffle. On aurait juré qu'une bête fauve s'était glissée en elle et qu'elle était en train de la lacérer.

— Votre vocation, fray Vargas ? Ou votre fuite ?

Chapitre 31

> Les vérités découvertes par l'intelligence demeurent stériles. Le cœur est seul capable de féconder les rêves.
>
> *Anatole France,*
> Les Opinions de J. Coignard.

— Elle a bel et bien disparu ! fulmina Sarrag. L'aubergiste vient de me le confirmer.

Le rabbin glissa nerveusement sa main le long de sa barbe.

— Je ne comprends pas. Elle aurait donc joué un double rôle durant tout ce temps ? Ses liens avec Aben Baruel n'auraient été que pure invention ?

Il consulta Vargas.

— Auriez-vous une explication ?

— Je vous avais mis en garde...

— Vous nous avez mis en garde, mais contre quoi ? Si la señora Vivero ne s'était jointe à nous que pour nous nuire, alors dites-moi où, à quel moment vous avez eu l'impression que son comportement traduisait cette volonté. Au contraire, j'estime qu'à plus d'une reprise elle a manifesté de la solidarité à notre égard, voire de l'affection. Dois-je vous rappeler le dévouement dont elle a fait preuve le jour de mon arrestation ?

Vargas le coupa sèchement.

— Les faits sont là. Elle est partie.

— C'est précisément ce qui est incompréhensible.

— Le rabbin a raison, approuva Ibn Sarrag. Cette fuite n'a pas de sens.

Il étudia brusquement le franciscain d'un air soupçonneux.

— Est-ce que par hasard vous ne seriez pas la cause du départ de la señora ?

— Cheikh Sarrag, évitez je vous prie les allusions stupides ! Vous et le rabbin trouvez incompréhensible le comportement de cette jeune femme ; moi, je le trouve parfaitement logique. Elle n'a jamais possédé ce sésame qui était supposé nous mener au Livre. Ce n'était qu'un tissu de mensonges. Lorsqu'elle s'est aperçue qu'elle était piégée, elle n'a pas eu d'autre choix que celui de fuir.

— Mais alors, observa Ezra, dites-moi par quel sortilège cette femme connaissait la solution du troisième Palais ? Burgos ! Elle a bien dit : Burgos !

— Je n'en sais rien. Ma seule certitude est que nous devons nous rendre malgré tout à Caravaca. Une fois là-bas, il sera toujours temps d'aviser.

— C'est ce que nous avions décidé. Vous venez de citer les propos de la señora en les qualifiant — à juste titre sans doute — de mensongers. On pourrait y ajouter la prétendue lettre qu'Aben Baruel lui aurait adressée. Fausse elle aussi Fausse, mais savamment élaborée. Vous conviendrez que son auteur n'aurait pu la rédiger s'il n'avait eu en plus des documents dérobés par mon serviteur — que Dieu ait son âme — la solution du troisième Palais. Ainsi, tout porte à croire que quelqu'un a *instruit* Manuela Vivero. Pour d'obscurs motifs, on s'est servi d'elle pour nous atteindre et à travers nous atteindre le Livre de saphir. La señora s'est peut-être retrouvée dos au mur ; en revanche, ceux pour qui elle œuvrait iront, n'en doutez pas, au bout de leur machination.

Il termina son exposé d'une voix sombre.

— Ce qui signifie qu'à partir de maintenant notre vie est en péril.

— Erreur, objecta Ezra. Elle le serait *si* nous avions découvert le Livre. Or, à l'heure qu'il est, nous savons vous et moi cette éventualité peu probable. Si le rôle que nous prêtons à cette femme est avéré, dites-vous qu'en ce moment même ses complices le savent aussi. Je ne pense pas qu'il y ait lieu de nous inquiéter. Pour l'instant.

Sarrag approuva :

— Pour l'instant en effet.

Il baissa les paupières, fixant le sol pensivement puis :

— Il existe un moyen d'échapper à cette menace.

— Lequel ? questionna le rabbin.

— Abandonner cette quête et rentrer directement à Grenade.

— Vous n'êtes pas sérieux ? se récria Vargas.

— C'est vrai. Je ne le suis pas. Toutefois, si la mort devait être au bout du chemin, j'aimerais qu'elle attende que nous ayons pris connaissance du texte sacré d'Allah.

Le franciscain referma ses doigts sur le crucifix qui ornait son thorax.

— Que Dieu vous entende...

Il avait parlé avec une extrême lassitude, comme un vaincu.

Se reprenant faiblement, il murmura :

— La sainte croix nous attend à Caravaca... Nous n'avons perdu que trop de temps.

*

Les mains crispées sur les rênes, Manuela se laissait porter par sa monture. Elle ne voyait ni le ravin qu'elle longeait, ni la crête dentelée de l'horizon derrière laquelle l'attendait le petit village de Canete. À travers le souffle chaud du bochorno qui fouettait ses joues, seul se dessinait le visage de Rafael Vargas. Visage dur, qui ne reflétait que l'incompréhension, reflet d'un homme qui préférait annihiler ce qu'il se sentait incapable de construire. Son refus de la croire ne s'expliquait que d'une seule manière : le rejet de la réalité. Incapable de surmonter son échec avec Cristina Ribadeo, il s'était exilé dans le silence monastique, se refusant à accepter l'idée que la rumeur qui assourdissait son existence ne provenait pas du monde, mais de son propre cœur.

Elle refoula un sanglot. Jamais elle n'avait eu le sentiment d'avoir frôlé de si près le bonheur absolu. Depuis son départ de Teruel, elle tentait de raisonner sa détresse.

Si seulement elle pouvait le mépriser...

Malgré son inexpérience des choses de l'amour, une voix lui soufflait que ce sentiment devait être la seule arme qui permît de brûler ceux qu'on avait adorés.

Un nouveau sanglot lui remonta du cœur, que cette fois elle ne chercha plus à maîtriser.

Elle allait rentrer à Tolède. Et après ? Comment trouver un sens à sa vie ? La littérature ? Les arts ? Les courses au grand galop le long du Tage, les dîners à la Cour ? Son existence n'aurait aucun sens puisque l'essentiel lui manquerait, c'est-à-dire *le partage*. Devant la beauté d'un paysage, l'émotion ne ferait trembler que son âme. Découvrant une écriture admirablement ciselée ou une peinture, son émerveillement ne bouleverserait qu'elle. Bien sûr, elle était libre. Mais à quoi sert la liberté lorsqu'elle ne mène à rien ?

Aveuglée par ses larmes, elle ne vit pas les deux cavaliers dressés sur son chemin, ou peut-être n'en fut-elle pas alarmée. Ce fut au tout dernier instant, alors qu'ils n'étaient plus qu'à quelques toises, qu'elle prit conscience de l'imminence d'un danger.

Ils lui barraient la voie. Elle pila net. L'un des deux cavaliers se détacha, un sourire narquois au bord des lèvres.

Mendoza... ici ?

Dans sa stupeur, Manuela avait articulé le nom sans le prononcer.

— Buenos dias, señora...

Elle resta silencieuse, tous les sens aux aguets.

L'homme à la tête d'oiseau prit son acolyte à témoin.

— Fière cavalière, n'est-ce pas ? Quelle tenue, quelle maîtrise...

L'autre approuva avec une expression cynique.

Manuela s'était ressaisie.

— Que faites-vous là ? Ne devriez-vous pas être en train de filer vos proies ?

— Et vous, señora ?

— Vous le savez parfaitement . je rentre à Tolède.

Mendoza émit un sifflement.

— Fière cavalière et, de plus, volontaire. Finalement, vous êtes un être exceptionnel. En tout point.

Le sourire dont il ne s'était pas départi se transforma en rictus.

— Mais tout cela est fini, señora... J'ai reçu des ordres.

— Des ordres ?

Il porta la main à la ceinture et dégaina son poignard. La lame scintilla brièvement, éclaboussée par le soleil.

— Croyez que je n'y suis pour rien. J'ai plaidé votre cause. Mais votre désertion a beaucoup contrarié l'Inquisiteur général.

Il avait parlé d'une voix mielleuse qui reflétait toute la duplicité du monde.

Le cœur de Manuela battait la chamade. Ses mains moites s'étaient refermées sur les rênes, ses genoux enserraient les flancs du cheval. Elle n'allait pas mourir, pas ici. Pas sous les coups d'un être aussi veule.

— Descendez de votre monture, señora ! Et n'essayez pas de fuir. Je peux atteindre un perdreau à cent pas.

Il se retourna vers son camarade.

— N'est-ce pas, amigo ? Dis à la señora...

Elle n'hésita plus. Sous une première pression la bête se cabra avec une extraordinaire violence, manquant de renverser Mendoza ; la deuxième pression la fit se ruer au galop entre les deux cavaliers.

Le premier instant de surprise passé, les deux hommes se lancèrent à sa poursuite.

Manuela filait droit devant, épousant les moindres ondulations de sa monture. Celle-ci, excitée par sa cavalière, donnait l'impression de ne plus toucher terre. Une haie d'aubépines apparut devant elle, qu'elle franchit avec souplesse. Sur la droite, une pente escarpée s'élevait au-dessus de la plaine. Elle s'y engagea, parvint au sommet et s'élança de plus belle. Rien ne semblait l'arrêter. On aurait dit que, dans sa fuite désespérée, elle cherchait à s'élever vers le ciel tendu au dessus du paysage.

Elle jeta un coup d'œil furtif par-dessus son épaule : les chevaux de ses poursuivants semblaient moins rapides, mais ils réussissaient quand même à coller à son sillage. Combien de temps pourrait-elle tenir ce train d'enfer ? Et jusqu'où ? Le village de Canete était encore loin, et où que se portât le regard, on ne découvrait âme qui vive, pas la moindre habitation. Une branche fouetta violemment sa joue. Trop préoccupée par sa cavalcade, elle ne ressentit aucune douleur. Un seul sentiment dominait : la terreur, l'effroi de se voir rattraper par l'homme à la tête d'oiseau.

Sa fuite éperdue se prolongea plus d'une heure encore. Son cheval commençait à montrer des signes de fatigue. Elle se retourna une nouvelle fois. Ils n'avaient pas décroché. Elle eut même l'impression qu'ils avaient gagné du terrain.

Ce n'est pas possible, songea-t-elle. Je ne peux pas mourir. C'est trop absurde !

Soudain, la terre explosa sous son cheval. Le ciel bascula. Elle se retrouva projetée au sol avec une violence inouïe. Une crevasse ? Un tronc d'arbre ? Elle aurait été incapable de définir l'obstacle qui avait provoqué la dérobade de la bête. Sa tempe heurta une pierre. À peine à terre, la vision de Mendoza domina toutes les autres. Elle voulut se remettre debout, mais ses jambes refusèrent. Le sang martelait dans sa tête, fort, si fort qu'elle fut persuadée que son crâne allait céder sous la pression.

Le cœur au bord des lèvres, elle sut qu'elle allait s'évanouir.

Une fraction de seconde avant qu'elle ne plonge dans les ténèbres, elle entendit une voix affolée qui criait :

— Señora... Señora... Pouvez-vous vous relever ?

Plusieurs silhouettes en uniforme avaient formé un cercle autour d'elle, dans lesquelles elle identifia les soldats de Sa Majesté Isabel, reine de Castille.

Alors elle ne résista plus et se laissa sombrer dans la nuit.

*

Un ciel crépusculaire s'était installé au-dessus de la plaine désertique, réduisant le paysage alentour à des taches informes. À l'instigation d'Ezra, ils avaient fait halte au pied d'un sycomore, à quelques lieues de la petite bourgade de Torrebaja, sur les rives de la Turia. Au-dessus d'eux, un croissant de lune venait de faire son apparition, cicatrice argentée qui ne tarderait pas à s'unir à la lueur des étoiles.

Face à La Mecque, Ibn Sarrag se prosterna une

dernière fois, front contre terre, puis il se releva et, après avoir roulé soigneusement son tapis de soie, il revint s'asseoir entre Ezra et Vargas.

— Je vois que vous avez retrouvé goût à la prière, observa le rabbin avec un demi-sourire.

Comme s'il avait craint une protestation, il précisa :

— Il en est de même pour moi.

Et se tournant vers le franciscain :

— Pour nous tous d'ailleurs.

Vargas reconnut la justesse du propos. Il était vrai que depuis leur départ de Teruel il avait éprouvé l'impérieux besoin de renouer son dialogue avec Dieu. Le *Notre Père* lui était revenu aux lèvres, naturellement, de préférence à toute autre invocation. *Que Votre volonté soit faite*... Jamais ces mots ne lui avaient paru plus profonds, jamais il n'y avait trouvé si grand refuge.

Le vent chaud était retombé, cédant la place à l'immobilité cristalline de l'air.

— C'est bien connu, dit lentement Sarrag, lorsque les réponses sont hors de sa portée, l'homme n'a d'autre choix que d'interroger son Créateur.

— Bien sûr, admit Ezra. Mais, au point où nous en sommes de notre voyage, Adonaï voudra-t-il nous répondre ? S'il le faisait, saurions-nous l'entendre ? Par l'entremise de son serviteur, je veux parler d'Aben Baruel, Il nous a montré la voie qui mène au message qu'Il veut nous transmettre, mais dans le même temps il le rend inaccessible.

— Inaccessible n'est pas le mot exact, lança tout à coup Vargas, *invisible* serait plus approprié. Nous évoquons Dieu. Alors, pourquoi avons-nous cessé de lui faire confiance ? Obnubilés que nous sommes par ce mot : *Béréchit*, déçus à l'idée que tous ces lieux parcourus ne l'auraient été que pour nous ramener au point de départ, le doute s'est insinué dans notre foi. Nous avons reconnu nous-mêmes que, depuis quelque temps atteints par la fatigue, tant physique que mentale, nous avons négligé de nous adresser au Seigneur. Or chacun d'entre nous n'a-t-il pas entrepris cette quête, convaincu qu'il avait été élu pour devenir le dépositaire et, qui sait ? le messager d'un événement miraculeux ? À quelle sorte d'homme cet extraordinaire privilège a-t-il été accordé dans l'Histoire humaine, sinon à des hommes hors du commun. Je veux parler des prophètes, qu'ils aient eu pour nom Moïse, Élie, Muhammad ou Jean le Baptiste. Il me semble qu'aujourd'hui, face à l'impasse qui se profile, la seule question que nous devrions nous poser est la suivante : sommes-nous encore dignes de la mission sacrée que le Seigneur nous a confiée ?

La réponse de l'Arabe tomba avec une sincère humilité.

— Rafael, mon ami. L'avons-nous jamais été ? Vous avez parlé d'hommes hors du commun. Croyez-vous sincèrement que vous, le rabbin, ou moi faisons partie de ces êtres d'exception ? Nous nous sommes égarés. Notre foi n'a pas vacillé, mais au fil des jours, à notre insu, nous nous sommes appuyés sur notre seule science des Écritures. Nous avons cru au seul pouvoir de la froide Connaissance, oubliant une vérité première : le cerveau est proche de l'homme Le cœur est proche de Dieu.

Un court moment de silence passa.

— Puisque nous évoquons le cerveau, reprit Sarrag, je repense au texte du Palais lié à Caravaca : DANS LA VILLE QUI VIT APPARAÎTRE LA SAINTE CROIX. LÀ OÙ REPOSÈRENT LES CHEVAUX DES PAIRS DU JOUVENCEAU, REPOSE AUSSI LE 3. QUICONQUE BOIRA DE CETTE EAU AURA SOIF À NOUVEAU. C'est le mot « jouvenceau » qui nous a menés jusqu'à vous, par conséquent il vous concerne directement, ne croyez-vous pas ?

Vargas approuva.

— J'y ai réfléchi. L'expression LES PAIRS DU JOUVENCEAU offre une alternative. Soit c'est une référence à mes frères en l'Église, en l'occurrence les franciscains. Soit c'est une allusion à mes ancêtres Templiers. Ce n'est qu'une fois sur place que nous pourrons déterminer laquelle des deux options est la bonne. Pour ce qui est du passage « de l'eau et de la soif », je pense qu'il est lié à la rencontre de Jésus avec la Samaritaine. Mais il est trop tôt pour l'affirmer.

Sarrag sourcilla.

— Franciscains ou Templiers ? Monastère ou château ?

Le cheikh se tourna vers Ezra pour quêter son opinion, mais il dut s'interrompre. Pendant leur échange, le rabbin s'était recouvert les épaules de son talith et avait entrepris de réciter à voix basse le *Chema Israël*.

L'aube les trouva sur la route. Après Torrebaja, ce fut Aliaguilla. Trois jours plus tard, ils franchirent le rio Cabriel, entrèrent un vendredi dans Villatoya. Ezra ayant manifesté son désir d'observer le shabbat, ils n'en repartirent que le dimanche au matin. Le soir même ils arrivèrent en vue d'Albacete, que Sarrag, durant tout le trajet, s'était entêté à appeler de son nom arabe : Al Basit. Un instant égarés, ils se retrouvèrent au beau milieu de marécages infestés, que ni les travaux d'irrigation ni les efforts de drainage entrepris par les Maures depuis des siècles n'étaient parvenus à assécher. L'odeur pestilentielle qui, par endroits, montait entre les herbes et les joncs les prit à la gorge. Épuisement ? Suffocation ? Ou était-ce simplement parce qu'il était le plus fragile d'entre eux : le rabbin bascula de sa monture et plongea dans les eaux noirâtres. Sans l'aide de Vargas et du cheikh, nul doute qu'il serait mort noyé. On dut le débarrasser de ses habits, et les abandonner sur place tant ils puaient. Afin qu'il pût se vêtir à nouveau, le franciscain lui proposa spontanément la soutane de rechange qu'il possédait, l'Arabe lui présenta une saie de drap. Ezra opta sans hésitation pour la saie.

Ils passèrent la nuit dans la ville et, le lendemain, à travers les champs de safran éparpillés comme des nappes de soleil, ils partirent en direction de Tobarra.

C'est aux environs de Las Minas, deux jours plus tard, qu'apparurent les premiers signes manifestes de la guerre. Fermes dévastées, récoltes brûlées, paysans arabes assis l'œil hagard au bord de la route. C'était la même atmosphère qu'ils avaient connue quelques semaines auparavant en quittant Grenade. Alors qu'ils étaient en vue de Caravaca, ils croisèrent un détachement de l'ost royal, qui progressait vers l'Andalousie, vers le sud. Un millier de fantassins, des arbalétriers, des cavaliers avançaient en rangs plus ou moins ordonnés. Fermant la marche, des chevaux trottaient en tirant des bombardes.

— Écartons-nous, chuchota Sarrag la gorge nouée.

— Gardez votre sang-froid, conseilla Vargas. Pour quelle raison ces gens s'intéresseraient-ils à trois voyageurs sans armes ?

— Ne soyez pas naïf. Vous savez parfaitement qu'en ce moment, armés ou non, les gens de ma race n'ont pas intérêt à se faire remarquer. Je ne tiens pas à finir ma vie pendu ou décapité. Nous ne vous l'avons pas dit, mais, alors que nous étions en route pour la Rábida, nous avons été arrêtés par un détachement nasride.

— Le cheikh dit vrai, confirma Ezra. Et s'il n'était pas un Bannu Sarrag, nous ne serions pas là...

Vargas capitula. D'une légère pression sur les rênes, il entraîna sa monture dans le sillage de ses compagnons. Mais c'était trop tard.

— Halte !

L'ordre avait claqué, lourd de menace. Dans un épais nuage de poussière venait de surgir un groupe de cavaliers appartenant à l'ost royal.

— Décidément, pesta le cheikh, il suffit d'évoquer le diable...

— Où allez-vous ?

L'un des militaires s'était approché

Vargas prit sur lui de répondre :

— Nous nous rendons à Caravaca della Cruz

Il crut bon de préciser :

— Pour nous recueillir.

Apercevant la soutane du franciscain, la voix du militaire se radoucit sensiblement.

— Vous recueillir, padre ? Mais où ?

— Étrange question, venant d'un enfant du Christ. Ignorez-vous donc que c'est à Caravaca qu'est apparue il y a deux siècles la sainte croix ?

Un éclair de suspicion filtra dans ses yeux.

— Et vous, señores ?

Le rabbin répondit d'une voix pleine de componction :

— Fray Vargas vient de vous le dire, nous allons prier sur le lieu où Notre Seigneur s'est manifesté afin que se repentissent les mécréants.

L'homme se redressa légèrement sur sa selle pour mieux étudier les vêtements de Sarrag et d'Ezra.

— Vous êtes arabes...

Le ton employé était plus proche de l'affirmation que de l'interrogation.

— Dites-moi, padre, depuis quand des musulmans font-ils leurs dévotions à la croix ?

Le franciscain ne se démonta pas.

— Dès lors qu'ils se sont convertis à la vraie foi. Ce qui est le cas de mes frères.

Il récita :

— *Il y aura plus de joie dans le ciel pour un seul pécheur qui se repent que pour quatre-vingt-dix-neuf justes qui n'ont pas besoin de se repentir.*

Le militaire afficha une moue mitigée et continua d'examiner le rabbin et le cheikh. Sans qu'il fût capable d'expliquer pourquoi, il trouvait dans leur attitude empruntée quelque chose de bizarre. Si l'ecclésiastique n'avait pas été là, c'est avec joie qu'il les aurait fait arrêter. Mais en ces temps où, au même titre que les militaires, les pairs de l'Église s'étaient érigés en soldats de la foi, il eût été malvenu de contrarier l'un des leurs sans véritables motifs.

— Très bien, padre, déclara-t-il à contrecœur. Poursuivez votre route, et que Dieu vous accompagne. Je vous recommande toutefois la prudence.

Il loucha vers le cheikh en ajoutant :

— Les incroyants sont partout.

Sur un signe de lui la troupe s'ébranla en direction de l'est.

L'Arabe attendit qu'ils se fussent éloignés avant d'énoncer avec rancœur :

— *Préparez, pour lutter contre eux, tout ce que vous trouverez de forces et de cavaleries, afin d'effrayer l'ennemi de Dieu et le vôtre...*

— Filons ! ordonna Ezra. J'ai hâte que nous soyons à Caravaca pour que je puisse enfin me débarrasser de cette tenue.

— Qu'a-t-elle de si gênant ? dit le cheikh, pincé.

— Vous venez d'en avoir la preuve : vêtu à la mauresque, je passe pour un Arabe.

— Mais vêtu à l'espagnole — quoique vous vous en défendiez — vous passez pour un juif.

— Peut-être, mais reconnaissez que c'est affaire de priorité. Dans les heures qui viennent, j'aime mieux être juif qu'arabe.

Un rictus amer se dessina sur les lèvres de Sarrag.

— Il ne me reste plus qu'à endosser la soutane...

Monastère ou château ?

Ce fut la deuxième hypothèse soulevée par Rafael Vargas qui se révéla la bonne. Lorsque trois jours plus tard ils arrivèrent à Caravaca, ils aperçurent les remparts d'une place forte, ou plutôt ce qu'il en restait. Renseignements pris auprès des villageois, ils obtinrent confirmation que le lieu avait été occupé plus de deux siècles par des Templiers. Aujourd'hui, les épaisses murailles n'abritaient plus que des garnisons de perdreaux et de becfigues.

578

Au moment où ils pénétraient dans la cour abandonnée du château, tous trois se sentirent submergés par le même sentiment d'appréhension, conscients que c'était ici qu'allait se jouer l'avenir de leur quête.

À l'une des extrémités de la cour noyée d'herbes folles se détachaient une façade ravagée et les vestiges d'une courtine qui, jadis, avait dû lier deux tours carrées qu'on apercevait à l'est et à l'ouest. Sur la droite, une sorte de galerie établie sur des corbeaux en pierre était entièrement affaissée, et s'il n'y avait eu ces quelques mangeoires, brisées pour la plupart, ces restes de crémaillères, jamais on n'aurait identifié d'anciennes écuries.

LÀ OÙ REPOSÈRENT LES CHEVAUX DES PAIRS DU JOUVENCEAU, REPOSE AUSSI LE 3.

Tout en avançant, Vargas raisonna à voix haute.

— Si nous tenons compte de la volonté de Baruel de rendre plus aisée la compréhension de ce Palais, LÀ OÙ REPOSÈRENT LES CHEVAUX pourrait simplement figurer des écuries. Celles-ci en l'occurrence.

Il se fraya un passage parmi les éboulis et s'immobilisa devant un râtelier dévoré par la rouille. Il entendit la voix d'Ezra qui résonnait dans son dos.

— Où chercher ?

Le moine réfléchit un moment, puis :

— Un puits. Il doit y avoir un puits non loin d'ici...

Les deux autres n'eurent pas l'air de saisir.

Vargas expliqua :

— *Quiconque boira de cette eau aura soif à nouveau...* Ne vous ai-je pas dit, il y a quelques jours, que cette phrase était sans doute liée à la rencontre du Christ avec la Samaritaine ? Cette rencontre s'est déroulée très précisément...

— Le puits de Jacob ! s'exclama le rabbin.

— Parfaitement. *Seigneur, lui dit la Samaritaine, tu n'as rien pour puiser. Le puits est profond. Où la prends-tu donc l'eau vive ? Serais-tu plus grand que notre père Jacob, qui nous a donné ce puits et y but lui-même ainsi que ses fils et ses bêtes ? Jésus lui répondit : Quiconque boit de cette eau aura soif à nouveau ; mais qui boira de l'eau que je lui donnerai n'aura plus jamais soif. L'eau que je...*

— Inutile de poursuivre, interrompit le cheikh. Le voici votre puits !

Non loin de là, l'Arabe s'était arrêté au pied d'un petit dôme de maçonnerie blanche à moitié enseveli sous les feuillages. En quelques enjambées, Ezra et Vargas le rejoignirent et se retrouvèrent devant une bouche de pierre ouverte sur le ciel. Une corde de chanvre épais — qu'on aurait jurée placée la veille — était nouée au sommet du dôme, et coulait vers le fond du puits. Le franciscain se pencha sur la margelle. Les parois étaient tapissées de plantes qui avaient poussé dans les interstices, et une eau grisâtre empêchait de jauger sa profondeur.

— Qu'en pensez-vous ? questionna le rabbin. Le triangle serait-il sous la surface ?

— Peut-être...

Avec précaution, il referma ses doigts autour de la corde et la hala vers lui. Instantanément, il sentit une résistance qui laissait à penser qu'un poids était suspendu à l'autre extrémité. Redoublant de précaution, il poursuivit sa manœuvre jusqu'à ce qu'apparaissent les contours d'un objet de forme circulaire.

— Qu'est-ce que c'est ? questionna Sarrag, interloqué.

— Nous n'allons pas tarder à le savoir.

Vargas accéléra le mouvement et, un instant plus tard, il tenait entre ses mains un disque de terre cuite dans lequel étaient creusées six cavités, l'une d'entre elles étant occupée par un triangle, le sixième. Ce qui, vu en plongée, donnait ceci :

Le franciscain retourna le disque. Sous la base, des mots étaient gravés en demi-cercle :

C'EST AU-DEDANS DE NOUS QU'IL FAUT REGARDER LE DEHORS.

Sarrag fit remarquer :

— Une fois encore, nous voici devant le thème cher à Baruel. La descente en soi. Hier il était représenté par la caverne ; aujourd'hui c'est le puits.

— Avec cependant un détail de plus, précisa le rabbin. Le puits est aussi symbole de la vérité cachée, une vérité totalement nue lorsqu'elle sort des ténèbres.

— Il y a aussi une information bien plus importante, renchérit Rafael Vargas. Ce disque est la preuve indiscutable qu'à défaut de ce que nous avons pu croire, nous ne sommes pas dans un cul-de-sac. Sinon, pourquoi Baruel l'aurait-il placé là ? Il n'aurait pas eu de raison d'être s'il n'y avait une étape suivante. De plus, regardez bien...

Il posa le disque sur la margelle.

— Si nous examinons attentivement la position des cavités prêtes à accueillir les cinq autres triangles, nous constatons qu'elles ne sont pas à égale distance les unes des autres. Et, là au centre, il y a aussi ces rainures.

— Qu'est-ce qu'elles pourraient signifier selon vous ?

— Qu'il y a de fortes chances pour que l'ensemble ait été forgé pour s'emboîter *dans* un autre élément.

— Vous voulez dire que ce pourrait être une clé ?

— Je le pense. C'est pourquoi je vous disais que Grenade ne peut être la fin. Baruel n'aurait pas conçu cet objet si nous ne devions pas nous en servir.

Ils gardèrent les yeux rivés sur le disque, subjugués par les six cavités tandis que leur esprit essayait de dénouer le dernier fil. Le dernier qui, paradoxalement, était devenu le premier Le *commencement* : BÉRÉCHIT.

Chapitre 32

> J'étais effrayé pourtant de penser que ce
> rêve avait eu la netteté de la connaissance.
> La connaissance aurait-elle, réciproque-
> ment, l'irréalité du rêve ?
>
> *Marcel Proust,*
> À la recherche du temps perdu.

Burgos, juillet 1487.

Cela faisait un moment que, tournant le dos à
son secrétaire, Francisco Tomas de Torquemada
contemplait les deux clochers de la cathédrale,
avec autant d'intérêt que s'il les voyait pour la
première fois.

— Récapitulons, dit-il en opérant une volte
vers Alvarez. Doña Vivero nous a trahis. Nos trois
hommes sont rentrés à Grenade. Et, selon Mendoza, tout espoir de retrouver le Livre de saphir
serait perdu.

Le secrétaire confirma en précisant toutefois :

— Il y a aussi cette information, selon laquelle
un groupe d'individus rôderait dans le quartier de
l'Albaicín, aux abords de la maison de l'Arabe.

— A-t-on essayé de savoir qui ils sont ?

Alvarez confirma :

583

— Se prévalant de sa fonction auprès du Saint-Office, Mendoza a interrogé sans détour celui qui semblait jouer le rôle du chef. Il s'est vu opposer un mutisme total.

— C'est curieux... D'autres que nous s'intéresseraient donc au contenu du Livre ?

Ne se faisant aucune illusion sur la capacité à répondre de son interlocuteur, il enchaîna :

— Si c'était le cas, leur présence signifierait que, tout comme nous, ils veulent être absolument certains qu'il n'y a plus aucune chance de trouver le Livre.

L'Inquisiteur général regagna sa place. Il enfouit son visage dans ses mains et se tut longuement. Alvarez se demanda : priait-il ou éprouvait-il un malaise ? Dans le doute, il jugea plus prudent de rester silencieux. Finalement, Torquemada se redressa. Ses traits exprimaient la plus vive contrariété.

— Qui ? s'écria-t-il soudain. Qui est au courant de l'existence du Livre ? Qui, à part vous — Alvarez sursauta malgré lui —, le kabbaliste qui a rédigé la fausse lettre de Baruel, la señora Vivero, Sa Majesté et moi ?

Une fois encore, il n'attendit pas la réponse et répéta avec force :

— Qui d'autre ?

Sa voix se fit presque inaudible :

— J'oubliais... Hernando de Talavera.

La stupeur apparut sur le visage du secrétaire. Son pouls s'accéléra. Terrorisé, il se demanda si l'Inquisiteur concevait des soupçons à son endroit. Il articula avec peine :

— Fray Talavera ? Vous n'imaginez pas qu'il...

— Je n'imagine rien. Et j'envisage tout

Ses doigts se joignirent sur le bureau.

— Vous n'avez pas oublié notre discussion, ici même. Lorsque je lui ai exposé l'affaire, il a commencé par mettre en doute le sérieux du dossier, pour ensuite manifester son opposition à toute tentative de récupération du Livre.

— Je m'en souviens parfaitement. Comme je me souviens de sa réponse, lorsque vous lui avez demandé s'il était prêt à prendre le risque d'assister à la mort du christianisme et de l'Espagne. Il vous a dit...

— Je sais !

Ses doigts se nouèrent au point que les jointures prirent le blanc laiteux des os.

— Ces mots ! Ces mots ont hanté mes nuits ! Ils m'ont poursuivi, pernicieux comme la peste ! Il a osé affirmer : *On ne peut vouloir maintenir coûte que coûte et indéfiniment une hérésie, sous le seul prétexte de ménager l'orgueil et la vanité !*

L'Inquisiteur se maintint droit contre le dossier du siège. Une fièvre s'était emparée de lui qu'il ne cherchait plus à maîtriser ; ses lèvres tremblaient, déformées par un rictus.

— L'orgueil... Si l'orgueil est la défense de la foi contre les hérésies, s'il se veut un rempart contre les influences néfastes de la science et des colporteurs de sophismes, s'il exprime la volonté de préserver et de transmettre l'unique, la seule juste voie envers et contre toutes les autres, la voie des Saintes Écritures, alors oui : je suis l'orgueil !

Il s'arrêta et pointa un index tremblant sur son secrétaire.

— Savez-vous ce qu'est l'orgueil, fray Alvarez ? Ce n'est rien d'autre que la certitude d'être né pour quelque chose que seul nous pouvons concevoir !

Il martela la table du poing.

— Vous comprenez, fray Alvarez ? SEUL NOUS POUVONS !

Il se tut, avala une goulée d'air, et sa tête retomba en avant dans une sorte d'abandon.

Paralysé, le dominicain laissa passer un long moment avant de risquer :

— Fray Tomas, que décidez-vous ? Mendoza attend vos ordres.

— Ne les lâchez pas, ordonna-t-il. Ne les lâchez pas d'une semelle. Il est hors de question que le message de Dieu tombe entre d'autres mains que les nôtres. Je *veux* ce Livre. Ensuite vous tuerez les trois hommes ! Sur place ! Quant au groupe d'individus qu'on vous a signalé : qu'on les brise ! Prévenez Mendoza que nous doublerons ses effectifs.

Surmontant ses craintes, le secrétaire crut utile de préciser :

— Fray Tomas, vous avez bien retenu que le plan de Baruel était incomplet. L'attente risque d'être vaine...

— Alors, plus que jamais mes ordres seront à respecter : qu'on les tue !

*

Le lendemain, à Tolède.

Un rayon de soleil, mince comme un fil, filtrait à travers les tentures légèrement entrebâillées. Depuis qu'il était rentré de Salamanque, Hernando de Talavera supportait de plus en plus mal la lumière crue, à moins que ce ne fût un désir inconscient de se plonger dans la solitude des ténèbres, plus propice au recueillement.

586

Il considéra tour à tour son homme de paille et le père Alvarez.

— J'ai du mal à croire que cette affaire s'achève sur une impasse. Pour quelle raison sont-ils rentrés à Grenade ?

C'était la deuxième fois qu'il posait la question

— Ils n'avaient plus le choix.

C'était Alvarez qui avait répondu.

— Et vous êtes absolument certain ? À Caravaca, ils n'ont rien trouvé de plus qu'un disque de terre cuite. Rien d'autre, rien qui ressemblât de près ou de loin à une tablette de couleur bleue ?

— Rien d'autre, fray Talavera. Je vous l'assure.

Comme s'il s'attendait à l'interrogation suivante, il prit les devants.

— Au dos de ce disque, le franciscain a lu ces mots à voix haute : « C'est au-dedans de nous qu'il faut regarder le dehors. »

Talavera se refusait à concevoir que cette quête à travers la Péninsule pût aboutir au néant. Une pièce manquait qui avait dû certainement échapper aux trois hommes. Autant, au début de l'affaire, il avait éprouvé du scepticisme quant à la réalité d'une épître signée de Dieu, autant aujourd'hui il était convaincu de son existence. Le plan de Baruel avait été trop savamment élaboré pour se révéler une impasse. Une pièce manquait... Ces hommes la trouveraient-ils jamais ?

C'est curieux. Depuis qu'il avait présidé à Salamanque cette commission de cosmographes, de théologiens et d'astronomes, lui revenait sans cesse ce passage des Actes des apôtres : « Paul, debout au milieu de l'Aréopage, dit : Athéniens, en tout je vous vois éminemment religieux. Car, passant et regardant ce qui est de votre culte, j'ai trouvé même un autel avec cette inscription : *Au dieu inconnu*. Ce que vous adorez sans le connaître, c'est ce que je vous annonce. »

Et si l'ultime expression de la foi était de ne pas chercher à attribuer à Dieu un passé, un présent, une origine, une histoire ?

Il s'immobilisa près de son bureau et passa lentement sa paume sur la surface. Cette table pourrait-elle jamais imaginer le charpentier qui l'avait conçue ? N'était-ce pas notre incommensurable orgueil qui nous poussait à résoudre l'insoluble ? « Je suis Celui qui est. » Cette affirmation revenait sans cesse au long des Palais. Ne pouvait-on l'interpréter comme l'expression de la volonté même de Dieu ? Ne m'attribuez point de nom Acceptez-moi tel que *Je suis*, c'est-à-dire . Inconnu.

Il chassa ces pensées et reprit le fil de la discussion.

— Fray Alvarez, vous m'assurez que les sbires de l'Inquisiteur général n'ont pas fait le rapprochement entre les hommes de Diaz et moi ?

Au grand soulagement du secrétaire de Torque mada, ce fut Diaz lui-même qui le rassura.

— Aucunement. Et pour cause, ils ignorent tout de votre rôle. Ils obéissent à mes ordres, c'est tout.

Il se hâta d'ajouter :

— Néanmoins, il faut que vous sachiez que notre mission est désormais gravement compromise.

— Il a raison, confirma Alvarez. L'Inquisiteur a pris sur lui de doubler les effectifs placés sous les ordres de Mendoza. S'ils décidaient d'intervenir, vos hommes seraient balayés. À moins que.

Il avait laissé volontairement sa phrase en suspens.

— À moins que ? interrogea Talavera.

Alvarez suggéra, timide :

— Sa Majesté... Si vous pouviez intervenir auprès d'elle, alors peut-être auriez-vous une chance d'inverser l'équilibre des forces.

Le confesseur de la reine s'accorda quelques instants de réflexion, son regard parut se perdre dans le vide.

— Je vais réfléchir.

Il se tourna vers Diaz.

— Restez cette nuit à Tolède. Je vous ferai connaître ma décision.

*

Grenade, le soir.

Debout sur sa terrasse, le visage tourné vers le ciel constellé d'étoiles, Ibn Sarrag murmura :

— Vous ne me croyez pas, Rafael, pourtant c'est là-haut que tout est écrit.

Il alla vers un impressionnant plateau d'argent damasquiné posé sur un trépied de bois. Une alcarazza s'y trouvait, emplie d'un breuvage ambré, et à côté une coupe à moitié pleine. Il la saisit et la porta à ses lèvres.

— Ainsi, cheikh Sarrag, vous avez décidé ce soir d'enfreindre la loi du Prophète...

L'Arabe se laissa choir parmi les coussins, faisant vaciller la petite flamme de la lampe à huile.

— Mon ami... Ne nous voilons pas la face, de tout temps les musulmans, particulièrement les plus riches d'entre eux, ont apprécié le vin. et ce en dépit des prescriptions de Muhammad. Pour la première fois, c'est vrai, j'enfreins délibérément la loi. Mais que voulez-vous ? la faiblesse est dans le cœur de l'homme. Et ce soir je suis faible.

Il offrit la coupe au franciscain.

— Vous, qu'est-ce qui vous fait hésiter ?

— Rien. Rien sinon que l'apôtre Paul nous a enseigné qu'il fallait que les serviteurs de Dieu soient des hommes honorables, point adonnés au vin afin de garder le mystère de la foi dans une conscience pure.

— Il y a là un paradoxe, ne trouvez-vous pas ? Le repas sacré de votre Messie, que vous commémorez depuis près de mille cinq cents ans, de quoi est-il composé, sinon de pain et... de vin ?

Il se hâta de rectifier :

— Je sais, il y a une différence entre une gorgée et une beuverie. En ce qui me concerne, cette nuit, ma tristesse est trop grande. Qu'Allah me pardonne : le temps d'une ivresse je serai païen.

Tout en parlant, il se resservit une rasade.

— Vous n'êtes vraiment pas tenté ?

Vargas eut un léger temps d'hésitation. L'espace d'un battement de paupières une lueur nostalgique traversa ses prunelles.

— Donnez, dit-il. Je m'en voudrais de vous laisser seul...

Il prit la coupe et la vida d'une seule lampée.

— Serais-je moins vertueux que Noé, dont le premier geste, après le déluge, fut de s'enivrer ?

— Vous voyez bien que les patriarches étaient aussi des hommes, fit remarquer doctement Sarrag, et il récita : *Le vaisseau voguait avec eux au milieu des vagues semblables à des montagnes. Noé appela son fils resté en un lieu écarté : Ô mon petit enfant ! Monte avec nous ; ne reste pas avec les incrédules.*

Son visage se rembrunit soudain et, sans transition, il s'écria avec un accent de révolte :

— Je ne comprends pas ! Je ne comprendrai jamais à quoi ce voyage nous aura servi. Tant d'efforts pour aboutir à rien ! Tant d'espoirs réduits à néant !

Le franciscain ne fit aucun commentaire. Il se sentait tout aussi désemparé. Demain il allait rentrer à la Rábida, retrouver son monastère, et ce serait la fin du rêve. Un frisson lui parcourut le corps. L'air était doux au-dessus de Grenade, empli de thym et d'orangers. Il scruta le paysage nocturne. Dans le lointain transparaissaient, ombres fantasmagoriques, les sommets blancs de la sierra Nevada. Le Genil somnolait dans les bras de la Vega. Les tours carrées de l'Alhambra veillaient. Qui aurait pu croire que toute cette harmonie n'était qu'apparence ? La guerre grondait à quelques lieues de là. Demain, un jour, elle franchirait les derniers obstacles, et c'en serait fini de cette douceur de vivre.

Lorsque je vous écoutais parler de ces instants rares où l'on a la certitude que l'autre fait partie intégrante de vous, qu'il vous complète, je n'avais qu'une envie, celle de vous crier que vous représentiez tout cela à mes yeux.

Lancinante, la voix de Manuela Vivero lui revenait dans le silence Il se crispa comme si une lame chauffée à blanc s'enfonçait dans sa chair. Il ne devait pas faillir. Il appartenait à Dieu. Le temps refermerait la blessure et les souvenirs se dilueraient au rythme des saisons...

Tout a basculé dans l'instant où je vous ai aimé.

Elle avait menti.

Il s'arracha péniblement à ses pensées et demanda :

— Sarrag... Versez-moi un peu de vin.

Le cheikh allait s'exécuter, lorsque la petite porte qui séparait la terrasse du cabinet de travail de l'Arabe s'entrouvrit, révélant dans le clair-obscur la silhouette efflanquée d'Ezra.

— Venez, rabbi ! Joignez-vous à nos mélancolies.

Le rabbin ne broncha pas. Il resta sur le seuil à les observer, très droit, presque hiératique.

Sarrag réitéra son invite.

Il y eut un glissement de pas. Dans le faible halo de lumière, Ezra avança, impressionnant de raideur. Ce fut seulement quand il arriva auprès des deux hommes que ceux-ci remarquèrent les feuillets qu'il tenait à la main

— Rapprochez la lampe, furent ses premiers mots. J'ai besoin de plus de lumière.

S'asseyant à même le sol, il donna l'impression de se recueillir avant d'articuler d'une voix vibrante :

— *Béréchit*... Au commencement. *Au commencement, Dieu créa le ciel et la terre. Or, la terre était vague et vide, les ténèbres couvraient l'abîme, l'esprit de Dieu planait sur les eaux. Dieu dit que la lumière soit et la lumière fut. Dieu vit que la lumière était bonne, et Dieu sépara la lumière et les ténèbres. Dieu appela la lumière « jour », et les ténèbres « nuit ». Il y eut un soir et il y eut un matin : premier jour.*

Sa main caressa machinalement les contours de sa barbe.

— Ainsi jusqu'au sixième jour. Le sixième

Dieu fit l'homme... Six. Le nombre des Palais. Six triangles équilatéraux. Six portes dans les murs de Jerez de los Caballeros. Un disque, gravé de six repères.

Il afficha un air tranquille pour annoncer :

— C'est dans le nombre six que reposait la clé..

Comme s'ils avaient craint de briser le fil, Vargas et Sarrag n'osaient rien dire.

— Depuis notre retour à Grenade, je n'ai cessé de ressasser le chemin parcouru. J'ai repensé à chaque ligne, chaque mot, j'ai revécu en mémoire chacune de nos étapes. Une certitude m'est alors apparue qui se résume en un mot : « rigueur ». La rigueur manifestée par Baruel tout au long de la rédaction de ses énigmes. Fort de cette vérité, un élément contradictoire a aussitôt frappé mon esprit. Dans cet ensemble d'une absolue cohérence existait une part d'incohérence : le voyage à travers la Péninsule. Nous sommes allés d'une ville à l'autre, dans un mouvement dépourvu — à première vue — de signification. Huelva, Jerez de los Caballeros, Cáceres, Salamanque, Burgos, Teruel, Caravaca, Grenade. Dites-moi : quelle relation y avait-il entre ces villes ? Aucune. Ou alors si peu de chose qu'on ne pourrait sérieusement en tenir compte. Notre périple a ressemblé à une errance, plutôt qu'à un tracé élaboré. Où étaient passées la rigueur et la logique auxquelles Baruel nous avait habitués ? Pouvait-on imaginer qu'il ait pu échafauder ses Palais au gré du hasard, en fonction d'une tour ou d'une grotte découverte au détour d'un chemin ?

Il marqua un bref temps d'arrêt et poursuivit .

— Dans le plan de Baruel, il n'y a jamais eu beaucoup de place accordée à l'improvisation et au hasard. Alors pourquoi tout à coup — sur ce point précis — a-t-il agi différemment ? J'en déduisis que cette faiblesse devait certainement cacher autre chose.

Le silence retomba.

Sarrag saisit sa coupe et, contemplant le dépôt ambré, il dit à voix basse :

— Rabbi, de toute évidence vous avez abouti à une conclusion. Ne nous faites pas languir.

Le vieux rabbin remua. Sous l'effet de la lumière pâle, les contours anguleux de son visage s'étaient adoucis.

— Regardez, dit-il en dépliant le premier feuillet bien à plat sur le plateau d'argent. Vous avez sous vos yeux une carte de l'Espagne. Je l'ai dessinée moi-même, d'où ses imperfections. Comme vous pouvez le constater, j'ai reporté principalement les villes où nous nous sommes rendus, ainsi que le royaume dont chacune d'elles fait partie.

Il s'arrêta et demanda à Sarrag :

— Est-ce que vous pourriez m'apporter un encrier et un calame, je vous prie ?

L'Arabe s'exécuta. Un instant plus tard, il revenait avec les objets réclamés.

— Observez bien, annonça le rabbin. Si nous relions par un trait les villes que nous avons traversées nous obtenons ceci :

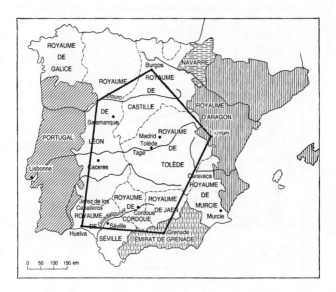

Vargas, remarqua :

— *À priori*, il n'y a là rien de très intéressant, sinon peut-être...

Il concentra son attention et disposa la carte un peu plus près de la lumière.

— Un pentagone, mais totalement asymétrique. Il y a bien cinq côtés, mais là s'arrête le parallèle.

— J'ai donc imaginé un autre procédé.

S'emparant d'un deuxième feuillet figurant lui aussi la carte d'Espagne, il s'appliqua cette fois à relier les villes se trouvant aux extrêmes sud-ouest et sud-est, ainsi que celles aux extrêmes nord-ouest et nord-est.

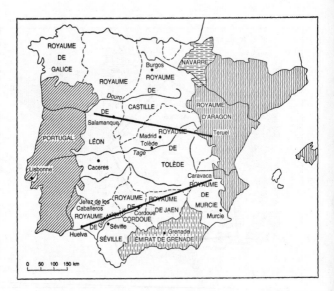

Il reposa le calame et questionna :

— À présent, que voyez-vous ?

Au ton de sa voix, on sentait bien qu'il n'attendait pas vraiment de réponse. Alors, il entreprit de tracer de nouvelles droites. L'une partant de Huelva, l'autre de Caravaca, pour se rejoindre en un seul point : Burgos. Il opéra ensuite de la même manière, et réunit Salamanque et Teruel à Grenade.

À peine eut-il achevé son dessin que Sarrag bredouilla.

— Se... serait-ce possible...

Son regard ne faisait plus qu'un avec la carte.

À ses côtés, Vargas, interdit, examinait lui aussi la figure géométrique qui venait de surgir sous les doigts d'Ezra.

Le rabbin avala une goulée d'air et reprit :

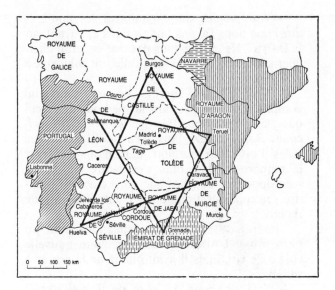

— Vous n'êtes pas victimes d'une illusion. Nous avons bien sous les yeux le sceau de Salomon, à l'exemple du pentagone, ses dimensions sont elles aussi imparfaites. Néanmoins, il existe un moyen de corriger cette asymétrie.

Il saisit le dernier feuillet et le conserva à la main.

— J'ai repensé à Baruel, à sa méthode, et surtout à ce chiffre six, qui paraissait être la base de tout. Combien de villes avons-nous parcourues ?

Sarrag répondit machinalement ·

— Huit, avec Grenade.

— Par conséquent, il y en a deux de trop. En revanche, si nous revoyons notre méthode de calcul...

— Vous voulez dire, manipuler les nombres ainsi que nous l'avons fait en nous appuyant sur la Da'wa ? Ne croyez-vous pas que ce serait chercher à forcer la réalité afin qu'elle soit conforme à nos désirs ?

— Non, cheikh Sarrag. Vous m'avez mal compris. Ce n'est pas tant la méthode de calcul que j'ai songé à modifier que *les éléments à calculer*. Réfléchissez. Puisqu'en additionnant les villes il est exclu que nous parvenions à obtenir le nombre fondamental, c'est-à-dire six, ce ne sont donc pas les villes que nous devrions prendre en considération, mais d'autres points de repère.

L'intérêt de ses deux compagnons était au paroxysme. L'Arabe s'était servi une nouvelle coupe de vin, mais il avait oublié de la porter à ses lèvres.

— Souvenez-vous. Le plan de Baruel n'est-il pas découpé en Palais *majeurs et mineurs* ? Jusqu'à cette nuit, nous n'avons jamais cherché à approfondir la raison de ces appellations. Et nous avons eu tort, car c'est là que se trouvait la réponse. Si nous résumons l'ensemble, que voyons-nous ?

Il prit le calame et griffonna ·

1. Huelva, *Palais majeur*.
2. Jerez de los Caballeros, Cáceres et Sala-manque, *Palais mineurs*.
3. Burgos, *Palais majeur*.
4. Teruel, *Palais majeur*.
5. Caravaca, *Palais majeur*
6. Grenade. *Palais majeur*

Il reposa le calame dans l'encrier.

— Six, déclara-t-il d'une voix tranquille.

— Six, en effet, répéta Vargas. Et alors ? Je ne vois pas en quoi cela modifie la symétrie du sceau.

D'un geste de la main, Ezra apaisa l'impatience du franciscain.

— Palais majeurs, Palais mineurs. Pourquoi Baruel a-t-il délibérément affublé certaines destinations de ces qualificatifs ? Pour l'importance que ces villes représentent ? Burgos est aussi prestigieuse que Salamanque, et Cáceres n'est pas plus riche que Jerez de los Caballeros. Pour leur situation géographique ? Aucunement. Alors, je réitère ma question : pourquoi ? Regardez attentivement la carte.

Un long moment s'écoula avant que Vargas ne déclare :

— Les royaumes, dit-il la voix nouée.

— Bravo, congratula Ezra.

Il reprit le calame et aligna le nom des villes et les royaumes auxquels elles appartenaient :

1. Huelva, *Palais majeur*. Royaume de Séville.
2. Jerez de los Caballeros, Cáceres et Salamanque, *Palais mineurs*. Royaume de León.
3. Burgos, *Palais majeur*. Royaume de Castille.
4. Teruel, *Palais majeur*. Royaume d'Aragon.
5. Caravaca, *Palais majeur*. Royaume de Murcie.
6. Grenade. *Palais majeur*. Royaume de Grenade.

— Six royaumes. Voilà encore le nombre mystérieux qui nous accompagne depuis le début de notre quête. Une conclusion s'impose : il ne faut pas relier les villes entre elles, mais les *royaumes.*

Liant le geste à la parole, il prit le dernier feuillet et recommença son croquis. Quand il eut terminé, il posa la carte sur le plateau.

— Mes amis, voici le sceau de **Salomon** reconstitué dans sa perfection...

Fascinés, Vargas et Sarrag contemplaient la carte, incapables d'exprimer le moindre mot.

— La rigueur et la logique ! Ainsi que je l'ai toujours pensé, le hasard n'avait guère sa place dans le plan de Baruel. Nos déplacements à travers la Péninsule répondaient à une volonté longuement mûrie.

L'Arabe plissa le front. Un détail qui ne figurait pas sur les précédentes versions venait d'attirer

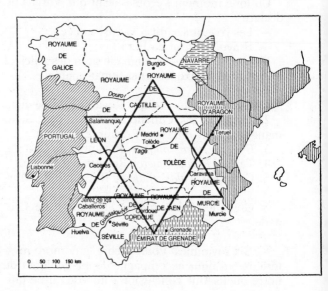

son attention. Il pointa son index juste en dessous de la ville de Tolède.

— Pourquoi cette croix au centre du sceau ?

Les lèvres du rabbin formèrent un sourire tranquille.

— Parce que c'est là que nous trouverons le Livre de saphir.

— Comment pouvez-vous en être si sûr ?

Ezra insista :

— Là, et nulle part ailleurs.

Tout en massant machinalement ses doigts engourdis, il entreprit de développer ses arguments.

— Vous et moi savons que le sceau de Salomon n'est pas une banale construction géométrique, mais la véritable somme de la pensée hermétique. Il contient les quatre éléments : le premier triangle, pointe dressée vers le ciel, représente le feu. Le deuxième, pointe vers le bas, l'eau. Le triangle du feu tronqué par la base du triangle de l'eau désigne l'air. À l'opposé, le triangle de l'eau, tronqué par la base du triangle du feu, correspond à la terre. Le tout réuni dans cet hexagramme constitue l'ensemble des éléments de l'univers. De plus, si l'on considère les quatre pointes latérales de l'étoile, on voit se manifester les correspondances entre les quatre éléments et leurs propriétés opposées deux à deux : je veux parler du chaud, du sec, de l'humide et du froid. Le sceau de Salomon apparaît alors comme la synthèse des opposés et l'expression de l'unité cosmique. Certains kabbalistes y ajoutent les six métaux de base : l'argent, le fer, le cuivre, l'étain, le mercure et le plomb.

— Votre exposé ne suffit toujours pas à expliquer pour quelle raison vous avez choisi le sud de Tolède ?

— Parce qu'il représente — approximativement — le centre du sceau. Le centre : l'or et le soleil.

— Vous avez bien dit *approximativement*. Ce qui laisse à penser qu'un calcul précis décalerait ce centre. Par conséquent...

Ezra ne parut pas affecté par la remarque de l'Arabe.

– J'ai examiné attentivement la région. À ce propos, je tiens à vous féliciter, cheikh Sarrag, pour la qualité des ouvrages qui composent votre bibliothèque. En compulsant le traité de votre concitoyen, le géographe Ibrahim Abou Bakr, j'ai découvert qu'au sud de Tolède, à la périphérie de ce centre *approximatif*, se trouve un édifice qui élimine toute forme de doute et conforte mon hypothèse.

Il plaqua son index sur la croix.

— Le château de Montalbán !

Et interrogea Vargas :

— En avez-vous déjà entendu parler ?

Une certaine perplexité traversa les prunelles du franciscain.

— Il me semble qu'il s'agit d'une place forte, érigée, il y a un peu plus d'un siècle, par l'infant don Juan Manuel.

— C'est exact. Et savez-vous sur quel site ce château fut élevé ? Une forteresse, fray Vargas. Une forteresse elle-même bâtie par...

Il marqua un temps d'arrêt volontaire avant de révéler :

— Des *Templiers*... Vos frères.

La stupeur jaillit sur les traits du moine.

Ezra poursuivit sur sa lancée :

— Et savez-vous quelle est la forme de ce château ? Tri-an-gu-laire ! Vous avez bien entendu ? Triangulaire...

Tout son corps se tendit, un peu comme un animal qui s'apprête à porter le coup de grâce.

— Deux de ses bastions sont pentagonaux.

Il énuméra :

— Le pentagone, le triangle. Les Templiers. Le château de Montalbán réunit toutes les composantes des six Palais. À présent comprenez-vous pourquoi j'ai opté pour ce centre *approximatif* ?

Un silence épais fut le seul écho à son interrogation.

Là-bas, au bout de l'horizon, l'aube commençait à poindre sur la Vega.

Chapitre 33

> Si le cœur ne connaît pas ce que les
> lèvres murmurent, alors il ne s'agit pas de
> prières.
>
> *Proverbe anonyme*

Un parfum d'ambre flottait dans la chambre à coucher de la reine, bercée par la lumière pâle des chandeliers.

Bouleversée, Isabel referma ses doigts sur les bras du fauteuil et affirma à Manuela avec force

— Tu dois me croire ! Je n'étais pas au courant.

— Je n'ai pas l'ombre d'un doute, Majesté. Et pourtant les faits sont là ! L'Inquisiteur général a bien essayé de me faire assassiner ! Si la Providence n'avait pas mis un détachement de vos militaires sur mon chemin, je n'aurais pas été là pour témoigner.

— Je sais, Manuela. Mais je te le répète . Je n'étais pas au courant. L'Inquisiteur a outrepassé ses droits. Sois convaincue que ce Mendoza croupira en prison pour le restant de son existence !

— Qu'importe ! Je suis vivante, c'est l'essentiel Dites-moi plutôt, pourquoi dès lors que vous avez appris qu'il ne s'agissait plus d'un complot, mais de trois hommes à la recherche d'un message

céleste — hypothétique, reconnaissons-le —,
pourquoi avoir tout de même cédé aux exigences
de l'Inquisiteur ?

Une raideur hautaine submergea les traits de la
reine.

— Ma chère amie. Une reine d'Espagne ne
cède pas : elle consent. Et ce que j'ai consenti
était pour le bien de mon pays !

— Et le bien de Dieu, qu'en faites-vous ? Vous
si croyante...

La réponse fusa, inattendue :

— Sache qu'aucun doute ne m'a jamais habitée
quant au contenu du Livre. De toutes mes forces,
par le sang catholique qui coule dans mes veines,
je n'ai jamais imaginé que ce message — si hypothétique fût-il — fût autre chose que la confirmation de la seule, de l'unique Vérité : Jésus-Christ
Notre Seigneur *est* le Fils de Dieu et le monde
chrétien porte *ses* enfants.

— Mais alors pourquoi persister à vouloir la
perte de ces hommes ? Pourquoi chercher à bâillonner une vérité dont l'énonciateur serait peut-
être Dieu lui-même ?

La reine ne répondit pas.

Sa main se tendit vers une petite table en marqueterie sur laquelle était posé un éventail de
nacre. Elle le saisit et l'entrouvrit d'un coup sec. Il
était moucheté de fleurs blanches. Sans que
Manuela pût expliquer pourquoi, l'ornement lui
fit songer aux fleurs de l'amandier. Elle se dit que
la vie était pareille à cet arbre : fleurs parfumées,
fruits amers...

La reine quitta brusquement son fauteuil et se
mit à arpenter la chambre, comme si elle était
devenue la proie d'une lutte intérieure intolérable. Elle articula d'une voix rauque :

— En vérité, un instant, un instant seulement, j'ai cru entrevoir un péril dans ce Livre. Et c'est l'appréhension de ce péril qui m'a amenée à accepter le plan de Torquemada.

Dans un froissement de brocart, elle gagna la fenêtre, entrebâilla de la main les tentures de velours pourpre.

— Il faut que tu comprennes que l'État a des raisons insoutenables pour le cœur, mais raisonnables pour sa survie ! Rien en dehors de lui, rien au-dessus de lui, rien contre lui ! Il *est* l'Espagne.

Éperdue, Manuela se sentit dépossédée, vidée de tout argument. Voilà plus de deux heures qu'elle essayait de convaincre celle qui se disait son amie de mettre fin à l'hallali sonné par Torquemada, en vain. Vargas, Sarrag et Ezra allaient mourir.

C'est après l'attaque dont elle avait été victime sur la route du retour qu'elle avait eu la prescience du drame qui se préparait. Elle avait repensé à la personnalité de l'Inquisiteur, prêt à tout. À cette affaire de courrier envoyé à Isabel qui était resté sans réponse, à la façon, plus qu'évasive, avec laquelle l'homme à la tête d'oiseau avait essayé d'expliquer ce contretemps. Alors, n'écoutant plus que son instinct, elle s'était précipitée chez Isabel qui lui avait accordé audience le soir même. Très vite, elle avait vu ses craintes confirmées : jamais Isabel n'avait reçu son courrier. À aucun moment l'Inquisiteur ne l'avait mise au courant de sa décision d'abandonner sa mission. Et à l'heure qu'il était, il avait dû sceller le sort des trois hommes.

Le cœur serré, au bord des larmes, elle demanda l'autorisation de se retirer. La reine s'approcha d'elle.

— Il y a un détail que tu ignores. Il y a quelques jours, bien avant ta visite, apprenant que les trois hommes étaient à la veille de toucher au but, j'ai convoqué fray Talavera. Notre rencontre était prévue pour la fin de la semaine. C'est-à-dire après-demain.

Manuela balbutia :

— Mais... pourquoi ?

— Pour lui faire part de ma décision.

— Majesté... puis-je vous demander laquelle ?

Pour toute réponse, la reine alla s'asseoir devant un scriban en bois de rose. Elle rabattit la tablette. Elle prit une feuille et entrouvrit une écritoire en or damassé. Elle souleva lentement le clapet de l'encrier, s'empara d'une plume hollandée, la trempa et se mit à écrire. Quand elle eut fini, elle signa d'une main ferme, éventa machinalement la feuille pour activer l'évaporation de l'encre et tendit la lettre à Manuela.

— Tiens, demain, à la première heure, tu remettras ceci à fray Talavera...

Elle précisa :

— Tu peux en prendre connaissance avant que je ne la scelle...

Manuela eut un imperceptible moment d'hésitation, partagée entre la crainte et l'espérance, et se décida à plonger ses yeux dans le bleu-noir encore frais des lignes...

*

Aux environs de Tolède...

Du revers de la main, Vargas essuya les gouttes de sueur qui perlaient sur son front. Le soleil de midi avait transformé le paysage en une telle étuve que même les arbres donnaient l'impression de souffrir.

Le franciscain jeta un regard en coin en direction de ses deux compagnons. Épaules voûtées, les traits tirés, ils trottaient sur leurs chevaux, l'œil rivé sur la ligne d'horizon. Manifestement, ils peinaient autant que Vargas. Depuis six jours qu'ils avaient quitté Grenade, c'est à peine s'ils avaient échangé quelques mots, comme si la prescience de la fin prochaine du voyage, l'appréhension de l'inconnu, avaient eu pour effet de les plonger dans un état d'angoisse proche de la prostration.

Et si Samuel Ezra s'était trompé ? S'il s'était fourvoyé dans son analyse, inconsciemment poussé par le désir d'exploiter, coûte que coûte, le symbole majeur de sa religion : le sceau de Salomon ? Non, ce ne pouvait être possible. Ils avaient analysé tous les aspects du problème, ils l'avaient retourné sous tous les angles, s'efforçant d'entrevoir d'autres possibilités ; ils n'en avaient trouvé aucune qui fût aussi logique que celle qu'avait proposée le vieux rabbin.

Désormais, l'ultime interrogation concernait le contenu du Livre. La tablette de saphir délivrerait-elle son message ainsi qu'elle l'avait fait dans le passé ? Ou resterait-elle muette ? Après tout, entre le jour où elle s'était révélée à l'ancêtre d'Aben Baruel puis à Baruel lui-même, plusieurs siècles s'étaient écoulés. À quoi bon se tourmenter ? La réponse ne leur appartenait pas, non plus qu'elle n'avait appartenu à Moïse, Jacob ou Salomon. Elle était entre les mains du Créateur.

— Vargas !

Rafael éperonna sa monture et l'amena à hauteur du cheikh.

— Que se passe-t-il ?

— Pied à terre.

– S'arrêter ici ? Mais quelle mouche vous pique ?

L'Arabe ne répondit pas. Il descendit de son cheval et indiqua un bosquet qui se découpait non loin de là.

— Suivez-moi...

— Sarrag ! protesta le rabbin. Nous avons encore un long chemin à parcourir. Je ne vois vraiment pas l'utilité de...

— Écoutez, Ezra, le soleil ne m'a pas encore dérangé le cerveau. Si je vous demande de me suivre ce n'est pas sans raison. Venez !

Le juif échangea une mine résignée avec le franciscain et ils décidèrent d'obtempérer.

Une fois à l'abri du bosquet, Sarrag s'assura qu'ils étaient bien protégés par les branchages avant d'annoncer :

— Nous sommes suivis...

— Que dites-vous ?

— Vous m'avez bien compris. Si vous m'aviez observé, vous auriez remarqué que, depuis l'aube, je n'ai cessé de me retourner sur ma selle.

Il désigna un petit nuage de poussière ocre qui se déplaçait en amont de la route, à une lieue environ.

— Ils ne nous ont pas lâchés.

— De qui parlez vous ? s'enquit le franciscain

— Des complices de la señora Vivero.

Vargas balbutia :

— Ce... vous devez vous tromper...

— Vous vous souvenez de la conclusion que j'avais exprimée le jour où la señora a disparu ? Je vous la rappelle : *Ceux pour qui elle œuvrait iront au bout de leur machination.*

Il pointa un doigt vers le nuage de poussière.

— Les voilà...

— Que faire ? demanda Ezra. Si près du but, nous n'allons tout de même pas abandonner !

L'Arabe haussa les épaules, fataliste.

— Nous n'avons qu'une alternative : soit nous faisons demi-tour, soit nous allons jusqu'au bout. Jusqu'au Livre. C'est-à-dire vers la mort. Car, vous l'avez souligné vous-même : c'est le Livre qui les intéresse. Une fois que nous les aurons menés jusqu'à lui... fini ! Ils nous élimineront comme du bétail.

Il y eut un long silence.

Là-bas, sur la route, le nuage ocre se rapprochait de plus en plus.

— Souvenez-vous de la légende d'Hiram, dit tout à coup Vargas. La triple mort... Quel destin serait plus noble que de donner sa vie pour renaître plus pur, plus grand ? Baruel s'est sacrifié pour nous transmettre un héritage sacré. Et il n'a jamais été aussi vivant qu'en ce moment Lequel d'entre nous pourrait envisager de le trahir et à travers lui le Seigneur Tout-Puissant ?

Sarrag et Ezra approuvèrent sans l'ombre d'une hésitation. Une lueur nostalgique éclaira le regard du rabbin.

— Après tout qu'est-ce que la mort, sinon un passage obligé. Le rendez-vous tant espéré avec Elohim. En ce qui me concerne, il y a longtemps que l'Éternel aurait dû frapper à ma porte.

— Qu'attendons-nous ? s'écria Sarrag en se relevant. Que le diable emporte ses mécréants ! S'il leur plaît de nous suivre à la trace comme des chiens, eh bien, qu'ils nous suivent !

Ils se remirent debout. Quelques minutes plus

tard, ils galopaient en direction du Torcón, là ou les attendait le Livre de saphir.

À leurs basques suivaient les hommes de Torquemada.

*

Au même moment, à quelques lieues de là...

La colère et le désespoir faisaient trembler les lèvres de Manuela.

Elle examinait Talavera en essayant de se persuader qu'il devait se tromper, que l'information que son agent venait de lui communiquer était erronée. Pourtant le prêtre confirma :

— Ils ont bien perdu leur trace, doña Vivero..

— Ce n'est pas possible !

Elle montra les soldats qui les entouraient.

— Sa Majesté a mis à notre disposition un détachement entier. Une cavalerie armée jusqu'aux dents. L'élite de ses arbalétriers ! Et tout ça pour se retrouver bredouille ?

Talavera écarta les bras avec lassitude. Il semblait aussi désespéré que la jeune femme.

— Que dire ? Ce sont mes gens qui sont responsables. Ils craignaient tellement d'être découverts par les hommes de main de l'Inquisiteur qu'ils ont laissé l'écart se creuser, jusqu'au moment où ils ne les ont plus vus.

— Fray Talavera, ils vont mourir !

C'etait plus qu'une constatation, c'était un véritable cri arraché à ses entrailles.

— Calmez-vous, señora... Tout espoir n'est peut-être pas perdu. Je vais donner des ordres pour qu'on lance des éclaireurs dans toutes les directions. Nous aurons peut-être une chance de les retrouver.

— Mais cela peut prendre des heures ! Des jours entiers ! Nous risquons d'arriver trop tard.

Talavera posa sa main sur l'épaule de la jeune femme et répliqua avec ferveur :

— Il faut croire en Dieu, doña Vivero. Vous m'entendez : ne jamais perdre la foi. Jamais.

Elle opina, sans conviction. Et alors que Talavera se rendait auprès du capitaine de la troupe, elle se laissa choir au pied d'un arbre.

Vargas... S'il lui arrivait malheur, elle ne pourrait pas se le pardonner. Elle vivrait avec cette déchirure au fond d'elle, peut-être même ne réussirait-elle jamais à la surmonter. Plus éprouvant encore, c'était de se dire qu'au moment de mourir, il aurait peut-être une pensée pour elle, une pensée terrible, dépourvue de toute indulgence. Jamais il ne saurait ce qu'elle avait tenté de faire.

Chapitre 34

Sur les routes du Croissant fertile, il marchait de nouveau, le peuple de la Promesse, comme aux jours d'Abraham...

Daniel-Rops,
Le Peuple de la Bible.

Adossé au couchant, dominant la vallée, le château de Montalbán dressait sa masse sombre parmi les hêtres et les chênes-lièges. Les eaux du Torcón dénouaient leur ruban tranquille vers le cœur de la puebla, érigeant ainsi une défense naturelle sur le flanc ouest.

L'homme à la tête d'oiseau ordonna à ses sbires de mettre pied à terre. À peine descendu de son cheval, il marcha d'un pas feutré vers son second, Alonso Quijana

— Prenez garde, chuchota-t-il. Je ne tolérerai pas la moindre erreur. Vous allez vous mettre en position là-bas — il montra une rangée de cyprès alignés sur sa gauche — et vous attendrez mon signal

Le dénommé Quijana acquiesça d'un mouvement raide de la tête.

Mendoza s'informa :

— Toujours aucune trace des gens de Talavera ?

— Aucune, señor.

— C'est curieux. Ils ont disparu à l'entrée de la
puebla. Je me demande ce qui a pu les pousser à
abandonner. À Grenade, ils avaient l'air déterminés à aller jusqu'à l'affrontement.

— Peut-être ont-ils pris conscience de leur faiblesse. Après tout, ne sommes-nous pas deux fois
plus nombreux ? Ou alors nous les avons semés.

Mendoza lissa nerveusement sa barbe. À l'évidence, l'explication proposée par son second ne le
satisfaisait pas.

— Méfions-nous tout de même, recommanda-
t-il soucieux, ils pourraient changer d'avis.

— Dans ce cas, soyez sûr que nous leur ferions
rendre gorge.

Pour souligner sa détermination, l'homme
referma ses doigts sur la poignée de son épée.

Mendoza lui décocha un coup d'œil entendu :

— À présent, faites ce que je vous ai dit. Et
attendez mes ordres.

Dans une attitude empruntée, Quijana se figea
comme s'il allait claquer des talons et sans plus
tarder fila vers ses hommes.

Une fois seul, Mendoza se tourna vers le château désert. Un sourire se dessina sur ses lèvres
minces, laissant apparaître le haut de ses gen-
cives.

Ah, si seulement la petite pécore avait pu être
là. C'est avec une joie non dissimulée qu'il lui
aurait tranché la gorge. Et cette fois, il ne l'aurait
pas ratée.

— Señor Mendoza !

— Qu'y a-t-il ?

— Ça y est ! Ils arrivent !
— Cachez-vous ! Vite !

Sarrag tira légèrement sur les rênes et amena son cheval à la hauteur de Vargas et d'Ezra.

— Le château de Montalbán, murmura-t-il. C'est étrange. On dirait qu'il est à l'abandon.

— Rien d'étonnant en cela, répliqua Vargas. Il n'a plus la même utilité stratégique qu'il y a deux siècles, lorsque Tolède servait de centre de ralliement aux armées de Castille.

— Ce trop grand calme ne me dit rien qui vaille. Vous vous doutez bien que nos poursuivants ne nous ont pas lâchés d'une semelle. En ce moment ils doivent être là, quelque part, prêts à se jeter sur nous dès que nous serons en possession du Livre.

— C'est certain, cheikh Sarrag N'avons-nous pas décidé d'aller au bout de notre quête ? Il n'est plus question de faire demi-tour

— Plus question en effet, confirma Ezra. Nous sommes entre les mains d'Elohim et, quel que soit le prix à payer. dites-vous qu'il ne représentera rien devant l'immensité de l'acquis.

A partir de cet instant, ce fut dans un silence proche du recueillement qu'ils parcoururent la demi-lieue qui les séparait du château. Une fois devant l'entrée, ils descendirent de leurs chevaux et étudièrent le décor.

Une légère brise faisait trembler les feuillages des arbres alentour, cependant que, dans un ciel pommelé, l'éclat du soleil s'altérait lentement au-dessus des flots du Torcón.

— C'est ici que s'achève notre course, annonça Vargas sur un ton dominé par l'émotion.

Il dégagea d'un sac de toile le disque de terre cuite trouvé à Caravaca della Cruz, ainsi que les six triangles d'airain.

— Fasse le ciel que vous ne vous soyez pas trompé dans vos déductions, rabbi Ezra, et que le Livre soit bien ici.

Le rabbin ne dit rien. Ses lèvres étaient sèches, il avait le visage blême.

Sarrag s'était avancé de quelques pas pour mieux étudier l'édifice. Ainsi que l'avait affirmé Ezra, le château était bien triangulaire et ses deux bastions, surmontés d'échauguettes et percés d'archères et de meurtrières, présentaient une forme pentagonale. Plus rien n'en défendait l'entrée : le fossé était à demi comblé et la herse descellée. Il resta un moment encore à scruter l'édifice, avant de retourner vers Vargas et Ezra.

— Que proposez-vous ? Nous ne disposons d'aucune indication, rien qui nous permette d'aller dans une direction plutôt qu'une autre.

— Je crois que nous devrions nous appuyer sur l'idée du triangle, suggéra Ezra. D'entre tous les symboles mentionnés par Baruel, il est le plus constant et celui dont l'archétype a été définitivement souligné par l'ultime indice : le sceau de Salomon.

— En effet, c'est une approche envisageable. Mais je ne vois pas par quel bout aborder le problème.

— Réfléchissons. Le triangle équilatéral symbolise en priorité le Nom du Créateur qu'il est interdit de prononcer : Y.H.W.H.

— Dans la tradition qui est la vôtre, s'empressa d'objecter Sarrag, celle du judaïsme, pas dans les autres.

— Je vous l'accorde, soupira le rabbin. Mais je suis bien forcé d'énumérer les attributs fondamentaux qui correspondent au triangle ! Même si vous éprouvez quelque réticence à l'accepter, le Nom du Créateur fait partie de ceux-là, d'autant que Baruel n'a cessé de nous le répéter. Auriez-vous oublié que le tétragramme fut le point de départ de toute cette aventure ?

L'Arabe approuva avec mauvaise grâce.

— D'un point de vue symbolique, le sceau représente la divinité, l'harmonie et la proportion. Étant composé de deux triangles inversés, le premier est par conséquent le reflet du second.

— On pourrait ajouter aussi, et peut-être surtout, qu'ils sont à l'image de la double nature du Christ : divine et humaine.

Ezra admit l'hypothèse d'un haussement d'épaules sans pour autant s'y attarder.

— Il y a aussi l'affirmation la plus élémentaire : le symbolisme du triangle recouvre celui du nombre trois.

— Élémentaire, mais aussi primordiale... En tout cas pour le chrétien que je suis.

Le rabbin plissa le front.

— Vous voulez parler...

— Du dogme de la Trinité.

— Dogme que Muhammad excluait totalement, protesta Sarrag, puisque non seulement il entame l'unicité d'Allah, mais peut inspirer des tentations polythéistes. Pour ne citer que la sourate...

— Arrêtez !

Le rabbin s'était relevé vivement, les joues empourprées.

— Arrêtez, répéta-t-il. Croyez-vous qu'il soit

617

l'heure de nous lancer dans un affrontement théologique ? Je vous en prie. Reprenons nos esprits...

Les deux autres approuvèrent, gênés.

— Revenons au nombre trois. Il exprime un ordre intellectuel et spirituel, en Dieu, dans le cosmos ou dans l'homme. Comme premier nombre impair, il représente le ciel. Deux étant la terre et un étant antérieur à leur création. Êtes-vous d'accord ?

— Où voulez-vous en venir ? questionna le franciscain.

— J'hésite... Mais, le nombre un représentant le Principe actif, celui dont découle toute manifestation, le symbole de l'Être suprême et donc celui de la Révélation, il se pourrait que Baruel ait caché le Livre au sommet du triangle.

— Dans ce que vous appelez le *symbole du Principe actif*. En un mot : le Créateur.

— Je le crois...

— Eh bien, lança Sarrag, le seul moyen de le vérifier, c'est de pénétrer dans le château.

Et il s'engouffra d'un pas décidé sous la voûte qui surplombait l'entrée.

*

Le détachement conduit par Talavera fonçait à bride abattue à travers la campagne, soulevant des vagues de poussière qui montaient jusqu'au ciel.

Une demi-heure plus tôt, un éclaireur était rentré au campement porteur de la nouvelle que tous attendaient : on avait repéré les hommes de Torquemada en faction aux alentours du château de Montalbán. Un vent d'espoir avait alors soufflé dans le cœur de Manuela. Un espoir bien fragile, certes, mais qui valait mieux que l'état de prostration dans lequel ils étaient restés confinés jusque-là.

Elle glissa un coup d'œil vers le prêtre. Celui-ci fixait la route avec gravité. En apprenant l'information, il s'était contenté de hocher la tête et n'avait pas fait le moindre commentaire. Sans doute était-il conscient du peu de chances qu'ils avaient d'arriver à temps : ils étaient à plus de dix lieues du château de Montalbán...

*

Sarrag, qui ouvrait la marche, s'immobilisa au milieu de la cour triangulaire. Devant lui se dressait un perron raide et droit, dont les premières marches étaient noyées dans l'herbe, et celles du haut disjointes et brisées. Une porte était percée au milieu de la courtine, au-dessus de laquelle on apercevait, gravé dans la pierre jaunie, ce qui restait des armes du dernier seigneur des lieux. L'ensemble de la façade dégageait une atmosphère sévère, oppressante. Les vestiges d'une tourelle, qu'on imaginait jadis sommée d'étendards, s'élevaient à quelque quinze pieds au-dessus du sol.

Vargas et Ezra s'étaient rapprochés de l'Arabe. Leurs traits reflétaient une extraordinaire tension qui semblait monter du cœur.

Le moine indiqua la tourelle.

— Serait-ce le sommet du triangle ?

Le rabbin hésita.

— C'est possible...

D'un geste fébrile, il sortit de sa poche ses tefilline. Il enroula l'une des lanières autour de son médius tout en murmurant : *Je te fiance à Moi à jamais. Je te fiance à Moi par la justice et le droit, par la grâce et la miséricorde. Je te fiance à Moi par la fidélité, et toi, tu connaîtras le Seigneur.* Et il fixa les petits écrins de cuir noir à son bras gauche, puis à son front.

— Venez, reprit-il, soudainement apaisé. Je suis prêt.

Il gravit en premier le perron, écarta avec précaution le battant branlant formé de nervures éclatées et de garnitures de fer rouillé ; reliques de ce qui avait dû être, un temps, une formidable porte en chêne massif. Une fois à l'intérieur, une humidité pénétrante les enveloppa comme un manteau glacé. Un immense corridor, dont les ramifications formaient un tau, s'ouvrait devant eux, cependant qu'à l'extrémité de sa branche perpendiculaire on distinguait une clarté diffuse qui succédait aux ombres noires.

Ezra pointa son doigt droit devant lui.

— Cette lumière... Il me semble que nous devrions emprunter cette direction.

— Vous avez probablement raison. Elle doit provenir d'une issue ou d'un escalier ouvrant sur le jour.

Le rabbin repartit en tête.

Au fur et à mesure qu'ils progressaient, la clarté qui leur servait de phare semblait croître en intensité, au point qu'ils eurent l'impression qu'elle finirait par devenir aveuglante. Et elle le devint. Les trois hommes se trouvèrent forcés de placer leur main en visière pour protéger leurs prunelles.

— Qu'est-ce que c'est..., balbutia Sarrag. On dirait que le soleil est au ras du sol.

— Ce n'est pas le soleil, répliqua Ezra la voix blanche. C'est autre chose...

Au moment où ils allaient atteindre l'extrémité du couloir, la lumière se fit plus douce, mais pas assez pour qu'aucun d'entre eux fût en mesure de distinguer les parois ou la voûte. C'est à tâtons qu'ils poursuivirent leur cheminement, jusqu'au moment où, arrêtés par un mur de pierre, ils surent qu'ils ne pourraient aller plus loin.

Sitôt qu'ils furent immobiles, la lumière se transforma en un brasier bleuâtre qui les enveloppa entièrement. L'air devint cristal, de même que les parois et la voûte et la poussière du sol. Puis, avec la même soudaineté, tout s'éteignit. Le brasier se dilua instantanément. L'air retrouva sa transparence, les parois et la voûte leur substance originale.

Les trois hommes, hébétés, n'osaient ni bouger ni parler. Ils s'étaient instinctivement recroquevillés sur eux-mêmes.

Vargas articula faiblement :

— Le Livre... Ce n'était pas un rêve... Le Livre existe...

Le rabbin hocha la tête à plusieurs reprises. Les yeux dilatés, on aurait juré qu'il portait un masque.

— Il existe, mon fils... Il est là...

Il voulut tendre la main, mais elle était si tremblante qu'il fut incapable d'aller au bout de son geste.

Alors Sarrag et Vargas suivirent son regard, et comme lui ils virent le cercle de bois encastré dans l'une des parois, un cercle découpé en six triangles creux, prêt à accueillir un cercle jumeau.

— Mais. c'est impossible..., se récria le cheikh. Il n'était pas là il y a un instant...

— Il y était, affirma Ezra. Mais dans cette lumière nous ne pouvions le voir.

Il lança au franciscain :

— Vous avez le disque de Baruel...

Vargas acquiesça.

Il s'avança lentement jusqu'à la paroi, disposa, sans les appliquer, les six triangles d'airain face aux six réceptacles de bois et suspendit son mouvement.

— Qu'attendez-vous ? s'impatienta Ezra. Il suffit de..

La fin de sa phrase s'acheva sur un cri de douleur. Une flèche venait de se ficher dans son thorax. Ses doigts se refermèrent sur l'empennage et il bascula en arrière.

Presque simultanément, un bruit de course retentit à l'autre bout du couloir. Une voix aboya un ordre Des gens en armes arrivaient sur eux. Un arbalétrier en position de tir s'apprêtait à décocher un deuxième trait, cette fois en direction du franciscain.

— Vite ! hurla l'Arabe. Placez le disque !

Vargas avait déjà introduit les triangles d'airain dans leurs réceptacles Il ne lui restait plus qu'à faire pivoter l'ensemble. Mais dans quel sens ? À tout hasard, il effectua un mouvement oscillatoire de gauche à droite. Rien ne se produisit

— Inversez ! exhorta Sarrag.

Il avait dégainé son khandjar et, avec le désespoir d'un noyé, il le lança vers l'arbalétrier qui tenait Vargas en joue. La lame fendit l'air dans un chuintement couvert par l'écho des soldats qui accouraient Au moment où l'arbalétrier allait

622

lâcher sa flèche, le khandjar lui transperça la gorge. L'individu s'affaissa, front contre terre, mais, presque instantanément, un autre lui succéda, l'enrayoir désengagé, prêt à tirer.

— Qu'Allah nous accueille en son sein, pria le cheikh. Cette fois nous sommes perdus.

À présent, il voyait distinctement le visage déterminé de leurs assaillants. On allait les tailler en pièces. Agenouillé devant le cercle de bois, le franciscain, le front couvert de sueur, s'échinait toujours à faire pivoter le disque.

Le premier attaquant, l'épée levée, n'était plus qu'à quelques pas.

— Attention, Vargas !

Le moine ne parut pas entendre.

Sarrag se rejeta en arrière, poings serrés, le corps en apnée, décidé à ne pas se laisser égorger sans combat. Alors il se produisit quelque chose d'étrange. Au moment où l'homme allait se jeter sur lui, celui-ci fut pris d'un spasme, grimaça et s'écroula en exhalant un gémissement rauque.

Bouche bée, Sarrag crut d'abord que le soldat avait été foudroyé par la main du Très-Haut, mais en découvrant la dague enfoncée entre ses omoplates, il comprit que la mort était venue d'ailleurs. Il leva les yeux. Les assaillants avaient fait volte-face dans un désordre indescriptible, ponctué par des cris de panique.

Il était clair à présent qu'un ennemi imprévu était en train de les prendre à revers.

Le cheikh essaya de distinguer dans la pénombre l'uniforme de ces sauveurs providentiels, mais en vain. La pensée lui traversa l'esprit que le Tout-Puissant avait délégué ses anges.

— Sarrag !

Le cri de triomphe de Vargas lui arracha un sursaut.

Il se retourna, juste à temps pour apercevoir le pan de mur qui pivotait sur d'invisibles gonds, libérant le passage vers une salle circulaire parsemée de piliers et de charpentes en ogives.

— Aidez-moi à porter Ezra !

Immédiatement, le cheikh saisit le rabbin sous les aisselles, tandis que Vargas le soulevait par les jambes. Le vieil homme laissa échapper un gémissement. Ses doigts étaient toujours crispés sur l'empennage de la flèche, comme s'il s'agissait du dernier fil qui le retenait à la vie.

— Il faut refermer le battant ! cria Sarrag tandis qu'ils s'engouffraient dans la salle.

— Inutile. C'est fait.

L'Arabe se retourna.

Comme par enchantement, à peine eurent-ils franchi le seuil que le pan de mur reprit sa position initiale, dressant une barrière infranchissable entre eux et les soldats.

— C'est incroyable..., bégaya le cheikh. Nous sommes dans la main du Créateur des mondes.

Un nouveau gémissement filtra entre les lèvres du rabbin. Il essaya de dire quelque chose, mais les mots s'étouffèrent dans sa gorge.

— Ici, suggéra Vargas, en désignant de la tête un pilier. Déposons-le.

Avec mille précautions, ils allongèrent le vieil homme. Sarrag ôta le drap qui recouvrait son épaule, le roula en boule et le glissa doucement sous la nuque de l'agonisant.

— Courage, rabbi. Si l'heure n'a pas sonné au cadran du ciel, vous ne mourrez pas.

Ezra battit des paupières.

— L'heure... L'heure est arrêtée, cheikh Sarrag. Elle attend les mots sacrés...

Vargas et l'Arabe avaient l'air éperdu. On aurait dit deux orphelins.

— Il faut trouver le Livre, dit le moine.

Il désigna Ezra.

— Pour lui...

Il jeta un regard circulaire sur la salle. Elle était nue. Pas la moindre trace d'objet, pas la moindre marque.

— Où ? Où pourrait-il être ?

Il se mit à arpenter la pièce, allant et venant inspectant les murs à la recherche d'un indice

— Vargas !

— Qu'y a-t-il ?

— La salle est circulaire, à l'image du disque.

— C'est exact. Je m'en étais aperçu.

— Les piliers...

— Qu'ont-ils de particulier ?

— Ils sont au nombre de six. Et eux aussi forment un cercle.

Troublé, le franciscain regarda autour de lui. Le cheikh avait raison.

— Les dernières recommandations de Baruel disaient : C'EST AU-DEDANS DE NOUS QU'IL FAUT REGARDER LE DEHORS. Par « au-dedans », il voulait peut-être insinuer *au centre*.

En quelques enjambées, le moine se plaça au point médian de la salle. Il scruta attentivement le décor et leva les bras en signe de découragement.

— Rien...

Sarrag était venu le rejoindre.

— Le rabbin va mourir...

— Je sais... Il est même surprenant qu'il ne le soit pas déjà. Que faire ?

Dans son désespoir, il avait presque crié.

Il allait repartir au hasard, lorsqu'il sentit la poigne de l'Arabe qui le retenait avec fermeté.

— Là, à nos pieds...

Le moine baissa les yeux.

Imparfaite, à peine visible, une étoile à six branches était gravée dans la dalle sur laquelle se tenait Vargas. Un examen plus approfondi révéla une fente sur l'un des côtés, juste assez large pour y glisser une lame.

— Je n'ai plus mon couteau, gémit Sarrag.

— Aucune importance. J'en possède un.

Liant le geste à la parole, il sortit un poignard de la poche de sa soutane.

— Que... Comment se fait-il ? Vous avez dit un jour ne jamais vouloir porter d'armes.

— Oui, Sarrag... un jour.

Il s'était déjà accroupi et introduisait la pointe du poignard pour s'en servir comme d'un levier.

— Aidez-moi...

L'Arabe vint à la rescousse. Avec des gestes qui cachaient mal leur fébrilité, ils réussirent au bout d'un moment à dégager la dalle.

— Il est là..., souffla Vargas.

À moins d'une demi-toise de profondeur, un bloc de forme rectangulaire était posé, enveloppé dans une épaisse gaine de cuir. Dans un élan presque inconscient, Sarrag et Vargas tendirent leurs mains vers l'objet, et dans le même élan ils s'arrêtèrent net.

— Ni vous ni moi, dit le moine. Lui...

L'Arabe approuva sans restriction.

Il s'empara du bloc, le porta contre sa poitrine, puis il marcha rapidement vers le rabbin et s'age-nouilla à ses côtés.

— Voilà, mon frère, annonça-t-il très pâle.

Dans une demi inconscience, Ezra remua. Ralliant ce qui lui restait d'énergie, il effleura l'objet de sa paume.

— Dénudez-le...

Avec un respect infini, le cheikh retira la gaine de cuir. Une tablette de saphir jaillit. D'une transparence irréelle, elle avait environ un coude et demi de longueur et un de largeur.

— Au nom de Dieu, Celui qui fait miséricorde, le Miséricordieux. Louange à Dieu, Seigneur des Mondes...

Dans le même temps que Sarrag récitait la Fatiha, il présenta la tablette, bien droite, au-dessus du visage du rabbin.

Celui-ci ouvrit grands les yeux. Dans un halo bleuâtre venaient de surgir les quatre lettres :

יהוה

EHYEH, ACHER, AHYEH.
JE SUIS QUI JE SUIS.

Et, en dessous, un texte en lettres d'or, qu'Ezra réussit à lire d'une voix devenue étonnamment distincte :

C'EST MOI LE DIEU DE TON PÈRE, LE DIEU D'ABRAHAM, LE DIEU D'ISAAC ET LE DIEU DE JACOB.

JE BÉNIRAI CEUX QUI TE BÉNIRONT,

JE RÉPROUVERAI CEUX QUI TE MAUDIRONT. PAR TOI SE BÉNIRONT TOUTES LES NATIONS DE LA TERRE.

J'AI INSTITUÉ MON ALLIANCE ENTRE MOI ET TOI, DE GÉNÉRATION EN GÉNÉRATION, UNE ALLIANCE PERPÉTUELLE

Les phrases se fondirent dans la lumière bleue et la tablette recouvra sa transparence.

Les prunelles embrumées de larmes, le visage transfiguré, Samuel Ezra murmura dans un souffle :

— Je pars en paix... Que Son Nom si grand soit magnifié et sanctifié dans le monde qu'Il a créé selon Sa Volonté... Qu'Il fasse venir Son règne pendant votre vie et de vos jours et du vivant de toute la Maison d'Israël, que ce soit bientôt et en un temps proche, et dites...

Il ne put aller au bout de sa prière.

Tout son corps se contracta et sa tête tomba sur le côté.

Il était mort. Mais de chaque parcelle de ses traits irradiaient l'apaisement et le bonheur.

Vargas et Sarrag restaient immobiles, statufiés, incapables de le quitter des yeux.

Le cheikh se tourna vers le franciscain et dit d'une voix brisée :

— Ainsi... Ils sont le peuple élu...

— Il semblerait en effet que ce soit la seule vérité.

— Je ne peux y croire !

Ce qu'on aurait pu prendre pour de la colère n'était que du désespoir.

Dans un mouvement vif, il tourna la tablette de saphir vers lui. À peine eut-il achevé son geste qu'une lueur identique à celle qui avait inondé le visage d'Ezra le submergea à son tour, lui arrachant un cri d'effroi.

Un nouveau texte s'était inscrit dans la pierre

יהוה

EHYEH, ACHER, AHYEH
JE SUIS QUI JE SUIS.

VOICI LE CORAN !

IL NE REFERME AUCUN DOUTE.

IL EST UNE DIRECTION POUR CEUX QUI CRAIGNENT ALLAH, CEUX QUI CROIENT AU MYSTÈRE.

QUANT AUX INCRÉDULES, IL EST VRAIMENT INDIFFÉRENT POUR EUX QUE TU LES AVERTISSES OU QUE TU NE LES AVERTISSES PAS : ILS NE CROIENT PAS.

ILS ONT DIT : « PERSONNE N'ENTRERA AU PARADIS, S'IL N'EST JUIF OU CHRÉTIEN. » TEL EST LEUR SOUHAIT CHIMÉRIQUE.

VOTRE DIEU EST UN DIEU UNIQUE !

IL N'Y A DE DIEU QUE LUI : CELUI QUI FAIT MISÉRICORDE, LE MISÉRICORDIEUX.

Comme la première fois, les mots s'évanouirent dans la transparence du saphir.

Paralysé par l'émotion, Sarrag chancela. Avait-il été victime d'une hallucination ? D'un rêve éveillé ? Non. Il avait bien lu les phrases. Elles étaient inscrites à jamais dans sa mémoire.

Non loin de lui, Vargas le dévisageait, en proie à la plus grande confusion. Il avait bien noté que la lueur avait rejailli, mais il n'avait rien vu du nouveau message.

Il s'enquit, mal à l'aise :

— Dites-moi. Qu'avez-vous lu ?

D'une voix tremblante, l'Arabe lui rapporta mot à mot ce que la pierre venait de lui transmettre.

Pris de vertige, le moine passa la main sur son front.

— C'est impossible ! Donnez-moi la tablette !

Dès qu'elle fut entre ses mains, il se laissa tomber à genoux et plongea ses yeux dans la surface azurée.

Aussitôt, la pierre s'embrasa pour la troisième fois et le franciscain put y lire :

יהוה

EHYEH, ACHER, AHYEH
JE SUIS QUI JE SUIS.

EN VÉRITÉ, EN VÉRITÉ, JE VOUS LE DIS, JE SUIS LA PORTE.

QUI CROIT EN MOI, CE N'EST PAS EN MOI QU'IL CROIT, MAIS EN CELUI QUI M'A ENVOYÉ.

MOI, LA LUMIÈRE, JE SUIS VENU DANS LE MONDE AFIN QUE QUICONQUE CROIT EN MOI NE DEMEURE PAS DANS LES TÉNÈBRES.

JE SUIS DANS LE PÈRE ET LE PÈRE EST EN MOI. ET TOUT CE QUE VOUS DEMANDEREZ EN MON NOM, JE LE FERAI, POUR QUE LE PÈRE SOIT GLORIFIÉ DANS LE FILS.

QUI VOUS ÉCOUTE M'ÉCOUTE, QUI VOUS REJETTE ET QUI ME REJETTE

REJETTE CELUI QUI M'A ENVOYÉ.

Totalement chaviré, Rafael Vargas cria d'une voix implorante :

— Dieu... Dieu Tout-Puissant... Pardonnez-nous...

Le néant avait repris possession du saphir.

Mais à la différence des fois précédentes, la couleur bleue qui jusque-là avait dominé se recouvrit progressivement d'une autre teinte, d'abord imprécise, jusqu'à ce que, fragment après fragment, le rouge prévalût, et que l'ensemble n'offrît plus que l'apparence d'une effrayante tache de sang.

Sans qu'ils eussent besoin d'échanger un seul mot, ils surent l'un et l'autre que la même vision venait de transpercer leur âme et que cette vision portait en elle toute l'absurdité, toute la folie, toute l'intolérance et tout l'orgueil des hommes.

Ils attendirent, ne sachant plus que faire, égarés dans le silence.

Finalement, la pierre recouvra son apparence première et, avant qu'aucun des deux hommes ne pût réagir, elle se souleva des mains de Vargas, parut flotter dans l'air, perdre sa consistance, et d'un seul coup devint poussière.

Presque simultanément, le pan de mur qui ouvrait sur le couloir pivota, libérant le passage.

Au-dehors, un vent violent faisait osciller la crête des cyprès.

Dans le jour crépusculaire, la cour du château avait revêtu l'apparence d'un gouffre blême. Le ciel s'était décoloré, l'ouest seul restait rouge

Portant la dépouille d'Ezra dans ses bras, Rafael Vargas apparut le premier sur le perron.

Il laissa errer son regard le long des ombres fantomatiques rassemblées au pied des bastions. Dans l'une d'entre elles, il crut reconnaître Hernando de Talavera. Et, légèrement en retrait, mains nouées, comme en prière, la silhouette évanescente de Manuela Vivero.

Alors, il marcha vers elle.

Épilogue

Le 2 janvier 1492, les Rois catholiques faisaient une entrée triomphale à Grenade.

Le 30 mars 1492, dans la chambre du Conseil de l'Alhambra, Ferdinand et Isabelle apposèrent leurs signatures sur un décret expulsant tous les juifs de leurs domaines, dans un délai de quatre mois.

Les Maures bénéficièrent tout d'abord d'une certaine tolérance religieuse, qui fut suivie de mesures plus strictes.

En 1502, ils furent contraints à leur tour de choisir entre le baptême et l'exil

ENTRE VRAI ET FAUX

Le Livre de saphir

Une légende juive qui remonte à la nuit des temps apparaît pour la première fois dans le livre d'Hénoch XXXIII[1]. Il y est dit que l'Éternel a écrit un ou des livres de sagesse (ou selon une autre version, qu'il les a dictés à Hénoch), contenant tous les secrets de l'univers. Par la suite il a ordonné à deux anges, Semil et Raziel, de raccompagner Hénoch du ciel à la terre, lui ordonnant de remettre ce ou ces livres à ses enfants et aux enfants de ses enfants, afin que dans les heures de doute les générations à venir puissent y trouver les réponses aux questions fondamentales qu'ils viendraient à se poser. Telle serait l'origine du « livre de Raziel ».

Selon une autre version, le livre fut donné par l'ange Raziel à Adam. De celui-ci il passa à Noé, Abraham, Jacob, Lévi, Moïse et Josué, pour arriver enfin à Salomon. Salomon aurait ainsi acquis

1. Version slave, elle-même inspirée de la traduction grecque.

une grande part de sa sagesse légendaire de même que sa puissance par la connaissance de ce livre sacré, qui, toujours selon la tradition, aurait été gravé dans du saphir. Ce qui laisserait supposer que ce livre n'aurait été destiné qu'à certains personnages élus, qui auraient eu pour mission de conduire l'humanité vers la lumière. On lit aussi dans le targum[1] sur l'Ecclésiaste X 20 : « Chaque jour, l'ange Raziel se tient sur le mont Horeb (nom que les plus anciennes traditions bibliques donnent au Sinaï) et proclame les secrets des hommes pour toute l'humanité, et sa voix se répercute dans le monde entier[2]. »

Il est à noter qu'en hébreu le mot *raz* signifie mystère, secret, base et que le saphir ou couleur bleue est la pierre céleste par excellence, il reconduit toute la symbolique de l'Azur. La méditation sur cette pierre amènerait l'âme dans la contemplation des cieux. Aussi disait-on, au Moyen Âge comme en Grèce, que le saphir guérit les maladies des yeux et libère de prison. Les alchimistes l'apparentaient à l'élément air. Le saphir a une beauté pareille au céleste trône ; il désigne le cœur des simples et ceux dont la vie brille par les mœurs et la vertu.

De même considère-t-on le saphir comme la pierre d'espérance. La justice divine étant en lui, on lui attribuera des pouvoirs aussi variés que

1. Chacune des traductions de l'Ancien Testament en langue araméenne faites après la captivité de Babylone à l'usage des juifs qui ne comprenaient plus l'hébreu.
2. Il existe un prétendu livre de Raziel, datant des environs du XIIᵉ siècle, œuvre probable du cabaliste Eléazar ben Judah de Worms, mais il contient des croyances mystiques bien plus anciennes.

celui de protéger de la colère des grands, de la trahison et des mauvais jugements, d'augmenter le courage, la joie, la vitalité, de dissiper les humeurs, de renforcer les muscles. En Inde et en Arabie, il est réputé contre la peste. Dans le christianisme, le saphir symbolise à la fois la pureté et la force lumineuse du royaume de Dieu. Comme toutes les pierres bleues, le saphir est considéré en Orient comme puissant talisman contre le mauvais œil.

Le livre d'Hénoch

En hébreu, Hanôk. En grec Hénoch. La signification du nom est incertaine. Le mot est rapproché parfois du cananéen *hanaku*, « suivant », « adepte », d'une racine *hnk*, documentée en palmyrénien avec le sens de « dédier », ou de l'égyptien *hvmkt*, qui évoque le sacrifice pour la pose d'une pierre de fondation.

La tradition sacerdotale recueillie dans la Genèse et retenue dans les Chroniques inscrit le personnage dans la descendance de Seth. Il est le fils de Yered et le père de Mathusalem, ce qui lui vaut de figurer dans la généalogie du Christ, selon Luc, 6. Après une vie de 365 ans, l'Éternel, avec qui il a constamment marché, l'enleva de cette terre (Gn. V, 18-24). Le Siracide (l'Ecclésiastique) le célèbre et toute une littérature apocryphe importante se réclame de son patronage.

Selon la tradition yahviste, les Fils de Dieu furent envoyés sur terre pour enseigner à l'humanité la vérité et la justice. Pendant trois cents ans ils enseignèrent à Hénoch tous les secrets du ciel et de la terre. Plus tard, cependant, ils convoitèrent les mortels et se souillèrent par des relations sexuelles. Hénoch a consigné non seulement leurs enseignements divins, mais aussi leur disgrâce ultérieure. Avant leur fin, ils en étaient à posséder indifféremment vierges, femmes mariées, hommes et bêtes Le sage et vertueux Hénoch monta au ciel, où il devint le principal conseiller de Dieu, connu depuis lors sous le nom de « Métatron » Dieu posa sa propre couronne sur la tête d'Hénoch, et le dota de soixante-douze ailes et d'une multitude d'yeux. Sa chair fut changée en flamme, ses muscles en feu, ses os en braises, ses yeux en torches, ses cheveux en rayons de lumière, et il fut environné d'orage, de tourbillons, de vent, de tonnerre et d'éclairs.

D'autres cependant font des Fils de Dieu des descendants fidèles de Seth, et des Filles des hommes des descendantes pécheresses de Caïn ; expliquant que, lorsque Abel mourut sans enfant, l'humanité se partagea bientôt en deux tribus : les Caïnites qui, mis à part Hénoch, étaient entièrement mauvais, et les Séthites qui furent entièrement justes. Les Séthites habitaient une montagne sacrée à l'extrême nord, *près de la grotte au Trésor* — certains y voient le mont Hermon. Les Caïnites vivaient de leur côté dans une vallée à l'ouest. De nombreux Séthites firent le vœu de célibat, à l'exemple d'Hénoch, et menèrent une vie d'anachorète. En contraste, les Caïnites se livrèrent à une débauche effrénée, chacun ayant au moins deux femmes : la première pour avoir

des enfants, la seconde pour assouvir sa convoi-
tise. Celle qui avait les enfants vivait pauvre et
délaissée, comme une veuve ; l'autre était obligée
de boire une potion qui la rendait stérile — après
quoi, parée comme une prostituée, elle apportait
à son mari le divertissement de la volupté

Le livre d'Hénoch éthiopien ou Premier livre
d'Hénoch est un livre attribué à ce patriarche
antédiluvien « enlevé par Dieu ». C'est un recueil
de traditions apocalyptiques originellement indépendantes et provenant d'époques échelonnées
entre le IIe siècle av. J.-C. et la moitié du Ier siècle
ap. J.-C. Ces traditions ont été écrites à l'origine
en araméen et en hébreu. L'ouvrage est divisé en
cinq parties sans aucune relation logique : le livre
des Veilleurs, le livre des Paraboles, le Livre astronomique, le livre des Songes et l'épître d'Hénoch.
L'œuvre nous est parvenue en fragments grecs, en
fragments araméens (11 manuscrits trouvés à
Qumrân) et, dans son intégralité, en version
éthiopienne. On admet en général que le texte
éthiopien est une traduction du grec

Si un tel Hénoch échappe bien sûr à l'histoire,
il y projette pourtant la gloire rayonnée par
l'exceptionnel destin que lui reconnaît le texte
biblique après qu'il eut longuement vécu de
manière aussi parfaite qu'il est humainement
possible — ce dont rend compte l'auteur sacré en
lui accordant « 365 ans » sur terre, et en relevant
qu'il « marcha avec Dieu », il « disparut car Dieu
l'avait enlevé ». Cet « enlèvement », manifestement tenu pour différent de celui qu'implique la
mort de tout homme ordinaire, trouvera une
réplique plus imagée dans le récit de la dispari-

tion d'Élie, « enlevé par Yahvé » au terme de son ministère terrestre. Autant que le prophète, le patriarche de la plus antique tradition reste dans tous les âges le héros du mystère dont la révélation est ainsi suggérée : le juste, récompensé par l'exemption des affres de la mort, est admis, bien en vie par élection divine, à contempler les réalités célestes. Aux derniers siècles de l'ère ancienne, l'Ecclésiastique célèbre l'exemple d'Hénoch (Ecc. XLIV, 16 ; XLIX, 14, 16). Et selon les versions, dans le Nouveau Testament, l'épître aux Hébreux en tire leçon.

Les personnages

DON CRISTÓBAL COLÓN (l'autre visage)

Le célèbre historien espagnol Las Casas, dont le père avait été un compagnon de découverte de Colomb et qui avait eu entre les mains le journal (aujourd'hui disparu) du Génois, écrira : « On tenait pour assurée entre nous l'existence du *premier découvreur*. Colomb était aussi certain de trouver ce qu'il a trouvé que s'il l'avait tenu sous clé dans sa propre chambre. »

Mais ce témoignage ne fut connu qu'en 1875, avec la publication de *L'Histoire des Indes* de Las Casas. Pourtant, tous les spécialistes, aux XVIe et XVIIe siècles, avaient bien parlé, déjà, d'une découverte *précolombienne* : Fernandez de Oviedo, Lopez de Gomara, Garibay, Fernand Colomb (fils naturel de Christophe), Castellanos, Garcilaso l'Inca (qui identifia le premier découvreur avec Alfonso Sanchez). Et même en France des érudits comme Johannes Metellus ou Antoine du Verdier, lequel dans ses *Diverses leçons* (rédigé en 1577) donnait déjà au premier découvreur le surnom d'Andaluzo (l'Andalou en portugais). Aujourd'hui cette prédécouverte est jugée des plus probables par la plupart des spécialistes tels que Manzano ou le docteur Luis Miguel Cuenca. Ce dernier ayant lui-même refait la traversée sur un navire construit à cette occasion, calqué très exactement sur celui de Colomb et dans les mêmes conditions.

Il est à noter que Colomb est arrivé en Castille en 1485, au couvent franciscain de la Rábida, comme s'il ne cessait de marcher sur les traces du « premier découvreur ».

Dans son ouvrage *Isabelle et Ferdinand*, l'historien Joseph Perez, dont la réputation n'est plus à faire, cite page 282 : « On ne peut manquer encore d'être frappé par l'assurance de Christophe Colomb, par sa confiance en soi, par sa conviction d'être sur la bonne voie. Du premier coup, le Génois trouve la route définitive, l'itinéraire le plus sûr et le plus rapide pour l'époque ; on pourra, après lui, apporter des rectifications de détail, mais les grandes lignes varieront peu, "point de perfection atteint d'emblée" qui oblige à s'interroger sur l'hypothèse du "pilote inconnu", sur les informations recueillies à Lisbonne ou à Palos, ce qui n'exclut pas la part de l'imagination et de l'illumination messianique, mais les situe à leur place, secondaire. »

Sur les origines de Colón

Deux thèses s'affrontent.

Pour Madariaga, il était castillan d'origine et juif. À l'appui de sa théorie, il affirme ·

1. Il ne se servait jamais de la langue italienne, ni pour parler ni pour écrire même à des Italiens, même lorsqu'il échangeait du courrier avec le père Gorricio, son homme de confiance. Et le père répondait lui aussi en langue castillane. Il écrivait aussi en espagnol à son fils Diego et à son frère Bartolomé.

2. Il parlait castillan avec un accent portugais.

3. Il parlait castillan avant d'arriver en Castille.

4. Il était un Génois dont l'italien n'était pas présentable et dont la langue de culture était l'espagnol.

Pour Madariaga toujours, les *Colombo* étaient des juifs espagnols établis à Gênes, qui, suivant les traditions de leur peuple, étaient restés fidèles à la langue de leur pays d'origine.

À l'encontre de cette théorie :

1. Fray Marchena, le prieur de la Rábida, dans le récit où il décrit l'arrivée de Colón au monastère, dit que fray Juan Perez « a constaté qu'il avait l'air d'un homme d'un autre pays ou d'un autre royaume et qu'il parlait une autre langue ». Las Casas dit aussi : « Il semble que sa langue ne fût pas le castillan, car il saisit mal le sens des mots et la manière dont on le parle. »

2. Pour Joseph Perez et pour nombre d'autres historiens : « Il n'était pas espagnol, ni portugais, ni français, mais bien italien. Il n'était pas juif, non plus, mais bon catholique, et son exaltation religieuse ne doit rien à une quelconque influence sémitique ; c'est une variante du messianisme européen, particulièrement cultivée dans les milieux franciscains que fréquente Colomb, très dévot d'autre part à la Vierge Marie. »

FRAY HERNANDO DE TALAVERA

Son influence ne sera plus aussi grande après la mort d'Isabel et, en 1504, Talavera se retrouvera désarmé face à une cabale montée par de petits esprits. Il était d'origine juive ; il s'était opposé à la création de l'Inquisition ; certains ne le lui pardonneront jamais. Dans le second semestre de l'année 1505, le fanatique inquisiteur de Cordoue, Lucero, fait arrêter ses amis et des collaborateurs de Talavera, puis sa sœur et ses neveux ; mais c'est à l'archevêque qu'on en veut. Le délire de Lucero lui fait imaginer une folle machination dont Talavera serait l'âme et qui aurait pour objet de diffuser à nouveau le judaïsme en Espagne. On prépare le procès de Talavera, mais comme il s'agit d'un prélat, c'est Rome qui l'instruira et qui rendra un verdict d'acquittement.

L'archevêque de Grenade, réhabilité, mourra le 15 mai 1507.

FRANCISCO JIMENEZ DE CISNEROS

Il devint archevêque de Tolède en 1495, cardinal en 1507, Grand Inquisiteur de Castille en 1507 et, enfin, régent d'Aragon à la mort de Ferdinand II, en 1516.

Il imposa de vigoureuses réformes aux monastères et au clergé séculier et, pour lutter contre l'ignorance religieuse, il fonda l'université d'Alcalá en 1498, où il fit enseigner la théologie, le grec, l'hébreu par des savants de Salamanque et de Paris (il invita même Érasme). Il commanda l'édition de la Bible d'Alcalá. Dès 1499, il avait agi durement contre les Maures, obtenant une pragmatique royale qui les contraignit à la conversion ou à l'exil — en 1502. Mais sa nomination comme Grand Inquisiteur marque une réaction contre les excès de ses prédécesseurs.

LES ORDRES MILITAIRES ESPAGNOLS

Après le concile de Troyes (14 janvier 1128), les Templiers et les Croisés ont surtout porté leurs efforts contre les Maures d'Espagne. Dès 1128, Hugues de Paynes et ses frères s'étaient dispersés à travers toute l'Europe pour y recruter des adeptes et recueillir les donations indispensables. Raymond III, comte marquis de Barcelone et de Provence, entre au Temple en 1130 et donne le château de Granena. Alphonse de Castille et d'Aragon ayant enlevé la place de Calatrava aux Maures, il l'attribua à l'archevêque de Tolède qui en confia la garde aux Templiers. Raymond IV de Barcelone offre son royaume au cas où il mourrait sans héritiers, de part avec les Hospitaliers. Ses peuples révoquèrent le testament, les Templiers transigèrent et obtinrent les forteresses de Calamera, Montjoye, Curbin, Remolina et Monzon. Au Portugal, don Alphonse, fils de la reine Thérèse, leur donna la forêt de Cera, encore occupée par les Sarrasins. Ils les en chassèrent et fondèrent les villes d'Ega, Rodin.

Ferdinand II de León (1157-1188) réagit en fondant un ordre militaire national. En 1170 virent le jour à Cáceres, provisoirement reconquise, « les Frères de Cáceres », placés sous la protection royale et qui avaient pour mission de défendre justement la ville de Cáceres d'une éventuelle attaque almohade. C'est le plus important des ordres. En 1171, les Frères s'entendirent avec l'archevêque de Santiago pour pouvoir adopter le nom « d'ordre de Saint-Jacques », « Santiago de la Espada ». En 1175 le pape Alexandre III reconnut le nouvel ordre, soumis à une règle dérivée de celle des Templiers.

En 1147, Alfonso VII de Castille et León avait donné aux Templiers la forteresse de Calatrava, à peine conquise, position clé couvrant la route de Tolède à environ cent kilomètres au sud de la ville, afin d'en assurer la défense. Mais les Templiers prirent peur d'une attaque almohade et préférèrent rendre à Sancho III de Castille ce château très exposé, dont d'ailleurs aucun magnat laïque ne voulut se charger.

En 1164, les Calatravans furent approuvés par le pape, admis dans l'ordre cistercien comme des « frères ». Ainsi naquit l'ordre de Calatrava.

En 1195, les Almohades chassèrent les Calatravans de leur forteresse. En 1212, les moines soldats la recouvrèrent mais jugèrent plus prudent de s'établir, en 1217, un peu plus au sud, sur un site imprenable, désormais appelé : Calatrava-la-Neuve.

Ainsi firent leur apparition les trois plus importants ordres de León et de Castille où s'implantèrent également des établissements hospitaliers et templiers. Non seulement leur aide militaire fut décisive, mais ils firent renaître une solidarité hispanique, préludant à une coopération effective des différents rois. À ces ordres, une double fonction fut dévolue : guerroyer et repeupler. La Castille plaça ses chevaliers dans des forteresses et sur des routes stratégiques pour défendre la région du Tage et principalement Tolède.

Villes parcourues
par les trois personnages
et leurs liens avec les Palais

1. LE MONASTÈRE DE LA RÁBIDA

Son nom vient de l'arabe *Rabita*. C'était une forteresse du temps où les Arabes occupaient encore cette partie de la côte d'Espagne.

Le monastère est situé à huit kilomètres de Huelva, laquelle se trouve à l'embouchure du fleuve Tinto, dans le golfe de Cadix.

Fondé au XVe siècle, ce couvent franciscain tient une place particulière dans la découverte des Amériques. C'est dans ce monastère que Colomb a trouvé asile à son arrivée de Lisbonne en 1485. Le prieur Juan Perez le présenta au père Antonio de Marchena qui, gagné à ses idées, défendit ses projets auprès de la reine Isabelle et lui prêta un actif et constant appui.

Depuis plus d'un siècle, c'est un lieu de pèlerinage, car son église renferme une image miraculeuse de la Vierge. À l'époque romaine déjà, ce lieu était sanctifié par un temple à Proserpine.

2. JEREZ DE LOS CABALLEROS

Elle doit son nom aux Templiers, *los Caballeros del Templo*, qui l'avaient reprise aux Maures en 1230. La ville possédait des remparts, six portes, ainsi qu'un château du xiiie siècle, Caballeros Templarios. Celui-ci, amplement remanié en 1471, est situé à la lisière de la ville. On peut encore y voir la Torre Sangrienta (tour sanglante) où l'on égorgea les Templiers qui refusaient de remettre la ville à Ferdinand IV.

3. CÁCERES ET LA GROTTE DE MALTRAVIESO

Lorsque Alphonse IX la reconquit en 1229, la ville devint le berceau d'une lignée de chevaliers nommés « los Frates de Cáceres ». Ces derniers fondèrent par la suite l'ordre militaire de Santiago auquel fut confiée la mission de protéger et d'héberger les pèlerins se rendant à Saint-Jacques-de-Compostelle. À une époque, la ville compta jusqu'à trois cents familles de chevaliers dont les palais se touchaient. Ces *solares*, ou maisons seigneuriales, étaient de véritables bastions de clans rivaux qui ne cessèrent de se livrer des batailles jusqu'à la fin du xve siècle. Les tours furent démantelées en 1477 sur l'ordre de Ferdinand et Isabelle.

Derrière l'église Santa Maria se trouve la Casa

de los Golfines de Abajo, résidence d'une famille de chevaliers français qui furent invités à Cáceres au xiie siècle afin de combattre les Maures. Ils finirent par terroriser les chrétiens tout autant que les musulmans et un chroniqueur souligna que « le roi lui-même ne parvint pas à les soumettre à son autorité ». Une impertinente devise est gravée sur une pierre du palais : *Ici les Golfines attendent le jugement de Dieu*. Le mot *golfo* signifie « gredin » et dériverait du nom de cette illustre famille.

À environ deux kilomètres, en direction de Torremocha, se trouve la grotte de Maltravieso. Elle renferme des peintures d'époque paléolithique représentant des personnages très stylisés, des têtes d'animaux, des mains peintes en rouge et des symboles divers.

4. SALAMANQUE

L'antique Salamanque fut construite sur la Ruta de la Plata (la route de l'argent) qui relie Mérida à Astorga. Elle fut reconquise en 1085. On y trouvait à l'époque du roman la vieille cathédrale. L'université fut fondée en 1218.

L'entrée de l'université se trouve sur le patio de Las Escuelas (de nos jours). Sur le patio donnent plusieurs salles, y compris celle où quatre ans après son arrestation Luis de León (1527-1591) commença son premier cours par : *Dicebamus hesterna die*, « comme je vous le disais hier ». Au premier étage se trouve l'immense bibliothèque, riche de 160 000 livres anciens et manuscrits.

Un cloître jouxte la vieille catnedrale et on y trouve la chapelle Santa Bárbara. Autrefois c'est là que les étudiants venaient réviser leurs leçons la veille d'un examen. Ils s'y enfermaient toute la nuit dans la solitude et posaient les pieds sur la tombe d'un évêque pour que cela leur porte chance.

Le lendemain, s'ils étaient reçus, ils pouvaient passer, avec tous les honneurs dus à leur nouveau rang, par la porte principale de l'université, la *porte de la Gloire*, où les attendaient les professeurs et leurs camarades de classe pour les féliciter. Par contre si l'examen s'était soldé par un échec, ils se voyaient obligés de sortir par la *porte de la Honte*, celle du cloître, dans l'anonymat et l'indifférence générale. Une grande partie de la population attendait au-dehors pour bombarder de détritus ceux qui avaient échoué.

5. BURGOS

Au cœur même de la Vieille-Castille, la ville fut promue capitale du royaume unifié de Castille et León en 1037 et elle le resta jusqu'à la prise de Grenade en 1492, où elle céda son rôle de capitale à Valladolid.

La ville du Cid Campéador conserve un inestimable trésor monumental d'art gothique. La cathédrale fut construite à partir de 1221 par saint Ferdinand et il fallut trois siècles pour qu'elle fût achevée. Au centre de la croisée se trouve la pierre tombale du Cid et de son épouse Chimène, fille du comte Diaz de Oviedo. Mais ils n'y furent mis qu'en 1921. Avant, ils avaient été inhumés à San Pedro de Cardena à dix kilo mètres de la chartreuse de Miraflores. C'est Al phonse XIII qui, en 1886, transféra les cendres du Cid à Burgos.

Le pont de San Pablo, sur l'Arlanzón, est décoré de huit statues qui représentent doña Jimena, l'épouse du Cid, et d'autres personnages.

C'est aussi dans cette ville que naquit l'évêque conversos Pablo de Santa María, de son vrai nom Salomon ha-Levi. Il se convertit au christianisme le 21 juillet 1391 avec toute sa famille. C'était un ancien rabbin.

6. TERUEL

Teruel, ou *el Tor*, veut dire « taureau » en arabe.

Ses tours sont célèbres, en particulier les tours jumelles, celles de San Salvador et de San Martin, érigées par deux architectes arabes pour l'amour d'une certaine Zoreïda.

De nombreux Maures y demeurent après la reconquête, jusqu'en 1502.

Dans une chapelle voisine de l'église San Pedro reposent les amants de Teruel, dans des sarcophages modernes à gisants sculptés par Juan Avalos.

7. CARAVACA DELLA CRUZ

Blottie dans l'étroit vallon de l'Argos, la ville est célèbre pour son apparition en 1232 de la *Vera Cruz*, la *vraie croix*, portée par des anges afin que Chirinos, fait prisonnier, puisse célébrer l'eucharistie devant le sultan Abou Zait, qui se convertit alors au christianisme.

Un château fort du XIIᵉ siècle fut le refuge des Templiers.

8. LE CHÂTEAU DE MONTALBÁN

Situé dans la puebla de Montalbán, il domine la vallée du Torcón et fut probablement construit vers 1323 par l'infant don Juan Manuel sur le site d'une forteresse qui dut être fondée par les Tem pliers au XIIᵉ siècle. De plan triangulaire, il conserve encore de belles courtines avec deux bastions pentagonaux à échauguettes qui ren·forcent l'enceinte sur le front le plus vulnérable.

Lexique

ABENCÉRAGES : Bannu Sarrag ou Bannu Sarray. À partir de 1419, le pouvoir royal à Grenade fut irrémédiablement affaibli par cette famille. Les Abencérages placèrent Abou Abd Allah Muhammad, « Boabdil », sur le trône de Grenade. Ils commencèrent à jouer un rôle important en 1417. La guerre civile que déclencha cette famille allait saigner et finalement ruiner l'émirat grenadin.

Dans un excellent opuscule, *Los Abencérajes, leyenda e historia*, L. Seco de Lucena Paredes a retrouvé l'origine de la légende des Bannu Sarrag dans deux œuvres littéraires du xvie siècle espagnol : le roman anonyme *Abindaraez* et la *Historia de lo vandos de Zegries y Abencérajes, caballeros moros de Granada* (1595), due à la plume du romancier murcien Gines Perez de Hita.

Ce dernier imagina une rivalité entre le parti des Abencérages, dépeints sous les couleurs de preux chevaliers, et le parti des Zegries (déformation de Tagri, homme de la frontière). On sait quelle fut la singulière fortune de cette légende dans la littérature européenne aux XVIIe et XVIIIe siècles ; le romantisme allait s'en emparer sous la plume de Chateaubriand, dans *Les Aventures du dernier Abencérage.*

AL ANDALUS : Partie de la péninsule Ibérique passée sous domination musulmane en 711 et dont l'étendue a diminué avec les progrès de la Reconquête. Lorsque celle-ci fut achevée, le terme fut réservé à la partie méridionale ou « Andalousie ». Les habitants d'Al Andalus étaient appelés les Andalusis. Il semblerait que le mot provienne de « Vandalousie » (qui remonte au temps de l'occupation par les Vandales).

ALCAZABA : Mot d'origine musulmane désignant la citadelle. Forteresse arabe synonyme de Qasba.

ALCAZAR : Palais fortifié des rois musulmans (Al Kasr).

ALMORAVIDES (*Al mourabitoun*) : Souverains berbères qui régnèrent sur une partie de l'Espagne de 1061 à 1147. Leur dynastie est anéantie par les Almohades qui s'emparent de leur capitale, Marrakech.

ALMOHADES (*Al ouwahhadoun*) : Souverains berbères qui régnèrent sur la moitié de l'Espagne et la totalité du Maghreb entre 1147 et 1269.

AUTODAFÉ ou *Auto de fe* (jugement de foi), signifiant en français, mais à tort, exécution par le feu.

AYUNTAMIENTO : Conseil municipal réunissant les

magistrats. A longtemps siégé sous le portail d'une église.

CONVERSOS : Juifs convertis au christianisme.

CORREGIDORES : *De corregimiento*. Circonscription administrative et judiciaire à la tête de laquelle se trouve un *corregidor*, aux pouvoirs très étendus, nommé chaque année par le roi. Avec les Alcalades Mayores, ils représentent le pouvoir royal dans leur juridiction. Le *corregidor* a des fonctions judiciaires, administratives et militaires.

CORTES : En Castille, Navarre, Aragon, Catalogne et Valence, assemblées représentatives, formées par la réunion des trois « bras » : clergé, noblesse, tiers état. Les Cortes d'Aragon avaient pour particularité de posséder deux bras nobles (haute et petite noblesse).

HUERTA : Plaine irriguée à cultures maraîchères, le long de la côte méditerranéenne.

INQUISITION : Le 27 septembre 1480, après deux ans au cours desquels ils avaient tenté à Séville ce qu'on a nommé « l'ultime effort de prédication », Isabelle et Ferdinand passèrent à l'action. Forts de l'approbation du Saint-Père, ils établirent le premier tribunal de l'Inquisition.

Le 1ᵉʳ janvier 1481, d'autorité royale et malgré les résistances et les répugnances de nombreux magistrats, l'Inquisition s'installa dans le couvent Saint-Paul des dominicains de Séville. Elle entra en campagne avec tant de zèle, le nombre de ses prisonniers fut si considérable, que le couvent devint trop petit, et le tribunal de sang fut forcé d'aller s'installer au château de Triana, faubourg de Séville.

Un an plus tard, un certain fray Tomas de Torquemada, prieur du couvent de Santa Cruz, figura parmi les huit nouveaux inquisiteurs dominicains nommés par Sixte IV pour le royaume de Castille.

Le 3 février 1483, ce même personnage fut nommé Inquisiteur général, confirmé par un décret d'Innocent VIII.

On pouvait juger sur la foi de dénonciations (trois au moins), car c'était le devoir de tout chrétien que de dénoncer tout judaïsant. Mais le tribunal agissait également pour son propre compte, enquêtant grâce à ses « familiers ». La dénonciation reconnue valable, l'accusé était enfermé dans les geôles du Saint-Office, au bout de huit jours on l'interrogeait et on l'exhortait à faire un examen de conscience pour trouver sa faute. Il disposait d'un avocat, mais choisi parmi les membres du tribunal. Il ignorait le nom de ses dénonciateurs et la faute dont on l'accusait, mais pouvait donner une liste de ses ennemis et une autre des témoins à décharge. Si les juges n'étaient pas convaincus par le premier interrogatoire, ils pouvaient faire appliquer la torture, mais ils n'en abusèrent pas, semble-t-il.

Il existait deux sortes de sentences. Si le suspect avait avoué son crime devant les juges, il était admis à la réconciliation. S'il niait sans convaincre le tribunal, il était relaxé et remis au bras séculier qui le brûlait en personne ou brûlait son effigie, s'il avait réussi à s'enfuir.

La réconciliation était une cérémonie solennelle où l'on promenait les accusés, vêtus d'un habit spécial, sorte de chasuble, le *sanbenito*, sur laquelle était inscrite leur faute et qui ensuite était suspendue dans leur église paroissiale. La réconciliation pouvait entraîner la remise en liberté, mais aussi une peine de prison plus ou moins sévère, ou une amende. De toute façon, c'en était fait de l'honneur d'une famille.

Il est très difficile de chiffrer le nombre de victimes du Saint-Office au cours du règne d'Isabel et de Ferdinand. Selon les sources, le nombre oscille entre quelques centaines et... plusieurs dizaines de milliers.

Le nombre de ceux qui préférèrent l'exil au baptême est la deuxième inconnue. Certains spécialistes estiment que seule une minorité eut le courage de se lancer dans un exil plein d'aventures et proposent d'estimer les exilés à environ 40 000 à 50 000 personnes, ce qui paraît plus vraisemblable que le chiffre de 150 000, énoncé par les chroniqueurs de l'époque.

Enfin, la troisième inconnue est la destination des émigrés. Il est toutefois établi qu'une majorité se rendit en Afrique du Nord et en Turquie.

Certains catholiques n'échappèrent pas non plus aux persécutions, tel Ignace de Loyola, qui fut arrêté par deux fois, ainsi que l'archevêque de Tolède, le dominicain Bartolomé de Carranza, qui fut emprisonné dix-sept ans durant.

L'Inquisition fut abolie en 1808 par Joseph Bonaparte, restaurée en 1814 par Ferdinand VII, supprimée en 1820, restaurée en 1823, abrogée à nouveau en 1834.

JUDERIA : Juiverie. Ghetto juif.

JUDÉO-ESPAGNOL-LADINO : Langue parlée par les Sefardim surtout en Turquie et dans les pays balkaniques. Le judéo-espagnol des Sefarades du Maroc est appelé haketia. Le judéo-espagnol des textes imprimés est souvent désigné sous le nom de ladino, tandis que la variété cursive se nomme le solitreo.

LETRADOS : Diplômés d'université. Les *letrados* sont des juristes qui ont suivi un cursus universitaire et sont licenciés ou docteurs en Lois. C'est le décret des Rois catholiques de 1493 rendant nécessaire l'obtention d'un titre universitaire pour occuper les charges de membres du Conseil royal, des *Audiencias* et des *Chancillerias*, qui marque le point de départ de l'essor des *letrados* dans la société espagnole. Les *letrados* du haut de la hiérarchie étaient presque toujours issus des *Colegios Mayores* et formèrent de véritables dynasties rassemblées par alliances matrimoniales en grandes clientèles au pouvoir local considérable.

MARRANES : Terme péjoratif qui signifie « porc ». Il désignait les juifs péninsulaires convertis au christianisme ou leurs descendants, soupçonnés de judaïser secrètement.

MESETA : Plateau. La Meseta désigne l'ensemble des deux plateaux correspondant à la Vieille et à la Nouvelle-Castille.

MESTA : Association des éleveurs castillans de troupeaux transhumants placée sous tutelle de l'administration royale et bénéficiant de nombreux privilèges.

MORISQUE : Musulman converti de force.

MOZARABE : Chrétiens d'Espagne soumis à la domination musulmane. L'art mozarabe est surtout répandu dans le royaume de León au Xe siècle et au début du XIe, caractérisé par l'emploi de l'arc outrepassé puis de la voûte nervée.

MUDEJAR : Musulman resté en Castille après la reconquête. L'art mudejar se développe du XIIe au XVIe siècle, caractérisé par l'influence de l'art de l'islam et l'utilisation de la brique, de la céramique, du bois et du plâtre.

MUWALLADUN . Chrétiens convertis à l'islam.

ROUELLE : De *ruele*, petite roue. Rotella. Le port de la rouelle fut imposé aux juifs.

SAN-BENITO Tunique jaune, marquée d'une croix rouge de Saint-André que devait porter le pénitent. La tunique était par la suite accrochée dans l'église locale, marquée du nom du réconcilié pour perpétuer le souvenir de l'infamie.

SEFARDIM : Nom des juifs d'Espagne.

VEGA : Plaine cultivée, vallée fertile bordant en général le cours inférieur des rivières et des fleuves des provinces méridionales

VIEUX CHRÉTIENS : Le triomphe des « statuts de pureté de sang ». Être vieux chrétien c'était pouvoir prouver qu'on ne comptait parmi ses ascendants aucun juif ni musulman (ou un de leurs descendants nouvellement converti au christianisme). Une telle pureté n'avait rien à voir avec le fait d'être noble, et encore moins d'appartenir à la haute noblesse, volontiers soupçonnée d'avoir mêlé son sang à celui des grands argentiers médiévaux convertis au christianisme par calcul Elle était plutôt l'apanage du bon laboureur sédentaire, roturier et vilain par statut, mais justement dépositaire d'un honneur très sacré, celui d'être catholique et espagnol.

DU MÊME AUTEUR

Aux Éditions Gallimard

L'ENFANT DE BRUGES, *roman*, 1999 (Folio n° 3477)

À MON FILS À L'AUBE DU TROISIÈME MILLÉ-
NAIRE, *essai*, 2000 (Folio n° 3883)

DES JOURS ET DES NUITS, *roman*, 2001 (Folio n° 3731)

Aux Éditions Denoël

AVICENNE OU LA ROUTE D'ISPAHAN, *roman*, 1989
(Folio n° 2212)

L'ÉGYPTIENNE, *roman*, 1991 (Folio n° 2475)

LA POURPRE ET L'OLIVIER, *roman*, 1992, *nouvelle édition
révisée et complétée* (Folio n° 2565)

LA FILLE DU NIL, *roman*, 1993 (Folio n° 2772)

LE LIVRE DE SAPHIR, *roman*, 1996. Prix des Libraires (Folio
n° 2965). Nouvelle édition revue par l'auteur en 2004

Chez d'autres éditeurs

LE DERNIER PHARAON, *biographie*, Éditions Pygmalion, 1997

L'AMBASSADRICE, *biographie*, Calmann-Lévy, 2002

LES SILENCES DE DIEU, *roman*, Albin Michel, 2003

AKHENATON, Le dieu maudit, *biographie*, Flammarion, 2004
(Folio n° 4295)

UN BATEAU POUR L'ENFER, *récit*, Calmann-Lévy, 2005

LA REINE CRUCIFIÉE, *roman*, Albin Michel, 2005 (Folio
n° 4631)

LE COLONEL ET L'ENFANT-ROI, *récit*, Jean-Claude Lattès, 2006 (Folio nº 4803)

MOI, JÉSUS, *roman*, Albin Michel, 2007

LA DAME À LA LAMPE, *roman*, Calmann-Lévy, 2008

EREVAN, *roman*, Flammarion, 2009

COLLECTION FOLIO

Impression CPI Bussière
à Saint-Amand (Cher), le 25 mai 2010.
Dépôt légal : mai 2010.
1ᵉʳ dépôt légal dans la collection : mai 1997.
Numéro d'imprimeur : 101574/1.
ISBN 978-2-07-040226-7./Imprimé en France.

177113